현대문학의 구조와 계보

현대문학의 구조와 계보

현대문학의 구조와 계보

2010년 9월 24일 초판 1쇄 인쇄
2010년 9월 29일 초판 1쇄 발행

지은이 | 오형엽
펴낸이 | 孫貞順
펴낸곳 | 도서출판 작가
　　　　서울 서대문구 북아현3동 1-1278 (우120-866)
　　　　전화 | 365-8111~2　팩스 | 365-8110
　　　　이메일 | morebook@morebook.co.kr
　　　　홈페이지 | www.morebook.co.kr
　　　　등록번호 | 제13-630호(2000. 2. 9.)

편집 | 손희 조랑
디자인 | 오경은
영업 | 손원대 설동근
관리 | 이용승

ISBN 978-89-89251-16-3 (03810)

* 잘못된 책은 구입하신 서점에서 바꾸어 드립니다.
* 지은이와 협의하에 인지를 붙이지 않습니다.

값 15,000원

현대문학의 구조와 계보

오형엽

작가

세 번째 연구서를 펴낸다. 첫 번째 연구서인『한국 근대시와 시론의 구조적 연구』(태학사, 1999)와 두 번째 연구서인『현대시의 지형과 맥락』(작가, 2004)을 출간한 이후 6년 만에『현대문학의 구조와 계보』를 출간하게 되었다.

한국 현대시와 비평 분야에 주로 관심을 가져온 필자의 현대문학사 연구는 첫 번째 연구서에서 두 번째 연구서를 거쳐 세 번째 연구서에 이르기까지 비교적 일관된 모습을 보여준다. 그동안 전개해온 현대문학사 연구의 방법론을 공통적으로 지배하는 것은 작품 자체를 존중하고 그 내부에서 텍스트의 비밀을 밝히려는 내재비평의 관점이라고 볼 수 있다. 이것은 작품 자체만을 탐구한다는 것을 의미하기보다는 작품을 통해서만 작품 외적인 요소들에 대한 탐구로 나아갈 수 있다는 것을 의미한다. 다시 말해, 텍스트 내부의 구성 요소인 운율과 비유와 어조, 구성과 문체 등을 면밀히 정독함으로써만 작품이 작가와 사회 및 역사의 차원과 만나고 엇갈리는 교차점을 발견할 수 있다는 의미인 것이다. 텍스트에 대한 정밀한 내재적 분석과 해석을 통해서만 평가에 도달할 수 있고, 사회역사적 맥락이나 정신분석적 맥락 등과도 연결될 수 있다는 것이 필자의 지속적인 연구 관점인 셈이다.

그동안 필자는 이런 기본적인 연구 방법론을 가지고 현대시 분야에서 한용운, 서정주, 정지용, 김종삼, 김수영, 김지하 등의 시세계를 탐구하고, 현대시론 분야에서는 김기림, 임화, 박용철 등의 비평을 탐구하여 첫 번째 연구서와 두 번째 연구서에 수록했다. 그리고 그 이후 탐구한 만해와 타골, 조지훈, 김종길, 김수영, 김춘수, 김종삼, 전봉건, 김광림 등의 현대시에 대한 고찰과, 조지훈, 김종길, 송욱, 김수영, 김춘수 등의 현대시론에 대한 고찰, 그리고 나혜석, 정한숙, 김승옥 등의 현대소설에 대한 고찰을 묶어 세 번째 연구서에 수록하게 되었다.

이번 연구서를 정리하면서 필자가 구상하고 계획했던 또 하나의 연구 방법론을 확인했는데, 그것은 작품에 대한 공시적 탐구인 '구조적 고찰'과 통시적 탐구인 '계보적 고찰'을 상호 연계하여 텍스트의 경계를 규명하려는 관점이다. 이것은 필자가 박사 학위논문인 「1930년대 시론의 구조적 연구—김기림, 임화, 박용철을 중심으로」(1999)를 작성하면서 목표로 설정한 관점으로서, 텍스트를 완결된 구조로 간주하고 그 내부의 체계를 규명하는 동시에 동시대의 다른 텍스트와 상호 비교하는 공시적(수평적) 고찰과, 텍스트를 문학사의 유동적 좌표 위에 놓인 열린 체계로 설정하고 그 계보적 관계망을 규명하는 통시적(수직적) 고찰을 상호 긴밀히 결부시키는 것을 의미한다. 그런데 '구조적 고찰'과 '계보적 고찰'의 연계는 앞서 언급한 필자의 기본적인 연구 방법론, 즉 내재비평을 통해 외재비평과 만나는 연결고리를 찾는 관점과 일정한 공유 지대를 가진다고 볼 수 있다.

결국 필자는 지금까지 주로 한국 현대시와 비평 분야의 텍스트에 대해 작품 내부의 비밀을 밝히는 내재비평의 방식을 견지하면서 그것을 심화하고 확대시켜 문학사의 좌표에 근거한 구조적 고찰과 계보적 고찰을 연계시키려는 작업을 해 왔다고 요약할 수 있다. 그러나 이 두 가지 방법론 및 관점은 필자가 염두에 두고 도달하기 위해 노력해온 연구의 목표이지 연구 결과를 통해 얻어진 성과라고 말하기 어렵다. 왜냐하면 필자의 연구 과정 및 결과는 언제나 부끄러운 자기반성과 변명 없이는 돌아보기 어려울 만큼 수많은 결핍과 좌절로 점철되어 있기 때문이다. 자괴감을 무릅쓰고 이 연구서를 내면서 다시 한 번 반성과 성찰을 거듭하며 더욱 분발하고 정진할 것을 다짐한다. 그나마 조금이라도 이 책에서 읽어볼 만한 대목이 있다면, 그것은 문학의 길로 이끌어 주신 김인환 선생님과 모교의 은사님들, 그리고 학계 및 문단의 선생님들께서 가르쳐 주신 은혜로부터 얻어진 것이다. 이 분들을 비롯하여 필자에게 지혜와 지식의 은혜를 베풀어주신 모든 분들께 감사드리며, 동학들의 충고와 채찍을 달게 받고자 한다.

2010년 9월
오형엽

현대시론의 구조와 계보

시인이자 지사적 논객이며 한국학의 초석을 닦은 학자이기도 했던 조지훈의 문학적·학문적 업적은 그동안 수많은 연구의 대상이 되어왔다. 이 중 조지훈의 시론에 대한 선행 연구는 중요한 성과들을 축적해 왔는데, 이를 정리하면 크게 두 가지 문제의식을 중심으로 유형화될 수 있다. 첫째, 조지훈 시론을 특정한 문학적 테마나 사조의 영역에서 논의하고 그 근거와 특성을 규명한 연구이다. 이 문제의식을 가진 선행 연구들은 대부분 조지훈 시론을 민족시론, 순수시론, 전통시론, 생명시론, 유기체시론 등의 관점에서 고찰해 왔다. 이 유형의 선행 연구들은 조지훈의 시론을 민족문학과 순수문학의 관점에서 고찰한 논의1)와, 생명문학론과 유기체문학론의 관점에서 고찰한 논의2)로 다시 나눌 수 있다. 둘째, 첫 번째 문제의식과 결부되

제1장 조지훈 시론의 보편성 연구
― 『시의 원리』를 중심으로

1. 머리말

조지훈(1920~1968)은 1939년 『문장』에 「고풍의상古風衣裳」과 「승무僧舞」가, 1940년에 「봉황수鳳凰愁」가 정지용에 의해 추천됨으로써 시단에 등장했으며, 『청록집』(1946), 『풀잎 단장』(1962), 『조지훈 시선』(1956), 『역사 앞에서』(1959), 『여운餘韻』(1964) 등의 시집 혹은 시선집을 간행했다. 또한 그는 시론집 『시의 원리』(1953)를 비롯한 문학론, 수필집 『지조론』(1962) 등의 에세이, 그리고 『한국문화사서설』(1964)을 비롯한 한국학 연구서를 집필하는 등 다양한 방면의 활동을 보여주었다. 1968년 조지훈이 영면한 이후 시를 포함한 그의 저술들을 모아 1973년에 『조지훈 전집』(전7권, 일지사)이 간행되었고, 1996년에 다시 『조지훈 전집』(전9권, 나남출판)이 간행되기에 이른다.

시인이자 지사적 논객이며 한국학의 초석을 닦은 학자이기도 했던 조지훈의 문학적·학문적 업적은 그동안 수많은 연구의 대상이 되어왔다. 이 중 조지훈의 시론에 대한 선행 연구는 중요한 성과들을 축적해 왔는데, 이를 정리하면 크게 두 가지 문제의식을 중심으로 유형화될 수 있다. 첫째, 조지훈 시론을 특정한 문학적 테마나 사조의 영역에서 논의하고 그 근거와 특성을 규명한 연구이다. 이 문제의식을 가진 선행 연구들은 대부분 조지훈 시론을 민족시론, 순수시론, 전통시론, 생명시론, 유기체시론 등의 관점에서 고찰해 왔다. 이 유형의 선행 연구들은 조지훈의 시론을 민족문학과 순수문학의 관점에서 고찰한 논의[1]와, 생명문학론과 유기체문학론의 관점에서 고찰한 논의[2]로 다시 나눌 수 있다. 둘째, 첫 번째 문제의식과 결부되거나 중첩되는 것으로서 사상적·문학적 입각점을 기준으로 조지훈 시론의 근거와 특성을 규명한 연구이다. 이 문제의식을 가진 선행 연구들은 서구적 사상이나 문학관을 기준으로 조지훈 시론의 근거와 특성을 밝히려는 시도[3]와, 동양적 전통의 사상이나 문학관에 입각하여 조지훈 시론의 근거와 특성을 밝히려는 시도[4]로 대별할 수 있다.

---

1) 김흥규, 「민족문학과 순수문학」, 『한국문학의 현단계 Ⅳ』, 백낙청·염무웅 편, 창작과비평사, 1985, pp.183~202.
　권영민, 「조지훈과 민족시로서의 순수시론」, 『한국민족문학론 연구』, 민음사, 1988, pp.399~409.
　고형진, 「순수시론의 본질과 전개과정―박용철과 조지훈의 순수시론을 중심으로」, 『현대시』, 1996.4, pp.18~31.
2) 김윤식, 「유기체 시론 비판―한국근대시론 검토」, 『한국학보』 제4집 4호, 일지사, 1978, pp.141~142.
　박호영, 「조지훈 시론 연구―유기체 시론을 중심으로」, 『한국현대시론사』, 한국현대문학연구회 편, 모음사, 1992, pp.335~347.
　정효구, 「유기체 시론의 의미」, 『시와 젊음』, 문학과비평사, 1989, pp.259~268.
　최승호, 「조지훈 순수시론의 몇 가지 이론적 근거」, 『한국현대시론사』, 한국현대문학연구회 편, 모음사, 1992, pp.454~467.
　이미순, 「조지훈의 유기체론」, 『조지훈』, 최승호 편, 새미, 2003, pp.169~188.
　최승호, 「전통서정시학의 현대적 의미」, 『20세기 한국시론 1』, 글누림, 2006, pp.133~157.
3) 김윤식, 「유기체 시론 비판―한국근대시론 검토」, 위의 글.
　박호영, 「조지훈 시론 연구―유기체 시론을 중심으로」, 위의 글.
　정효구, 「유기체 시론의 의미」, 위의 글.
　이찬, 「20세기 후반 한국현대시론 연구」, 고려대 박사논문, 2004, pp.42~64.

　조지훈 시론에 대한 선행 연구는 대체로 순수문학, 전통문학과 민족문학, 생명문학과 유기체문학, 고전주의와 낭만주의 등의 관점에서 규명되었다. 한편 대부분의 선행 연구는 조지훈 시론이 동양적 전통 사상 및 문학관의 계승과 서구 사상 및 문학관의 수용이라는 양극 중 어느 하나를 기준으로 다른 편을 흡수한다는 식으로 평가되어 왔다. 즉 조지훈 시론이 동양적 전통 사상 및 미학을 중심으로 하되 서구 사상과 문학이론을 수용하여 접목시켰다는 관점과, 서구 사상과 문학이론을 수용하는 방식이 동양적 전통 사상 및 미학과 혼선을 빚거나 논리적 모순에 빠지게 되었다는 관점이 공존하는 것이다. 조지훈의 시론에 동양적 전통 사상 및 문학관과 서구 사상 및 문학관이 혼재하는 것은 사실이지만, 양극 중 어느 하나의 기준에 입각하여 이를 분석하고 평가한다면 시론 자체의 내적 논리를 왜곡하거나 훼손할 수 있다.

　조지훈은 『시의 원리』의 서序에서 '시의 원리'라고 제題한 이유를 "모든 대립되고 착종錯綜된 시론의 공통한 바탕으로서의 시의 통일된 자리를 찾고자" 했으며, "시문학 일반의 기초를 단편적이 아닌 입체적 구조로서 전개"[5]했다고 밝힌 바 있다. 조지훈은 1940년대 후기에서 1950년대 초반의 급박한 시대 상황 속에서 혼미한 시정신 및 시론의 제 양상을 극복하기 위해 '시의 원리'로서 '근본 문제'를 규명하고자 했다. 시의 '원리'와 '근본'에 대한 지향은 그것의 본질, 원형, 근원 등의 가치를 추구하는 것으로서, '부분' 혹은 '특수'를 포용하는 차원에서 '전체' 혹은 '보편'의 영역으로 전개된다. '부분/전체' '특수/보편'의

---

4) 최승호, 「조지훈의 시학에 있어서 형이상학적 관점」, 『관악어문연구』 제16집, 서울대 국어국문학과, 1991, pp.244~250.
　이미순, 「조지훈의 유기체론」, 앞의 글.
　강웅식, 「허무와 초월―조지훈의 생명시론」, 『텍스트에서 경험으로』, 새미, 2003, pp.81~8.
5) 조지훈, 『시의 원리―조지훈 전집 2』, 나남출판, 1996, p.15.

관계를 고려할 때, 우리는 "조지훈은 전체가 부분보다 큰 인물이었다"[6]라는 평가와 함께, 전통의 시각은 부분의 자립성과 전체의 통일성을 동시에 보존하는 열린 체계를 형성하며, 이 열린 체계 안에서 부분과 부분이 상호 작용하고 부분과 전체도 상호 작용하거나 상호 의존한다는 김인환의 관점[7]을 주목할 필요가 있다. 즉 동아시아 전통의 시각에서 부분과 전체, 특수와 보편은 이항 대립의 어느 하나의 항목으로 환원되지 않고, 부분이 곧 전체이고 전체가 곧 부분인 상호 통합의 관계로 이해되는 것이다.

결국 조지훈의 『시의 원리』는 착종된 시정신 및 시론에 대응하기 위해 시의 근본적 원리의 관점에서 동서양의 사상과 문학이론을 아우르는 '보편시론'을 정립하려는 목표를 가지고 있다. 따라서 순수시론 · 민족시론 · 전통시론 · 생명시론 · 유기체시론 등의 문학적 테마나, 고전주의 · 낭만주의 등의 문예사조의 관점이나, 서구적 문학관 · 동양적 전통의 문학관 등의 사상적 입각점은, 조지훈이 보편적 시론에 도달하려는 목표에 이르기 위한 일종의 과정이자 결절점으로서 그의 시론의 부분을 이룬다고 볼 수 있다. 다시 말해, 조지훈 시론에 있어서 보편시론이 최종 목표이며 전체라면, 순수시론, 민족시론, 전통시론, 생명시론, 유기체시론, 고전주의, 낭만주의 등은 그것에 도달하기 위한 과정이자 부분이라고 볼 수 있다. 조지훈 시론에서 동양적 전통과 서구적 현대, 민족문학과 세계문학, 순수문학과 참여문학, 고전주의와 낭만주의 등의 대립 항은 동서양의 사상과 문학이론을 아우르는 보편시론을 정립하고자 하는 목표의 과정이자 부분으로 작용했다고 판단된다. 따라서 이 글은 선행 연구의 중요한 성과들을 토대로 『시의 원리』(1953)를 중

---

6) 김인환, 「조지훈론」, 『다른 미래를 위하여』, 문학과지성사, 2003, p.165.
7) 김인환, 「전통과 창조」, 『어문논집』 제26집 1호, 안암어문학회, 1986, pp.49~59.
　김인환, 「동아시아 문학교육의 전통」, 『의미의 위기』, 문학동네, 2007, pp.11~29.

심으로 조지훈 시론을 부분과 전체를 융합하는 보편성의 관점에서 고찰하여, 조지훈이 동서양의 사상과 문학이론을 아우르는 '보편시론'을 어떻게 정립하려 했는지 살피려 한다.

2. 『시의 원리』의 구성과 내용

『시의 원리』는 시의 근본적 문제들을 존재론, 인식론, 가치론에 입각해 규명한 시론서이다. 전체적으로 이 시론서는 '제1부(시의 우주)' '제2부(시의 인식)' '제3부(시의 가치)'로 이루어지는데, 일단 우리는 제1부를 '시란 무엇인가?' 라는 질문에 대한 대답으로서 '시의 존재론'이고, 제2부를 '시란 어떻게 감수感受하는가?' 라는 질문에 대한 대답으로서 '시의 인식론'이며, 제3부를 '시는 무슨 보람이 있는가? 라는 질문에 대한 대답으로서 '시의 가치론'이라고 간주할 수 있다. 그런데 여기서 조지훈이 제시한 시의 존재론, 인식론, 가치론은 에이브럼스(M. H. Abrams)가 제시한 문학론의 좌표와 비교할 때 그 특성을 보다 잘 이해할 수 있다.

주지하듯이 에이브럼스는 작품·예술가·청중·우주의 네 가지 요소를 중심으로 문학론의 좌표를 설정한다. 여기서 우주는 작품을 형성하는 사건의 객관적 상태, 혹은 그러한 사건들과 모종의 관계를 맺는 그 무엇으로서, 흔히 자연이라는 말로 표시되어 온 것이다. 그리고 청중은 듣는 사람·관객·독자를 포함하고 있어 포괄성을 띤다. 에이브럼스는

---

8) M. H. Abrams, *The Mirror and the Lamp*, London : Oxford University Press, 1953, p.6.
   삼각형의 도식은 다음과 같다.

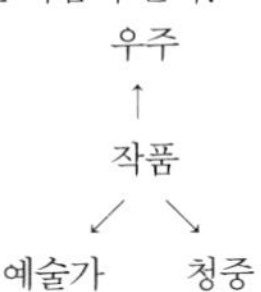

작품을 중심으로 이 네 가지 요소를 삼각형의 도식으로 표시한다.[8] 에이브럼스는 삼각형의 도식을 토대로 문학론의 네 가지 유형을 설정하는데, 우주와 작품의 관계에서 '모방론', 작품과 청중의 관계에서 '효용론', 예술가와 작품의 관계에서 '표현론', 작품 자체의 관점에서 '존재론'이 그것이다. 그는 이 네 유형에 해당하는 비평의 사례들을 역사적으로 고찰해서 그 특징을 살핀다. 에이브럼스의 좌표 설정에 따른 문학론의 유형에 관한 이론은 이후 널리 받아들여지고 활용되고 있다.[9] 그러나 이 관점은 연구 대상의 전체적 위상을 조망할 수 있는 장점이 있는 반면, 좀더 미세한 특징을 정교히 고찰하기에는 너무 포괄적이다. 또한 모방론, 표현론, 존재론, 효용론 등으로 분류된 문학론의 각 유형이 마치 독립되어 있는 것처럼 인식하여, 실제 문학론이나 비평에 있어서 각 유형의 특징이 상호 교섭하는 복합성을 고찰하는 데는 미치지 못하는 한계를 지닌다.

이런 측면에서 조지훈이 『시의 원리』에서 제시한 '제1부(시의 우주)' '제2부(시의 인식)' '제3부(시의 가치)'는 단순히 시의 모방론, 표현론, 존재론, 효용론의 영역으로 구분하기 어려운 복합성과 상호 관련성을 가진다는 점에서 그 의의를 찾을 수 있다. 즉 조지훈이 추구하는 '보편시론'으로서 '시의 원리'는 에이브럼스가 설정한 문학론의 좌표인 모방론, 표현론, 존재론, 효용론을 모두 포함하고 있으면서도 각 영역이 분리되지 않고 상호 연관적으로 혼융되어 있으며 보다 유연하고 관계 지향적이다. 『시의 원리』가 보여주는 전체적 구성과 내용을 살피면 다

---

9) Hazard Adams, *The Interests of Criticism*(New York : Harcourt, 1969)과 Paul Hernadi, *Beyond Genre*(Ithaca and London : Cornell University Press, 1972)도 에이브럼스의 체계를 따른 것이다. 헤르나디는 이 책에서 장르비평의 유형으로 표현론적 개념, 효용론적 개념, 구조론적 개념, 모방론적 개념을 설정하여 이를 원용한다. 이상섭의 『문학의 이해』(서문당, 1972)와 『문학이론의 역사적 전개』(연세대 출판부, 1975)도 문학론의 근본 체계를 모방론, 효용론, 표현론, 존재론으로 나누어 그 역사적 전개를 살피고 있다.

음과 같다.

『시의 원리』의 '제1부(시의 우주)'는 전체적으로 '시란 무엇인가?'라는 질문에 대한 대답으로서 '시의 존재론'을 규명하는 듯하지만, 여기서 '존재론'은 작품 자체의 관점만을 의미하지 않고 시의 본질과 진실로서 '생명', 시의 원천과 독자성과 사명으로서 '감성', 시의 질료와 형식으로서 '언어'를 제시한다는 점에서 에이브럼스적 관점의 '모방론' '표현론' '존재론' '효용론'을 모두 포함한다. 조지훈은 자연미와 예술미의 관계 속에서 '시의 생명'으로서 시적 진실을 탐색하고, 시정신과 시작품 사이의 관계를 카오스와 코스모스의 관점으로 규명한다. 그리고 '시의 감성'으로서 시적 태반이 되는 정서적 감동을 강조하고, 시의 가치 판단에서 독자성의 근거로서 감성을 제시하며, 독자나 사회에 미치는 시의 효용면에서 간접성을 통한 감성의 사명을 언급한다. 또한 '시의 언어'로서 시정신의 존재 형식인 언어를 고찰하고, 시어와 산문어의 구별을 통해 시적 언어의 특성을 밝히며, 시적 언어의 근본 특질로서 언어의 율동적 조형에 대한 언급한다. 요약하면 조지훈은 제1부에서 '시의 본질'을 '우주의 생명적 진실'로 간주하고, '시의 작용'으로서 '사상의 정서적 감동'을 제시하며, '시의 표현'으로서 '언어의 율동적 조형'을 규명하는 것이다.

『시의 원리』의 '제2부(시의 인식)'는 전체적으로 '시란 어떻게 감수하는가?'라는 질문에 대한 대답으로서 '시의 인식론'을 규명하는 듯하지만, 여기서 '인식론'은 시작품을 감수하는 독자의 입장이 아니라 시정신을 언어로 표현하는 시인의 입장에서 착상, 구성, 현상 등을 규명한다는 점에서 '시 창작방법론'이라고 볼 수 있다. 이것은 에이브럼스적 관점의 '모방론'과 '표현론'을 포함한다. 조지훈은 시를 감수하는 시인의 자아 발견 및 영감과 주의력의 교감을 통한 시의 잉태를 기술하면서

'시의 착상'을 살피고, '평범의 비범화'라는 시작 원리에 근거하여 세 가지 기본 미학인 우아미·비장미·관조미를 설명하면서 '시의 구성'을 성찰하며, '혼돈의 질서화'와 '복잡의 단순화'라는 방법론에 근거하여 생략과 부연, 해조와 변조, 과장과 반복을 중심으로 시작 기법으로서 '시의 현상'을 규명한다. 요약하면 조지훈은 제2부에서 '시의 착상'으로서 영감과 주의력이 협동하는 창조적 무의식인 상상력을 제시하고, '시의 구성'으로서 우아미·비장미·관조미를 설정하며, '시의 현상'으로서 생략과 부연, 해조와 변조, 과장과 반복을 설명하는 것이다.

『시의 원리』의 '제3부(시의 가치)'는 '시는 무슨 보람이 있는가?'라는 질문에 대한 대답으로서 '시의 가치론'을 규명하는 듯하지만, 여기서 '가치론'은 수용미학적 관점의 효용론을 의미하지 않고 문학의 원형이자 산문과 구별되는 시의 본성으로서 율격의 관점에서 '시의 위치', 충족(유희)과 정화(효용) 작용에 대하여 무자각적 의욕인 파토스를 강조하는 '시의 윤리', 창조적 감상으로서 '시의 감상'을 제시하는 점에서 문학 장르론과 시 장르론뿐만 아니라 에이브럼스적 관점의 '존재론'과 '효용론'을 포함한다. 조지훈은 문학의 원시적 발생을 운문과 음악과 무용이 종합된 민요무용에서 발견하고, 정신 내용면에서 토의문학인 산문과 창조문학으로서의 시를 구별하며, 표현 형식면에서 산문과 운문을 구별한 후 외형률과 내재율의 차원에서 정형시, 자유시, 산문시를 규명함으로써 '시의 위상'을 검토한다. 그리고 유희와 효용에 대하여 실질적 목적 이상으로 자기 표현 및 고양을 지향하는 '시의 목적'과, 예술성을 통해 공리성에 이바지하는 '시의 생활'을 통해 '시의 윤리'를 제시한다. 또한 시인과 독자, 즉 창작과 감상 사이의 관계에서 구심적 공감, 창조적 감상, 원심적 괴리의 태도를 구분하고, 관조와 향수와 평가의 결합으로 이루어지는 시 감상의 차원을 '음미吟味'라는 개념으로 규정하며, 시 감상의 실제를 제시하면서 '시의 감상' 을 해명한다. 요약하면 조지훈은 제3부에서 '시의 위치' 를 문학 장르론과 시 장르론으로 정립하여 율격적 운문정신을 강조하고, '시의 윤리' 로서 충족과 정화 작용 등의 실질적 목적 이상의 자기 표현 및 고양을 지향하며, '시의 감상' 을 작품의 주제화와 가치를 추상하는 창작과 감상의 관계를 통해 천착하는 것이다.

지금까지 우리는 『시의 원리』가 보여주는 전체적 구성과 내용을 통해 조지훈의 시론이 에이브럼스가 설정한 문학론의 좌표인 도출론, 표현론, 존재론, 효용론을 모두 포함하고 있으면서도 각 영역이 분리되지 않고 상호 연관적으로 혼용되어 보다 유연하고 관계 지향적이라는 점을 살폈다. 이처럼 조지훈 시론이 단순히 어느 한 문학론의 영역으로 한정하거나 환원되기 어려운 복합성과 상호 관련성을 가지는 것은, 동서양의 사상과 문학이론을 아우르는 '보편시론' 을 정립하고자 하는 일관된 추구에서 기인한다고 볼 수 있다. 이 글은 이런 조지훈 시론의 특성을 심층적으로 살피기 위해 다음 장부터 각론을 구체적으로 분석하고자 한다.

3. 시의 우주론 — 생명, 감성, 언어

조지훈은 『시의 원리』의 '제1부(시의 우주)' 에서 시의 본질과 진실로서 '생명', 시의 원천과 독자성과 사명으로서 '감성', 시의 질료와 형식으로서 '언어' 를 제시한다. 우선 조지훈은 '시의 생명' 의 본질을 자연미와 예술미의 관계 속에서 규명한다.

시생명의 본질은 '시를 사랑하는 인생 속에 내재內在하여 생성生成하는 자연自然'이라고 봐야 할 것이다.

(…중략…) 대자연은 자연 전체의 위에 그 '본원상본原相, Urphänomen'을 실현하지만 반드시 개개의 사물에 완전히 나타나는 것은 아니기 때문에 어느 의미에서 시인은 자연이 능히 나타내지 못하는 아름다움을 시에서 창조함으로써 한갓 자연의 모방에만 멈추지 않고 '자연의 연장延長'으로서 자연의 뜻을 현현顯現하는 하나의 대자연일 수 있는 것이다. 바꿔 말하면, 시는 시인이 자연을 소재로 하여 그 연장으로써 다시 완미完美한 결정結晶을 이룬 '제2의 자연'이라고도 할 수 있다.[10]

조지훈은 시 생명의 본질을 '자연'이라고 규정하는데, 이때 '자연'은 인간 외부에 존재하는 객관적 세계가 아니라 "시를 사랑하는 인생 속에 내재內在하여 생성生成하는" 것이다. 이 문장에는 조지훈 문학관의 기본 전제가 함축되어 있다. 사람이 대자연의 일부라는 관점은 상식적인 차원이지만, 사람이 창조적 자연을 내부에 간직하여 다시 자연을 창조할 수 있는 기능을 가진다는 관점은, 인간과 자연을 단순히 포함관계로 보지 않고 상호 침투와 교섭의 관계로 본다는 점에서 복합성을 가진다. 그 연장선에서 시인은 "자연이 능히 나타내지 못하는 아름다움을 시에서 창조"하여 "자연의 모방에만 멈추지 않고 '자연의 연장延長'으로서 자연의 뜻을 현현顯現하는 하나의 대자연일 수 있"다고 언급한다. 즉 조지훈은 시뿐만 아니라 모든 예술이 자연을 정련精鍊하여 그것을 다시 자연의 혈통에 환원시키는 역할을 담당한다고 보는 것이다. 그리하여 "자연미自然美의 구극究極이 예술미에 결정結晶되고 예술미의 구극은 자연미

---

10) 조지훈, 『시의 원리─조지훈 전집 2』, 나남출판, 1996, pp.20~21. 이후 조지훈 시론의 인용은 이 책에 근거한다.

에 환원된다"에서 요약되듯, 자연미와 예술미를 이항 대립이 아니라 상
호 교섭적인 관계망으로 파악하는 조지훈의 관점은 서구적 문학관으로
서 모방론과 표현론을 아우르며, 더 나아가 고전주의 문학관과 낭만주
의 문학관을 포괄하는 '통합'과 '융화'의 시관을 보여준다.

　이런 기본 전제를 바탕으로 조지훈은 시적 내용과 형식의 문제에 대
해 언급한다. 그는 시의 언어로 표현되기 이전의 내용적 차원을 '넓은
의미의 시', 다시 말하면 '시정신'이라고 부르고, 이것이 시인의 개성
적 언어 표현으로 창조되어 이루어진 것을 '참뜻의 시'라고 부른다. 그
리고 시의 '태반'으로서 먼저 '저 자신의 사상'을 가지라고 요구하는
데, 이것은 일단 언어 표현보다 내용을 우선하는 시관이라고 볼 수 있
다. 조지훈에게 있어 시의 원천은 '자신의 사상'인데, 그는 이것을 "우
주의 생명의 직관直觀에 통하는 길"이라고 정의한다. 이는 자기 심화의
궁극에서 인생이나 자연이 모두 하나의 커다란 혈연적 유대로 맺어져
있다는 사유로부터 기인하는 것이다. 결국 조지훈은 시의 '내용'으로서
'우주의 생명'을 직관하는 '자신의 사상'을 제시하고 있는 셈이다. 그
런데 조지훈은 이 시적 내용의 차원이 시작품으로 전환되기까지 "시를
위한 재편성"을 거쳐야 한다고 말하는데, 이것이 바로 언어를 통한 시
적 표현의 차원이 된다. "저 자신의 사상은 그 체득하는 방법, 탐구하는
방법, 표현하는 방법에 따라 얼마든지 다른 길을 잡을 수 있"다는 언급
은 시를 위한 사상의 재편성 과정을 의미하는데, 조지훈은 "언어의 음
률적 조형"이라는 차원으로 그것을 설명한다. 이후 조지훈의 시론은 이
런 시의 내용과 형식의 관계를 기본 전제로 삼아 전개된다. 한편 조지훈
은 '넓은 의미의 시' 즉 '시정신'과 '참뜻의 시' 즉 '시작품'의 관계를
'카오스'와 '코스모스'라는 개념을 통해 제시한다.

불완전한 언어가 우주를 대변하는 것, 언어의 제약이 정신의 비약을 주는 점이 시의 묘처妙處이다. (…중략…) 표현이 없는 것을 예술이라 할 수는 없으므로 시표현詩表現의 유일한 방법인 언어적 형성을 부인하는 것은 시를 부인하는 결과에 이르고 마는 것이다. (…중략…)

표현을 통하여서만 저 자신의 사상은 혼돈 속에서 명확히 구체화되는 것이다. (…중략…)

참뜻의 시詩인, 나타나는 시는 시인이라는 창조자를 통하여 산출되는 것이요, 시인은 시정신의 섭리를 받아 시를 산출하므로 시정신과 시인과 시는 서로 매개媒介하고 통일하고 제약하여 떨어질 수 없는 것도 알 수 있다.[11]

표현 이전의 사상, 즉 시정신은 모든 예술에 공통된 에스프리이자 포에지이며, 표현된 시는 이 카오스적 혼돈을 시만이 가진 표현 형식인 언어를 통해 구체화하여 코스모스를 형성한다. 조지훈은 표현 이전의 ‘직관적 감흥’ 으로서 ‘생명적 진실’ 을 카오스적 혼돈으로 간주하고, 불완전한 언어가 우주를 대변하고 언어의 제약이 정신의 비약을 주는 점에서 언어 표현의 묘처妙處를 발견한다. ‘시정신’ 과 ‘시인’ 과 ‘시작품’ 이 서로 매개하고 통일하고 교섭한다고 파악하는 점에서, 조지훈은 ‘비분리의 시학’ 을 지지한다고 볼 수 있다.

조지훈은 ‘시와 시인의 비분리’ 의 관점에 근거하여 시인을 “대자연의 생명”을 현현시키는 천분天分을 가진 존재로 파악하고, 시인이 “뜨거운 사랑”을 가져야 하는 이유로 대자연의 생명이 꿈과 힘을 지닌 위대한 사랑이기 때문이라고 말한다. 그리고 시인이 언어로 표현하는 시는 생명의 표현이고 인간성의 발현이라고 말한다. 이것은 조지훈이 ‘대자

---

11) 조지훈, 위의 책, pp.24~26.

연의 생명'과 '사랑을 가진 시인'과 생명의 표현이자 인간성의 활현인 '시작품'을 분리하지 않고 하나의 연속적인 상호 연관 속에서 사유하고 있음을 입증한다. 조지훈은 이런 시관의 연장선에서 시의 본질을 "대상을 자기화하고 자기를 대상화하는 곳에 생기는 통일체 정신"이라고 정의하고, "인간 의식과 우주 의식의 완전 일치의 체험"을 시의 궁극적 경지라고 강조한다. "시의 우주는 실로 한편의 시를 통하여 영겁한 시간과 무변한 공간을 통일한다"는 주장에서 보듯, 우주와 인간과 대상 사이의 '통합'과 '조화'와 '질서'를 추구하는 '동일성의 시학'은 조지훈 시관의 근본적 입지점을 형성한다. 조지훈은 '인간 의식과 우주 의식의 완전 일치의 체험'으로 요약될 수 있는 시의 생명적 본질을 근계로, 그 것을 시적 언어로 전환하는 근거에 대해 다음과 같이 언급한다

> 시는 인생의 표현이므로 인생을 위하여 존재하는 것이요, 인생을 위하는 다른 것을 위하여 존재하는 것이 아니다. 바로 인생을 위하여 존재하는 시는 제 스스로 타고난 길이 있다는 말이다. (…중략…)
>
> 시적 진실은 먼저 예술가치藝術價値로서 정서적 감동이다. 감성으로서 받아들이고 감성으로 표현하며 감성에 자극되는 것이 시의 정통조 본질이라는 말이다. (…중략…) 그러나, 정서적 감동이라고 해서 모두 예술이 되는 것도 아니다.
>
> 그것이 미美의 가능한 소재요, 핵심의 내용은 될 수 있으나 곧 그대로 예술가치로 볼 수 없는 것은 실로 예술가치로서의 시는 자연과 인생 속에 내재하는 미美의 소재를 시인의 손으로 다시 창조한 제2의 자연이기 때문이다.[12]

---

12) 조지훈, 위의 책, pp.33~34.

조지훈이 시를 "인생의 표현이므로 인생을 위하여 존재하는 것"으로 정의할 때, "인생"은 대자연의 본질인 '생명'을 구현하는 인간적 차원이므로 단순히 통상적인 의미의 '인생을 위한 예술'로 이해하면 곤란하다. "인생을 위하여 존재하는 시"는 "제 스스로 타고난 길이 있다"는 언급까지 고려하면, 그는 시가 다른 가치를 위해 존재한다든지 제 가치만을 위해 존재하는 것도 아니라는 의미를 피력하는 것이다. 이런 관점의 연장선에서 조지훈은 "시적 진실은 먼저 예술가치藝術價値로서 정서적 감동이다"라고 정의한다. 이 정의는 시의 정통적 본질을 '사상의 감성화'에 두는 것으로서, 지성이나 윤리를 시의 전부처럼 주장하는 시관에 대한 부정이지 그것이 시에 불필요하다는 의미가 아니다. 또한 조지훈은 '정서적 감동'이 그대로 예술이 되는 것이 아니라, 그것을 시인의 손으로 재창조하는 언어 표현의 과정을 밟아야 한다는 점을 재차 강조한다. 조지훈은 내용과 형식의 관계에서 내용 우위의 시관을 가지면서도 형식적 언어 표현의 중요성을 견지하는 것이다. 이런 '시적 독자성'의 관점에 근거하여 조지훈은 시정신의 존재 형식으로서 언어에 대해 다음과 같이 피력한다.

시 창생蒼生의 유일한 질료質料는 언어이다. 시의 뼈와 살, 빛과 소리, 혼과 향기는 모두 언어 속에 깃들여 있다는 말이다. 그러므로, 언어 속에는 우주의 생명이 깃들여 있다고 하지 않을 수 없다. (…중략…)

시의 생명이 깃들이는 육신, 곧 시의 형식은 언어의 순일純一한 결정結晶이다. (…중략…)

왜 그러냐 하면, 시의 언어는 시 내용으로서의 언어의 존재 형식이기 때문이다. (…중략…)

정신의 운동은 물질계에 나타날 때에 비로소 언어가 되고 그 이전은 다

만 관념일 따름이므로 언어는 육체 밖에 나와서 움직이는 정신이란 뜻이
된다. 하지만 언어는 관념이나 실재의 표현이 아니요, 도리어 그것의 내용
이며 관념과 실재의 존재 형식인 것이다.[13]

조지훈은 시를 창조하는 유일한 질료를 언어라고 보고, 그 속에 우주
의 생명이 깃들어 있다고 파악한다. 이런 언어관은 서구 근대적 언어관
이 전제하는 '내용/형식'의 이분법을 넘어선다. 왜냐하면 조지훈에게
언어는 단지 우주의 생명적 직관이라는 시의 내용을 전달하는 '수단'이
나 '매개'의 개념이 아니라, 그 자체에 우주의 생명이 깃들어 있는 '생
명체'이기 때문이다. 시의 생명이 깃들이는 육신으로서 시의 형식은
"언어의 순일純一한 결정結晶"인데, "시의 언어는 시 내용으로서의 언어
의 존재 형식"이라는 정의는 간단치 않은 의미를 함축한다. 통상적으로
시의 언어를 시적 내용과 대비되는 형식의 차원으로 이해하지만, 조지
훈은 시 형식으로서의 언어와 시 내용으로서의 언어를 아울러 사유하
고 있기 때문이다. 다시 말해, "언어는 관념이나 실재의 표현이 아니요,
도리어 그것의 내용이며 관념과 실재의 존재 형식"이라는 것이다. 언어
를 표현의 차원으로만 보지 않고 내용의 차원으로도 파악하는 관점은
조지훈 시론의 비범성을 말해주는 것으로서 성경적 언어관과도 상통하
는 면이 있다. 창세기에서 언어와 창조는 같은 뜻으로 사용되기 때문이
다. 이런 차원에서 조지훈의 언어관은 창조의 의미를 가진 '다뎀의 언
어'와 개별 언어의 실제를 초월하는 '순수 언어'의 형식을 사유하는 벤
야민의 언어관과도 상통하는 측면이 있다고 볼 수 있다. "동일한 이성理
性의 내적 활동형식이 사고思考요, 외적 활동형식이 언어言語"라는 언급
에서 보듯, 조지훈에게 시의 언어는 시정신의 형식인 동시에, 정신의 내

---

13) 조지훈, 위의 책, pp.45~48.

부에 본래 갖추어져 있는 한 작용인 것이다. 조지훈은 이런 언어관을 토대로 시적 언어의 근본 특질을 다음과 같이 요약하여 제시한다.

> 언어의 율동적 조형造型 ─ 이것이 예술로서 시의 개성이다. "우주의 생명적 진실이라는 시의 본질이 사상의 정서적 감동이라는 시의 작용을 통하여 언어의 율동적 조형이라는 시의 표현을 갖출 때 여기 한 편의 시가 나타나는 것이다."[14]

조지훈은 '시의 본질'을 "우주의 생명적 진실"로 간주하고, '시의 작용'으로서 "사상의 정서적 감동"을 제시하며, '시의 표현'으로서 "언어의 율동적 조형"을 규명한다. 여기서 '시의 표현'으로서 "언어의 율동적 조형"은 조지훈이 시적 언어 표현을 '율동'과 '조형'의 융화 및 통합의 차원으로 간주하고 있음을 의미한다. 즉 그는 시가 공간적·시각적·지적인 특징을 가진 미술적 성격과 시간적·청각적·정적情的인 특성을 가진 음악적 성격을 동시에 가지면서, 음악과 미술이 가지지 못하는, 찰나의 움직임을 영원화하고 무한의 고요함을 찰나의 움직임으로 표현할 수 있는 특성을 가진다고 파악하는 것이다.

4. 시의 창작방법론 ─ 착상, 구성, 현상

조지훈은 『시의 원리』의 '제2부(시의 인식)'에서 '시의 본질'인 '우주의 생명적 진실'을 담고 있는 '시정신'을 시적 언어로 표현하는 과정으로서 '시 창작방법론'을 제시한다. 즉 시인의 입장에서 시의 착상, 구

---

14) 조지훈, 위의 책, p.60.

성, 현상 등을 차례로 규명하는 것이다. 그는 우선 '시의 착상'으로서 시작을 통한 시인의 자아 발견이라는 관점에서 '시의 감수'를 언급하고, 시 창작에 대한 태도와 견해로서 '영감靈感'과 '주의력注意力'을 주목한다.

조지훈은 시 창작에 대한 태도와 견해의 양대 유형으로서 시를 움직이는 힘이 시인 자신의 밖에서 '영감'으로 온다는 관점과, 이와는 반대로 시인의 강력하고 침착한 '주의력'에서 온다는 관점을 전제한다. 시가 나를 쓴다는 '영감설'이 수동적 방법인 데 반해, 내가 시를 쓴다는 '주의력설'은 능동적 방법이라고 볼 수 있다. 여기서 '영감설'은 "시는 감정의 자발적 분출"이라고 정의하면서 '감정'의 영역에 '상상력'과 '영감'을 포함시키는 낭만주의적 시관과 맞닿아 있으며, '주의력설'은 질서와 조화와 균형을 추구하며 이성적 사유를 중시하는 고전주의적 시관 및 "시는 장인의 의도적 제작의 산물"이라고 간주하는 모더니즘적 시관과 맞닿아 있다. 그런데 조지훈은 '영감'과 '주의력'에 대해 다음과 같이 언급한다.

시의 창작은 실제로 봐서 영감과 주의력을 엄밀히 구분할 수는 없는 것이요 이 양자가 혼일混一되는 것이란 말이다. 영감은 우주의 무한광대無限廣大한 원주圓周를 무의식계無意識界라 하고 이 무의식계를 포에지의 세계로 본 다음, 시인의 자아를 그 원의 중심점으로 하여 자아의 중심점이 무의식의 원주 안에 용화되는 절대무의식의 상태를 최선의 방법으로 삼는데 반하여, 주의력注意力은 자아의 의식중심점을 확대하여 무의식의 원주圓周에까지 침식하는 완전의식의 상태를 최선의 방법으로 삼는 것이다.

(…중략…) 그러므로 영감과 주의력은 '의식과 무의식', '자기와 대상對象', '주관과 객관' 문제로 대치될 수밖에 없다.

나는 시의 감수感受되는 상태인 '생명의 고조' 는 의식이 무의식화할 때, 무의식이 의식화할 때 어느 것에서나 다 가능하다는 것을 믿을 뿐 아니라 체험한다.[15]

조지훈은 무한한 우주의 포에지를 무의식계로 보고, 자아의 중심점이 무의식 안에 용화되는 절대 무의식의 상태에 도달하는 것을 '영감' 으로 파악한다. 그리고 자아의 의식 중심점을 확대하여 무의식의 원주圓周에까지 침식하는 완전 의식의 상태에 도달하는 것을 '주의력' 으로 간주한다. 여기서 조지훈은 '영감과 주의력' 을 '의식과 무의식', '자기와 대상', '주관과 객관' 등의 문제로 대치하는데, 조지훈 시론의 독창성은 "시의 감수感受되는 상태인 '생명의 고조' 는 의식이 무의식화할 때, 무의식이 의식화할 때 어느 것에서나 다 가능"하다는 시 창작의 체험으로부터 '영감' 과 '주의력' 의 혼일混一을 주장하는 데 있다. 시 창작의 본질을 '의식과 무의식의 융화운동' 에서 찾는 관점은 유한과 무한이 통일하는 상태이자 자연과 인공이 교감된 상태로서 감성이 초감성화하는 상태를 의미한다.

이런 조지훈의 시론에 대해 낭만주의와 고전주의 혹은 모더니즘적 관점이 혼재되어 논리적 모순을 노출한다고 지적하는 견해는 객관적 사실을 왜곡할 우려가 있다. 왜냐하면 시인의 내밀한 창작 체험 속에서 의식과 무의식, 자기와 대상, 주관과 객관이 융합되는 찰나적 경험이 가능하기 때문이다. 그리고 오히려 낭만주의와 고전주의 및 모더니즘 등의 서구적 시관을 하나의 고정된 척도로 간주하고 어느 하나의 영역에 시론을 한정하려는 태도 자체가 우려할 만하다고 볼 수 있다. '영감' 과 '주의력' 의 혼일을 주장하는 조지훈의 관점은 기존의 문예사조적 관점

---

15) 조지훈, 위의 책, pp.72~73.

들을 전제하고 그것들을 통합하고 융화시키는 재구성을 통해서 창작 과정의 은밀한 비밀을 규명한다는 점에서 오히려 독창성을 높이 평가할 수 있다. 더 나아가 조지훈은 '영감'과 '주의력'을 '자연'의 개념과 관련하여 동양적 예술 전통의 관점에서 새롭게 해석하는 독창성을 보여준다. 즉 조지훈은 '영감'을 "생활에서 스스로 찾은 것"이라는 관점에서 안에서 찾은 것이고, '주의력'을 "정신에서 저절로 이루어진 것"이라는 관점에서 절로 만들어지는 것이라고 새롭게 해석한다. 그리고 이 두 개념을 '자연自然'의 '자自'자字가 가진 '스스로'와 '절로'라는 두 가지 뜻의 묘합妙合으로 이해한다. 이런 관점은 조지훈이 서구적 개념의 문학론 및 시론에 구속되지 않고 그것을 동양적 전통 예술의 개념과 상호 침투시키고 교섭시켜 보편시론으로 재구성하고 있음을 확연히 보여준다.

한편 조지훈은 '명의命意'라는 동양 시학의 개념을 통해 '시의 구성'을 논의하면서 시인의 재질로 느낌의 예민성, 생각의 천진성, 노력의 심각성을 들고, 이 세 가지를 종합하여 '평범의 비범화'라는 시적 원리를 제시한다. 그리고 이 원리에 근거하여 시의 세 가지 기본 미인 우아미, 비장미, 관조미를 설정한다. 조지훈에 의하면, '우아미'는 오성과 상상력, 목적과 감흥, 영혼과 육신, 내용과 형식, 주관과 객관을 융합시키는 조화와 일치의 미이며, 동양적 정신미의 최고 경지이다. 관조미는 고요한 아름다움 속의 즐거움으로서 고요한 것으로서 '맛'과 동적인 것으로서 '멋'으로 구분된다. '비장미'는 슬픔의 힘이 동반되지 않을 때 센티멘탈리즘이 되고, 슬픔의 힘을 가지고 동적일 때 장엄미가 된다. '우아미'는 다시 화사한 쾌락미와 부탁한 골계미로 나누어지고 '비장미'는 다시 퇴폐미와 투쟁미로 나누어진다. '관조미'는 서구시의 경우 흔히 '위트(wit)'를 중시하는 주지주의시에서 나타나고, 동양의 경우

'적寂'을 중시하는 선운파禪韻派에서 나타난다. 우아미가 정서적이고 비장미가 의지적이라면 관조미는 지적이라고 할 수 있다. 조지훈은 이처럼 우아미, 비장미, 관조미를 중심으로 시의 세 가지 기본 미학을 제시하면서도 다음과 같이 언급한다.

> 시가 되고 안 되는 것이 문제지 우아니 비장이니 낭만주의니 주지주의니 순수니 공리功利니 하는 것은 무슨 소용이 있는가. 시를 짓는 것이 이미 지知·정情·의意가 합일된 작용이라면 어느 시든 조화와 의욕과 상징이 아주 없는 것은 정말 전혀 있을 수 없을 것이다. 그러므로, 실제 우리가 접할 수 있는 시는 대개 이 세 가지 미의 배합에서 오는 색채미色彩美일 것이다.[16]

조지훈은 우아미·비장미·관조미 등의 미학적 관점뿐만 아니라, 낭만주의·주지주의 등의 문예사조적 관점이나, 순수·공리功利 등의 문학적 입장에 대해서도 큰 비중을 두지 않는다. 다만 "시가 되고 안 되는 것이 문제"라는 표현은 미학적 관점, 문예사조적 관점, 문학적 입장 등의 특정한 이론적 규정 및 정의에 구속되지 않고 시 창작과정의 내밀한 체험을 주체적으로 정립하려는 의도로부터 조지훈의 시론이 생성됨을 확인시킨다. 그리고 "시를 짓는 것이 이미 지知·정情·의意가 합일된 작용"이라는 말과 "시는 대개 이 세 가지 미의 배합에서 오는 색채미色彩美"라는 말은 부분들의 '통합'과 '융화'를 추구하는 조지훈 시론의 원리를 상기시킨다.

이어서 조지훈은 '혼돈의 질서화'와 '복잡의 단순화'라는 방법론에

---

16) 조지훈, 위의 책, p.100.

근거하여 생략과 부연, 해조諧調와 변조變調, 과장과 반복을 중심으로 시작 기법으로서 '시의 현상'을 규명한다. 조지훈에 의하면, 시 표현의 제1 원리는 '생략'이다. 예술 일반의 공통적 본질인 '혼돈의 질서화'는 먼저 생략을 바탕으로 한다. 생략의 시는 소극적이고 자극적이며 함축적인 반면, 부연의 시는 적극적이고 율동적이며 서술적이다. 그러므로 비장미의 애수, 우아미의 아려雅麗, 관조미의 고담枯談은 생략만으로 이루어 질 수 있지만, 장엄한 시의 곤곤滾滾한 율조, 풍류風流로운 시의 휘영청거리는 멋, 침중한 시의 묵직한 격은 극도의 생략만으로 불가능하고 오히려 적절한 언어 부연으로써 이루어진다. 조지훈은 시 표현의 제2 원리인 '해조'에 대해 다음과 같이 서술한다.

시형식이 다른 문학과 구별되는 또 하나의 특질을 나는 언어의 율동적 조형이라고 말하였다. 시는 애초에 노래에서부터 비롯되었고 노래가 문자를 가지기 전에는 청각에 의한 감동이었다. (…중략…)

시는 언어 예술이란 그 하나만으로도 벌써 미술성을 음악성 다래 포함시키지 않을 수 없게 되는 것이다. 그 음악성의 최대 요소가 시에서 해조諧調로 나타나는 것이다. 그 해조 안에 향기와 빛과 소리가 일치하는 겨기가 있는 것이다.[17]

조지훈은 시형식의 한 특질을 "언어의 율동적 조형"이라고 지적한다. '율동'과 '조형'은 각각 시의 음악적 특성과 미술적 특성을 의미하는데, 그는 이 둘의 조화와 결합으로 시형식의 특성을 파악하는 것이다. 그런데 이 두 가지 요소 중에서 조지훈의 시론은 음악성, 즉 해조에 무

게중심을 두고 있다. 애초에 노래에서 비롯된 시는 문자 발생 이후 시각적 형자形姿를 육체적 외현으로 삼게 되면서 조형적 성격이 부가되었다. 따라서 "시는 노래하는 정신의 그림이요, 조각하는 마음의 음악"이듯이 '언어의 율동적 조형'으로 양자가 긴밀히 결합되어 있지만, 미술성을 음악성 아래 포함시키지 않을 수 없다는 것이 조지훈의 생각이다. 이는 정형시와 자유시를 막론하고 시를 형성하는 음악적 요소로서 '해조'를 강조하는 관점으로 이어지는데, 산문의 흐름에 맞서 시정신을 회복해야 한다는 조지훈의 기본 관점과도 연결된다. 그리고 조지훈은 '해조'가 잘 조화된 율조로서 일종의 정형이라면, '변조'는 해조가 파탄된 것이라고 설명하면서 "파탄의 미美로서 해조 아닌 변조變調가 새로운 해조를 형성할 수도 있다"고 언급한다. 이런 언급은 개성에서 우러난 변조미도 종래에 없는 새로운 해조의 창조로서만 가능하다는 관점으로서, 변조보다 해조에 무게중심을 두고 있음을 짐작케 한다.

조지훈에 의하면, 시 표현의 제3 원리는 '과장'이다. 상상적 실현, 즉 외계의 현실에는 없는 가감加感으로써도 강력한 진실감을 불러일으킬 수 있다. 과장은 사상事象의 핵심 되는 진실을 표현하기 위해 있는 그대로가 아니라 더 강조하기 위한 일체의 수사修辭를 통칭하는 개념이다. 조지훈은 의인擬人, 의물擬物, 의태擬態, 의성擬聲은 물론 일체의 비유와 수사의 적절한 사용을 과장이라 부른다. 따라서 이 용어는 통념적인 과장이 아니라 '그것 아닌 것을 통해서 그것의 진실을 보이는 언어적 방편'이라는 뜻으로 사용된다. 동어반복과 유어반복類語反復으로 대표되는 '반복'이 '해조'의 귀결이라면, '과장'은 '생략미'의 심연心然한 귀결이라고 볼 수 있다.

5. 시의 가치론 — 위치, 윤리, 감상

조지훈은 『시의 원리』의 '제3부(시의 가치)'에서 문학 장르론과 시 장르론의 관점에서 문학의 원형이자 산문과 구별되는 시의 본령으로서 '시의 위치', 충족과 정화 작용에 대하여 무자각적 의욕인 파토스를 강조하는 '시의 윤리', 창조적 감상으로서 '시의 감상'을 제시한다. 그는 우선 문학의 원시적 발생을 운문과 음악과 무용이 종합된 민요무용에서 발견하고, 정신 내용면에서 토의문학인 산문과 창조문학인 시를 구별하며, 표현 형식면에서 산문과 운문을 구별한다. 조지훈은 시와 산문의 구별을 문학정신, 즉 창작정신의 유무로써 문학의 본질적 의의를 해명하는 것이라고 강조하면서 다음과 같이 언급한다.

> 우리의 시 전통은 향가鄕歌 이래 순연醇然한 서정시에 있으므로 이와 같은 시의 독립운동은 서구에서처럼 그렇게 절실한 문제는 아니나 근자에 보이는 시의 산문에의 굴복과 해소적 경향은 이러한 상징파 운동을 타산지석他山之石으로 삼아야 할 것이다. 아무리 광대한 산문예술에 압도되더라도 좁으면서도 치밀한 서정성과 비평성批評性의 일치에서 오는 연금鍊金―그것이 현대시가 소생하는 최후의 보루堡壘이다. 아니 근원적인 형식이다. 시의 멸망을 염려하여 타협과 몰입을 뜻하는 것은 범용凡庸한 시인의 타락에의 첫 길이라 할 것이다. 시와 산문의 대결―그것은 본디 하나이지만 나눠진 뒤에는 제 스스로의 힘으로 영원히 존속하는 또 하나 각기 다른 생명이다.[18]

---

18) 조지훈, 위의 책, pp.132~133.

조지훈은 운문과 산문의 차이는 단지 리듬의 차이에 불과하지만, 리듬의 차이가 생각의 차이에서 규정되는 곳에 시 생명의 입지가 있다고 본다. 즉 시와 산문의 창작문학 내부에서의 분열은 표현 형식면이 아니라 오히려 정신 내용면에서 비롯된다는 것이다. 이런 차원에서 조지훈은 시 가운데 가장 순수한 형태를 '서정시'라고 간주하고, 서사시, 극시, 사상시思想詩가 모두 산문의 발달과 함께 산문 속에 해소되어 버릴 운명에 놓여 있다고 지적한다. 따라서 조지훈은 한국시의 전통은 서정시에 있으며, 산문에 대한 시의 굴복과 해소적 경향을 치밀한 서정성과 비평성의 일치에서 오는 연금鍊金으로 극복해야 한다고 요청한다. 조지훈에게 있어 "시와 산문의 대결"은 본디 하나였던 시의 본질이자 원형인 서정시로의 회귀를 통해 극복되어야 하는 것이다.

이처럼 조지훈은 '시와 산문의 구분'을 '운문과 산문의 구분'으로 연결시키면서 시는 본질상 '음률'에 생명적 의의가 있다고 강조한다. 그리고 현대시, 즉 자유시를 운문과 산문의 중간에 위치하는 바 운문정신이 산문 형태로 표현된 시라고 설명하면서, '율문律文'이라는 명칭을 편의상 붙인다. 그는 시의 형식이 운율의 파동을 희구하므로 음률과 음조音調를 시의 필연한 형식으로 간주하고, 결국 시는 운율의 정서가 사상의 의미를 영도한다는 관점에서 시적 율격의 중요성을 강조한다. 이런 차원에서 그는 시의 율격인 '외형률'과 '내재율'에 대해 다음과 같이 언급한다.

우리가 시의 분류를 시험한다면 대개 두 가지 면에서 이를 고찰할 수 있을 것이니, '외형률外形律', 곧 시의 나타난 형식의 면에서 보는 것이 그 하나요, '내재율內在律', 즉 시의 읊어진 내용의 면에서 보는 것이 그 다른 하나이다.

전자를 2대별하여 '정형시'와 '자유시'로 나누고 후자를 양분하여 '서정시'와 '서사시'로 쪼개는 것은 가장 일반적인 분류법일 뿐 아니라 그만큼 정곡正鵠을 얻은 간편한 방법이기도 하나 나는 약간의 사견에 의거함으로써 외형률의 면에서 '정형시'와 '자유시'와 '산문시', 내재율의 면에서 '서정시'와 '서경시敍景詩'와 '서사시'의 3대 분법分法을 취하는 것이 타당하다고 본다.[19]

조지훈은 시를 분류할 때 형식의 측면에서 '외형률'과 내용의 측면에서 '내재율'로 나누고, 다시 외형률의 측면에서 '정형시'와 '자유시'와 '산문시', 내재율의 측면에서 '서정시'와 '서경시敍景詩'와 '서사시'로 구분한다. 여기서 주목할 점은 '서경시'를 시 내용의 측면인 '내재율'의 한 유형으로 설정하는 대목이다. 조지훈은 서정시 안에 서경시가 포함되는 것이 타당하지만, 한편으로는 서정시가 주관적 표현인데 비해 서경시는 객관적 묘사의 측면이 두드러져서 오히려 서사시의 진술에 통하는 면이 강하기 때문에, 서경시를 서정시와 서사시의 중간 위치에 둔다고 언급한다. 이런 관점은 통상적으로 제시하는 '극시'를 '서경시'로 대치한 것으로서, 시의 음악적 특성인 '해조'를 강조하는 조지훈의 입장에서 볼 때 예외적이라고 볼 수도 있다. 그러나 이것은 시형식의 특질을 "언어의 율동적 조형"으로 파악하면서 '음악성'과 '회화성'이라는 양극의 조화와 균형을 중시하는 조지훈 시론의 원리를 재확인시킨다.

조지훈은 정형시의 율격을 크게 음성률音性律, 음위율音位律, 음수율音數律로 나누어 각각을 설명한다. 음성률이란 음의 성질, 즉 음의 장단·

---

19) 조지훈, 위의 책, p.141.

고저·강약을 가려서 배율配律하는 것으로서 한시漢詩의 평측법平仄法이 예가 되고, 음위율은 음의 위치, 즉 두頭·요腰·각脚 등 정해진 위치에 비슷한 음을 반복하여 이루는 음악적 율격으로서 한시와 영시英詩의 압운법押韻法이 예가 되며, 음수율은 음절의 수, 즉 자子·구句·행行을 구성함에 일정한 수를 배열하는 율격으로서 한국의 시조가 예가 된다.

한편 조지훈은 시의 효용적 측면을 독자 및 시인의 입장에서 규명한다. 즉 그는 비극의 인생에 대한 효용을 '카타르시스(katharsis)'에 있다고 본 아리스토텔레스의 견해를 인용하면서도, 예술이 주는 효용은 우리가 예술을 창작하거나 감상함으로써 새로운 진실과 선善과 미美를 깨닫고 그 용해 융합溶解融合의 정조 속에서 자아의 모순을 극복하며 정신의 파괴된 균형을 복구하고 이해득실의 염손을 초월할 수 있기 때문이라고 말한다. 더 나아가 조지훈은 예술과 물질적 효용을 혼동하는 견해의 착오를 지적하면서 원시예술이 실상은 실질적 목적 이상으로 자기표현 내지 자기 고양高揚을 지향했을 것이라고 강조한다. 조지훈은 예술의 충족작용과 정화작용의 양면에서 실질적 목적 이상의 가치를 시 창작 자체가 가진 자기 표현 및 자기 고양의 측면에 비중을 두고 있는 것이다. 그리하여 조지훈은 충족작용으로서 '유희'와 정화작용으로서 '효용'에 대하여 무자각적 의욕인 '파토스'를 강조하면서 다음과 같이 피력한다.

이와 같이, 예술은 유희遊戲이기에는 그 창조의 동기가 너무나 절실하고 심각하며, 효용이기에는 그 창조의 의미가 너무나 잉여적이요, 비실질적이기도 하다. 그러므로, 예술활동 곧 문학의 창작행위는 그 결과 속에 가치를 발견하는 목적적 활동인 것이요, 그 동력은 '파토스'인 것이다. 파토스는 '인간의 생물학적 존재의지 속에 그 고향을 두는 자아균형 유지의 무

자각적無自覺的 의욕'이라 할 것이다.[20]

  조지훈은 예술 및 문학의 창작행위를 '유희'와 '효용'의 관계으로 이해하기보다는 "그 결과 속에 가치를 발견하는 목적적 활동"으로 이해하고, 그 동력을 "파토스"에서 찾는다. 여기서 주목할 부분은 파토스를 "무자각적無自覺的 의욕"이라고 정의하는 데서 알 수 있듯, 문학 창작이 어떤 목적을 염두에 두지 않는 무목적적이고 무의식적인 의욕의 소산이라고 이해한다는 점이다. 그리고 "인간의 생물학적 존재의지 속에 그 고향을 두는 자아균형 유지"라는 전제에서 알 수 있듯, 이 무목적적이고 무의식적인 의욕인 파토스가 결국은 인간의 생물학적 존재 의지 및 자아 균형의 유지라는 근거를 충족시킨다고 이해한다는 점이다. 사실 이 두 가지 관점은 공존하기 어려운 이율배반성을 지닌 것 같지만, 조지훈의 시론 내부에서 이 모순은 해소될 수 있다. 왜냐하면 그는 문학을 유한을 계기로 이루어지는 무한자의 의욕의 표상으로 파악하기 때문이다.

  결국 조지훈은 이런 관점에서 실질적 도적 이상으로 자기 표현 및 고양을 지향하는 '시의 목적'과, 예술성을 통해 공리성에 이바지하는 '시의 생활'을 통해 '시의 윤리'를 제시한다. 그리고 그는 시인과 독자, 즉 창작과 감상 사이의 관계에서 구심적 공감의 세계, 창조적 감상의 태도, 원심적 괴리의 경지를 구분하고, '관조'와 '향수'와 '평가'라는 세 기능의 복합적 결합으로 이루어지는 시 감상의 측면을 '음미吟味'라는 개념으로 규정하며, 시의 외현적 육체인 '언어→형식→구성', 그 속에 담긴 내재적 정신인 '취재取材→심경→사상', 이를 위한 보조 방법인 '시

---

20) 조지훈, 위의 책, pp.160~161.

인→시대→사회'라는 세 계열의 종합으로 이해가 진행되는 시 감상의 차원을 해명한다. 그러나 조지훈은 결국 시인·시대·사회를 초월해 버리고, 취재·심경·사상을 몰라도 아름다우며, 언어·형식·구성을 분석하지 않아도 즐거운 것이 시라고 언급하면서, 시 감상은 이런 높은 사랑의 경지에 들어가야 한다고 역설한다.

6. 맺음말

이 글은 『시의 원리』(1953)를 중심으로 조지훈 시론을 부분과 전체를 융합하는 보편성의 관점에서 고찰하여, 조지훈이 동서양의 사상과 문학이론을 아우르는 '보편시론'을 어떻게 정립하는지 살피려 했다.

『시의 원리』의 '제1부(시의 우주)'는 전체적으로 '시란 무엇인가?'라는 질문에 대한 대답으로서 '시의 존재론'을 규명하는 듯하지만, 여기서 '존재론'은 작품 자체의 관점만을 의미하지 않고 시의 본질과 진실로서 '생명', 시의 원천과 독자성과 사명으로서 '감성', 시의 질료와 형식으로서 '언어'를 제시한다는 점에서 에이브럼스적 관점의 '모방론' '표현론' '존재론' '효용론'을 모두 포함한다. 자연미와 예술미를 이항대립이 아니라 상호 교섭적인 관계망으로 파악하는 조지훈의 관점은 서구적 문학관으로서 모방론과 표현론을 아우르며, 더 나아가 고전주의 문학관과 낭만주의 문학관을 포괄하는 통합과 융화의 시관을 보여준다. 그리고 '시정신'과 '시인'과 '시작품'이 서로 매개하고 통일하고 교섭한다고 파악하는 점에서 조지훈은 '비분리의 시학'을 지지한다. 이런 시관의 연장선에서 우주와 인간과 대상 사이의 '통합'과 '조화'와 '질서'를 추구하는 '동일성의 시학'은 조지훈 시관의 근본적 입지점을

형성한다. 조지훈은 내용과 형식의 관계에서 내용 우위의 시관을 가지
면서도 형식적 언어 표현의 중요성을 견지한다. 언어를 표현의 차원으
로만 보지 않고 내용의 차원으로도 파악하는 관점은 조지훈 시론의 비
범성을 말해주는 것으로서 성경적 언어관 및 벤야민의 언어관과도 상
통하는 측면이 있다. 조지훈은 '시의 본질'을 '우주의 생명적 진실'로
간주하고, '시의 작용'으로서 '사상의 정서적 감동'을 제시하며, '시의
표현'으로서 '언어의 율동적 조형'을 규명한다.

　『시의 원리』의 '제2부(시의 인식)'는 전체적으로 '시란 어떻게 감수
하는가?'라는 질문에 대한 대답으로서 '시의 인식론'을 규명하는 듯하
지만, 여기서 '인식론'은 시작품을 감수하는 독자의 입장이 아니라 시
정신을 언어로 표현하는 시인의 입장에서 착상, 구성, 현상 등을 규명한
다는 점에서 '시 창작방법론'이라고 볼 수 있다. 이것은 에이브럼스적
관점의 '모방론'과 '표현론'을 포함한다. 시 창작의 본질을 '영감과 주
의력의 혼일' '의식과 무의식의 조화운동'에서 찾는 관점은 유한과 무
한이 통일하는 상태이자 자연과 인공이 교감된 상태로서 감성이 초감
성화하는 상태를 의미한다. 이런 조지훈의 시론에 대해 낭만주의와 고
전주의 혹은 모더니즘적 관점이 혼재되어 논리적 모순을 노출한다고
지적하는 견해는 객관적 사실을 왜곡할 우려가 있다. '영감'과 '주의
력'의 혼일을 주장하는 조지훈의 관점은 기존의 문예사조적 근거들을
전제하고 그것들을 통합하고 융화시키는 재구성을 통해 시 창작과정의
은밀한 비밀을 규명한다는 점에서 오히려 독창성을 높이 평가할 수 있
다. 더 나아가 그는 '영감'과 '주의력'을 '자연'의 개념과 관련하여 동
양적 예술 전통의 관점에서 새롭게 해석하는 독창성을 보여준다. 조지
훈은 우아미 · 비장미 · 관조미 등의 미학적 관점뿐만 아니라, 낭만주
의 · 주지주의 등의 문예사조적 관점이나, 순수 · 공리功利 등의 문학적

입장 등의 특정한 이론적 규정 및 정의에 구속되지 않고 시 창작과정의 내밀한 체험을 주체적으로 정립하고자 한다. 조지훈은 시형식의 특질을 "언어의 율동적 조형"이라고 지적하면서 음악성, 즉 해조에 무게중심을 둔다. 이는 정형시와 자유시를 막론하고 시를 형성하는 음악적 요소로서 '해조'를 강조하는 관점으로 이어지는데, 산문의 흐름에 맞서 시정신을 회복해야 한다는 조지훈의 기본 관점과도 연결된다.

　『시의 원리』의 '제3부(시의 가치)'는 '시는 무슨 보람이 있는가?'라는 질문에 대한 대답으로서 '시의 가치론'을 규명하는 듯하지만, 여기서 '가치론'은 수용미학적 관점의 효용론을 의미하지 않고 문학의 원형이자 산문과 구별되는 시의 본성으로서 율격의 관점에서 '시의 위치', 충족(유희)과 정화(효용) 작용에 대하여 무자각적 의욕인 파토스를 강조하는 '시의 윤리', 창조적 감상으로서 '시의 감상'을 제시하는 점에서 문학 장르론과 시 장르론뿐만 아니라 에이브럼스적 관점의 '존재론'과 '효용론'을 포함한다. 조지훈은 시와 산문의 구별을 문학정신, 즉 창작정신의 유무로써 문학의 본질적 의의를 해명하는 것이라고 전제하고, 시형식의 새로운 창조는 산문에의 귀화를 끝까지 거부하며, 시와 산문의 대결은 시의 가장 순수한 형태, 즉 본디 하나였던 서정시를 회복하는 회귀의 과정을 통해 극복되어야 한다고 강조한다. 그리고 그는 시를 분류할 때 외형률의 측면에서 '정형시'와 '자유시'와 '산문시', 내재율의 측면에서 '서정시'와 '서경시敍景詩'와 '서사시'로 구분한다. '서경시'를 시 내용의 측면인 '내재율'의 한 유형으로 설정하는 것은 시의 음악적 특성인 '해조'를 강조하는 조지훈의 입장에서 볼 때 예외적이라고 볼 수도 있지만, 시형식의 특질을 "언어의 율동적 조형"으로 파악하면서 시의 '음악성'과 '회화성'을 통합하려는 그의 균형감각을 보여주는 것이다. 조지훈은 예술 및 문학의 창작행위를 '유희'와 '효용'의 관점으로 이해하기보다는 "그 결과 속에 가치를 발견하는 목적적 흘등"으로 이해하고, 그 동력을 "파토스"에서 찾는다. 문학 창작이 어떤 목적을 염두에 두지 않는 무목적적이고 무의식적인 의욕의 소산이라고 이해하는 것과, 이 파토스가 결국은 인간의 생물학적 존재 의지 및 자아 균형의 유지라는 근거를 충족시킨다고 이해하는 것은 이율배반성을 지닌 것 같지만, 조지훈은 문학을 유한을 계기로 이루어지는 무한자의 의욕의 표상으로 파악하기 때문에 그의 시론 내부에서 이 모순은 해소될 수 있다.

결국 이 글은 『시의 원리』가 보여주는 전체적 구성과 내용을 세밀히 고찰함으로써 조지훈의 시론이 에이브럼스가 설정한 문학론의 좌표인 모방론, 표현론, 존재론, 효용론을 모두 도함하고 있으면서도 각 영역이 분리되지 않고 상호 연관적으로 혼용되어 있으며 보다 유연하고 관계 지향적이라는 점을 살폈다. 그리고 동양적 전통과 서구적 현대, 민족문학과 세계문학, 순수문학과 참여문학, 고전주의와 낭만주의 등의 대립항들에서 단순히 어느 한 영역으로 한정하거나 환원되기 어려운 조지훈 시론의 복합성과 상호 관련성은, 동서양의 사상과 문학이론을 아우르는 '보편시론'을 정립하고자 하는 일관된 추구에서 기인한다는 점을 확인하였다.

제2장 김종길 시론의 연속성 연구
— 시 이론의 전개 과정을 중심으로

1. 머리말

　김종길(1926~)은 1947년 〈경향신문〉 신춘문예에 「문門」이 당선되어 등단한 이후 『성탄제』(1969), 『하회에서』(1977), 『황사현상』(1986), 『천지현황』(1991), 『달맞이꽃』(1997) 등의 시집을 간행하면서 이미지의 명료성과 고전적 품격에서 비롯되는 정신적 염결성을 조화하여 독특한 시세계를 확립한 시인으로서 높이 평가된다.[1] 한편 김종길은 영문학자

---

1) 김종길 시에 대한 연구로 중요한 성과에 해당하는 것은 다음과 같다.
　김홍규, 「세계 내적 초월의 비전과 절제」, 『하회에서』, 민음사, 1977.
　유종호, 「점잖음의 미학」, 『동시대의 시와 진실』, 민음사, 1982.
　김우창, 「감각과 그 기율」, 『지상의 척도』, 민음사, 1981.
　이남호, 「명징성과 염결성」, 『천지현황』, 미래사, 1991.
　최동호, 「유가적 인본주의와 현대적 고고」, 『삶의 깊이와 시적 상상』, 민음사, 1995.
　이희중, 「역사의 부침과 시의 행로」, 『1950년대 시인들』, 나남, 1994.
　김선학, 「엄숙함과 경건함과 품격 그리고 어조」, 『문학과 의식』, 1998 가을.
　고형진, 「회화적 상상력의 확산과 동양 시학의 계승」, 『문학과 의식』, 2000 가을.
　졸고, 「김종길 시의 시간의식 연구」, 『한국문학평론』 제16호, 한국문학평론가협회, 2000 겨울.

로서 그리고 현장 비평가로서 활약하여 『시론』(1965), 『진실과 언어』(1974), 『시에 대하여』(1986), 『시와 시인들』(1997) 등의 시론집을 간행하면서 시 비평 분야에서 한국 현대 비평사에 중요한 기여를 했다. 김종길의 비평 작업이 수행한 공적은 1950년대 중반 이후 한국에 도입되어 큰 영향을 끼친 영미 신비평을 주체적으로 수용하고 그것을 실제 비평에 긴밀히 적용하는데 주로 초점이 맞춰진다. 시론사적 관점에서 볼 때, 신비평의 수용과 그 적용의 대표적인 성과로서 우리는 김기림의 『시의 이해』(1950)와 송욱의 『시학평전』(1963) 및 김종길의 『시론』(1965)을 기억할 수 있을 것이다.

이 글은 선행 연구의 중요한 성과를 토대로 그것을 보완하기 위해 제1 시론집 『시론』과 제2 시론집 『진실과 언어』 사이에 내재된 연속성의 측면에 초점을 맞추어 김종길 시론의 전거 과정을 규명함으로써 김종길 비평에 대한 보다 심층적인 접근을 시도하고자 한다.[2] 여기서 주된 고찰의 대상이 되는 것은 '시 이론'의 영역이다. 이것은 지금까지 월평, 작품론, 시인론 등의 실제 비평을 중심으로 김종길 시론이 연구되어온 양상을 보완함으로써 기존 논의가 간과한 김종길 비평의 내면적 측면을 밝혀보려는 의도 때문이다.

---

2) 연구의 범위를 제1 시론집과 제2 시론집으로 한정한 이유는, 제1 시론집 『시론』이 모태가 되어 출발한 김종길의 비평이 제2 시론집 『진실과 언어』에 이르러 정립되었다고 판단하기 때문이다. 제3 시론집 『시에 대하여』는 김종길이 회갑을 맞아 당시까지의 비평 작업을 정리한 성격을 지니는 것으로서, 제1 시론집과 제2 시론집에 수록된 비평이 상당 부분 재수록되었으며 새로운 비평의 양상은 두드러지지 않는다. 제3 시론집과 그 이후의 비평을 수록한 제4 시론집 『시와 시인들』에서 특징이 되는 새로운 양상을 찾는다면, 시 교육의 차원에서 시 읽기와 시 해석의 방법을 규명하려는 시도 한시(漢詩)에 대한 이해, 한국시의 번역 및 소개 등의 차원을 들 수 있을 것이다. 이런 영역에 대한 연구는 다른 지면을 필요로 한다.

2. 선행 연구에 대한 검토

김종길 시론에 대한 선행 연구로는 유종호, 김우창, 김형수, 최동호, 하희정, 김인환 등의 글이 있다. 유종호는 영미 현대비평이 한국 비평에 끼친 영향을 최재서, 송욱, 김종길, 이어령, 김우창, 이상섭 등의 비평을 중심으로 논의하는 자리에서 김종길의 비평을 다음과 같이 지적한다.

　─ 신비평의 비평적 전제에 공명하면서 실제비평을 꾀한 이로서 우리는 김종길을 들 수 있다. 엘리어트 시와 시론에의 경도를 공유하고 있는 그는 비평방법에 있어서는 송욱보다는 한결 신비평의 정통성에 입각해 있으며 또 거기에서 시비평의 독자성을 인정하려 하고 있다.

　─ 김종길은 신비평의 비평기준을 원용하면서 원론적 전개에 머물지 않고 설득력있는 실제비평을 통해서 그 기준을 구체화했다는 점에 공이 있다고 하겠다. 최재서의 문체가 준거 비평가들의 문체와는 동떨어지게 거칠었던 것과 대조적으로 김종길의 문체는 정확함과 치밀함에 있어서 준거 비평가들의 문체에 육박하고 있는데 이것은 그의 실제비평의 성숙성을 보여주는 것이라고 할 수 있다.[3]

김종길 비평에 대한 유종호의 전체적 평가는 신비평의 기준을 실제비평에 적용하여 한국 시 비평의 수준을 올려놓았다는 점에서 찾을 수 있는데, 인용문에서 눈에 띄는 것은 최재서 및 송욱 비평과의 비교이다. 유종호는 김종길의 비평 방법이 송욱에 비해 신비평의 정통성에 입각

---

[3] 유종호, 「영미 현대비평이 한국비평에 끼친 영향」(1971 초고), 『영미비평연구』, 민음사, 1979, p.287, p.289.

해 있다는 점과, 그 문체가 최재서에 비해 준거 비평가들의 문체에 육박할 정도로 정확하고 치밀하다는 점을 지적한다. 유종호의 이런 지적은 이후 김종길 비평에 대한 연구의 이정표 역할을 하는 선구적인 것이라고 볼 수 있다. 한편 유종호의 논의는 제2 시론집『진실과 언어』가 간행되기 이전의 활동을 대상으로 한 것이므로, 이후 전개된 김종길 시론의 특징과 양상에 대한 후속 연구가 요청된다고 말할 수 있다.

김우창은 김종길의 제1 시론집『시론』1965)과 제2 시론집『진실과 언어』(1974)에 대한 각각의 서평에서 상이한 평가를 내리고 있어 주목된다.

1) —김종길 씨는 시가 자족적인 존재물이라는 근본적인 전제를 가지고 있으며 그러한 전제를 정당화해 주는 세련된 감수성과 정확한 감식안을 가지고 있다.

—김종길 씨의 감식력은 대개 정확하게 움직이지만 거기에 불가피하게 따르게 마련인 비평의 어휘는 충분히 만족스러운 것이 아니다.

— 우리는『시론』전반에서 번번히 불철저하게 사고된 비평 개념와 사실 판단과 불연속의 논리를 발견하게 된다.[4]

2) —김종길 씨가 신비평보다 넓은 의미에서의 영미비평의 분석적이고 경험주의적 전통을 도입하고 이를 실천적으로 예증해온 것은 사실이다.

이 전통은 수사修辭와 경험의 결합에 대한 세심하고 정확한 주의에 의하여 특정지워진다고 말할 수 있다.

— 이번의『진실과 언어』에서 뚜렷하게 드러나는 것은 김종길 씨의 비평이 의지하고 있는 영문학 이외의 배경이다. 즉 그의 비평은 서양에 못지

---

4) 김우창,「감성과 비평」,『궁핍한 시대의 시인』, 민음사, 1977, p.304, p.305, p.306.

않게 한국의 전통에 굳게 뿌리를 박고 있는 것이다.

　― 김종길 씨의 『진실과 언어』는 (…중략…) 유교 전통의 문화적 가치와 그것과 시와의 관계에 대하여 우리를 깨우쳐 주는 바 크다는 점에서 매우 중요한 비평적 기여가 될 것이다.[5]

김우창은 김종길의 제1 시론집 『시론』에 대해 세련된 감수성과 정확한 감식안을 가진 측면에서 장점을 보여주지만, 불철저하게 사고된 비평 어휘와 사실 판단과 불연속의 논리에 대해 비판적으로 언급한다. 김우창의 비판은 첫째, 시를 자족적 존재로 보는 관점이 시를 현실의 복잡한 상호 연관 속에서 파악하는 퍼스펙티브를 갖지 못하는 점, 둘째, 시 한편 한편에 대한 감식가적인 집착이 시인에 대한 전체적 평가를 어렵게 한다는 점으로 요약될 수 있다. 한편 김우창은 김종길의 제2 시론집 『진실과 언어』에 대해 수사와 경험의 결합을 통해 영미 비평의 분석적이고 경험주의적 전통을 도입하고 실천한 점, 시의 진실은 시인의 체험적 진실임을 강조한 점, 영문학 이외의 배경으로 한국의 전통, 특히 유교 문화의 가치와 시의 관계에 대해 가르치는 바 크다는 점에서 비평적 기여가 된다고 높이 평가한다. 김우창의 상이한 평가는 김종길의 비평의식이 제1 시론집에서 제2 시론집으로 전개되는 과정에서 진전되고 있음을 보여주는 것이지만, 그 전개 과정 속에 내재된 변모 양상뿐 아니라 연속성에 대한 보다 심층적인 연구가 요청된다고 볼 수 있다. 『시론』과 『진실과 언어』 사이의 단절과 연속성에 대한 규명은 김종길 시론을 연구하는데 중요한 관건이 되며, 더 나아가 서구 비평의 한국적 수용에 중요한 시사점을 던져 준다고 보기 때문이다.

---

5) 김우창, 「염결성의 시학」, 위의 책, p.311, p.312, p.322.

김형수는 『시론』에서 현대시의 조건으로 김종길이 제시한 시와 시인의 분리, 시의 객관적 존재성 인식을 시론의 출발점으로 본다. 그리고 그는 『진실과 언어』에서 주체성과 염결성에 초점을 두고 진실을 중시한 김종길 시론이 문학을 존재론적으로 이해하기보다 효용론적 관점으로 보아온 우리 문학 전통 위에 위치하고 있다고 말하면서 다음과 같이 지적한다.

> 김종길에서 우리는, 시의 내용보다는 형식화 방법을 중요시하고, 시를 자족적인 하나의 유기체로 보는 서구의 이론을 받아들이는 한 특징적 유형을 발견할 수 있다. 엘리어트에 깊은 감화를 받았다고는 하지만 김종길은 정작 엘리어트의 중요 개념인 '전통'은 수용한 것 같지 않아 보인다. 설령 받아들였다고 해도 엘리어트의 전통은 지금 우리가 이야기하는 전통 개념과는 상당한 차이가 있다고 보아야 할 것이다. 따라서 어떻게 보든 김종길에 있어서 정신적·문화적 전통은 중요하게 고려되지 않았다고 판단된다.[6]

인용문은 김종길 시론에 작용하고 있는 전통 개념이 엘리어트의 그것과는 별개의 것이며, 김종길이 정신적·문화적 전통을 중요하게 고려하지 않았다는 평가를 내리고 있는 점에서 재고의 여지를 남겨준다. 김형수의 논문은 김종길 시론의 특징을 제1 시론집과 제2 시론집을 중심으로 고찰하는데, 평면적인 고찰에 머물고 있어 단절과 연속성의 관점에서 새로운 규명을 시도하지는 않고 있다.

최동호는 영문학자인 김종길의 비평에서 오히려 유교적 전통문화의

---

6) 김형수, 「김종길 시론 연구」, 『한국현대시론사』, 모음사, 1992, p. 48.

중요성을 깨닫는다는 역설에 초점을 맞추고 있다. 이는 유종호와 김우창이 제시한 관점을 예각화하여 발전시킨 것으로서, 주로 황매천, 이육사, 유치환, 조지훈, 박목월 등 정신적 풍격과 지조를 중시한 시인들에 집중되어 있는 김종길의 실제 비평을 분석하는 작업을 통해 시도된다. 최동호는 이 과정에서 '시와 시인의 비분리' 라는 관점이 김종길 시론의 중요한 핵심임을 밝히면서 서구 현대문학의 주체적 수용과 전통의 심화와 확대라는 관점에서 다음과 같이 지적한다.

> 결국 김종길의 비평적 기준을 요약하자면 '풍격' 과 '지조' 가 심미적 이성으로서 확고하게 자리 잡고 있을 뿐만 아니라 일관되게 대상에 적용되었다고 할 수 있는 이유도 거기에 있는 것이라고 하지 않을 수 없다.
>
> 유가적 전통이 그러한 것처럼 시와 비평이 인격적 수양의 표현으로서 하나가 되고, 시와 시인이 분리되는 것이 아니라는 그의 세계관은 타협을 모르는 원칙주의로서 우리 비평의 정신사를 파악하기 위해서는 아마도 앞으로 오래도록 음미되어야 할 우리 시대의 한 표본일 것이다.[7]

최동호의 논문은 '시와 시인의 비분리' 가 서구 비평과 김종길의 비평을 구별하는 척도가 되는 점과, 김종길의 주체적 시관과 유가적 전통 문화와의 관련성을 선명히 밝혀낸 점에서 의미가 있다.

하희정은 영미 신비평의 기본 관점을 정리하고, 그 한국적 수용의 양상을 논의하는 자리에서 김종길 시론에 대해 다음과 같이 언급한다.

> 김기림에게 결여되었던 내면성이 그에게는 서구적 감수성과 유가적 교양이 결합된 형태로 뚜렷하게 존재했던 것이고, 그것이 그가 김기림을 넘

---

7) 최동호, 「심미적 이성의 견고성과 비평의식」, 『현대비평과 이론』, 1995 가을 · 겨울, p.58.

어설 수 있게 했다고 말할 수 있다.

하지만 이러한 내면성의 발견이 만족할 만큼 온전한 것은 아니었다고 말할 수도 있다. 왜냐하면 그에게 있어 내면성 자체에 대한 반성적 성찰을 지속하는 것을 찾아보기 쉽지 않기 때문이다.[8]

하희정은 내용과 형식의 등가적 결합을 통해 전체시론을 추구한 김기림이 형식 논리적 수준에 머무른 데 비해, 서구적 감수성과 동양적 교양을 결합한 내면성을 확보한 점에서 김종길 시론을 높이 평가한다. 그러나 이 내면성 자체에 대한 반성적 성찰을 지속하지 못했다고 한계를 지적하면서 송욱이 『시학평전』에서 보여준 작업이 바로 이 점이라고 언급한다. 이 견해는 유종호, 최동호 등과는 다른 관점에서 송욱과 김종길 시론의 특징을 대비시킨 것으로서, 그 평가에 대해 좀더 엄밀하고 구체적인 논증을 필요로 한다고 볼 수 있다.

김인환은 20세기 한국 비평을 전체적으로 조망하며 비판적으로 검토하는 자리에서 김종길의 비평에 대해 다음과 같이 언급한다.

김종길은 『시론』(탐구당, 1965)에서 시를 정확하고 섬세하게 읽는 방법을 보여 주었다. (…중략…) 김종길에 의하면 현대시란 그때그때 새로운 느낌을 주는 시이고 새로운 인식과 새로운 의미를 내포하는 시이고 사물과 경험 또는 세계와 인생 사이의 새로운 관계의 발견이 담겨 있는 시이다. 그러나 김종길은 새로운 발견을 가능하게 하는 실험 의식이 전통에 대한 재확인 또는 비판적 검토와 어긋나지 않는다고 하였다.[9]

---

8) 하희정, 「영미 신비평의 기본 관점과 한국적 수용의 두 양상」, 『한국현대시론사 연구』, 문학과지성사, 1998, p.334.
9) 김인환, 「20세기 한국 비평의 비판적 검토」, 『문학과 사회』, 1999 겨울, p.1587.

김인환은 김종길의 시론에 대해 시를 정확하고 섬세하게 읽는 방법을 높이 평가한 후, 현대시에 대한 개념을 중심으로 김종길 비평의 특징을 요약한다. "사물과 경험 또는 세계와 인생 사이의 새로운 관계의 발견"을 가능케 하는 실험 의식이 전통에 대한 비판적 검토와 어긋나지 않음을 지적함으로써 김종길 비평의 핵심을 쉽고 정확하게 지적하고 있다.

선행 연구를 고찰한 결과 우리는 김종길 시론에 대한 연구가 영미 신비평의 비평적 전제를 실제 비평에 적용하여 한국 시 비평의 수준을 올려놓았다는 점, 비평 문체가 정확하고 치밀하다는 점, 세련된 감수성과 정확한 감식안을 가졌다는 점, 『시론』에서 노정된 불철저한 사고가 『진실과 언어』에서 수사와 경험을 결합하고 서구적 감수성과 유가적 교양을 성공적으로 결합함으로써 극복되었다는 점 등에 집중되어 왔음을 확인할 수 있다. 이후 이 글은 선행 연구의 중요한 성과들을 토대로 그것을 보완하여 김종길 시론의 내면적 측면을 밝히기 위해, 제1 시론집 『시론』과 제2 시론집 『진실과 언어』 사이에 내재된 연속성의 측면에 초점을 맞추어 김종길 시론의 전개 과정을 규명하고자 한다.

3. 『시론』— 현대성과 역사의식

1950년대 중반부터 비평 활동을 시작한 김종길 초기 시론의 양상은 첫 시론집 『시론』에 수록되어 있다. 『시론』의 체계는 제1장 '현대시 산고散稿', 제2장 '한국 시인론', 제3장 '한국시의 현황', 제4장 '한국시 비판', 제5장 '현대 영시론', 제6장 '엘리어트', 제7장 '영시와 그 고장'으로 되어 있다. 제5~7장이 엘리어트를 중심으로 현대 영시와 시 이론을 정리하고 소개하는 영역이라면, 제1~4장은 김종길이 비평가로서 당시 한국 시단에 개입하여 제기한 시 이론과 실제 비평의 영역이다. 이 중 제2장이 시인론이고 제3장이 월평을 비롯한 당시 시단 동향에 대한 시평時評이라면, 제1장 '현대시 산고'는 현대시에 대한 개념을 몇 가지 핵심어를 중심으로 정리하면서 자신의 견해를 개진한 시 이론이라는 점에서 특히 주목된다.

제1장 '현대시 산고'는 「현대」「소재」「의미」「포엠」「모더니즘」「난해성」「산문의 시대」로 이어지는 일련의 비평적 에세이로서, '현대시 산고'라는 제목이 암시하듯 본격적인 이론 정립을 시도한 것이라기보다 현대시에 관한 김종길의 탐구와 사색을 정리한 것이다. 이 탐구와 사색은 비록 단편적이기는 하지만 김종길 비평의 이론적 단초가 담겨있다고 볼 수 있다. 이 일련의 글에서 그가 주로 밝혀보고자 한 문제는 현대시의 본질이라고 할 수 있는 '현대성'의 문제이다. 「현대」라는 첫 글에서 김종길은 "시는 역사와 관련을 가지면서도 그 자체의 역사를 따로 가지기 때문이다. 따라서 시에 있어서의 '현대'는 역사에 있어서의 현대와 시사詩史에 있어서의 현대라는 이중의 고려 위에 생각해야 한다"고 전제하고 다음과 같이 언급한다.

흔히들 이 시기를 위기니 불안이니 하는 말로써 나타내려고 하나 '현대시'라는 특수한 개념은 이러한 말로써 적절히 규정된다고 할 수도 없다. 그것은 차라리 하나의 '방식'으로써 보다 더 잘 언표될지도 모른다. 시사적詩史的으로 그것이 하나의 인습에 대한 새로운 인습이기 때문이다. 그것은 대범하게 말하면 19세기적인 방식에 대한 20세기적인 방식이다.[10]

---

10) 김종길, 「현대」, 『시론』, 탐구당, 1965, p.11.

김종길은 "현대시"라는 개념을 위기나 불안 등의 현대적 특징으로 규정하기보다는 하나의 '방식'으로 언표될 수 있다고 보고, 그것을 19세기적인 방식에 대한 20세기적인 방식이라 지적한다. 이런 언급은 다소 포괄적인 견해로 여겨질 수 있는데, 여기서 우리가 주목하는 것은 '방식'에 초점을 두는 김종길의 시선이다. 이 '방식'은 두 가지로 해석될 수 있다. 하나는 세계를 바라보고 해석하는 하나의 관점 혹은 사고방식으로서의 세계관을 의미하고, 다른 하나는 '무엇'이 아니라 '어떻게'에 초점을 두는, 즉 현대시의 개념을 내용보다는 형식의 측면에서 파악하는 것을 의미한다. 어쩌면 이 두 가지 관점이 혼재되거나 공존해 있는 것이 김종길 초기 시론의 특징이라고 볼 수 있을지도 모른다.

또 한 가지 주목할 수 있는 대목은 "시사적詩史的으로 그것이 하나의 인습에 대한 새로운 인습이기 때문이다"라는 문장이다. 현대시가 지닌 현대성을 과거의 인습에 대한 형식적 새로움의 추구라고 일단 정의할 때, 일반적으로 우리는 현대성에서 새로움을 강조하는 데 비해 김종길은 그것을 또 다른 인습으로 간주하고 있다. 이런 관점에 숨어있는 김종길의 태도는 "시사적으로"라는 말에서 엿볼 수 있듯, 현대시라는 개념조차 동시대적 시선이 아니라 시사의 전체적 맥락 속에서 객관적으로 파악하는 특징을 가진다. 현대성을 시사적 맥락 속에서 객관적으로 파악하는 시선은 '전통' 혹은 '역사의식'에 대한 김종길의 사유와 내면적으로 결부되어 있는 것으로 보인다.

전통이라는 것이 그러하듯이 '현대'라는 것도 '소박'하고 안이한 시인에게 함부로 얻어지는 것이 아니다. 그것을 체득하기 위해서는 예민한 역사적인 감각과 의식적인 노력을 요한다.

현대의 시는 '현대시'라야 시사적詩史的인 의의를 가지게 된다. 그리고 시사적으로 의의있는 작품이 '새로운' 작품이다. 그러나 현대의 모색이 시의 상실을 초래하기보다는 별로 새로은 작품은 못되더라도 자랑할 수 있는 시를 쓰는 것이 안전한 일이다.[11]

김종길에 의하면 시인에게 있어 '현대성'의 체득은 예민한 역사적 감각과 의식적인 노력을 통해 얻어진다. 여기서 "예민한 역사적 감각"은 엘리어트가 말한 '역사의식'을 연상시키는데, 왜냐하면 김종길은 "전통이라는 것이 그러하듯이"라는 전제를 달고 이 문장을 시작하고 있기 때문이다. 현대시를 시사적으로 하나의 새로운 인습이라고 보는 관점과 전통 혹은 역사의식과 관련하여 그것을 파악하는 관점은 상통하는 측면을 가진다. 엘리어트는 「전통과 개인의 재능」에서 전통과 역사의식에 대해 다음과 같이 언급한다.

이 역사적 의식에는 과거의 과거성에 대한 인식뿐 아니라 그 현재성에 대한 인식도 내포되어 있으며, 이 역사적 의식으로 말미암아 작가가 작품을 쓸 때 골수에 박혀 있는 자신의 세대를 파악하게 되며, 호머 이래의 유럽의 문학 전체와 그 일부를 이루는 자국의 문학 전체가 동시적同時的 존재를 가졌고, 또한 동시적 질서를 구성한다는 느낌을 반드시 갖게 된다. 이 역사적 의식은 일시적인 것에 대한 의식인 동시에 항구적인 것에 대한 의식이고, 일시적인 것과 영구적인 것을 함께 인식하는 의식이고, 문학자에게 전통을 갖게 하는 것이다. 그리고 그것은 동시에 한 작가로 하여금 시간의 흐름 속에서 차지하는 자기의 위치와 자신이 속해 있는 시대에 대하여 극히 날카롭게 의식하게 하는 것이다.[12]

---

11) 김종길, 위의 글, p.11.
12) T. S. 엘리어트, 「전통과 개인의 재능」, 『엘리어트 선집』, 이창배 역, 을유문화사, 195○, p.373.

엘리어트가 말한 역사의식은 문학사 전체를 통해 가치 있는 작품들이 동시적 질서를 이루며 현재에도 살아 있으므로, 시인은 역사의 지속과 문학사의 연속성을 의식하며 창작을 해야 한다는 의미를 가진다. 개인의 재능은 이런 역사의식을 가질 때 비로소 문학사의 연속성 속에서 자기 세대의 특수성을 획득할 수 있으며, 시인 혹은 작가는 전통적인 존재가 될 수 있다는 의미인 것이다. 따라서 초기 시론의 출발점에 서있는 「현대」라는 글에서부터 김종길의 사유는 이런 엘리어트의 전통 혹은 역사의식의 개념을 인식하고 있었던 것으로 판단된다. 엘리어트에게 동시적 질서를 이루고 있었던 전통이 유럽 문학사라면, 김종길에게 동시적 질서를 이루는 전통은 무엇이었을까? 이 질문에 대답하는 것은 김종길 비평의 출발과 그 전개 과정을 해명해 내는 열쇠가 될 수 있을 것이다.

한편 김종길의 인용문 후반부는 현대성을 지향하는 관점에 하나의 전제 사항이 있음을 보여준다. "시의 상실"이란 작품성의 측면에서 미달하는 시를 의미한다. 따라서 김종길은 현대성의 모색을 시사적으로 옹호하지만, 그것이 작품성 즉 시의 형상화 방식과 수준을 확보하지 못할 때 오히려 바람직하지 않은 것으로 간주하는 것이다. 이런 관점 역시 김종길 시론 전체를 관통하는 기본 태도라고 볼 수 있다. 1950~1960년대 한국시에 있어서 쟁점이 된 '실험시'에 대한 김종길의 평가 역시 이런 태도에 의거하고 있는 것이다.

「소재」와 「의미」는 「현대」에서 보여준 현대시의 개념에 대한 구체적인 각론이라고 할 수 있다. 「소재」에서 김종길은 "예술의 소재는 넓은 의미에 있어서의 경험 전반이다. 소재는 예술적인 과정을 거침으로써 변형하고 변질한다"고 전제한 후 "시적인 소재가 따로 있다는 생각은 유치하다", "시의 '모더니티'를 너무 소재에만 찾으려는 의도는 근시안

적이다"라고 언급한다. 이것은 일상적인 경험 전체가 시의 소재가 될
수 있지만 그것은 시적 형상화 과정에서 변형된다는 의미로서, 내용보
다는 형상화 방식 즉 기법이나 형식을 중시하는 영미 모더니즘의 시관
을 따르고 있는 것으로 보인다.

　　이것을 앞에서 인용한 엘리어트의 소재 방정식에 대입하면 이렇게 되
리라. 즉 '중요한 것은 성분인 소재의 현대성이 아니라, 예술적 과정, 말하
자면 그 속에서 융합이 일어나는 방식의 현대성이다.' 13)

　김종길이 인용한 엘리어트의 소재 방정식은 다음과 같은 문장이다.
"중요한 것은 성분인 정서의 '위대함'이나 강렬함이 아니라, 예술적 과
정, 말하자면 그 아래서 융합이 일어나는 압력의 크기이다." 엘리어트
는 현대시의 개념을 낭만주의시와 대립 항으로 두고 '정서'의 차원보다
는 그것을 예술적으로 형상화하는 과정에 의의를 둔다. 그런데 "그 아
래서 융합이 일어나는 압력의 크기"라는 구절은 미묘한 여운을 던져준
다. 왜냐하면 융합이 일어나는 압력의 크기는 단지 예술적 형상화 과정
에서 생성되는 것이 아니라 그 이전의 정서의 강렬함이 전제되어야 하
기 때문이다. 엘리어트가 "융합이 일어나는 압력"이라고 표현한 것을
김종길은 "융합이 일어나는 방식"으로 바꾸어 표현하는데, 그렇다면 우
리는 이 "방식"이라는 단어를 예술적 형상화 과정을 중시하지만 그 이
전의 내용까지도 고려하는 것으로 이해할 수 있을지 모른다. 이런 해석
은 「현대」에서 살펴본, "20세기적인 방식"이라는 표현에 대한 두 가지
관점의 해석과도 상통하는 것이다.

---

13) 김종길, 「소재」, 『시론』, 탐구당, 1965, p.15.

"시는 의미할 것이 아니라 있어야 한다"는 머클리이슈(Archibald Macleish)의 「시법詩法」을 인용하면서 시작되는 「의미」는, 김종길이 상정하는 '현대시'의 조건으로서 '시의 객관적 존재성'을 규명하는 글이다.

> "(…중략…) 작품이 완결되고 나면 그 작품은 시인의 것도 아니오 독자의 것도 아닌 것이다. 그것은 그 자신의 질서와 이유를 가지는 것이다."라고.
> 시가 객관적 존재라는 것은 이러한 의미에서다. 그리고 이 점이 현대의 시 비평의 이론적인 발판이 된다.[14]

시를 하나의 객관적인 존재로서 생각하는 관점이 현대 시비평의 이론적 발판이 된다는 언급은 김종길 비평의 이론적 토대가 엘리어트를 중심으로 한 영미 신비평에 있음을 잘 보여준다. 시의 객관적 존재성 인식은 「포엠」이라는 글에서 다음과 같은 인식으로 연결되어 나타난다.

> 일반적으로 기능과 인간을 우선 분리해서 생각하는 것이 현대의 경향이었다. (…중략…) 시나 시인이라는 것이 2천년이나 혹은 그 이상의 오랜 동안 필요 이상으로 경의敬意의 대상이 되어온 것이 사실이다. (…중략…) 고대 희랍 사람들은 시인을 '제작하는 사람', 시를 '제작된 것'이라는 말로써 불렀다. 이것이 '포에트'니 '포엠'이라는 서구어의 어원이거니와 현대시는 시의 이 어원에로의 회귀를 의미한다. 시를 '힘찬 감정의 유로流露'(워즈워스)로 보기보다는 의식적인 작업으로 보고, 정념에 대한 기교의 우위를 주장하는 등의 현대시에 있어서의 관념과 태도가 그것이다.[15]

---

14) 김종길, 「의미」, 『시론』, 탐구당, 1965, p.19.
15) 김종길, 「포엠」, 『시론』, 탐구당, 1965, pp.20~21.

엘리어트의 시론인 '몰개성론' 이나 '시와 시인의 분리' 를 원용한 듯한 인용문에서, 김종길은 '시와 시인의 분리' 를 뚜렷이 내세우지 않고 일반적인 현대의 경향으로 사유하는 태도를 보여준다. "현대의 경향이었다"라는 과거 시제 서술형은 김종길의 시의식 속에서 '시와 시인의 분리' 가 선명한 주장이 아니라 하나의 고려 대상으로서 인식되고 있음을 암시한다. 시를 의식적인 작업으로 보고 정념보다는 기교의 우위를 주장하는 관점도 자신의 주장이 아니라 서구 현대시의 관념과 태도로서 소개하는 것이다. 한편 이런 서구 현대시의 관점이 고대 희랍 시대의 시적 개념으로 회귀하는 것을 의미한다고 파악하는 것은, 김종길이 엘리어트가 말한 전통과 역사의식의 소유자임을 단적으로 보여준다.

따라서 우리는 기존의 논의 중에서 제1 시론집 『시론』에서 시를 하나의 유기체라고 보는 서구의 이론을 받아들였지만 정작 엘리어트의 중요 개념인 '전통' 을 수용하지 않았다는 관점과, 제1 시론집 『시론』에서 서구 신비평의 영향을 받아 시와 시인의 분리를 주장하던 김종길이 제2 시론집 『진실과 언어』에서 시 이전의 시인의 진실과 체험을 중시하고 유가적 전통을 통해 주체적 시론을 정립했다는 관점을 재고해야 한다고 생각한다. 즉 김종길은 제1 시론집 『시론』에서 이미 엘리어트 비평의 중심 개념인 '전통' 과 '역사의식' 을 내면화했으며, '시의 객관적 존재성' 및 '시와 시인의 분리' 를 명제로서가 아니라 하나의 고려 사항으로서 신중히 인식하며 받아들였다고 판단된다.

이런 관점에서 제2장 '한국 시인론' 에서 박목월, 유치환, 윤동주, 민재식, 성찬경 등의 시인론에 나타나는, 시인이라는 인간을 통해 시에 접근하는 실제 비평의 방식이 자기 시 이론과의 모순과 균열을 노출시킨 것이 아님을 알 수 있다.

이런 뜻에서 청마는 현대시인으로서는 매우 소박하고 단순한 시인일지 모른다. 그러나 그는 소박하면서도 거대하고 명확한 사색의 시인이다. 그에게는 자기가 시인이라는 의식은 따로 없지만 끈기 있게 그리고 열렬하게 인생과 우주를 탐구하고 그 결과를 기록함으로써 크고 힘찬 시를 쓰고 있으며 철학과 풍격風格을 갖추고 있다. 사실 그는 현대의 시인으로서는 보기 드문 지속의 시인이며 그의 대가大家로서의 풍모는 바로 그 점에 있다.[16]

시인이 되기도 시를 쓰는 것만큼이나 참담한 인간 수업이라는 것을 재강조하고 싶은 충동에서 다시금 윤동주 씨의 시인으로서의 생애와 그의 시에서 보는 인간적인 체취가 아깝고 그리워지는 것이다. 윤동주가 못될 바이면 차라리 '한하운의 행렬行列' 속에 끼어 '보리피리' 라도 부르는 것이 시인되기에는 다행한 조건일지도 모를 일이다.[17]

김종길은 '시의 객관적 존재성' 과 '시와 시인의 분리' 라는 서구 현대시론의 명제를 그대로 받아들이는 것이 아니라 시인의 생애와 삶의 풍격을 중시하는 김종길 나름의 시관 가운데 하나의 참고 사항으로 고려했을 뿐이다. 이런 차원에서 제1 시론집에서 김종길의 엘리어트를 중심으로 한 영미 신비평 수용의 태도는 '전통' 과 '역사의식' 의 내면화라는 측면과, '시의 객관적 존재성' 및 '시와 시인의 분리론' 의 신중한 고려라는 측면으로 나누어 좀더 정밀하게 규명될 필요가 있다고 생각된다.

---

16) 김종길, 「비정의 철학—청마 시의 세계」, 『시론』, 탐구당, 1965, p.63.
17) 김종길, 「시인이라는 것—고 윤동주씨를 생각하며」, 『시론』, 탐구당, 1965, p.67.

4. 『진실과 언어』 — 진실의 시적 언어화

김종길의 제2 시론집 『진실과 언어』는 제1부 '진실과 언어', 제2부 '시의 언어', 제3부 '한국 현대시인론', 제4부 '한국 현대시의 제 문제', 제5부 '현대시의 운명'으로 구성되어 있다. 제1부는 이론적 측면에서 주체적 시론을 정립하고자 시도하고 있으며, 제2부는 언어, 이미지, 운율 등의 관점에서 현대시를 규명하고 산문시, 시론 등에 대해서도 논의한다. 제3부는 이육사, 유치환, 김현승, 조지훈, 박목월 등의 시인들을 비평한 시인론이며, 제4부는 한국시에 있어서의 비극적 황홀, 장시의 가능성, 엘리어트의 영향 등을 서술한다. 그리고 제5부는 예이츠, 엘리어트, 긴즈버어그 등 영미 시인들의 일화를 다루고 있다. 이 중 우리가 주목하는 것은 이론적 측면에서 자신의 시론을 정립하고자 한 제1부 '진실과 언어'이다.

제1 시론집 『시론』의 중심 과제가 '현대성에 대한 해명'이었다면, 제2 시론집 『진실과 언어』의 중심 과제는 당대 '한국시에 대한 반성'에 초점이 맞추어져 있다. 김종길은 1960~1970년의 한국시의 현황을 침체와 혼미의 양성으로 파악하고, 이것을 극복하는 것을 시 비평의 중심 과제로 삼는다. 이것은 제1 시론집에서 '현대성'의 규명에 초점을 두었던 일반론적 관심을 구체적인 한국시의 현실에 적용한 것으로 이해할 수도 있지만, 제1 시론집의 제3장 '한국시의 현황'과 제4장 '한국시 비판'에서 시도했던 현장 비평의 관점들을 끌집하여 이론적 종합을 시도한 것으로 이해하는 것이 온당할 것이다. 제1 시론집의 제3장과 제4장에서 김종길은 한국시의 현황에 대해 종합적인 진단을 내리면서 시가 현대적인 것이 되려는 노력을 주로 '실험'이라는 용어로 표현하고, 실험의 구체적 양상을 기술하고 있기 때문이다.

제1부 '진실과 언어'에 수록된「주체성의 발견」「염결성의 회복」「진실과 언어」로 이어지는 일련의 평문은, 당시 한국시가 당면한 침체와 혼미를 극복하려는 비평적 개입으로서 김종길 시론의 이론적 정립과도 연결되어 있는 점에서 의미가 깊다.「주체성의 발견」에서 김종길은 당시 시단에 대한 제언으로서 '염결성' 내지는 '비평적 지성'의 회복을 요청하는데, 이 두 용어의 차별성을 음미하는 것은 김종길 시론의 핵심을 파악하는 일이 된다.

예를 들어 필자는 최근 어느 자리에서 우리 시단에 대한 제언提言으로서 염결성廉潔性 내지는 비평적 지성의 회복을 말한 바 있으나, 그것은 기실 두 가지의 다른 관점을 포함하는 주장이다. 그 경우의 염결성은 비평적 지성을 토대로 하고 있으면서도, 전자가 윤리적인 관점인 데 대하여 후자는 지적인 관점이기 때문이다.[18]

'염결성'은 윤리적 관점인데 비해 '비평적 지성'은 지적인 관점이라는 말의 의미는 무엇일까? 일단 윤리적 관점이란 시 이전의 시인, 즉 인간의 삶이 지닌 도덕적 측면을 말하고, 지적인 관점은 시인과 분리된 시 작품에 대한 객관적 측면을 말한 것이라고 간주할 수 있다. 김종길은 당시 시단의 문제점을 극복하기 위해 첫째, 추천 제도의 재검토, 둘째, 실험의 반성, 셋째, 순수 대 참여와 같은 양분법의 지양, 넷째, 작품 발표와 시집 발간의 절제라는 네 가지를 제안한다. 그리고 그는 이 중 둘째와 셋째는 염결성과는 별로 관계가 없는 항목이라고 말하는 한편, 다시 그것이 순전히 비평적 지성의 문제라고만 할 수 없다고 말한다. 이런 복잡한 논지의 근저에는 인간과 문화, 경험과 사물, 다시 말해 시인과 시 사이의 명확한 분절이 가능하지 않다는 인식이 자리 잡고 있는 것으로 보인다.

그리고 보면 그 두 가지 주장에는 단순히 지적인 관점만이 아니라 어떤 정의적情意的인 관점이 또한 포함되어 있다. 이 후자를 필자는 여기서 주체성의 관점이라고 부르기로 하고, 그 관점에서 우리 시의 당면 문제를 다음과 같이 두 가지로 나누어 생각해 보려 한다.[19]

김종길의 시론에서 지적인 관점과 정의적情意的 관점, 즉 윤리적 관점은 완전히 분리되지 않는다. 상호 포함관계에 있는 이 두 관점은 결국 시인과 시의 상호 포함관계로 이해될 수 있다. 김종길은 상호 포함관계의 두 관점 중 윤리적 관점을 두고 '주체성'의 관점이라고 부르는데, 당시 한국시의 당면 과제를 지적하는 두 가지 항목을 통해 그 관점이 더 구체적으로 드러난다. 첫째는 시의 현대성에 대한 반성이다.

필자의 의견으로는 우리는 아직도 20세기 전반에 횡행했던 시의 현대성이라는 흉령幽靈에 홀려 있는 것 같다. 그리하여 우리는 현대시란 정적情的이기보다는 지적이어야 하고, 리듬보다는 이미지에 치중해야 하고, 평이하기보다는 난해해야 한다고 생각한다. 또한 이론적으로 시와 시인은 별개의 것이니까 우리는 한국인이면서도 국적 불명의 시를 써도 좋고 이 땅의 독자들의 공감은 도외시되어도 좋다는 투로 생각하는 것 같기도 하다.[20]

<hr>

18) 김종길, 「주체성의 발견」, 『진실과 언어』, 일지사, 1974, p.8.
19) 김종길, 위의 글, pp.8~9.
20) 김종길, 위의 글, p.9.

김종길은 시의 관념을 재확인하는 것이 중요한 문제라고 보고, 주체적인 시작詩作과 시관詩觀의 정립에 등한하여 온 우리 현대시사를 반성한다. 시의 '현대성'에 집착하여 '시와 시인의 분리'를 강조한 점 등이 우리의 실정에 맞지 않을 뿐만 아니라 이론적으로도 온당한 것이 아니라고 말한다. 그리고 김종길은 "시라는 것은 지知·정情·의意의 모든 정신 능력의 소산이요, 이미지만이 아니라 진술·운율 등 언어의 전全 기능의 유기적인 관련 위에 성립하는 것이며 무의미하게 난해할 필요는 없는 것이다"라고 지적하는데, 여기서 시를 유기적 관련성 속에서 파악하는 것은 시인의 진실까지를 포함하는 관점이라는 점에서 서구 신비평에서 말한 '시의 유기적 결합'과는 구별되는 것이다.

이런 김종길의 시관은 "시란 주로 진실한 개인적인 경험의 결정結晶"이라는 문장으로 수렴된다. 그런데 제1 시론집과 비교할 때 단절과 변모를 뚜렷이 드러내는 듯한 이런 관점도 좀더 세밀히 고찰해 볼 필요가 있다. 김종길이 당시 한국시의 당면 과제로 지적한 두 번째 항목은 순수와 참여라는 양분법의 지양이다. 그는 "순수와 참여는 이론적으로 문학에 있어서는 확연히 구별될 성질의 것이 아니다"라고 전제한 후 다음과 같이 언급한다.

이런 뜻에서는 비교적 더 순수한 시가 있고 비교적 덜 순수한 시가 있을 뿐이다. 그러므로, 순수와 참여의 차이는 시적인 차이라기보다는 시인이나 비평가의 시의 사회적 기능 내지는 시인의 사회적 임무에 대한 견해의 차이이다. 그러나 그러한 견해는 결코 하나밖에 있을 수 없다든가 어느 하나만이 옳다고 하는 것은 어느 편에 서든간에 독단에 불과하다. 게다가 그와 같은 차이는 견해의 차이로서 문제되는 만큼 시에 있어서는 문제가 되지 않는다. 왜냐하면, 시의 성부成否는 시 이전의 견해나 의도의 차이에만

달려 있는 것은 아니기 때문이다.[21]

김종길은 순수와 참여의 차이는 시적인 차이라기보다 시인이나 비평가가 지닌 사회적 기능 혹은 사회적 임무에 대한 견해의 차이라고 말하지만, 이런 차이도 시의 성부成否에 직결되는 것은 아니라고 말한다. 이런 관점은 시인이 지닌 사회적 기능이나 임무에 대한 견해로서 순수와 참여의 차이보다 시의 작품성이 더 중요하다는 견해로 이해될 수 있다. 김종길은 덧붙여 "시인에게 이 시대를 사는 한국인으로서의 자각과 성실이 있고, 시와 시인 및 시의 진실과 시인의 진실이 별개의 것이 아닌 이상 모든 시, 모든 시인은 설사 정도와 방향의 차이는 있을망정 참여를 하는 셈이다"라고 말하면서 다시 한번 시인의 진실을 강조한다.

그러면 김종길이 제시하는 시의 내용으로서 '진실'은 어떤 의미를 지니는 것일까? 그것은 다음과 같은 말에서 확인할 수 있다.

따라서 우리 시에 있어서는 대부분의 경우 시적 진실과 현실에 있어서의 진실은 매우 가까운 거리에 있어 대부분의 경우 작품의 화자는 시인 자신으로 보아 무방하다. 이러한 경우 시인의 소재는 주로 그의 생활과 체험에서 얻어지기 마련이다. 그럼에도 불구하고, 현재의 우리 주변에서는 생활과 체험에서보다는 시적 언어에 대한 실험의식이나 시의 사회적 기능에 대한 당위의식에 지나치게 사로잡혀 가화假花 같은, 또는 프로그램이나 포스터 같은 허황되거나 공소한 시를 쓰는 소장시인들이 시단을 사실상 대표하고 있다.[22]

---

21) 김종길, 위의 글, pp.10~11.
22) 김종길, 위의 글, p.22.

김종길은 "시에 있어서의 진실은 현실에 있어서의 그것과 엄밀한 뜻으로는 완전히 부합되는 것이 아니며 또 부합되어서도 안 될 것이다"라고 전제하지만, "시는 다른 예술에 있어서와 마찬가지로 어느 뜻으로든지 현실의 모상模像이요, 그 자체가 또 하나의 현실이요, 또 하나의 세계이다"라고 부연함으로써 시의 진실과 현실의 진실을 밀착시킨다. 이런 관점은 시와 시인을 밀착시키는 관점과도 상통한다. 그러므로 김종길이 제시하는 '진실'은 시인이 생활하고 체험하는 현실 자체가 된다. 김종길이 현실의 생활과 체험에서 얻어지는 시인의 '진실'을 중시하는 것은, 당시 한국 시단이 실험 의식에 사로잡힌 순수시나 사회적 기능에 대한 당위 의식에 사로잡힌 참여시의 양극화 현상으로 인해 침체와 부진의 늪에 빠졌다는 판단 때문이다. 한편 김종길은 시인의 '염결성'에 대해 다음과 같이 언급한다.

시인의 염결성廉潔性은 우선 인간적 내지 도덕적인 문제로 생각할 수 있겠습니다. 시인이란 자질에 있어 보통 사람들과 구별되는 면을 가지고 있긴 합니다만 이러한 시대에는 시인도 최소한 건전한 정신을 가진 정상적인 시민의 한 사람일 수밖에 없습니다. 게다가 그에게는 예술적인 양심良心과 양식良識이 있어야 합니다. 예술적인 양심 내지 양식이란 쉽게 말하면 시인의 경우 자기가 쓰는 작품이 의미 있는 것인가 아닌가를 알아내고 무의미한 경우에는 발표를 삼가는 지각知覺입니다.[23]

김종길이 제2 시론집에서 보여준 '주체성'의 확립은 서구 비평이론을 우리 실정에 맞게 변형하여 내면화한 것으로 평가될 수 있다. 객관적

---

23) 김종길, 「염결성의 회복」, 『진실과 언어』, 일지사, 1974, pp.13~14.

존재로서의 시작품을 시인의 염결성, 즉 예술적 양심이나 양식良識과 관련하여 사고하는 관점은, 당시 한국의 현실적·문화적 상황에 대해 나름대로 정확히 진단하고 그 문제점에 대한 타개책으로 제시된 점에서 의미가 있다. 김종길은 일반론으로서 '현대성'의 규명에서 더 나아가 우리 현대시와 시단이 가진 문제점을 파악하고 그 병폐를 해결하는 방안으로서 자신의 시론을 주체적으로 정립해 나간 것이다. 이 과정에서 제1 시론집에서 시와 시인의 분리 및 비분리 사이에서 유동하던 관점이 좀더 분명한 입장으로 정립되어 이론적 근거를 제시하게 되는 것이다.

「진실과 언어」에서 김종길은 당시 한국시의 현실을 무의미하다고 평가하고, 그 양상을 세 가지로 나누어 설명한다. 그것은 첫째, 언어의 형식적 조건이 충분히 갖추어지지 않은 경우, 둘째, 언어의 형식은 일단 갖추어져 있으면서도 충분한 의미를 나타내지 못하는 경우, 셋째, 앞의 두 경우에는 해당하지 않으면서도 그것이 오늘날의 시로서 충분한 의미와 가치를 인정받을 수 없는 경우이다. 첫째는 시의 언어가 어법 내지 문법을 벗어난 경우를 말하는 것으로서, 독창적인 어법을 실험하더라도 어떤 의미로든지 그것이 적절해야 한다는 관점이다. 이는 당시 한국시에 팽배해 있던 실험시의 난해성과 애매성에 대한 문제 제기의 성격을 띤다. 둘째는 시적 형식 이전의 내용에 대한 관점으로서, 시의 내용으로서 진실에 대한 그릇되거나 미흡한 인식 내지 불충분함을 경계하는 것이다. 이에 덧붙여 김종길은 "설사 시인에게 어떤 진실에의 통찰이 있다고 하더라도 그것이 충분히 언어화되기까지는 그것은 시의 의미 내용은 되지 못한다"라는 관점에서 '진실의 언어화'를 강조한다. 셋째는 언어의 형식 및 그것과 의미 내용 사이의 관계에 파탄이 없으면서도 그것이 오늘의 시로서는 의미와 가치가 충분치 못한 경우를 말하는 것으로서, 김종길은 여기서 문제가 되는 것이 시의 '새로움'이라고 지적한다. '시대성'과 '언어 형식'이라는 두 측면에서 '새로움'을 규명하는 김종길은, 시가 새로운 시대성과 언어 형식을 갖추어야 하지만 현대성의 추구가 지나치게 계획적이거나 의식적인 경우 공소한 언어의 형해形骸를 낳기 쉽다고 지적한다. 그래서 "이른바 모더니즘이나 순수시나 참여시의 너무나도 의식적이요 계획적인 실험의 대부분이 공소하여 진실을 담는 데 실패한 것은 이러한 사정" 때문이라고 평가하는 것이다.

여기서 우리는 김종길이 시의 내용으로서 진실과 그 진실의 언어화로서 언어 형식을 아울러 중시하고 있음을 확인하게 된다. 의도적인 실험이 형식의 새로움에 치우쳐 내용으로서의 진실을 담는 데 실패한다고 보는 관점도 이런 내용과 형식, 즉 시인의 진실과 시적 언어화 사이의 조화와 균형을 중시하는 관점으로부터 파생되는 것이다. '시적 진실과 시적 언어의 합일'이라고 요약할 수 있는 김종길의 시관은 다음과 같은 시의 정의로 표현되고 있다.

시란 인생과 세계의 진실을 가장 고도로 조직된 언어로써 감동적으로 제시한다는 것이 그것이다. 여기서 '가장 고도로 조직된 언어'라 함은 시는 언어를 매재媒材로 하는 예술인 문학 가운데서도 특히 고도의 언어 조직을 가진다는 뜻으로, 훌륭한 시작품에 있어서는 언어의 형식과 내용, 더욱 구체적으로 말하여 말의 소리와 뜻이 나눌 수 없을 만큼 하나가 되어 있음을 뜻한다. 시가 특히 운율과 이미저리와 어조에 크게 의존하고, 특히 강렬한 쾌감 내지 감동을 주는 사실은 모두 그 때문이다.[24]

"시란 인생과 세계의 진실을 가장 고도로 조직된 언어로써 감동적으

---

24) 김종길, 「진실과 언어」, 『진실과 언어』, 일지사, 1974, pp.17~18.

로 제시한다"라는 정의는 '진실의 시적 언어화'를 의미하는 것으로서, 고도의 언어 조직으로서의 시를 내용과 형식의 유기적 결합으로 보는 관점으로 나아간다. 따라서 김종길은 시 비평에 있어서 말의 소리와 뜻, 운율과 이미지와 어조의 유기적 결합을 중시하고 그것이 주는 감동의 차원을 중시하는 것이다.

따라서 제2 시론집 『진실과 언어』에서 구체화되는 김종길 시론의 핵심은 '진실의 시적 언어화'로 수렴된다. 「주체성의 발견」이나 「염결성의 회복」에서 강조된 '주체성'과 '염결성'은 시인이 가져야 할 윤리적 관점, 즉 예술적인 양심 내지 양식良識의 관점으로서 시 이전의 진실에 해당하지만, 김종길이 최종적으로 주장하는 시관은 이 진실을 고도로 조직된 시적 언어로 형상화하는 차원, 즉 내용과 형식, 시적 진실과 시적 언어의 유기적 결합인 것이다. 결국 김종길은 한국적 현실을 생활하고 체험하는 시인의 예술적 양심을 '진실'이라는 용어로 함축하고, 이와 동의어인 '염결성' 및 '주체성'을 강조하는 동시에 그것을 고도로 조직된 시적 언어로 형성화하는 언어 표현을 중시함으로써, 당대 한국 시단에 대한 비평적 개입으로서 자신의 시론을 정립하고 있는 것이다.

5. 맺음말

이 글은 김종길 시론에 대한 선행 연구가 영미 신비평의 비평적 전제를 실제 비평에 적용하여 한국 시 비평의 수준을 올려놓았다는 점, 비평 문체가 정확하고 치밀하다는 점, 세련된 감수성과 정확한 감식안을 가졌다는 점, 『시론』에서 노정된 불철저한 사고가 『진실과 언어』에서 수사와 경험을 결합하고 서구적 감수성과 유가적 교양을 성공적으로 결합함으로써 극복되었다는 점 등에 집중되어 왔음을 확인했다. 이 글은 기존 연구의 중요한 성과들을 토대로 그것을 보완하기 위해 제1 시론집 『시론』과 제2 시론집 『진실과 언어』 사이에 내재된 연속성에 초점을 맞추어 김종길 시론의 전개 과정을 규명함으로써 김종길 비평에 대한 보다 심층적인 접근을 시도하려 했다. 여기서 시 이론의 영역을 중심으로 고찰한 것은 선행 연구가 김종길 시론의 특장으로 간주해온 실제 비평의 영역, 즉 월평·작품론·시인론에 치중하여 고찰함으로써 그 내면적 특징을 간과한 측면이 있다는 판단 때문이다.

제1 시론집 『시론』에서 김종길은 '시의 객관적 존재성' 과 '시와 시인의 분리' 라는 서구 현대시론의 명제를 그대로 받아들이지 않고, 시인의 생애와 삶의 풍격을 중시하는 자기 나름의 시관 가운데 하나의 참고 사항으로 고려했을 뿐이다. 이런 차원에서 제1 시론집에서 엘리어트를 중심으로 한 영미 신비평에 대한 김종길의 수용의 태도는 '전통' 과 '역사의식' 의 내면화라는 측면과, '시의 객관적 존재성' 및 '시와 시인의 분리론' 의 신중한 고려라는 측면으로 나누어 좀더 정밀하게 규명될 필요가 있다. 따라서 이 글은 기존의 논의 중에서 『시론』에서 시를 하나의 유기체라고 보는 서구의 이론을 받아들였지만 정작 엘리어트의 중요 개념인 '전통' 을 수용하지 않았다는 관점과, 제1 시론집 『시론』에서 서구 신비평의 영향을 받아 시와 시인의 분리를 주장하던 김종길이 제2 시론집 『진실과 언어』에서 시 이전의 시인의 진실과 체험을 중시하고 유가적 전통을 통해 주체적 시론을 정립했다는 단절의 관점을 재고해야 한다고 생각한다. 즉 김종길은 제1 시론집 『시론』에서 이미 엘리어트 비평의 중심 개념인 '전통' 과 '역사의식' 을 내면화했으며, '시의 객관적 존재성' 및 '시와 시인의 분리' 를 명제로서가 아니라 하나의 고려 사항으로서 신중히 인식하며 받아들였다는 것이다.

제1 시론집 『시론』의 중심 과제가 '현대성에 대한 해명' 이었다면, 제2 시론집 『진실과 언어』의 중심 과제는 당대 '한국시에 대한 반성' 에 초점이 맞추어져 있다. 김종길은 1960~1970년의 한국시의 현황을 침체와 혼미의 양성으로 파악하고, 이것을 극복하는 것을 시 비평의 중심 과제로 삼는다. 김종길의 시론에서 지적인 관점과 정의情意적 관점, 즉 윤리적 관점은 완전히 분리되지 않는다. 상호 포함관계에 있는 이 두 관점은 결국 시인과 시의 상호 포함관계로 이해될 수 있다. "시란 인생과 세계의 진실을 가장 고도로 조직된 언어로써 감동적으로 제시한다"라는 정의는 '진실의 시적 언어화' 를 의미하는 것으로서, 고도의 언어 조직으로서의 시를 내용과 형식의 유기적 결합으로 보는 관점으로 나아간다. 따라서 김종길은 시 비평에 있어서 말의 소리와 뜻, 운율과 이미지와 어조의 유기적 결합을 중시하고 그것이 주는 감동의 차원을 중시하는 것이다. 따라서 제2 시론집 『진실과 언어』에서 구체화되는 김종길 시론의 핵심은 '진실의 시적 언어화' 로 수렴된다. '주체성' 과 '염결성' 은 시인이 지닌 윤리적 관점, 즉 예술적인 양심 내지 양식良識의 관점으로서 시 이전의 진실에 해당하지만, 김종길이 최종적으로 주장하는 시관은 이 진실을 고도로 조직된 시적 언어로 형상화하는 차원, 즉 내용과 형식, 시적 진실과 시적 언어의 유기적 결합인 것이다. 결국 김종길은 한국적 현실을 생활하고 체험하는 시인의 예술적 양심을 '진실' 이라는 용어로 함축하고, 이와 동의어인 '염결성' 및 '주체성' 을 강조하는 동시에 그것을 고도로 조직된 시적 언어로 형성화하는 언어 표현을 중시함으로써, 당시 한국 시단에 대한 비평적 개입으로서 자신의 시론을 정립하고 있는 것이다.

우리는 이 논의를 통해 김종길의 제1 시론집 『시론』이 제2 시론집 『진실과 언어』로 전개되는 과정에서 표면적으로 드러난 단절과 변모의 양상 속에 내면적으로 잠재되어 있는 연속성의 측면을 확인할 수 있다. 제1 시론집에서 '시의 객관적 존재성' 및 '시와 시인의 분리'를 참고 사항으로 신중히 고려한 김종길은, 제2 시론집에서 '시와 시인의 비분리'를 주장하면서도 '시의 객관적 존재성'을 유지하려는 태도를 보여 준다. 이 태도가 구체적으로 표면화된 것이 바로 '진실의 시적 언어화'인 것이다. 한편 김종길은 엘리어트가 말한 '전통'과 '역사의식'을 제1 시론집에서부터 내면화하고 있었으며, 그것을 '주체성' 혹은 '염결성'이라고 부른 '진실'의 차원으로 끌어들인다. 그리고 이 진실을 시적 언어로 형상화하는 언어 표현의 방식을 중시함으로써 '진실의 시적 언어화'라고 요약할 수 있을 주체적 시관을 정립해 나간다. 결국 김종길이 제2 시론집에서 정립한 '진실의 시적 언어화', 혹은 '시적 진실과 시적 언어의 융합'은 제1 시론집에서 태동한 '시의 객관적 존재성'과 '시와 시인의 분리 및 비분리'의 문제뿐만 아니라 엘리어트적 개념의 '전통' 및 '역사의식' 등 일견 모순과 갈등을 일으키는 여러 시 이론들이 평이 하면서도 실제적인 하나의 개념으로 수렴되고 종합되는 저수지가 되는 것이다. 그리고 이런 시 이론의 관점은 지금까지 선행 연구가 김종길 시 론에 대해 개별 시를 섬세하게 읽는 심미안과 정확한 문체 등 미시적인 측면만을 강조한 것과는 다른 차원, 즉 실험시의 난해성이나 순수 대 참여의 이분법 등 당대 한국시의 문제점을 개선하고 극복하려는 거시적 안목을 가진 비평적 개입으로서 개진되었다는 점에서 새로운 평가가 가능할 것이다.

제3장 송욱 시론 연구

― 창작 과정의 시론을 중심으로

1. 머리말

한국 현대시론사의 전개에 있어서 송욱(1925~1980)의 존재는 각별히 중요한 의미망을 지닌다. 송욱이 문학적 활동을 시작한 1950년대는 전후戰後의 폐허 속에서 기존의 문학적 전통에 대해 부정과 단절을 추구하는 화전민 의식을 보여주는 한편, 그것이 파생시킨 폐허 의식과 고아 의식을 실존주의라는 서구적 사상과 관련하여 사유했던 시대라고 말할 수 있다. 이런 시대적 분위기 속에서 송욱은 실험적인 시를 통해 기존 언어의 조직과 질서를 해체하는 동시에 시대 상황과 현실을 풍자적으로 형상화하는 모습을 보여주었다. 그리고 송욱은 시론을 통해 서구 문학과 비평을 소개하여 당시 한국 시단이 요청하는 시적 실천의 이론적 토대를 제공하였을 뿐만 아니라, 동서양의 문학 전통 및 배경을 비교하는 폭넓은 사상적 · 문학적 안목을 제공했다. 이를 토대로 황견이, 만해,

소월, 김기림, 정지용 등의 한국시 및 시론에 대한 실제 비평을 시도한 송욱은, 남다른 애착을 가지고 높이 평가한 만해 시집 『님의 침묵』을 전편 해설하는 중요한 업적을 남기기도 했다.

송욱이 남긴 비평은 『시학평전』(일조각, 1963), 『문학평전』(일조각, 1969), 『문물의 타작』(문학과지성사, 1978) 등에 수록되어 있는데, 따라서 송욱 시론 혹은 비평의 전체적 면모를 고찰하기 위해서는 『시학평전』에서 『문학평전』과 『문물의 타작』으로 이어지는 비평의 전개 과정을 연속성과 단절의 측면에서 연구해야 할 것이다. 이 글은 이런 전체적 연구를 위한 전제로서 첫 시론집 『시학평전』을 집중적으로 고찰하고자 한다. 『시학평전』은 송욱 시론의 출발점에 놓여 있으면서 그 원형적 특질을 담고 있다는 점에서 그의 비평적 전개 과정에서 큰 비중을 차지하고 있기 때문이다.

이 글을 진행하기 위해 송욱 시론에 대한 선행 연구[1]를 정리하면, 전체적으로 긍정적 평가와 부정적 평가가 엇갈리고 있음을 알 수 있다. 해방 후 사상적 공백기에 한국 현대비평의 안목을 세계문학의 폭넓은 시야에서 선구적으로 형성하였다는 점에서 긍정적으로 평가하는 반면, 그 비평의 세부에 관해서는 단편적 자료의 나열, 추상적 진술과 재단적 평가, 서구문학에 대한 경도와 한국적 전통에 대한 비하 등의 문제점을

---

1) 송욱 시론에 대한 연구로 중요한 성과에 해당하는 것은 다음과 같다.
　김종길, 「아카데미즘과 나르씨시즘」(『사상계』, 1963.9), 『시에 대하여』, 민음사, 1986.
　박철희, 「전통과 외래 사조」(1967), 『서정과 인식』, 이우, 1982.
　이상섭, 「부끄러운 한국문학과 경이로운 동양사상」, 『문학과 지성』, 1978 겨울.
　이기철, 「송욱의 비판적 시론」, 『시학』, 일지사, 1985.
　김유중, 「사상의 창조와 실험정신」(『현대문학』, 1991.7), 『한국현대시론사』, 모음사, 1992.
　황현산, 「역사의식과 비평의식」, 『현대비평과 이론』, 1995 가을·겨울.
　이숭원, 「송욱론—비평 정신의 고양과 방법의 모색」, 『한국현대비평가연구』, 강, 1996.
　박종석, 『송욱 문학 연구』, 좋은날, 2000.
　서지영, 「특수 속에서 보편의 추구」, 김학동 외, 『송욱 연구』, 역락, 2000.

들어 부정적으로 평가하는 경우도 존재한다. 그동안 송욱 시론 및 비평이 본격적으로 연구되지 못한 이유 중의 하나는 이런 부정적 비판이 상당 부분 보편적으로 받아들여져 왔기 때문일지도 모른다.

특히 이런 사정은 송욱의 첫 시론집 『시학평전』이 출간된 직후 김종길이 서평으로 발표한 「아카데미즘과 나르씨시즘」의 비판적 평가가 폭넓은 공감대를 형성하고 받아들여졌기 때문인 것으로 보인다. 김종길은 송욱의 노작 『시학평전』이 주로 번역에만 골몰했던 국내 외국문학계에서 독창적이요 선구적인 하나의 시도로 의의를 지닐 수 있다고 전제한 후, 이 저서가 독자를 염두에 두고 씌어진 것이라기보다는 저자 자신의 개인적인 모색의 자취를 그대로 드러낸 한 시학도의 사사로운 노트북 같다고 지적한다. 그래서 저서의 내용 태반이 저술이라기보다는 해설이며 구성을 가진 이론이기보다는 단편적인 자료의 나열로 되어있다고 지적한다.[2] 이런 김종길의 평가는 이후 대부분의 연구자들이 송욱 시론의 장단점을 지적할 때 되풀이하여 건급하고 있다는 점에서 송욱 시론 연구의 방향을 정해주는 역할을 한 것으로 보인다.

이후 전개된 연구에서 박철희는 만해와 타골의 구체적 예증을 통한 비평과 황진이의 시 분석은 탁견이지만 소월 시론에 대한 비판은 매우 추상적인 진술로 나타난다고 지적하고, 특히 한 구절의 비교단으로 동서양의 배경의 차이를 밝힌다는 것은 수긍하기 어렵다고 평가한다.[3] 이상섭은 만해에 대한 송욱의 논의가 개인적 노트 상태에 머문 듯한 인상이 없지 않다고 지적하며,[4] 이기철은 『시학평전』의 김소월, 김기림에 대한 비평이 비판을 위한 비판에 가까운 것이라고 지적한다.[5] 이승원은

---

2) 김종길, 위의 글.
3) 박철희, 앞의 글.
4) 이상섭, 앞의 글.
5) 이기철, 앞의 글.

『시학평전』에서 역사의식의 귀중함을 알고 있었으나 스스로 올바른 역사의식을 갖지 못했기 때문에 우리 문학을 볼 때 왜곡된 시각을 갖지 않을 수 없다고 지적하고, 현대시란 전통의식과 내면성이 결합된 시인데, 전통의식은 엘리어트의 생각을 따른 것이고 내면성은 상징주의와 관련된 것으로 파악한 송욱의 태도에 대해 후진국 지식인의 자기 한계를 드러낸다고 언급한다.[6]

김종길의 평가에서 비롯하여 지금까지 유지되고 있는 송욱 시론에 대한 비판은 그것이 지닌 비평 태도와 안목에 대한 지적으로 이해될 수 있는데, 송욱 자신도 이런 비판을 어느 정도 인식하고 자기반성을 통해 이후 비평적 전개에서 새로운 모색을 추구해 나갔다고 볼 수 있다. 이런 판단의 근거로 우리는 미발표작이면서 세 번째 비평집 『문물의 타작』에 수록된 「‘시학평전’의 원서문原序文」을 주목할 필요가 있다. 첫 시론집 『시학평전』이 출간된 때가 1963년 5월 25일이고 이 ‘원서문’의 작성 시기가 1965년 5월로 기록되어 있는 점으로 미루어 볼 때, 송욱이 『시학평전』 출간 이후의 비판적 언급들을 참조하여 다시 서문을 작성하고 후일에 그것을 세 번째 비평집에 수록한 것으로 짐작된다. 따라서 『시학평전』의 서문과 ‘원서문’의 차이점을 고찰하면 송욱이 평자들의 비판을 어떻게 받아들였는지를 확인할 수 있고, 더 나아가 『시학평전』 이후 전개된 자기반성과 새로운 모색의 단초를 발견할 수 있을지도 모른다. 이런 이유에서 이 글은 두 서문의 차이점을 고찰하여 『시학평전』에 대한 송욱 자신의 인식 및 반성의 단초를 살펴보는 작업을 포함하고자 한다.

한편 송욱 시론에 대해 문제점을 지적하면서도 전반적으로 긍정적인 평가를 내리는 연구로 김유중과 황현산의 글을 들 수 있다. 김유중은 송욱이 완성된 시론의 작성을 의식하지 않았다고 전제하고, 이는 사상적

---

6) 이숭원, 앞의 글.

공백기를 벗어나 올바른 근대문학의 토대를 성립시키기 위한 다양한 모색의 결과물이기 때문이라고 지적한다. 그리고 그는 송욱이 이런 믿음 아래 시론을 역사적이며 동시에 실천적인 의미를 지닐 수 있게 되기를 바랐을 뿐이라고 덧붙인다.[7] 황현산은 송욱의 합리주의가 과학주의와 분석주의가 아니었고 시 언어의 특수성과 그 특수한 가치를 믿었다고 지적하고, 송욱이 영미 시론의 전통을 이룬 신비평보다 현대의 역사의식과 시의 근원적 깊이를 함께 아우를 수 있는 시학을 프랑스 상징주의에서 발견했다는 내적 근거를 설명한다.[8]

김유중과 황현산의 견해는 송욱 시론이 지닌 체계의 부족, 단정적이며 재단적인 평가, 세부에 있어서의 부정확 등의 문제점에도 불구하고 그 전체적 의의를 긍정적으로 평가하고 있다. 그렇다면 앞서 정리한 송욱 시론에 대한 부정적 평가와 이런 긍정적 평가는 상호 모순되거나 대립되기보다는 송욱 시론의 양면성을 드러내고 있다는 가설을 세울 수 있을 것이다. 이 글의 목적은 이런 가설, 즉 송욱 시론의 양면성을 입증하는 데 있다. 이를 입증하기 위해서는 송욱 시론이 지닌 양면성의 근거와 원인이 한 점으로 수렴되는 지점을 찾아 그것을 규명하는 작업이 요구된다. 따라서 이 글은 『시학평전』의 서문과 「 '시학평전' 의 원서문」의 차이점을 '징후발견적 독해(symptomatic reading)' 의 방식으로 고찰하고, 다시 『시학평전』의 내용적 핵심에 놓인다고 판단되는 서구시 및 시론의 수용 양상을 구체적으로 고찰하여 기 징후발견적 독해의 근거를 뒷받침하는 순서로 연구를 진행하고자 한다.

---

7) 김유중, 앞의 글
8) 황현산, 앞의 글.

2. 『시학평전』의 서문과 「'시학평전'의 원서문」의 차이

『문물의 타작』(1978)에 수록된 「'시학평전'의 원서문」은 미발표작으로서 그 작성 시기가 1965년 5월로 기록되어 있다. 『시학평전』이 1963년 5월에 간행되었다는 점에서, 이 글은 제목이 '원서문原序文' 이지만, 실제로는 『시학평전』 간행 이후에 다시 씌어진 것임을 알 수 있다. 그리고 이 '원서문' 은 『시학평전』의 서문과 비교해 볼 때 거의 전면적으로 다시 씌어진 것을 확인할 수 있다.

사실 『시학평전』의 구상 및 전체적 구성, 그리고 송욱 자신의 비평적 태도 등이 더 구체적으로 제시된 것은 『시학평전』의 서문인 것으로 판단되는데, 송욱은 왜 '원서문' 을 다시 작성했을까? 이는 『시학평전』 출간 이후 김종길의 비판으로 대표되는 부정적 평가를 접하고 자신의 비평 태도에 대해 반성을 시도하는 동시에, 평자들의 거부 반응에 대해 자신의 원래 의도를 좀 더 설득력 있게 전달하려 했다고 볼 수 있을 것이다. 이런 점에서 「'시학평전'의 원서문」은 송욱 시론의 특질 및 비평의식을 단면적으로 엿볼 수 있는 징후적 텍스트가 되며, 『시학평전』 이후의 비평적 전개 양상을 고찰하는 데 길잡이가 될 수 있을 것이다. 또한 두 서문이 보여주는 차이점은 이 글의 주된 목적인 송욱 시학의 양면성이 발생하는 근거와 원인을 밝혀주는 데에도 실마리를 제공해 줄 것으로 기대된다. 이런 관점에서 『시학평전』의 서문과 「'시학평전'의 원서문」을 비교하여 뚜렷이 차이나는 부분을 찾아보기로 한다.

1) 이와 같이 나는 영·미와 불란서의 비평에서 주목할 만하고, 우리의 시와 시론에 적용할 때 쓸모가 있다고 생각되는 여러 가지 방법을 소개하여, 혹은 내 자신 그것을 모두 절충하여 실지로 사용해 보았다. 따라서 이

책은 외국의 시와 시론이 이 나라의 그것과 누릴 수 있는 생생한 관계 또는 하나의 긴장된 관계를 내다 보면서 시문학에 관심을 갖는 모든 사람들을 위하여 실천적이며 실리적實利的이고, 또한 활용할 수 있는 하나의 좌표와 비슷한 것을 마련하려는 것이다.[9]

　1)' 이러한 내면적 요구(시를 쓰는 일―필자 주)를 느낀 다음에 내가 맞서야 하는 과제는 나의 내심內心이 지닌 욕망을 충족시켜 주는 내용을 지닌 동시에 훌륭한 작품을 쓰는 데 도움이 될 수 있는 모범을 찾아서 공부하는 것이었다. 나는 이것을 외국문학에서 상당히 많이 얻어볼 수 있는 것처럼 느꼈다. 나는 보들레르나 T. S. 엘리어트와 함께 두보杜甫를 애독하였다.

　그러나 뜻밖에도 나는 한국 시와 외국 시에 대하여 모두 의혹을 가지게 되어 이 두 갈래로 갈라진 절망 속에 휩쓸려드는 때가 한두 번이 아니었다. 이 나라에도 훌륭한 작품이 없는 것은 아니지만, 그것이 담고 있는 세계가 나의 내심의 요구를 만족시켜 줄 만한 것이 드물기 때문이다. 한편 외국의 시와 시론에서 배울 수 있고 도움이 되는 것이 많은 것이 사실이기는 하지만, 그 중에서 이 나라의 시인이나 시에 관심이 있는 사람이 받아들일 수 있는 것은 얼마 되지 않는다.―이것을 점차 깨달은 까닭이다.[10]

1)과 비교할 때 1)'에서 두드러지는 것은 첫째, 겸손한 태도와 어조이고, 둘째, 송욱이 자신의 내면을 진솔히 표현하고 있다는 점이다. 우선 겸손한 태도와 어조는 평자들의 비판 가운데 주관적 독단, 독자에 대한 설득력 여부 등 비평 태도에 관한 문제 제기를 의식하여 자기반성 및 갱

---

9) 송욱, 「서문」, 『시학평전』, 일조각, 1963, p.4.
10) 송욱, 「'시학평전'의 원서문」(미발표, 1965.5), 『문물의 타작』, 문학과지성사, 1978, pp.52~53.

신의 노력을 기울인 것으로 볼 수 있다. 다음으로 내면의 진술한 표현은 비평서의 서문으로서는 이례적이라고 할 만큼 개인적 체험의 측면을 드러내는데, 그 핵심이 되는 것은 시를 쓰는 시인으로서의 창작 체험이다. 다시 말해, 송욱은 1)에서 영미와 불란서 비평에서 주목할 만한 내용을 우리 시와 시론에 적용할 때 유용할 것인가라는 관점에서 소개한다고 말하지만, 1)' 에서는 송욱 자신이 시를 쓰는 데 있어서 내심의 욕망을 충족시켜 주는 모범을 찾아 공부한다는 관점에서 외국문학을 거론한다는 것이다. 이 차이는 단순히 '우리 시단' 이라는 보편적 차원과 '송욱 개인' 이라는 특수한 차원 사이의 차이라기보다는, "우리의 시와 시론에 적용할 때 쓸모가 있다고 생각되는" 관점과 "훌륭한 작품을 쓰는 데 도움이 될 수 있는 모범을 찾는" 관점 사이의 차이다. 즉 1)' 는 송욱이 '시 창작 체험' 이라는 자신의 요청에 의해 외국시와 시론을 참조했다는 관점을 분명히 제시하는 것이다. 따라서 송욱의 이런 변모는 "이 저서가 독자를 염두에 두고 씌어진 것이라기보다는 저자 자신의 개인적인 모색의 자취를 그대로 드러낸 데서 오는 결과이다. 말하자면 이 책은 한 시학도의 사사로운 노트북과 같은 것"이라는 김종길의 비판을 어느 정도 받아들여 자기 갱신을 도모하면서도, 자신의 저술 의도를 좀 더 분명히 제시하여 독자의 이해를 이끌려는 시도로 간주할 수 있다.

한편 1)' 의 후반부에서 송욱은 한국시와 외국시에 대해 모두 의혹을 가지게 되었으며, 외국의 시와 시론에서 우리가 받아들일 수 있는 것이 얼마 되지 않는다는 말을 함으로써, 외국시와 시론을 준거로 한국시와 시론을 재단했다는 평자들의 지적에 대응하고 있는 것으로 보인다. "우리가 이미 가지고 있는 것을 귀중하게 간직하는 동시에 우리에게 없는 것을 외국문화로부터 서둘러 찾아내어 이것을 하루바삐 우리의 것으로 만들어 버려야 한다" 라는 균형 잡힌 서술도 이러한 맥락에서 이해될 수 있다. 송욱은 1)에서 "외국의 시와 시론이 이 나라의 그것과 누릴 수 있는 생생한 관계 또는 하나의 긴장된 관계를 내다" 본다고 언급하지만, 실제 『시학평전』의 본문에서는 서구시와 시론을 준거로 삼아 그곳에 미치지 못하는 한국시와 시론의 미숙함을 객관적 논증 절차를 거치지 않고 비판하는 측면이 있었던 것이다. 그러나 나중에 씌어진 '원서문'의 겸손하고 객관적인 서술로 인해 『시학평전』 본문의 내용이 지니는 문제점이 면책되는 것은 아니다. 그러므로 '원서문'의 서술 태도와 내용의 변모는 송욱이 자신의 문제점을 인식하고 반성함으로써 이후 『문학평전』과 『문물의 타작』으로 이어지는 비평 작업을 통해 새로운 모색을 시도해 나갔다는 점에서 의미를 찾아야 할 것이다.

한편 송욱은 동서양의 문학 배경을 비교하여 그 차이와 대조되는 면을 밝히려는 노력의 구체적인 대상을 언급하는데, '서문'과 '원서문'은 다음과 같은 차이를 보여준다.

2) 나는 공자孔子의 시관詩觀인 '사무사思無邪'와 발레리가 주장하는 순수의식, 혹은 완고한 엄밀성을 바탕으로 현 시관을 비교해 보았다. 이에 대한 동기나 근거를 지금 잠시 반성하고 되짚어 보고자 한다. 그것은 우리가 전통적으로 지녀온 시관이 '사무사'와 가까운 것이 틀림없는데, 이러한 바탕에 발레리 시학이 들어와서 대립할 수 있는 가능성이야말로 현재 우리 문학 상황이 당면한 문제의 어떤 표식票識이 될 수 있다고 생각한 까닭이다. 그러므로 공자의 시관을 아리스토텔레스의 시학과 비교하는 것보다는 그것을 발레리의 시학과 견주어 보는 것이 우리 시문학의 전당을 위해서는 더욱 절실한 일이라고 생각한 셈이다.[11]

---

11) 송욱, 「서문」, 앞의 글, p.6.

2)′ 내가 위에 말한 두 가지 시관(공자의 ‘사무사思無邪’와 발레리의 순수의식—필자 주)을 비교하게 된 근거는 바로 나 자신이 이와 같이 대립되는 두 가지 시관을 지니고 시 작품을 쓸 법한 시대와 한국문학사의 고비에서 살고 있다고 생각한 까닭이다. 그러므로 이러한 방법은 장차 한국이 가지게 되는 시와 시론에 도움이 되기 위한 것이며, 따라서 실천적인 목적에서 우러나온 것이다. 바꾸어 말하면 아리스토텔레스의 시관과 공자의 시관을 비교하는 것보다는, 공자의 생각과 발레리의 생각을 견주어 보고 살피는 것이 우리 시문학을 위하여서는 더욱 절실한 문제라는 생각을 나는 가지고 있다. 이 때문에 나는 비교 사상과 비교 문학의 방법을 참작하면서도 그것을 따를 수가 없었다. 그것은 과거에 있었던 여러 가지 사상과 문학을 모두 완성된 것, 그리고 정지된 대상으로 보고 비교하며 분석하는 학문이 되기를 바라고 있는 것이다.[12]

인용문에서 송욱은 동서 문학배경을 비교하는 자신의 방식을 언급하는데, 2)와 2)′는 미묘한 차이를 보여준다. 그것은 공자의 시관을 아리스토텔레스의 시학과 비교하는 것보다 발레리의 시학과 비교하는 것이 더 필요하다는 입장을 설명하는 데 있어서의 차이다. 송욱은 “발레리의 엄밀성과 공자의 사무사思無邪를 비교하고 엘리어트의 역사의식과 중국의 상고주의를 비교하는 것은 그리 온당치 못한 일이며, 또한 그나마 공정한 비교가 될 만큼 준비를 갖춘 것도 아니다. (…중략…) 차라리 동서 문학 배경의 비교로서는 플라톤의 시관과 공자의 그것을 비교했더라면 비교다운 비교가 되었을지 모른다”라는 김종길의 지적을 받고 심사숙고한 듯하다. 송욱에게는 자신의 작업을 옹호할 근거가 필요했는데, 그

근거의 출발점은 역시 시를 쓰는 시인으로서의 개인적 체험을 드는 것이다. 그러나 송욱의 논리는 여기서 다소 비약하는 모습을 보여준다. "나 자신이 이와 같이 대립되는 두 가지 시관을 지니고 시 작품을 쓸 법한 시대와 한국문학사의 고비에서 살고 있다고 생각한 까닭"이라는 문장에서 "그러므로 이러한 방법은 장차 한국이 가지게 되는 시와 시론에 도움이 되기 위한 것이며, 따라서 실천적인 목적에서 우러나온 것"이라는 문장으로 이어지는 과정에는 공백과 간격이 존재한다. 즉 시 창작의 개인적 체험을 시대와 한국문학사의 보편적 요청으로 전이시키는 데 있어서 매개 항이 누락되어 있는 것이다. 이런 공백과 간격은 『시학평전』의 본문 내용이 지닌 이론적 비약을 암시해 주는 것이기도 하다.

또 하나 비약적인 부분은 "이 때문에 나는 비교 사상과 비교 문학의 방법을 참작하면서도 그것을 따를 수가 없었다"라는 언급과 관련되는데, 왜냐하면 "그것은 과거에 있었던 여러 가지 사상과 문학을 모두 완성된 것, 그리고 정지된 대상으로 보고 비교하며 분석하는 학문이 되기를 바라고 있는 것"이라는 표현이 그 근거가 되기 어렵기 때문이다. 이런 언급은 송욱이 『시학평전』에서 자기 시론의 기본적 전제로 삼는 T. S. 엘리어트의 '동시적 질서'의 개념, 즉 "역사 감각은 시간에 의지하고 있는 것에 대한 감각과 시간을 초월한 것에 관한 감각, 그리고 시간과 초시간을 합친 것에 대한 감각인데, 이것이야말로 한 작가를 전통적으로 만드는 것"이라는 관점에 기대는 것인데, 비교 사상이나 비교 문학의 방법이 반드시 이런 역동적인 시간의식을 무시하는 것은 아니기 때문이다. 오히려 송욱은 엘리어트의 '동시적 질서' 개념을 거의 제한 없는 무한대의 자유의 관점으로 오해해서 수용하는 것일 수도 있다.

한편 송욱은 『시학평전』 서문의 첫 머리에서, 이 책이 지닌 세 가지 줄거리를 첫째, 작품 그 자체를 면밀하게 분석하는 소위 실제 비평, 둘째, 동서 문학배경을 비교하여 그 차이와 대조되는 면을 밝혀 보려는 노력, 셋째, 시 창작 의식과 시작의 과정을 드러내려는 일이라고 제시한다. 그렇다면 인용문 2)나 2)'는 둘째 항목에 해당하는 내용으로 간주할 수 있는데, 궁금한 점은 『시학평전』의 전체적 구도와 의도를 명백히 밝힌 이 대목이 '원서문'에서는 왜 삭제되었나 하는 점이다. 이는 두 가지로 해석할 수 있을 듯하다. 첫째는 김종길의 비판, 즉 『시학평전』이 긴밀한 구성과 통일성을 가진 저서가 되지 못하고, 각 장의 주제가 저자가 충분히 다룰 수 없을 만큼 거창하여 두서너 가지의 사소한 착안이나 대조로서는 내세울 수 없는 것이라는 지적을 받고 나서 이런 서문의 세 가지 줄거리를 삭제했다고 짐작할 수 있다. 둘째는 이 세 가지 줄거리 중 집중적으로 평자들의 비판을 받은 것은 첫째 항목과 둘째 항목, 즉 실제 비평과 동서 문학배경의 비교였는데, 사실 송욱 시론을 전체적으로 지배하는 관점은 셋째 항목, 즉 시 창작 의식과 시작의 과정을 밝히는 데 있었다. 다시 말해, 이렇게 세 항목으로 구분하여 줄거리를 제시하기에는 셋째 항목에 송욱의 관심이 대부분 집중되고 있었던 것이다. 이 점은 앞서 제시된 "훌륭한 작품을 쓰는 데 도움이 될 수 있는 모범을 찾아서 공부하는 것"이라는 언급과 일맥상통하는 것으로 『시학평전』 집필의 핵심적 동기를 이루는 것이다.

3. 영미 신비평 비판

앞서 밝힌 대로 『시학평전』에서 송욱의 관점을 전체적으로 지배하는 것은 시 창작자로서의 비평의식이지만, 내용면에서 이 책의 대부분을 차지하며 문제의식면에서 가장 큰 비중을 차지하는 것은 서구 현대시 및 시론의 소개와 그것에 대한 저자의 평가일 것이다. 그리고 바로 이 부분에서 송욱의 이론적 경향과 입장이 선명히 드러난다. 『시학평견』에서 서구 현대시 및 시론에 대한 소개로서 영미의 경우, 엘리어트(T. S. Eiot)를 중심으로 오든(W. H. Auden), 클리언스 브룩스(Clearth Brocks), 워즈워스(W. Wordsworth), 콜리지(S. T. Coleridge)가 소개되고 있으며, 프랑스의 경우, 발레리(P. Valéry)를 중심으로 보들레르(C. Baucelaire), 말라르메(S. Mallarmé) 등의 상징주의 시인들이 주로 소개되고 있다. 따라서 모더니즘 및 영미 신비평에 대한 송욱의 평가와 프랑스 상징주의시와 시론에 대한 송욱의 평가를 대비해 보면, 송욱 시론의 일관된 입장과 관점이 드러날 것으로 기대한다. 먼저 모더니즘 및 영미 신비평에 대한 송욱의 소개와 평가를 살펴보기로 한다.

송욱은 1930년대에 리차즈(I. A. Richards)의 이론을 적극적으로 수용하여 '과학으로서의 시학'을 수립한 김기림과는 대조적으로 리차즈의 '과학적 시관'에 대해 비판적 태도를 취한다.

리차즈를 따르면 과학을 제외하고 종교나 형이상학, 철학 등이 모두 지식으로서 별로 가치가 없는 감정의 요구라는 것이다. 단순화의 과정이 과학적 방법의 일면이라고 하더라도 이는 지나친 단순화라고 하겠다. 그리고 슬픈 사실은 리차즈가 밝히고 있는 바 과학은 우리가 '무엇을 느껴야 하는가' '무엇을 해야 하는가' 이런 문제에 대해서 직접 대답을 해주지 않고 이러한 목적에는 적합하지 않다는 것이다.[13]

송욱은 리차즈의 과학주의를 비판한다. 과학을 제외한 종교, 형이상

---

13) 송욱, 「과학적 시관에 대한 비판」, 『시학평전』, 일조각, 1963, pp.99~100.

학, 철학 등이 지식으로서 가치가 없는 감정의 요구라는 리차즈의 주장
은 지식의 개념을 지나치게 단순화했다는 것이다. 리차즈는 과거에 정
신적 세계를 지배했던 전통이 소멸하게 되자 이를 대신할 시의 질서를
찾으려 했다. 송욱은 이런 리차즈의 태도 변화를 과학(심리학)의 신자
가 충동의 신자가 되고 결국 시의 신자가 된다고 평가한다. 송욱은 시를
새로운 질서로 본 리차즈의 사유 근거를, 시인은 언어의 지배자인데 이
는 그가 경험 그 자체의 지배자인 까닭이라는 데서 찾는다. 즉 송욱은
리차즈의 태도가 경험론적이며 실증적이라는 점에서 엄청난 맹점을 드
러낸다고 비판하는 것이다. 이런 비판의 근저에는 '무엇을 느껴야 하는
가' '무엇을 해야 하는가' 라는 문제에 대해 과학이 직접 대답해 주지
않는다는 데 있다. 시론에 있어서 '무엇을 느끼고 무엇을 해야 하는가'
라는 관점은 시를 쓰는 시인의 창작 체험에 비중을 두는 것이라고 말할
수 있다. 결국 송욱은 리차즈에 대한 평가를 다음과 같이 결론 삼아 말
한다.

　　이처럼 놀라운 사상이 왜 그렇게도 영어로 된 문학평론에 크나큰 영향
을 끼쳤을까? 그것은 첫째로 현대가 과학의 시대인 까닭이다. 둘째로는 리
차즈의 입장을 철학적으로 볼 때 '관념은 감각을 통해서 외계의 사물에 주
는 인상의 모사模寫' 라고 생각하는 영국의 경험론 철학의 전통에 가까운
까닭인지도 모른다. 또한 무엇보다도 주목할 점은 리차즈가 정치나 사회,
역사 등을 모두 '상황' 이란 한 마디로 처리해 버리고 있다는 것과 그가 대
상으로 삼은 것은 주로 시를 읽는 경험이며 시를 '만드는' 경험이 아니라
는 뚜렷한 사실이다.[14]

---

14) 송욱, 위의 글, p.107.

송욱은 리차즈의 과학적 시론이 지닌 맹점을 비판하고, 인간 본질을 대신하는 전통 부재의 대안인 시의 질서에 대해 비판한다. 그리고 이런 리차즈의 사상이 영미 문학평론에 큰 영향을 끼친 이유를 첫째, 현대가 과학의 시대이며, 둘째, 리차즈의 사상이 영국의 경험 철학의 전통에 가까운 까닭이라고 진단한다. 다음으로 송욱은 리차즈의 과학적 시론이 시를 읽는 경험이며 시를 만드는 경험이 아니라는 점을 강조하는데, 이는 바로 이 글이 규명하려는 송욱 시론의 기본 관점과 관련된다. 즉 송욱 시론을 근본적으로 특징짓는 주된 입장은 시 창작 과정의 체험과 의식을 중시하는 점에 있는 것이다.

다음으로 미국 신비평의 대표적 이론가인 클리언스 브룩스에 대한 송욱의 평가를 살펴보자. 송욱은 브룩스가 『공교롭게 만든 유골 항아리』에서 영국 빅토리아조의 대표 시인 테니슨의 작품 「눈물, 덧없는 눈물」의 의미구조를 역설 및 아이러니의 관점에서 정밀하게 분석한 점을 인정하고, 우리의 시 비평에 그것이 필요하다고 말한다. 송욱은 리차즈의 사이비 진술(pseudo—statement)과 브룩스의 역설 및 아이러니의 공과를 인정한 셈이다. 그러나 송욱은 다시 브룩스의 한계를 다음과 같이 비판한다.

시의 '원천'은 역설이나 '심리적 분석'(브룩스는 시를 이렇게도 설명한다) 그 이전에 있다. 분석의 뒤에 오는 종합이 아니라, 분석을 앞선 종합, 즉 직관의 세계에 시가 의지하고 있는 것은 두말할 것도 없다. 만결 시인이 브룩스의 말대로 역설이나 아이러니 그리고 심리적 분석만으로 작품을 만들려고 한다면, 그는 변변한 작품을 쓰지 못하게 되거나, 미치그 갈 것이다. 또한 브룩스처럼 시의 구조를 분석하고 그 작품을 충분히 감상하였다고 생각한다면, 이는 마치 과일의 화학적 성분만을 분석하고 끝나 과일의 맛을 보지 못한 사람과 마찬가지로 어리석다 할 것이다. 브룩스의 방법은 어디까지나 시의 맛을 보는 '준비'로서 중요할 따름이다.[15]

송욱이 브룩스의 시론을 비판하는 요지는 시의 원천으로서 직관의 세계를 역설이나 심리적 분석이 파악하기 어렵다는 것이다. 여기서 송욱 시론이 지닌 시 창작 과정의 입장을 재확인하게 되는데, 송욱은 더 나아가 시의 수용 과정, 즉 시 감상의 차원에서도 브룩스의 방법이 과일의 화학적 성분만을 분석하고 과일의 맛을 보지 못하는 한계가 있다고 지적한다. 그리하여 송욱은 "시는 시론보다 넓은 것이며, 시를 빚어내는 창조력은 논리나 과학적 합리성을 뛰어넘은 요소를 반드시 지니고 있는 것이 아닐까"라는 표현에서 다시 한 번 과학적 합리성보다 시를 창작하는 과정의 직관과 창조력을 중시하는 입장을 밝히고 있다.

4. 프랑스 상징주의 옹호

송욱은 이처럼 영미 모더니즘 및 신비평에 대해 유보와 비판적 견해를 제기하면서, 그것이 놓치고 있는 시 창작 과정의 의식을 프랑스 비평에서 발견하고 있다. 영국과 프랑스 시론을 비교하는 이브 본느프와(Yves Bonnefoy)의 글을 송욱이 인용하고 소개하는 대목은 이런 태도를 반영해 준다. 이브 본느프와는 「영국과 불란스의 비평가들」에서 "의미의 분석에 기초를 둔 시 비평은 그 목적을 잃어가고 있는 것처럼 보인다. 이런 비평은 언어의 지성적 기능과 정서적 기능을 갈라놓을 수 있다는 논리적·실증적 개념이 빚어내는 어떤 순환논법 안에 스스로 갇혀 버리고 만다"고 말한다. 이에 대해 송욱은 다음과 같이 언급한다.

아무리 세밀하게 시작품의 의미를 분석한 뒤라 할지라도 밝혀지지 않은 성분이 남아 있는 것이다. 따라서 비평은 작품이 담고 있는 비합리적이며 설명할 수 없는 부분을 모두 알기 쉽게 정리해 놓을 수는 없다. 이것이 바로 작품의 존재 이유의 하나이며 비평이 대신해서 작품의 효과를 발휘할 수 없는 원인이 아닌가!16)

영미의 신비평이 추구하는 시작품의 의미 분석만으로는 밝혀지지 않는 성분이 남아 있다는 말은, 실증적·논리적 분석으로 파악할 수 없는 비합리적이고 설명할 수 없는 부분이 바로 작품의 존재 이유라는 말과 상통한다. 이어서 송욱은 "시의 활동은 주장을 할 뿐만 아니라 창조한다. 그것은 기호와 기표로서 표현된 것의 통일성에 기초를 두고 있는 것이 아니라, 이 두 가지의 분단分斷에 의지하고 있으며, 이 분단이야말로 시적 사상의 특유한 드라마를 시작하게 만드는 것"이라는 본느프와의 말을 인용한 후 다음과 같이 언급한다.

본느프와는 이처럼 언어와 언어가 표현하는 것의 단절 그리고 개념과 개념이 표현하는 것의 단절을 뼈저리게 느끼며 언어의 의미와 존재 그리고 개념을 넘어선 구체적 실재實在를 되찾으려는 투쟁의 결과가 시라고 한다. 그는 자기의 주장을 '깊이의 리얼리즘'이라고 부른다. 그는 실재를 입체적으로 파악하려는 방향을 노리고 있다. 아마 의미와 개념과 논리는 실재 혹은 실존이 지닌 깊이의 바로 앞에서 그 능력을 탕진하고 마는 것인지도 모른다.17)

---

15) 송욱, 「미국의 신비평과 한국의 시전통」, 『시학평전』, 일조각, 1963, p.129.
16) 송욱, 「영미의 비평과 불란서의 비평」, 『시학평전』, 일조각, 1963, p.152.
17) 송욱, 위의 글, p.156.

송욱은 의미와 논리와 개념을 넘어선 구체적 실재를 되찾으려는 투쟁의 결과가 시라고 말한 본느프와의 언급에 동의하면서 '깊이의 리얼리즘'을 강조한다. 본느프와가 말한 '깊이의 리얼리즘'은 송욱이 김기림과 정지용을 비롯한 한국 모더니즘시를 비판하면서 요청되는 항목으로 거듭 강조하는 동적인 시간의식(전통의식과 역사의식)과 내면성 및 그것을 담을 수 있는 리듬에 대한 의식과도 관련될 것이다. 그리하여 송욱은 이런 시간의식과 내면성 및 음악성을 배울 수 있는 대상으로 프랑스 상징주의시와 시론을 주목하고 그 소개에 주력한다.

송욱은 프랑스 비평가 리샤르(J. P. Richard)의 『시와 깊이』를 소개하면서 "침묵과 경험에서 작품이 태어나는 처음 순간을 파악하려고 한다"라고 언급하고, 리샤르가 말하는 '깊이'가 "시인들이 횡단하여 구제되고 우애를 갖추게 되는 깊이이며, 또한 '이름할 수 없는 것', '있을 수 없는 것 그리고 죽음'이며 '문학의 불가능성'과 연결되어 있는 문학의 절대경"이라고 말한다. 그리고 송욱은 "나는 한국 모더니즘이 상징주의를 거치지 않았기 때문에 내면화되지 못했으며 혹은 현대성을 정신화하지 못하였다"고 언급하면서, 보들레르와 말라르메와 발레리의 상징주의를 소개하고 해석을 덧붙인다. 보들레르의 시세계를 소개하기 위해 송욱은 발레리와 마르셀 레이몽(Marcel Raymond)과 엘리어트의 비평을 인용한다.

1) 지금까지 발레리가 말한 보들레르의 특색은 교묘한 형식, 계산, 놀라운 음악성 등 고전주의자인 발레리가 그와 함께 나누고 있는 점만을 오히려 강조한 것처럼 보인다. 즉 발레리는 보들레르의 반낭만적인 특색을 유달리 드러내고 있는 것이다.[18]

2) 지금까지 우리가 살펴온 보들레르의 상징 미학의 근본을 마르셀 레이몽은 다음과 같이 설명한다.

"시인은 그가 감각세계에서 붙잡는 것을 가지고 자신과 자기의 꿈에 대한 상징적으로 투시透視된 초상을 단련해낸다. 그는 감각세계에 대하여 자기의 영혼을 표현할 수 있는 수단을 요구한다."[19]

3) 엘리어트는 보들레르의 작품 「넝마즈의의 술」(『악의 꽃』105)의 처음 귀절을 인용하면서 "이는 근대 생활에 있어서 새롭고 공변된 어떤 돈을 이끌어 들이는 귀절이다. …… 그는 일상생활에서 나온 심상을 사용하고 큰 도시의 추잡스런 생활에 관한 심상을 이용하였을 뿐만 아니라 어떠한 심상을 '제1급의 강도' 까지 승화시킨 점에서—사실 그대로를 제시하면서도 이것이 사실보다 훨씬 많은 내용을 함축하여 표현하게 마련했다는 점에서—다른 사람들을 위하여 마음을 풀어놓고 표현하는 한 방식을 창조하였다."[20]

1), 2), 3)은 각각 송욱이 보들레르에 더한 발레리와 마르셀 레이몽과 엘리어트의 견해를 인용하거나 요약하여 소개하는 대목이다. 송욱은 보들레르의 시에 대해 순수의식과 엄밀성의 관점에서 낭만과 꿈을 부정하는 발레리의 관점과, 정반대의 입장에서 감각 세계를 통해 꿈을 상징적으로 투시하여 영혼을 표현한다는 레이몽의 관점과, 전통과 경험의 바탕에서 역사성과 시대감각을 가지고 일상생활에서 나온 심상을 제일급의 강도까지 승화시킨다는 엘리어트의 관점을 두루 소개하면서

---

18) 송욱, 「상징 미학과 근대적 현실—샤르 보들레르」, 『시학평전』, 일조각, 1963, p.212
19) 송욱, 위의 글, pp.218~219.
20) 송욱, 위의 글, p.224.

상징주의시에서 배울 점이 많음을 역설한다. 보들레르론을 마무리하면서 인용한 "상징시는 이처럼 인간 존재의 깊이에서 역사적 현실도 훌륭하게 다룰 수 있다는 사실이 증명되었다"라는 마르셀 레이몽의 말은, 한국시가 수용해야 할 요소로서 송욱이 강조하는 바를 대변한다고 볼 수 있을 것이다.

송욱은 언어의 측면에서 말라르메 시의 특질을 소개하면서 상징주의시가 지닌 내면성의 깊이를 탐색한다. 그리고 송욱은 역시 발레리의 말라르메론을 인용한 후 다음과 같이 말한다.

> 그(말라르메─필자 주)는 '시의 과학'이 아닌 시의 예술 수단인 언어에 대한 '개인적이고 실질적인 하나의 과학', 즉 '다른 사람에게는 전달하기 곤란한 하나의 자본'을 가지고 있었던 것도 사실이리라. 그러나 이러한 시인의 개인적 과학은 그 법칙이 시인의 '깊은 감수성이 지니고 있는 어떤 신비로운 법칙'을 따르는 것이기 때문에 결국에 가서는 시인의 언어에 대한 태도에는 지성만으로 밝혀지지 않는 신비와 창조가 반드시 깃들고 있다는 사실이 밝혀진 셈이다.[21]

송욱이 말라르메의 언어관에 주목한 것은 그것이 시의 예술 수단인 언어에 대한 개인적이고 실질적인 하나의 과학이었으며, 깊은 감수성이 지니는 어떤 신비로운 법칙을 따르기 때문이다. 송욱의 일관된 시관은 "지성만으로 밝혀지지 않는 신비와 창조가 반드시 깃들"어 있는 시 창작 과정의 비밀이다. 시 창작 과정에 나타나는 신비와 창조와 주술, 즉 시의 원시적이며 본능적인 일면을 강조하는 송욱의 시관은 발레리의 미술론「마네의 개선」을 소개하면서 언급하는 다음과 같은 대목에서도 이어진다.

여기서 우리가 알 수 있는 발레리의 생각은 무엇인가? 우선 '순수성'에 다다르려면 무엇보다도 선명한 의식을 가지고 자기의 예술 수단을 완전히 지배해야 된다는 뜻이다. 그리고 둘째로는 감각적 인상이 정서나 사상보다 더욱 순수한 예술의 재료이며 순수한 예술의 최고 목표는 바로 마력魔力이라는 것이다. 마력(charme)이 말의 모든 의미에 대해서는 이미 밝힌 바와 같이 부적符籍, 매혹력, 주술적 효과 등의 뜻도 포함되어 있다.[22]

송욱이 발레리의 시론에서 관심을 가진 것은 그의 언어관과 순수의식이다. 의식의 절대성을 의미하는 '순수 자아'는 '순수시'와 밀접한 관계를 가지는데, 송욱은 '순수성'에 이르기 위한 방법으로서 선명한 의식뿐만 아니라 감각적 인상을 언급하고 순수한 예술의 최고 목표로서 마력을 강조한다. 이어서 송욱은 발레리의 순수성에는 분석과 음악성이 필요하다는 것을 지적하고, "순수시의 개념은 하나의 실재實在가 아니라 이상理想이라고 규정해야 한다"라고 말하며 발레리의 생각이 하나의 극한으로서 우리에게 도움이 된다고 언급한다. 그리하여 송욱은 "존재의 황홀경에서 순수의식과 완고한 엄밀성이 뿜어올리는 '투명한 화염火炎' 이것을 발레리는 순수시 혹은 좀더 보편화하여 절대絶對라고 명명한 것"이라고 정의하게 되는 것이다.

5. 맺음말

이 글은 송욱 시론에 대한 긍정적 평가와 부정적 평가가 상호 교순되

---

21) 송욱, 「우주와 맞서는 '이데아'의 시학—스테판 말라르메」, 『시학평전』, 일조각, 1963, p.242.
22) 송욱, 「의식의 화염과 유리 인간—폴 발레리」, 『시학평전』, 일조각, 1963, p.268.

거나 대립되기보다는 송욱 시론의 양면성을 드러낸다는 가설을 세우고, 이를 입증하기 위해 송욱 시론이 지닌 양면성의 근거와 원인이 한 점으로 수렴되는 지점을 찾아 규명하고자 했다. 그래서 이 글은 『시학평전』의 서문과 「'시학평전'의 원서문」의 차이점을 '징후발견적 독해(symptomatic reading)'의 방식으로 고찰한 후, 『시학평전』의 내용적 핵심에 놓인다고 판단되는 서구시 및 시론의 수용 양상을 고찰하여 이 징후발견적 독해의 근거를 뒷받침하는 순서로 연구를 진행했다.

송욱은 『시학평전』 출간 직후 제기된 평자들의 비판을 어느 정도 받아들이면서도 자기 입장을 옹호하고 이를 명시하기 위해 「'시학평전'의 원서문」을 새롭게 작성한다. 여기서 그는 시를 쓰는 시인으로서의 개인적 체험을 강조하는데, 이것은 송욱 시론이 시 창작 의식과 시작의 과정을 규명하는 작업에 주안점을 두고 있음을 의미한다. 즉 송욱의 시론은 작품에 대한 이해와 분석과 해석 등을 중심으로 하는 '수용 과정의 시론'이 아니라, 작품을 제작하는 시인의 입장에서 그 창작 의식과 체험을 밝혀내는 '창작 과정의 시론'인 것이다. 엄밀한 논증을 통한 이론가의 시론이 아니라 시인이 쓰는 체험적 시론에 가까운 이유가 여기에 있다. '원서문'에서 송욱은 이를 겸손한 태도와 어조로 솔직히 드러내면서도 이론서로서의 『시학평전』의 위상을 세우기 위해 다소 비약된 논리를 제시하기도 한다. 이런 사실은 『시학평전』의 특징을 고찰하는 데 있어서 중요한 실마리를 제공해 주는 동시에, 이 저서 이후 『문학평전』과 『문물의 타작』으로 이어지는 비평적 전개 양상을 고찰하는 단초를 제공하는 것으로 보인다.

송욱은 I. A. 리차즈의 '과학적 시관'을 경험론적이며 실증적이라는 점에서 맹점이 드러난다고 비판하고, 그것이 시를 읽는 경험이며 시를 만드는 경험이 아니라고 반박한다. 그리고 신비평가 클리언스 브룩스의 시론에서 역설과 아이러니의 공과를 인정하면서도 그것만으로는 시의 원천으로서 직관의 세계를 파악하기 어렵다고 비판한다. 시론보다 시가 넓은 것이고 시를 빚어내는 창조력이 논리나 과학적 합리성을 뛰어넘는다고 생각하기 때문이다. 송욱은 시를 쓰는 시인의 입장에서 당대 한국시에 필요하다고 간주되는 시의 요소를 서구시와 시론에서 발견하는 데 주된 관심을 기울인다. 그가 당대 한국시에 필요하다고 생각한 것은 동적인 시간의식으로서 전통의식과 역사의식, 내면성의 깊이, 그리고 그것을 담아낼 수 있는 음악성이었다. 따라서 송욱은 그것을 담보하고 있는 서구시 및 시론으로 프랑스 상징주의를 발견하고 그 소개와 평가에 주력한 것이다.

송욱은 이브 본느프와의 비평에 공감하는데, 그것의 핵심은 의미와 논리와 개념을 넘어선 구체적 실재를 되찾으려는 투쟁과 '깊이의 리얼리즘'에 있다. 프랑스 비평가 리샤르의 『시의 깊이』를 소개하면서 작품이 태어나는 처음 순간의 침묵과 경험을 중시하는 송욱은, 프랑스 상징주의 시인인 보들레르, 말라르메, 발레리의 시세계를 소개하기 위해 발레리, 마르셀 레이몽, 엘리어트 등의 비평을 언급한다. 그래서 보들레르에게서 순수의식과 엄밀성, 감각 세계를 통한 꿈의 상징적 투사, 전통과 경험의 바탕에서 얻어진 역사성과 시대감각이 두루 발견된다고 지적하고, 말라르메의 언어관에서 시 창작 과정에 나타나는 신비와 창조와 주술을 강조한다. 그리고 발레리의 시관에서 선명한 의식과 감각적 인상을 통해 예술의 최고 목표인 마력에 도달하는 과정을 밝혀내며 존재의 황홀경에서 순수의식과 완고한 엄밀성이 뿜어 올리는 투명한 화염을 발견한다.

결국 송욱은 『시학평전』 전반에서 시 창작 과정의 체험과 의식의 깊이를 중시하고, 그것이 지녀야 할 역동적 역사의식과 내면성과 이를 담을 감각을 프랑스 상징주의시와 시론에서 발견한 것이다. 영미 모더니즘 및 신비평이 지닌 과학적 시관과 의미구조의 분석이 우리 시에 필요한 요소임을 말하면서도, 그것이 시의 작은 부분에 불과하다고 여겼기 때문에 송욱은 그 한계를 반복하여 지적했던 것이다. 따라서 송욱 시론을 특징짓는 핵심은 시인으로서의 창작 체험이 강하게 개입된 '창작 과정의 시론'이다. 이 점은 『시학평전』의 이론적 균열을 파생시키는 원인이 되기도 한다. 시를 쓰는 시인의 입장에서 당대 한국시에 필요한 시적 요소를 서구시와 시론에서 발견하고 그것을 소개하는 태도로 『시학평전』을 서술했기 때문에, 그 관심과 내용의 방대함에도 불구하고 자료의 나열과 일정한 취향과 부정확한 평가라는 균열을 드러낼 수밖에 없었던 것이다. '시 창작자의 비평의식'으로 요약될 수 있는 송욱의 관심과 태도는 역동적 시간으로서의 전통의식과 역사의식, 내면성의 깊이, 그리고 그것을 담아낼 수 있는 음악성을 가장 중요한 가치로 내세운다. 그리고 그 준거로써 영미시와 신비평, 상징주의시와 시론, 한국시와 시론 등을 평가한 결과, 텍스트에 대한 엄정한 분석과 객관적 논증을 통한 평가가 되기보다는 시인의 창작 체험에 의거한 주관적 평가로 기울어진 측면이 있을 수 있다. 그런데 시를 창작하는 시인의 관점에서 『시학평전』의 내용을 살펴보면, 당대 한국시의 현실과 수준에서 필수적으로 요청되는 실천적이고 실제적인 효용을 가진다고 긍정적으로 평가할 수 있을 것이다. 송욱은 「'시학평전'의 원서문」에서 이런 자신의 의도와 특징을 더 부각시켜 기술함으로써 독자들의 이해를 구하고자 하는 동시에, 학문적 태도에 있어서는 갱신의 자세를 보임으로써 이후 비평 활동에서 새로운 모색을 시도하게 된다. 그 결과 『문학평전』과 『문물의 타작』으로 이어지는 비평의식의 변모를 보여주게 되는 것이다.

제4장 김수영 시론 연구

— 박용철 시론과의 관련성을 중심으로

1. 머리말

김수영(1921~1968)은 시와 산문을 동시에 발표하면서 그의 작품 세계를 전개했다. 당대 시에 요청되는 중요한 논의들을 시평 및 시론을 포함한 산문을 통해 제기하면서, 김수영은 시와 산문 사이의 상호 크완적인 의미망을 보여주었다. 시의 형식면이나 시의 정신면에서 한국 현대시사에 큰 영향을 미친 김수영은, 산문을 통해 시적 사유의 단면를 표출하면서 그의 시를 이해하려는 당대 및 후대의 독자들에게 하나의 길을 제시해 주었다고 볼 수 있다. 따라서 김수영 문학에 대한 논의와 연구의 상당수는 그의 산문에 드러난 진술을 참고 사항으로 삼아 그의 시를 해석하고 평가하는 방법을 취하고 있다. 그런데 우리는 시평과 시론을 포함한 김수영의 산문에 나타난 진술을 전제로 그의 시를 해석하고 평가하는 기존의 연구 태도에 의문을 제기할 수 있다. 시론에 나타난 시인의 진술을 기정사실로 받아들이고 이를 근거로 시를 이해하고 평가할 때 우리는 흔히 '의도의 오류(intentional fallacy)'에 빠질 수 있기 때문이다. 그러므로 김수영 문학에 대한 거시적·미시적인 연구가 다양하게 전개되고 그 성과가 축적된 현재의 시점에서, 그의 시론을 포함한 산문 자체를 좀더 정밀하고 심층적으로 연구하는 것이 우선적 과제로서 요청된다.

지금까지 김수영의 산문에 산재된 시적 사유의 흔적들을 포착하여 김수영의 시론을 재구성하고자 시도한 논의들[1]이 꾸준히 전개되어 왔다. 이 중에서 김수영 시론에 대한 본격적인 연구로는 이승훈, 최두석, 황정산의 논문을 들 수 있다. 이승훈[2]은 김수영의 대표시론으로 「시여, 침을 뱉어라」(1968)와 「반시론」(1968)을 들고, 전자를 시를 쓴다는 것과 시를 논한다는 것, 산문의 의미와 모험의 의미, 참여시의 효용성, 자유와 사랑 등의 테마로 분석하고, 후자를 기교와 사기, 시작과 혼란의 문제, 시의 난해성과 소피스티케이션(sophistication) 등의 테마로 분석한다. 그리고 "시의 본질이 세계의 개진과 대지의 은폐의 양극의 긴장 위에 서 있다"는 김수영의 시적 논리를 하이데거의 시론과 비교하여 해명한다. 최두석[3]은 김수영 시론이 역점을 두고 있는 과제를 '현대성론'과 '참여시론'이라는 두 항목으로 설정하고 그 문학사적 의의를 고찰한다. 그는 '현대성론'이 참다운 모더니즘의 실현과 결부된다면 '참여시

---

1) 송재영, 「시인의 시론」, 『문학과 지성』, 1976 봄.
　이상옥, 「자유를 위한 영원한 여정」, 『세계의 문학』, 1982 겨울.
　김윤식, 「김수영 변증법의 표정」, 『세계의 문학』, 1982 겨울.
　이승훈, 「김수영의 시론」, 『한국현대시론사』, 고려원, 1993.
　정남영, 「김수영의 시와 시론」, 『창작과 비평』, 1993 가을.
　최두석, 「현대성론과 참여시론」, 『한국현대시론사연구』, 문학과지성사, 1998.
　황정산, 「김수영 시론의 두 지향」, 『작가연구』, 1998 상반기.
　김명인, 「급진적 자유주의자의 산문적 실천」, 『작가연구』, 1998 상반기.
2) 이승훈, 위의 글.
3) 최두석, 앞의 글.

론'은 진정한 참여시 혹은 리얼리즘의 성취의 문제와 연결된다고 전제하고, 이 두 측면을 중심으로 김수영 시론의 성격을 밝힌다. 황정산[4]은 김수영 시론에 대한 연구가 풍부하지 못한 이유를 시평과 시론에 대한 글들이 시작詩作 성과에 비추어 양과 질이 미비하다는 점, 그의 시론이 비유적 언어의 사용과 논리적 비약이 심해 손쉬운 이해를 가로막는다는 점, 그의 시론이 완결된 하나의 체계를 이루기에는 미흡하다는 점, 1960년대 후반 이후 리얼리즘과 모더니즘 운동의 대립 속에서 어느 한편의 극단에서 자주 자의적으로 단순화되어 이해되어 온 점 등을 지적한다. 그리고 김수영 시론이 지닌 특성을 현대성과 현실성이라는 두 가지 지향으로 간주하고, 이 두 지향이 자유의 이행을 통해 완성되는 것이라고 밝힌다. 이 글은 이런 기존 연구의 성과들을 토대로 김수영 시론의 특성을 내용 중시의 관점, 창작 과정의 관점, 내용과 형식의 관계, 온몸의 투신을 통한 양극의 통합이라는 관점을 중심으로 고찰하고자 한다.

한편 비교문학적 관점에서 김수영 시론의 특성을 고찰하는 연구가 진행되었는데, 대표적인 것으로 김수영과 하이데거의 관계,[5] 김수영과 앨런 테이트의 관계,[6] 김수영과 초현실주의와의 관계[7] 등을 들 수 있다. 그런데 이 글은 비교문학적 관점과 관련하여 김수영과 박용철(1904~1938)의 관계가 중요하다고 판단하고 이를 중심으로 고찰하고자 한다. 김수영과 여타 한국 시인들의 비교 연구는 그동안 김수영과 김춘수,[8] 김수영

---

4) 황정산, 앞의 글.

5) 김윤식, 「시에 나타난 질문방식의 발견」, 『시인』, 1970.8.
　김윤식, 「모더니티의 파문과 초월」, 『심상』, 1974.2.
　이승훈, 앞의 글.
　김유중, 『김수영과 하이데거』, 민음사, 2007.

6) 강웅식, 「김수영의 시의식 연구」, 고려대 박사논문, 1997.

7) 김현승, 「김수영의 시사적 업적과 위치」, 『창작과 비평』, 1968 가을.

8) 김혜순, 「김춘수와 김수영의 시에 나타난 시간의식의 대비적 고찰」, 건국대 석사논문, 1983.
　김수이, 「김춘수와 김수영의 비교 연구」, 경희대 석사논문, 1992.
　이은정, 「김수영과 김춘수 시학의 대비적 연구」, 이화여대 박사논문, 1993.

과 이상,9) 김수영과 신동엽10) 등이 논의되어 왔지만, 유독 김수영과 박용철의 비교 연구는 소홀히 되어 왔다.11) 김수영과 박용철의 관계를 언급한 유일한 글은 김현의 「자유와 꿈」12)인데, 여기서 김현은 "그의 반시론은 박용철의 생명시론이 그 현대성을 획득한 것이라고 말할 수 있으며, 말의 진정한 의미에서 초현실주의의 정신에 투철한 것이라고 진술할 수도 있다"고 언급한다. 이후로 김수영 시론과 박용철 시론의 비교 연구가 진행되지 못한 가장 큰 이유는 김수영의 시론이 모더니즘과 리얼리즘의 양극단에서 부분적으로만 이해되어 왔기 때문이라고 판단된다. 따라서 김수영 시론에 나타난 박용철 시론과의 관련성을 고찰하는 작업은 '현대성론' 과 '참여시론' 의 두 차원을 중심으로 평가되어 온 김수영 시론이 어떻게 이 양극성을 통합하는 거점을 마련하는가를 규명하는 데 중요한 근거를 제공해 줄 것이다. 이후로 이 글은 김수영이 언급하는 박용철에 대한 평가를 살펴봄으로써 김수영 시론의 핵심이 되는 미학적 근거로서 '힘' 을 도출하려 한다. 그리고 이 '힘' 의 소재所在와 정체를 규명하기 위해 김수영 시론에 나타난 시 이전의 내용으로서의 양심 · 사상 · 지성, 내용과 형식, 투신으로서의 자유의 이행을 고찰한 후 김수영 시론과 박용철 시론의 관련성을 고찰하는 순서로 전개하고자 한다.

---

9) 김창원, 「한국 현대시에 나타난 아이러니에 관한 연구─이상과 김수영」, 서울대 석사논문, 1987.
  최미숙, 「한국 모더니즘의 글쓰기 방식에 대한 연구─이상과 김수영을 중심으로」, 서울대 박사논문, 1997.
10) 조시현, 「혁명과 시, 그리고 아나키즘」, 『시와 반시』, 1993 가을.
  조병춘, 「김수영과 신동엽의 참여시 연구」, 『세명논총』, 1996.6.
11) 강웅식은「김수영 문학 연구사 30년, 그 흐름의 향방과 의미」(『작가연구』, 1998 상반기)에서 이 항목의 연구가 필요함을 지적한다.
12) 김현, 「자유와 꿈」, 『거대한 뿌리』 해설, 민음사, 1974.9.

2. 힘의 근거 ― 내용으로서 양심, 사상, 지성

　김수영이 박용철을 구체적으로 언급하는 산문은 「한국인의 애수」와 「나의 연애시」이다. 김수영은 「한국인의 애수」에서 박용철을 한국적 애수와 대결한 시인으로 평가한다.

　이에 비하면 박용철의 애수의 세계는 예술이 되고도 남음이 있다. 한국적 애수와 그만큼 피나는 격투를 한 시인도 드물 것이다. 「밤기차에 그대를 보내고」같은 시에는 온 겨레의 설움을 등에 지고 허덕거리며 비탈을 기어올라가는 무거운 그의 신음소리가 배어있다. 그러나 「빛나는 자취」같은 아름다운 시에서는 그는 드디어 애수를 탈각하고 힘에 도달한다.[13]

「한국인의 애수」는 "진정한 예술 작품은 애수를 넘어선 힘의 세계다"라는 미학적 전제하에 한국 현대시인들의 시세계를 압축적으로 평가하는 글이다. 김수영은 "애수를 넘어선 힘"이라는 일관된 미학을 중심으로 소월, 안서, 박용철, 윤곤강, 김종한의 시를 고찰한다. 여기서 김수영은 박용철을 높이 평가하면서 그 근거로 한국적 애수와 피나는 격투를 한 점을 들고, 「빛나는 자취」에서 "애수"를 탈각하고 "힘"에 도달한다고 상찬한다. 그렇다면 김수영이 강조하는 '힘'이라는 미학적 개념에는 김수영 시론의 핵심이 담겨 있다고 추측할 수 있다. 김수영은 「나의 연애시」에서 이 '힘'을 '이성'과 대비시켜 언급한다.

　박용철의 「빛나는 자취」같은 작품들이 보여주는 힘의 세계가 이성의 사

---

13) 김수영, 「한국인의 애수」, 『김수영 전집 2―산문』, 민음사, 1981, p.272. 이후 김수영 시론의 인용은 이 책에 근거한다.

랑보다도 더 크다는 확신이 생겼다. 그러고 보면 나는 이미 종교의 세계에 한쪽 발을 들여놓고 있는지도 모른다.[14]

김수영이 박용철의 시 「빛나는 자취」를 높이 평가하는 근거로서 제시한 '힘' 은 '애수' 를 극복한 것인 동시에, '이성의 사랑' 을 넘어서 있다. 김수영은 이를 종교의 세계와도 상통하는 것으로 간주한다. 김수영 시론을 해명하는 데 중요한 관건이 되는 '힘' 은 이처럼 '애수' 및 '이성' 과는 다른 차원의 세계이다. 이를 더 구체적으로 해명하기 위해 김수영의 시론 및 산문에 산재되어 있는 '힘' 과 관련된 구절들을 고찰해 보기로 한다.

힘의 마력, 그것은 행동의 마력이다. 시의 마력, 즉 말의 마력도 원은 행동의 마력이다. 그러나 그것은 시의 원리상의 문제이고, 속세에 있어서는 말과 행동은 완전히 대극적인 것이다. 말에 진력이 나서 그런지, 가난에 너무 쪼들려서 그런지, 간혹 이런 행동인들의 힘을 보면 그 순수한 매력에 나의 이성은 화덕 위에 떨어진 고드름조각처럼 너무나 맥없이 녹아버린다.[15]

인용문에서 김수영은 힘과 행동을 동일시한다. 그리고 시 혹은 말의 마력도 원래는 행동의 마력이라고 말함으로써 행동의 차원에 있는 힘을 언어의 힘으로 전이시킨다. 덧붙여 이런 양상은 시의 원리상의 문제이고 속세에서는 언어와 행동이 완전히 대극적인 것이라고 말한다. 여

---

14) 김수영, 「나의 연애시」, 『전집 2』, p.89.
15) 김수영, 「민락기民樂記」, 『전집 2』, p.82.
16) 김수영, 「동요하는 포오즈들」, 『전집 2』, p.222.
17) 김수영, 「변한 것과 변하지 않은 것」, 『전집 2』, p.245.

기서 우리는 김수영이 언급하는 '힘' 이 시 혹은 언어 이전의 행동 혹은
생활의 차원에 속하는 것임을 알 수 있다. 더 나아가 김수영이 그 힘을
시의 차원으로 이끌어 들이는 과정까지를 염두에 두고 있음을 짐작할
수 있다. 시 혹은 언어 이전의 차원에 속하는 '힘' 의 의미를 더 구체적
으로 살펴보기로 하자.

> 우리의 현대시가 겪어야 할 가장 큰 난관은 포오즈를 버리고 사상을 취
> 해야 할 일이다. 포오즈는 시 이전이다. 사상도 시 이전이다. 그러나 포오
> 즈는 시에 신념있는 일관성을 주지 않지만 사상은 그것을 준다.[15]

> 요컨대 사회현실에 관심을 갖고 있는 시들이 새로운 시적 현실을 발굴
> 해나가는 것과 같은 비중으로 존재의식을 상대로 하는 시는 새로운 폼의
> 탐구를 시도해야 하는데, 우리 시단에는 새로운 시적 현실의 탐구도 새로
> 운 시형태의 발굴도 지극히 미온적이다. 소위 순수를 지향하는 그들은 사
> 상이라면 내용에 담긴 사상만을 사상으로 생각하고 대기大慄하고 있는 것
> 같은데, 시의 폼을 결정하는 것도 사상이라는 것을 잊어서는 안된다. 이런
> 미학적 사상의 근거가 없는 곳에서는 새로운 시의 형태는 나오지 않고 나
> 올 수도 없다.[17]

김수영은 '포오즈' 도 '사상' 도 시 이전이지만 시에 신념 있는 일관성
을 주는 것을 '사상' 으로 본다. 그리고 시의 형식(폼)을 결정하는 것도
사상이라고 역설한다. 여기서 우리는 김수영 시론이 제시하는 '힘' 이
시의 형식 이전에 존재하는 '사상' 이라고 간주할 수 있다. 그러나 이때
'사상' 은 「나의 연애시」에서 살폈듯이, 단순한 '이성' 의 차원이 아니라
는 것을 염두에 두어야 한다. 김수영의 산문에서 이 '사상' 과 근접하는

개념으로 '지성'이 등장한다.

> 오늘날 우리의 시가 세계적인 시야에서 보충되어야 할 공백지대는 지성의 작업이다. 비평적 지성은 우리 시단에서는 아직도 응결되지 못하고 있다.[18)]

> 그러기 위해서는 시인의 지성은 우선 세계를 걸쳐서 우리나라로 돌아와야 한다. 오늘날 우리 시단의 모든 참여시의 숙제가 여기에 있다. 작은 눈으로 큰 현실을 다루거나 작은 눈으로 작은 현실을 다루지 말고 큰 눈으로 작은 현실을 다루게 되어야 할 것이다. 큰 눈은 지성이고 그런 큰 지성만이 현대시에서 독자를 리드할 수 있다.[19)]

김수영은 당대 한국시에 보충되어야 할 요소로 '지성'을 드는데, 이것은 비평적 지성을 의미한다. 비평적 지성이란 세계를 거시적으로 바라보는 큰 눈으로 작은 현실을 다룰 수 있는 능력이다. 이처럼 김수영 시론의 핵심 개념인 '힘'은 일단 시 이전의 생활 세계에 존재하는 것으로서 '사상'과 '지성'으로 구체화되는데, 김수영은 여기에 해당하는 또 하나의 요소로서 '양심'을 언급한다.

> 나는 미숙한 것을 탓하지 않는다. 또한 환상시도 좋고 추상시抽象詩도 좋고 환상적 시론도 좋고 기술시론技術詩論도 좋다. 몇 번이고 말하는 것이지만 기술의 우열이나 경향 여하가 문제가 아니라 시인의 양심이 문제다.

---

18) 김수영, 「지성의 가능성」, 『전집 2』, p.372.
19) 김수영, 「평균 수준의 수확」, 『전집 2』, pp.385~386.
20) 김수영, 「난해의 장막」, 『전집 2』, p.210.
21) 김수영, 「생활 현실과 시」, 『전집 2』, p.196.
22) 김수영, 「진정한 현대성의 지향」, 『전집 2』, p.214.

시의 기술은 양심을 통한 기술인데 작금의 시나 시론에는 양심은 보이지
않고 기술만이 보인다.[20]

오늘날의 시가 가장 골몰해야 할 가장 큰 문제는 인간의 회복이다. 오늘
날 우리들은 인간의 상실이라는 가장 큰 비극으로 통일되어 있그, 이 비참
의 통일을 영광의 통일로 이끌고 나가야 하는 것이 시인의 임무다.[21]

김수영은 순수시파나 참여시파의 양극으로부터 각각의 의미 부여와
높은 평가를 지속적으로 받아왔지만, 순수시파나 참여시파 어느 한 영
역의 시를 옹호한 적이 없다. "환상시도 좋고 추상시도 좋고 환상적 시
론도 좋고 기술시론도 좋다"는 언급이 이를 확인시켜 준다. 김수영이
중시한 것은 예술파나 참여파 등의 유파나 경향의 문제가 아니라 작품
의 수준이 되느냐가 문제이고, 이 작품 수준의 문제는 언어 이전의 양심
에 의해 좌우된다고 주장한다. '양심'은 "인간의 회복"이라는 다른 표
현으로 나타나기도 하는데, 이것은 바로 김수영이 말하는 '사상' 및
'지성'의 윤리적 차원을 지칭하는 것이다.
　지금까지 살펴본 대로, 김수영은 시론과 산문에서 당대 한국시에 가
장 우선적으로 요청되는 요소가 '양심'을 갖춘 '사상' 및 '지성'임을
강조하는데, 이것은 시 혹은 언어 이전의 차원인 생활 즉 육체의 영역에
해당한다.

이 시에 나타나 있는 현대성은 육체에서 나오고 있는 것이다. 그것은 시
를 쓰기 전에 준비되어 있는 것이다. 우리 시단에서 가장 아쉬운 것이 이것
이다. 진정한 현대성은 생활과 육체 속에 자각되어 있는 것이고, 그 때문에
그 가치는 현대를 넘어선 영원과 접한다.[22]

　　기존 연구에서 김수영 시론의 중심 내용으로 평가되어온 '현대성'의 문제도 결국 생활 및 육체의 차원에서 형성된 '힘', 즉 '양심'을 가진 '사상'과 '지성'을 시로 형상화하는 과정의 문제와 밀접히 관련되어 있다. 이런 차원에서 김수영의 시는 선시적先詩的인 것으로서 '영감' 및 '감정', 그리고 그 창작 과정으로서 '체험'과 '변용'을 중시한 박용철 시론과 만나는 지점을 형성한다.

3. 내용과 형식의 관계

　　앞 장에서 살펴본 언어 이전의 '힘'인 '양심'과 '사상'과 '지성'은 시의 차원에서 일단 '내용'에 해당한다. 그러나 김수영 시론의 중심 개념인 '힘'은 단순히 '내용'의 차원에 해당하는 힘에만 국한되지 않고, 그것이 시의 '형식'으로 전화되는 과정에 개입되는 변용의 힘까지를 포함하고 있다. 여기서 우리는 내용이 형식으로 전환되는 과정, 즉 창작 과정의 문제를 해명하기 전에 김수영 시론에 나타난 '내용'과 '형식'의 관계를 먼저 정리할 필요가 있다.

　　대체로 그는 이 현실을 이기는 시인의 방법을 시 작품상에 나타난 언어의 서술에서 보고 있지만 나는 그것이 언어의 서술에서뿐만 아니라 (시작품 속에 숨어있는) 언어의 작용에서도 찾아져야 한다고 생각하는 것이다. 이러한 언어의 서술과 언어의 작용은 시의 본질에서 볼 때는 당연히 동일한 비중을 차지해야 할 것이다. 그런데 전자의 가치의 치우친 두둔에서 실패한 프롤레타리아 시가 많이 나오고, 후자의 가치의 치우친 두둔에서 사이비 난해시가 많이 나온 것을 볼 때, (…후략…)[23]

인용문에서 김수영은 현실을 이기는 시인의 방법으로서 '언어의 서술' 과 '언어의 작용' 을 구분하여 언급한다. '언어의 서술' 을 '내용' 의 차원에, '언어의 작용' 을 '형식' 의 차원에 놓고 본다면, 내용의 가치에 치우친 경우 실패한 프롤레타리아시가 나오고 형식의 가치에 치우친 경우 사이비 난해시가 나온다는 진술을 이해할 수 있다. 시적 당면에 대한 해석으로서 구분한 '언어의 서술' 과 '언어의 작용' 은 '내용' 과 '형식' 에 상응하는 개념으로서 그만큼 이분법적 도식의 사고에 빠질 우려를 내포하는데, 중요한 것은 김수영이 이렇게 '내용' 과 '형식' 을 구분하는 데 그치지 않고 그 통합 과정으로서 '내용의 형식화' 를 즐곧 염두에 두고 있다는 사실이다. 이 문제는 다음 장에서 구체적으로 다투기도 하고, '언어의 서술' 과 '언어의 작용' 이 김수영 시론에서 어떻게 변주되면서 시의 본질 및 당대 한국시의 현상을 분석하는 개념으로 사용되는지 살펴보기로 한다.

정도의 차이는 있지만 소위 '예술파' 의 신진들의 거의 전부가 적당한 감각적인 현대어를 삽입한 언어의 조탁彫琢이나 세련되어 보이는 이미지의 나열과 구성만으로 현대시가 된다고 생각하는 무서운 과오를 범하고 있다.

그러면 이와는 대극적인 위치에 놓여있다고 보는 '참여파' 의 신진들의 과오는 무엇인가. 이들의 사회참여의식은 너무나 투박한 민족주의에 근거를 두고 있다.[24]

당대 한국 시단의 시적 현상을 '참여파' 와 '예술파' 로 대별하고 그

---

23) 김수영, 「생활 현실과 시」, 『전집 2』, p.193.
24) 김수영, 「변한 것과 변하지 않는 것」, 『전집 2』, p.246.

문제점을 지적하는 김수영은 '언어의 서술' 과 '언어의 작용', 즉 시의 '내용' 과 시의 '형식' 이라는 양극단에 지나치게 비중을 두는 경우를 비판한다. 이런 이분법은 '참여시' 와 '순수시' 의 구분으로, 더 나아가 '의미' 와 '무의미' 의 구분으로 나아가는데, 여기서 상기해야 할 점은 양극적 이분법은 김수영이 비판하는 당대 시단의 현상이지, 김수영의 사유구조가 이분법에 함몰되고 있다는 의미가 아니라는 점이다. 그는 끊임없이 양극의 긴장과 그 극복으로서의 변증법을 염두에 두고 있기 때문이다.

> 또한 작품형성의 과정에서 볼 때는 '의미' 를 이루려는 충동과 '의미' 를 이루지 않으려는 충동이 서로 강렬하게 충돌하면 충돌할수록 힘 있는 작품이 나온다고 생각된다. 이런 변증법적 과정이 어떤 선입주先入主 때문에 충분한 충돌을 하기 전에 어느 한쪽이 약화될 때 그것은 작품의 감응의 강도에 영향을 줄 뿐만 아니라 작품의 성패를 좌우하는 치명상을 입히는 수도 있다.[25]

김수영은 "모든 진정한 시는 무의미한 시이다"라고 전제하고 김춘수의 '무의미시' 를 비판적으로 평가한다. 그리고 작품 형성의 과정에서 '의미' 를 이루려는 충동과 '의미' 를 이루지 않으려는 충동이 상호 충돌할 때 '힘' 있는 작품이 나온다고 말한다. 여기서 우리는 '의미' 와 '무의미' 의 관계가 '언어의 서술' 과 '언어의 작용' 의 관계, 그리고 '내용' 과 '형식' 의 관계에 대한 변주라고 볼 수 있고, 더 나아가 이 양극의 충

---

25) 김수영, 위의 글, p.245.
26) 김수영, 「시여, 침을 뱉어라」, 『전집 2』, p.249.
27) 김수영, 위의 글, pp.250~251.
28) 김수영, 위의 글, p.251.

돌을 통한 변증법적 과정에서 김수영이 주장하는 '힘' 이 나온다는 점을 확인할 수 있다. '내용' 과 '형식' 의 의미와 그 관계망은 「시여, 침을 뱉어라」에 이르러 하나의 미학적 원리로서 정리된다.

> 따라서 시를 쓴다는 것―즉 노래―이 시의 형식으로서의 예술성과 동의어가 되고, 시를 논한다는 것이 시의 내용으로서의 현실성과 동의어가 된다는 것도 쉽사리 짐작할 수 있는 것이다.[26]

> 산문이란, 세계의 개진이다. 이 말은 사랑의 유보로서의 '노래' 의 매력만큼 매력적인 말이다. 시에 있어서의 산문의 확대작업은 '노래' 의 유보성에 대해서는 침공侵攻적이고 의식적이다.[27]

> '노래' 의 유보성, 즉 예술성이 무의식적이고 은성적隱性的이기는 하지만, 그것은 반이 아니다. 예술성의 편에서는 하나의 시작품은 자기의 전부이고, 산문의 편, 즉 현실성의 편에서도 하나의 작품은 자기의 전부다.[28]

1968년 4월의 펜클럽 문학 세미나에서 강연한 원고인 「시여, 침을 뱉어라」에서 김수영은 '시를 쓴다는 것' 과 '시를 논한다는 것' 을 대타 항으로 놓고 그 두 항에 각각 상응하는 요소들을 언급한다. 이를 정리하면, '시를 쓴다는 것' 은 '노래' 로서의 시의 '형식' 이며 '예술성' 과 동의어가 되고, '시를 논한다는 것' 은 '산문' 으로서의 시의 '내용' 이며 '현실성' 과 동의어가 된다. 여기서 노래는 사랑의 유보이며, 산문은 노래의 유보성에 대해 세계를 개진하는 침공이다. 노래의 유보성, 즉 예술성이 무의식적이고 모호성을 지닌 무한대의 혼돈이라면, 산문의 개진은 세계의 개진이고 모험이다. 김수영은 더 나아가 이 두 항을 엘리어트

(T. S. Eliot)의 '음악' 대 '의미'와 대응시키고, 하이데거의 '대지의 은폐' 대 '세계의 개진'과 대응시킨다. 결국 김수영이 여러 단락에서 점층적으로 언급하고 있는 '노래'와 '산문'의 대타 항은 '시를 쓴다는 것—노래—시의 형식—예술성—모호성과 혼돈—대지의 은폐'와 '시를 논한다는 것—산문—시의 내용— 현실성—모험—세계의 개진'으로 요약될 수 있다.

그리하여 결론적으로 김수영은 "시의 본질은 이러한 개진과 은폐의, 세계와 대지의 양극의 긴장 위에 서있는 것이다"라고 피력한다. 김수영 시론의 정수에 해당하는 이 문장을 심층적으로 이해하는 것이 김수영 시론을 규명하는 데 중요한 과제가 된다고 볼 수 있다.

4. 힘의 구현 — 투신投身으로서 자유의 이행

"시의 본질은 이러한 개진과 은폐의, 세계와 대지의 양극의 긴장 위에 서있는 것이다"와 상응하는 표현으로 김수영은 이미 「생활 현실과 시」(1964.10)에서 "사상이 새로운 언어의 서술을 통해서 자유를 행사한 성공적인 시"라는 진술을 한 바 있다. 산문과 노래, 세계의 개진과 대지의 은폐라는 양극의 긴장은 내용과 형식의 변증법적 통합을 의미하는 것으로서, 사상이 새로운 언어의 서술을 통해 자유를 행사하는 과정을 통해서 시의 완성에 도달할 수 있다. 여기서 '자유'는 김수영 시론에 있어서 '새로움의 구현'과 같은 의미이며, 이런 새로운 자유를 실현하는 시의 경우에 그 속에 '힘'이 맺히는 것이다.

도대체가 시라는 것은 그것이 새로운 자유를 행사하는 진정한 시인 경우에는 어디엔가 힘이 맺혀있는 것이다. 그러한 힘은 초행初行에 있는 수도 있고 종행終行에 있는 수도 있고 중간의 어느 행에 있는 수도 있고 행간에 있는 수도 있다—이것이 시의 긴장을 조성하는 것이다. 진정한 시를 식별하는 가장 손쉬운 첩경이 이 힘의 소재를 밝혀내는 일이다.[29]

김수영은 새로운 자유를 행사하는 진정한 시의 경우 시 내부에 힘이 맺혀 있다고 보고, 진정한 시를 식별하는 가장 손쉬운 방법이 이 힘의 소재를 밝히는 일이라고 말한다. 그렇다면 '힘'은 시인의 창작 과정에서 어떻게 생성되는 것일까?「시여, 침을 뱉어라」에 나타난 다음 구절을 살펴보자.

모험은, 자유의 서술도 자유의 주장도 아닌 자유의 이행이다. 자유의 이행에는 전후좌우의 설명이 필요없다. 그것은 원군援軍이다. 원군은 비겁하다. 자유는 고독한 것이다. 그처럼, 시는 고독하고 장엄한 것이다.[30]

인용문에 의하면, 새로운 자유를 행사하는 진정한 힘은 자유의 이행을 통해 얻어진다. 자유의 이행은 설명이 필요 없는 고독하고 장엄한 것이다. 그런데 여기서 우리는 "모험"이라는 주어에 주목할 필요가 있다. 앞장에서 분석했듯, 김수영은 '시를 논한다는 것—산문—시의 내용—현실성'의 항목을 "모험"과 "세계의 개진"으로 설명했다. 그렇다면 시를 논하는 산문의 모험, 즉 세계의 개진이 어떻게 곧바로 자유의 이행이 되는 것일까? 다음 구절이 이 의문에 대답할 실마리를 제공해 주고 있다.

---

29) 김수영, 「생활 현실과 시」, 『전집 2』, p.197.
30) 김수영, 「시여, 침을 뱉어라」, 『전집 2』, p.252.

지난 1년 동안의 우리 시의 실적을 생각해 볼 때 우리에게 가장 결핍되어 있는 것이 지성이다. 지성이 없기 때문에 오늘의 문제점의 소재를 파악하지 못하고 있다. 진정한 현대시가 안 나오는 이유가 여기 있다. 그리고 외부적인 여건으로는 매년 말하고 있는 일이지만 창작의 필수조건인 충분한 자유분위기가 보장되어 있지 않다. 그리고 바로 이 자유의 문제가 오늘의 지성의 문제인 것이다.[31]

김수영은 진정한 현대시의 요건으로서 '지성'을 역설하는데, '지성'은 그의 시론의 구조상 언어 이전의 '내용'에 해당하는 것이다. 그러나 김수영은 이 '지성'의 외부적인 여건으로서 '자유'의 확보를 강조하고 있다. 창작의 필수적인 요건으로서 '자유'는 바로 시의 내용으로서 '지성'과 불가분의 관계에 있고, 이 창작의 '자유'가 '지성'의 충족을 가능케 한다. 그러므로 산문의 모험이 곧 자유의 이행이 될 수 있는 것이다. 그렇다면 자유의 이행으로서의 모험은 과연 '시를 쓴다는 것―노래―예술성―유보성과 모호성'으로서 시의 '형식'과 '시를 논한다는 것―산문―현실성―모험'으로서 시의 '내용'을 어떻게 통합함으로써 이루어지는 것일까? 즉 "사상이 새로운 언어의 서술을 통해서 자유를 행사"함으로써 성공적인 시에 도달하는 것은 어떤 과정을 통해 가능해지는 것일까?

시작詩作은 '머리'로 하는 것이 아니고, '심장'으로 하는 것도 아니고, '몸'으로 하는 것이다. '온몸'으로 밀고나가는 것이다. 정확하게 말하자면, 온몸으로 동시에 밀고 나가는 것이다.

---

31) 김수영, 「지성이 필요할 때」, 『전집 2』, p.410.
32) 김수영, 「시여, 침을 뱉어라」, 『전집 2』, p.250.

　　그러면 온몸으로 동시에 무엇을 밀고 나가는가. 그러나—나의 도호성을 용서해 준다면— ‘무엇을’ 의 대답은 ‘동시에’ 의 안에 이미 포함되어 있다고 생각된다. 즉 온몸으로 동시에 온몸을 밀고나가는 것이 되고, 이 말은 곧 온몸으로 바로 온몸을 밀고나가는 것이 된다. 그런데 시의 사념에서 볼 때, 이러한 온몸에 의한 온몸의 이행이 사랑이라는 것을 알게 되고, 그것이 바로 시의 형식이라는 것을 알게 된다.[32]

　　김수영은 시작詩作을 온몸으로 밀고나가는 것이라고 정의하고, 그 구체적인 설명으로 온몸으로 온몸을 밀고나가는 것이라고 언급한다. 여기서 “온몸”과 “밀고나가는 것”의 의미는 무엇일까? 일단 “몸”의 의미는 그 대립 항으로 제시된 “머리”나 “심장”과 비교할 때 드러날 수 있다. “머리”는 이성적 사유로서 지식을 상징하고 “심장”은 정서적 파토스를 상징한다고 본다면, “몸”은 앞서 분석한 바 있는 ‘양심’ 을 가진 ‘사상’ 과 ‘지성’ 을 의미한다고 볼 수 있다. 그렇다면 이것을 도식화하면 시의 ‘내용’ 이 될 것이다. 그러나 “온몸”이 단순히 시의 ‘내용’ 의 차원에 국한되지 않는 것은 그것이 “밀고나가는 것”의 차원과 결부되어 있기 때문이다. 이 “밀고나가는 것”은 자유의 이행으로서의 투신投身을 의미한다. 이 투신을 통해 시의 ‘내용’ 은 어느새 ‘형식’ 에 도달한다. 따라서 이 지점에서 “온몸으로 밀고나가는 것” 은 “온몸으로 동시에 밀고나가는 것” 이 되는데, 이때 “동시에”는 내용과 형식을 동시에 밀고나가는 것을 의미하는 것이다.

　　시는 온몸으로, 바로 온몸을 밀고나가는 것이다. 그것은 그림자를 의식하지 않는다. 그림자에조차도 의지하지 않는다. 시의 형식은 내용에 의지하지 않고 그 내용은 형식에 의지하지 않는다. 시는 그림자에조차도 의지하지 않는다. 시는 문화를 염두에 두지 않고, 민족을 염두에 두지 않고, 인류를 염두에 두지 않는다. 그러면서도 그것은 문화와 민족과 인류에 공헌하고 평화에 공헌한다. 바로 그처럼 형식은 내용이 되고, 내용이 형식이 된다. 시는 온몸으로, 바로 온몸을 밀고나가는 것이다.[33]

김수영은 '자유' 와 '사랑' 의 동의어로서 '혼란' 의 의의를 주장하고, 그 혼란에 도달하는 자유의 이행을 추구하는 방법으로서 '온몸의 시학' 을 역설한다. "시는 온몸으로, 바로 온몸을 밀고나가는 것이다"가 의미하는 것은 바로 내용과 형식이 서로를 의지하지 않고, 더 나아가 시가 그림자조차 의지하지 않고 문화와 민족과 인류를 염두에 두지 않고 온몸으로 밀고나갈 때, 내용은 형식이 되고 형식은 내용이 된다는 것이다. 여기서 우리는 김수영 시론에 있어 '내용' 이 우선하고 '형식' 이 뒤따르는 것이지만, 온몸으로 온몸을 밀고나가는 '자유의 이행' 을 통해 이 둘이 하나로 통합되는 것을 알 수 있다. 그리고 이 통합의 차원은 그 자리에 머물러 있는 것이 아니라 내용과 형식의 충돌과 긴장을 거듭하면서 끝없이 전진할 때에만 성립되는 것이다.

나는 시의 형식문제에 대해서 지극히 둔한하다. 나의 경험으로 비춰볼 때 형식은 '투신投身' 만 하면 간단히 해결될 수 있는 것이기 때문이다. 형식상의 모방도 있을 수 있는 일인데, 한 가지 주의할 점은 심각하게 모방하면 실패하지만 유쾌하게 모방하면 성공할 수 있다는 것을 알아야 한다.[34]

---

33) 김수영, 위의 글, pp.253~254.
34) 김수영, 「시작 노우트」, 『전집 2』, p.286.
35) 김수영, 「일기초 2」, 『전집 2』, p.332.

시의 운산運算에 과거처럼 집착함이 없다. 전혀 거울을 아니 들여다보는 것은 아니지만 놀라울만치 적어진 것이 사실이다. 기쁜 일이다. 투박해졌는지? 확실히 투박해졌다. 아니 완전한(혹은 완전에 가까운) 투신스데미)이다. 그 대신 어디까지나 조심해야 할 것은 투신을 빙자로 한 안이성이나 혹은 무책임성![35)

형식은 온몸을 밀고나감, 즉 투신投身만 하면 간단히 해결될 수 있다는 언급은 김수영 시론의 특징을 단적으로 드러낸다. 시 이전의 내용으로서 '양심'과 '사상'과 '지성'을 온몸으로 밀고나가는 과정에서 형식이 갖추어지고 완결되는 것이다. 이 순간 내용과 형식은 서로를 밀고 당기며 시의 언어로 결정結晶된다. 온몸에 의한 온몸의 이행이 '사랑'이 되고 그 '사랑'과 동의어가 '자유'와 '혼란'이 되는 것은 설명이 필요없는 '무의식성'에 기인한다. 따라서 세계의 개진을 통한 자유의 이행이 지닌 '무의식성'은 바로 김수영이 시의 형식으로서 언급한 '시를 쓴다는 것―모호성과 혼돈―예술성'의 차원에 다시 접근하는 것이다. 김수영 시론의 핵심인 '온몸의 시학'은 시와 산문, 형식과 내용, 모호성과 체계, 예술성과 현실성 등의 양극을 온몸으로 밀고나가는 투신을 통해 변증법적으로 통합시켜 나가는 과정에서 내용에서 형식으로 전화된 '힘'이 자유의 이행을 통해 다시 내용으로 전화된다. '온몸의 시학'은 순환과 반복을 통한 무한한 전진, 즉 회귀와 확장을 통해 끝없이 원주를 넓혀나가는 영원한 과정으로서만 존재하는 것이다.

귀납과 연역, 내포와 외연, 비호庇護와 무비호, 유심론과 유물론, 과거와 미래, 남과 북, 시와 반시의 대극의 긴장, 무한한 순환, 원주圓周의 확대, 곡예와 곡예의 혈투, 뮤리엘 스파크와 스프트니크의 싸움, 릴케와 브레히

트의 싸움, 앨비와 보즈네센스키의 싸움, 더 큰 싸움, 더 큰 싸움, 더, 더,
더 큰 싸움… 반시론의 반어.[36]

5. 김수영의 '몸의 시론'과 박용철의 '생명시론'

지금까지 고찰한 김수영 시론의 특징을 간단히 요약하면 다음과 같
다.

첫째, 김수영의 시론은 시 혹은 언어 이전의 내용으로서 '양심'과
'사상'과 '지성'을 당대 한국시에 요청한다.

둘째, 김수영은 시의 '내용'을 '시를 논한다는 것─산문─현실성─
모험─세계의 개진'과 동류 항에 놓고, 시의 '형식'을 '시를 쓴다는
것─노래─예술성─모호성과 혼돈─대지의 은폐'와 동류 항에 놓는다.

셋째, 시의 내용은 산문의 모험 및 세계의 개진을 통해 자유의 이행으
로서의 혼돈에 도달함으로써 시의 형식과 만나고, 시의 형식에 해당하
는 혼돈과 자유가 확보됨으로써 결핍된 지성의 문제가 충족된다는 점
에서 시의 형식은 다시 시의 내용이 된다.

넷째, 김수영은 '자유의 이행'을 통해 시의 내용과 시의 형식, 현실성
과 예술성, 세계의 개진과 대지의 은폐를 동시에 온몸으로 밀고나감으
로써 회귀와 확장을 끝없이 지속하는 변증법적 지향의 과정을 보여준
다.

다섯째, 이 온몸을 통한 '자유의 이행'을 통해 '힘'을 구현하는 시가

---

36) 김수영, 「반시론」, 『전집 2』, p.264.
37) 박용철 시론에 대한 정리는 졸저, 『한국 근대시와 시론의 구조적 연구』, 태학사, 1999, pp.231~241
   을 참고하였음.

생성될 때, 그것은 '사랑'과 '혼란' 그리고 '죽음'과도 상통하는 차원을 획득한다.

다섯 가지로 정리한 김수영 시론의 특징은 전체적으로 볼 때 내용을 우선시한다는 점에서 '내용 중심의 시론'이며, 내용과 형식의 변증법적 지양을 시 창작 과정에서 구현한다는 점에서 '창작 과정상의 시론'이다. 이런 차원에서 김수영의 '몸의 시론'과 1930년대 박용철의 '생명시론'의 연관성을 계보적으로 고찰하는 작업이 요청된다고 볼 수 있다. 여기서 박용철 시론의 특징을 요약하여 정리해 보기로 한다.[37]

박용철의 초기 시론은 천재적 개인으로서의 주체, 감정과 감상 중시, 음악적 형식과 인상주의 비평 등의 특징을 지닌다. 그것은 크게 보아 시를 하나의 존재로 보는 관점과, 그것을 감상자나 비평가의 입장에서 수용하는 관점 사이에서 형성된다. '존재로서의 시론'은 시를 하나의 예술적 형상과 객관적 존재로 간주하는 것으로서, 시와 시인, 시와 사회를 분리하는 칸트의 '예술의 자율성 이론'과 맞닿아 있는 듯이 보인다. 그런데 그것이 지닌 미적 현대성의 측면은 역사적·사회적 현대성의 경험에 대한 미적 대응의 차원이 아니라 폐쇄적이고 소극적 차원에 극한되는 것이다. 박용철은 이 협소함을 넘어서기 위해 '존재의 시론'을 시의 수용 과정에 대한 천착과 결부시키는데, '시의 고처高處'와 '감상'을 중심으로 한 인상주의 비평과 예술의 사회적 효과를 측량하는 비평가의 직능을 강조하게 된다. 이런 특징을 가진 박용철의 초기 시론은 낭만주의의 소박한 시관과 인상주의 비평의 한계에 머물러 있지만, 당시 프로문학과 민족주의문학의 계몽적 목적성에서 벗어나 시의 본질적 측면을 돌아보게 하는 점에서 긍정적인 의미도 지니고 있다.

박용철의 시론에는 현실에 대한 고려가 거의 나타나지 않는다. 다만 작품을 중심으로 '천재적 개인'이라는 주체관에 입각한 창작 주체와 수용 주체와의 관계망이 설정된다. '시인→작품→비평가'로 진행되는 이 관계망은 창작 과정과 수용 과정의 시공간이 동질적인 차원으로 사유되고 있다. '존재로서의 시론'은 일단 시와 시인, 시와 현실의 분리라는 '예술의 자율성' 이론과 연결되지만, 그 내포된 의미는 표현 이전의 충동, 즉 시인의 감정을 중시하는 관점이므로 시와 시인의 비분리가 전제되어 있어 미묘한 모순과 균열을 일으킨다. 그리고 수용 과정의 관점에서 시의 사회적 효과를 탐색한 점에서 '시와 현실의 분리'와도 그러한 균열이 발견된다. 그러나 박용철은 시의 사회적 효과를 탐색하면서도 천재적 비평가의 역할에 비중을 둠으로써, 온전한 의미의 시의 사회성을 추구하지 못한다. 따라서 박용철 초기 시론은 천재적 시인의 감정과 천재적 비평가의 직능에 의미가 부여되면서, 시를 감상하는 차원에서의 인상주의 비평이 강조되는 것이다.

한편 박용철은 하우스(A. E. Housman)만의 시론 「시의 명칭과 성질」을 번역한 이후 발표한 「을해시단 총평」에서부터 초기 시론의 입장을 유지하면서도 새로운 관점을 천착한다. 즉 '존재로서의 시'와 '수용 과정의 관점'을 유지하면서 '창작 과정에 대한 탐색'을 시도하는 것이다. 수용 과정의 관점에서는 하우스만 시론을 원용하여 김기림 시론과 임화 시론을 비판하면서 정지용, 김영랑 등의 시를 옹호한다. 김기림 비판은 하우스만의 형이상학파 비판을 원용하여 '반기교주의'의 입장에서 시도되고, 임화 비판의 경우에는 하우스만의 '언어와 의미의 긴밀한 결합론'을 원용하여 '변설 이상의 시'라는 입장에서 시도된다. '지성'과 '변설'에 대한 비판은 결국 '생리적 필연성'에 대한 옹호와 상통하는데, 그것은 후기 시론의 중심 개념인 '영혼'과 '체험'과 '변용'을 중심으로 구체화되고 체계화된다. '영혼'은 영감·감정과 함께 낭만주의적 시관을 대표하는 것인 반면, '체험'과 '변용'은 상징주의에 해당하는 릴케의 변용과 대지의 사상을 수용하여 형성시킨 것이다. 따라서 후기 시론은 초기 시론의 낭만주의적 시관에 상징주의적 시관을 결투시킨 양상을 띠는데, 그 결과 이 두 관점 사이의 미묘한 균열이 생겨난다. 박용철의 후기 시론은 영혼·영감·감정 등 표현 이전의 충동을 고유한 영역으로 보존하려는 관점과, 그것이 언어로 표현되는 과정을 고려하는 관점 사이에서 동요하는 것이다. 그러나 박용철은 '체험'과 '변용'을 중심으로 선시적先詩的인 것과 언어 표현의 기술의 상호 교섭을 천착함으로써, 「시적 변용에 대하여」에 이르러 유기체적 시론의 정점에 도달하게 된다.

박용철 후기 시론의 중심 개념인 '체험'과 '변용'은 생리적 필연성과 언어 표현 과정의 기술 문제를 융합시킨 것으로서, 경험의 신체적 육화와 시 제작 과정의 기술과 기다림으로 제시된다. 릴케의 변용과 대지의 사상을 수용하여 체계화한 박용철의 시론은 선시적인 것과 언어 표현적 기술 사이의 균열을 완전히 해소하지는 못하지만, 그 두 관점 사이를 왕래하면서 상호 교섭의 양상을 구체적으로 천착하였다는 점에서 이 방면의 선구적 위치에 놓인다. 이런 특징을 가진 박용철의 시론은 유기체적 문제설정을 근거로 하는데, 유비적 사유방식과 유기체적 세계관에 입각한 그것은 과정 이론으로서 연속성, 존재 이론으로서 역동성, 가치 이론으로서 전체성을 중시한다. 그것은 낭만주의적 문학관이나 상징주의 문학관과 관련성을 가지며 미적 현대성의 측면과도 관련된다.

6. 맺음말

앞에서 박용철 시론의 전체적인 특징을 서술했는데, 지금까지의 논의를 정리하여 김수영 시론이 지닌 박용철 시론과의 연관성을 정리해 보기로 한다.

첫째, 박용철 시론과 김수영 시론은 선시적先詩的인 것, 즉 시 혹은 언어 이전의 체험이나 내용을 중시한다는 점에서 유사성을 지닌다. 박용철의 시론은 기본적으로 낭만주의적 시관에서 출발하는데, '변설 이상의 시'를 강조함으로써 '지성'과 '변설'을 비판한다. 이 점은 후기 시론에까지 이어지면서 '영혼' '영감' '감정'을 시의 기본 항으로 간주하는 양상을 보여준다. 이런 차원은 김수영이 시 이전의 내용을 중시하고 그 내용의 차원에 '양심'과 '사상'과 '지성'을 대응시키는 양상과 유사성 및 차별성을 보여준다. 우선 내용 중시의 시관이라는 점과 단순한 변설(김수영의 경우에는 포오즈) 이상의 어떤 덩어리를 우선시한다는 점에서 유사성을 형성한다. 그러나 언어 이전의 내용이 박용철의 경우에는 감정·영혼, 김수영의 경우에는 양심·사상·지성을 의미한다는 점에서 차별성을 보여준다. 특히 시의 내용 중 박용철은 지성을 부정한 데 비해 김수영은 중시하고 있다는 점에서 중요한 차별성을 형성하지만, 박용철의 '지성'이 체험이 소거된 이성적 조작을 의미하는 데 반해, 김수영의 '지성'은 양심과 사상이 생활 속에서 체화된 차원을 의미하므로 반드시 대립 항만은 아니라는 점도 지적되어야 할 것이다.

둘째, 박용철 시론과 김수영 시론은 '창작 과정의 시론'이라는 점에서 유사성을 지닌다. 박용철은 초기 시론에서 중심을 이룬 '존재로서의 시론'과 '수용 과정의 관점'을 유지하면서 후기 시론에 이르러 '창작 과정에 대한 탐색'을 시도하는데, 이는 김수영 시론의 핵심이 되는 내용과 형식의 변증법적 지양, 즉 자유의 이행을 통한 힘의 구현이 '창작 과정의 시론'이라는 점에서 중요한 유사성을 보여준다. 창작 과정에 있어서 시인의 내적 체험에 초점을 맞추는 시론은 '존재의 시론'이 아니라 '생성의 시론'이다 이런 차원에서 박용철 시론이 '체험'과 '변용'의 개념을 중심으로 시론을 전개하는 것과, 김수영이 '온몸'을 밀고나가는 '투신'의 과정에서 내용과 형식의 변증법적 통합을 전개하는 것은 상호 유사성을 지니는 것이다.

셋째, 김수영 시론은 박용철 시론의 핵심인 경험의 신체적 육화를 통한 유기체적 시론의 차원을 계승하고 있다. 박용철 시론의 핵심 개념인 '체험'과 '변용'은 선시적인 것과 언어 표현상의 기술 사이의 상호 교섭을 천착하는 것이다. 박용철의 '생명시론'은 생리적 필연성과 언어 표현적 기술 문제를 융합시킴으로써 경험의 신체적 육화와 시 창작 과정의 기술 및 기다림을 제시한다. 김수영의 시론은 온몸으로 온몸을 동시에 밀고나가는 투신을 통해 시의 내용과 형식, 현실성과 예술성, 세계의 개진과 대지의 은폐를 변증법적으로 통합해나갔다는 점에서 모더니즘과 리얼리즘의 양극을 유기체적 문제설정으로 통합시켜나갔다고 간주할 수 있을 것이다. 결국 김수영의 시론은 1930년대의 김기림의 모더니즘 시론이 보여준 '기하학적 문제설정'과 임화의 리얼리즘 시론이 보여준 '변증법적 문제설정'을 통합하는 중요한 계기로서 박용철의 신체에 근거한 생명시론의 '유기체적 문제설정'을 흡수함으로써 한국 현대시론의 전개에 있어서 미적 현대성의 한 중요한 성과를 얻게 되는 것이다.

제5장 김춘수 초기 시론의 원리 연구
— 진보와 회귀의 변증법을 중심으로

1. 머리말

김춘수(1922~2004)는 1946년 『해방 1주년 기념 사화집』에 「애가哀歌」를 발표하고, 조향·김수돈과 함께 동인 사화집 『노만파魯漫波』를 발간하면서 작품 활동을 시작했다. 첫 시집 『구름과 장미』(1948)를 출간한 이후 『늪』(1950), 『기旗』(1951), 『인인隣人』(1953), 『꽃의 소묘』(1959), 『부다페스트에서의 소녀의 죽음』(1959), 『타령조·기타』(1969), 『남천』(1977), 『비에 젖은 달』(1980), 『라틴 점묘 기타』(1988), 『처용 단장』(1991), 『들림 도스토예프스키』(1997), 『의자와 계단』(1999), 『쉰한 편의 비가』(2002), 『달개비꽃』(2004) 등의 시집을 간행했고, 『제1 시집』(1954), 『처용』(1974), 『꽃의 소묘』(1977), 『처용 이후』(1982) 등의 시선집을 간행했다. 또한 그는 시론을 꾸준히 발표하여 『한국현대시형태론』(1958), 『시론—시작법을 겸한』(1961), 『시론—시의 이해』(1972), 『의미와 무의미』(1976), 『시의 표정』(1979), 『시의 위상』(1991) 등의 시론집을 출간했다. 1982년에 그의 시와 시론을 묶은 『김춘수 전집』(전3권, 문장사)이 간행되었고, 2004년에 다시 『김춘수 전집』(전3권, 현대문학사)이 간행되기에 이른다.

등단 이후 시와 시론을 동시에 전개하며 한국 현대시사에 선명한 획을 그은 김춘수 문학에 대한 연구는 그동안 꾸준히 진행되어 많은 연구 성과들이 축적되었다. 이 중 김춘수의 시론에 대한 중요한 선행 연구를 연구 범위를 기준으로 정리하면 크게 세 가지 유형으로 구분할 수 있다. 첫째, 초기 시론인 『한국현대시형태론』을 중심으로 김춘수 시론의 특성을 고찰하는 연구이다. 이 유형에 속하는 선행 연구들은 김춘수 초기 시론의 핵심인 형태시론 및 장르론을 자유시 발달론[1], 순수시론[2], 산문시론[3] 등의 관점으로 고찰한다. 둘째, 후기 시론인 『의미와 무의미』『시의 표정』『시의 위상』을 중심으로 김춘수 시론의 특성을 고찰하는 연구이다. 이 유형에 속하는 선행 연구들은 김춘수 후기 시론의 핵심인 무의미 시론을 현상학적 환원과 예술의 비인간화를 발생시킨 처용의 존재론[4], 비유적 이미지와 서술적 이미지의 구분을 위시한 이미지론[5], 생의 구원으로서의 시론 및 시 쓰기의 자의식이 가진 시간의식[6] 등의 관점으로 고찰한다. 셋째, 초기 시론과 후기 시론을 포괄하거나 종합하여 전체적으로 김춘수 시론의 특성을 고찰하는 연구이다. 이 유형에 속하는 선행

---

1) 박윤우, 「김춘수의 시론과 현대적 서정시학의 형성」, 『한국현대시론사』, 한국현대문학회 편, 모음사, 1992, pp.405~424.
2) 하재연, 「순수언어의 추구와 현대시의 방향」, 『한국근대문학연구』제2권 2호, 한국근대문학회, 2001, pp.241~261.
3) 김행숙, 「김춘수의 『한국현대시형태론』고찰」, 『어문논집』제55호, 민족어문학회, 2007, pp.199~223.
4) 김준오, 「처용시학—김춘수의 무의미시론고」(『김춘수 연구』, 학문사, 1982), 『현대시와 장르비평』, 문학과지성사, 2009, pp.342~391.
5) 문혜원, 「김춘수의 시와 시론에 나타나는 이미지 연구」, 『한국현대문학연구』제3집, 한국현대문학회, 1994, pp.180~195.
6) 남기혁, 「김춘수의 무의미시론 연구」, 『20세기 한국시론 2』, 글누림, 2006, pp.13~44.

연구들은 관념과 유추, 묘사와 자유연상, 무의미의 개념을 중심으로 시
론적 특성을 고찰[7]하거나, 형태시론과 무의미시론을 아우르는 공통점
으로서 시와 현실의 분리라는 전제를 추출[8]하거나, 방법과 기술로서의
시 형태론과 서술적 이미지를 위주로 한 시작법으로 시론적 특성을 고
찰[9]한다. 한편 이상의 유형들과 별도로 김춘수 시론을 다른 시론가와
비교 고찰하여 그 특성을 탐색한 연구를 들 수 있다. 이 유형에 속하는
선행 연구들은 김춘수 시론을 1930년대 김기림의 과학적 시론과 비교
하면서 그 공통점과 차별성을 규명[10]하거나, 당대 김춘수와 긴장 관계
를 형성했던 김수영의 시론과 비교[11]하거나, 순수시론의 유사한 자장
안에서 전통적 보편성을 추구하면서 차별성을 보였던 조지훈 시론과
비교[12]하기도 한다.

선행 연구들의 중요한 성과를 토대로, 이 글은 초기 시론인 『한국현
대시형태론』을 중심으로 김춘수의 문제의식과 연관된 시론의 핵심적
원리에 대해 '징후발견적 독해(symptomatic reading)'를 시도하고자 한
다. 선행 연구들이 『한국현대시형태론』의 특성을 다각도에서 심층적으
로 규명한 상황에서, 이 글은 시론적 논리에 있어서 복수의 관점들이 상
충하는 결절점을 발견하고, 김춘수가 어떤 방식으로 이율배반과 딜레
마를 극복하려 하는지에 초점을 맞춘다. 이런 징후발견적 독해는 김춘

---

7) 이승훈, 「김춘수의 시론」, 『한국현대시론사』, 고려원, 1993, pp.202~212.

8) 김동환, 「김춘수 시론의 논리와 그 정체성」, 『한국현대시론사연구』, 문학과지성사, 1998,
   pp.285~300.

9) 이찬, 「20세기 후반 한국현대시론 연구」, 고려대 박사논문, 2004, pp.166~200.

10) 김인환, 「과학과 시」, 『상상력과 원근법』, 문학과지성사, 1993, pp.112~136.

11) 졸고, 「김춘수와 김수영 시론 비교 연구」, 『한국문학이론과 비평』제16집, 2002, pp.175~198.
    이광호, 「자유의 시학과 미적 현대성」, 『한국시학연구』제12호, 2005, pp.271~297.
    최동호, 「시와 시론의 문학적·사회적 가치」, 『한국시학연구』제22호, 2008, pp.53~74.

12) 주영중, 「조지훈과 김춘수의 시론 연구」, 고려대 박사논문, 2009, pp.69~120.

13) 김춘수, 『한국현대시형태론』(해동문화사, 1958), 『김춘수 시론전집 I』, 현대문학, 2004, p.139. 이
    후 김춘수 시론의 인용은 이 책에 근거한다.

수 초기 시론의 심층부에 숨어있는 비가시적인 시론의 원리와 방법론
적 원형질을 고찰하는데 도움을 줄 수 있으며, 더 나아가 그동안 연구에
서 크게 주목받지 못했던 초기의 '형태시론' 과 후기의 '무의미시론' 사
이의 내면적 연속성의 문제를 규명하는 데에도 기여할 수 있을 것이다.
다시 말해, 초기 시론인『한국현대시형태론』에 잠재된 시론적 원리의
중핵을 '징후발견적 독해' 를 통해 세밀하게 고찰한다면, 그 자체의 특
성과 의미를 정확하게 규명하는 작업뿐만 아니라, 후기 시론인『의미와
무의미』『시의 표정』『시의 위상』 등에서 개진된 '서술적 이미지론' 과
'무의미시론' 의 쟁점들에 대해서도 보다 엄밀한 해석 및 평가가 가능해
질 것이다.

2.『한국현대시형태론』의 관점과 결절점

이 글은『한국현대시형태론』(1958)의 기본적 관점을 '형태 발생론'
과 '언어의 심리적 과정' 이라는 두 가지 차원으로 파악한다.

먼저 '형태 발생론' 에 대해 살펴보자. 김춘수의『한국현대시형태론』
은 한국 현대시가 발아하던 1900년대부터 1950년대 중반까지의 현대시
를 형태론의 관점에서 고찰하는 시론서이다. 전체적으로 이 시론서는
'형태론' 과 연계된 '장르론' 의 관점에서 한국 현대시를 통사通史적으
로 살피는 '현대시사' 의 구성을 가진다. 김춘수는 "정신의 방향과 사적
위치를 증명하는 구체적인 대상은 양식 외에 아무 것도 없다. 로코코,
고딕 등은 무엇을 말하는가? 시도 문화의 양식을 밑받침으로 한 형태가
정신의 방향과 사적 위치를 증명하는 것은 두말할 여지가 없을 것이다"
[13]라고 말하며, 양식 즉 시의 형태와 장르의 관점에서 한국 현대시사를

기술한다. 김춘수는 시의 '형태(form)'를 '형식'의 하위분류로 생각하며, '형태'에서 '문체(style)'를 분리한다고 전제한다. 원래 형태는 문체까지를 포함하는 것이지만, 문체를 형태 속에 포함시키면 형태의 부담이 커져서 감당하기 어렵다는 것이다. 김춘수는 시의 '형태'에 대해 다음과 같이 언급한다.

> 문체를 제외한 시에 있어서의 형태란? 운율(meter)의 유무를 우선 가리고, 있으면 어떻게 있는가, 없는가 하는 그 운율의 있고 없는 대로의 시의 청각적, 시각적 양상이다. 운율, 즉 음성율(평측법), 음위율(압운법), 음수율(조구법) 중 어느 하나를 가지고 있더라도 그 시를 정형시라고 하고 있는 동시에 이 중의 하나도 가지고 있지 않은 시를 자유시 혹은 산문시라고 하고 있는 것이다. 그러니까 정형시의 정형의 양상, 자유시 혹은 산문시의 정형 아닌 각 양상이 시에 있어서의 형태인 것이다.[14]

김춘수는 기본적으로 시의 형태를 운율의 유무로 판단한다. 음성율(평측법), 음위율(압운법), 음수율(조구법) 등으로 대표되는 운율이 있는 시를 '정형시'라고 부르고, 운율이 없는 시를 '자유시' 혹은 '산문시'라고 부른다. 그는 정형시를 다시 '완전한 정형시'와 '불완전한 정형시'로 구분하는데, 서구의 14행시인 소네트나 한시의 7언·5언 절구나 율律 같은 것은 전자에 속하고, 한국의 시는 후자에 속한다고 본다. 그리고 그는 시의 형태가 현대에 들어서면서 정형을 탈피하고 자유시나 산문시로 변모해가는 양상을 '진보'라고 간주한다. 김춘수에 의하면, 시형태의 발전은 '정형시—자유시—산문시' 순으로 배열할 수 있는

---

14) 김춘수, 위의 책, p.36~37.

데, 오늘날 시는 형태의 무정부상태에 있다고 본다. 형태의 해체 현상은 다시 말해 정형시가 가진 운율로부터의 탈피와 같은 의미를 가진다. 김춘수는 이 시론집을 통해 한국 현대시 50년에 있어서 시형태의 변천상과 해체의 과정을 검토하고자 하는 것이다. 『한국현대시형태론』의 근간을 이루는 관점인 '형태의 발생론적 시각'은 시의 형태를 단순히 하나의 즉물적 대상으로 보거나 시정신의 발현이라는 개체적 형성의 시각으로 보지 않고 계통 발생론적 입장에서 파악한다는 의미를 가진다. 즉 시를 한 시인이 창작한 개별적인 시작품(poem)의 시각이 아니라 장르로서의 시(poetry)의 발전단계론에 입각한 시각으로 파악하는데, 이로 인해 김춘수의 초기 시론은 원천적으로 통시적인 현대시사의 형식을 가질 수밖에 없는 것이다.

다음으로 '언어의 심리적 과정'에 대해 살펴보자.

　— 형태가 형성되어진 언어의 심리적 과정이 간과되기 때문이다(p.29).
　— 과도기에 처한 한국의 신체시의 모습이다. 심리적으로는 퍽 불안한 형태라 할 수 있겠고, 역사적으로는 진보적인 형태라고도 할 수 있겠다(p.42).
　— 만약 그렇다고 하면, 이것은 한국의 이후의 시형태에 커다란 심리적인 맹점을 가져오게 하였을 것이다(p.44).
　— 연을 끊지 않음으로써 얻는 상이 어느 정도의 통일이란, 연 구분에 대한 자각이 뚜렷하지 않은 시 작가에게 있어서는 퍽 심리적인 미크한 현상이라 할 것이다(p.57).

김춘수 초기 시론의 기본 관점인 '시의 형태 발생론'과 함께 중요한 또 하나의 관점은 이 발생론적 고찰이 고려하는 '심리적 과정'이다. 이것은 개별적 시를 생산하는 시인의 '창작 심리' 라기보다는 정형시나 자유시, 혹은 산문이나 운문이라는 장르적 차원의 시가 생성되는, 즉 '계통 발생' 에 개입되는 '언어 심리' 를 의미한다. 다시 말해, 시의 형태가 장르적으로 형성되는 '언어의 심리적 과정' 을 중시하는 것이 김춘수 초기 시론의 기본 관점이다. 이런 전제하에 김춘수는 시의 형태를 자연발생적·감성적인 것과 기교적·논리적인 것의 두 갈래로 파악하고, 전자는 동서를 막론하고 정형시가 형성되기까지의 시의 형태이고, 후자는 정형시가 형성되면서부터의 시의 형태라고 간주한다. 그리고 그는 자연발생적 리듬이 언어의 심리적 과정을 거쳐 산문의 소박한 형태를 발생시킨 데 반해, 인위적인 리듬은 언어의 심리적 과정을 거쳐 운문의 회귀적인 리듬을 발생시켰다고 간주한다.

한편『한국현대시형태론』에 내재된 구성상의 결절점에 대해 살펴보자. 김춘수가 시의 형태적 변모의 관점에서 한국 현대시의 발전 단계를 설정한 시기 구분을 살펴보면 이에 대한 실마리를 찾을 수 있다.

(1) 육당의『창조』에서 주요한의『창조』지 전까지 : 한국 신시의 제1기
(2)『창조』지 이후 김소월까지 : 한국 신시의 제2기
(3) 김소월 이후 현재(1950년대 중반)까지 : 한국 신시의 제3기[15]

여기서 (1)은 신체시 시대이고, (2)는 자유시 시험기이며, (3)은 본격적인 자유시와 산문시의 시기라고 볼 수 있다. 김춘수는 한국 현대시사를 '정형시' 의 운율로부터 탈피하여 '신체시—자유시—산문시' 로 발전되어가는 진보의 과정으로 파악한다. 한편 김춘수는 시형태상의 변

---

15) 김춘수, 위의 책, p.139.

모의 관점에서 한국 현대시의 발전 단계를 다음과 같이 세분하여 목차
를 구성한다.

　　(1) 현대시 전야―창가가사와 신체시

　　(2) 자유시 초기―『창조』『백조』『폐허』시대

　　(3) 이상한 현상 하나―김소월의 시형태

　　(4) 시문학파의 자유시

　　(5) 1927~1937년의 아류 모더니즘

　　(6) 1937년대의 양상

　　(7) 8·15 해방 후 한국전쟁까지

　　(8) 한국전쟁 이후

　위의 두 가지 현대시사의 단계 구성을 함께 살펴볼 때, 통상적인 시기
구분과 구별되면서 특별히 주목할 만한 지점이 발견된다. 김춘수는 한
국 현대시가 '정형시'의 운율로부터 탈피하여 '신체시―자유시―산문
시'로 발전되어가는 과정에서 1917년대 중·말기 '김소월의 시'와
'1937년대'를 중요한 분기점으로 간주하고 있다. 이 두 항목은 김춘수
초기 시론인 '시형태론'에 있어서 핵심적인 초점을 형성하는데, 전자가
'정형시―신체시―자유시―산문시'라는 직선적인 발전단계론의 균열
을 노출시키는 논리적 딜레마에 해당한다면, 후자는 그것의 완결성을
입증하는 논리적 입각점에 해당한다. 따라서 이 글은 '형태 발생론'과
'언어의 심리적 과정'이라는 두 기본 관점을 전제로 '김소월의 시'와
'1937년대'라는 두 가지 결절점을 고찰하여, 『한국현대시형태론』을 심
층적으로 관통하는 김춘수 시론의 핵심적 문제의식과 원리를 탐색하고
자 한다.

3. 원초적 산문과 변증법적 회귀

김춘수는 한국 현대시사에서 '김소월의 시'를 '하나의 이상한 현상'으로 간주한다. 1917년대 중·말기의 김소월이 자유시 내지 산문시의 방향으로 발전해갈 수밖에 없는 듯이 보인 대세에 맞서 홀로 전통적 정형율로 시를 썼다는 점을 특이하게 생각하는 것이다. 그는 김소월이 행구분의 입체적 설계에 의해 심서心緖의 묘미를 운율에 담는데 효과를 낸다고 보고, 김소월에 와서 한국시의 전통적 율조는 새롭고도 완미한 것으로 지양되었으며, 아직까지 시의 형태미에 있어 소월을 넘어설 만한 것이 한국의 신시에는 나타나지 않고 있다고 상찬한다.[16] 한편 그는 김소월이 외래 조류의 잡음에 귀를 막고 돌아앉아 고향이 부른 소리에 귀를 기울임으로써 시형태와 함께 시정신마저 귀 막아 버렸다는 약간의 비판을 덧붙인다. 현대성을 직시하지 않은 점에서 역사의 한 단계를 실념했다고 보는 것이다.[17] 여기서 주목할 점은 김소월의 '시형태'와 더불어 '시정신'에 대해 언급하는 부분이다. 김소월의 시에 대한 김춘수의 이중적 평가는 다음 구절에서 좀더 복잡한 굴곡으로 나타난다.

소월은 너무나 제 주관을 고집한 것 같다. 역사의 혼탁기에 있어 소월과 같은 사람은 응당 있을 수 있는 일이겠으나, 그것이 유일한 태도라고 착각할 적에 혼탁보다도 더 따분한 것이 온다. 정체라고 하는 고요하고 외로운 수면상태가 그것이다. 역사의 선에 따라 저항은 해야 할 것이다. 그러나 한국의 신시에 있어서 소월의 시(시정신의 바탕과 시의 소재와 시형태)는 한

---

16) 김춘수, 위의 책, pp.59~62.
17) 김춘수, 위의 책, pp.63~65.
18) 김춘수, 위의 책, pp.67~68.

영원이다. 왜? 소월은 역사의 테 밖에 일단 둘러섰기 때문이다. 그러나 역사의 선에 따라 저항은 해야 되는 한국의 현대시는 소월의 그 애틋한 눈짓을 괴로워하면서도 그를 저버릴 수 있어야 할 것이다. 시도 인간과 함께 역사의 안(시간)과 밖(영원)에서 살아야 하는 이면성을 가지고 있기 때문이다.[18]

김춘수는 한국 현대사와 더불어 현대시사의 흐름이 혼탁기에 있다는 전제하에 역사의 흐름을 일면 긍정하고 일면 부정하는 비판적 태도가 필요하다고 본다. 이 관점은 김소월의 시를 역사의 선에 따라 저항하는 태도를 버린 점에서 정체와 수면상태라고 비판하면서도, 한국의 신시에 있어서 하나의 영원이라고 인정하는 이중적 평가로 나타난다. 이처럼 "역사의 안(시간)과 밖(영원)에서 살아야 하는 시의 이면성"을 고려한다는 점에서, 김춘수는 시형태론의 직선적 발전단계론을 보완하는 논리를 진지하게 모색하는 듯이 보인다. 『한국현대시형태론』의 부록으로 첨부한 '시인론을 위한 각서'에서 "내가 소월의 위치를 설정해 보는 것은 내 자신의 자유고 임무인 것이다. 소월에게서 발견되는 '문제'가 곧 내가 설정해보는 그의 위치인 것이다. 다시 말하면 그의 위치는 곧 나의 '문제'인 것"이라고 언급하듯이, 김춘수에게 김소월의 위상에 대한 평가는 시론의 논리적 균열을 노출시키는 딜레마인 동시에, 그 평면성을 극복하여 보다 복합적이고 수준 높은 시론으로 상승할 수 있는 중요한 계기를 마련한다.

이 지점은 '전통의 창조적 계승'이라는 과제로 요약될 수도 있는데, 이 과제는 상징주의시, 이미지즘시, 다다와 초현실주의 등의 아방가르드시에 무게중심을 두고 미적 현대성을 지향하는 시론을 전개해온 김춘수에게 이질적이지만 거부할 수 없는 핵심적 과제였다고 볼 수 있다.

또 하나 주목할 점은 인용문에서도 소월의 시를 시형태의 차원에 국한하지 않고 시정신의 바탕과 시의 소재적 측면까지 고려하는 점이다. 이것은 김춘수가 시형태를 다만 표면적 양태만이 아니라 시정신의 표현 양상으로 간주하면서 내용적 측면까지 고려한다는 상식적 차원을 벗어나 다른 차원을 은밀히 반사하고 있는 듯이 보인다. 『한국현대시형태론』의 근간을 이루는 '형태 발생론'은 시를 개체 발생의 시각이 아니라 계통 발생론적 시각으로 바라보는데, 왜 김소월의 시를 논의하는 대목에서 "시형태가 동시에 그의 시정신마저 귀 막아 버렸다"라든지 "소월의 시(시정신의 바탕과 시의 소재와 시형태)는 한 영원이다"라는 식으로 시정신과 시형태의 관계라는 개체 발생적 차원으로 상식적인 내용을 강조하면서 표현하는 것일까? 반쯤 말해지는 방식, 혹은 은폐된 방식으로 말하는 표현은 의식과 충돌하는 무의식적인 표현일 수 있다. 김춘수에게 있어 김소월의 시형태는 장르로서의 시(poetry)의 발전단계론이라는 계통 발생론적 관점으로 파악하기 어려운 난제였기 때문에, 이를 설명하기 위해서 시의 개체 발생적 관점인 개별 시인의 시정신이나 소재를 함께 언급하게 된 것으로 보인다. 즉 이 지점에는 시형태를 계통 발생론적 시각으로 바라보는 김춘수의 기본 관점과 충돌되는 모종의 딜레마가 숨어있는 것이다. 지금까지의 논의를 요약하면, 김춘수는 '김소월의 시'와 대결하면서 '형태 발생론'이 가지는 직선적 발전단계론을 보완하거나 극복하는 과제와 만나게 된다는 것이다. 따라서 김춘수 초기 시론의 내밀한 핵심은 '정형시'와 '자유시' 내지 '산문시'의 관계망과 '운문'과 '산문'의 관계망으로 모아진다고 볼 수 있다.

　형태발생의 과정에 있어 심리적 과정이 따른다는 것은 쉬이 짐작되는 일이다. 산문이 가진 자연발생적 리듬은 이것이 형태화할 적에 있어 다스

려지지 않은 소박한 형태를 낳으리라는 것은 하나의 심리적 현상이다. 한편 운문은 회귀적인 리듬을 가졌는데, 이때의 '회귀回歸'는 다스려진 인위적인 그것이다. 왜 그러면 자연발생적인 은폐된 리듬을 회귀적으로 다스려야 하였던가? 여기에 우리는 운문발생의 심리과정을 볼 수 있는 것이다.[19]

인용문에는 김춘수 초기 시론의 기본 관점인 시의 '형태 발생론'적 시각과 '언어의 심리적 과정'을 중시하는 시각이 선명히 나타난다. 이런 전제하에 김춘수는 자연발생적 리듬이 언어의 심리적 과정을 거쳐 산문의 소박한 형태를 발생시킨 데 반해, 인위적인 리듬은 언어의 심리적 과정을 거쳐 운문의 회귀적인 리듬을 발생시켰다고 간주한다. 여기서 쟁점이 될 만한 것은 운문의 인위적인 리듬을 '회귀적'이라고 보는 관점인데, 과연 운문의 인위적 리듬이 "자연발생적인 은폐된 리듬을 회귀적으로 다스"린다는 말의 의미는 무엇일까?

김춘수는 시의 형태를 자연발생적·감성적인 것과 기교적·논리적인 것의 두 갈래로 파악하고, 전자는 동서를 각론하고 정형시가 형성되기까지의 시의 형태이고, 후자는 정형시가 형성되면서부터의 시의 형태라고 간주한다. 전자는 사용되는 언어의 질이 결정적으로 형태를 결정하고, 후자는 이와 더불어 이질의 언어로 된 어떤 진보한 시의 형태에 영향을 받는다. 김춘수에 의하면, 정형시가 형성되기 이전에 자연발생적이고 감성적인 시의 형태인 산문이 먼저 존재했다는 것인데, 이처럼 '원초적 산문'의 형태를 가설적으로 설정하는 것이 김춘수 초기 시론의 중요한 원리로서 작용한다. 즉 시형태 발생론의 핵심적인 심리적 차원으로서 '원초적 산문'을 설정하는 것이다. 기교적이고 논리적인 운문의 형태가 회귀적인 리듬을 가지고, 자연발생적인 은폐된 리듬을 회귀적

---

19) 김춘수, 위의 책, p.29.

으로 다스린다는 관점은 이런 전제로부터 파생한다. 운문의 발생에는 산문이 가진 자연발생적인 소박한 형태 속에 은폐된, 즉 주름진 채 내재된 리듬을 거슬러 올라가며 회복하는 심리 과정이 작용한다는 의미인 셈이다. 그런데 김춘수에 의하면, 시형태 발생에 있어서 산문에서 운문으로의 전개는 다시 한 번 전환을 맞이한다.

운문의 질서, 세련, 미는 시의 형태에 그대로 반영된다. (…중략…) 정형시는 발생 당초에 이런 심리과정을 가졌던 것이다. 절구나 소네트나 시조가 모두 그렇다.

그러나 운문과 정형의 시형태가 타성이 되어 발랄한 생기를 잃게 되면, 이에 대한 회의가 생겨 새로운 산문과 자유로운 형태가 반동으로 나타나게 되는 것이다. 운문의 인위적 리듬은 산문의 자연적 리듬으로 다시 돌아가게 되는데, 운문을 겪은 다음이기 때문에 형태는 운문이 나타나기 이전의 산문이 취한 그것과는 달리 기교적 논리적인 것이 된다. 운문과 정형보다 한층의 시의 효과를 형태에서 얻으려는 심리가 움직이는 것이다.[20]

김춘수는 가설로 설정한 '원초적 산문' 이후에 기교적이고 논리적인 심리과정을 통해 발생한 운문, 즉 정형시가 질서·세련·미를 갖추고 있다고 본다. 산문의 리듬이 자연의 질서라면 운문의 리듬은 인간의 질서이고, 인간 체험에서 빚어진 인간에의 이념이 한 시대의 문화양식을 낳고, 그것에서 다시 심미의식이 파생되어 운문을 낳는다는 것이다. 그러나 운문과 정형의 시형태가 타성이 되면 운문의 인위적 리듬은 산문

20) 김춘수, 위의 책, pp.30~31.
21) 김춘수, 위의 책, p.31.
22) 김춘수, 위의 책, pp.131~132.

의 자연적 리듬으로 돌아가게 되는데, 이때의 산문은 운문을 겪은 후의 그것이므로 기교적·논리적인 것이 된다. 즉 운문과 정형에 대한 반동으로 나타나는 산문은 더 큰 시의 효과를 형태에서 얻으려는 심리가 작용하기 때문에 '원초적 산문'의 소박한 리듬과는 다른 '새로운 산문'이 된다는 것이다. 지금까지 논의한 김춘수의 시형태 발생론을 고려하면, '원초적 산문—운문—새로운 산문'이라는 질서를 도출할 수 있다.

　김춘수는 자유시 이래의 시형태들이 장르를 혼란케 하고 있다고 지적한다. 자유시나 산문시는 서경시에도 담시譚詩에도 서사시에도 적용되는 형태이므로 장르의 혼란을 겪고 있다는 것이다. 여기서 주목할 점은 김춘수가 장르 혼란을 겪고 있는 자유시 이후의 형태를 정형시가 생기기 이전의 상태와 비슷하다고 판단하는 대목[21]이다. 정형시가 생기기 이전의 상태란 '원초적 산문'을 의미하는데, 김춘수가 정형시 이전의 시형태를 반복적으로 고려하는 것은 무슨 까닭일까? 김구용의 산문시를 논의하는 과정에서 김춘수는 이 문제에 대해 다음과 같이 피력한다.

　이것을 거꾸로 보면, 서정시, 서사시(소설 포함), 극시(산문희극 포함)는 모두 시에로 환원되는 것이다. 시는 더 나아가서는 발라드 댄스에 환원되는 것이다. 발라드 댄스는 또한 인간성에 환원되는 것이다. 하여 모든 문학형태의 원형은 인간성에 있다 할 것이다. 이것이 분화하여 그 기능이 세련되어감에 따라 각 문학형태는 그 구실을 하게 되었지만, 다시 그 분화작용이 위기를 만나 붕괴하게 되면 각 형태는 넘나들게 되고, 원형으로 보다 복잡미묘하게 얽혀서 돌아가는 변증법적 과정을 밟는 것이나 아닐지? 그러니까 문학형태의 해체현상을 통하여 우리는 한번 문학형태의 근원으로 돌아가게 되는 것이나 아닌지?(해체현상을 해체현상으로서만 슬퍼할 필요는 없지 않을까?)[22]

　김춘수는 자유시 이래의 시형태들이 장르를 혼란케 하는 원인을 정형시의 운율에서 탈피하고 해체하는 현상과 관련시킨다. 이것은 일종의 분화작용인데, 왜냐하면 역사를 거슬러 올라가면 서정시, 서사시, 극시는 모두 시로 환원되고, 시는 발라드 댄스로, 발라드 댄스는 인간성으로 환원되기 때문이다. 김춘수는 분화작용이 위기를 맞아 붕괴되면 "원형으로 보다 복잡미묘하게 얽혀서 돌아가는 변증법적 과정을 밟"게 되리라고 추측한다. "문학형태의 해체현상을 통하여 우리는 한번 문학형태의 근원으로 돌아가게" 된다는 것인데, 그러나 이것은 "원형" 혹은 "근원"으로의 단순한 회귀가 아니라 복잡 미묘한 변증법적 과정을 밟게 되리라는 의미를 내포한다. 즉 김춘수는 운율 해체와 장르 혼란 이후의 원형과 근원으로의 회귀를 운문과 정형의 구태舊態로 돌아가는 것이 아니라 운문과 산문, 정형과 자유로운 형태를 상호 융합하여 질서와 세련과 통일된 미를 찾아 나아가야 한다고 주장하는 것이다.

　김춘수가 정형시 이전의 시형태를 고려하면서 '원초적 산문'을 설정하는 것과, 분화와 해체 이후에 변증법적 과정을 통한 회귀를 강조하면서 '문학형태의 원형'을 설정하는 것은, 김소월의 시에 대해 이중적 논리를 견지하면서 그 딜레마를 극복해 가는 과제와 밀접히 연관된다. 분화와 회귀, 해체와 융합, 혼란과 질서를 변증법적 과정으로 통합하려는 김춘수의 시도는 '정형시―자유시―산문시'라는 직선적 진보의 시관을 유지하면서도, '원초적 산문―운문―새로운 산문'의 순차적 전개 과정과 '원형' 및 '근원'으로의 '변증법적 회귀'라는 원환적 회귀 과정을 결부시킴으로써 보다 다층적이고 복잡 미묘한 시형태 발생론적 시각을 확보하게 된다. 이것이 김소월과의 대결에서 얻어진 김춘수 초기 시론의 중요한 소득이었다고 판단된다. 김춘수는 이 두 방향, 즉 '순차적 전개 과정'과 '원환적 회귀 과정'을 동시에 사유하면서 결부시키려 하는

데, 이로부터 시론의 심리적·논리적 긴장과 에너지가 발생한다. 이 두 방향을 하나의 완결된 논리로 통합하는 것은 쉽지 않은 딜레마를 여전히 동반한다고 볼 수 있지만, 이 시도로 인해 시론의 깊이와 넓이가 확장되어 더 복합적이고 풍성해졌음은 분명한 사실일 것이다.

4. 내용적 이미지즘과 산문시의 발전

김춘수는 『한국현대시형태론』의 제7장을 "1937년대의 양상"이라는 제목하에 이 시기의 한국시를 특별히 살피고 있다. 1절에서 서정주와 유치환의 시를 낭만주의적 주정 내지 주의의 작품으로 간주하고, 2절에서 정지용의 「백록담」을 산문시라는 장르의 관점에서 살피며, 3절에서 조지훈, 박목월, 박두진, 박남수, 이한직 등 『문장』지에 추천된 시인군의 시형태를 고찰한다. 그는 서정주와 유치환의 1937년경의 시가 『폐허』 『백조』의 1917년에 비하여 서구 낭만주의의 핵심에 접근했지만, 방법을 주지하지 않고 장르에 무관심하여 시형태가 흔들린다고 평가한다. 그리고 『문장』 추천 시인군에 대해서는 시의 소재와 주제에 있어 제각기 일가를 개척한 이들의 시형태를 계보적 관점으로 살핀다. 이처럼 서정주와 유치환, 그리고 『문장』지에 추천된 5인의 시형태에 대한 김춘수의 관점에는 특별한 강조점이 없는 듯이 보인다. 그렇다면 김춘수가 한국현대시사에서 '1937년대'를 주목한 이유는 정지용의 「백록담」을 산문시의 모범으로 높이 평가하기 위해서라고 볼 수 있다. 김춘수는 「백록담」에 대해 다음과 같이 언급한다.

음율에 완전히 무관심한 도저한 산문이다. 산문시의 형태를 갖추었다.

그리고 이것은 단순한 서경이나 사생이 아니다. 함축하고 있는 이미지가 도처에서 언어의 몇 배나 되는 양의 세계를 전개시키고 있다. 산문시의 조건이 모여졌다 할 것이다.

　지용의 「백록담」은 이상의 것과 함께 한국에서는 처음으로 산문시라는 장르를 개척한 것이라 할 것인데, 향가 이래의 한국시는 여기서 새로운 전개에의 사고를 경험하여야 하였던 것이다. 왜냐하면 이미 지적한 바와 같이 산문과 줄글(산문체)로서의 시형태와 내용으로서의 이미지즘이 이전의 시에서는 볼 수 없었던 결합을 일단 보여주었기 때문이다.[23]

김춘수는 정지용의 「백록담」을 산문시라고 간주하고, 이상과 함께 한국에서 산문시를 개척한 공로를 높이 평가한다. 여기서 그는 '산문시의 조건'에 대해 언급하는데, 그것은 첫째로 음율에 대한 무관심, 즉 운율로부터의 탈피이고, 둘째로 단순한 서경이나 사생이 아니라 함축하는 이미지의 압축성이다. 그런데 산문시의 전제 조건으로서 '운율로부터의 탈피'가 상식적으로 이해되는 반면, "함축하고 있는 이미지"의 '압축성'은 좀 더 세밀한 해석의 과정을 요구하는 듯이 보인다. 이와 관련하여 김춘수가 인용문의 후반부에서 산문시의 조건으로 제시하는 "산문과 줄글(산문체)로서의 시형태"와 "내용으로서의 이미지즘"의 "결합"이란 무엇을 의미하는 것일까?

　앞서 언급했듯, 김춘수 초기 시론의 관점인 '언어의 심리적 과정'에 근거한 '시형태 발생론'은 시 장르의 통사通史적 고찰로서 '정형시―자유시―산문시'라는 직선적 진보의 시관을 근간으로 한다. 김춘수가 정형시 이전의 시형태로서 '원초적 산문'을 설정하여 '원초적 산문―운

---

23) 김춘수, 위의 책, pp.111~112.
24) 김춘수, 위의 책, p.112.

문—새로운 산문'의 순차적 전개 과정을 고려하는 것은 한편으로 이런 기본 관점을 유지하는 것이지만, 다른 한편으로 여기에 '원형'과 '근원'으로의 '변증법적 회귀'라는 원환적 회귀 과정을 결부시킬 때 이런 기본 관점은 흔들리며 보다 복잡 미묘한 논리의 회로를 형성하게 된다. 인용문에서 김춘수가 제시한 '산문시의 즈건'에도 이런 복잡 미묘한 논리의 회로가 작용한다고 볼 수 있다. 산문시와 이미지즘의 관계를 고찰하기 위해 김춘수가 언급하는 산문시의 형태에 대해 살펴보자.

> 산문시 할 적의 산문에는 두 방면의 의미가 있다. 몰턴 교수는 말하고 있다. "산문이라는 말은 이중의 임무를 다하지 않으면 안 되었다. 운문에 대한 산문이 있고, 또 시(창작문학)에 대한 산문이 있다." 그러니까 산문은 형식과 내용의 양쪽에 걸린다. 하여 산문은 '존재하는 사물에 관한 창조적이 아닌' 즉 토의적인 내용의 문학이란 성격을 가진다.
> 산문시는 형식으로 산문과 산문체라는 시형태를 가지는 동시에 내용으로 보다 토의적, 비평적이어야 된다는 말이 성립될 것 같다. (…중략…) 산문시가 문체로써 시 아닌 것과 구별하기 위하여 역설, 반어, 기지를 사용하고 내용으로서 보다 영상적이라고 할 것인데, 산문시가 난해해진 까닭이 이런 데에 있다 할 것이다.[24]

김춘수는 산문시를 '운문에 대한 산문'과 '창작문학(시)에 대한 토의 문학(산문)'이라는 두 가지 관점으로 정의한다. 전자는 형식적 관점이고 후자는 내용적 관점이다. 따라서 그는 산문시가 형식적 측면에서 산문의 시형태를 가져야 하고, 내용적 측면에서 보다 토의적이고 비평적이어야 한다고 강조한다. 그리고 그는 산문시라는 장르는 시(서정시)의 장르적 위기에서 나타난 현상이라고 보고, 이는 시대의 경향이 주지적·토의적·사변적이기 때문에 생겨난다고 지적한다. 여기서 우리는 김춘수가 산문시가 형식상 산문체를 가지지만 문체로써 시 아닌 것과 구별하기 위하여 역설·반어·기지를 사용하고, 내용상 토의적·비평적이긴 하지만 보다 영상적이라고 언급한 대목에 주목할 필요가 있다. 김춘수는 본격적인 산문시를 산문체라는 '형태', 역설·반어·기지를 사용하는 '문체', 영상적인 특성을 가지는 '내용'의 측면에서 파악하는 것이다. 여기서 "내용으로서 보다 영상적"이라는 표현은 앞서 인용한 "함축하고 있는 이미지"의 압축성이나 "내용으로서의 이미지즘"과 합치되는 대목인데, 이미지즘의 영상적 요소를 산문시의 내용적 측면이라고 판단하는 이유는 무엇일까?

　　이 기교적 논리적 태도가 산문에서 전연 리듬을 보려고 하지 않았던 사상파寫像派의 산문관에 부닥칠 때 언어의 의미만을 선명하게 또는 투명하게 나타내기 위한 이미지 본위의 연(stanza) 무시無視의 형태가 된다. 더 나아가서는 문자의 시각적인 효과를 나타내기 위한 형태주의의 형태가 되고, 더 한걸음 나아가면 언어의 차원을 달리한 의미 이전의 언어 상태를 추구하는 새로운 산문문어散文文語를 통한 심리적인 형태가 되기도 한다.[25]

　　김춘수는 운문 이후의 새로운 산문의 형태가 운문을 겪은 다음이기 때문에 원초적 산문과는 달리 기교적·논리적인 것이 되며, 운문과 정형보다 한층 더 시의 효과를 형태에서 얻으려는 심리가 작용한다고 전제한다. 그리고 자유시 이래의 시형태로서 산문에서 전연 리듬을 고려하지 않았던 사상파寫像派의 이미지를 중시하는 연聯 무시의 형태, 문자의 시각적 효과를 나타내기 위한 형태주의의 형태, 의미 이전의 언어 상

---

25) 김춘수, 위의 책, p.31.

태를 추구하는 새로운 산문 문어를 통한 심리적인 형태를 예로 든다. 이 시형태들은 문예사조적 개념으로 이미지즘시, 형태주의시, 초현실주의시에 해당하는데, 김춘수가 이미지즘의 산문관을 언급하면서 '이미지'를 "언어의 의미만을 선명하게 또는 투명하게 나타내기 위한" 것이라고 설명하는 대목은 주의를 요한다. 통상적으로 사상파寫像派, 즉 이미지즘에서 이미지는 감각적 자극을 통해 독자의 마음속에 연상 효과를 불러일으키는 구체적인 사물이나 현상을 지칭하므로, 언어의 의미만을 나타내기 위한 것으로 이해하는 것은 무리가 있기 때문이다.

이 점에 대해서 세 가지 해석을 시도해볼 수 있다. 첫째, 김춘수는 이미지즘시 전체가 아니라 이미지즘의 산문시에 대해 언급하고 있으므로, 운율과 연聯을 무시한 산문시의 형태가 내용상 창작문학으로서 시와 대비되는 토의문학으로서 비평적·관념적인 특성을 가진다는 점을 강조하고 있다. 둘째, 김춘수가 자유시 이래의 시형태의 사례로 게시한 이미지즘시, 형태주의시, 초현실주의시가 각각 언어의 의미, 언어의 시각적 효과, 의미 이전의 언어 상태라는 특성을 가진다는 변별성을 강조하기 위해 다소 도식적으로 설명하고 있다. 셋째, 이미지를 감각과 구별하려는 관점은 기타가와 휴유히코 등이 전개한 일본의 산문시 운동과 관련되는데, 김춘수는 이를 참고하고 있다. 그런데 셋째 측면에 있어 김춘수는 한편으로 일본 산문시 운동의 관점을 수용하면서, 한편으로는 "이미지가 실지에 있어 감각과 구별될 수 있을까?"라는 의문을 제기한 후 "감각적, 경험적, 즉물적이 될 때 시는 보다 이미지를 요구하게 되는 것이고, 보다 공간적으로 퍼지는 산문시의 형태를 요구하게 되는 것이나 아닌지?"라고 반대 의견을 제시하기도 한다.

정지용의 「백록담」을 논의하면서 김춘수가 언급한 산문시의 정의를 요약하면, 산문시는 형식적 측면에서 산문의 시형태, 내용적 측면에서 토의적이고 비평적인 것을 가져야 한다. 이 관점은 '형태로서의 산문체' 와 '내용으로서의 이미지즘' 의 결합으로 정리되는데, 특이하게도 김춘수는 이미지를 내용의 측면에서 바라본다. 그래서 그는 '내용으로서의 이미지즘' 을 "함축하고 있는 이미지" 의 압축성이나 "내용으로서보다 영상적" 이라는 표현을 통해 반복적으로 강조한다. 이런 차원은 김춘수가 정지용의 산문시가 이미지즘에 서 있기는 하지만 더 이상 극단의 산문주의로는 못 나가고 있다고 지적하는 측면과 모종의 연관성을 가진다고 볼 수 있다. 다시 말해, 김춘수가 상정하는 전형적 산문시는 '내용으로서의 이미지즘' 의 차원을 탈피하여 문자의 시각적인 효과를 나타내는 '형태주의' 로, 더 나아가서 의미 이전의 언어 상태를 추구하는 새로운 산문 문어散文文語를 통한 심리적인 형태인 '초현실주의' 로 발전되어가는 것이다. 김춘수는 표면적으로 드러내지는 않았지만 은연중에 산문시의 전개를 '이미지즘시→형태주의시→초현실주의시' 라는 진보적 과정으로 파악하는데, 이런 사유의 내면에는 무의식적으로 시의 '의미(내용)' 보다 '형태' 가, 그리고 '형태' 보다 '의미 이전의 심리' 가 더 중요하다는 가치 판단이 개입된다고 볼 수 있을 것이다.

이런 사실은 김춘수의 초기 시론인 『한국현대시형태론』의 내부에 후기 시론인 『의미와 무의미』『시의 표정』 등에서 '서술적 이미지론' 을 거쳐 '무의미시론' 으로 전개되는 핵심적 이론의 씨앗이 배태되어 있음을 암시해 준다. '의미(내용)' 를 지우고 '형태' 를 넘어서 '의미 이전의 심리' 로 나아가는 김춘수 후기 시론의 향방이 『한국현대시형태론』의 '산문시' 논의 속에 이미 내재되어 있는 것이다. 이와 관련하여 김춘수가 한국 현대시사에서 산문시를 개척한 시인으로 정지용과 더불어 상찬하는 1930년대 이상과 1950년대 김구용에 대한 논의를 살펴보자. 김춘수는 이상을 정지용이 더 나아가지 못한 극단적 산문주의 시인으로 간주한다.

이상의 시의 문장은 통사적이 아니고 해사적이다. 띄어쓰기와 구득점 무시, 문자 대신 숫자를 쓰고, 문장 대신 수식을 나열하고 있는 것 등이 그 예다. 이런 해사적인 문장은 그대로 시의 형태에 야릇한 해사적인 심리의 음영을 던진다.

(…중략…)

시형태라고 하는 현상을 밑받침하고 있는 시인의 정신상태라고 하는 글을 들여다보기 전에는 전기 네 종의 형태의 연유를 알 수는 없을 것이다.[26]

김춘수는 이상 시의 형태를 주목하면서 해사적인 문장이 시형태에 야릇한 해사적인 심리의 음영을 던진다고 말한다. 이 표현은 시의 형태가 장르적으로 형성되는 '언어의 심리적 과정'을 중시하는 김춘수 시론의 기본 관점을 확인시킨다. 김춘수에 의하면, 이상 시에서 띄어쓰기와 구독점의 무시는 독자의 시신경을 피로케 하고 의식의 흐름을 눈으로 볼 수 있게 한다. 삽입구는 일종의 에피소드로서 영화의 몽타주 수법에 가깝지만 보다 설명적이다. 수식은 시형식(문체와 형태)의 완전한 왜곡이고, 도표는 숫자나 수식보다 한층 더 철저한 니힐리즘이다. 그런데 김춘수는 이상의 시를 형태만으로 보지 않고 그것을 밑받침하고 있는 시인의 정신 상태를 들여다봐야 한다고 말하며, 역설(파라독스)과 비밀을 가진 채 절망한 사람의 시니컬한 웃음으로 이상 시의 특성을 파악한다. 그리고 부록인 '시인론을 위한 각서'에서 이상의 정신 상태를 육신과 정신, 생활과 의식과의 언밸런스로 말미암은 자기 부패작용, 의식을 다시 의식하는 이율배반성, 서구 근대의 기술문명의 모태인 합리주의 정

---

26) 김춘수, 위의 책, pp.96~99.

신에 대한 야유 등의 관점으로 다시 설명한다. 이상을 극단적 산문주의 시인으로 간주한 김춘수가 이상 시의 산문적 특성에 대한 논의를 더 진전시키지 않고 시인의 정신 상태를 자세히 언급하는 것은 논의의 초점에서 벗어난 측면이 있다. 한편 김춘수는 이상이 형태면에서 극단적 산문시를 쓰는 반면 김구용은 내용면에서 극단적 산문시를 쓴다고 평가한다.

> 구용의 시는 내용으로서보다 인생과 문명을 비판(토의)하고 있다는 점에서 토의문학적 성격이 농후하다.
>
> (…중략…)
>
> 형태로서의 산문과 내용으로서의 비판적 현실적 주지적 등등의 요소를 화합한다면 시(서정시)라고는 할 수 없는 것이 빚어져 나올 것은 필연이다. (…중략…)
>
> 시형태가 새롭게 산문시로 전개되자 시의 내용이 토의적이 되었다는 것 또한 흥미 이상의 그 무엇이다. 서정시보다는 보다 객관적, 주정적, 표출적인 문학형태인 서정시와 서로 넘나들게 되었기 때문이다. 문학의 장르로서의 개성을 상실하게 되었기 때문이다.[27]

김춘수에 의하면, 김구용의 시는 인생과 문명을 비판하는 점에서 토의문학적 성격이 강하고, 형태로서 산문과 내용으로서 비판적·현실적·주지적인 요소가 화합하여 서정시로부터 가장 멀리 나아간 장르가 된다. 여기서 김춘수는 시형태를 소설형태의 변모 과정과 결부시켜 사고하면서 장르의 위기에 대해 언급한다. 사실주의 이래의 소설이 토의

---

27) 김춘수, 위의 책, pp.130~131.

적이 되었다 하더라도 사실주의·자연주의까지는 인물·행의·환경 등 소설형태의 골격이 유지되었지만, 심리주의·표현주의에 와서는 이 골격이 해체되었다. 김춘수는 이처럼 소설형태가 해체되면서 시에 접근해 가는 것과 대조적으로, 시형태가 해체되어 산문시로 전개되자 시의 내용이 토의적으로 된 것에 대해 주목한다. 그는 이런 현상을 문학 장르로서의 개성 상실로 간주하고, 이런 장르 위기에 김구용의 시가 서 있다고 판단한다.

장르의 위기, 즉 현대시나 현대소설의 형태가 해체되면서 문학 장르로서의 개성을 상실하는 현상은 김춘수의 입장에서 서정시, 서사시(소설 포함), 극시(산문희곡 포함) 등의 장르가 해체되면서 장르 융합과 혼종으로 나아가는 좋은 기회를 제공한다고 볼 수도 있다. 그런데 그는 이 대목에서 문학형태의 해체 현상을 통해 문학형태의 근원으로 돌아가는 '변증법적 회귀' 를 언급하는 신중함을 보여준다. 그래서 그는 김구용의 시에 가장 극단적으로 나타난 장르의 위기가 두 방향의 시적 전개로 나아가는 기로에 서 있다고 판단한다. 하나는 "다시 운문형태로 그것의 도저한 사고를 통하여 시(서정시)가 그 순수를 지키면서(발레리의 경우처럼) 돌아가" 는 방향이고, 또 하나는 "도저한 장르의 해체로부터 시(서정시)의 보다 확대된 개념을 획득하면서 전개해나아가" 는 방향이다. 결국 김춘수는『한국현대시형태론』에서 '시형태 발생론' 의 기본 논지인 '정형시―자유시―산문시' 라는 직선적 진보의 시관을 유지하면서도, '원초적 산문―운문―새로운 산문' 의 순차적 전개 과정과 '원형' 및 '근원' 으로의 '변증법적 회귀' 라는 원환적 회귀 과정을 병치하거나 결부시킨다. 이로써 자신이 대면한 문제, 즉 동양적 전통과 서구적 현대, 장르 및 운율의 해체와 통합, 장르적 혼란과 질서 사이의 딜레마를 해결하는 입지점을 마련하는 것이다. 여기에 작용하는 일종의 고전주의적 균형감각은 '서술적 이미지론' 과 '무의미시론' 을 중심으로 전개되는 후기 시론에서 자신의 입장과 논지를 보다 예각적으로 제시하는 전위적 방향으로 전환하게 된다. 김춘수의 후기 시론에 대한 세밀한 고찰은 차후의 과제로 남겨두고자 한다.

5. 맺음말

이 글은 초기 시론인 『한국현대시형태론』을 중심으로 김춘수의 문제의식과 연관된 시론의 원리와 방법론적 원형질을 고찰하는 '징후발견적 독해(symptomatic reading)' 를 시도했다. 시론적 논리에 있어서 복수의 관점들이 상충하는 결절점을 발견하고, 김춘수가 어떤 방식으로 이율배반과 딜레마를 극복하려 하는지에 초점을 맞추었다. 이를 위해 이 글은 『한국현대시형태론』의 기본 관점을 '형태 발생론' 과 '언어의 심리적 과정' 이라는 두 가지 차원으로 파악하고, 시론 구성상의 결절점을 '김소월의 시' 와 '1937년대' 라는 두 항목으로 추출한 후, 각각에 대한 징후발견적 독해를 통해 김춘수 시론에 내재된 핵심적 문제의식과 원리를 탐색했다.

김춘수의 『한국현대시형태론』은 '형태론' 과 연계된 '장르론' 의 관점에 입각하여 한국 현대시를 통사적으로 살피는 '현대시사' 의 구성을 가진다. 이 저서의 근간을 이루는 '형태의 발생론적 시각' 은 시의 형태를 단순히 개체적 형성의 시각으로 보지 않고 계통 발생론적 입장에서 파악한다는 의미를 가진다. 여기에 부과되는 또 하나의 중요한 관점은 발생론적 고찰이 고려하는 '심리적 과정' 이다. 즉 시의 형태가 장르적으로 형성되는 '언어의 심리적 과정' 을 중시하는 것이다. 한편 『한국현대시형태론』에 내재된 구성상의 두 결절점은 한국 현대시사의 중개 과정에서 1917년대 중·말기 '김소월의 시' 와 '1937년대' 이다. 전자가 '정형시—신체시—자유시—산문시' 라는 직선적인 발전단계론의 균열을 노출시키는 논리적 딜레마에 해당한다면, 후자는 그것의 완결성을 입증하는 논리적 입각점에 해당한다.

김춘수는 김소월의 시에 대해 이중적 평가를 견지하는데, 그에게 김소월의 위상에 대한 평가는 시론의 논리적 균열을 노출시키는 딜레마인 동시에 그 평면성을 극복하여 보다 복합적이고 수준 높은 시론으로 상승할 수 있는 중요한 계기를 마련한다. 김춘수가 정형시 이전의 시형태를 고려하면서 '원초적 산문' 을 설정하는 것과, 분화와 해체 이후에 변증법적 과정을 통한 회귀를 강조하면서 '문학형태의 원형' 을 설정하는 것은, 김소월의 시에 대해 이중적 논리를 견지하면서 그 딜레마를 극복해 가는 과제와 밀접히 연관된다. 분화와 회귀, 해체와 융합, 혼란과 질서를 변증법적 과정으로 통합하려는 김춘수의 시도는 '정형시—자유시—산문시' 라는 직선적 진보의 시관을 유지하면서도, '원초적 산문—운문—새로운 산문' 의 순차적 전개 과정과 '원형' 및 '근원' 으로의 '변증법적 회귀' 라는 원환적 회귀 과정을 결부시킴으로써 좀더 다층적이고 복잡 미묘한 시형태 발생론적 시각을 확보하게 된다.

김춘수가 정지용의 「백록담」을 논의하면서 언급한 산문시의 정의를 요약하면, 산문시는 형식적 측면에서 산문의 시형태, 내용적 측면에서 토의적이고 비평적인 것을 가져야 한다. 이 관점은 '형태로서의 산문체' 와 '내용으로서의 이미지즘' 의 결합으로 정리되는데, 특이하게도 김춘수는 이미지를 내용의 측면에서 바라본다. 김춘수가 상정하는 전형적 산문시는 '내용으로서의 이미지즘' 의 차원을 탈피하여 문자의 시각적인 효과를 나타내는 '형태주의' 로, 더 나아가서 의미 이전의 언어 상태를 추구하는 새로운 산문 문어散文文語를 통한 심리적인 형태인 '초현실주의'로 발전되어간다. 김춘수는 은연중에 산문시의 전개를 '이미지즘시→형태주의시→초현실주의시'라는 진보적 과정으로 파악하는 것이다. 한편 김춘수는 이상 시의 형태를 주목하면서 해사적인 문장이 시형태에 야릇한 해사적인 심리의 음영을 던진다고 말하고, 김구용 시를 논의하면서 문학형태의 해체 현상을 통해 문학형태의 근원으로 돌아가는 '변증법적 회귀'를 언급하는 신중함을 보여준다. 결국 김춘수는 『한국현대시형태론』에서 '시형태 발생론'의 기본 논지인 '정형시―자유시―산문시'라는 직선적 진보의 시관을 유지하면서도, '원초적 산문―운문―새로운 산문'의 순차적 전개 과정과 '원형' 및 '근원'으로의 '변증법적 회귀'라는 원환적 회귀 과정을 병치하거나 결부시킨다. 이로써 자신이 대면한 문제, 즉 동양적 전통과 서구적 현대, 장르 및 운율의 해체와 통합, 장르적 혼란과 질서 사이의 딜레마를 해결하는 입지를 마련하는 것이다. 지금까지의 논의를 요약한다면, 김춘수 초기 시론에 내재된 숨어있는 핵심적 원리는 '원초적 산문과 변증법적 회귀' 및 '내용적 이미지즘과 산문시의 발전'이고, 이를 다시 압축하면 '진보와 회귀의 변증법'이라고 명명할 수 있을 것이다.

제6장 김춘수와 김수영 시론 비교 연구
— 무의미시론을 중심으로

1. 머리말

김춘수(1922~2004)와 김수영(1921~1968)은 한국 현대시사의 전개에서 중요한 두 계보를 형성하면서 지대한 영향을 끼치고 있다. 1950년대 이후 이들이 모색한 새로운 시의 지평과, 시 창작과 조응하면서 제기한 시론은 상호 대비적인 위상으로 평가되면서 줄곧 연구와 논쟁의 대상이 되어 왔다. 지금까지 두 시인의 시와 시론에 대한 연구가 꾸준히 진행되어 많은 성과를 축적했지만, 전반적으로 지닌 문제점을 지적하면 다음의 두 가지를 들 수 있다

첫째, 김춘수와 김수영의 시 및 시론은 대체로 '순수시/참여시'라는 단순한 도식에 사로잡힌 채 거칠게 대비되어 온 점에서 아쉬움이 있다. 이것은 1960년대 문학이 '순수문학/참여문학'의 대립과 논쟁이라는 자력권 속에서 자유롭지 못했기 때문이며, 이후 한국문학의 전개에서 큰

영향력을 행사해온 '모더니즘/리얼리즘' 이라는 대립 구도도 크게 보면 '순수문학/참여문학' 의 대립이 변주된 형태로 진행되었기 때문일 것이다. 1990년대 이후 '순수/참여', 혹은 '모더니즘/리얼리즘' 의 대립 구도가 가짜 대립이라는 인식이 확산되면서, 이제 김춘수와 김수영의 시 및 시론도 정밀한 분석과 공정한 평가를 기다리는 새로운 연구의 대상이 되고 있다.

둘째, 김춘수와 김수영에 대한 연구는 그들의 시론이 주장하는 바를 그대로 인정하고 받아들인 후, 그것을 전제로 시를 해석하고 평가하는 태도로 인해 '의도의 오류(intentional fallacy)' 에 빠질 우려를 지니고 있다. 김춘수의 경우, 그의 무의미시론의 주장을 받아들여 시를 해석하고 평가한 결과 무의미시가 시적 대상을 소거한 의미 배제의 시라는 결론에 이르는 연구가 문제시될 수 있으며, 김수영의 경우, 시론에 나타나는 참여적 성격의 언급을 시적 특성의 전부인 것처럼 오인하는 연구가 문제시될 수 있다. 따라서 김춘수와 김수영 연구가 상당 부분 축적된 현재의 시점에서 이 두 가지 문제점을 넘어서서 새로운 조명을 시도할 필요가 있다.

따라서 이 글은 '순수/참여' '모더니즘/리얼리즘' 의 선입견에서 벗어나 김춘수와 김수영의 시론을 객관적으로 정밀하게 비교 분석함으로써 새로운 조명을 시도하고자 한다. 이 글이 시론만을 대상으로 삼는 것은 시를 포함한 전체적 연구에 도달하기 위한 기초 작업이며, 또한 지금까지 시론 자체의 연구가 상대적으로 충분히 진행되지 못했기 때문이기도 하다.[1] 한편 김춘수와 김수영 시론을 대상으로 비교 연구라는 관점을 택한 것은 앞서 언급했듯, 두 시인의 시론이 현대시사의 전개에 서 중요한 두 계보를 형성하고 있기 때문이며, 상호 비교의 관점을 통해 그 특성이 더 선명히 규명될 수 있기 때문이다.[2]

이 비교 연구에서 관심의 초점이 되는 것은 '무의미시론' 인데, 왜냐하면 김춘수와 김수영은 각자의 시론을 전개하는 과정에서 '무의미시' 라는 개념에서 상호 만나고, 또한 이 만나는 지점에서 첨예하게 자신들의 입장을 표출하면서 차별성을 드러내고 있기 때문이다. 김춘수와 김수영은 '무의미시' 에 대한 이론을 개진하던 시기에 서로를 의식했던 것이 분명하다. 김춘수는 김수영의 시와 시론에 중압감을 느끼며 대타의식을 가지고 있으면서도 그를 높이 평가한다.

시와 생활을 구별 못하는 사람을 나는 로맨티스트라고 부른다. 시작詩作이 생활의 전부가 아니라는 것을 괴테는 질풍노도기期를 겪으면서 깨달았다. 그러나 딜란 토마스라든가 김수영은 훌륭한 시를 남긴 로맨티스트다. 이 두 시인에게 시작은 숙명이었다. 그들의 죽음까지가 시작의 연장선상에 있다.[3]

---

1) 김춘수에 대한 선행 연구 중 시론만을 대상으로 한 글은 다음과 같다.
　이승훈, 「김춘수의 시론」, 『한국현대시론사』, 고려원, 1993.
　박윤우, 「김춘수의 시론과 현대적 서정시학의 형성」, 『한국현대시론사』, 모음사, 1992.
　김동환, 「김춘수 시론의 논리와 그 정체성」, 『한국현대시론사연구』, 문학과지성사, 1998
　김수영에 대한 선행 연구 중 시론만을 대상으로 한 글은 다음과 같다.
　김윤식, 「김수영 변증법의 표정」, 『세계의 문학』, 1982 겨울.
　이승훈, 「김수영의 시론」, 『한국현대시론사』, 고려원, 1993.
　정남영, 「김수영의 시와 시론」, 『창작과 비평』, 1993 가을.
　최두석, 「현대성론과 참여시론」, 『한국현대시론사연구』, 문학과지성사, 1998.
　황정산, 「김수영 시론의 두 지향」, 『작가연구』, 1998 상반기.
　김명인, 「급진적 자유주의자의 산문적 실천」, 『작가연구』, 1998 상반기.
2) 시론만을 대상으로 한 연구는 아니지만, 김춘수와 김수영의 문학 전반을 비교 연구한 논문은 다음과 같다.
　김수이, 「김춘수와 김수영의 비교 연구」, 경희대 석사논문, 1992.
　이은정, 「김춘수와 김수영 시학의 대비적 연구」, 이화여대 박사논문, 1993.
　노철, 「김수영과 김춘수의 시작 방법 연구」, 고려대 박사논문, 1998.
　권혁웅, 「한국 현대시의 시작 방법 연구」, 고려대 박사논문, 2000.
3) 김춘수, 「시작詩作 및 시는 구원이다」, 『김춘수 전집 2—시론』, 문장사, 1986, p.357.

김춘수는 시를 생활로부터 분리하고 그 자체를 존재의 차원으로 전개하고자 한다. 이런 관점에서 시와 생활을 구별 못하는 사람을 로맨티스트라고 부르는 것은 폄하의 의미가 있다. 그러나 "김수영은 훌륭한 시를 남긴 로맨티스트다"라는 언급에는 그가 폄하하는 로맨티스트 중에서도 높이 평가할 수밖에 없다는 이중적 의미가 충돌한다. 실제로 당시 김춘수는 김수영의 시와 시론에 일종의 컴플렉스를 느끼고 있었던 듯하다.

이 무렵, 국내 시인으로 나에게 압력을 준 시인이 있다. 고故 김수영 씨다. 내가 「타령조」 연작시를 쓰고 있는 동안 그는 만만찮은 일을 벌이고 있었다. 소심한 기교파들의 간담을 서늘케 하는 그런 대담한 일이다(여기 대해서는 따로 자세한 글을 쓰고 싶다). 김 씨의 하는 일을 보고 있자니 내가 하고 있는 시험試驗이라고 할까 연습이라고 할까 하는 것이 점점 어색해지고 무의미해지는 것 같은 생각이었다. 나는 한동안 붓을 던지고 생각했다. 그러자 『한국문학』이란 계간지가 발간되면서 나에게 그 집필 동인同人이 되어달라는 청이 왔다. 동인 중에는 김 씨가 끼여 있었다. 나는 여기서 크게 한번 회전을 하게 되었다. 여태껏 내가 해온 연습에서 얻은 성과를 소중히 살리면서 이미지 위주의 아주 서술적인 시세계를 만들어 보자는 생각이다. 물론 여기에는 관념에 대한 절망이 밑바닥에 깔려 있다. 현상학적으로 대상을 보는 눈의 훈련을 해야 하겠다는 생각이다. 아주 숨가쁘고 어려운 작업이다. 그러나 나는 나대로 이 작업을 현재까지 계속하고 있다.[4]

인용문에서 김춘수는 자신의 시적 전개를 회상하면서 김수영에 대해

---

4) 김춘수, 「거듭되는 회의」, 『전집 2—시론』, p.351.
5) 김수영, 「젊고 소박한 작품들」, 『김수영 전집 2—산문』, 민음사, 1981, p.391.

느낀 압력을 고백한다. 김수영이 벌이고 있었던 만만찮은 일이란 무엇일까? 소심한 기교파들의 간담을 서늘케 하는 대담한 일이란 아마도 시의 예술성과 현실성을 변증법적으로 통일해 나가면서 무의미에 도달하는 방법이었을 것이다. 이런 김수영의 작업에 대해 자신감을 잃어가던 김춘수는 계간지 집필 동인 요청을 계기로 크게 회전하게 되는데, 이후의 작업은 이미지 위주의 서술적인 시세계를 만드는 방향으로 나아간다고 밝힌다. "관념에 대한 절망"과 "현상학적으로 대상을 브는 눈의 훈련"이란 사물을 현상학적 판단 중지를 통해 낯설게 바라보면서 기존의 관념을 탈피하는 방식을 의미하는 듯하다.

한편 김수영은 김춘수의 무의미시에 대한 이론과 작업을 비판적으로 평가한다. 1966년에 쓴 한 월평에서 김수영은 김춘수의 「K 국민학교」에 대해 다음과 같이 언급한다.

전편이 환상으로 차있는 깨끗한 스케치이기는 하지만 이 스케치는 소생하기를 거부하는 스케치다. 다 읽고 나서 이 여러 토막의 스케치가 하나의 의미로서 소생하지 못하고 그대로 인상적인 단편적 스케치로 머물러있다. 이 시인은 시에서 의미를 제거하려는 작업을 의식적으로 추구하고 있는지 모르지만 시에서 의미를 제거하려는 본질적인 목표는 부차적인 의미를 정화시키려는 것이지 시를 진공상태에 놓기 위한 것이 아니다.⁹

김수영은 김춘수가 시도하는 서술적 이미지의 나열을 비판적으로 지적한다. 그는 김춘수가 추구하는 무의미시, 즉 시에서 의미를 제거하려는 작업이 시를 진공 상태에 놓게 하고, 결국은 하나의 의미로 소생하지 못하는 단편적 스케치로 머물게 한다고 비판한다. 그런데 김춘수가 추구한 것은 의미로 소생하기를 거부하는 단편적인 스케치 그 자체이므

로, 김수영의 비판은 초점이 어긋난다고도 볼 수 있다. 한편으로 김수영
의 비판이 시에서 의미를 완전히 제거하는 것이 불가능하다는 전제를
깔고 있다면, 두 시인의 입장과 주장은 현대시의 특성에 대한 첨예한 논
쟁점을 형성한다.

이 글은 이처럼 상호 의식하고 비판하기도 하면서 시론을 전개했던
김춘수와 김수영의 텍스트를 '무의미시론'을 중심으로 면밀히 분석하
면서 비교하고자 한다. 이 글은 김춘수와 김수영 시론의 공통적 출발점
에 놓여있는 '시와 산문의 이분법'을 분석하고, 이 이분법의 분기점이
되는 '배제의 방식'과 '통합의 방식'을 구체적으로 규명함으로써, 김춘
수와 김수영이 추구한 상이한 두 방향의 '무의미시론'의 정체를 규명하
려 한다.

2. 김춘수 — 이분법과 배제의 방식

김춘수 시론의 기본 태도는 시와 생활을 분리하는 데 있다. 시와 삶의
구분을 장르적 개념으로 전이하면 시와 산문의 구분이 된다. 김춘수의
이분법적 장르 의식은 시와 삶을 동궤에 놓지 않고 확연히 분리함으로
써 무의미시론에 도달하는 논리적 기반으로 삼는다.

그러니까 어떤 소재와 주제는 산문에 더 어울린다고 생각하게 되었다.
반대로 시에 더 어울리는 소재와 주제가 있다는 것을 알게도 되었다. 내가
시를 쓰는 이상 그 쪽을 택할 수밖에 없었다. 그러니까 내가 어떤 경향의
시를 쓰지 않고, 다른 어떤 경향의 시를 쓰는 것은 순전히 시라고 하는 형
식의 문제가 된다. 내가 시에서 그런 경향으로 나가지 않는다고 해서 산문

에서도 그런 경향을 피하고 있는 것은 아니다. 나는 이것을 나대로 시의식과 시민의식으로 구분하고 있다. 그것이 바로 나에게 있어서는 '시' 와 '산문' 이 된다.[6]

시와 산문을 구분하는 사유는 장르에 대한 인식과 맞닿아 있는데, 인용문에서 김춘수는 그것을 "형식의 문제"라고 표현한다. 시의 형식에 어울리는 소재와 주제가 있는 반면 산문의 형식에 어울리는 소재와 주제가 있다는 견해는, 양쪽을 분리하여 그 각각에 해당하는 글쓰기를 추구한다는 의미가 된다. 실제로 김춘수는 시를 쓰는 동시에 시평·시론·수필 등의 다양한 산문을 발표하는데, 산문을 쓰는 근거로서 시로는 표현할 수 없는 시작詩作의 의도, 지적 관심, 사회와 인생에 대한 사유, 한 사람의 시민이 되려는 충동과 도덕적이 되려는 충동, 산업화 기술화에 대한 문명비판 등을 표현한다고 말한다. 인용문에서 시의식과 시민의식을 구분하는 것도 이와 같은 이유에서 비롯된다. 결국 김춘수의 이분법적 장르 의식은 '시―시의식―무의미' 와 '산문―시민의식―의미' 로 전개되는데, 무의미시론은 '산문' 의 형식에 해당하는 '시민의식―의미' 의 차원을 배제하면서 그것과 구분되는 '시' 의 형식에 해당하는 '시의식―무의미' 로 예각화되어 나갈 때 얻어지게 된다.

김춘수는 '시/산문' 의 이분법을 토대로 무의미시론을 전개하는 첫 단계로서 '시의 형식' 으로서 '이미지' 에 주목한다. 김춘수가 지향하는 무의미시론의 이론적 토대는 이미지를 기능면에서 '서술적 이미지' 와 '비유적 이미지' 로 구분하는 데 있다.

이미지를 그 기능면에서 볼 때 두 가지로 대별大別할 수가 있다. 그 하나

6) 김춘수, 「고통에 대한 콤플렉스」, 『비에 젖은 달』, 근역서제, 1980, p.67.

를 서술적(descriptive)인 것이라고 한다면 다른 하나를 비유적
(metaphorical)인 것이라고 할 수 있다. (…중략…)

시작품을 해석(또는 음미) 하는 입장과는 다른 경우인 시작품을 제작하
는 입장에 있어서도 이미지를 위와 같이 다룰 수가 있다. 이러할 때 그 다
루어진 이미지는 순수한 것이 된다. 다시 말하면 이미지 그 자체가 목적인
이미지가 된다. 이와는 달리 이미지가 어떤 관념을 위하여 쓰여지는 경우
가 있는데, 이러할 때 이미지는 불순한 것이 된다. 이미지가 관념의 도구
또는 수단이 되고 있기 때문이다. 전자를 서술적 이미지라고 불러두고 후
자를 비유적 이미지라고 불러두고자 한다.[7]

김춘수가 이미지를 서술적 이미지와 비유적 이미지로 대별한 것은
시/산문, 시의식/시민의식의 이분법을 이미지의 기능적인 측면에 대입
시킨 것이다. 이미지가 어떤 관념, 즉 이미지의 배후에 있는 사고나 사
상을 위하여 쓰어질 때 불순해진다는 언급은, 이미지 자체가 목적인 서
술적 이미지의 순수성을 강조하는 입장을 보여준다. 김춘수가 서술적
이미지를 선호하고 그 연장선에서 무의미시론을 정립하고자 하는 것은
이분법으로 구분한 다른 한 쪽을 배제하는 방법을 통해 성립된다. 이
'배제의 방법' 은 서술적 이미지를 다시 두 가지 형태로 구분하는 지점
으로 나아갈 때도 그대로 적용된다.

같은 서술적 이미지라 하더라도 사생적寫生的 소박성이 유지되고 있을
때는 대상과의 거리를 또한 유지하고 있는 것이 되지만, 그것을 잃었을 때

---

7) 김춘수, 「한국현대시의 계보」, 『전집 2—시론』, pp.365~366.
8) 김춘수, 위의 글, p.369.
9) 김춘수, 「고통에 대한 콤플렉스」, 앞의 글, p.69.

는 이미지와 대상은 거리가 없어진다. 이미지가 곧 대상 그것이 된다. 현대의 무의미 시는 시와 대상과의 거리가 없어진 데서 생긴 현상이다. 현대의 무의미 시는 대상을 놓친 대신에 언어와 이미지를 시의 실체로서 인식하게 되었다고 할 수 있다.[8]

김춘수는 이미지를 서술적 이미지와 비유적 이미지로 대별하고, 다시 서술적 이미지를 사생적寫生的 소박성을 유지하고 있는, 즉 대상과의 거리를 유지하고 있는 이미지와 대상과의 거리가 없어진 이미지로 구분한다. "현대의 무의미 시는 시와 대상과의 거리가 없어진 데서 생긴 현상"이라는 표현은 김춘수가 지향하는 무의미시가 시와 대상의 거리가 무화되는 이미지의 차원에 있음을 드러낸다. '무대상시'라고 명명할 수 있을 이런 이미지의 방식은 이분법적 구분을 통한 배제의 원리를 다시 한 번 적용한 것이다. "현대의 무의미 시는 대상을 놓친 대신에 언어와 이미지를 시의 실체로서 인식하게 되었다"는 언급은 김춘수가 '의미 차원'의 언어가 아니라 '존재 차원'의 언어를 추구하고 있음을 보여준다.

시는 그러니까 언어로써 포착이 안 되는('무無'와 '공空' 같은) 그 안타까움의 표정일 수밖에는 없다. 그러니까 때로 시는 유희가 될 수밖에는 없다. 여기서 논리가 비약하는 것 같지만 그렇지가 않다. 유희란 순수한 상태다. 순수한 상태란 두말할 것도 없이 공리성功利性을 떠난 상태를 두고 하는 말이다. 도덕까지를 포함해서 말이다. 나는 이것을 철학적으로 말해서 의미 차원이 아니라 존재 차원이라고 하고 싶다.[9]

김춘수의 '이분법과 배제의 방식'은 관념·의미·현실·역사 감상 등을 끝없이 제거해 나간 자리에서 언어를 넘어서는 무無와 공空의 표정에까지 접근한다. 대상을 소거시킨 언어는 결국 유희의 차원에 도달하는데, 김춘수는 공리성을 떠난 순수한 상태의 유희를 철학적으로 존재 차원이라고 말한다. 존재 차원이 지닌 순수한 상태의 유희는 시의 대상을 제거하는 데 그치지 않고 시를 쓰는 주체까지도 해체하는 양상으로 나아간다.

> 언어가 시를 쓰고 이미지가 시를 쓴다는 일이 이렇게 하여 가능해진다. 일종의 방심상태인 것이다. 적어도 이러한 상태를 위장이라도 해야 한다. 시작詩作의 진정한 방법과 단순한 기교의 차이는 이 방심상태(자유)와 그것의 위장僞裝의 차이라고 할 수 있을 것이다.[10]

'의미 차원'이 아니라 '존재 차원'의 시는 시인이라는 주체가 시를 쓰는 것이 아니라 언어나 이미지가 시를 쓰는 차원의 순수한 유희의 상태를 의미한다. 김춘수는 이것을 "방심 상태放心狀態"라고 표현하는데, 이 방심 상태는 방법적 측면에서는 초현실주의의 '자동기술법'과 상통하고 존재적 측면에서는 '자유'와도 상통한다. "유희는 그 자체 하나의 해방(자유)이기 때문이다"(『전집 2—시론』, p.379)에서도 표현된 자유로서의 유희는, "허무는 자기가 말하고 싶은 대상을 잃게 된다는 것이 된다. 그 대신 그에게는 보다 넓은 시야가 갑자기 펼쳐진다. 이렇게 해서 '무의미시'는 탄생한다. 그는 바로 허무의 아들이다"(『전집 2—시론』, p.379)에서 보듯, '허무'의 차원과도 연결된다.

지금까지 살펴본 김춘수 시론의 원리는 '이분법과 배제의 방식'이라

---

10) 김춘수, 「한국 현대시의 계보」, 앞의 글, p.372.
11) 김춘수, 「「처용 · 기타」에 대하여」, 『전집 2—시론』, p.462.

고 요약될 수 있다. 그의 이분법은 '시/산문' '시의식/시민의식'에 기반을 두고 있으며, '서술적 이미지/비유적 이미지' '대상과의 거리가 무화된 이미지/대상과의 거리를 유지하는 이미지' 등으로 전개되면서 산문, 시민의식, 비유적 이미지, 대상과의 거리를 유지하는 이미지, 의미 차원 등을 배제하면서 유희, 자유, 허무의 차원으로 극단화되어가는 것이다. 그런데 여기서 다음과 같은 질문이 가능하다. 이 과정에서 배제된 관념·의미·현실·역사·감상 등의 차원이 완전히 소거될 수 있는 것일까? "「지도地圖」나 「불국사佛國寺」나 「봄은 고양이로다」에서의 이미지도 순수하지만, 그것들은 상대적으로 순수할 뿐이다. 비유적 이미지에 비하여 순수하다는 것뿐이다"(『전집 2—시론』, p.372)에서 노출되듯, 김춘수는 대상과의 거리를 유지하는 이미지, 즉 사상적寫生的 소박성을 가진 서술적 이미지의 경우에, 절대적 순수, 혹은 절대적 주의ㄱ의 상태가 아니라 상대적인 순수만이 가능하다는 것을 알고 있다. 이럴 때 불안과 분열이 생겨나게 된다.

1) 현실에 대한, 역사에 대한, 문명에 대한 관심이 한쪽에 있으면서 그것들을 초월하려는 도피적 자세가 또 한쪽에 있다. 이것들이 또한 내 내부에서 분열을 일으킨다.[11]

2) 관념·의미·현실·역사·감상 등의 내가 지금 그들로부터 등을 돌리고 있는 말들이 어느 땐가 나에게 복수할 날이 있겠지만, 그때까지 나는 나의 자아를 관철해 가고 싶다. 그것이 성실이 아닐까? 그러나 나는 언제나 불안하다. 나는 내 생리 조건의 약점을 또한 알고 있기 때문이다. 벌써 나의 이 생리 조건이 나의 의도와 내가 본 진실을 감당 못하고 그 긴장을 풀어 달라고 비명을 지르고 있다. 나의 생리 조건에 나는 동정한다. 다음과

같은 나의 근작에서 그것은 잘 나타나고 있다.[12]

  3) 완전을 꿈꾸고 영원을 꿈꾸고, 불완전과 역사를 무시해 버린다. 아주 아프게 무시해 버린다. 그걸 견딜 수 있을까? 나는 시를 쓰면서 나에게 물어본다. 그걸 견디지 못하면 산문을 쓰라![13]

  김춘수는 1)에서 현실·역사·문명에 대한 관심과 그것들을 초월하려는 도피의 자세가 내부에서 분열을 일으키고 있음을 고백한다. 2)와 3)은 그가 이 분열을 어떻게 해소하고 있는지를 보여준다. 2)는 관념·의미·현실·역사·감상 등 이분법적 구분에서 배제한 요소들이 완전히 소거되지 못하는 데서 오는 불안을 언급하고, 자신의 생리 조건이 의도와 진실을 표현하는 경우를 예로 들고 있다. 2)가 시 창작의 측면에서 균열과 불안을 해소하는 방법이라면, 3)은 그가 시에서 배제한 불완전과 역사를 견디지 못할 때 산문을 씀으로써 해소하는 방법을 보여준다. 그러나 이런 해소의 방법은 김춘수의 사유가 '시/산문'의 이분법으로 다시 회귀하고 있음을 보여주는 것이다.
  결국 현실·역사·문명·관념·의미 등 '산문'의 차원에 속하는 요소들을 배제하면서 허무와 자유와 유희의 방심 상태에 이르는 것이 김춘수 무의미시론의 요체이다. 그런데 이 무의미시론은 이분법적 도식이 흔들릴 때 스스로 "이중인격적이고 인격 분열적"(『전집 2—시론』, p.462)이라고 고백하듯 갈등과 불안이 생겨난다. 이 갈등과 불안은 실제로 이분법적으로 구분하기 어려운 '시/산문' '존재 차원/의미 차원' '서술적 이미지/비유적 이미지' 등을 엄격히 구분하고 그 한쪽을 완전

---

12) 김춘수, 「의미에서 무의미까지」, 『전집 2—시론』, pp.389~390.
13) 김춘수, 「도피의 결백성」, 『전집 2—시론』, p.355.

히 배제하거나 소거하려는 이율배반적 방식 속에 애초부터 발아하고 있었다고 볼 수 있을지 모른다.

3. 김수영 ─ 이분법과 통합의 방식

시와 삶을 분리해서 사고하는 김춘수와는 달리 김수영은 시와 삶의 일치를 끊임없이 추구해 나간다.

> 시인의 스승은 현실이다. 나는 우리의 현실이 시대에 뒤떨어진 것을 부끄럽고 안타깝게 생각하지만, 그보다도 더 안타깝고 부끄러운 것은, 이 뒤떨어진 현실을 직시하지 못하는 시인의 태도이다. 오늘날의 우리의 현대시의 양심과 작업은 이 뒤떨어진 현실에 대한 자각이 모체가 되어야 할 것 같다.[14]

김수영이 주장하는 현대시의 모체는 현실에 대한 자각에 있다. 현실의 후진성을 직시하지 못하는 시인의 태도는 양심의 결핍을 가져온다. 김수영은 시는 당대 사회의 현실과 무관할 수 없으며, 따라서 현실의 후진성에 대한 자각으로부터 현대시의 출발이 가능하다고 말한다. 김수영 시론의 기본 태도는 이처럼 문학과 현실이 분리될 수 없으며 상호 작용함을 인식하는 데 있지만, 장르 의식에 있어서는 시와 산문의 차이를 형식과 내용의 차원으로 변형시키고 그것을 구분하여 사고한다. 따라서 시적 사유의 출발점에 있어서 김수영은 시와 산문을 구분한 김춘수의 경우와 대동소이하다는 점을 주목할 수 있다.

---

14) 김수영, 「모더니티의 문제」, 『전집 2─산문』, p.350.

　　대체로 그는 이 현실을 이기는 시인의 방법을 시 작품상에 나타난 언어의 서술에서 보고 있지만 나는 그것이 언어의 서술에서뿐만 아니라 (시작품 속에 숨어있는) 언어의 작용에서도 찾아져야 한다고 생각하는 것이다. 이러한 언어의 서술과 언어의 작용은 시의 본질에서 볼 때는 당연히 동일한 비중을 차지해야 할 것이다. 그런데 전자의 가치의 치우친 두둔에서 실패한 프롤레타리아 시가 많이 나오고, 후자의 가치의 치우친 두둔에서 사이비 난해시가 많이 나온 것을 볼 때, (…후략…)[15]

　　김수영은 현실을 이기는 시인의 방법으로서 '언어의 서술' 과 '언어의 작용' 을 구분하여 언급한다. '언어의 서술' 을 '내용' 의 차원에 대응시키고 '언어의 작용' 을 '형식' 의 차원에 대응시킬 때, 김수영은 시의 형식과 내용의 구분을 전제로 그의 시론을 전개하고 있다. '언어의 서술' 이라는 가치에 치우칠 때 실패한 프롤레타리아시가 나오고, '언어의 작용' 이라는 가치에 치우칠 때 사이비 난해시가 나온다는 주장은, '내용/형식' 의 이분법을 당대 시단의 주류적 현상인 참여시와 순수시에 적용한 것이다. 이 점에서 김수영 시론은 김춘수 시론이 지닌 이분법적 구분의 방법과 그 출발점에서 유사하지만, "이러한 언어의 서술과 언어의 작용은 시의 본질에서 볼 때는 당연히 동일한 비중을 차지해야 할 것이다"라는 언급을 통해 김춘수의 '배제의 방식' 과는 구별되는 '통합의 방식' 의 단초를 읽을 수 있다. 김수영은 이런 자신의 미학적 입장에 비추어 당대 참여시와 순수시의 현상을 비판적으로 지적한다.

---

15) 김수영, 「생활 현실과 시」, 『전집 2―산문』, p.193.
16) 김수영, 「변한 것과 변하지 않은 것」, 『전집 2―산문』, p.245.

요컨대 사회현실에 관심을 갖고 있는 시들이 새로운 시적 현실을 발굴해나가는 것과 같은 비중으로 존재의식을 상대로 하는 시는 새로운 폼의 탐구를 시도해야 하는데, 우리 시단에는 새로운 시적 현실의 탐구도 새로운 시형태의 발굴도 지극히 미온적이다. 소위 순수를 지향하는 그들은 사상이라면 내용에 담긴 사상만을 사상으로 생각하고 대기大忌하고 있는 것 같은데, 시의 폼을 결정하는 것도 사상이라는 것을 잊어서는 안 된다. 이런 미학적 사상의 근거가 없는 곳에서는 새로운 시의 형태는 나오지 않고 나올 수도 없다.[16]

김수영은 '언어의 서술' 즉 시의 내용면에 치우친 당대 "사회현실에 관심을 갖고 있는 시"와 '언어의 작용' 즉 시의 형식면에 치우친 당대 "존재의식을 상대로 한 시"를 동시에 비판하는데, 그 근거는 새로운 시적 현실을 발굴하지 못하는 점과 새로운 형식(폼)을 탐구하지 못하는 점을 든다. 김수영은 시의 내용과 형식을 구분하여 사고하지만, 다시 그것을 연관시키고 그 각각에 있어서 새로움(시적 현실과 시의 폼)의 탐구에 필요한 요소로서 '사상'을 강조한다. 이 점이 김수영이 내용/형식의 이분법을 통합하는 방식의 근간인데, '사상'은 그의 시론 곳곳에서 '지성' '양심' '인간의 회복' 등으로 변주되어 나타난다. 김수영이 시의 형식에 선행되어야 할 요소로서 들고 있는 '사상' '지성' '양심' '인간의 회복' 등은 그것이 새로운 '언어의 서술'을 통해 자유를 행사할 때 '힘'을 얻게 된다.

이 작품은 시의 언어의 서술이 문제될 수도 있고, 시의 언어의 작용이 문제될 수도 있는 비교적 편한 위치에 있는 시인데, 그러면서 새로운 관념의 서술도 없고 새로운 언어의 작용도 없다. 도대체가 시라는 것은 그것이 새로운 자유를 행사하는 진정한 시인 경우에는 어디엔가 힘이 맺혀있는 것이다. 그러한 힘은 초행初行에 있는 수도 있고 종행終行에 있는 수도 있고 중간의 어느 행에 있는 수도 있고 행간에 있는 수도 있다—이것이 시의 긴장을 조성하는 것이다. 진정한 시를 식별하는 가장 손쉬운 첩경이 이 힘의 소재를 밝혀내는 일이다.[17]

김수영 시론에 있어서 내용/형식의 이분법을 극복하는 요체는 그보다 근본적으로 선행하는 '사상' '양심' '지성' '인간의 회복' 등을 통해 자유의 이행을 행사할 때 생성되는 '힘'에 있다. 이 '힘'은 시 창작의 과정에서 시의 긴장을 조성하여 진정한 시를 생성시킬 뿐만 아니라, 수용의 과정에서 그 소재를 밝히는 작업이 시를 식별하는 가장 손쉬운 첩경이 되기도 한다. 김수영 시론의 이분법을 이루는 '형식/내용'은 '시/산문' '무의미/의미'의 관계 항과 대응하면서 전개되어 간다. 김수영 시론의 핵심이 집약된 「시여 침을 뱉어라」(1968)에서도 김수영의 사유가 시작되는 지점은 '형식/내용' 및 '시/산문'의 이분법이다.

그러면 시를 쓴다는 것은 무엇인가. 그리고 시를 논한다는 것은 무엇인가. 그러나 이에 대한 답변을 하기 전에 이 물음이 포괄하고 있는 원주가 바로 우리들의 오늘의 세미나의 논제인, 시에 있어서의 형식과 내용의 문제와 동심원을 이루고 있다는 것을 우리들은 쉽사리 짐작할 수 있는 것이다. 따라서 시를 쓴다는 것—즉 노래—이 시의 형식으로서의 예술성과 동의어가 되고, 시를 논한다는 것이 시의 내용으로서의 현실성과 동의어가 된다는 것도 쉽사리 짐작할 수 있는 것이다.[18]

---

17) 김수영, 「생활 현실과 시」, 앞의 글, p.197.
18) 김수영, 「시여, 침을 뱉어라」, 『전집 2—산문』, p.249.

김수영은 '시를 쓴다는 것'과 '시를 논한다는 것'을 대타 항으로 놓고 그 두 항에 대응하는 요소들을 언급한다. 이를 정리하면 '시를 쓴다는 것'은 '노래'로서의 시의 '형식'이며 '예술성'과 동의어가 되고, '시를 논한다는 것'은 '산문'으로서의 시의 '내용'이며 '현실성'과 동의어가 된다. 여기서 노래는 사랑의 유보이며, 산문은 노래의 유보성에 대해 세계를 개진하는 침공이다. 노래의 유보성, 즉 예술성이 무의식적이고 모호성을 지닌 무한대의 혼돈이라면, 산문의 개진은 세계의 개진이고 모험이다. 김수영은 더 나아가 이 두 항을 엘리어트(T. S. Eliot)의 '음악' 대 '의미'에 대응시키고, 하이데거의 '대지의 은폐' 다 '세계의 개진'과 대응시킨다. 결국 김수영이 이분법적으로 설정하고 있는 '시'와 '산문'의 대타 항은 '시를 쓴다는 것—노래—시의 형식—예술성—모호성과 혼돈—대지의 은폐'와, '시를 논한다는 것—산문—시의 내용—현실성—모험—세계의 개진'으로 요약될 수 있다.[19]

앞서도 지적했지만, 김수영 시론의 이분법은 김춘수 시론의 이분법과 그 출발점에서 유사하지만, 김춘수가 '배제의 방식'으로 이분법의 한쪽 항을 소거해 나가면서 '무의미시론'에 도달하는 것과 달리, 김수영은 '통합의 방식'으로 이분법을 변증법적으로 지양하면서 '무의미시론'에 도달한다.

시작詩作은 '머리'로 하는 것이 아니고, '심장'으로 하는 것도 아니고, '몸'으로 하는 것이다. '온몸'으로 밀고나가는 것이다. 정확하게 말하자면, 온몸으로 동시에 밀고 나가는 것이다.

그러면 온몸으로 동시에 무엇을 밀고 나가는가. 그러나—나의 모호성

---

19) 졸고, 「김수영 시론 연구—박용철 시론과의 관련성을 중심으로」, 『어문연구』 제39집, 2002, pp.293~294 참고.

을 용서해준다면— '무엇을' 의 대답은 '동시에' 의 안에 이미 포함되어 있다고 생각된다. 즉 온몸으로 동시에 온몸을 밀고나가는 것이 되고, 이 말은 곧 온몸으로 바로 온몸을 밀고나가는 것이 된다. 그런데 시의 사변에서 볼 때, 이러한 온몸에 의한 온몸의 이행이 사랑이라는 것을 알게 되고, 그것이 바로 시의 형식이라는 것을 알게 된다.[20]

온몸으로 온몸을 밀고나간다는 것의 의미는 무엇일까? '온몸' 과 '밀고나가다' 의 의미를 먼저 파악해보자. '온몸' 이란 '머리' 의 이성적 사유도 '심장' 의 정서적 파토스도 아니고 그 둘을 통합한 '몸' 혹은 그 둘 이전에 존재하는 '양심' 과 '사상' 과 '지성' 을 의미한다고 볼 수 있다. 이것을 도식화하면 시의 '내용' 이 될 것이다. 그러나 '온몸' 이 단순히 시의 '내용' 의 차원에 국한되지 않는 것은 그것이 '밀고나가다' 의 차원과 동시간적으로 결부되어 있기 때문이다. '밀고나가는 것' 은 자유의 이행으로서의 투신投身을 의미하는데, 이 투신을 통해 시의 '내용' 은 어느새 '형식' 에 도달한다.[21] 따라서 온몸에 의한 온몸의 이행은 '사랑' 이 되고 바로 시의 '형식' 이 되는 것이다. 이러한 '시/산문' '형식/내용' 의 이분법을 통합의 방법으로 지양해 가면서 김수영 시론은 김춘수 시론과는 다른 차원의 '무의미시' 에 도달하게 된다.

시는 온몸으로, 바로 온몸을 밀고나가는 것이다. 그것은 그림자를 의식하지 않는다. 그림자에조차도 의지하지 않는다. 시의 형식은 내용에 의지

---

20) 김수영, 「시여, 침을 뱉어라」, 앞의 글, p.250.
21) 졸고, 「김수영 시론 연구」, 앞의 글, pp.296~297 참고.
22) 김수영, 「시여, 침을 뱉어라」, 앞의 글, pp.253~254.
23) 졸고, 「김수영 시론 연구」, 앞의 글, p.297 참고.
24) 김수영, 「변한 것과 변하지 않은 것」, 앞의 글, p.245.

하지 않고 그 내용은 형식에 의지하지 않는다. 시는 그림자에조차도 의지하지 않는다. 시는 문화를 염두에 두지 않고, 민족을 염두에 두지 않고, 인류를 염두에 두지 않는다. 그러면서도 그것은 문화와 민족과 인류에 공헌하고 평화에 공헌한다. 바로 그처럼 형식은 내용이 되고, 내용이 형식이 된다. 시는 온몸으로, 바로 온몸을 밀고나가는 것이다.[22]

김수영은 '사랑' 의 동의어로서 '혼란' 에 도달하는것을 '자유' 라고 간주하고, 자유의 이행을 추구하는 방법으로서 '온몸의 시학' 을 주장한다. '온몸의 시학' 은 내용과 형식이 서로를 의식하지 않고, 더 나아가 시가 그림자조차 의지하지 않고 문화와 민족과 인류를 염두에 두지 않지만, 온몸으로 밀고 나갈 때 내용은 형식이 되고 형식은 내용이 되는 것을 의미한다.[23] "의식하지 않고" 와 "의지하지 않고" 와 "염두에 두지 않는다" 라는 문장이 공통적으로 의미하는 것은 무의도성 혹은 무의식성인데, 이것이 바로 김수영이 지향하는 '무의미시' 의 특징을 암시해 준다. 내용과 형식이 서로를 의지하지 않음으로써 하나가 되고, 시가 문화와 민족과 인류를 염두에 두지 않음으로써 그것에 공헌하는 차원은, 바로 온몸으로 온몸을 밀고나가는 자유의 이행을 통해 내용과 형식의 변증법적 통합을 이루어나가는 지점에서 생성되는 '무의미시' 의 차원을 의미한다.

1) 작품형성의 과정에서 볼 때는 '의미' 를 이루려는 충동과 '의미' 를 이루지 않으려는 충동이 서로 강렬하게 충돌하면 충돌할수록 힘 있는 작품이 나온다고 생각된다. 이런 변증법적 과정이 어떤 선입주先入主 때문에 충분한 충돌을 하기 전에 어느 한쪽이 약화될 때 그것은 작품의 감응의 강도에 영향을 줄 뿐만 아니라 작품의 성패를 좌우하는 치명상을 입히는 수도 있다.[24]

2) 그가 말하는 넌센스는 시의 승화작용이고, 설사 시에 그가 말하는 '의미'가 들어있든 안 들어있든 간에 모든 진정한 시는 무의미한 시이다. 오든의 참여시도, 브레히트의 사회주의 시까지도 종국에 가서는 모든 시의 미학은 무의미의—크나큰 침묵의 미학으로 통하는 것이다. 이것은 예술의 본질이며 숙명이다. 그런데 김춘수의 경우는 이런 본질적인 의미의 무의미의 추구를 하는 것이 아니라 먼저부터 '의미'를 포기하고 들어간다. 물론 '의미'를 포기하는 것이 무의미의 추구도 되겠지만, '의미'를 껴안고 들어가서 그 '의미'를 구제함으로써 무의미에 도달하는 길도 있다.[25]

1)에서 우리는 '시/산문' '형식/내용'의 이분법이 '무의미/의미'에까지 전개되고 있음을 본다. 김춘수가 의미를 배제하고 그 속에 내포된 현실·역사를 소거하고자 한 데 반해, 김수영은 의미와 무의미가 강하게 충돌할수록 힘 있는 작품이 나온다고 피력한다. '이분법과 통합의 방식'은 이처럼 의미와 무의미를 변증법적으로 통합해 나가는 과정을 의미하는데, 그 구체적인 방법은 2)에서 유추될 수 있다.

김수영은 김춘수의 '무의미시'가 처음부터 의미를 포기하고 들어가는 데 비해, 자신의 '무의미시'는 의미를 껴안고 들어가서 그 의미를 구제함으로써 도달한다고 말했다. 시와 산문, 형식과 내용, 무의미와 의미를 온몸으로 밀고나가는 자유의 이행을 통해 변증법적으로 통합하는 과정에서 의미가 내면화되어 크나큰 침묵, 즉 무의미에 도달하는 차원이 바로 김수영이 추구하는 진정한 시의 미학이며 예술의 본질이며 숙명이다. 결국 김춘수의 '무의미시론'이 의미를 끊임없이 배제하고 소거함으로써 유희와 허무의 공간에 도달하는 시도라면, 김수영의 '무의미

---

25) 김수영, 위의 글, pp.244~245.

시론'은 의미를 껴안고 들어가 무의미와 충돌시킴으로써 의미를 내면화하여 자유와 혼란과 침묵에 도달하는 시도라고 말할 수 있을 것이다.

4. '무의미시론'의 두 지향

김춘수 시론과 김수영 시론은 그 출발점에 있어서 '시/산문의 이분법'에 근거하고 있다는 점에서 공통점을 보여준다. 그러나 이분법의 지향에 있어서 김춘수의 '배제의 방식'과 김수영의 '통합의 방식'은 뚜렷한 차별성을 보여준다.

김춘수의 경우, 시와 삶을 분리하려는 의식에서 발생한 '시/산문'의 이분법은 '시의식/시민의식' '무의미/의미'로 전개되면서 '시―시의식―무의미'의 극단을 지향하고 '산문―시민의식―의미'의 측면을 소거하는 '배제의 방식'을 채택한다. 김춘수 시론의 방법은 시의 형식으로서 주목한 이미지를 '서술적 이미지/비유적 이미지'로 대별한 후 서술적 이미지를 추구함으로써 비유적 이미지를 배제하고 다시 서술적 이미지를 '대상과의 거리가 무화된 이미지/대상과의 거리를 유지하는 이미지'로 구분한 후 대상과의 거리가 무화된 이미지를 채택함으로써 배제의 원리를 극단까지 추구하는 것이다. 이러한 '배제의 방식'을 밀고나가면서 김춘수가 소거하고자 한 요소는 관념·의미·현실·역사·감상 등이며, 그 결과 도달한 지점은 언어로써 포착되지 않는 무와 공의 표정, 다시 말해 유희의 차원이며 존재 차원이다. 존재 차원이 지닌 순수한 상태의 유희는 시의 대상을 제거하는 데 그치지 않고 시를 쓰는 주체를 해체하는 양상으로까지 나아간다. 그리하여 자유 혹은 허무의 상태에 이르러 '무의미시론'이 형성된다. 김춘수는 이런 자유 혹은 허무의 상태를 '방심 상태' 라고 말하는데, 이것은 방법적 측면에서 초현실주의의 자동기술법과 상응하는 것이다. 이런 과정을 밟아 도달한 김춘수의 '무의미시론' 의 요체를 우리는 '이분법과 배제의 방식' 으로 설명할 수 있을 것이다.

그러나 김춘수가 배제하고자 한 관념 · 의미 · 현실 · 역사 · 감상 등의 차원이 완전히 제거되지 않고 끊임없이 자기 목소리를 내려고 할 때, 김춘수의 '무의미시론' 은 상대적인 순수의 개념이 되고 불안과 균열을 드러낼 수밖에 없다. 이런 분열은 시 창작의 측면에서 자신의 생리 조건에 의해 의도와 진실을 드러내는 작품으로 나타나고, 시 이외의 방식인 산문을 통해 그것을 표현함으로써 해소하는 방식으로도 나타난다. 이런 불안과 균열은 김춘수 시론이 태생적으로 지닌 이분법의 한계, 즉 이분법적으로 구분하기 어려운 시와 산문, 존재 차원과 의미 차원, 서술적 이미지와 비유적 이미지를 구분하고 그 한쪽을 배제하려는 시도 속에 이미 예정되어 있었다고 말할 수 있을지 모른다.

김수영의 경우, 시와 삶의 일치를 추구하는 태도와 관련된 '시/산문' 의 이분법은 '언어의 작용/언어의 서술' '형식/내용' 으로 전개되면서 '시—언어의 작용—형식' 의 측면과 '산문—언어의 서술—내용' 의 측면을 변증법적으로 통합하려는 '통합의 방식' 을 채택한다. 김수영 시론의 방법은 '언어의 작용—형식' 과 '언어의 서술—내용' 의 이분법을 통합하는 근거로서 '사상' '지성' '양심' '인간의 회복' 등을 중시하는 것이며, 그것이 새로운 언어의 서술을 통해 자유를 행사할 때 '힘' 을 얻게 된다. 김수영 시론의 전개 과정에서 시/산문, 형식/내용의 이분법은 '시를 쓴다는 것—노래—시의 형식—예술성—모호성과 혼돈—대지의 은폐' 와 '시를 논한다는 것—산문—시의 내용—현실성—모험—세계의 개진' 으로 구체화되어 간다.

김수영은 이분법의 양극을 온몸으로 밀고나가는 자유의 이형으로서 '투신'을 통해 '내용'이 곧 '형식'이 되는 지점에 이르러 이분법을 통합함으로써 김춘수의 '무의미시론'과는 차별되는 '무의미시론'에 도달한다. 온몸의 시학을 통해 '자유'와 '사랑'과 '혼란'에 도달할 때 시의 내용과 형식은 서로에 의지하지 않고 시가 그림자조차 의지하지 않는 '무의미시'가 생성된다. 이 차원에 이르러 시는 문화와 민족과 인류를 염두에 두지 않지만 그것에 공헌하게 되고, 시의 내용은 형식이 되고 형식은 내용이 되는 것이다.

5. 맺음말

이 글은 '무의미시론'을 중심으로 김춘수와 김수영의 시론을 면밀히 분석하면서 상호 비교했다. 김춘수와 김수영 시론의 비교를 위해 공통적 출발점에 놓여있다고 판단되는 '시와 산문의 이분법'을 분석하고 이 이분법의 분기점이 되는 '배제의 방식'과 '통합의 방식'을 규명함으로써 상이한 두 방향의 '무의미시론'에 이르는 과정을 고찰했다.

김춘수의 무의미시론이 의미(현실·역사·관념 등)를 끊임없이 배제하고 소거하는 작업을 극단으로 전개하는 데서 생성되는 유희와 자유와 허무의 공간이라면, 김수영의 무의미시론은 의미를 껴안고 들어가 무의미와의 변증법적 통합 과정을 거쳐 그 의미를 내면화하여 생성되는 자유와 혼란과 침묵의 공간이다. 우리는 김춘수와 김수영이 각자의 시론을 전개하는 과정에서 만나게 되는 '무의미시론'의 공통점과 차별성을 규명함으로써 김춘수 시론과 김수영 시론의 핵심적 특징을 발견하게 된다. 그리고 이를 통해 한국 현대시사의 계보적 흐름을 파악하는

데 중요한 시사점을 얻게 된다. 김춘수 시론의 '이분법과 배제의 방식'
과 김수영 시론의 '이분법과 통합의 방식'은 1950년대 이후 지금까지
한국 현대시사의 전개 과정에서 시적 논리의 중심부를 이루면서 다양
한 방식으로 변주되거나 심화되고 있는 것이다.

제2부

현대시의 구조와 계보

김동리는 조지훈의 시세계를 주로 '민족적인 것'과 '선禪적인 것'의 두 가지 경향으로 대별하고, 전자는 해방 전에 「고풍의상」「승무」「봉황수」 등으로 회고 취미로 나타났고, 해방 후에 다소 정치적인 색채를 띠고 나타났는데, 시 자체의 가치로서는 '선禪적인 것'들이 가장 우수하다고 언급했다.1) 김동리의 견해는 조지훈 시의 특성과 가치에 대한 전체적인 평가로서 이후 평자들에 의해서도 수용되어 왔다고 볼 수 있다. 따라서 기존 연구의 대부분은 '민족적인 경향' 중 「고풍의상」「승무」「봉황수」 등의 전통 지향적 작품들2)과 '선禪적인 경향'의 작품들에 대한 탐구에 집중되어 왔다. 그런데 초기시를 후기시보다 높이 평가하는 이런 관점은 후기시의 대표작으로서 「병풍」의 시적 가치를 높이 평가하는 견해들3)에 의해 보완되

제1장 조지훈 시의 청각적 이미지와 시의식 연구

1. 머리말

조지훈(1920~1968)은 1939년 『문장』에 「고풍의상古風衣裳」과 「승무僧舞」가, 1940년에 「봉황수鳳凰愁」가 정지용에 의해 추천됨으로써 시단에 등장했으며, 『청록집』(1946), 『풀잎 단장』(1962), 『조지훈 시선』(1956), 『역사 앞에서』(1959), 『여운餘韻』(1964) 등의 시집 혹은 시선집을 간행했다. 또한 그는 시론집 『시의 원리』(1953)를 비롯한 문학론, 수필집 『지조론』(1962) 등의 에세이, 그리고 『한국문화사서설』(1964)을 비롯한 한국학 연구서를 집필하는 등 다양한 방면의 활동을 보여주었다. 1968년 조지훈이 영면한 이후 시를 포함한 그의 저술들을 모아 1973년에 『조지훈 전집』(전7권, 일지사)이 간행되었고, 1996년에 다시 『조지훈 전집』(전9권, 나남출판)이 간행되기에 이른다.

시인이자 지사적 논객이며 한국학의 초석을 닦은 학자이기도 했던 조지훈의 문학적·학문적 업적은 그동안 수많은 연구의 대상이 되어왔다. 시인으로서의 조지훈과 그의 시에 대한 연구에 국한할 때, 선행 연구들은 조지훈이 『문장』의 추천을 받기 이전 「지옥기」 시편의 세계, 『문장』의 추천을 받을 무렵 「고풍의상」 「승무」로 대표되는 민족적 전통에 대한 애착과 애수의 세계, 선미禪味와 관조에 초점을 둔 서경시의 세계, 한만閑漫한 동양적 정서의 세계, 「풀잎 단장」으로 대표되는 자연과 인생에 대한 고요한 서정의 세계 등 다양한 측면에서 조지훈 시의 특성을 규명하여 그 전체적 이해에 기여했다.

김동리는 조지훈의 시세계를 주로 '민족적인 것' 과 '선禪적인 것' 의 두 가지 경향으로 대별하고, 전자는 해방 전에 「고풍의상」 「승무」 「봉황수」 등의 회고 취미로 나타났고, 해방 후에 다소 정치적인 색채를 띠고 나타났는데, 시 자체의 가치로서는 '선禪적인 것' 들이 가장 우수하다고 언급한다.[1] 김동리의 견해는 조지훈 시의 특성과 가치에 대한 전체적인 평가로서 이후 평자들에 의해서도 수용되어 왔다고 볼 수 있다. 따라서 기존 연구의 대부분은 '민족적인 경향' 중 「고풍의상」 「승무」 「봉황수」 등의 전통 지향적 작품들[2]과 '선禪적인 경향' 의 작품들에 대한 탐구에 집중되어 왔다. 그런데 초기시를 후기시보다 높이 평가하는

---

1) 김동리, 「자연의 발견」, 『문학과 인간』, 1952, p.69.
2) 「승무」에 대한 기존 해석 중 중요한 성과는 다음과 같다.
  오탁번, 「지훈 시의 의미와 이해」, 『현대문학산고』, 고대출판부, 1976, pp.177~178.
  정한모, 「초기작품의 시세계」, 『조지훈연구』, 고대출판부, 1978, pp.21~22.
  서준섭, 「불교적 소재의 시적 변용과 그 의미」, 『한국대표시평설』, 정한모·김재홍 편, 문학세계사, 1983, pp.252~258.
  김명인, 「지훈시의 초기시고攷」, 『경기어문학』 제7집, 1986, pp.216~219.
  김재홍, 「지훈 조동탁」, 『한국현대시인연구』, 일지사, 1986, pp.442~445.
3) 김윤식, 「심정의 폐쇄와 확산의 파탄」(『한국현대작가논고』, 일지사, 1974), 『조지훈연구』, 고대출판부, 1978, pp.134~152.
  송재영, 「조지훈론」, 『조지훈연구』, 고대출판부, 1978, pp.153~172.
  최동호, 「조지훈의 「승무」와 「범종」」, 『평정의 시학을 위하여』, 민음사, 1991, pp.66~84.

이런 관점은 후기시의 대표작으로서 「범종」의 시적 가치를 높이 평가하는 견해들[3]에 의해 보완되고 있다. 한편 연구 테마나 관점별로는 조지훈의 생애·시·학문·한국적 미의식·사상 등을 망라하는 종합적 고찰,[4] 조지훈 시에 대한 계보나 문학사적 연구,[5] 『문장』의 추천을 받기 이전 「지옥기」 시편에 대한 연구,[6] 서정시의 특성에 대한 연구,[7] 서경시의 특성에 대한 연구,[8] 유기체적 상상력에 대한 연구,[9] 유랑의식과 근대성에 대한 연구,[10] 운율적 특성에 대한 연구[11] 등을 들 수 있고, 조지훈 시에 대한 종합적 연구로서 학위논문[12]에 이르기까지 광범위한 영역에서 조지훈의 시세계가 규명되어 왔다.

이처럼 선행 연구의 중요한 업적으로 인해 조지훈의 시세계가 전반적으로 해명되고 있는 상황에서, 이 글은 그 성과들을 토대로 이전에 주목되지 못했던 조지훈 시의 '청각적 이미지'와 '시의식'을 그 연관성에 초점을 맞추어 고찰하려 한다. 필자는 조지훈 시의 미학적 특성으로서 지금까지 주로 시각적 이미지에 의한 회화적 상상력과 묘사의 기법이 중시되어 왔지만, 시각적 형상화에 의한 풍경 및 율동의 묘사를

---

4) 김인환, 「조지훈론」, 『다른 미래를 위하여』, 문학과지성사, 2003, pp.124~165.
5) 김종길, 「지훈시의 계보」, 『조지훈연구』, 앞의 책, 1978, pp.9~18.
　　오세영, 「지훈시의 문학사적 위치」, 『민족문화연구』 제22호, 고대 민족문화연구소, 1989, pp.33~54.
6) 김흥규, 「조지훈의 초기작 「지옥기」 시편에 대하여」, 『한국현대시사연구』, 일지사, 1983, pp.523~532.
7) 이숭원, 「조지훈 시의 내면구조」, 『20세기 한국시인론』, 국학자료원, 1997, pp.295~309.
8) 김문주, 「조지훈의 '서경시'에 함축된 시적 전통의 성격」, 『한국문학이론과 비평』 제35집, 2007, pp. 9~29.
9) 박남희, 「조지훈 시의 유기체적 상상력 연구」, 『한국문예비평연구』 제24집, 2007, pp.5~28.
10) 송기한, 「유랑의식에 나타난 근대에의 사유」, 『한중인문학연구』 제23집, 2008, pp.19~39.
11) 조창환, 「조지훈 초기시의 운율과 구조」, 『한국문예비평연구』 제25집, 2008, pp.5~28.
12) 박호영, 「조지훈 문학 연구」, 서울대 박사논문, 1988.
　　서익환, 「조지훈 시 연구」, 한양대 박사논문, 1989.
　　김기중, 「청록파 시의 대비 연구」, 고려대 박사논문, 1990.
　　최승호, 「1930년대 후반기 시의 전통지향적 미의식 연구」, 서울대 박사논문, 1994.

원천적으로 뒷받침하면서, 동시에 그것과 혼융되는 영감적 선율에도 주목해야 한다고 언급한 바 있다.[13] 그 연장선에서 이 글은 조지훈 시의 청각적 이미지를 보다 구체적으로 고찰하고, 이것이 어떤 시의식과 연관성을 가지는지 해명하고자 한다. 이를 위해 우리는 조지훈 시의 전체적 의미구조를 응축하고 있다고 생각되는 「완화삼玩花杉」을 심층적으로 분석하여 논의의 길잡이로 삼고, 조지훈 시의 청각적 이미지를 '자연(무생물/동물)의 소리' 계열, 인간이 연주하는 '악기의 소리' 계열, '침묵'의 계열로 구분하여 분석함으로써 그것이 어떤 시의식과 연관되는지 고찰하고자 한다. 이 고찰의 과정에서 그동안 비평적 관심의 초점이 되어온 작품들에 대해 새로운 해석을 시도하는 한편, 소외되어온 작품들에 대해 세밀한 분석 및 해석을 시도하는 것이 이 글이 의도하는 또 하나의 목적이다.

2. 「완화삼玩花杉」의 구조와 의미

「완화삼」은 1946년에 간행된 조지훈·박목월·박두진의 공동시집 『청록집』에 수록된 작품이다. 부제인 '목월에게'에서 알 수 있듯, 이 시는 박목월 시인에게 전달하여 그의 화답시인 「나그네」를 낳게 한 작품으로서, 「나그네」와 함께 독자들에게 널리 애송되어 왔다. 그러나 이 시는 조지훈이 『문장』에 등단할 무렵의 대표작인 「고풍의상」「승무」「봉황수」에 비해 상대적으로 비평적 관심을 많이 받지 못한 듯하다. 이 글은 「완화삼」이 조지훈 시의 전체적 의미구조를 응축하고 있는 중요한

---

13) 졸고, 「매체와 시적 시선—1960년대 시의 문화 인식」, 『서정시학』, 2009 봄, pp.29~50.
14) 조지훈, 『조지훈 전집 1—시』, 나남출판, 1996, p.34. 이후 조지훈 시의 인용은 이 책에 근거한다.

작품이며, 작품의 깊이와 밀도뿐만 아니라 시적 형상화의 수준과 구성
적 완결성의 측면에서도 높이 평가할 수 있다는 견해를 가지고, 작품을
심층적으로 분석하고자 한다.

차운 산 바위 우에
하늘은 멀어
산새가 구슬피
우름 운다

구름 흘러가는
물길은 七百里

나그네 긴 소매
꽃잎에 젖어
술 익는 강마을의
저녁 노을이여

이 밤 자면 저 마을에
꽃은 지리라

다정하고 한 많음도
병인양하여
달빛 아래 고요히
흔들리며 가노니……

— 「완화삼玩花杉 —목월木月에게」 전문[12]

이 시는 크게 전반부(1~2연)와 후반부(3~5연)로 구분될 수 있다. 전반부는 주로 자연물을 중심으로 한 공간적 배경이 제시되고, 후반부는 주로 "나그네"를 중심으로 한 인간세계의 행동과 정념이 제시된다. 따라서 이 시는 전체적으로 자연의 세계와 인간의 세계가 대비와 조화의 이중적 구도를 이루고 있는 듯이 보인다.

전반부는 다시 "산새"가 등장하는 1연과 "구름"이 등장하는 2연으로 나누어지는데, 이 두 연 사이에도 정확한 대구와 대칭 관계가 형성되어 있다. 1연에는 이 시의 전체적 배경으로서 "산 바위(지상)"와 "하늘(천상)"의 이원적 구도가 제시되고, 그 사이에서 "우름" 우는 "산새(생명)"가 등장한다. "산 바위"가 "차운" 것은 현세적 삶이 고통스럽고 고달픈 것을 암시하고, "하늘"이 '먼' 것은 지상과 천상 사이의 헤아릴 수 없는 거리를 드러낸다. 따라서 "구슬피/우름" 우는 "산새"는 극복할 수 없는 이 간극으로 인해 슬픔의 정한情恨을 드러내는 존재의 운명을 표상한다.

1연이 수직적 구도를 가진다면, 2연은 수평적 구도를 가진다. 즉 1연이 지상과 천상의 거리를 보여주는 반면, 2연은 천상의 "구름"과 지상의 "물길"이 나란히 흘러가는 모습을 보여준다. 그러면 "구름"과 "물길"의 '흘러감'은 무엇을 의미하며 어디를 지향하는 것일까? 이것은 지상과 천상의 아득한 거리로 인해 구슬피 울 수밖에 없는 "산새"와 "나그네"가 유랑의 운명을 가지고 있음을 보여주며, 무한의 세계인 "하늘"을 지향하는 움직임이라고 볼 수 있다. 그렇다면 "칠백 리"와 "흘러가는"으로 표현된 2연은 1연과 3연을 이어주는 연결고리가 된다. 즉 "칠백 리" "흘러가는" "구름"과 "물길"은 고뇌와 슬픔에 찬 "산새"의 정한을 "나그네"의 유랑으로 전이시키며 동격화시키는 매개체가 되는 것이다. 결국 이 시의 구성은 크게 전반부(1~2연)와 후반부(3~5연)로 구분되지만, 2연이 다시 1연과 3연의 연결고리가 됨으로써, 일견 단순해 보이는 작품의 구도를 복잡하고 미묘하게 만드는 역할을 담당한다.

3연에는 "나그네"와 더불어 "꽃잎"과 "저녁 노을"이 등장한다. "꽃잎"은 조지훈 시의 핵심적 이미지들 중 하나로서 생명의 잠재성이 화려하게 현현된 모습을 상징하는데, 따라서 "산새'와 "나그네"가 고독와 슬픔에 찬 유랑에서 환희와 위안을 얻을 수 있는 대상이다. 여기서 중요한 것은 "산새"와 "나그네"가 상호 대상적 존재인 동시에 분신이기도 하다면, 이들에게 "꽃잎"은 생명의 본질을 체현하는 환희와 절정으로서 형상화된다는 점이다. 즉 "산새"와 "나그네'가 '생명 공동체'로서 운명을 같이 하는 현실적 존재라면, "꽃잎"은 그 생명의 본질이 최대한 발현된 이상적 차원을 의미하는 것이다.

'완화삼玩花杉'이라는 시의 제목은 '꽃무늬 적삼을 즐긴다'는 뜻이지만, "나그네 긴 소매/꽃잎에 젖어"라는 대목은 '나그네"가 "꽃잎"에 의해 동화되는 모습이라는 점에 유의할 필요가 있다. 즉 "나그네"는 생명의 본질이 발현된 "꽃잎"에 의해 "젖어"드는 수동성을 지닌 존재이다. 한편 "저녁 노을"은 일단 "꽃잎"의 절정이자 최후라고 해석해 볼 수 있다. 생명이 자신의 잠재력을 유감없이 최대한 발휘하는 순간은 절정의 순간이자 죽음에 직면한 순간이기 때문이다. 그런데 화자는 왜 "이 밤 자면 저 마을에/꽃은 지리"라고 예감하는 것일까? "밤" 동안 "꽃잎"이 개화된 상태가 유지되고 아침에 진다면, "밤"은 어떤 상황을 의미하는 것일까? 이 질문을 염두에 두면서 논의를 계속 진행해 보자. "이 밤 자면 저 마을에"를 주목하면, 시적 화자 혹은 "나그네"는 "이 밭"에 속해 있고 "저 마을"과는 거리를 두고 있다. 즉 시적 화자는 "산새"와 더불어 "나그네"의 유랑 길에서 인간세계가 보여주는 생명의 환희와 절망, 그 잔치의 순간을 멀리서 바라볼 수 있을 뿐이다. 1연이 "산 바위'와 "하늘"의 거리를 보여준다면, 4연은 "나그네'와 "꽃"의 거리를 보여준다고 할 수 있다. 그리하여 1연에서 지상과 천상의 간극으로 인해 생겨나는 "산새"의 "우름"은, 5연에서 "나그네"의 "고요히/흔들리며 가"는 모습으로 전치되어 나타난다.

"다정하고 한 많음", 혹은 "병"으로 표현되는 "나그네"의 내면은 깊은 설움과 갈등으로 점철되어 있음을 짐작할 수 있다. "산새"의 "구슬피/우름" 우는 행위와 동일시될 수 있는, "나그네"의 '유랑("가노니")'은 이런 내면적 설움과 갈등으로 말미암아 "고요히"와 "흔들리며"라는 상반되는 두 가지 모습을 보여준다. 이 글이 주목하는 것은 바로 "산새"의 "우름" 및 "나그네"의 "고요히"와 "흔들리"는 상반된 모습이 조지훈 시의 미학적 원리를 이루는 청각적 이미지의 특성과 밀접히 연관된다는 점이다. 즉 지상과 천상의 간극, 나그네의 유랑의식과 생명의 본질 사이의 간극으로 인해 생겨나는 내면적 설움과 갈등은, 시적 형상화의 과정에서 "고요히"와 연관되는 '침묵'과, "흔들리며"와 연관되는 '소리'라는 두 가지 양태로 드러난다는 것이다. 조지훈 시의 전체적 의미 구조에서 "고요히"는 무동작성으로서 요동 없는 자세 및 '침묵'의 세계와 관련되고, 궁극적으로는 '영원'이라는 우주적 시간의식과 연관되는 것으로 보인다. 반면, "흔들리며"는 요동하는 움직임의 자세 및 '소리'의 세계와 관련되고, 궁극적으로는 '찰나'라는 현세적 시간의식과 연관되는 듯이 보인다.

지금까지 우리는 조지훈의 「완화삼」을 분석하여 다음과 같은 가설적 결과를 얻을 수 있었다. 첫째, 조지훈 시의 전체적 구도는 수직적 구도와 수평적 구도가 대비와 조화의 이중적 양태를 이루면서 나타난다. 둘째, 수직적 구도는 지상과 천상의 간극으로 인한 "산새"의 "우름"으로 형상화되고, 수평적 구도는 유랑의식과 생명의 본질 사이의 간극으로 인한 "나그네"의 '고요함'과 '흔들림'으로 형상화된다. 셋째, "나그네"

의 '흔들림'은 청각적 이미지로서 '소리'의 세계와 연관되고, 더 나아가 '찰나'라는 유한성의 시간의식과 상통한다. 넷째, "나그네"의 '고요함'은 청각적 이미지로서 '침묵'의 세계와 연관되고, 더 나아가 '영원'이라는 무한성의 시간의식과 상통한다. 이 글은 3장 이후로 조지훈 시의 구조화 원리로서 유랑하는 "나그네"의 '흔들림'과 '고요함'이라는 상반된 모습이, '소리'와 '침묵'이라는 두 가지 청각적 이미지의 양상과 관련되며, 궁극적으로는 '찰나'의 유한성과 '영원'의 무한성이라는 시간의식과 연관된다는 점을 구체적으로 규명하여 이 가설을 검증하고자 한다.

3. 자연의 소리 — 흔들림, 찰나, 현세적 갈등/정화

조지훈의 시에서 '소리'의 청각적 이미지는 주로 '자연의 소리' 계열과 인간이 연주하는 '악기의 소리' 계열로 구분된다. 그리고 '자연의 소리'는 다시 '무생물의 소리' 계열과 '동물의 울음소리' 계열로 구분된다. 우선 자연의 소리 중 '무생물의 소리' 계열로서 '바람 소리'를 살펴보자.

바람이 부는 벌판을 간다 흔들리는 내가 없으면 바람은 소리조차 지니지 않는다 머리칼과 옷고름을 날리며 바람이 웃는다 의심할 수 없는 나의 영혼이 나즉히 바람이 되어 흐르는 소리.

—「풀밭에서」부분

"바람"은 '움직임'을 동반한 "소리"를 들려준다. 중요한 것은 이 자연의 움직임과 소리는 화자의 '흔들림'으로부터 생겨난다는 점이다. 즉 정착하지 못하고 유랑하는 '나그네'의 내면적 갈등과 방황이 없다면 바람의 움직임과 소리도 존재하지 않는다. "나의 영혼이 나즉히 바람이 되어 흐르는 소리"는 화자의 내면이 바람의 움직임과 소리로 전이되는 과정을 선명히 보여준다. 결국 여기서 '무생물의 소리' 계열인 "바람" "소리"는 화자의 내면적 설움과 고뇌에 호응하는 청각적 이미지이다. 이를 전제로 '무생물의 소리' 계열로서 '물소리'를 살펴보자.

외로이 흘러간
한송이 구름
이 밤을 어디메서
쉬리라던고

성긴 빗방울
파촛잎에 후두기는 저녁 어스름
창 열고 푸른 산과
마조 앉어라

들어도 싫지 않은
물 소리기에
날마다 바라도
그리운 산아

온 아츰 나의 꿈을
스쳐간 구름

이 밤을 어디메서

쉬리라던고

— 「파초우芭蕉雨」 전문

  이 시의 "물 소리"는 "파촛잎에 후두기는" "성긴 빗방울" 소리이다. "빗방울"은 "외로"운 "한송이 구름"에서 떨어진 것으로서, 고독과 슬픔을 안고 유랑하는 "구름"이 "흘러간" 결과로 생겨난 것이다. 그런데 이 "구름"의 고독과 슬픔과 방황은 화자의 내면과 밀접히 연관되는 듯하다. 4연의 "나의 꿈을/스쳐간 구름"을 보면, "구름"에는 "나의 꿈"의 흔적이 묻어 있다. 따라서 우리는 화자의 '유랑의식'이 "꿈"이라는 어떤 소망 및 염원과 불가분의 관계에 있음을 알게 된다. 이처럼 조지훈 시의 화자가 보여주는 '유랑의식'은 어떤 소망 및 염원과 관련되며, 고독과 슬픔과 방황은 그 추구 과정의 고단함이나 좌절로 인해 생겨난다고 짐작할 수 있다.

  인용 시에서 소망 및 염원에 근접하는 이미지로 등장하는 것은 2연의 "푸른 산"이다. "푸른 산"은 인간세계의 욕망과 갈등이 제거된 청정무구한 순수 자연을 표상한다고 볼 수 있다. "날마다 바라도/그리운 산"은 화자가 지향하는 이상적 가치로서 "산"이 자리 잡고 있음을 엿보게 한다. "푸른 산"을 지향하는 화자의 소망과 염원은 유랑하는 "구름"에 이입되고, 그것이 뿌리는 "빗방울"은 화자로 하여금 각성을 일으켜 "푸른 산"과 대면할 수 있게 한다. 그럼에도 불구하고 1연과 4연에 반복되는 "이 밤을 어디메서/쉬리라던고"는 "구름"의 유랑과 방황이 종결되지 않고 지속되리라는 예감을 담고 있다. 그러므로 "빗방울"이 들려주는 "물 소리"는 화자가 "푸른 산"으로 대변되는 이상적 가치를 추구하며 유랑하는 과정에서 생겨나는 고독과 슬픔과 방황의 산물인 동시에, 그것을 딛고 각성의 계기를 제공하는 매개물이기도 하다. 여기서 "밤"은 구름이 유랑을 지속하는 시간적 배경뿐만 아니라 시적 화자가 처한 존재론적 상황을 의미한다고 볼 수 있다.

조지훈의 시에서 자연의 소리 중 '무생물의 소리' 계열이 지상적 존재의 흔들림, 즉 현세적 고뇌와 슬픔을 찰나적으로 형상화하면서 각성의 계기를 마련한다면, 자연의 소리 중 '동물의 울음소리' 계열은 현세적 갈등을 정신적으로 정화하고 승화하여 궁극적 무한의 세계로 상승하려는 시도 및 그 한계를 보여준다. 먼저 '꾀꼬리 소리'를 살펴보자.

> 벽에 기대 한나절 조을다 깨면 열어제친 窓으로 흰구름 바라기가
> 무척 좋아라
>
> 老首座는 오늘도 바위에 앉아 두눈을 감은채로 念珠만 센다
>
> 스스로 寂滅하는 宇宙 가운데 몬지 앉은 經이야 펴기 싫어라
>
> 篆煙이 어리는 골 아지랑이 피노니 떨기낡에 우짖는 꾀꼬리 소리
>
> 이 골안 꾀꼬리 고운 사투린 梵唄소리처럼 琅琅하고나
>
> 벽에 기대 한나절 조을다 깨면 지나는 바람결에 속잎 피는 古木이
> 무척 좋아라
>
> —「앵음설법鶯吟說法」 전문

수행승으로 보이는 화자는 절에서 "벽에 기대 한나절 조을다 깨"는

순간에 "흰구름"을 바라보기도 하고, "바람결에 속잎 피는 고목"을 완상玩賞하기도 한다. "두눈을 감은채로 염주만" 세는 "노수좌老首座"와는 달리, 화자는 "흰구름"과 "바람"과 "고목"으로 형상화되는 자연의 풍경을 감상하는 것이다. 여기서 우리가 주목하는 것은 "흰구름"과 "바람"의 정체이다. "구름"과 "바람"은 머물지 않고 끝없이 이동하는 속성을 가지므로 '유랑'의 의미와 연관된다. "고목"에 "속잎 피는" 생명의 발현이 "바람결"에 말미암는 것은 이동과 유랑의 운동성 속에 어떤 생명력이 잠재되어 있기 때문일 것이다. 이것은 "흰구름"과 "바람"의 움직임이 지향하는 세계가 우주적 생명의 근원이라는 사실을 암시하는 듯하다.

이 생명적 근원의 자리는 3연에서 "몬지 앉은 경經"과 대비되는 "스스로 적멸하는 우주"로 형상화되고 있다. "적멸"은 일체의 번뇌에서 해탈한 불생불멸不生不滅의 높은 경지인 '열반涅槃'을 의미하는데, "스스로 적멸하는 우주"는 욕망과 고뇌와 갈등으로 둘러싸인 인간세계와는 차원이 다른 우주적 무無와 생명의 세계라고 볼 수 있다. 무無인 동시에 생명이 충만한 세계인 "적멸하는 우주"는 "흰구름"과 "바람"의 이동과 유랑을 통해 근접할 수 있는 세계인데, 화자는 "속잎 피는 고목"을 통해 불완전하게나마 그 세계를 엿볼 수 있을 뿐이다. 이런 인간의 노력과 한계가 "꾀꼬리 소리"와 중첩되어 형상화된다. "꾀꼬리 고운 사투린 범패梵唄 소리처럼 낭랑"하다는 구절은 이 점을 잘 보여준다. 결국 조지훈 시에 나타나는 동물의 울음소리로서 '꾀꼬리 소리'는 세속적 욕망과 고뇌와 갈등을 정신적 승화 작용을 통해 해소함으로써 우주적 생명의 근원에 근접하려는 인간적 수행 및 그 불완전성이라는 의미 맥락을 가지는 것이다. 다음으로 '동물의 울음소리' 계열로서 '비둘기 울음소리'를 살펴보자.

강냉이 수숫대 자란
푸른 밭을 뜰로 삼고

구름이 와서 자다
흘러가고……

가고 가면 무덤에
이른다는 오솔길이

비둘기 우는 밭머리에
닿았습니다

외로이 스러지는 生命의
모든 그림자와

등을 마주대고 돌아 앉아
말 없이 우는 곳

至大한 空間을 막고
다시 無限에 통하나니

내 여기 기대어
깊은 밤 빛나는 별이나

이른 아침

떨리는 꽃잎과 얘기하여라

— 「창窓」 전문

1연의 "푸른 밭"은 인간이 삶을 영위하는 현실의 공간을 의미하는데, 2연의 "구름"은 여기에 잠시 머물다가 "흘러"간다. 앞서 언급한 대로, "구름"의 "흘러"감은 고독과 슬픔을 안고 유랑하는 시적 화자의 내면세계와 중첩되는 것으로서, 근원적 생명의 세계를 추구하는 과정을 형상화한다. 그런데 2연의 "흘러가고……"와 3연의 "가고 가면" 사이에는 모종의 단절이 존재하는 듯하다. "구름"의 "흘러"감은 고달픈 유랑에도 불구하고 우주적 근원의 자리에 근접한다는 기대가 내포되어 있지만, "가고 가면" "이른다는" "무덤"은 인간적 유랑의 종착점에 죽음이 기다리고 있다는 허무의식을 내포하기 때문이다. 4연에서 화자는 이런 "무덤"에 이르는 "오솔길"에서 "비둘기 우는 밭머리"에 도달한다. 여기서 '비둘기 울음'은 궁극적 생명의 본질을 추구하지만 그것에 도달하지 못하고 소멸되어가는 생명의 유한성과 관련되는 듯이 보인다. "외로이 스러지는 생명의/모든 그림자"가 이를 표상하며, 이것과 "등을 마주하고 돌아 앉아/말 없이 우는" 화자 역시 유한한 생명으로 인한 슬픔의 세계에 침잠하고 있다. 결국 '비둘기 울음'은 죽음과 소멸의 운명을 겪는 유한성과 인간적 한계로 인한 슬픔의 정한을 표상한다. 그런데 6연에서 7연으로의 비약이 바로 "말 없이 우는 곳"에서 비롯된다는 점에 조훈 시의 중요한 비밀 하나가 놓여 있다.

7연은 "무덤"과 '비둘기 울음'과 "스러지는 생명의/모든 그림자" 등의 이미지들을 종합하는 이미지로서 "지대至大한 공간"을 제시한다. 그리고 이것을 막고 "다시 무한에 통하"는 장면은 적막과 소멸로 인해 막힌 현실을 뚫고 생명의 궁극적 본질의 세계로 진입하는 모습을 보여준다. 여기서 "다시"라는 단어를 주목하면, 화자가 이전에 이미 "무한에 통하"는 경험을 한 바 있다는 사실을 알 수 있다. 이 경험을 시인의 시의 식 내부에서 찾을 수도 있겠지만, 인용 시 자체에서 찾는다면 2연의 "……" 속에 내재되어 있다고 볼 수도 있다. "흘러가"는 "구름"은 궁극적으로 무한의 세계를 지향하는데, 화자는 구름의 운명에 자신을 개입시키기도 하기 때문이다. 8연과 9연에는 이 궁극적 무한의 세계와 연결되는 통로로서 "별"과 "꽃잎"이 등장한다. "빛나는 별"과 "떨리는 꽃잎"은 "깊은 밤"과 "이른 아침"을 이어주면서 "무한"의 세계, 혹은 그것과 통하는 연결고리로서 작용한다. 앞서 「완화삼」에서 '꽃잎'이 생명의 잠재성이 최대한 발현된 양상을 상징한다고 언급했는데, 여기서 '별'과 더불어 '꽃잎'은 무한의 세계, 혹은 그것과의 연결고리로서 형상화되고 있다. 이런 측면에서 조지훈의 대표작 중 하나인 「낙화落花」를 재음미해 볼 필요가 있다. '동물의 울음소리' 계열로서 '귀촉도 울음' 뿐만 아니라 '꽃'과 '별'의 이미지에도 주목하면서 읽어보자.

> 꽃이 지기로소니
> 바람을 탓하랴
>
> 주렴 밖에 성긴 별이
> 하나 둘 스러지고
>
> 귀촉도 울음 뒤에
> 머언 산이 닥아서다.
>
> 촛불을 꺼야하리

꽃이 지는데

꽃 지는 그림자
뜰에 어리어

하이얀 미닫이가
우런 붉어라.

묻혀서 사는 이의
고운 마음을

아는 이 있을까
저허하노니

꽃이 지는 아침은
울고 싶어라.

─「낙화洛花」 전문

　지금까지 인용 시에 대해 많은 논의와 허석이 행해져 왔는데, 이 글은 앞서 언급한 조지훈 시의 상징체계에 근거하여 새로운 해석을 시도해 보고자 한다. 「낙화」는 「창」과 비교할 때 핵심적인 이미지가 유사하게 등장하는데, 시상 전개에 있어서 역으로 대칭을 이루며 진행된다. 즉 「창」에서 "구름"의 "흘러"감─'비둘기 울음'─"외로이 스러지는 생명"─"말 없이 우는 곳"─"무한"─"별"과 "꽃잎"으로 전개되는 시의 구도는, 「낙화」에서 각각 "바람", "귀촉도 울음", "꽃이 지"고 "별"이

스러짐, "묻혀서 사는 이의/고운 마음", "머언 산", "꽃"과 "별"과 "촛불" 등으로 대칭적으로 형상화되며 시상 전개의 순서만 변화되어 나타난다. 총 9연이며 각 연이 2행으로 이루어지는 독특한 구성도 동일하다.[15]

1연과 2연에서 "꽃"과 "별"은 「창」의 해석과 연관할 때, 무한, 즉 생명의 궁극적 본질이나 그것과 연결되는 통로이다. 그리고 4연의 "촛불"은 여기에 근접하기 위해 시도되는 인간적 정화와 승화의 행위라고 해석될 수 있다. 따라서 "꽃이 지"고 "별"이 스러지며 "촛불"을 끄는 것은 무한의 세계로 진입하는 연결고리가 끊어지고 소멸되는 현상인데, "바람을 탓"할 수 없는 이유는 "바람"으로 인해 "꽃이 지"는 것이 아니기 때문이다. 앞서 시도한 해석을 참고하면, 오히려 '바람'은 '구름'의 흘러감을 도와 근원적 생명의 세계에 근접하는 동력을 제공한다. 그러면 이 시에서 "꽃이 지"는 원인이 되는 것은 무엇일까? 이것은 "아침"의 도래와 관련성이 깊은 듯이 보인다. 1연의 "꽃이 지"는 것뿐만 아니라 2연의 "별"이 "스러지"는 것, 4연의 "촛불"을 "꺼야하는" 것, 9연의 "꽃이 지는 아침" 등은 모두 "아침"이 오는 현상과 밀접히 연관되어 있다.

결국 "별", "촛불"과 유사한 이미지 계열인 "꽃"은 "아침"의 도래로 인해 지는데, 이때 발생하는 것이 3연의 "귀촉도 울음"과 9연의 화자의 "울고 싶"은 마음이다. 이 두 울음은 「창」의 '비둘기 울음'과 마찬가지로, 궁극적 무한의 본질을 추구하지만 그것에 도달하지 못하고 소멸되는 생명의 유한성에 기인한다. 여기서 중요한 점은 "묻혀서 사는 이의/고운 마음"과 "머언 산"의 정체이다. 무한한 생명의 근원과 연결되는 통로인 "꽃"과 "별"과 "촛불"은 모두 '밤'의 세계에서 존재한다. 따라

---

15) 의미 단락 및 호흡에 있어서 「창」이 1~2연, 3~4연, 5~6연, 7~9연의 네 단락으로 구성되는 반면, 「낙화」는 1~3연, 4~6연, 7~9연의 세 단락으로 구성된다는 점에서는 차별성이 있다.

서 '밤'은 무한의 세계에 근접하는 시간적 배경으로 자리 잡으면서, "묻혀서 사는 이"가 거처하는 존재론적 상황이나 공간을 의미하기도 한다. 즉 "묻혀서 사는 이의/고운 마음"은 "아침"이 오면 소멸하는 '밤'의 세계로서, "꽃"과 "별"과 "촛불"을 통해 무한한 생명의 세계를 염원하는 시적 화자의 내면 공간이다. 8연의 "아는 이 있을까/저허하"는 화자의 두려움은 무한으로 연결되는 이 '밤'의 세계가 화자 내면에 숨어 있는 은밀하고 심층적인 세계임을 암시한다. 그렇다면 앞서 분석한 「완화삼」의 "밤"과 「창」의 "말 없이 우는 곳"도 이와 유사한 위상을 가진 이미지로서, 슬픔과 적막의 세계에서 우주적 무한의 세계로 비약적으로 진입하는 거점據點을 형성한다고 볼 수 있다. 한편 이런 '밤'이 사라지고 "아침"이 오기 직전에 "귀촉도 울음" 뒤에 다가서는 "머언 산"은, 「파초우」의 "푸른 산"과 마찬가지로 청정무구한 순수 자연의 표상으로서 화자가 지향하는 이상향이지만, 궁극적 무한과 통하는 '밤'의 세계가 소멸하는 순간의 슬픔과 좌절도 내포하고 있다.

4. 악기의 소리 — 율동과의 융합, 궁극적 생명의 지향

조지훈의 시에서 인간이 연주하는 '악기의 소리' 계열은 춤의 율동과 혼연일체가 되면서 현세적 번뇌를 정화하고 승화하여 궁극적 생명의 세계에 근접하려는 의지를 보여준다. '악기의 소리' 계열로서 '꾀꼬리 소리'와 '북소리'를 살펴보자.

眞珠구슬 오소소 오색 무늬 뿌려 놓고
긴 자락 칠색線 花冠몽두리.

水晶하늘 半月속에 彩衣입은 아가씨
피리 젓대 고운 노래 잔조로운 꿈을 따라

꽃구름 휘몰아서 발 아래 감고
감은 머리 푸른 수염 네 활개를 휘돌아라

맑은 소리 품은 鼓 한송이 꽃을
蝴蝶의 나래가 싸고 돌더니

풀밭에 앉은 나비 다소곳이 물러가고
꿀벌의 날개 끝에 맑은 청 鼓가 운다.

銀무지개 넘어로 작은 별 하나
꽃수실 채색무늬 花冠몽두리.

─「무고舞鼓」 전문

이 시는 화려한 무희의 자태 및 춤 동작과 피리 및 노래 소리를 조화
시켜 무고舞鼓를 형상화한다. '무고舞鼓'는 고전 무용의 북춤에서 쓰이
는 북, 혹은 북춤 자체를 의미한다. 작품의 전체적인 구성은 무희의 자
태(1~2연)─춤 동작(3~4연)─자연물과 무희의 자태(5~6연)로 이루어진
다. 1연은 "진주구슬" "오색 무늬" "칠색선線" "화관花冠몽두리" 등으로
무희의 자태를 묘사하고, 2연은 "수정하늘"과 "반월半月"의 배경 속에
"채의彩衣입은 아가씨"를 등장시킨다. 이 시가 비중을 두는 대목은 무희
의 춤 동작에 대한 묘사인데, 3~4연에서 "꽃구름" "발" "머리" "푸른 수
염" "한송이 꽃" "호접의 나래" 등의 명사에 "휘몰아서" "감고" "휘돌

아라” “싸고 돌더니” 등의 동사를 연결시킴으로써, 무희의 춤 동작을 섬세하고 미려하게 묘사하고 있다.

여기서 주목할 대목은 춤 동작과 결부된 악기 소리의 청각적 이미지이다. 2연의 “피리 젓대”, 4연의 “맑은 소리 품은 고鼓”, 5연의 “맑은 청고”가 그것인데, 이 악기 소리는 춤 동작의 원천이 되면서 동시에 그것과 유기적으로 융합되어 ‘무고舞鼓’를 형상화한다. 가로 대고 부는 피리(적笛)를 의미하는 “피리 젓대”는 “고운 노라”와 조화를 이루어 “간조로운 꿈” 길의 분위기를 형성하고, “맑은 소리 품은 고”는 “한송이 꽃을/호접의 나래가 싸고” 도는 모습과 융합되어 은근한 에로스적 풍류의 뉘앙스를 조성하며, “맑은 청 고”는 나비가 물러간 후 찾아온 “꿀벌의 날개”와 더불어 그 떨림의 동작성과 음향을 절묘하게 형상화한다. 이처럼 “피리 젓대”와 “맑은 청 고”의 청각적 이미지는 춤의 율동과 혼연일체가 되면서 ‘무고舞鼓’를 유기적인 전체로서 형상화하는 데 중요한 역할을 담당한다.

한편 1연과 6연에 나타나는 “화관몽두리”의 “꽃”과 6연에 등장하는 “별”을 주목해 보자. 조지훈 시의 상징체계에서 “꽃”과 “별”은 지상적 존재의 슬픔과 적막과 고뇌를 승화시켜 궁극적 무한의 세계와 연결시키는 통로로서 형상화된다. 따라서 이 시에서 춤의 율동과 함께 “피리 젓대”와 “맑은 청 고”의 악기소리는 “화관몽두리”를 쓰고 “작은 별”들 염원하며 북춤을 추는 무희의 내면의식을 표상함으로써, 현세적 번뇌를 정화하고 승화하여 궁극적 생명의 세계에 근접하려는 의지를 보여주는 것이다. 다음으로 ‘악기의 소리’ 계열로서 ‘가야금 소리’를 살펴보자

3

風流 가얏고에 이는 꿈이 가이 없다 열두줄 다 끊어도 울리고 말

이 心思라.

　줄줄이 고로 눌러 맺힌 시름 풀이랐다 머리를 끄덕이고 손을 잠간
슬적들어

　뚱 뚱 뚱 두두 뚱뚱 홍홍 응 두두 뚱 뚱 調格을 다 잊으니 손 끝에
피맺힌다.

　구름은 왜 안가고 달빛은 무삼일 저리 흰고 높아가는 물소리에 靑
山이 무너진다.

―「가야금伽倻琴」 부분

　"풍류 가얏고"라는 표현은 '가야금'을 연주하는 것이 '풍류'와 깊은
관련이 있음을 알려준다. '풍류'는 "꿈"과도 연결되는데, 여기서 "꿈"
은 무엇을 의미하는 것일까? "열두줄 다 끊어도 울리고 말 이 심사"는
화자의 심정이 설움과 정한으로 맺혀 있음을 암시한다. "줄줄이 고로
눌러 맺힌 시름"이 이를 뒷받침하는데, 이 시름을 풀어주는 것이 '가야
금' 연주이므로, "꿈"은 설움과 정한을 정화시켜 도달하는 궁극적 무한
의 경지라고 간주될 수 있을 것이다.

　이 시 역시 '가야금'을 연주하는 동작과 음향이 결부되어 형상화되
는데, "머리를 끄덕이고 손을 잠간 슬적들어"가 연주하는 동작이라면,
"뚱 뚱 뚱 두두 뚱뚱 홍홍 응 두두 뚱 뚱"이 '가야금' 소리의 청각적 이
미지에 해당한다. 가야금의 음향을 직접적으로 제시한 것이 특징인데,
이것은 언어로 형상화하기 어려운 악기의 소리를 최대한 생생하게 묘
사하려는 고심의 결과라고 볼 수 있다. 연주 동작과 악기 소리의 융합은

음악적 규칙을 뜻하는 "조격調格"이라는 단어를 통해 그 규율성이 표현되고 있다. 그런데 "조격을 다 잊으니 손 끝에 피 맺힌다"는 대목은 '가야금' 연주자의 "맺힌 시름"의 깊이와 이어 대응하는 예술적 몰입의 강도를 암시한다. "조격을 다 잊"고 "손 끝에 피 맺"힐 정도로 연주에 몰두하는 태도는, 현세적 고뇌와 갈등을 정화하고 승화하여 무한한 정신의 세계로 진입하려는 화자의 의지를 보여준다. 그러나 '구름'은 "안가고" "달빛"은 희며 "높아가는 물소리에 청산이 무너"지는 것은 이런 노력에도 불구하고 궁극적 생명의 근원에 근접하는 것이 지난한 일이라는 사실을 드러내고 있다.

한편 대부분의 조지훈 시에서 인간의 '악기 소리'는 '동물의 울음소리'와 상호 조응하는 관계를 보여준다.

다락에 올라서
피리를 불면

萬里 구름ㅅ길에
鶴이 운다

(…중략…)

다락에 기대어
피리를 불면

꽃비 꽃바람이
눈물에 어리어

바라뵈는 紫雲山
열두 봉우리

싸리나무 새순 뜯는
사슴도 운다.

― 「피리를 불면」 부분16)

화자가 "피리를 불면" "학이 운다". 화자가 부는 악기인 "피리" 소리
에 "학"이 '울음'으로 화답하는 것이다. 화자의 "피리" 소리는 "만 리
구름ㅅ길"을 따라가는 '나그네'의 유랑이 지닌 내면적 갈등과 그 승화
의 표현으로 이해된다. 따라서 이것에 호응하는 "학"의 '울음' 또한 설
움과 갈등 및 그 승화의 차원을 내포한다고 볼 수 있다. 후반부에 제시
되는 "꽃비 꽃바람이/눈물에 어리어"라는 구절은 '나그네'로 대표되는
시적 자아가 슬픔의 세계에 깊이 침잠하고 있음을 보여준다.

여기서 "꽃비 꽃바람"은 "꽃"이 지는 장면을 "비" 및 "바람"의 이미
지와 결부시키는데, "꽃"이 지는 것은 생명의 본질이자 절정이 추락하
고 쇠락하는 비극적 상황을 암시한다. 따라서 화자가 "눈물에 어리어"
"바라뵈는 자운산紫雲山"은 신비로운 자연의 세계를 암시하지만, "만 리
구름ㅅ길"과 등등한 의미 맥락을 가지는 나그네의 유랑 과정을 의미하
기도 한다. 여기서 "싸리나무 새순 뜯는/사슴도" 우는 까닭은 현세적 갈
등과 고뇌로 인한 내면적 슬픔이 완전히 제거되지 않은 때문으로 보인
다. 결국 이 시는 화자의 현세적 설움과 갈등 및 그것을 승화하려는 '피

---

16) 이 시는 『청록집』(을유문화사, 1946)에 수록된 작품으로서, 『풀잎 단장』(창조사, 1952)에 「의루취
　　적倚樓吹笛」이라는 제목으로 재수록된 바 있다. 『조지훈 전집 1―시』, 앞의 책, pp.30~31, pp.68~69.
17) 이 시에 대한 해석은 졸고, 「매체와 시적 시선―1960년대 시의 문화 인식」, 앞의 글, pp.48~50을 토
　　대로 하였음.

리’ 소리에 “학”의 ‘울음’과 “사슴”의 ‘울음’이 화답하는 모습을 보여
준다. 조지훈의 시에서 인간의 악기 소리와 동물의 울음소리가 상호 조
응하며 고전적 우아미를 형상화한 대표적인 작품으로 「고풍의상古風衣
裳」을 들 수 있다.

하늘로 날을듯이 길게 뽑은 부연끝 풍경이 운다

처마끝 곱게 늘이운 주렴에 半月이 숨어

아른 아른 봄밤이 두견이 소리처럼 깊어가는 밤

곱아라 고아라 진정 아름다운지고

파르란 구슬빛 바탕에 자주빛 호장을 받친 호장저고리

호장저고리 하얀 동정이 환하니 밝도소이다

살살이 퍼져나린 곧은 선이 스스로 돌아 曲線을 이루는 곳

열두폭 기인 치마가 사르르 물결을 친다

초마 끝에 곱게 감춘 雲鞋 唐鞋

발자취 소리도 없이 대청을 건너 살며시 문을 열고

그대는 어느 나라의 古典을 말하는 한마리 蝴蝶

蝴蝶인양 사푸시 춤을 추라 蛾眉를 숙이고……

나는 이밤에 옛날에 살아 눈 감고 거문곳줄 골라보리니

가는 버들인양 가락에 맞추어 흰손을 흔들어지이다

—「고풍의상古風衣裳」 전문

시적 화자는 일차적으로 중심 제재인 “호장저고리”의 선과 형태 등
외형적 모습을 묘사하면서, 춤의 율동을 염원하며 권유한다.[17] 기(1~3
행)—승(4~8행)—전(9~12행)—결(13~14행)의 구성 속에서 ‘승’과 ‘전’
에 해당하는 부분이 ‘고풍의상’의 외관에 대한 시각적 형상화와 축에

대한 염원 및 권유를 표현한 부분이다. '승'에서 "파르란" "자주빛" "하얀"이 드러내는 색채 감각과, "살살이 퍼져나린 곧은 선" "곡선을 이루는 곳" "물결을 친다"가 드러내는 선과 형태에 대한 시각적 묘사가 형상화되고, '전'에서는 "호접蝴蝶"에 비유된 "그대"로 하여금 "춤을 추라"는 율동에의 권유가 형상화된다.

그런데 우리가 주목하는 것은 '기'와 '결'에 제시된 일련의 청각적 이미지의 특성이다. '기'의 "풍경이 운다"와 "두견이 소리"라는 자연의 소리와, '결'의 "거문곳줄"과 "가락에 맞추어"라는 음악적 선율은 '승'의 의상에 대한 시각적 묘사와 '전'의 춤에 대한 염원을 발생시키는 영감의 원천인 동시에, 이러한 시각적 이미지 및 율동과 분리되지 않고 혼융되어 조지훈 시의 미학적 구조를 완성시키는 중요한 요소로 작용한다. "거문곳줄"의 "가락"은 "두견이 소리"와 더불어 유한한 현세적 고뇌와 갈등을 통과하여 무한한 생명적 근원의 자리로 승화하려는 예술적 노력에 해당한다.

5. 침묵 ─ 고요, 영원, 우주적 무한과의 조화

조지훈의 시에서 '나그네'의 '흔들림'이 청각적 이미지로서 '소리'의 세계와 연관되고, 더 나아가 '찰나'라는 유한성의 시간의식 및 고전적 곡선의 시간의식과 연관된다면, '나그네'의 '고요함'은 청각적 이미지로서 '침묵'의 세계와 상통하고, 더 나아가 '영원'이라는 무한성의 시간의식과 연관된다. '침묵'의 세계가 가장 선명하게 나타나는 작품은 「고사古寺 1」이다.

木魚를 두드리다
졸음에 겨워

고오운 상좌아이도
잠이 들었다.

부처님은 말이 없이
웃으시는데

西域 萬里ㅅ 길
눈 부신 노을 아래

모란이 진다.

—「고사古寺 1」 전문

　　이 시는 불교적 선禪의 세계가 정형시에 가까운 절제된 형식 속에 표현된 작품이다. "상좌아이"가 두드리"는 "목어木魚" 소리는 앞선 살펴본 '자연(무생물/동물)의 소리' 계열과 '악기의 소리' 계열이 혼융된 종교적 수행의 청각적 이미지로 간주될 수 있다. 이 "아이"가 "고오운" 이유는 지상적 욕망과 고뇌에 물들지 않은 순진무구한 동심의 세계에 속해 있기 때문일 것이다. "졸음에 겨워" 드는 "잠"의 세계가 이런 해석을 뒷받침한다.

　　이 "잠"의 세계는 3연의 "말이 없이/웃으시는" "부처님"의 세계 및 4연의 "서역 만 리ㅅ 길/눈 부신 노을"의 세계와 동시에 거리를 두고 그 간극을 매개하는 점이지대와도 같다. 앞서 살핀 조지훈 시의 상징 체계에 의하면, "서역 만 리ㅅ 길"은 고독과 슬픔과 고뇌를 안고 유랑하는 '나그네'의 여정을 의미하고, "눈 부신 노을"은 이 과정에서 겪는 생명의 절정이자 쇠락의 찰나적 순간을 의미한다. 5연에서 생명의 결정체인 "모란"이 지는 것은 바로 그것의 소멸을 상징한다. 반면 "부처님"의 '침묵'과 '웃음'은 '나그네'의 유랑의식, 생명의 절정과 쇠락과 소멸, "상좌아이"의 순진무구한 동심의 세계 등과 모두 거리를 두면서 궁극적인 생명의 세계를 암시하고 있다. 이 세계는 아마 '나그네'의 유랑의식에 원인을 제공하는 근대적 시간의식을 초월하는 근원적이고 무한한 시간성에 토대를 두고 있는 듯하다.

실눈을 뜨고 벽에 기대인다 아무것도 생각할수가 없다

짧은 여름밤은 촛불 한자루도 못다녹인채 사라지기 때문에 섬돌 우에 문득 石榴꽃이 터진다

꽃망울 속에 새로운 宇宙가 열리는 波動! 아 여기 太古쩍 바다의 소리없는 물보래가 꽃잎을 적신다

방안 하나 가득 石榴꽃이 물들어 온다 내가 石榴꽃 속으로 들어가 않는다 아무것도 생각할수가 없다

―「아침」 전문

1연과 4연에 반복되어 수미쌍관을 이루는 "아무것도 생각할수가 없다"라는 문장이 의미하는 바는 무엇일까? 이것은 일단 2연의 "석류꽃이 터"지는 현상 및 4연의 "방안"에 "석류꽃이 물들어" 오고 "내가 석류꽃

속으로 들어가 앉는" 현상의 결과로 간주될 수 있다. "석류꽃이 터지는 것은 생명의 잠재성이 최대한 발현되는 절정의 순간을 상징하는데, "내가 석류꽃 속으로 들어가 앉는" 것은 이러한 생명의 근원적 본질과 혼연일체가 되는 경지를 표현한 것으로 이해된다. 따라서 이때 화자는 "아무것도 생각할수가 없"는 무념무상의 상태를 경험하게 된다.

2연에는 "석류꽃이 터"지는 이유로서 "촛불 한자루도 못다녹인채 사라지"는 "짧은 여름밤"이 제시된다. "밤"은 조지훈 시의 상징체계에서 무한한 생명의 공간과 연결될 수 있는 거점이며, "촛불"은 이 궁극적 세계에 근접하기 위해 화자가 추구하는 정신적 정화와 승화를 의미한다. 따라서 "석류꽃"은 "밤"과 "촛불"이 사라지는 찰나에 이를 대신하여 화자의 눈앞에 펼쳐지는 근원적 생명의 표상이라고 해석할 수 있을 것이다. 3연에서 "꽃망울 속에 새로운 우주가 열리는 파동"을 발견하는 것은 이러한 이유 때문이다. 이때 주목해야 할 것은 "우주가 열리는 파동"과 함께 펼쳐지는 "태고쩍 바다"가 "소리없는 물보래"를 일으킨다는 점이다. "태고쩍 바다"는 "우주"라는 보편적 시공간을 대표하는 특정한 시공간으로서 근원적 생명의 세계를 의미한다면, "물보라"는 "열리는 파동"과 상응하는 역동적 움직임을 보여준다. 이때 "소리 없"음은 근원적 생명의 세계와 그 '움직임'이 지닌 '침묵'의 속성을 선명히 보여준다.

여기서 중요한 사실은 "우주"와 "태고쩍 바다"가 '침묵'의 '역동적 움직임'을 보여주는 시간대가 "밤"의 절정과 소멸 사이에 놓여 있다는 점이다. 결국 이 시는 "밤"과 "촛불"이 사라지고 "석류꽃이 터"지는 순간에, 근원적 생명의 세계가 '침묵'의 '역동적 움직임'을 보여주는 광경을 형상화하고 있다. '밤'과 '침묵'이 무한한 생명의 본질과 연관되어 형상화되는 또 다른 작품으로 「밤」을 살펴보기로 하자.

누구가 부르는듯
고요한 밤이 있습니다.

내 영혼의 둘렛가에
보슬비 소리 없이 나리는
밤이 있습니다.

여윈 다섯 손가락을
촛불 아래 가즈런히 펴고

紫檀좁 연기에 얼굴을 부비며
울지도 못하는 밤이 있습니다.

하늘에 살아도
우러러 받드는 하늘은 있어
구름 밖에 구름 밖에 높이 나는 새

창턱에 고인 흰뺨을
바람이 만져 주는
밤이 있습니다.

—「밤」 전문

이 시에서 "밤"은 "고요"하고 보슬비도 "소리 없이" 내린다. 이 "밤"
의 '고요'와 '침묵'은 일견 고독과 슬픔의 세계를 형상화하는 듯하지
만, 화자가 "영혼의 둘렛가"에서 무한의 경지를 대면하거나 엿볼 수 있

는 시간적 배경이나 존재론적 상황이라고 해석할 수 있다. "촛불"과 "자단향紫檀香 연기"가 궁극적 생명의 본질을 염원하는 화자의 태도를 상징한다면, "울지도 못하는" 것은 현세적 갈등과 고뇌를 정화하고 무한의 세계로 진입하는 것이 고통스럽고 지난한 일이라는 사실을 말해 준다.

5연에 등장하는 "새"는 슬픔과 적막을 안고 유랑하는 '나그네'로서 화자의 분신인 듯하지만, '나그네'의 한계를 넘어 무한의 세계에 근접하는 존재로 간주될 수 있다. "새"는 "하늘에 살아도/우러러 받드는 하늘"이 있고, "구름 밖"으로 "높이" 날기 때문이다. 6연의 '바람'은 "구름 밖"으로 날지 못하는 화자의 "창턱에 고인 흰빰"을 위로함으로써 화자와 "새" 사이의 간극을 이어주는 이미지라고 볼 수 있다. 이처럼 조지훈의 시에서 '밤'과 밀접히 연관되는 '침묵'은 '무한한 생명의 세계'를 암시하는 동시에, 그 세계로의 진입이 어렵기 때문에 생겨나는 고통과 슬픔을 내포하기도 한다. 이런 관점은 조지훈의 대표작인 「승무僧舞」를 통해서도 살펴볼 수 있다.

얇은 紗 하이얀 고깔은 고이 접어서 나빌네라

파르라니 깎은 머리 薄紗 고깔에 감추오고
두볼에 흐르는 빛이 정작으로 고와서 서러워라

빈 臺에 黃燭불이 말 없이 녹는 밤에
오동잎 잎새마다 달이 지는데

소매는 길어서 하늘은 넓고

돌아설듯 날아가며 사뿐이 접어올린 외씨보선이여

까만 눈동자 살포시 들어

먼 하늘 한개 별빛에 모도우고

복사꽃 고운 뺨에 아롱질듯 두 방울이야

세사에 시달려도 煩惱는 별빛이라

휘여져 감기우고 다시 접어 뻗는 손이

깊은 마음 속 거룩한 合掌인양 하고

이밤사 귀또리도 지새우는 三更인데

얇은 紗 하이얀 고깔은 고이 접어서 나빌네라

— 「승무僧舞」 전문

　이 시는 지금까지 살펴본 조지훈 시의 상징체계로서 청각적 이미지인 '침묵'과 "귀또리" 소리, 그리고 무한으로의 통로 혹은 정신적 지향점으로서 "별빛"의 이미지가 핵심을 이룬다.[18] '승무'를 바라보는 시적 시선은 주로 시각적 이미지에 초점을 맞추고 있으며, 시작 기법도 풍경 혹은 율동의 시각적 묘사에 치중하고 있는 듯하다. 그런데 사실 이런 현상 내부에서 작품의 심층을 지배하는 것은 "빈 대에 황촉불이 말 없이 녹는 밤"의 '고요'와 "이밤사 귀또리도 지새우는 삼경"의 '소리'가 결합되어 만들어내는 청각적 이미지의 유현幽玄한 아우라이다. 시각적 이미지를 중심으로 형상화되는 회화적 기법, 즉 풍경 혹은 율동의 묘사는

---

18) 이 시에 대한 해석은 졸고, 「매체와 시적 시선―1960년대 시의 문화 인식」, 앞의 글, pp.47~48을 토대로 하였음.

주로 "하이얀"과 "파르라니"의 대비적 색채 감각과, '나비'와 "박쥐"와 "외씨보선"의 선 및 형태적 이미지와, "두볼에 흐르는 빛"과 "황촉불"이 "까만 눈동자"와 "별빛"의 대칭적 구도로 전개되는 '빛'의 이미지를 중심으로 이루어지면서 시의 전면에 등장한다. 그런데 '풍경 흑은 율동의 묘사'가 보여주는 '속세의 번뇌'와 그 극복으로서 '별빛에의 지향'이라는 중심 주제는 '고요'의 시공간 속에 개입하는 유일한 청각적 이미지인 "귀또리" 소리를 통해 그 현묘玄妙한 깊이를 획득한다.

'고요' 혹은 '침묵'이 부여하는 궁극적 무한의 세계와 그 속에서 울리는 '귀또리 소리'는 대비와 조화의 이중적 구도를 이루면서 슬픔과 정화가 길항하는 신비로운 아우라를 형성한다. 이 아우라는 현세의 "번뇌"와 "먼 하늘 한개 별빛" 사이의 간극을 더 아득하게 하는 동시에, 이 간극을 견디고 극복하게 하는 어떤 유현한 깊이를 발생시킨다. 따라서 이 시에서 '침묵'과 '귀또리 소리'는 '빛의 심상들'에 비해 부수적인 이미지인 듯하지만, 사실은 '빛의 심상들'과 그것이 함축하는 정신적 내면의식을 근저에서 생성시키는 발생적 원천이라고 볼 수 있다.

6. 맺음말

이 글은 조지훈 시의 '청각적 이미지'와 '시의식'을 그 연관성에 초점을 맞추어 고찰했다. 이를 위해 조지훈 시의 전체적 의미구조를 응축하고 있다고 생각되는 「완화삼」을 심층적으로 분석하여 논의의 길잡이로 삼고, 조지훈 시의 청각적 이미지를 '자연(무생물/동물)의 소리' 계열, 인간이 연주하는 '악기의 소리' 계열, '침묵'의 계열로 구분하여 분석함으로써 그것이 어떤 시의식과 연관되는지 고찰했다.

　　조지훈의 「완화삼」을 분석한 결과, 다음과 같은 가설을 얻을 수 있었다. 첫째, 조지훈 시의 전체적 구도는 수직적 구도와 수평적 구도가 대비와 조화의 이중적 양태를 이루면서 나타난다. 둘째, 수직적 구도는 지상과 천상의 간극으로 인한 "산새"의 "우름"으로 형상화되고, 수평적 구도는 유랑의식과 생명의 본질 사이의 간극으로 인한 "나그네"의 '고요함'과 '흔들림'으로 형상화된다. 셋째, "나그네"의 '흔들림'은 청각적 이미지로서 '소리'의 세계와 연관되고, 더 나아가 '찰나'라는 유한성의 시간의식과 상통한다. 넷째, "나그네"의 '고요함'은 청각적 이미지로서 '침묵'의 세계와 연관되고, 더 나아가 '영원'이라는 무한성의 시간의식과 상통한다. 이후 이 글은 조지훈 시의 구조화 원리로서 유랑하는 "나그네"의 '흔들림'과 '고요함'이라는 상반된 모습이, '소리'와 '침묵'이라는 두 가지 청각적 이미지의 양상과 관련되며, 궁극적으로는 '찰나'의 유한성과 '영원'의 무한성이라는 시간의식과 연관된다는 점을 구체적으로 규명하려 했다.

　　조지훈의 시에서 '소리'의 청각적 이미지는 주로 '자연의 소리' 계열과 인간이 연주하는 '악기의 소리' 계열로 구분된다. 그리고 '자연의 소리'는 다시 '무생물의 소리' 계열과 '동물의 울음소리' 계열로 구분된다. 우선 자연의 소리 중 '무생물의 소리' 계열이 지상적 존재의 흔들림, 즉 현세적 고뇌와 슬픔을 찰나적으로 형상화하면서 각성의 계기를 마련한다면, 자연의 소리 중 '동물의 울음소리' 계열은 현세적 갈등을 정신적으로 정화하고 승화하여 궁극적 무한의 세계로 상승하려는 시도 및 그 한계를 보여준다. '무생물의 소리' 계열로서 '바람 소리'는 화자의 내면적 설움과 고뇌에 호응하는 청각적 이미지이고, '물소리'는 화자가 "푸른 산"으로 대변되는 이상적 가치를 추구하며 유랑하는 과정에서 생겨나는 고독과 슬픔과 방황의 산물인 동시에, 그것을 딛고 각성의 계기를 제공하는 매개물이기도 하다. 한편 '동물의 울음소리' 계열로서 '꾀꼬리 소리'는 세속적 욕망과 고뇌와 갈등을 정신적 승화 작용을 통해 해소함으로써 우주적 생명의 근원에 근접하려는 인간적 수형 및 그 불완전성이라는 의미 맥락을 가지고, '비둘기 울음소리'와 '귀촉도 울음'은 궁극적 생명의 본질을 추구하지만 그것에 도달하지 못하고 소멸되어가는 생명의 유한성 및 그로 인한 슬픔의 정한을 표현한다.

조지훈의 시에서 인간이 연주하는 '악기의 소리' 계열은 현세적 번뇌를 정화하고 승화하여 궁극적 생명의 세계에 근접하려는 의지를 보여준다는 점에서, 자연의 소리 중 '동물의 울음소리' 계열과 유사한 의미 맥락을 가진다. '피리'와 '고鼓'는 춤의 율동과 혼연일체가 되면서 '무고舞鼓'를 유기적인 전체로서 형상화하는 데 중요한 역할을 담당하며, '가야금'은 그것에 몰입하는 화자의 모습을 통해, 현세적 고뇌와 갈등을 정화하고 승화하여 무한한 정신의 세계로 진입하려는 화자의 의지를 보여준다. 대부분의 조지훈 시에서 인간의 '악기 소리'는 '동물의 울음소리'와 상호 조응하는 관계를 보여준다. '피리' 소리에 '학'의 '울음'과 "사슴"의 '울음'이 화답함으로써 화자의 현세적 설움과 갈등을 정화하려는 시도를 보여주기도 하고, "거문곳줄"의 "가락"이 "드견이 소리"와 더불어 현세적 고뇌와 갈등을 통과하여 무한한 생명적 근원으로 승화하려는 예술적 노력을 형상화하기도 한다.

조지훈의 시에서 '나그네'의 '고요함'과 연관되는 '침묵'은 '영원'의 시간의식과 상통하며, 궁극적으로 우주적 무한과의 조화를 형성한다. "부처님"의 '침묵'과 '웃음'은 궁극적인 생명의 세계를 암시하는데, 이 세계는 '나그네'의 유랑의식에 원인을 제공하는 근대적 시간의식을 초월하는 근원적이고 무한한 시간성에 토대를 두고 있다. "우주가 열리는 파동"과 함께 펼쳐지는 "태고적 바다"의 "소리 없는 물브래"는 근원적 생명의 세계와 그 '움직임'이 지닌 '침묵'의 속성을 선명히 보여준다. '침묵'이 역동적 움직임을 보여주는 시간대는 '밤'의 절정과 소멸 사이의 찰나로서, '밤'은 무한한 생명의 본질인 '침묵'과 밀접히 연관되어 나타난다. 결국 조지훈의 시에서 '밤'과 밀접히 연관되는 '침묵'은 '무한한 생명의 세계'를 암시하는 동시에, 그 세계로의 진입이 어렵기 때문에 생겨나는 고통과 슬픔을 내포하기도 한다.

한편 이 글은 조지훈 시의 '청각적 이미지'와 '시의식'을 연관시켜 고찰하는 과정에서 그동안 비평적 관심의 초점이 되어온 작품들에 대해 새로운 해석을 시도하는 한편, 소외되어온 작품들에 대해 세밀한 분석 및 해석을 시도했다. 그 결과 '청각적 이미지' 이외에 조지훈 시의 상징체계에서 중요한 몇 가지 이미지 계열을 추가적으로 추출할 수 있었다.

첫째, "푸른 산"(「파초우」), "머언 산"(「낙화」) 등으로 표상되는 순수 자연, 혹은 이상적 가치의 이미지이다. 이는 인간적 욕망과 갈등이 제거된 청정무구한 자연이며 시적 자아가 염원하는 이상향이지만, 궁극적 무한의 세계가 소멸하는 순간의 슬픔과 좌절도 내포하고 있다. 둘째, "스스로 적멸하는 우주"(「앵음설법」), "무한"(「창」) 등으로 표현되는 생명의 궁극적 본질, 혹은 우주적 무한의 세계이다. 이는 "푸른 산"이나 "머언 산"과 유사한 듯하지만, 비가시적인 궁극의 경지로서 우주적 무無인 동시에 생명이 충만한 세계라는 점에서 차별성을 가진다. 청각적 이미지 중 '침묵'이 이 이미지 계열과 깊이 연관된다고 볼 수 있다. 셋째, "꽃잎"(「완화삼」「창」「낙화」「무고」「피리를 불면」「고사」「아침」), "별"(「창」「낙화」「무고」「승무」), "촛불"(「낙화」「아침」「밤」「승무」) 등으로 표상되는 생명의 본질이 현현된 환희와 절정의 이미지, 혹은 생명의 궁극적 본질이나 우주적 무한의 세계로 진입하는 연결고리의 이미지이다. 대부분의 조지훈 시에서 핵심적 이미지로 등장하는 "꽃잎"은 생명의 본질을 체현하는 환희와 절정으로서 형상화되는 동시에, "별"과 함께 궁극적 무한의 세계와 연결되는 통로로서 형상화되기도 한다. 한편 "촛불"은 생명의 궁극적 본질, 혹은 우주적 무한의 세계에 근접하기 위해 시도되는 인간적 정화와 승화의 행위를 상징한다. 넷째, "밤"(「완화삼」「파초우」「고풍의상」「아침」「밤」「승무」)으로 표상되는 궁극적 무한의 세계에 근접하는 시간적 배경, 혹은 시적 자아가 거처하는 존재론적 상황의 이미지이다. 기존 연구에서 거의 주목받지 못한 "밤"은 "꽃잎"과 "별"과 "촛불"이 공통적으로 존재할 수 있는 시간적 배경일 뿐만 아니라, 생명의 궁극적 본질을 추구하는 시적 자아가 거처하는 존재론적 상황이나 공간이기도 한다. 따라서 "말 없이 우는 곳"(「창」), "묻혀서 사는 이의/고운 마음"(「낙화」)과 유사한 의미 맥락을 가지는 "밤"은 청각적 이미지 중 '침묵' 과도 밀접히 연관된다. 이 이미지 계열은 깊은 슬픔과 적막의 세계에서 우주적 무한의 세계로 비약하며 진입하는 거점據點을 형성한다는 점에서, 조지훈 시의 미학적 핵심을 이루는 것이기도 하다.

제2장 김종길 시의 시간의식 연구
― 시간성에 대한 저항을 중심으로

1. 머리말

김종길(1926~)은 1947년 〈경향신문〉 신춘문예에 「문門」이 당선되어 등단했으며, 『성탄제』(1969), 『하회에서』(1977), 『황사현상』(1986), 『천지현황天地玄黃』(1991), 『달맞이꽃』(1997) 등의 시집 혹은 시선집을 간행했다. 『천지현황』에는 1980년대까지 발표된 거의 모든 작품이 수록되어 있으며, 『달맞이꽃』에는 1990년대 이후의 최근 시들이 묶여 있다. 이 글은 『천지현황』(미래사, 1991)을 기본 텍스트로 삼고, 김종길 시의 일관된 특질을 시간의식을 중심을 고찰하고자 한다. 이런 의도에는 몇 가지 전제가 개입되어 있다. 첫째, 텍스트 『천지현황』을 하나의 작품으로 간주하는 것이다. 김종길 시를 시기별로 구분하여 고찰함으로써 시 세계의 변모 양상을 살피는 방식도 가능하겠지만, 이 글의 초점은 시기별로 구분되는 변별성이 아니라 작품 전체를 관류하는 시적 특질을 추출하는 데 있다. 따라서 『천지현황』을 하나의 작품으로 보고 개별 시를 텍스트 전체의 맥락에 비추어 연구하는 부분과 전체의 변증법을 시도하고자 한다. 둘째, 시간의식은 작품에 내재된 시의식으로서 일종의 사유방식에 해당하는데, 이 글은 이 사유방식이 시적 형식이나 내용으로 형상화되는 과정에 초점을 맞추어 고찰하고자 한다. 즉 사유방식의 시적 기법이나 주제와 관련을 맺는 맥락에 유의하여 그 상호 관계성을 탐구하는 것이다.

김종길 시에 대한 선행 연구로서 중요한 성과에 해당하는 것은 김흥규, 유종호, 김우창, 이남호, 최동호, 이희중, 김선학, 고형진 등의 글이 있다. 김흥규의 글[1]은 김종길 시에 대한 최초의 본격적인 논의로서 이후 비평적 논의의 방향을 결정짓는 선구적인 것이다. 김흥규는 시집 『하회에서』의 해설에서 김종길 시를 지탱하는 서정시적 상황을 "조만간 부서져야 할 유한한 것들의 아름다움이 구성하는 세계, 이 세계 속에서 이루어지는 과도過渡의 한 순간으로서의 자아"로 요약한다. 그리고 유한한 세계의 과도적 자아가 만들어내는 비극적 대립 상황에서 그 두 세계의 균형을 유지하려는 "절제의 정신"을 보여준다고 지적한다. 김흥규가 "세계 내적 초월의 비전"이라고 명명한 동양적 정신의 전통에 대한 해명은 김종길 시의 핵심적인 특징을 간파한 것으로서 중요한 의미를 지닌다. 유종호[2]는 김종길 시에서 부재하는 특징으로서 청춘을 지적하고 "점잖음의 미학"으로 그 시세계를 요약한다. 그리고 이 점잖음을 유가적 전통 문화의 압도적인 영향하에서 얻어진 것으로 보고, 그 원천으로 "감정의 억제"를 지적한다. 다른 한편으로 유종호는 "이미지스트의 이상을 거의 완벽하게 실현하고 있는 날카로운 시각적 지각의 계시"

---

1) 김흥규, 「세계 내적 초월의 비전과 절제」, 『하회에서』, 민음사, 1977.
2) 유종호, 「점잖음의 미학」, 『동시대의 시와 진실』, 민음사, 1982.

에 주목한다. 이 글은 김종길 시에 집약된 태도로서 '점잖음'을, 그리고 형식적 기법의 특징으로 '이미지스트의 면모'를 지적함으로써 이후 이 두 측면에 집중된 논의를 이끌어낸 점에서 중요한 의의가 있다.

김우창[3]은 김종길의 이미지스트적인 면모를 중시하면서, 시각적인 선명성이 단순한 감각적 인상에 머물지 않고 복합적인 감각 작용과 더 나아가 감수성의 통합에 의해 가능하였음을 지적한다. 그리고 감각의 통일 작용이라는 기율은 유교적인 가치관의 내면화로부터 기인한다고 파악한다. 이 글은 사상적·세계관적 측면인 유교적 가치관과 형식적·기법적 측면인 이미지스트적 면모 사이의 관련성을 깊이 있게 논의하면서 김종길 시의 특징을 폭넓은 미학적 관점에서 분석하고 있다. 이남호[4]는 시선집 『천지현황』의 해설에서 기존의 논의들을 전체적으로 종합하면서 "이미지의 명증성과 고전적 품격에서 비롯되는 정신적 염결성의 우아한 조화"라고 김종길 시의 특징을 요약한다. 이런 관점은 기법적 측면과 주제적·태도적 측면을 결합시켜 종합한 견해로서, 명징한 이미지라는 시적 방법론을 통과하여 그것이 궁극적으로 드러내는 시인의 삶에 대한 태도 혹은 정신적 깊이인 고전적 품격에 주목하고 있다. 최동호[5]는 김종길 시의 중요한 모티프로서 죽음을 지적하고, 죽음을 대면하는 극기적 자세가 "유가적 인본주의"와 연결되어 있음을 밝혀낸다. 그리고 수직적·종적 상상력으로 작용하는 유가적 인본주의는 유교적·가부장적인 사고와 관계를 맺고 모성 부재라는 개인적 이력과

---

3) 김우창, 「감각과 그 기율」, 『지상의 척도』, 민음사, 1981.
4) 이남호, 「명징성과 염결성」, 『천지현황』, 미래사, 1991.
5) 최동호, 「유가적 인본주의와 현대적 고고」, 『삶의 깊이와 시적 상상』, 민음사, 1995.
6) 이희중, 「역사의 부침과 시의 행로」, 『1950년대 시인들』, 송하춘·이남호 편, 나남, 1994.
7) 김선학, 「엄숙함과 경건함과 품격 그리고 어조」, 『문학과 의식』, 1998 가을.
8) 고형진, 「회화적 상상력의 확산과 동양 시학의 계승」, 『문학과 의식』, 2000 가을.

도 관련된다고 지적한다. 이런 지적은 이전의 논의에서 간과되어온 중요한 모티프를 밝혀냄으로써 김종길 시의 비밀을 해명하는 데 중요한 기여를 한 것으로 볼 수 있다.

이희중[6]은 김종길의 초기시를 분석하면서 1950년대 한국전쟁을 분기점으로 그 이전의 "화해와 교감의 세계"가 그 이후의 "불화와 상심의 세계"로 전환된다고 지적한다. 그리고 1950년대에 김종길 시가 치러야 했던 역사적 부침에 대한 대가를 작품의 내재적 분석을 통해 추적한다. 김선학[7]은 「국화 앞에서」라는 작품을 예로 들어 김종길 시의 화자가 대상을 정면에서 바라봄에 주목하고, "경건함과 엄숙함"이라는 특징적 태도를 추출한다. 그리고 이 경건함과 엄숙함을 선비의식의 전통과 한학·한시의 소양에서 근원하는 정신세계의 소산으로 간주한다. 이 글은 김종길 시에서 '어조'의 중요성을 인식하고 그것이 지닌 화자의 태도로부터 시인의 세계관을 분석하고 있다. 고형진[8]은 주로 김종길 시의 형식과 미적 구조에 주목하여 색채의 미학, 시각 대비의 미학, 여백의 미학이라는 세 가지 측면에서 그 특징을 분석한다. 그래서 김종길의 시가 회화적인 감각과 상상력의 지향을 통해 동양시의 특성을 현대시의 감각과 형태 속에 창조적으로 계승하였음을 작품의 형식 분석을 통해 밝히고 있다.

선행 연구를 고찰한 결과 우리는 김종길 시에 대한 연구가 상황에 대한 시인의 태도로서 세계와 자아 사이의 간극과 절제, 형식적·기법적 측면으로서 명징한 이미지스트의 면모, 주제적·세계관적 측면으로서 유가적 선비정신과 고전적 품격에 집중되어 왔음을 확인할 수 있다. 이처럼 선행 연구의 비평적 업적으로 인해 김종길 시의 특징들이 전반적으로 해명되고 있는 실정에서, 이 글은 선행 연구의 중요한 성과를 토대로 '시간의식'에 주목하고 이런 세 가지 측면의 특징을 상호 관련성 속에서 고찰하여 김종길 시에 대한 정밀한 이해에 도달하고자 한다.

2. 「성탄제」의 구조와 의미

「성탄제」는 첫 시집 『성탄제』의 표제작으로서 김종길 초기시의 대표작으로 알려진 작품이다. 이 글은 「성탄제」에 김종길의 시의식이 농축되어 있다는 판단하에 집중적인 분석의 대상으로 삼는다. 이 분석으로부터 김종길의 시세계에 일관되는 특징으로서 핵심적인 기법과 주제와 태도를 추출하여 이후 작품 해석의 방향을 제시하고자 한다.

어두운 방안엔
빠알간 숯불이 피고,

외로이 늙으신 할머니가
애처로이 잦아드는 어린 목숨을 지키고 계시었다.

이윽고 눈 속을
아버지가 藥을 가지고 돌아오시었다.

아 아버지가 눈을 헤치고 따오신
그 붉은 山茱萸 열매—

나는 한 마리 어린 짐생,
젊은 아버지의 서느런 옷자락에

열로 상기한 볼을 말없이 부비는 것이었다.

이따금 뒷문을 눈이 치고 있었다.
그날 밤이 어쩌면 聖誕祭의 밤이었을지도 모른다.

어느새 나도
그때의 아버지만큼 나이를 먹었다.

옛것이라곤 찾아볼 길 없는
聖誕祭 가까운 都市에는
이제 반가운 그 옛날의 것이 내리는데,

서러운 서른 살 나의 이마에
불현듯 아버지의 서느런 옷자락을 느끼는 것은,

눈 속에 따오신 山茱萸 붉은 알알이
아직도 내 血液 속에 녹아흐르는 까닭일까.

—「성탄제」 전문[9]

이 시는 크게 전반부(1~6연)와 후반부(7~10연)로 나누어진다. 전반부는 과거를 회상하는 대목이고, 후반부는 현재 시점의 상황과 사유를 보여주는 대목이다. 우선 전반부의 상황은 화자가 어린 시절에 열병이 난 경험을 중심으로 전개되는데, 주목할 만한 대목은 선명한 시각적 대비의 방식 및 화자와 아버지의 관계이다. 1연은 "어두운"과 "빠알간"의

---

9) 김종길, 『천지현황天地玄黃』, 미래사, 1991, pp.20~21. 이후 김종길 시의 인용은 이 책에 근거한다.

색채 대비를 , 2연은 "늙으신 할머니"와 "어린 목숨"의 연령적 대비를 선명히 보여준다. 그리고 1연의 1행과 2연의 1행, 1연의 2행과 2연의 2행은 다시 상응한다. 즉 "어두운 방안"은 "외로이 늙으신 할머니"의 이미지와, "빠알간 숯불"은 "애처로이 잦아드는 어린 목숨"의 이미지와 관련되는 것이다. 1~2연에서 보여주는 이런 대비와 상응이 함축하는 것은 무엇일까? 그것은 생명의 유한성에 대한 인식, 혹은 시간의 흐름이 지닌 무상성에 대한 인식일 것이다. 1연의 "어두운"과 "빠알간"에 각각 대응되는 2연의 "외로이 늙으신 할머니"와 "애처로이 잦아드는 어린 목숨"은, 늙음과 젊음의 상반되는 이미지에도 불구하고 생명의 끈이 잦아들고 있다는 점에서 현세적 존재의 유한성이라는 공통점을 지닌다. "빠알간 숯불"의 강렬한 색채 감각에는 "애처로이 잦아드는 어린 목숨"의 이미지처럼 언젠가는 사그라들 시한부의 운명이 숨어 있는 것이다.

3연과 4연은 이런 상황을 반전시키는 존재로 '아버지'와 그가 구해온 '산수유 열매'가 등장한다. "아"라는 감탄사와 더불어 "아버지가 눈을 헤치고 따오신/그 붉은 산수유 열매—"는 전반부의 중핵을 이루는데, 흰 "눈"과 "붉은 산수유"의 색채 대비는 1연의 색채 대비와 결부되어 원색적인 강렬도를 형성한다. 한편 여기서 우리가 주목할 수 있는 것은 모성의 부재이다. 아버지—어머니—아들이 주요 구성원으로 형성되는 전형적인 가족 관계에서 어머니가 빠져있는 형국은, 김종길 시인의 시의식 속에 모성의 부재와 부성에의 의존이 원형질로 자리 잡을 가능성을 짐작케 한다. 최동호가 지적했듯, 아버지에서 아들로 이어지는 부자 관계를 중심으로 세계와 관계를 맺는 것은 김종길 시의식의 정체와 무관하지 않을 것이다. "성탄제의 밤"에 필시 존재해야할 성모 마리아의 부재는 어린 김종길로 하여금 감상으로부터의 탈피와 부성적 어른스러움의 의식적 추구를 요구했을지도 모른다.

여기서 "어린 짐생"이라는 표현은 무엇을 보여주는 것일까? 그전의 "어린 목숨"보다 더 강렬한 어사로 토로된 "짐생"은, 열병으로 말미암아 체험하게 된 자신의 육체성을 드러낸다. 육체성의 인식이란 주체로서의 자신을 지배하는 것이 사유나 이성이 아니라 감각을 지닌 신체라는 깨달음이다. 그것은 생명이 지닌 유한성에 대한 인식과 다르지 않을 것이다. 그런데 이때 중요한 것은 이 육체성이 유한성에 대한 인식을 현세적인 것에 대한 애착과 한 몸이 되게 하고, 더 나아가 시간의 변전성과 무상성을 극복하는 새로운 각성을 가능케 한다는 사실이다. 후반부에 제시되는, 아버지의 서느런 옷자락을 느끼는 이마의 감각과, 산수유 붉은 알알이 녹아 흐르는 혈액이 이를 뒷받침한다.

후반부는 "어느새 나도/그때의 아버지처럼 나이를 먹"어 "서른 살"이 된 화자의 상념을 보여준다. 이 상념의 핵심은 8행에서 "옛것이라곤 찾아볼 길 없는" "도시"와 "반가운 그 옛날의 것"에서 선명히 제시된다. 전자는 모든 존재와 사물이 흐르는 시간성에 의해 변해가는 현실을 보여주는데 반해, 후자는 그 가운데서도 변하지 않고 지속되거나 반복되는 것이 있음을 보여준다. 이 시에서 지속되는 것은 '눈'인데, 전반부의 6행에서 제시된 "눈"이 세월이 지난 후의 현재에도 반복되고 있는 것이다. 여기서 우리는 김종길 시의 핵심적 테마가 유전流轉하는 시간성 속에서 변하지 않는 가치를 추구하는 것임을 확인할 수 있다.

9행의 "서러운 서른 살"이라는 표현은 이런 가치가 영원히 지속될 수 없음을 인식하는 데서 기인할 것이다. "반가운 그 옛날의 것"인 "눈"은 해마다 성탄제 무렵 내리지만 화자는 어느덧 서른 살의 나이를 먹은 것이다. 이런 비극적 인식 속에서도 화자는 영원히 지속되는 이미지를 발견함으로써 서러움을 견디는 모습을 보여준다. 그것은 "산수유 붉은 알알이/아직도 내 혈액 속에 녹아흐르는 까닭일까"에서 보듯, 과거의 것이 자신의 몸속에 이어지고 있다는 연속성에 대한 확인이다. "산수유"와 "혈액"을 연결시키는 매개가 "아버지"이며 "아버지의 서느런 옷자락"인 것은 의미심장하다. 김종길 시에서 부자 중심의 수직적 관계망은 과거와 현재를 연속시키는 역할을 담당하여 '전통의 계승'이라는 주제의식으로 나아가는 근거가 되는 것이다.

지금까지 우리는 김종길 시의 대표작으로 간주되는 「성탄제」를 분석하여 다음과 같은 결과를 얻을 수 있었다. 첫째, 김종길 시의 핵심적인 테마는 시간성에 의해 변전되는 현실에 맞서 변하지 않는 지속성과 반복성을 추구하는 것이다. 둘째, 이런 지속성과 반복성은 아버지에서 아들로 이어지는 혈연관계에 의해 구체적인 형태를 얻는데, 이 수직적 관계망을 통해 과거와 현재가 연결되며 전통의 계승이라는 주제를 형성하게 된다. 셋째, 이런 관계망 및 주제의식은 선명한 시각적 이미지를 통해 시적으로 형상화된다. 대비와 조화의 이중적 색채 감각은 단지 감각의 인상적 묘사에 머물지 않고 존재와 사물의 내면적 깊이를 확보하는 아우라를 형성한다. 넷째, 육체성이 유한성에 대한 인식을 현세적인 것에 대한 애착과 한 몸이 되게 하고, 더 나아가 시간의 무상성을 극복하는 새로운 각성을 가능케 한다.

3. 이미지, 혹은 시간의 공간화

앞 장에서 「성탄제」의 구조와 의미 분석을 통해 김종길 시의 이미지가 시간의 풍화 작용에 대한 저항의 내면 동력을 가진다는 가설을 제시했다. 이는 김종길 시의 이미지가 세계 내적 존재의 유한성과 시간의 무상성에 저항하는 지속성과 동일성의 추구라는 주제의식을 부각시키는 기능을 담당함을 의미한다. 김종길 시에서 선명한 이미지를 보여주는 대표적인 작품인 「춘니春泥」 「여울」을 면밀히 분석하면서 이런 가설을 검증하기로 하자.

女子大學은 크림빛 建物이었다.

구두창에 붙는 진흙이 잘 떨어지지 않았다.

알맞게 숨이 차는 언덕길 끝은

파릇한 보리밭—

어디서 軟式庭球의 흰 공 퉁기는 소리가 나고 있었다.

뻐꾸기가 울기엔 아직 철이 일렀지만

언덕 위에선,

新入生들이 노고지리처럼 재잘거리고 있었다.

—「춘니春泥」 전문

이 시는 시각과 청각과 촉각의 배합을 통해 봄의 계절 감각을 참신하게 전달한다. "크림빛" 건물과 "파릇한 보리밭"과 "흰" 공의 배치는 봄의 생동감을 부드럽고 산뜻한 색채 감각으로 형상화한다. "알맞게 숨이 차는 언덕길"과 "구두창에 붙는 진흙이 잘 떨어지지 않"는 상황은 "여

제2부 현대시의 구조와 계보 223

자대학"의 공간적 배치와 어울려 경쾌하고 발랄한 봄의 뉘앙스를 형성하는 데 일조한다. 그리고 이 구절들은 전반부의 시각적 이미지의 연쇄와 후반부의 청각적 이미지의 연쇄를 묶어주는 연결고리가 된다. 후반부는 "연식정구의 흰 공 퉁기는 소리"와 "신입생들이 노고지리처럼 재잘거리"는 소리를 중심으로 청각적 이미지를 형상화하면서 생동하는 신생의 분위기를 형성하고 있다.

우리가 이 시에서 주목하는 것은 시각과 청각과 촉각의 배합을 통해 시인이 형상화하려고 한 봄의 생동감이다. 봄은 얼어붙은 겨울의 혹한을 견디고 생명력이 회복되는 재생과 반복의 리듬 속에서 찾아온다. 이 시가 전체적으로 형성하고 있는 밝고 경쾌한 분위기는 시인이 시간의 무상성과 생명의 유한성이라는 비극적 상황을 재생과 반복의 계절 감각을 통해 견디는 잠시 동안의 위안과 축복의 성격을 지니는 것이다. 결국 김종길 시의 이미지는 참신한 감각적 형상화를 통해 시간의 흐름 속에서 부서져가는 이 세상의 존재와 사물에 견고한 공간성을 부여하려는 시도의 일환인 것이다.

여울을 건넌다.

풀잎에 아침이 켜드는
開學날 오르막길.

여울물 한 번
몸에 닿아보지도 못한
여름을 보내고,

　　모래밭처럼 찌던
　　市街를 벗어나,

　　桔梗꽃빛 九月의 氣流를 건너면,

　　은피라미떼
　　은피라미떼처럼 반짝이는

　　아침 풀벌레 소리.

―「여울」전문

　　화자는 "풀잎에 아침이 커드는" 오르막길 위에서 "여울물 한 번/몸에
닿아보지도 못한/여름"을 떠올린다. 그리고 그는 여름을 지나 "구월의
기류"로 접어든 시간대의 변화를 공간의 변화와 결부시킨다. "모래밭처
럼 찌던/시가市街를 벗어나"라는 구절을 보면, 여름에서 가을로의 계절
적 변모를 시가지를 벗어나 등교 길에 오르는 공간의 이동으로 치환하
여 표현하고 있다. 이런 시간과 공간의 중첩은 시의 후반부에서 시각과
청각의 중첩으로 이어진다. "은피라미떼/은피라미떼처럼 반짝이는/아
침 풀벌레 소리"는 청각을 시각화하는 공감각적 이미지로서 청신한 초
가을의 계절 감각을 드러낸다. "은피라미떼/은피라미떼처럼 반짝이는"
의 시각적 이미지에는 2연의 "풀잎에 아침이 커드는"에서 이미 제시된
아침 햇살의 반짝이는 이미지가 개입되고 있다. 이 공감각적 이미지는
계절의 변환을 참신한 감각으로 포착하는데, 그런 점에서 주된 제재인
'여울'은 '물줄기'의 변환과 "기류"로 표현된 날씨의 변환을 중위적으
로 드러내는 점에서 절묘하다. 이처럼 김종길의 시는 단순하고 평범해

보이는 표현 속에 긴밀히 계산되고 결합된 복합적인 이미지의 연쇄망
이 숨어있음으로써 완결된 의미구조를 형성하는 것이다.

우리는 「춘니春泥」와 더불어 「여울」이 명징한 이미지를 통해 계절 감
각을 복합적으로 포착하여 형상화하고 있음에 주목한다. 김종길 시인
이 계절 감각에 민감한 것은 시적 사유의 핵심이 시간의식에 근거하고
있기 때문이다. 계절의 변화가 주된 관심사가 되는 것은 시간성에 의해
변전하는 존재의 유한성과 그것이 지닌 아름다움에 대한 애착에 기인
한다. 이처럼 유전하는 세계의 실상에 저항하려는 시인의 의지는 이미
지의 조소성을 통해 형상화된다. 이미지는 감각의 조소적 형상화를 통
해 시간의 유동성과 존재의 유한성에 맞서는 공간성을 획득하기 때문
이다. 이미지가 지닌 이런 시적 내면 동력을 전경화하는 작품으로 「원
주 근방原州近方」과 「꽃밭」이 있다.

긴 터널을 빠져나오면
雉岳驛,

저 아랜 또렷이 區劃진 下午의 들판.

巴里의 現代美術館
차분한 브라끄室의 어두운 畵面,

그 堅實한 空間을 ─

서울行 中央線 緩行列車가
숨을 죽이듯 기어가면,

山頂의 춘설은 멀리 남기고

原州近方은
저물고 있다.

—「원주 근방原州近方」 전문

　이 시는 김종길 시의 중요한 특징인 회화적 기법을 선명히 보여준다. 즉 이 시는 치악역에서 바라본 원주 근방의 풍경을 한 폭의 그림으로 묘사하고 있다. 원주 근방의 "또렷이 구획진 하오의 들판"은 3연의 "파리의 현대미술관/차분한 브라끄실의 어두운 화면"으로 치환되어 그려진다. "차분한"과 "어두운"은 7연의 "원주 근방은/저물고 있다"에서 알 수 있듯, 저녁의 시간대가 부여하는 분위기와 관련된다. 그리고 "또렷이 구획진 하오의 들판"과 "차분한 브라끄실의 어두운 화면"은, 4연에 부각된 "견실堅實한 공간"이라는 공통점으로 인해 시인의 내면의식에 연상 작용을 일으킨다. 따라서 이 시에서 중요한 것은 김종길 시인의 중요한 형상화 기법인 이미지가 '견실한 공간성'에 대한 의지로부터 생성된다는 사실이다. 견실한 공간성 구축에 대한 의지는 시간의 흐름 속에 스러져가는 유한한 존재의 비극성에 대항하여 자아의 동일성을 가다듬고 회복하려는 의도와도 관련되는 것으로 보인다.

　꽃밭

　말없이
긴절한 목숨들이 고개 들고 있는 곳.

아 한여름 개인 午前을,

저마다의 꽃다움을 뽐내듯,
또는 수줍어하듯,
열정적으로,
또는 소담하게,
또는 애처롭게,

 (…중략…)

시새우듯,
겨루듯 피었다가 눈물도 없이 가버릴 것들, 꽃, 꽃, 꽃들.

잠시 못 견딜 부러움으로
황홀히 바라다본,

아 그것은 눈부신 交響樂, 그 한 분절에,
사실은 하잘것없는 나의 觀照의 한 분절에.

외출하기 전 짐짓 웃음지으며,
너에게 흰 모자를 벗어든다.

꽃밭.

— 「꽃밭」 전문

2연의 "긴절한 목숨들"은 시적 대상인 "꽃"을 대하는 시인의 시선을 함축적으로 보여준다. "긴절한"이라는 단어는 "긴요하고 절실하다"는 뜻으로서, 생명 있는 존재에 대한 관심과 애착을 말해준다. 그것은 시의 후반부에서 "겨루듯 피었다가 눈물도 없이 가버릴 것들"이라는 표현으로 구체화된다. 이 표현에는 곧 퇴락하고 소멸해버릴 세상의 존재들에 대한 애정과 연민이 교차하고 있다. 김종길의 시에서 벚꽃(「만발滿發」), 수국(「수국水菊」), 국화(「국화 앞에서」), 백목련꽃(「발화發花」), 무궁화 (「흰 무궁화」), 장미(「줄장미」) 등으로 등장하는, '꽃'은 이처럼 소멸의 운명을 안고 있는 현세적 존재를 대표하는 이미지인 것이다. '다 그것 은 눈부신 교향악, 그 한 분절에,/사실은 하잘것없는 나의 관조의 한 분 절에"는 이 아름다운 존재들이 피워내는 향연을 바라보는 자아로서 화 자가 지닌 순간성을 부각시킨다. 그것은 김흥규가 정확히 지적한 대로, 유한한 것들의 아름다움이 구성하는 세계와 이 세계 속에서 이루어지 는 과도의 한 순간으로서 자아의 대립을 선명히 보여준다. 그런데 시인 은 이 대립을 어떻게 해결하는 것일까. "외출하기 전 짐짓 웃음지으며,/ 너에게 흰 모자를 벗어든다"는 결구는 무심한 듯 담담한 태도로 대립을 내면화한 채 감정의 흐트러짐을 가다듬는 모습을 보여준다.

한편 우리는 3연의 "아 한여름 개인 오전을"에서 예외적으로 감탄사 가 사용되고 있음을 주목한다. 앞서도 언급했듯, 김종길 시에서 계절 감 각은 단순히 시간적 배경을 형성하는 데 그치지 않고, 핵심적 사유 방식 인 시간의식을 전경화하면서 생명적 존재의 내밀한 비밀을 드러낸다. 따라서 "한 여름 개인 오전"은 시인이 긴절한 목숨들이 "저마다의 선명 한 빛깔과 모양과 몸짓을 지니고" 다투어 피어나는 "눈부신 교향악"의 순간을, 젊음과 열정이 발휘되는 절정의 계절 감각 및 시간 감각으로 표 현하고 있는 것이다.

4. 정신의 높이, 혹은 전통의 지속

앞 장은 이미지의 선명한 형상화를 보여준 작품들을 분석하면서, 표면적으로 드러난 명징한 이미지의 내부에 시간의 변전성에 저항하는 견고한 공간성 구축의 의지가 개입되어 있음을 살폈다. 그러면 이런 내면 동력은 고전적 품격과 정신적 염결성을 추구하는 작품으로 알려진 작품들에서 어떤 방식으로 변주되어 나타나는 것일까?

건너편 仁壽峰 岩壁 正面을
사람들은 밧줄로 올라가고 있었다.

白雲臺 頂上 바위 모서리에 걸터앉아
흡사 映畵의 한 場面처럼
우리는 그것을 바라보고 있었다.
그 위태로운 바위 모서리의 感觸은
아직 손바닥에 남아 있었으나

水踰里 終點에서 돌아다본 白雲臺는
이미 저녁 하늘에 솟은
超然한 산봉우리,

오르기 전의 그 모습으로
반쯤 얼굴을 돌리고 있었다.

— 「백운대白雲臺」 전문

화자를 포함한 "우리"는 백운대 정상 바위 모서리에 앉아, "건너편 인수봉 암벽 정면을/사람들"이 "밧줄로 올라가고 있"는 장면을 바라본다. 여기서 인수봉 암벽을 밧줄로 등반하는 사람들과, 그들을 "흡사 영화의 한 장면처럼" 바라보고 있는 "우리"는, 체험의 현장과 관조의 태도라는 입장의 차별성에도 불구하고 본질적으로 동질성을 지닌다. 후반부에 제시되는 "초연한 산봉우리"의 모습이 그것을 선명히 드러낸다. "위태로운 바위 모서리의 감촉"이 "아직 손바닥에 남아 있"는 화자와, "오르기 전의 그 모습으로/반쯤 얼굴을 돌리고 있"는 "산봉우리"의 대비는, 인간적 행위가 영위되는 삶의 영역과 구별되는 백운대의 드연한 모습을 부각시킴으로써 주제를 드러낸다. 그것은 "초연한"에서 압축된 표현을 얻은 바대로, 삶의 변전 가능성 앞에서 흔들리거나 변질되지 않는 의연하고 유구한 자세이다. 김종길 시인이 육사·지훈·청마 등 선배 시인들의 시를 그 생애와 더불어 회상하고 기리는 이유도, 그들이 보여주었던 의연한 기개와 일관된 삶의 자세 때문일 것이다.

한편 이 시에는 대비와 상응의 기법이 여전히 중요한 시적 형상화 방식으로 자리 잡고 있다. 1연과 2연은 체험적 행위를 하는 사람들과 그것을 관조하는 "우리"의 대비로 이루어지며, 3연과 4연은 다시 "위태로운 바위 모서리의 감촉"과 "초연한 산봉우리"의 대비로 이루어진다. 그리고 전반부의 대비와 후반부의 대비는 상응하면서 시의 전체적 주제 형성에 기여하는 것이다. 여기서 "바위 모서리의 감촉"이 지닌 감각성보다 "초연한 산봉우리"가 지닌 정신적 태도에 무게중심이 주어지는 점에 주목하면, 이미지의 조소성이 깊은 내면성을 결핍하고 있음을 인식한 시인이 다른 방식으로 시적 가치를 지향하고 있음을 짐작할 수 있다. 김종길 시인은 중기시에 이르러 초기시의 주된 형상화 방식이었던 이미지의 조소성에서 탈피하여 그것에 정신적 가치를 부여하는 방식을 지

도하는 것으로 보인다. 이런 사실을 입증할 수 있는 작품으로 「고고孤
高」가 있다.

　　北漢山이
　　다시 그 높이를 회복하려면
　　다음 겨울까지는 기다려야만 한다.

　　밤 사이 눈이 내린,
　　그것도 白雲臺나 仁壽峰 같은
　　높은 봉우리만이 옅은 化粧을 하듯
　　가볍게 눈을 쓰고

　　왼 산은 차가운 水墨으로 젖어 있는,
　　어느 겨울날 이른 아침까지는 기다려야만 한다.

　　新綠이나 丹楓,
　　골짜기를 피어오르는 안개로는,
　　눈이래도 왼 산을 뒤덮는 積雪로는 드러나지 않는,

　　심지어는 薔薇빛 햇살이 와 닿기만 해도 變質하는,
　　그 孤高한 높이를 회복하려면

　　白雲臺와 仁壽峰만이 가볍게 눈을 쓰는
　　어느 겨울날 이른 아침까지는
　　기다려야만 한다.

　북한산의 고고한 높이는 정신의 높이일 터인데, 이 높이는 어떻게 형성되는 것일까? 2연과 3연에서 그 높이는 "높은 봉우리만이 옅은 화장을 하듯/가볍게 눈을 쓰고" "먼 산은 차가운 수묵水墨으로 젖어 있는" 상태로 드러난다. '가벼운 눈'과 '차가운 수묵'으로 성립되는 이 '고고'한 높이는 「춘니春泥」「여울」「꽃밭」 등의 초기시의 이미지가 보여준 발랄한 생동감과는 거리가 먼 것이다. 4연과 5연에서 제시되는 "신록이나 단풍", "골짜기를 피어오르는 안개", "먼 산을 뒤덮는 적설" 등이 공통적으로 보여주는 것은 시간에 의해 변질되는 가변성이다. 시인은 이런 변전 가능성에 맞서 변하지 않고 지속되는 "고고孤高한 높이"를 정신적 가치로서 발견하는 것이다.

　그것이 봄·여름·가을을 지나와 겨울의 계절 감각과 더불어 표상되는 점은 의미심장하다. 이미지의 견고한 조소성과 공간성을 통해 시간의 풍화 작용에 저항하려던 김종길 시인은, 이미지에 정신적 높이의 차원을 부과함으로써 새로운 시적 차원으로 진입한다. 이 정신적 높이는 "높은 봉우리만이" "가볍게 눈을 쓰고" "먼 산은 차가운 수묵水墨으로 젖어 있는", "어느 겨울날 이른 아침"의 한 순간에 이룩되는 것이다. 여기서 "회복하려면"에 주목하면, 그것이 이미 존재했던 것이며 앞으로 다시 도래할 것으로 인식되고 있음을 알 수 있다. 김종길 시인에게 계절 감각이 중시되는 것은 이처럼 과거―현재―미래로 흘러가는 시간의 유동성과 변전성 속에서 지속되는 것, 혹은 재생되는 것의 가치를 지향하기 때문이다. 그러므로 시인이 추구하는 "고고孤高한 높이"는 과거로부터 지속되거나 재구성되는 '전통'의 가치와도 밀접한 관련성을 지니게 된다.

냇물이 마을을 돌아 흐른다고 河回,
오늘도 그 냇물은 흐르고 있다.

歲月도 냇물처럼 흘러만 갔는가?
아니다. 그것은 古家의 이끼 낀 기왓장에 쌓여
오늘은 장마 뒤 따가운 볕에 마르고 있다.

그것은 또 헐리운 집터에 심은
어린 뽕나무 환한 잎새 속에 자라고,
養眞堂 늙은 宗孫의 기침 소리 속에서 되살아난다.

西厓大監 舊宅 忠孝堂 뒤뜰,
몇 그루 木瓜나무 푸른 열매 속에서,
文化財管理局 豫算으로 진행중인
遺物展示館 建築工事場에서
그것은 재구성된다.

—「하회河回에서」 전문

　1연의 "오늘도 그 냇물은 흐르고 있다"는 시간의 무상성 속에서 변하지 않고 지속되는 전통의 가치를 단적으로 표현한다. 2연 이후의 전개는 "세월도 냇물처럼 흘러만 갔는가?"라는 질문에 대한 대답으로 이루어진다. 여기서 "세월"이란 단지 시간의 흐름이 아니라 시간 속에 새겨진 전통의 가치를 의미한다. 그것은 "고가古家의 이끼 낀 기왓장에 쌓여/오늘은 장마 뒤 따가운 볕에 마르고 있"으며, "헐리운 집터에 심은/어린 뽕나무 환한 잎새 속에 자라고", "양진당養眞堂 늙은 종손의 기침 소리 속에서 되살아난다." "이끼 낀 기왓장"과 "따가운 볕'은 시간의 흐름 속에서 누적되는 과거의 흔적을, "헐리운 집터에 심은/어린 뽕나무 환한 잎새"는 소멸과 재생을 반복하는 생명체의 순환성을, 그리고 "늙은 종손의 기침 소리"는 혈육을 통해 대를 이어 전해지는 과거의 흔적을 이미지로 형상화하고 있다.

이런 이미지들을 묶어주는 핵심적 구절은 "되살아난다"인데, 그것은 「고고孤高」에서 살폈던 '회복하다'의 의미와 동궤에 있다. 마지막 연의 "재구성된다"에서 변주되는 이 "되살아난다"의 의미는 과거의 지속, 혹은 전통적 가치의 재생과 재구성을 의미한다. 김종길 시인은 시간의 풍화 작용에 의해 스러져가는 현세적 존재의 비극적 운명에 맞서기 위해 고고한 정신적 염결성과 더불어 전통의 지속 및 재구성이라는 방식을 모색하는 것이다.

5. 불멸, 혹은 죽음에 대한 대응

초기시의 주된 특질인 '이미지'와 중기시의 주된 특질인 '정신의 높이'는 형식상의 시적 기법과 내용상의 시정신이라는 상이한 측면을 보여주지만, 세월의 무상성에 맞서 견고한 자기 동일성을 유지하려는 동일한 내면적 동력으로부터 기인한다. 이처럼 자아의 견고한 동일성을 추구하는 김종길 시인의 시적 태도는 '죽음'이라는 상황 앞에서 가장 극적인 갈등과 긴장을 노출시킨다. 김종길 시에서 '죽음'을 소재로 한 시가 빈번히 등장하는 것은 세월의 무상성과 이에 맞서는 자아의 견고성이라는, 김종길 시의 핵심적 특질과 무관하지 않을 것이다.

너는 키가 큰편이었지,
너는 언제나 곧은 姿勢를 하고 있었지.

내가 학기말 試驗答案을 채점한 것은
新聞의 버스事故 記事 기운데서
너의 이름과 寫眞을 본 뒤였어.

90점이 조금 未達인 點數를
네가 받아볼 수 없는 平點表에
또박또박 나는 옮겨적었지.

學友들이 마련한 너의 遺作展을 돌아보았더니,
詩에서도 너는 그만큼 자랐었더군.
'薔薇가 燈을 밝힌다'는 '八月의 뜰에'
너는 그 큰 키와 곧은 姿勢로 서 있더군.

'자주 자기의 손금을 읽어본다'는
卒業班 女學生인 너는
여전히 거기 혼자 서 있더군.

―「채점採點」 전문

 이 시는 전반부(1~3연)와 후반부(4~5연)의 두 부분으로 구성된다. 전반부는 신문의 버스 사고 기사를 보고 졸업반 여학생의 모습을 회상하며 평점표에 점수를 기입하는 모습을 보여준다. 2연의 "버스 사고 기사記事"의 확인을 중심으로 1연에 회상의 장면이, 3연에 점수를 기록하는 장면이 배치되어 있는 것은, 일찍 죽은 제자에 대한 애착과 안타까움을 흐트러지지 않는 자기 동일성으로 흡수하는 모습을 구조화한다. 그런데 이 시에서 더욱 주목해야할 대목은 후반부이다. "학우들이 마련한" "유작전遺作展"에서 시인은 그녀가 현존하고 있음을 발견한다. 4~6연에 제시된 "그만큼 자랐었더군", "곧은 자세로 서 있더군", "거기 혼자 서 있더군" 등의 종결어는, 대상과의 거리를 유지하는 무덤덤한 어조로 버스 사고로 죽은 여 제자가 유작전遺作展의 시 속에 엄연히 살아있음을 말한다. 시인은 육체적 생명이 종결되는 '죽음'의 비극적 현실에 맞서는 시적 대응으로서 정신적 가치의 지속이라는 테마를 형상화한다. 따라서 이 시의 후반부가 보여주는 것은, 육체적으로 소멸한 자의 정신적 가치가 '시'라는 예술 작품 속에 불멸의 상태로 존재한다는 것이다. 예술적 창조는 초시간성을 획득하여 유한한 존재에 불멸성을 부여한다. 그리하여 죽음은 완전한 무의 상태가 아니라 예술 혹은 우리의 기억 속에서 살아있는 상태로 존재하게 된다. 이 '불멸'의 모티프는 2장에서 살핀 '이미지를 통한 시간의 공간화', 3장에서 살핀 '과거의 지속과 전통의 재생'이라는 특질과 상통하면서 김종길 시의 중핵을 이루는 것이다.

이런 '불멸'의 테마는「오디」의 "그해 전사戰死의 기별이 온 날/뒤쪽에 있던 아이가/지금 휴전선을 지키고 있습니다.//얼굴도 모르는 아버지 같은,/아들의 모습에서나 찾는 남편 같은,/그러한 조국과 함께 그대는 살아 있습니다"와 같은 대목에서 직접적으로 표현되기도 하고「상가喪家」나「생량生凉」과 같은 작품에서 암시적으로 형상화되기도 한다.

主人의 모습만이 보이지 않았다.

우정 이웃 나들이라도 갈 만한
비 개인 봄밤의 안개와 어둠,
大門은 몇 그루 꽃나무가 지키고 있었다.

마루에선 손님들만이
主人 없는 술상을 둘러앉아
한가롭게 이야기를 주고받고 있었다.

나들일 간 主人을 기다리듯이
손님들끼리 제법 흥겨웁게
서로 盞을 권하기도 하고 있었다.

―「상가喪家」 전문

이 시는 상가喪家의 한 장면을 포착하여 묘사한다. 시인은 1연에 나타난 주인의 죽음과, 그의 부재를 의식하지 않는 손님들의 한가로운 행동을 대비시킨다. 그러나 이 장면의 내면에는 주인의 죽음에 대한 아쉬움과 연민이 감추어져 있다고 볼 수 있다. 다른 한편으로 이 시가 보여주는 여백의 공간에는 현실에는 부재한 주인의 어떤 정신적 실체가 공기 중에 부유하고 있다는 해석도 가능하다. 따라서 "한가롭게 이야기를 주고받"으며 "제법 흥겨웁게/서로 잔을 권하기도 하"는 "손님들"의 행위에는 마치 "나들일 간 주인을 기다리"는 듯한 무심한 표정이 스며 있는 것이다. 주인의 죽음과 부재를 의식하지 않고 마치 나들이 간 그를 기다리는 듯한 심리 상태를 보여주는 손님들의 모습은, 죽은 주인의 어떤 정신적 가치가 살아서 실재하고 있다는 믿음으로부터 자연스럽게 형성되는 것으로 보인다. 결국 김종길 시인은 이 시에서 육신의 죽음을 넘어서 정신적 실체로 지속되는 존재의 가치를 여백의 미학 속에 형상화하고 있는 것이다.

滿四十七年의 그의 生涯란

이곳의 찌는 듯한 더위와도 같았다.

유난히 波瀾 많고 괴로웠던

길지도 않은 그의 生涯가 그러나

그와 가까웠던 우리에겐 지금

선들바람 부는 오늘의 날씨와도 같이 느껴지는 것은 무슨 까닭일

까?

百十六萬의 人口가 산다는 이 都市의 中心部가

오늘따라 텅 빈 것만 같고

걸어가는 우리도 어쩐지 선들바람처럼 허망하기만 하다.

그래도 우리는 그를 이야기하며

때로는 웃음도 웃는다.

수척할 대로 수척했다는 그가

마지막으로 겪은 더위가 가시면서

그의 삶도 끝이 난 것이다.

낯익은 북쪽 산마루가 구름에 가리운 채

영영 그가 떠나버린 이 內陸의 都市 ―

올핸 유난히 일찍 生凉이 되나보다.

―「생량生凉」 부분

이 시는 친구의 부음訃音을 들은 지 일주일 후 그가 살았던 도시를 방

문한 화자의 느낌과 생각을 진술한다. "만사십칠 년의 그의 생애란/이 곳의 찌는 듯한 더위와도 같았다"에서 직접 드러나듯, 화자는 그의 생애를 날씨의 변화와 결부시켜 표현한다. 그래서 화자에게 "유난히 파란 많고 괴로웠던/길지도 않은 그의 생애"가 "선들바람 부는 오늘의 날씨와도 같이 느껴지"고, "마지막으로 겪은 더위가 가시면서/그의 삶도 끝이 난 것"으로 인식되는 것이다. 이처럼 시인이 친구의 생애를 날씨의 변화와 더불어 사유하고 있는 까닭은 무엇일까? "백십육만의 인구가 산다는 이 도시의 중심부가/오늘따라 텅 빈 것만 같고/걸어가는 우리도 어쩐지 선들바람처럼 허망하기만 하다"에서, 화자는 친구의 죽음이 가져온 공허감과 아쉬움을 표현하지만, 다른 한편으로 친구의 생애를 날씨의 변화와 결부시킴으로써 소멸과 재생이 반복되는 계절의 순환성에 의거하여 죽음의 허무를 이겨내려고 하는 것이다. 시인은 이런 의도를 엄정한 객관적 거리를 취하며 좀처럼 드러내지 않고 시의 내면에 감춘다. 우리는 이런 '지속' 혹은 '불멸'의 테마가 김종길의 시적 생애에 있어서 일관된 것임을 데뷔작인 「문門」(1947)과 최근 작에 해당하는 「오천년」(1996)의 다음과 같은 대목에서 확인할 수 있다.

> 흰 壁에는—
> 어련히 해들 적마다 나뭇가지가 그림자 되어 떠오를 뿐이었다.
> 그러한 靜謐이 千年이나 머물렀다 한다.
>
> 丹靑은 年年이 빛을 잃어 두리기둥에는 틈이 생기고, 별과 바람이 쓰라리게 스며들었다. 그러나 험상궂어가는 것이 서럽지 않았다.
>
> 기왓장마다 푸른 이끼가 앉고 歲月은 소리없이 쌓였으나 門은 상

기 닫혀진 채 멀리 지나가는 바람 소리에 귀를 기울이는 밤이 있었다.

— 「문門」 부튼

사슴을 쫓다
한 발 헛디딘 것일까.
유황불 지글거리는 지옥은 아니지만
눈굴형 서른길이면 숨 거두기엔 족했으리라.

그로부터 오천년,
너는 육신으로 버젓이 부활했다
마흔다섯 살의 멀쩡한 사지,
동굴 속 모닥불 연기에 그을린 허파.

인스브루크 근방 어느 골짜기,
푸른 얼음 속이 오히려 따스했으리.
티롤의 솔바람에 감기던 너의 동공이
마지막으로 바라보았을 알프스의 노을!

오천년도 너에겐
한나절 낮잠에 불과했던가.
네게도 소리칠 마지막 절규는 있었던가.

— 「오천년」 전문

6. 맺음말

이 글은 『천지현황』을 하나의 작품으로 간주하고, 김종길 시의 일관된 특질을 시간의식을 중심으로 살펴보았다. 김종길 시에 대한 선행 연구들은 시인의 태도로서 세계와 자아 사이의 간극과 절제, 형식적·기법적 측면으로서 명징한 이미지스트의 면모, 내용적·세계관적 측면으로서 유가적 선비정신과 고전적 품격 등을 지적함으로써 비평적 합의에 이른 것으로 보인다. 이 글은 선행 연구의 중요한 성과를 토대로, 이 세 가지 측면의 특징이 어떻게 관련되는지, 그리고 이들을 묶어주는 동일한 내면 동력이 무엇인지를 고찰하여 김종길 시에 대한 정밀한 이해에 도달하고자 했다.

이를 위해 김종길 시의 대표작으로 간주되는 「성탄제」의 구조와 의미를 면밀히 분석하여 다음과 같은 잠정적인 결과를 얻었다. 첫째, 김종길 시의 핵심적인 테마는 시간의 유전성에 의해 변모되는 현실에 맞서 지속성과 반복성을 추구하는 것이다. 둘째, 이런 지속성과 반복성은 전통의 계승이라는 수직적 관계망에 의해 얻어진다. 셋째, 선명한 시각적 이미지는 이런 테마를 시적으로 형상화하기 위한 방법이며, 따라서 생명의 유한성과 시간의 무상성에 대한 저항의 의미를 지니고 있다. 넷째, 육체성이 유한성에 대한 인식을 현세적인 것에 대한 애착과 한 몸이 되게 하고, 더 나아가 시간의 무상성을 극복하는 새로운 각성을 가능케 한다.

이런 분석을 토대로 김종길 시 가운데 중요한 가치와 의의를 지닌 작품들을 세 가지 유형으로 분류하고, 개별 시에 대한 세밀한 분석을 시도했다. 첫째, 명징한 이미지를 지배적 요소로 삼고 있는 작품의 예로서 「춘니春泥」「여울」「원주 근방」「꽃밭」 등을 분석하여, 선명한 이미지의 형상화 방식 내부에 시간의 무상성에 저항하는 견고한 공간성 구축의 의지가 개입되어 있음을 밝혔다. 둘째, 고전적 품격과 숭고한 정신적 염결성을 지배적 요소로 삼고 있는 작품의 예로서 「백운대」 「고고孤高」 「하회에서」 등을 분석하여, 정신적 높이와 염결성을 표현하는 작품 속에 시간의 풍화 작용에 의해 스러져가는 유한한 존재들의 비극성에 맞서기 위해 전통을 지속하고 재구성하려는 추구가 내재함을 밝혔다. 셋째, 죽음을 주된 제재로 삼고 있는 작품의 예로서 「채점」 「상가喪家」 「생량生凉」 등을 분석하여, 죽음이라는 비극적 상황을 받아들이면서도 예술 혹은 여백의 미학을 통해 정신적 가치를 지속하거나, 소멸과 재생이 반복되는 계절의 순환성에 의탁하여 죽음과 부재의 허무를 극복하려고 시도함을 밝혔다. 이런 세 가지 측면의 고찰을 통해 이 글은 명징한 이미지의 형상화라는 기법적 측면과, 고전적 품격과 높은 정신의 염결성 추구라는 주제적 측면과, 죽음을 대면하는 시인의 태도적 측면에 공통적으로 관류하는 핵심적 시적 특질로서, 시간의 유동성과 변전성에 대한 견고한 저항의지가 숨어있음을 확인했다. 결국 김종길 시의 핵심적인 특질은 시간의 풍화 작용에 맞서 의연하고 견고한 자기 동일성을 견지하는 데 있는 것이다.

제3장 만해와 타골의 시의식 비교 연구
― '되다'와 '하소서'의 시학

1. 머리말

만해 한용운(1879~1944)은 한국 근대사에 있어서 위대한 한 사람의 인물로 평가되기에 충분하다. 식민지 체제의 암울한 시대 상황 속에서 그가 보여준 독립 투사, 불교 개혁자, 시인을 포괄하는 전인적 면모는 생애와 사상에 대한 수많은 연구를 낳았다.[1] 그가 남긴 업적들 중 특히 1926년 간행된 『님의 침묵』은 한국 현대시의 수준을 한 단계 높은 차원으로 올려놓았으며, 이 시집을 중심으로 한 문학적 연구가 단행본[2]을 비롯하여 관련 논문이 400여 편에 이르는 등 국문학 연구사에서 가장 많은 관심과 논의를 이끌어 냈다. 기존의 만해 시에 대한 연구는 첫째, 문학과 현실의 관련성에 토대를 두고 사회 역사적 맥락에서 논의하는 방식,[3] 둘째, 운율과 비유와 어조 등의 작품 내재적 요소를 중심으로 분석하는 방식,[4] 셋째, 사회 역사적 측면과 관련된 외재적 연구와 작품 자체의 구성 요소와 관련된 내재적 연구 사이의 상호 연관적 고찰의 방식5) 등으로 구분할 수 있다.

한편 비교문학적 관점으로서 만해 시와 인도의 시성詩聖으로 불리는 타골(Rabindranath Tagore, 1861~1941) 시의 영향 관계가 고찰된 바 있다.6) 지금까지 선행 연구는 만해가 타골의 사상과 문학의 영향을 받아 『님의 침묵』을 창작했다는 점을 객관적인 사실로 받아들이고 언급해 왔다. 그 논의의 차원은 전기적·역사적 사실을 확인하거나, 구체적인 작품 비교의 경우에 시의 전체적인 주제나 그 사상적 근거인 종교관에 근거하여 영향 관계 및 비교 연구를 시도하는 것으로 보인다. 송욱은 「유미적 초월과 혁명적 아공我空」에서 인도 철학사상의 특유한 개념인 아트만(atman)을 "개별적 자아의 참된 바탕인 보편적 자아"라고 설명하

---

1) 박노준·인권환, 『만해 한용운 연구』, 통문관, 1960.
  김운학, 「한국 현대시에 나타난 불교사상」, 『현대문학』, 1964.10.
  서경보, 「한용운과 불교사상」, 『문학사상』, 1973. 1.
  김학동, 「만해 한용운론」, 『한국 근대시인 연구 1』, 일조각, 1974.
  송재갑, 「만해의 불교사상과 시세계」, 『동악어문논집』 제9집, 1976.
  최원규, 「만해시의 불교적 영향」, 『현대시학』, 1977.8~11.
2) 송욱, 『전편 해설 님의 침묵』, 과학사, 1974.
  김재홍, 『한용운 문학 연구』, 일지사, 1982.
  윤재근, 『님의 침묵 연구』, 민족문화사, 1985.
3) 백낙청, 「시민문학론」, 『창작과 비평』, 1969 여름.
  염무웅, 「만해 한용운론」, 『창작과 비평』, 1972 겨울.
  김우창, 「궁핍한 시대의 시인」(『문학사상』, 1973.1), 『궁핍한 시대의 시인』, 민음사, 1977.
  김용직, 「비극적 구조의 초비극성」, 『한국문학의 비평적 성찰』, 민음사, 1974.
  김흥규, 「님의 소재와 진정한 역사」, 『창작과 비평』, 1979 여름.
4) 오세영, 「침묵하는 님의 역설」, 『국어국문학』, 1965·1966 합본호.
  김열규, 「슬픔과 찬미사의 이로니」, 『문학사상』, 1971.1.
  김재홍, 『한용운 문학 연구』, 일지사, 1982.
  김현자, 『시와 상상력의 구조』, 문학과 지성사, 1982.
  최동호, 「한용운 시와 기다림의 역사성」, 『현대시의 정신사』, 열음사, 1985.
  오탁번, 「만해시의 어조와 의미」, 『사대논집』 제13집, 1988.
5) 김인환, 「문학과 사상」, 『비평의 원리』, 나남, 1994.
6) 송욱, 「유미적 초월과 혁명적 아공我空」, 『시학평전』, 일조각, 1963.
  김용직, 「Rabindranath Tagore의 수용」, 『한국 현대시 연구』, 일조각, 1974.

고, '자타 호융自他互融'을 지향하는 인도 사상과 견주어 엘리어트를 비롯한 서구 문학에 나타난 '자타의 대립'을 지적한다. 그리고 아트만의 사상에 기반하여 절대자를 동경하는 타골의 시는 역사와 사회를 초월한다는 점과 비교하여, 아공과 사회 정의를 넘나들며 불교의 적멸이 역사적 생명의 바탕이 될 수 있었던 만해의 시를 높이 평가한다. 이 글은 만해와 타골의 시를 비교문학적 관점에서 논의한 최초의 본격적 평문이자, 이후 비평적 접근의 방향을 정해준 선구적 업적으로 평가될 수 있다. 우리는 송욱의 글에 대해 전체적 논의의 맥락에 동의하면서, 만해와 타골의 시적 요소에 밀착된 세밀한 작품 분석이 후속 연구에 의해 보완될 필요가 있다고 생각한다. 김용직의 「Rabindranath Tagore의 수용」은 한국에서의 타골 사상 및 문학의 수용 양상을 관련 자료와 사실 근거를 토대로 조사한 엄밀한 실증주의적 관점의 연구로서, 오천석 · 김억 · 한용운 등의 타골 시 번역 및 작품 영향 관계를 소상히 밝히고 있다. 이 글은 실증주의적 연구의 중요한 성과를 보여주는데, 텍스트에 대한 내밀한 해석과 평가가 후속 연구로서 요청된다고 볼 수 있다.

따라서 이 글은 선행 연구의 중요한 성과를 토대로 작품 자체가 지닌 시적 특질을 비교 분석함으로써, 만해 시가 지닌 타골 시와의 영향 관계 및 변별성에 대한 이해에 접근하려 한다. 여기서 우리는 시적 특질 중 특히 어조, 혹은 어법에 주목하고자 한다. 시작품 자체가 지닌 구성 요소로서 운율과 비유가 가장 핵심적이지만, 어조가 지니는 말하는 태도와 방식, 즉 어법에 주목할 때 시의 문맥과 문맥 사이의 맥락을 해석할 수 있을 것이다. 이를 토대로 만해와 타골의 시의식을 추출함으로써 그 유사성과 변별성을 비교하고자 하는 것이 이 글의 목적이다.

2. 만해가 보는 타골의 시

만해의 시집 『님의 침묵』에는 타골의 시를 읽고 타골에게 말하는 형식으로 쓴 작품이 있다. 따라서 이 시는 단해가 타골의 시에 영향을 받아 『님의 침묵』을 쓴 사실을 직접적으로 뒷받침해 줄 뿐만 아니라, 내용상 타골의 시에 대한 자신의 견해를 피력하고 있어 만해 시와 타골 시를 비교하는 데 기본적인 근거를 제시한다.

　　벗이여, 나의 벗이여, 애인의 무덤 위에 피어 있는 꽃처럼 나를 울리는 벗이여.
　　적은 새의 자취도 없는 사막의 밤에, 문득 만난 님처럼 나를 기쁘게 하는 벗이여.
　　그대는 옛무덤을 깨치고 하늘까지 사모치는 백골의 향기입니다.
　　그대는 화환을 만들려고 떨어진 꽃을 줍다가, 다른 가지에 걸려서 주운 꽃을 헤치고 부르는 절망인 희망의 노래입니다.

　　벗이여, 깨어진 사랑에 우는 벗이여.
　　눈물이 능히 떨어진 꽃을 옛 가지에 도로 피게 할 수는 없습니다.
　　눈물을 떨어진 꽃에 뿌리지 말고, 꽃나무 밑의 티끌에 뿌리서요.

　　벗이여, 나의 벗이여.
　　죽음의 향기가 아무리 좋다 하여도, 백골의 입술에 입맞출 수는 없습니다.
　　그의 무덤을 황금의 노래로 그물치지 마서요. 무덤 위에 피 묻은 깃대를 세우서요.

　　그러나 죽은 대지가 시인의 노래를 거쳐서 움직이는 것을 봄바람
은 말합니다.

　　벗이여 부끄럽습니다. 나는 그대의 노래를 들을 때에, 어떻게 부
끄럽고 떨리는지 모르겠습니다.
　　그것은 내가 나의 님을 떠나서, 홀로 그 노래를 듣는 까닭입니다.
　　　　　　　　　　　―「타골의 시詩(GARDENISTO)를 읽고」 전문[7]

　이 시는 만해가 타골의 시「원정園丁」을 읽은 후에 직접 타골에게 말
하는 형식으로 되어 있다. 따라서 이 시는 형식상 여성을 시적 화자로
등장시켜 이별한 님에 대한 사랑과 기다림과 깨달음을 노래하는 대부
분의 다른 시들과는 구분된다. 이 시의 전체적인 시상 전개는 동지애와
찬미(1연)―비판과 권유(2~3연)―부끄러움의 고백(4연)으로 요약될 수
있다.

　1연에서 화자는 타골을 "벗"이라 부르며, "애인의 무덤 위에 피어 있
는 꽃"에 비유한다. '무덤'과 '꽃'은 이 시 전체의 근간을 이루는 중심
이미지로서 작용한다. '무덤'은 1연의 "사막"과 "백골", 3연의 "죽음"과
연결되면서 절망과 좌절의 의미망을 형성한다. 그렇다면 '꽃'의 의미는
무엇일까? '꽃'은 2연에 나타나는 "떨어진 꽃"/"꽃나무"의 대립 항으로
파생되기 이전의 생명, 혹은 만해가 추구하는 님의 본질을 함축하고 있
는 듯하다. 2연의 "눈물을 떨어진 꽃에 뿌리지 말고, 꽃나무 밑의 티끌에

---

7) 한용운, 『님의 침묵』(회동서관, 1926), 미래사, 1991, pp.98~99. 이후 만해 시의 인용은 이 책에 근거
　한다. 이 텍스트는 원문을 크게 훼손하지 않는 범위 내에서 부분적으로 한자를 한글로, 맞춤법 · 띄어
　쓰기 · 외래어 등을 현대 표기로 고쳤다.
8) '적은 새'에 관한 이런 해석은 졸고, 「불교적 역설의 시적 구현―한용운론」, 『한국 근대시와 시론의
　구조적 연구』, 태학사, 1999, pp.337~338에서 시도된 바 있다.

뿌리셔요"를 살펴보자. '꽃'이 떨어져 "떨어진 꽃"이 될 때 그것은 무덤—사막—백골—죽음의 의미망으로 연결되고, "꽃나무"로 존재할 때 새로운 생명을 기약하는 희망의 의미망으로 연결되는 것이다.

한편 1연에서 만해는 타골을 "적은 새의 자취도 없는 사막의 밤에, 문득 만난 님처럼 나를 기쁘게 하는 벗"이라고 표현한다. 여기서 "사막의 밤"이란 무덤—백골—죽음과 결부되는 부정적 이미지인데, 그렇다견 "적은 새"의 의미는 무엇일까? '적은 새'에 관한 해석은 기존 연구에서 간과되어 왔는데, 이 글은 그것이 "사막의 밤"과 대비되는 이미지라는 점에서 무덤—사막—백골—죽음의 의미망과 대립되면서 그것을 극복할 수 있는 어떤 가치, 즉 만해가 추구하는 '님'의 모습으로 간주하고자 한다. 이런 해석은 '적은 새'의 이미지가 등장하는 또 다른 작품인 「?」의 "적은 새여, 바람에 흔들리는 약한 가지에서 잠자는 적은 새여"를 통해서도 뒷받침될 수 있다. 이 구절에서 우리는 "잠자는"이 지닌 죽음(死)의 의미와 "바람에 흔들리는 약한 가지" 및 "적은"이 지닌 연약함의 의미로부터, '적은 새'를 '님'에 도달하려그 노력하지만 한계어 부딪혀 고뇌하는 중생의 모습으로 파악하기 쉽다. 그러나 「?」의 인용한 구절은 "아아 불佛이냐 마魔냐 인생이 티끌이냐 꿈이 황금이냐"라는 구절 바로 뒤에 이어진다. 따라서 불과 마, 인생과 꿈, 티끌과 황금 등의 일체의 이분법적 구분을 허무는 각성의 순간에 떠오르는 '적은 새'는 명상과 깨달음을 체현하는 '님'의 모습을 형상화하는 것으로 보는 것이 타당하다. 따라서 "바람에 흔들리는 약한 가지"는 연약한 중생으로서의 화자 자신의 모습이며, 그 가지 위에서 "잠자는 적은 새"는 깨달음의 궁극적 원리인 '님'의 표상으로 간주하는 것이 이 글의 입장이다.[8]

만해는 타골을 이런 '적은 새'의 "자취도 없는 사막의 밤에, 문득 만난 님처럼 나를 기쁘게 하는 벗"이라고 부른다. 이것은 '님'이 발견되지 않는 암담한 현실 속에서 '님'에 버금가는, 혹은 함께 '님'을 추구하는 동료로서 타골을 발견한 기쁨을 노래한 것이다. 그런데 이 기쁨에는 이미 역설이 내재하고 있다. 그 벗은 "애인의 무덤 위에 피어 있는 꽃처럼 나를 울리는 벗"이고, "옛무덤을 깨치고 하늘까지 사모치는 백골의 향기"이기 때문이다. 이것은 만해에게 있어서 타골이 단순한 동지애와 찬미와 기쁨의 대상만이 아니라 기쁨이면서도 아쉬움, 동지이면서 극복의 대상으로 파악되고 있음을 의미한다.

2, 3연의 '권유' 부분에서 그것은 더 구체적인 표현으로 제시된다. 시인은 타골에게 "눈물을 떨어진 꽃에 뿌리지 말고, 꽃나무 밑의 티끌에 뿌리"라고 말하며, "그의 무덤을 황금의 노래로 그물치지" 말고 "무덤 위에 피 묻은 깃대를 세우"라고 말한다. "떨어진 꽃"과 "무덤"은 세상의 삶으로부터 이탈하여 초월된 가치, 혹은 무화되고 상실된 가치를 뜻하는 것으로 이해된다. 만해는 영원의 나라인 신의 꽃밭을 가꾸는 원정園丁으로 자처하고, 그 세계의 영광과 아름다움을 노래한 타골의 시세계에 일단 감동하였으나, 역사적 현실을 초월하고 영원의 세계를 동경하는 태도에 동의하지 않았던 것이다. 오욕의 현실과 영원한 신의 나라를 별개의 것으로 나누어 생각하는 타골의 시적 지향은 "백골의 입술에 입맞"추는 일이며, 님의 무덤을 쓸모없는 황금의 노래로 장식하는 것일 따름이다. 그러므로 만해는 황금의 노래 대신 피 묻은 깃대를 세울 것을 권유한다. 영원이 아닌 현재, 초월이 아닌 역사 안에서 영원의 궁극적 원리인 진정한 님을 추구해야 한다고 생각하는 것이다.

4연에서 만해는 다시 타골에게 부끄럽다고 고백한다. 그 이유는 그가 님을 떠나서 홀로 타골의 노래를 듣는 까닭이라고 말한다. 여기서 어두운 현실을 초극하는 원리이며 궁극적 가능성으로 존재하는 '님'은 현실적 구현의 양상으로서 시대적 상황에서는 국권을 의미하고, 더 넓게는 정의가 실현된 광명의 세계를 의미한다고 볼 수 있다. 즉 '님'은 연인, 조국, 부처를 포괄하는 현실태로 나타나지만, 그것만으로 님을 더하하는 것은 불충분하다. 이런 현실태들은 영원한 과정으로서만 존재하는, 즉 보이지 않는 궁극적 깨달음의 원리이자 가능성인 님의 현현일 따름인 것이다. 시인은 그러한 님과 현재 함께 있지 못한 채 타골의 느래를 듣고 있기 때문에 부끄럽다고 말하는 것이다.

결국 만해는 이 시에서 타골의 시가 지닌 영원한 신의 세계에 대한 찬송에 감동하면서도, 그것이 역사적 현실과 사회 안에서 참다운 기다림과 실천의 노력이 없는 초월주의라는 점에서 동의하지 않는다. 그리고 이런 타골의 노래를 들으면서 부끄러울 수밖에 없는 조국의 현실에 대한 고민을 형상화한다. 지금까지 「타골의 시(GARDENISTO)를 읽고」를 통해 만해 자신이 타골의 시를 어떻게 이해하고 평가했는지에 대해 살펴보았다. 이제 구체적으로 『님의 침묵』과 『기탄잘리(헌시獻詩)』를 중심으로 만해와 타골의 시를 비교하려 하는데, 우리는 이 작업을 각 시집의 의미구조를 함축하고 있는 대표시를 어조와 어법을 중심으로 분석함으로써 시의식의 특질을 살피는 방식으로 진행하고자 한다.

3. 만해의 시 ― '되다'의 시학

바람도 없는 공중에 수직의 파문을 내이며, 고요히 떨어지는 오동 잎은 누구의 발자취입니까.

지리한 장마 끝에 서풍에 몰려가는 무서운 검은 구름의 터진 틈으로, 언뜻언뜻 보이는 푸른 하늘은 누구의 얼굴입니까.

꽃도 없는 깊은 나무에 푸른 이끼를 거쳐서, 옛 탑 위의 고요한 하늘을 스치는 알 수 없는 향기는 누구의 입김입니까.

근원은 알지도 못할 곳에서 나서, 돌부리를 울리고 가늘게 흐르는 적은 시내는 굽이굽이 누구의 노래입니까.

연꽃 같은 발꿈치로 가이없는 바다를 밟고, 옥 같은 손으로 끝없는 하늘을 만지면서, 떨어지는 날을 곱게 단장하는 저녁놀은 누구의 詩 입니까.

타고 남은 재가 다시 기름이 됩니다. 그칠 줄을 모르고 타는 나의 가슴은 누구의 밤을 지키는 약한 등불입니까.

— 「알 수 없어요」 전문

크게 전반부(1~5행)와 후반부(6행)로 나누어지는 이 시는, "누구"로 지칭된 알 수 없는 대상을 형상화하려는 경건한 노래이다. 만해 시 전편을 통해 "누구"는 곧 '님'을 지칭하고 있음을 알 수 있는데, 이 시에서 그것은 인간적인 이미지와 자연적인 이미지를 동시에 불러일으키는 근원적 존재로서 제시된다. 따라서 "누구"는 알 수 없다는 의문의 대상이지만, 오동잎, 푸른 하늘, 향기, 시내, 저녁놀 등의 자연적 이미지와 발자취, 얼굴, 입김, 노래, 시 등의 인간적인 이미지를 동시에 불러일으키는 시어들이 대응되어 그 모습을 구체화하는 것이다.[9]

그러나 이렇게 이미지로 구체화한 "누구"를 무엇이라 규정하려 할 때, 제목에서 말하고 있듯 "알 수 없"는 존재가 되고 만다. 이 "알 수 없"는 '님'은 오동잎의 발자취, 푸른 하늘의 얼굴, 시내의 노래, 저녁놀의 시 등에서 보듯, 자기 스스로 무엇이 되는 행위 속에서 조용히 울리는 소리로 형상화되고, 이 소리가 근원이 밝혀지지 않는 침묵의 소리임을

---

9) 이 시에 대한 자세한 해석은 졸고, 「불교적 역설의 시적 구현—한용운론」, 위의 글, pp.333~335에서 시도된 바 있다.

암시해 준다. 부정적 현실을 초극하는 궁극적 원리인 '님' 의 본질 자체를 '침묵' 이라고 볼 때,[10] 이 시는 그 '님' 과 '침묵' 을 내부에 심층적으로 포함하고 있다. 그러므로 이 시의 전반부는 스스로 무엇이 되는 님의 정체와 본질인 '침묵' 을 자연물과 인간적 이미지를 결합시켜 형상화한다. 님의 본질인 '침묵' 을 "고요히 떨어지는 오동잎", "서풍에 돌려가는 무서운 검은 구름", "가늘게 흐르는 적은 시내" 등으로 묘사함으로써 사물의 존재, 혹은 인간의 존재까지도 변화되고 소멸되는 것으로 파악하는 것이다.

그런데 모든 사물은 움직이고 변화하고 소멸됨으로써 새롭게 생성되어야 한다. 인용 시의 후반부에서 소멸되는 사물들이 다시 새 생명으로 태어나기 위해서는, 전반부의 스스로 무엇이 되는 님의 존재와 본질에 인간적인 의지와 노력이 개입되어야 한다. 그것이 바로 6행의 "타고 남은 재가 다시 기름이 됩니다" 의 재가 기름이 되는 전이 과정에 내재되어 있는 근본 동력이다. "그칠 줄을 모르고 타는 나의 가슴" 은 그 의지적 노력과 실천을 표현한 것이고, 소멸을 생성으로 전이시키려는 의지를 통해서만 "누구의 밤을 지키는 약한 등불" 이 가능하게 된다. 타고 남은 재가 다시 기름이 되는 전이는 현실적 상황에서 가능하지 않고, 유심적 초극을 통해서만 가능해진다. 따라서 현실을 극복하려는 정신적 초극의 의지가 만해 시의식의 핵심이며, 이는 "아아 님은 갔지마는 나는 님을 보내지 아니하"(「님의 침묵」)는 것처럼, 현재 상황을 극복하려는 정신적 초극을 통해서만 님의 본체인 '침묵' ("당신의 소리는 침묵이어요"(「반비례」))에 도달하는 사랑의 노래가 가능해지는 것과 같은 이치

---

10) 『님의 침묵』에 등장하는 '침묵' 의 의미를 님의 부재로 인한 암담한 현실 상황으로 이해하는 것이 기존의 일반적인 해석이지만, 이 글은 그것을 어두운 현실을 초극하는 궁극적 원리이자 가능성인 '님' 의 본질 자체라고 파악한다. 졸고, 「불교적 역설의 시적 구현—한용운론」, 위의 글, pp.327~332 참고.

인 것이다.

따라서 "타고 남은 재가 다시 기름이 됩니다"라는 경지는 저절로 그렇게 되는 것이 아니라 주체의 의지와 정신적 초극을 통해서만 가능하며, "그칠 줄을 모르고 타는 나의 가슴"이라는 실천적 행위가 뒷받침되어야만 '님의 밤'을 지키는 "약한 등불"이 되는 것이다. 결국 "됩니다"에 나타나는 '되다'라는 서술어에는 주체의 의지와 정신적 초극과 실천적 노력이 내포되어 있다. 이런 시의식이 함축되어 있는 '되다'라는 서술어는『님의 침묵』곳곳에 등장하면서 만해 시 전체를 관류하는 핵심적인 의미구조를 형성한다.

그리하여 나로 하여금 님에게서 하나가 되게 하셔요.
―「하나가 되어주셔요」 부분

나의 노래는 님의 귀에 들어가서는 천국의 음악이 되고, 님의 꿈에 들어가서는 눈물이 됩니다.
―「나의 노래」 부분

나는 슬픔의 삼매三昧에 '아공我空'이 되었습니다.
―「슬픔의 삼매三昧」 부분

그 밖의 비밀은 한 쪼각 붉은 마음이 되어서 당신의 꿈으로 들어갔습니다.
―「비밀」 부분

님이여, 그 술은 한밤을 지나면 눈물이 됩니다.

—「포도주」부분

꽃은 말도 없이 나의 눈물에 비쳐서, 둘도 되고 셋도 됩니다.
—「해당화」부분

당신의 얼굴이 달이기에 나의 얼굴도 달이 되었습니다.
—「달을 보며」부분

『님의 침묵』 전편에 나타나는 '님'은 정적靜的으로 한 자리에 놓여 있는 대상이 아니라 역설과 부정의 변증법을 통해 도달하고자 하는 존재의 가능성이다. 그것은 연인과 조국과 부처를 포괄할 뿐만 아니라 이런 현실태를 가능케 하는 궁극적 원리, 즉 부정을 통해서만 가능한 더 높은 본연적 가치를 의미한다. 그런데 님과 나의 관계성에 주목하면, 이런 님의 본질은 그 자체로 존재하는 것이 아니라 님의 본질에 도달하려는 나의 의지와 노력에 의해서만 존재하게 된다. 따라서 님 자체보다 님에게 도달하려는 나의 의지와 실천적 행위가 더 중요하다. 님과 나의 관계성에서 주체는 '님'이 아니라 '나'이다. 그러므로 만해는 '님'을 '침묵'으로 나타냄으로써 그 본질과 실체를 역설적으로 제시한 것이다. '님'의 본질인 '침묵'은 '나'의 의지와 실천적 행위가 개입될 때에는 그 '침묵의 소리'를 들려주고, 그렇지 않을 때 무와 어둠의 공간으로 남게 된다. 님은 본질적으로 침묵하고 있으며(「님의 침묵」) 알 수 없으므로(「알 수 없어요」) 님을 사랑하는 나는 그 실체에 도달하기 위해 노력하는데, 그것은 님에 대한 사랑을 재인식하고 발견해 나가는 데서부터 얻어질 수밖에 없다. 이렇게 사랑의 진정한 자세를 체득해감으로써 님의 실체인 '침묵'과 만나려는 구도적 과정이 『님의 침묵』 전체의 핵심적 구조를 이루게 되는 것이다.

만해의 시에서 님에 도달하려는 주체인 ‘나’의 의지와 노력은 ‘사랑’으로 나타나고, 그 표현 양식은 ‘노래’와 ‘꿈’으로 나타난다.

제 곡조를 못이기는 사랑의 노래는 님의 침묵을 휩싸고 돕니다.

—「님의 침묵」 부분

나는 나의 노래가 님에게 들리는 것을 생각할 때에, 光榮에 넘치는
나의 적은 가슴은 발발발 떨면서 침묵의 音譜를 그립니다.

—「나의 노래」 부분

꿈은 님을 찾아가려고 구름을 탔었어요.

—「꿈 깨고서」 부분

一切萬法이 꿈이라면
사랑의 꿈에서 不滅을 얻겠습니다.

—「꿈이라면」 부분

‘님’에 도달하려는 ‘나’의 사랑은 ‘노래’와 ‘꿈’ 뿐만 아니라 ‘수 놓기’(「수繡의 비밀」), ‘거문고 타기’(「거문고 탈 때」) 등의 표현 양식으로도 나타나는데, 이 모든 것을 포괄하는 것은 ‘기다림’의 자세이다. 결국 만해의 시집 『님의 침묵』의 주체는 ‘님’이 아닌 ‘나’이며, 일체의 모순을 지양하고 초월하여 본연적 원리로서의 님에 도달하려는 주체의 의지와 노력에 강조점이 주어지는 것이다.

4. 타골의 시 ― ‘하소서’ 의 시학

임에게 한 번 인사를 올림으로써 내 주여, 온갖 내 감각이 손을 뻗쳐 임의 발 앞에 있는 이 세계를 어루만지게 하여 주소서.

아직 떨어지지 않는 소나기의 짐을 지고 나직히 떠 있는 7월의 비구름과도 같이, 한 번 임께 인사를 올림으로써 온 이내 마음이 임의 문 앞에 머리를 숙이게 하여 주소서.

온갖 이내 노래로 하여금 갖가지 다른 가락들을 한 줄기로 모아 임께 한 번 인사를 올림으로써 침묵의 바다로 흘러가게 하여 주소서.

밤이나 낮이나 고향이 그리워 애타며 산속의 보금자리로 날아 돌아가는 학의 부리와도 같이, 온 이내 생명으로 하여금 임께 한 번 인사를 올림으로써 영원의 안식처로 항해를 하게 하여 주소서

― 「기탄잘리 103」 전문[11]

인도의 시성으로 불리는 타골의 『기탄잘리(헌시獻詩)』는 제목이 의미하듯 하늘에 바치는 인간의 시로서, 인간과 신의 융합 및 인간 정신의 위대한 승화라고 할 수 있다. 이 시는 1~103편까지의 일련번호가 붙은 연작시라는 점에서, 1~88편의 연작시 형식을 지닌 『님의 침묵』이 그 영향을 받았음을 짐작케 한다. 103번째 마지막 작품인 인용 시는 신의 존재를 ‘임’ 이라고 부르고, 그 ‘임’ 에게 한 번 인사를 올리게 하여 영원의 안식처로 항해할 수 있게 해 달라는 화자의 간절한 소망을 노래한다.

타골은 임에게 한 번 인사를 올림으로써 온갖 감각이 세계를 어루만지게 해 달라고 말한다. 이렇게 임에게 한 번 인사를 올리는 것을 비구

---

11) 타골, 「기탄잘리(헌시)」, 『타골 전집 4』, 류영 역, 정음사, 1974, p.42. 이후 타골 시의 인용은 이 책에 근거한다.

름과 학의 무리에 비유하는 방식은 님의 본질을 자연 현상에 비유한 만해의 「알 수 없어요」와 유사한 면이 있다. 그러면 타골에게 있어 '임'은 어떤 존재인가?

> 임께서 이 몸을 무한케 하셨나이다. 이것이 임의 기쁨. 연약한 이 그릇을 비우고 비우시와 항상 새로운 생명으로 채우시나이다.
>
> 이 가냘픈 한낱 갈대피리를 임은 산을 넘고 골짜기를 넘어 가져오시와 영원히 새로운 멜로디를 불어넣으시나이다.
>
> 불사不死의 임의 손길이 닿자 이 가냘픈 가슴은 기쁨에 넘쳐 그 좁은 한계를 잃고 이루 형용할 수 없는 말을 하나이다.
>
> 임의 무궁한 선물은 극히 작은 이 손으로 받게 되나이다. 세월은 흘러도 임께서는 끝없이 퍼붓건만 아직도 채울 곳은 남았나이다.
>
> ― 「기탄잘리 1」 전문

타골에게 '임'은 자기 존재를 무한의 경지에 끌어올리고 또한 비움으로써 새로운 생명으로 채워주는 절대자로 나타난다. 이는 영원의 존재인 신의 경지를 뜻하는데, 인도 철학의 정수를 이루는 브라마(Brahma)의 진리에 가까운 것으로 볼 수 있을 것이다. 베다 경전의 하나인 『우파니샤드』는 "그 본질에 있어서 만유의 빛이요 생명이요 또 세계의식인 존재가 브라마"라고 말하고 있다. 모든 것을 느끼고 모든 것을 의식하는 생생한 창조의 정기가 브라마의 정신이다. 따라서 타골은 브라마의 빛 속에 용해되어 감정을 넓히고 세계의식을 얻기 위해 우선 자신의 개인적 욕망의 굴레에서 해방되어야 한다고 생각하는 것이다.

그러므로 타골에게 있어서 '임'은 존재의 근원적 생명인 브라마, 혹은 신을 지칭하고, 그 '임'과 '나'의 관계성 속에서 주체는 '나'가 아닌

‘임’이 된다. 나는 임의 사랑에 힘입어서만 무한의 경지에 이르고 비워지며 새 생명으로 채워지는 수혜자의 위치에 놓이는 것이다. 신은 지극히 나약한 인간을 무한의 경지에까지 이끌어준다. 그리고 그러한 행위는 또한 신의 기쁨이 된다. 타골에게 임, 즉 브라마는 존재(being)인 동시에 생성(becoming)이 되는 것이다. 결국 브라마의 지식은 인간적인 노력과 추구만으로 도달할 수 없고, 다만 신이 주는 사랑과 기쁨에 의해서만 도달할 수 있다. 오직 영혼(soul)에 의해서만 알 수 있는 이 사랑과 기쁨은 또한 임의 은혜와 손길에 의해서만 가능하게 된다.

> 불사不死의 임의 손길이 닿자 이 가냘픈 가슴은 기쁨에 넘쳐 그 좁은 한계를 잃고 이루 형용할 수 없는 말을 하나이다.
>
> —「기탄잘리 1」부분

> 내 마지막 노래에 기쁨의 온갖 곡조가 짜이게 하소서— 대지도 하여금 분방奔放히 퍼지는 풀밭의 넘쳐 흐르기 하는 기쁨이여.
>
> —「기탄잘리 58」 **부분**

> 온갖 이내 노래로 하여금 갖가지 다른 가락들을 한 줄기로 모아 일게 한 번 인사를 올림으로써 침묵의 바다로 흘러가게 하여 주소서
>
> —「기탄잘리 103」 브분

타골이 추구하는 임과 그가 주는 영원과 기쁨은 자기 의지로 찾아가는 세계가 아니라, 신의 사랑과 손길에 의해서만 비워지고 채워짐으로써 가능케 되는 세계이다. 그리고 ‘임’을 향한 ‘나’의 사랑이 ‘노래’로 표현된다는 점에서 만해의 『님의 침묵』과 유사하지만, 그 노래와 기다

림의 자세는 주체의 적극적 의지와 실천적 노력에 의한 것이 아니라 신의 손길에 의해서 설립되는 것이다. 결국 이와 같은 임과 나의 관계성은 '하소서' 라는 서술어로 표현됨으로써 『기탄잘리』 전편을 지배하는 핵심적인 의미구조를 형성한다.

이 어여쁜 꽃을 꺾어 가소서, 지체 마소서! 꽃이 시들어 땅에 떨어질까 저어하나이다.

―「기탄잘리 6」 부분

내 시인의 허영도 임의 눈앞에서는 부끄러워 쓰러지고 마나이다. 오 시성詩聖이시여, 이 몸은 그대 발 아래 앉았나이다. 이 몸으로 하여금 생명을 단순 솔직케 하시와 임께서 선율로 채우시는 갈대 피리와 같이 되게 하여 주소서.

―「기탄잘리 7」 부분

숲지대에는 노래도 멈추고, 집집마다 문이 다 닫혔나이다. 임은 황량한 거리의 외로운 나그네외다. 오, 오직 하나의 벗이여, 가장 사랑하는 이여, 저의 집은 문이 다 열려 있나이다― 꿈처럼 그냥 지나지 마소서.

―「기탄잘리 22」 부분

빛이여, 오 빛이여, 어디 있는가? 불타는 욕망의 불길로 밝히라! 천둥이 울리며 바람은 고함을 치며 허공을 달리나이다. 밤은 검은 돌과도 같이 검소이다. 어둠 속에서 긴 시간을 보내지 마소서. 사랑의 등불을 임의 생명으로 밝히소서.

―「기탄잘리 22」부분

"꽃을 꺾어 가소서, 지체 마소서!", "갈대 피리와 같이 되게 하여 주소서", "꿈처럼 그냥 지나지 마소서", "어둠 손에서 긴 시간을 보내지 가소서. 사랑의 등불을 임의 생명으로 밝히소서" 등에서 공통적으로 나타나는 서술어인 '하소서'는, 모든 행위의 주처가 역사적 현실과 생활 세계에 발붙이고 있는 자아가 아니라, 영원의 세계에 존재하는 신임을 보여준다. 이처럼 '하소서'의 시학에 근거하는 타골의 시는 애인을 그리는 소녀의 순정한 목소리를 빌려 신을 사모하는 감동적인 종교시이지만, 영원의 존재인 신에게 모든 것을 의탁하고 생사유전生死流轉의 현실에 대한 주체적 의지와 실천의 행위가 무화되어 있다는 점에서, 만해 시가 지닌 역사적 주체로서의 실천적 의지 및 기다림의 능동성과 대비될 수 있는 것이다.

5. 맺음말

이 글은 시적 특질 중 어조, 혹은 어법에 주목하여 만해와 타골의 시 의식을 추출함으로써 둘 사이의 영향 관계 및 변별성에 대한 이해에 도달하고자 했다. 이를 위해 이 글은 우선 만해 시집 『님의 침묵』에 수록된 「타골의 시(GARDENISTO)를 읽고」를 통해 만해 자신이 타골의 시를 어떻게 이해하고 평가했는지를 살펴보았다. 그리고 구체적으로 『님의 침묵』과 『기탄잘리(헌시)』를 중심으로 만해와 타골의 시를 비교하기 위하여, 각 시집의 의미구조를 함축하고 있는 대표시를 어조와 어법을 중심으로 분석함으로써 시의식의 특질을 살피는 방식으로 진행하였다.

「타골의 시(GARDENISTO)를 읽고」는 만해가 타골의 시「원정園丁」을 읽은 후에 직접 타골에게 말하는 형식으로 되어 있다. 이 시를 통해 우리는 만해에게 타골이 단순한 동지애와 찬미와 기쁨의 대상만이 아니라 기쁨이면서도 아쉬움, 동지이면서 극복의 대상으로 파악되고 있음을 알 수 있다. 만해는 타골의 시가 지닌 영원한 신의 세계에 대한 찬송에 감동하면서도, 그것이 역사적 현실과 사회 안에서의 참다운 기다림과 실천의 노력이 없는 초월주의라는 점에서 동의하지 않는다. 그리고 한편으로는 그러한 타골의 노래를 들으면서 부끄러울 수밖에 없는 조국의 현실에 대한 고민을 형상화한다.

「알 수 없어요」를 중심으로 살펴 본 만해의 시에서, "타고 남은 재가 다시 기름이 됩니다"라는 경지는 저절로 그렇게 되는 것이 아니라 주체의 의지와 정신적 초극을 통해서만 가능하며, "그칠 줄을 모르고 타는 나의 가슴"이라는 실천적 행위가 뒷받침되어야만 '님의 밤'을 지키는 "약한 등불"이 된다. 여기서 "됩니다"에 나타나는 '되다'라는 서술어에는 주체의 의지와 정신적 초극과 실천적 노력이 내포되어 있다. 이러한 시의식이 함축되어 있는 '되다'라는 서술어는『님의 침묵』곳곳에 등장하면서 만해 시 전체를 관류하는 핵심적인 의미구조를 형성한다. 만해에게 있어 '님'은 정적靜的으로 한 자리에 놓여 있는 대상이 아니라 역설과 부정의 변증법을 통해 도달하고자 하는 존재의 가능성이다. 그것은 연인과 조국과 부처를 포괄할 뿐만 아니라, 이런 현실태를 가능케 하는 궁극적 원리, 즉 부정을 통해서만 가능한 더 높은 본연적 가치를 의미한다. 그런데 님과 나의 관계성에 주목하면, 이런 님의 본질은 그 자체로 존재하는 것이 아니라 님의 본질에 도달하려는 나의 의지와 노력에 의해서만 존재하게 된다. 따라서 님 자체보다 님에게 도달하려는 나의 의지와 실천적 행위가 더 중요하다. 님과 나의 관계성에서 주체는

‘님’이 아니라 ‘나’인 것이다.

반면 「기탄잘리 103」을 중심으로 살펴본 타골의 시는, 하늘어 닿치는 인간의 시로서 인간과 신의 융합 및 인간 정신의 위대한 승화라고 할 수 있다. 타골에게 있어 ‘임’은 자기 존재를 무한의 경지에 끌어올리고 또한 비움으로써 새로운 생명으로 채워주는 절대자로 나타난다. 이는 영원의 존재인 신의 경지를 뜻하는데, 인도 철학의 정수를 이루는 브라마(Brahma)의 진리에 가까운 것으로 볼 수 있다. 타골에게 있어서 ‘임’은 존재의 근원적 생명인 브라마, 혹은 신을 지칭하고, 그 ‘임’과 ‘나’의 관계성 속에서 주체는 ‘나’가 아닌 ‘임’이 된다. 나는 임의 사랑에 힘입어서만 무한의 경지에 이르고 비워지며 새 생명으로 채워지는 수혜자의 위치에 놓이는 것이다. 타골이 추구하는 임과 그가 주는 영원과 기쁨은 자기 의지로 찾아가는 세계가 아니라, 신의 사랑과 손길에 의해서만 비워지고 채워짐으로써 가능케 되는 세계이다. 그리고 ‘임’에게 향한 ‘나’의 사랑은 ‘노래’로 표현된다는 점에서 만해의 『님의 침묵』과 유사하지만, 그 노래와 기다림의 자세는 주체의 적극적 의지와 실천적 노력에 의한 것이 아니라 신의 손길에 의해서 설립되는 것이다. 곧 이와 같은 임과 나의 관계성은 ‘하소서’라는 서술어로 표현됨으로써 『기탄잘리』 전편을 지배하는 핵심적인 의미구조를 형성한다. 이처럼 ‘하소서’의 시학에 근거하는 타골의 시는 신을 사모하는 감동적인 종교시이지만, 영원의 존재인 신에게 모든 것을 의탁하고 현실에 대한 주체의 실천적 의지가 무화되어 있는 점에서, 만해 시가 지닌 역사적 주체로서의 실천적 의지 및 기다림의 능동성과 대비된다고 볼 수 있다.

제4장 전후 모더니즘시의 음악성과 시의식 연구

— 『전쟁과 음악과 희망과』(1957)를 중심으로

1. 머리말

이 글의 목적은 전후 모더니즘시의 미학을 규명하는 노력의 일환으로서 그 음악적 특성과 시의식을 고찰하는 것이다. 일반적으로 한국 현대시에 있어서 전후시는 1950년 6·25 전쟁을 기점으로 이후 1960년 4·19까지의 기간에 생산된 시를 지칭하며, 특성상 전쟁의 참상 및 비인간성과 폐허를 고발하는 동시에 그 극복의 의지를 시적 상상의 세계로 형상화하는 경향을 보여준다. 1950년 6·25 전쟁은 우리 민족에게 엄청난 재난과 깊은 상처를 안겨 주었고, 전후시는 이를 치유하여 재생을 도모하는 시적 지향의 길을 모색하게 된다. 1950년대 한국의 시인들은 전통적 서정시를 지향하든 모더니즘시를 지향하든 예외 없이 전쟁의 참상과 폐허의 현실로부터 자유로울 수 없었고, 따라서 제각기 다양한 방식으로 전쟁의 폐허를 극복하는 시적 저항을 추구하게 된다.

지금까지 전후시, 혹은 1950년대 시의 전개와 특성에 대한 전반적인 고찰[1]이 지속적으로 진행되어 왔고, 이를 크게 유형화하여 전통적 서정시 계열이나 모더니즘시 계열에 대한 본격적인 논의[2]도 활발히 진행되어 왔다. 이 글은 선행 연구의 중요한 성과를 토대로 전후 모더니즘시의 미학을 규명하는 일환으로서 그 음악적 특징과 시의식에 주목하고자 한다. 전후 모더니즘시를 고찰하는 데 있어 이 글이 우선 관심을 갖는 것은 당시의 동인 활동과 이들이 발간한 사화집이다. 1950년대 모더니즘시는 '후반기 동인'으로 대표되는 동인 활동과 이를 둘러싸고 새롭게 등장한 신진 시인들이 뜻을 모아 발간한 사화집을 통해 발아되고 성장하며 시사적 맥락을 형성해 나가기 때문이다.

1949년 4월에 김경린·임호권·박인환·김수영·양병식 등의 '신시론 동인'이 주축이 되어 사화집 『새로운 도시와 시민들의 합창』을 발간

---

1) 전후시 혹은 1950년대 시의 전개와 특성에 대한 전반적인 고찰로서 중요한 성과는 다음과 같다.
　　김재홍,「6·25와 한국문학」,『시와 진실』, 이우출판사, 1981.
　　최동호,「1950년대의 시적 흐름과 정신사적 의의」,『한국현대문학사』, 현대문학사, 1989.
　　권영민,『한국현대문학사』, 민음사, 1993.
　　한형구,「1950년대의 한국시」,『1950년대 문학연구』, 예하, 1991.
　　윤여탁,「한국전쟁후 남북한 시단의 형성과 시세계」,『한국현대시사의 쟁점』, 시와 시학사, 1991.
　　박윤우,「전후 한국시에 나타난 현실인식의 정신사적 연구」,『문학 한글』제7집, 1993.
　　이남호,「1950년대와 전후세대 시인들의 성격」,『1950년대의 시인들』, 나남, 1994.
　　이숭원,「한국 전후시 연구」,『인문논총』제1집, 서울여대 인문과학연구소, 1995.
　　오세영,「6·25와 한국 전쟁시」,『한국근대문학론과 근대사』, 민음사, 1996.
　　이지엽,『한국전후시연구』, 태학사, 1997.
　　김현자,「전쟁기와 전후의 시」,『한국현대시사』, 민음사, 2007.
2) 유형이나 계열별 연구는 상대적으로 전후 모더니즘시에 대한 논의에 집중되었는데, 그 중요한 성과는 다음과 같다.
　　한계전,「전후시의 모더니즘적 특성과 그 가능성」,『시와 시학』, 1991 봄·여름.
　　윤정룡,「1950년대 한국 모더니즘시 연구」, 서울대 박사논문, 1992.
　　이광수,「1950년대 모더니즘시 연구」, 고려대 박사논문, 1995.
　　문혜원,「전후시의 실존의식 연구」,『한국 현대시와 모더니즘』, 신구문화사, 1996.
　　송기한,『한국 전후시와 시간의식』, 태학사, 1996.
　　남기혁,「웃음의 시학과 탈근대성」,『한국현대문학연구』제17집, 2005.

한다. 이 사화집은 전후 모더니즘시의 싹을 틔운 토대의 역할을 담당했
는데, 구성원 중 김경린과 박인환은 부산 피난 시절인 1951년 조향·김
규동·이봉래·김차영 등과 함께 '후반기 동인'을 결성하게 된다. 그러
나 이 동인은 특별한 성과물을 보여주지 못하고 서울 수복 이후인 1953
년 12월경에 해산한 것으로 추정된다. '후반기 동인'이 해체된 이후 전
후 모더니즘 시운동은 1957년에 잇달아 발간된 3권의 사화집인 『현대
의 온도』(1957.2), 『전쟁과 음악과 희망과』(1957.5), 『평화에의 증언』
(1957.12) 등을 통해 한 단계 진전된 성과를 보여주게 된다. 『현대의 온
도』는 김경린·김원태·김정옥·김차영·김호·박태진·이영일·이
철범·이활 등, 『평화에의 증언』은 김경린·김규동·김수영·김춘
수·김종문·임진수·이홍우·이인석·이상노 등 각각 9명의 시인이
참여했고, 호화판으로 나온 점이나 표지 장점이 비슷한 점에서 유사성
을 발견할 수 있다.[3] 이 점은 '신시론 동인'의 『새로운 도시와 시민들의
합창』에서 '후반기 동인'을 거쳐 『현대의 온도』와 『평화에의 증언』에
이르기까지 시종일관 참여한 김경린이 주도적 역할을 담당했으리라는
짐작을 가능케 한다.

　이 글이 주로 관심을 갖는 사화집은 김종삼·김광림·전봉건 등 3인
의 연대시집인 『전쟁과 음악과 희망과』이다. 앞서 서술한 '신시론 동
인' '후반기 동인'의 활동과 『새로운 도시와 시민들의 합창』『현대의
온도』『평화에의 증언』 등의 사화집은 참여한 시인들의 시적 경향과 입
장과 지향점에서 다양한 편차와 굴곡이 있음에도 불구하고, 동인이라
는 구심점으로 인해 연구자들의 지속적인 관심의 대상이 되어 왔다. 반
면 김종삼과 전봉건의 시가 개별 연구의 중요한 대상이 되어 왔지만, 3
인의 연대시집인 『전쟁과 음악과 희망과』는 거의 주목받지 못하거나 연
구의 대상에서 제외되어 온 듯하다. 그 중요한 이유 중의 하나로서 '전

통적 서정시'와 '모더니즘시'로 대별되어온 1950년대 시의 유형별 분류 속에서, 이들이 보여준 '주지적 서정시',[4] 즉 서정성과 실험성을 조화하고 결합한 작품 경향이 상대적으로 소외된 측면도 간과할 수 없을 것이다. 그러나 1957년 5월에 발간된 이 연대시집은 전후 모더니즘시의 중요한 특성인 '전쟁의 폐허'와 이에 맞서는 '시적 극복과 저항'의 관점이 '미학적'으로 응축된 시집으로서, 일종의 상징성을 지닌 산물이라고 판단된다. 참여한 3명이 각각 10편의 작품을 수록하고 있는 이 연대시집은 자유세계사에서 500부 한정판으로 발간된다. 시집의 '후기'에서 김종삼·김광림·전봉건은 '동인'의 체계가 아니라 '연대'의 형식을 통해 소박하지만 진지한 시대적 존재로서의 시인의 사명을 표명하고 있다. "우리는 지금 '전쟁'과 '음악'과 '희망'을 동시에 지니고 있음을 자각하는 일에만 충실할 뿐이다"[5]라는 언급이 바로 그것이다.

여기서 이 글은 특히 '음악'에 주목하고자 한다. 왜 이들은 연대시집의 제목으로 '전쟁'과 '희망'을 말하면서 유독 '음악'을 표명하고 있을까? 이들에게 '음악'은 어떤 의미를 가지는 것일까? '전쟁'이 1950년대의 시대적 현실을 대변하고, '희망'이 그 상처와 죽음과 폐허를 극복하고 나아가는 지향적 태도를 대변한다면, '음악'은 그 지향의 형식조 방법에 해당된다고 볼 수 있을지 모른다. 음악은 세 시인에게 공통적으로 전쟁의 폐허와 상실을 견디고 이겨내는 중요한 시적 특성으로 작용하는 것으로 보인다. 그런데 연대시집의 '후기'에는 "이 시집의 이름 '전쟁과 음악과 희망과'가 세 사람의 모든 작품의 내용을 종합적으로 표현

---

3) '후반기 동인'과 『현대의 온도』를 중심으로 한 전후 모더니즘시의 동인 활동과 시적 특성에 대해서는 한계전, 「전후시의 모더니즘적 특성과 그 가능성」(『시와 시학』, 1991 봄·여름)을 참고할 것.
4) 김광림은 스스로 자신의 시적 경향을 '주지적 서정시'라고 지칭한 바 있다. 김광림, 「주지적 서정시를 생각한다」, 『한국전후문제시집』, 신구문화사, 1961, pp.346~348 참고.
5) 김종삼·김광림·전봉건, 『전쟁과 음악과 희망과』, 자유세계사, 1957.5, p.110.

하고 있는 것이지만 독자를 위해서 그 상관相關을 일일이 설명할 마당의 이 자리가 아니기 때문에 생략한다"라는 말이 덧붙여져 있다. 이 생략된 부분을 해명하기 위해, 이 글은 세 시인의 '음악적 특성'과 그 속에 내재된 '시의식'을 비교하여 이들 사이의 연대의식과 상관성을 고찰하는 관점에 초점을 맞추고자 한다. 결국 이 글은 『전쟁과 음악과 희망과』를 중심으로 김종삼·김광림·전봉건 시의 음악성과 시의식을 고찰하여 그 사이의 '연대성'과 '상관성'을 살펴보려는 것이다. 이 작업은 시의 형식적·미학적 특질에 대한 고찰을 통해 전쟁과 폐허의 시대적 현실 속에서 희망의 미래를 지향하는 전후 모더니즘시의 의미구조, 즉 시의식에 접근하는 과정이 될 것이다.

2. 김종삼—묘연한 음악, 하강, 신의 임재/부재

김종삼(1921~1984)은 1953년 『신세계』에 「원정園丁」을 발표하면서 작품 활동을 시작한다.[6] 이후 시인은 1957년에 이르기까지 『전쟁과 음악과 희망과』에 수록된 10여 편의 작품만을 창작하고 발표한 것으로 보인다. 전형적인 과작寡作의 시인인 셈인데, 연대시집의 '후기'에 의하면 "이와 같은 과작은 음악가 '세잘 후랑크'와 그의 작품의 몇 안 되는 수를 연상케" 하는 것이다. 연대시집에 수록된 다음 작품은 김종삼 시의 음악적 면모를 가장 선명히 보여준다.

물
닿은 곳

神羔의

구름밑

그늘이 앉고

杳然한

옛

G · 마이나

— 「G · 마이나」 전문[7)

이 시는 제목에서 본문까지 음악적 요소로 가득 차 있다. 일반적으로 음악에서 마이너(minor)는 메이저(major, 長調)와 비교하여 단조短調와 단음계短音階[8)를 지칭한다. 간결한 단어와 풍부한 여백으로 이루어진 시의 형태는 침묵 속에서 은밀히 스며 나오는 음악인 "G · 마이나"를 그대로 체현하고 있다. 따라서 이 시는 그 자체가 하나의 음악이다

우선 음악적 리듬을 살펴보자. 이 시는 음절 수를 조절하고 행과 연을

---

6) 이후 김종삼은 『십이음계』(삼애사, 1969), 『시인학교』(신현실사, 1977), 『누군가 나에게 물었다』(민음사, 1982) 등의 시집을 상재한다. 시선집 『북치는 소년』(민음사, 1979), 『평화롭게』(고려원, 1984)가 출간되고 『김종삼전집』(청하, 1988), 『김종삼전집』(나남, 2005)이 간행된다.
  김종삼 시에 대한 연구로 중요한 성과에 해당하는 것은 다음과 같다.
  김현, 「김종삼을 찾아서」, 『시인을 찾아서』, 민음사, 1975.
  황동규, 「잔상의 미학」, 『북치는 소년』 시집 해설, 민음사, 1979.
  이승훈, 「평화의 시학」, 『평화롭게』 시선집 해설, 고려원, 1984.
  장석주, 「한 미학주의자의 상상세계」, 『김종삼전집』 해설, 청하, 1988.
  졸고, 「풍경의 배음과 존재의 감춤」, 『1950년대의 시인들』, 나남, 1994.
  남진우, 『미적 근대성과 순간의 시학』, 소명출판, 2001.
7) 김종삼 · 김광림 · 전봉건, 『전쟁과 음악과 희망과』, 자유세계사, 1957.5, p.15. 이후 김종삼 시 격 인용은 이 책에 근거한다.
8) 단음계는 온음계의 하나로서, 둘째와 셋째 사이, 다섯째와 여섯째 사이의 음정은 반음이고, 그 외 다른 음 사이의 음정은 온음을 이루는 음계이다. 계명으로 '라' 음을 주음主音으로 한다. 국립국어원, 『표준국어대사전』 참고.

교묘히 배치함으로써 호흡상 단조의 흐름을 만들어 낸다. 1연의 "물(1)/닿은 곳(3)"에서 1음절로 된 1행은 호흡이 느리고, 3음절로 된 2행은 다소 호흡이 빨라진다. 2연의 "신고神羔의(3)/구름밑(3)"은 이 호흡을 나란히 이어가면서 평온한 보폭을 유지한다. 1연과 2연 사이의 여백은 이 호흡을 끊어주어 간격을 만드는 동시에 다시 이어주면서 다리를 건너가는 느낌을 준다. 3연의 "그늘이 앉고(5)/묘연杳然한(3)/옛(1)/G·마이나(4)"에서는 1행의 5음절로 인해 갑자기 리듬이 빨라지는데, 2연과 3연 사이의 여백은 이 사이에 시간적·공간적 이동이 진행되고 있음을 느끼게 하여 균형을 유지한다. 2행에서 3음절로 다시 돌아간 호흡은 "옛"이라는 1음절의 긴 호흡과 'ㅅ' 음이 주는 단호함이 불협화음을 이루어 일종의 엇박자를 형성하고, 이어지는 3행의 "G·마이나"로 마무리된다.

　이 시는 순수시의 극단적 양상인 무의미의 음악 자체를 들려주는 것처럼 보인다. 그렇다면 이 음악은 전쟁이 남긴 죽음과 폐허의 현실과 무관한 순수 예술의 경지를 보여주는 것이 된다. 김종삼은 이처럼 깊고 그윽한 음악을 통해 무엇을 전달하려는 것일까? 우리는 음악적 리듬 속에 담긴 시적 의미를 살펴봄으로써 이 의문에 대답해 보려 한다. 이 시에서 가장 먼저 주목되는 부분은 호흡상 강조점이 주어지는, 1음절로 된 1연의 "물"과 3연의 "옛"이다. 이를 해석하는 관건은 2연을 중심으로 제시된 시의 공간적 구도를 파악하는 데 있는 듯하다. 1연의 "물"이 "닿은 곳"과 3연의 "그늘이 앉"는 곳은 모두 "신고의/구름밑"이다. "구름"을 중심으로 '위'와 "밑"을 구분한다면, "물"과 "그늘"은 공통적으로 "구름"에서 "밑"으로 내려오는 '하강'의 움직임을 보여준다. 이것은 시의 공간이 '하늘'과 '땅'이라는 이원적 구도를 가지고 있음을 의미한다. "물"도 "그늘"도 '하늘'의 "구름"에서 '땅'으로 내려온다. '신의 어린 양'이라고 번역될 수 있는 "신고神羔"는 이 구름의 속성을 알려주는 결정적 역할을 한다. "구름"과 "신고神羔"는 흰색과 형태적 유사성에 근거하여 은유를 형성하는데, 이 은유에는 물과 그늘을 내려주는 구름을 신의 어린 양으로 보는 내용적 유사성도 함축되어 있다. 즉 김종삼은 삭막한 지상의 현실에 "물"과 "그늘"을 내려주는 것은 신의 은총이라고 생각하는 일종의 기독교적 시의식을 가지고 있는 것이다.

이때 "물"은 종교적 의미의 생수生水, 즉 생명의 물이라는 의미를 가지게 되고, "그늘"은 죽음과 폐허로 가득 찬 지상적 현실에 위로와 평화를 가져다준다. 이로부터 우리는 "G·마이나"가 지닌 "묘연"함과 '옛'의 의미를 유추할 수 있다. 그윽하고 아득한 "G·마이나"의 선율은 "물"이나 "그늘"과 마찬가지로 "구름밑"으로 내려앉는다. '하늘'에서 '땅'으로 하강하는 이 음악은 '신의 어린 양'과 같은 '구름'으로부터 내려오는 은총이므로 "옛"부터 전해 내려으는 "묘연"한 것이다. '신의 어린 양(神羔)'이 예수를 의미한다고 간주한다면, 이 선율은 2000년 건부터 구름 밑으로 내려오고 있기 때문이다. 결국 순수음악에 가까운 듯한 김종삼의 시 내부에 지상적 현실의 폐허를 극복하는 천상의 은총이라는 의미구조가 숨어 있는 것이다. 이 시를 기독교적 시의식으로 해석하는 관점은 김종삼 시 전체의 의미구조에 의해서도 뒷받침될 수 있지만,[9] 다음과 같은 시에서 보다 선명히 표면화되고 있다.

主日이 옵니다. 오늘만은
그리로 도라 가렵니다.

---

9) 김종삼 시세계에 대한 이런 관점의 고찰이 졸고, 「풍경의 바음과 존재의 감춤」, 앞의 글에서 시도된 바 있다.

(…중략…)

모—든 이들이 안식날이랍니다.

저 어린 날 主日 때 본

그림

카—드에서 본

나사로 무덤 앞이였다는

그리스도의 눈물이 있어 보이었던

그날이 랍니다.

—「받기 어려운 선물처럼」 부분

"주일主日"과 "안식날"은 어린 시절 카드에서 "나사로 무덤"과 "그리스도의 눈물"을 보았던 바로 그 날이다. "모—든 이들이 안식날"이라는 것은 안식의 은총이 한 개인이 아니라 모든 사람에게 골고루 주어진다는 의미로서, 김종삼의 인간에 대한 관심과 연민을 잘 보여준다. 제목인 "받기 어려운 선물처럼"과 "오늘만은/그리로 도라 가럽니다"라는 구절은, 김종삼을 포함한 인간들에게 안식의 은총이 매양 주어지는 것이 아니라는 사실을 암시해 준다. 따라서 '물'과 '그늘'을 동반한 묘연한 '음악'이 김종삼 시에 등장하는 것은 흔한 일이 아니다. 김종삼 시의 대부분은 오히려 이런 신의 은총과 손길이 만져지지 않고 느껴지지 않는 삭막하고 고통스런 지상의 현실을 보여준다. 김종삼의 대표작 중 하나인 「돌 각 담」을 살펴보자.

廣漠한지대이다기울기

시작했다잠시꺼밋했다

十幸型의칼이바르꼽혔

다堅固하고자그마했다

힌옷포기가포겨놓였다

돌담이무너졌다다시쌓

았다쌓았다쌓았다돌각

담이쌓이고바람이자고

틈을타凍昏이잦아들었

다포겨놓이든세번째가

비었다

—「돌 각 담—하나의 진정 비치前程 備置」 전문

이 시는 일종의 형태시로서 전체적 외양을 하나의 돌각담으로 형상화한다.[10] 마지막 행의 여백을 통해 돌각담의 세 번째가 비어있음을 보여주기도 한다. 이 시는 시각적 형태뿐만 아니라 호흡상의 리듬감도 교묘히 활용하고 있다. 의도적으로 선택한 대상들을 조합하고 재구성한 이 시는, 행 갈음 부분에서 의미의 연속과 호흡의 단절이 상충하는 데서 오는 리듬의 효과를 얻고 있다. 즉 1행의 "기울기"는 2행의 "시작했다"와 의미상 연속적으로 읽혀져야 하지만, 행 갈음으로 인해 호흡상의 정지가 생긴다. 이 사이의 휴지休止는 "기울기" "시작"하는 동작성을 독자들에게 연상시키는 효과를 가져온다. 3행의 "꼽혔"과 4행의 "다"도 그러하며, 이후도 마찬가지 효과를 얻는다. 반면에 2행의 "꺼밋했다" 4행의 "자그마했다", 5행의 "포겨놓였다"는 의미와 호흡이 일치하는 그 자체로 완결된 구문을 이룬다.

이런 형태와 리듬의 배치 속에 숨은 의미를 살펴보자. "광막한지대"는 지상적 삶의 공간으로서 죄와 고통과 환멸이 가득 찬 현실이다. '기

---

10) 이 시에 대한 해석은 졸고, 「풍경의 배움과 존재의 감춤」, 앞의 글, pp.327~329를 토대로 하였음.

울기/시작했다"는 이 세계의 유한성과 불완전성을 암시한다. 여기에 바로 꼽히는 "견고하고자그마"한 "십행형+幸型의칼"[11]은 절대적 완전성의 세계를 의미한다. 하늘에서 지상으로 내려오는 '하강'의 운동인 점에서, 이 이미지는 「G·마이나」의 "물" "그늘" "G·마이나"가 지닌 신의 은총이라는 의미와 상통하는 것이다. "십자형+字型의칼"은 예수의 죽음을 상징한다고 볼 수 있는데, 다음 구절인 "힌옷포기가포겨놓였다"와 관련시켜 해석할 때, 이 두 구절에는 예수의 죽음과 부활이라는 성경의 가장 핵심적인 사건이 응축되어 있다. 십자가에 의해 예수가 죽었으나 부활하여 영적 실재가 되고, 빈 무덤에는 흰옷만 포겨 놓이게 되는 것이다. 한편 "돌담"은 "십자형의칼"과 대비되는 '상승'의 운동으로서, 인간적 노력을 통해 지상에서 하늘에 도달하려는 시도를 상징한다. "돌담이무너졌다"는 이러한 인간적 수고가 허사가 됨을, "다시쌓/았다쌓았다"는 그럼에도 불구하고 인간적 노력이 반복적으로 시도되고 있음을, "포겨놓이든세번째가/비었다"는 결국 그것이 절대적 완전성의 세계에 도달하지 못하는 한계를 보여준다.

　지금까지의 분석을 요약하면, 「돌 각 담」의 전반부는 "십자형의칼"과 "힌옷포기"로 대변되는 예수의 죽음과 부활이 신의 은총으로 내려왔음을 보여주고, 후반부는 그럼에도 불구하고 신의 임재를 경험하지 못하

---

11) '十幸型의칼'은 '十字型의칼'의 오식으로 판단되므로 이후 고쳐서 인용한다. 첫 시집 『십이음계』 (삼애사, 1969)에는 '十字型의칼'로, 『김종삼전집』(청하, 1988)에는 '十字架의칼'로 표기되어 있다. '십자형의 칼'은 '십자가'의 형태를 암시하는 것으로 해석될 수 있다.

12) 이후 김광림은 『상심하는 접목』(백자사, 1959), 『심상의 밝은 그림자』(중앙문화사, 1962)에서 『앓는 사내』(한누리미디어, 1998), 『놓친 굴렁쇠』(풀잎문학, 2001)에 이르기까지 14권의 시집을 상재한다. 시선집으로 『소용돌이』(고려원, 1985), 『들창코에 꽃향기가』(미래사, 1991) 등이 있으며, 연대시집 『전쟁과 음악과 희망과』(자유세계사, 1957) 이외에도 문덕수·김종삼과 함께 합동시집 『본적지』 (성문각, 1968)를 출간한다.

　김광림 시에 대한 연구로 중요한 성과에 해당하는 것은 이건청, 「김광림의 시 연구」(『한국언어문화』 제24집, 한국언어문화학회, 2003)를 들 수 있다.

는 지상의 인간이 완전성의 세계에 도달하기 위해 불가능한 시도를 반복하고 있음을 보여준다. 이것은 곧 김종삼의 전체적 시세계와 시적 추구를 요약하는 것이 된다. 김종삼은 신의 존재를 인정하고 그 은지를 경험하기도 하지만, 신이 부재하는 지상에서 은총과도 같이 하늘에서 내려오는 "물"과 "그늘"과 "음악"을 인간들에게 전달해주는 전령자이다. 이 "물"과 "그늘"과 "음악"은 각각 김종삼 시의 중핵을 이루는 '의미'와 '회화적 특성'과 '음악적 특성'을 함축하며, '돌담 쌓기'로 대변되는 시적 건축술은 김종삼 시의 중요한 형상화 방식을 암시한다.

3. 김광림 — 관념적 음악, 정지, 신의 상실

김광림(1929~)은 1948년 〈연합신문〉에 「문풍지」「벽」등의 시를 발표하면서 등단한다.[12] 연대시집 『전쟁과 음악과 희망과』(1957.5)에 수록된 10편의 작품이 1953년부터 1957년까지 창작한 여러 편의 작품들 중에서 자선한 것으로 기술되어 있는 점이나, 첫 시집 『상심하는 접목』(백자사, 1959) 이후의 시집 간행 주기를 볼 때, 상당한 다작多作의 시인으로 간주할 수 있다. 『전쟁과 음악과 희망과』에 수록된 김광림의 시에는 전쟁의 흔적이 도처에 전경화前景化되어 있다.

    薔薇의 눈시울이
    가시를 배앝은 가장
    慘酷 했던 달.

    六월은

砲彈의 姿勢들로 터져 간
나 또래이. 젊음들은
'바리케이트' 로 넘어져 갔다.

匍匐처럼 느릿한 155마일
休戰線의
겨드랑. 쑥밭길……

지금
꽃과 果實과 새의 털 그리고
노래를 장만하며 있을 너와 나와의
사랑찬 季節을 짓밟고

1950년.

戰車가 밀리던 해의
가슴팍
무너진 六월은
'캬다베라' 의 두줄기 자욱만 남기고 갔다.

— 「다리목」 부분[13]

이 시는 '전후시' 를 넓은 의미로 규정할 때 포함시킬 수 있는 '전쟁

---

13) 김종삼 · 김광림 · 전봉건,『전쟁과 음악과 희망과』, 자유세계사, 1957.5, pp.38~40. 이후 김광림 시
   의 인용은 이 책에 근거한다.
14) 김광림 시의 특성과 한계에 대해서는 최동호,「한국현대시사」,『한국 현대문학 50년』, 민음사,
   1995, p.54를 참고.

시'에 가까운 특성을 보여준다. 즉 이 시는 "넘어져 갔다"와 "남기고 갔다"라는 과거형 서술어가 보여주듯 전쟁의 현장에서 창작된 것은 아니지만, 전쟁의 참상과 폐허를 생생한 현장감으로 진술하고 있다. 1950년 한국전쟁이 일어나자 군에 징집되어 복무한 시인의 경험이 이런 시적 특징을 낳은 것으로 보인다. 그러나 우리가 주목할 부분은 참혹한 전쟁의 현실을 어떤 시적 형상화의 방식으로 그려내는가에 있다.

　1950년 6·25 전쟁의 참상을 "장미의 눈시울이/가시를 배알 았다"고 표현하는 대목은 신선한 이미지의 구사로 간주할 수 있지만, "참혹 했던 달"은 관념의 노출을 그대로 보여준다. "포탄의 자세들로 터져 간 나또래이. 젊음들"이나 "포복匍匐처럼 느릿한 155마일/휴전선의/겨드랑"이라는 표현도 참신한 이미지를 시도했지만, 원관념과 보조관념의 충돌이 주는 섬광 같은 시적 비유의 효과를 얻는 데에는 미치지 못한 감이 있다. 이미지의 구사가 현상에 대한 표면적 형상화에 그치거나 관념들 실어 나르는 매개적 장치로 사용될 때 암시와 상징의 효과가 반감될 수 있기 때문이다. 김광림의 시적 방법은 투명한 이미지의 사용을 통해 사물에 대한 명료한 인식에 도달하며, 사물로부터 반사된 이미지를 통해 의식의 내면을 들여다봄으로써 기존 이미지에 대한 갱신을 추구하는 것이다. 그러나 이런 노력은 때로 명징하지 못한 이미지들의 병치로 인해 관념적이고 애매한 표현에 머물고 마는 경우를 보여준다.[14]

　여기서 우리의 관심은 전쟁의 참상과 폐허를 견디고 이겨내는 '음악적 특성'을 고찰하는 데 있다. 인용 시에서 "노래"는 "꽃과 과실과 새"와 대등한 의미와 위상을 가지고 병치되고 있다. 앞서 제시된 "장미"와 함께 "꽃과 과실과 새"는 김광림에게 있어 훼손되기 이전의 순수한 자연의 생명을 상징한다고 볼 수 있다. 그렇다면 "노래"는 이런 자연의 본래적 생명을 간직한 인간의 가장 소중한 가치라고 해석될 수 있으며, 다라서 시인은 이 "노래"를 "너와 나와의/사랑찬 계절"과 결부시킨다. 그런데 시적 기법의 관점에서 "노래" 역시 관념적 언어 구사에 해당한다고 볼 수 있다. 김광림 시에서 '노래' 즉 '음악'은 운율이나 호흡상의 효과를 살려내는 시적 형상화의 방식으로 작용하기보다는 의미를 구현하는 개념적 언어로 등장하기 때문이다. 한편 여기서 순수한 자연의 생명과 노래는 과거에 속한 것이며, 현재는 전쟁의 비극에 의해 훼손되고 미래의 희망과 비전이 제시되지 않는다는 점도 지적할 수 있다. 이 시기의 김광림에게 전쟁이 남긴 상처와 환멸이 그만큼 큰 중압감으로 작용했으리라 짐작된다.

아름다움은 버얼써 우리의 것이
아니다.

착한 것과
― 그 앞에
굴복을 모르는 사람들은

오늘…….

희망과 절망에 얽히며
피어 나는 것이다.
그것은 진작 아름다워야 하는
내일과
또 없는 내일에

꽃을 가꾸는 사실 앞에서

눈이 먼

인간들에 의하여

꽃과

잃어버린 神과

꽃이 팔리는 경우랄까.

—「꽃과 잃어버린 신神」 전문

이 시는 "꽃"과 "인간들"을 대비시키며 "희망"과 "절망"이 고착하는 상황을 냉소적으로 표현한다. "꽃이 팔리는 경우랄까"라는 결구는 냉소적 어조를 통해 상황적 아이러니의 효과를 얻는다. 이처럼 김종림은 아이러니를 비롯한 다양한 수사적 기법을 통해 시적 의미를 표현하는 방식을 종종 구사한다. "꽃"은 "아름다움"과 "착한 것"으로 표현되지만, "인간들"은 "굴복을 모르"고 "눈이 먼" 존재로 표현된다. 전장을 겪은 시인에게 인간들은 투쟁적 공격성과 맹목적 욕망을 추구하는 존재로 비쳐진다. 따라서 "꽃"과 "인간들"이 공존하는 현실은 "희망과 절망에 얽히며/피어 나는 것"이다. 여기서 화자는 "진작 아름다워야 하는/나 일고/또 없는 내일"이라는 표현을 통해 미래에 대한 전망과 비전을 찾을 수 없는 허무와 공허감을 표현한다. "꽃"과 "노래"로 대변되는 자연의 본래적 생명을 훼손당한 현실에서, 시인의 상실감은 "잃어버린 신神"이라는 표현으로 응축되어 나타난다. 시인에게 전쟁의 참상과 폐허의 현실은 절대적 가치를 상징하는 '신'의 상실과 부재로 간주되는 것이다.

戰爭은

나비가 날던 머리위 바로
밑까지 스쳐 갔는데
(…중략…)

못은 아모데나 박혀져 있다.
크리스도가
손바닥을 내민 탓이다.

내 옆구리가
채인 것은
못이 닳아 빠진 까닭인지 모르겠다.

크리스도의 손바닥에서
나의
日蝕을 위하여.

―「못은 박혔는데」 부분

　이 시는 전쟁의 상처와 폐허와 환멸을 "크리스도의 손바닥"에 박힌 "못"과 "내 옆구리가/채인 것"을 나란히 제시하는 병치 은유의 방식으로 표현한다. "못"은 일종의 고난이나 희생을 상징하는데, "못은 아모데나 박혀져 있다"는 구절은 전쟁의 참상이 어떤 인과율로도 설명되지 않는 맹목적 폭력성에 기인한다는 의미로 해석된다. "크리스도가/손바닥을 내민 탓"은 인간의 죄를 대속하기 위해 희생양이 된 예수의 태도를 암시하지만, "못이 닳아 빠진" 것은 그 숭고한 희생이 지금 현실에서 어떤 실효성도 가지지 못한다는 냉소적 표현으로 이해될 수 있다. 마지막 구절인 "크리스도의 손바닥에서/나의/일식日蝕을 위하여"는 다소 불투명하지만, 병치 은유로 제시했던 그리스도의 희생과 화자 자신의 자괴감을 하나의 지점에 오버랩시키는 비유의 적절한 효과를 얻고 있다. 그리스도의 희생과 화자 자신의 자괴감을 하나의 지점에 중첩시킴으로써 일종의 희생 제의를 추구하는 것이다.

4. 전봉건 — 생명의 음악, 순환, 범신론

전봉건(1928~1988)은 1950년 『문예』에 서정주와 김영랑의 추천을 받아 등단한다.[15] 『전쟁과 음악과 희망과』의 '후기'에 의하면, 그는 스스로 자신의 시작 과정을 4기로 나누는데, 『문예』 시기, 현역 전투원 시기, 이것과 현재 시기 사이의 하나의 시기, 그리고 현재 시기가 그것이다. 전봉건은 『전쟁과 음악과 희망과』에 제4기에 해당하는 1955~1956년 사이에 창작한 작품 중에 10편을 수록한다. 이 시편들에서 발견되는 것은 전쟁의 상처에도 아랑곳하지 않고 피어나는 자연의 생명체들이며, 그것이 발산하는 역동적인 노래이다.

---

15) 이후 전봉건은 『사랑을 위한 되풀이』(춘조사, 1959), 『춘향연가』(성문각, 1967), 『속의 바다』(문원사, 1970), 『피리』(문학예술사, 1979), 『북의 고향』(명지사, 1982), 『돌』(현대문학사, 1984) 등 6권의 시집을 상재한다. 시선집으로 『꿈속의 뼈』(근역서재, 1980), 『새들에게』(고려원, 1983) 등이 있으며, 『전봉건시전집』(문학동네, 2008)이 간행된다.

　전봉건 시에 대한 연구로 중요한 성과에 해당하는 것은 다음과 같다.

　김현, 「전봉건에 대한 두 개의 글」, 『책읽기의 괴로움』, 민음사, 1984.

　김훈, 「전후시의 한 모델」, 『한국현대시 연구』, 민음사, 1989.

　최동호, 「실존하는 삶의 역사성」, 『평정의 시학을 위하여』, 민음사, 1991.

　이광호, 「폐허의 세계와 관능의 형식」, 『1950년대의 시인들』, 나남, 1994.

　오세영, 「장시의 개념과 가능성」, 『20세기 한국시인론』, 월인, 2005.

　남진우, 「에로스의 시학」, 『전봉건시전집』, 문학동네, 2008.

二月은 오고 三月은 오고
무너진 다리에 四月은 오고
江물은 흐르고

그리고
그것은
나의 눈시울에 따시한 그것은
눈물이었다

잃어진것은 없었다

나무와
나뭇가지마다 서리인 戰死者의
아직도 검은 외마디 소리들을 위하여
樹液은 푸른 上昇을 시작하고
無人地帶의
一五五 ‘마일’ 의 鐵條網속에서도
새들의 노래와 꽃송이의 中心이
바라는 하늘과
푸름은 변함이 없었다
하늘과 푸름은

잃어진것은 없었다

그것은

눈물이었다 나의 눈시울에 따시한

그것은

— 「강江물이 흐르는 너의 곁에서」 부분[16]

이 시는 "무너진 다리" "전사자의/아직도 검은 외마디 소리" "무인지대"의 "철조망" 등에서 전쟁이 남긴 폐허와 상처의 흔적을 보여주지만, 반복적으로 진술되는 "잃어진것은 없었다"에서 보듯, 허무와 절망의 느낌을 주지 않고 건강한 생명의 에너지를 발산한다. "수액은 푸른 상승을 시작하고" "새들의 노래와 꽃송이의 중심이/바라는 하늘과/푸름은 변함이 없"다. 무엇이 이런 낙관과 희망적 비전을 가능케 하는 것일까? 일차적으로 그것은 "따시한" "눈물"이다. 일반적으로 "눈물"은 상처에서 오는 슬픔과 좌절의 의미로 이해되기 쉽지만, 여기서 "눈물"은 화자의 몸 내부에서 흘러나오는 생명력의 의미로 이해될 수 있다. "따시한" "눈물"이 "수액"의 "상승"과 "새들의 노래"와 "꽃송이의 중심"과 "하늘과/푸름"을 가져다주기 때문이다. 그러건 이 "따시한" "눈물"을 가능케 한 것은 무엇일까? 그것은 "이월은 오고 삼월은 오고" "사월은 오고" "강물은 흐르고"에 나타난, 계절의 순환과 강물의 흐름일 것이다. 결국 이 시는 전쟁의 상처를 "따시한" "눈물"과 계절의 순환 및 강물의 흐름을 통해 극복하고, "새들의 노래"와 "꽃송이의 중심"과 "하늘과/푸름"을 희망적으로 제시한다.

"눈물"과 "계절"과 "강물"을 공통적으로 묶어주는 것은 유동성과 순환성이다. 전봉건 시를 지배하는 '생명의 노래'는 인간과 자연과 우주가 공통적으로 가진 유동성과 순환성의 원리를 시인이 자각할 뿐만 아

---

16) 김종삼 · 김광림 · 전봉건, 『전쟁과 음악과 희망과』, 자유세계사, 1957.5, pp.72~73. 이후 전봉건 시의 인용은 이 책에 근거한다.

니라 체득하는 데서 산출되는 듯이 보인다. 이럴 때 전봉건의 시는 에로 스적 음악성을 체현하게 된다. 1연의 "이월은/오고/삼월은/오고//무너 진/다리에/사월은/오고//강물은/흐르고//"에서 2~3음절이 4음보의 율 격으로 전개되는 리듬감은, "~은 오고"나 "~은 흐르고"의 음위율과 결 합되어 유동적이고 순환적인 음악적 율동을 구현한다. 또한 2연의 한 문장 안에서 반복되는 지시대명사 "그것은"은 6연에서도 되풀이되면서 독자들의 관심을 환기하는 동시에 박진감 있는 호흡을 만들어 낸다. 시 전체에서 후렴처럼 반복되는 "잃어진것은 없었다"의 율격도 이와 유사 한 효과를 얻고 있다. 결국 전봉건 시에서 전쟁의 폐허를 극복하는 인간 과 자연과 우주의 유동적·순환적 생명력은 시의 음악적 기법에도 개 입되어 시적 형식에 체현되고 있는 것이다. 전봉건의 시에서 '생명의 음악'은 현란하고 강렬한 이미지들의 연쇄를 통해 제시된다.

　　薔薇는 나에게도
　　피었느냐고 당신의
　　편지가 왔을때
　　五月에……나는 보았다. 彈痕에 이슬이 아롱지었다.

　　그리고
　　빛나는 太陽
　　흙은 헤치었다.

　　무수한 자욱 무수한 자욱 무수한
　　軍靴자욱을 헤치며 흙은
　　綠色을

새 樹木과 꽃과 새들의 綠色을 키우고

그

가장자리엔 구름이 있었다.

구름이……

구름에서

들려 온 소리.

나는 들었다.

그것은 푸른 나의 발자욱 소리.

—「장미薔薇의 의미意味」 브븐

　1연에 구사되는 이중의 도치 구문과 교묘한 행갈이는 생명의 탁동감을 리듬에 실어 전달하며, 3연에 반복되는 "무수한"과 "자욱"과 '늑색'과 "구름"도 급박한 호흡으로 긴장감을 고조시킨다. 이 시에도 '탄흔彈痕"과 "군화자욱" 등에서 전쟁의 상처가 등장하지만, 그것을 "이슬"과 "흙"과 "수목과 꽃과 새들의 녹색"과 "구름"이 "헤치"고 감싸더 극복하는 모습을 보여준다. 이 시에 등장하는 자연의 이미지들은 붉은, 녹색, 흰색 등이 조화를 이루어 화려하고 다채로운 협주곡을 들려준다. 그리하여 "구름에서／들려 온" "푸른 나의 발자욱 소리"는 자연의 생명력이 화자에게 전달되어 회복과 재생의 노래도 전이된다. 여기서 자연과 인간을 하나로 이어주는 생명의 원천은 무엇일까? 이 시기의 전봉건 시에 등장하는 수많은 생명적 심상들의 구심체는 "빛나는 태양"이라고 볼 수 있다. 이 시의 중심 소재인 "장미"와 후반부에 등장하는 "껴"도 "태양"으로부터 생명력을 전수받고 있는 듯하다. 태양의 에로스적 힘은 자연과 인간의 생명을 우주의 그것과 연결시키는 중요한 매개가 된다.

이러한 地坪을

넘어

풀잎처럼 나의 눈시울이

太陽을 느끼면

가슴 속에 彈痕을 밟고

砲煙을 헤치는

움직이는

개미들을 위하여

神의 七日째,

찬란한 果樹園에서

벌거숭이 두 사람의 아름다운 눈

길을

두개의 觸手와

여섯개의 발로 걸어 간

개미와 같은

나의

그것들을 위하여.

푸른

사랑의 손길은

어느듯

하늘에 빛나는 果實과 함께……

　　—「개미를 소재素材로 한 하나의 시詩가 쓰여지는 이유理由」 부분

화자가 "개미"를 관찰하면서 "가슴 속에 탄흔彈痕을 밟고/포연砲煙을 헤"치는 힘을 얻는 것은 "태양"을 "눈시을"로 느끼기 때문이다. "풀잎처럼"이라는 비유는 자연과 인간이 모두 태양의 생명력을 수혈 받는다는 의미로 이해될 수 있다. 화자는 "두개의 촉수와/여섯개의 발로 걸어간/개미"와 같이 자신의 손과 발로 걸어가고자 한다. 이럴 때 '개미'가 지닌 '까만색'의 이미지는 "푸른/사랑의 손길"로 전환되며 새로운 생명의 길을 여는 것으로 보인다.

여기서 재생과 회복의 힘을 전수하는 원천인 "태양"이 성경적 모티프와 결부되어 있음에 주목할 수 있다. "신神의 칠일 째"는 기독교의 안식일을, "찬란한 과수원"은 에덴동산을, '벌거숭이 두 사람'은 아담과 이브를 의미한다고 해석할 수 있다. 따라서 "하늘에 빛나는 과실"은 에덴동산의 생명나무 열매를 의미한다고 볼 수 있을지 모른다. 그러나 전봉건 시의 성경적 모티프를 기독교적 시의식과 직접 연결시키기보다는 일종의 우주적 에로스의 차원으로 이해하는 것이 더 적절할 것이다. 전봉건의 시의식 속에서 성경적 모티프는 인간과 자연과 우주가 하나의 생명 공동체라는 일종의 범신론적 사유의 한 부분으로서 포함되는 것이다. 그래서 인용 시의 성경적 모티프는 일종의 신화적 상상력으로서 충일한 생명력의 원초적이고 본래적인 모습을 상징하는 심상 체계로 이해하는 것이 온당하다. 이런 관점에서 장시의 가능성을 보여주는 「은하銀河를 주제主題로 한 '봐리아시옹'」에서 "나의/후회와 기도와 희망이 목욕하는/오 태양이 결혼하는 아지랑이가…….//아지랑이가 피어 오르고 꽃은/강 물에 피고 강 물에 피고//꽃 피는 한강/임진강/금강"은, "태양"의 생명력을 수혈 받은 "꽃"이 화자의 "후회와 기도와 희망"을 치유하며 "강 물에 피"어나는 광경을 특유의 가쁜 호흡과 박진감 있는 리듬으로 들려준다.

5. 맺음말

이 글은 전후 모더니즘시의 미학을 규명하는 노력의 일환으로서 그 음악적 특성과 시의식을 주목했다. 주로 김종삼·김광림·전봉건 등 3인이 참여한 연대시집인『전쟁과 음악과 희망과』를 분석의 대상으로 삼아, 이들에게 '음악'이 어떤 의미를 가지며 작품 속에서 어떤 형식과 내용으로 구현되는지 고찰했다. 그래서 이 글은 세 시인의 '음악적 특성'을 비교하여 그것이 지닌 '시의식'의 연대성과 상관성을 고찰하는 관점으로 진행되었다.

김종삼의 시에서 '음악'은 전경화된 회화적 풍경 속의 배경음악처럼 그윽하고 아득하게 묻어나온다.「G·마이나」는 간결한 단어와 풍부한 여백으로 침묵 속에서 은밀히 스며 나오는 음악을 그대로 체현하고, 음절 수를 조절하여 행과 연을 교묘히 배치함으로써 호흡상 단조의 흐름을 만들어 낸다. 김종삼은 이처럼 '묘연한 음악'을 통해 삭막한 지상의 현실에 "물"과 "그늘"을 내려주는 신의 은총을 시적으로 형상화한다.「돌 각 담」은 "십자형의칼"과 "힌옷포기"로 대변되는 예수의 죽음과 부활이 진행되었음에도 불구하고, 신의 임재를 경험하지 못하는 지상의 인간이 완전성에 도달하기 위해 불가능한 시도를 반복하고 있음을 보여준다. 김종삼은 신의 존재를 인정하고 그 임재를 경험하기도 하지만, 신이 부재하는 지상에서 은총처럼 하늘에서 내려오는 "물"과 "그늘"과 "음악"을 인간들에게 전달해주는 전령사이다.

김광림의 시에서 '음악'은 자연의 본래적 생명을 간직한 인간의 가장 소중한 가치로 제시된다.「다리목」에서 '노래'는 훼손되기 이전의 순수한 자연의 생명을 상징하는 "꽃과 과실과 새"와 대등한 의미와 위상을 가지고 병치된다. 김광림 시에서 '노래' 즉 '음악'은 운율이나 호흡상의 효과를 살려내는 시적 형상화의 기법으로 작용하기보다는 의미를 구현하는 개념적 언어로 등장한다. 「꽃과 잃어버린 신神」은 "꽃"과 "인간들"을 대비시키며 "희망"과 "절망"이 교차하는 상황을 냉소적으로 표현함으로써 상황적 아이러니의 효과를 만든다. 미래에 대한 전망과 비전을 찾을 수 없는 허무와 공허와 상실감은 "잃어버린 신"이라는 표현으로 응축되어 나타난다. 시인에게 전쟁의 참상과 폐허의 현실은 절대적 가치를 상징하는 '신'의 상실과 부재로 간주되는 것이다.

전봉건의 시에서 '음악'은 인간과 자연과 우주가 공통적으로 가진 유동성과 순환성의 원리를 체득함으로써 산출되는 생명의 음악이다. 「강물이 흐르는 너의 곁에서」에서 2~3음절이 4음보의 율격으로 전개되는 리듬감은 음위율과 결합되어 유동적이고 순환적인 음악적 율동을 구현하고, 반복되는 지시대명사와 단어와 문장의 율격도 이와 유사한 효과를 얻는다. 또한 「장미의 의미」에 구사되는 이중의 도치 구문과 교묘한 행갈이는 생명의 박동감을 리듬에 실어 전달하며, 단어의 반복도 급박한 호흡으로 긴장감을 고조시키며 힘찬 리듬감을 형성한다. 전봉건의 시에서 "태양"의 에로스적 힘은 자연과 인간의 생명을 우주의 생명과 연결시키는 중요한 연결 고리가 된다. 「개미를 소재로 한 하나의 시가 쓰여지는 이유」에서 "태양"은 성경적 모티프와 결부되어 나타나지만, 전봉건의 시의식 속에서 성경적 모티프는 인간과 자연과 우주가 하나의 생명 공동체라는 일종의 범신론적 사유의 한 부분으로 포함된다고 볼 수 있다.

결국 세 시인이 보여주는 음악의 세 가지 존재 방식은 다음과 같은 시의식들 간의 연대성과 상관성을 가진다. 김종삼 시의 '묘연한 음악'은 신의 은총처럼 하늘에서 지상으로 내려오는 '하강'의 움직임을 보여주며, 그의 시는 신의 '임재'와 '부재' 사이에서 다양한 스펙트럼을 가지고 '물(의미)' 과 '그늘(회화적 이미지)' 과 '소리(음악적 이미지)' 를 개입시킨다. 김광림 시의 '관념적 음악' 은 자연의 본래적 생명을 간직한 인간의 가장 소중한 가치라는 의미를 담는 개념적 언어로서 '정지' 의 양상으로 나타나며, 미래에 대한 전망과 비전을 찾을 수 없는 허무와 공허로 인해 '신의 상실' 이라는 세계인식을 함축한다. 전봉건 시의 '생명의 음악' 은 유동성과 순환성의 원리를 체현하는 에로스의 노래이며, 이 '순환' 의 움직임은 인간과 자연과 우주가 하나의 생명 공동체라는 일종의 '범신론' 적 사유 속에서 박진감 있는 시적 율동으로 구현된다. 우리는 세 시인의 음악적 존재 방식 속에 신에 대한 태도가 숨어 있음을 엿보게 된다. 실존주의의 세례를 받은 것으로 알려진 전후 1950년대 모더니즘 시인들이 정도의 차이가 있지만, 신의 임재와 부재 사이의 다양한 스펙트럼 속에서 전쟁의 고통과 환멸을 견디고 이겨내는 어떤 힘의 원천을 기대한다는 사실을 발견하게 되는 것이다.

제5장 현대시의 매체와 시적 시선 연구
― 1960년대 시의 문화 인식

1. 머리말

이 글의 목적은 1960년대 한국 현대시에 나타나는 문화적 처럼 혹은 문화 인식을 살피는 것이다.[1] 이를 진행하기 위해서는 몇 가지 규정이 전제될 필요가 있다. 첫째, '문화'의 개념을 어떻게 정의할 것인가? 주지하듯이, 문화는 그 의미가 매우 다층적이고 복잡하며 광범위한 개념 중 하나이다. 이를 압축하면 다음과 같은 항목이 추출될 수 있을 듯하다. 1) 토지를 경작하여 곡식을 재배하거나 가축을 기르는 행위이다. 2) 특정 집단이 공유하는 삶의 태도, 혹은 세계 인식이나 사고방식이다. 3) 문명의 배양으로서 지적 · 정신적 · 예술적 활동의 실천이나 산둘이다.

---

[1] 이 글은 원래 1960~1980년대 시에 나타난 문화 인식을 살펴려는 의도로 진행되었으나, 1960년대 시에 대한 고찰만으로 일단락되었다. 1970~1980년대 시의 문화 인식에 대한 고찰은 다음을 기약하기로 한다.

4) 특정 사회적 질서가 그것을 통해 전달·재생산·체험되고 탐구되는 의미화 체계이다.[2] 1)은 어원적 개념이고, 2)는 사유 방식의 개념인 반면, 3)은 제반 지적·예술적 활동의 총체 개념이고, 4)는 의미를 생산하는 실천적 개념이다. 우리는 이 복합적인 문화의 개념을 염두에 두면서, 다음의 두 번째 질문을 병행해야 한다. 둘째, '문화'의 실체를 어떻게 규정할 것인가? 2)를 염두에 두면, 문화는 인간이 지향하는 모든 삶의 태도와 사고방식을 지칭하고, 3)을 염두에 두면, 인간의 지적·정신적·예술적 활동의 실천이나 산물로서 학문·문학·예술 등을 지칭하며, 4)를 염두에 두면, 하나의 대상이나 현상이 아니라 사회적 질서가 생성시킨 의미화 체계를 지칭하게 된다.

이런 문화의 개념과 실체를 고려할 때, 시에 나타난 문화적 체험이나 문화 인식을 고찰하는 데 있어서 실제적으로 부딪히는 문제는 그것을 리얼리즘·모더니즘·포스트모더니즘 등을 비롯한 문예사조적 차원으로 이해할 것인가, 아니면 주로 대중매체로 전파되는 대중문화의 차원으로 이해할 것인가라는 점이다. 전자의 경우, 문화의 영역이 광범위해져서 논의가 추상화되거나, 현대시사에 대한 문예사조적 고찰이 널리 시도되어온 까닭에 논의가 반복될 우려가 있다. 후자의 경우, 한국에 대중문화가 본격적으로 등장한 시기가 1980년대이고 활성화된 시기가

---

2) R. Williams, *Sociology of Culture*, Schocken Press, 1982 참고.

3) 1990년대 초반에 '포스트모더니즘'의 수용과 더불어 '대중문화'를 대상으로 하는 '문화연구'가 확산된 점을 고려하면, 1990년대는 문화의 개념 및 실체로서 문예사조적 영역과 대중문화의 영역 양쪽이 일맥상통하는 부분을 발견할 수 있다.

4) "미디어는 메시지이다"라는 말로 유명한 마샬 맥루언은 매체(미디어)에 대해 다음과 같이 규정한다. 첫째, 매체가 낳는 개인적·사회적인 결과는 그 매체로 인해 감각 비율과 지각 패턴이 달라지기 때문에 생겨난 것이다. 둘째, 매체는 관련되는 사건들의 규모나 속도 또는 유형의 변화를 통해 바로 그런 매체로 규정된다. 셋째, 매체를 통해 전달되는 내용보다는 매체를 통해 주입되는 바, 표현 및 이해에 관련된 무의식적인 전체적 장의 변화가 더 근본적인 매체의 메시지이다. 따라서 매체 자신인 메시지에 대해 매체 사용자들은 감각에 있어서 무의식적인 도취 또는 마비 상태에 빠진다. 마샬 맥루언, 『미디어의 이해』, 김성기·이한우 역, 민음사, 2002, pp.30~55 참고.

1990년대 이후이기 때문에, 1960년대의 시에 나타난 대중문화적 양상이나 인식을 고찰하는 데에는 무리가 따른다. 대중문화를 분석과 탐구의 대상으로 삼아 그 의미에 실천적 가치를 부여하는 소위 '문화연구'가 한국에 소개되고 진행된 것은 1990년대 이후인데,[3] 이 관점으로 1960년대의 시를 분석하는 것은 현재적 잣대를 과거에 소급적으로 적용하는 데서 오는 오류에 빠질 가능성이 있다.

　이 모순된 선택의 갈등에서 벗어나기 위해 이 글은 문예사조적 개념과 대중문화적 개념을 두루 아우르면서 둘 사이를 연결하는 고리로서 '매체'를 주목하고자 한다. 매체는 책·고전음악·회화·조형예술·무용 등으로 대표되는 소위 고급문화와 TV·영화·광고·대중음악·만화·잡지 등으로 대표되는 소위 대중문화를 포괄하면서 그 문화적 특성을 살필 수 있는 가치 중립적이고 객관적인 척도가 될 수 있기 때문이다. 그런데 시에 나타난 문화적 체험이나 문화 인식을 고찰하는 데 있어 매체를 그 자체로 분석하는 것은 시적 현상을 피상적으로 관찰하는 소재주의의 함정에 빠질 가능성이 있다. 매체는 다만 의사소통적 매재의 차원이 아니라, 새로운 감각 비율과 지각 패턴과 사유 방식이라는 보다 심층적인 차원과 밀접히 연관되어 있다.[4] 따라서 매체 자체가 아니라 매체에 대한 인식을 다루어야 하는데, 이것은 매체가 지닌 아비투스(habitus)와 스타일과 이미지 등에 대한 시적 시선의 방식을 살피는 것을 의미한다. 시에 나타난 매체의 객관적·역사적 사실보다 중요한 것은 매체의 양식적 특성에 대한 시적 시선과 태도의 변화를 고찰하는 것이다. 한 걸음 더 나아가면, 매체의 양식적 특성에 대한 시적 시선과 태도는 종종 시작 기법의 원리로 작용할 수 있다. 이것은 시에 나타난 매체를 단순히 소재로 취급하지 않고, 그것을 바라보는 시적 시선이 어떻게 시적 형상화의 방식 혹은 구조화의 원리로 기능하는가를 고찰할 필요가 있음을 의미한다. 따라서 이 글은 1960년대 한국 현대시에 나타나는 문화적 체험 혹은 문화 인식을 '매체' 의 '양식적 특성' 에 대한 '시적 시선' 과 '시작 기법' 의 원리를 중심으로 살피려 한다.

1960년대의 시는 자유와 평등을 둘러싼 민주적 이념 추구, 산업화가 가져온 자본주의적 삶의 모순에 대한 비판, 현대문학과 예술의 명제인 현대적 주체의 내면 탐색 등의 과제를 떠맡게 된다. 따라서 1960년대의 시는 크게 세 가지 흐름을 형성하는데, 그것은 첫째, 당대 사회 역사적 현실에 대한 비판적 인식과 저항을 형상화하는 참여시 혹은 민중적 감수성의 시, 둘째, 내면 탐구와 언어 실험을 통해 소재 선택보다 소재 처리의 기법을 중시한 순수시 혹은 언어 실험의 시, 셋째, 전통적 서정시의 형식을 계승하거나 심화시킨 경우로 나누어질 수 있다. 이 흐름들은 1930년대에서 1950년대에 이르는 한국 현대시사의 물줄기를 이어받아 형성된 것으로서, 이후 1980년대에 이르는 현대시사의 물줄기로 다시 분화되면서 한국 현대시의 주도적인 경향으로 자리 잡게 된다. 여기서 우리는 세 유형의 대표적 시인으로 김수영 · 김춘수 · 조지훈을 선정하고, 1960년대에 씌어진 「엔카운트지誌」「샤갈의 마을에 내리는 눈」「범종梵鐘」을 중심으로 '매체' 의 '양식적 특성' 에 대한 '시적 시선' 과 '시작 기법' 의 원리를 살피고자 한다.

2. 김수영 — 책(잡지)과 연관적 시간의 인식

김수영이 1966년 4월에 탈고한 「엔카운트지誌」에는 김수영 시의 중심 모티프 중 하나인 '책(잡지)' 이 등장한다.

그렇게 매일 믿어왔는데, 갑자기 변했어.

왜 변했을까. 이게 문제야. 이게 내 고민야.

지금도 빌려줄 수는 있어. 그렇지만 안 빌려줄 수도

있어. 그러나 너무 재촉하지 마라. 이 문제가 해결

되기까지 기다려봐. 지금은 안 빌려주기로 하고

있는 시간야. 그래야 시간을 알겠어. 나는 지금 시간

과 싸우고 있는 거야. 시간이 있었어. 안 빌려주

게 됐다. 시간야. 시간을 느꼈기 때문야. 시간이

좋았기 때문야.

시간은 내 목숨야. 어제하고는 틀려졌어. 틀려

졌다는 것을 알았어. 틀려져야겠다는 것을 알

았어. 그것을 당신한테 알릴 필요가 있어. 그것

이 책보다 더 중요하다는 걸 모르지. 그것을

이제부터 당신한테 알리면서 살아야겠어― 그게

될까? 되면? 안되면? 당신! 당신이 빛난다.

우리들은 빛나지 않는다. 어제도 빛나지 않고,

오늘도 빛나지 않는다. 그 연관만이 빛난다.

시간만이 빛난다. 시간의 인식만이 빛난다.

―「엔카운터지誌」(1966.4) 3, 4련[5]

이 시에 나타나는 주요 매체는 '책'이다. 구체적으로는 제목에 제시
된 "엔카운터지誌"라는 외국의 잡지이다. 화자는 시 전체를 통해 이 잡

---

5) 김수영, 『김수영 전집 1―시』, 민음사, 1981, pp.260~261. 이후 김수영 시의 인용은 이 책에 근거한다.

지를 누군가에게 빌려주려고 했는데, 이제는 빌려줄 수 없다는 것을 반복적으로 말한다. 반복적이라기보다는 요설적인데, 이처럼 너무나 일상적인 사건을 구어체의 반복과 변주와 요설로 산문화시키는 방식이 김수영 시의 어법이다.[6] 이 요설의 내용을 완전히 이해가기는 쉽지 않지만, 실제 현실의 상황이나 내면의 의식 흐름을 염두에 두고 작품의 언술을 살펴보면 전후 맥락을 가늠해 볼 수 있다. 작품 안의 언술과 작품 밖의 행위 및 사실을 함께 고려해야 이해 가능한 것이 김수영 시의 특징이다. 그에게 시는 현실의 사건이나 내면의 의식적·무의식적 차원과 별개로 분리되지 않고 직접적으로 연결되어 있다.

인용되지 않은 1연은 작년에는 빌려주려고 한 잡지를, 매춘부 젊은이들이 유부우동을 먹고 있는 것을 보다가, 지금은 빌려줄 수 없다고 생각하는 내용이고, 2연은 아들 공부 문제로 방을 이사했다가 가정교사가 기침소리를 싫어해 다시 안방으로 돌아온 일을 말하면서, 그때까지도 책을 빌려주려고 생각했다는 내용이다. 이 시에서 "엔카운터지誌"는 어떤 의미를 가지며, 이것을 빌려주는 행위는 무엇을 의미할까? 책이나 잡지를 소재로 한 김수영의 일련의 시[7]에서, 책이나 잡지는 두 유형으로

---

6) 김인환은 김수영 시의 어법에 대해 다음과 같은 중요한 언급을 한 바 있다. "김수영은 시의 대부분을 뜻이 안 통하는 말로 채워놓고 그 사이에 아주 쉬운 문장을 집어넣는다. 빗나간 소리 속에서 쉬운 말이 이미지의 역할을 하도록 시를 쓰는 것이 김수영의 방법이다. (…중략…) 김수영은 구어체의 독백으로 말의 속도를 증가시킬 수 있었고, 사고와 표현 사이의 거리가 줄여지는 것 같은 느낌을 줄 수 있었으며, 무의식의 힘이 내재하는 자신의 모습을 예기치 않은 순간에 훔쳐볼 수 있었다." 김인환, 「스투디움과 풍크툼」, 『의미의 위기』, 문학동네, 2007, p.94.

7) 책을 주요 소재나 테마로 다룬 김수영의 시를 분석한 중요한 성과로 김상환의 「시인의 책과 죽음」(『풍자와 해탈, 혹은 사랑과 죽음』, 민음사, 2000, pp.177~206)을 들 수 있다. 이 글은 「가까이 할 수 없는 서적」(1947), 「방안에서 익어가는 설움」(1947), 「국립도서관」(1955), 「서책」(1955) 등의 시를 면밀히 분석하면서, 후진국의 시인에게 책의 내면에 가까이 다가설 수 있는 가능성이 부재하다는 점에서 '가까이 할 수 없는 서적'과 '설움'의 연관성을 밝히고, 책의 죽음에 대해서 언급한다. 이 죽음은 한 번은 4·19 이후 책을 부수고 나가서 현실 자체의 역동성에 몸을 맡기는 것에서 생겨나며, 또 한 번은 이미 이전에 책의 관념 자체가 스스로 완전한 명료성을 획득해 가는 과정에서 현실적인 책들이 우연한 사물로서 기형화될 때 죽었다고 본다. 후자의 책의 죽음은 시인의 죽음이나 저자의 죽음이라는 테마와도 연결된다.

구분될 수 있다. 하나는 '가리포루니아에서 온 책' '아메리카 타임지誌' '엔카운터지' 'VOGUE'와 같은 외국의 책이나 잡지이고, 다른 하나는 '육법전서' '서책들'과 같은 사회적 규율을 담거나 포괄적 의미를 가진 책들이다. 김상환의 정확한 지적대로 "가리포루니아에서 온 책"(「가까이 할 수 없는 서적」, 1947)과 "아메리카 타임지誌"(「아메리카 타임지誌」, 1947)는 외국의 책과 잡지를 통해 서구 모더니즘의 지식과 문예를 수용하며 시를 쓰던 김수영이 한국의 후진적 현실과 부딪힐 때 느낄 수밖에 없는 괴리감(이 괴리감이 괴로움을 낳고 설움을 낳는다)을 상기시키는 매체이다. 시인이 추구하던 "첨단의 노래"가 그동안 등한시했던 현실에 대한 "정지의 미"를 직시할 때, 설움과 더불어 깨닫게 되는 것은 "명령의 과잉을 요구하는" "시대"(「서시序詩」)에 대한 인식이라고 볼 수 있다.

그런데 인용 시를 쓴 1966년에는 사정이 달라진다. "엔카운터지"는 여전히 외국의 잡지이지만, 화자는 이것을 빌려줄 수 없다고 말한다. 2연에서 이 책은 "나의 프라이드"와 "재산"과 "연장"으로 비유되고 있으므로, 책은 어떤 긍지나 자존심, 더 나아가 재산이나 연장이라는 의미를 가진다고 볼 수 있다. 여기서 책 자체의 의미보다 책을 바라보는 시적 시선의 태도와 인식이 더 중요하다. 화자는 책을 빌려준다는 것이 안방을 내어주는 일과 흡사하게 자부심과 재산과 연장을 내어주는 일이라는 것을 깨달았다. 이것은 1947년에는 가까이 할 수 없었던 매체를 가까이 할 수 있는 여유와 자신감이 생겼다는 것을 의미한다. 이 여유와 자신감은 4 · 19 혁명을 거친 이후의 1960년대 한국의 현실이 서구의 현대적 잡지를 바라볼 때의 괴리감을 어느 정도 극복하게 했다는 데서 그 원인을 찾을 수 있을지도 모른다. 그러나 화자는 현실적 상황보다는 어떤 시적 인식으로 인해 여유와 자신감에 도달한다.

　　이것은 3~4연에 반복적으로 언급되는 "시간"에 대한 인식이다. 화자
는 시간과 싸우고 시간을 느끼며 시간이 좋다고 말하고, 시간이 목숨이
고 시간만이 빛나며 시간의 인식만이 빛난다고 말한다. 여기서 주목해
야 할 대목은 "어제도 빛나지 않고,/오늘도 빛나지 않는다. 그 연관만이
빛난다"이다. 화자가 외국 잡지를 가까이 할 수 있는 여유와 자신감을
가진 것은 "어제"(과거)와 "오늘"(현재) 사이의 연관에 대한 깨달음을
얻었기 때문이다. 이것은 말 그대로 '시간時間'에 대한 인식이라고 할
수 있다. '어제와 오늘 사이의 연관'은 순간의 시간관이 아니라 과거와
현재를 연결하고 왕복하는 '연관의 시간관'이다. 김수영은 1966년 이
전에 전통에 대한 긍지와 자부심을 얻게 되는데,[8] 전통 즉 과거에 대한
긍정이 현재와의 연관을 통해 '시간의 인식'을 획득할 때 외국 책을 바
라보는 시선의 변화를 야기하게 된다. 한국의 전통에 대해 애정과 긍지
가 현재와의 연관적 시간 인식으로 진전되면서, 시인은 외국 책이나 잡
지가 가진 첨단의 현대성에 대해 더 이상 괴리를 느끼거나 설움에 빠지
지 않게 되는 것이다.[9] 이것을 가능케 한 '연관적 시간 인식'이 구체적
인 표현을 얻은 것은 「현대식 교량」(1964.11)에서부터이다.

　　　(…중략…)
　　나는 그들의 나이를 찬찬히
　　소급해 가면서 새로운 여유를 느낀다

---

8) 전통에 대한 긍지와 자부심은 「거대한 뿌리」(1964.2)에서부터 나타나기 시작한다.
9) 물론 이런 시간의 인식은 의식과 무의식이 엇갈리는 각성의 차원을 기록한 것이므로, 누추한 일상
　　적 현실 속에서 외국 책을 바라보는 시적 시선의 괴리감은 상존하게 된다. 1967년 2월에 씌어진
　　「VOGUE 야」의 다음 대목을 보라. "마룻바닥에 깐 비니루 장판에 구공탄을 떨어뜨려/탄 자국, 내 구
　　두에 묻은 흙. 변두리의 진흙,/그런 가슴의 죽음의 표식만을 지켜온,/밑바닥만을 보아온, 빈곤에 마비
　　된 눈에/하늘을 가리켜주는 잡지/VOGUE 야"

새로운 歷史라고 해도 좋다

이런 驚異는 나를 늙게 하는 동시에 젊게 한다
아니 늙게 하지도 젊게 하지도 않는다
이 다리 밑에서 엇갈리는 기차처럼
늙음과 젊음의 분간이 서지 않는다
다리는 이러한 停止의 증인이다
젊음과 늙음이 엇갈리는 순간
그러한 速力과 速力의 停頓 속에서
다리는 사랑을 배운다
정말 희한한 일이다
나는 이제 敵을 兄弟로 만드는 實證을
똑똑하게 천천히 보았으니까!

　　　　　　　　　　─「현대식 교량現代式 橋梁」(1964.11) 2, 3연

이 시 또한 연상에 의한 상황의 비약적 전기로 인해 의미를 쉽게 이해하기 힘든 작품이다. 그런데 앞서 분석한 「엔카운터지」의 핵심 주제인 '연관적 시간의 인식'을 염두에 두면, 그 인과 관계를 이해할 수 있다.[10] 1연은 현대식 교량을 건너면서 과거 식민지의 죄로 인해 부자연스러운 시인과 그것을 모르는 젊은이들 사이의 사고의 대립을 말하고, 2연은 젊은이들의 사랑과 자신의 이해가 내면적 대화를 통해 새로운 역사를 깨닫는 과정을 보여준다. 그래서 3연에서는 과거와 현재, 젊음과 늙음이 엇갈리는 정지의 순간에 다리는 사랑을 배우고, 시인은 적을 형

---

10) 이 시에 대한 해석은 졸고, 「김수영 시의 미적 근대성 연구」, 『국어국문학』 제12집, 199?,
　　pp.334~336을 토대로 하였음.

제로 만드는 실증을 보게 된다.

이 시의 내용을 더 정확히 파악하기 위해서는 '속력' 과 '정지' 의 의미를 밝혀내야 한다. '속력' 의 운동성은 미지의 무한대로 향하는 첨단의 속도와 관련되는데, 이것은 속도가 과거와 현재의 시간성 속에서 어떤 힘을 얻는 데서 생겨난다. '정지' 는 현실을 직시하는 정신인데, 그것이 "속력과 속력의 정돈"과 동일시되는 것은 속력이 지닌 혼돈과 어지러움을 정지시키고 정리한 상태이기 때문이다. 이 순간은 '첨단' 과 '정지' 가 일치되는 순간을 말한다. 속력과 정지가 일치하여 온몸으로 이행할 때 사랑이 생기고, 그것은 더 크고 긍정적인 의미의 자유, 혹은 혼란과 같은 것이 된다. 그래서 다리가 배우게 되는 사랑은 화자가 획득한 "새로운 역사" 의 내용을 이룬다. 결국 이 시가 보여주는 것은 속력과 정지의 교차를 통해 과거와 현재를 연결시키게 된 화자의 시간 인식, 즉 '새로운 역사' 의식이다. 이 역사성의 인식이 「엔카운터지」(1966.4)에서 과거와 현재 사이의 '시간의 인식' 으로 이어지고, 「사랑의 변주곡」(1967.2)에서 현재와 미래 사이의 '시간의 인식' 즉 미래에 대한 신념으로 전개되는 것이다.

> 아들아 너에게 狂信을 가르치기 위한 것이 아니다
> 사랑을 알 때까지 자라라
> 人類의 종언의 날에
> 너의 술을 다 마시고 난 날에
> 美大陸에서 石油가 고갈되는 날에
> 그렇게 먼 날까지 가기 전에 너의 가슴에
> 새겨둘 말을 너는 都市의 疲勞에서
> 배울 거다

이 단단한 고요함을 배울 거다

복사씨가 사랑으로 만들어진 것이 아닌가 하고

의심할 거다!

복사씨와 살구씨가

한번은 이렇게

사랑에 미쳐 날뛸 날이 올 거다!

— 「사랑의 변주곡變奏曲」(1967.2) 브분

3. 김춘수 ─ 회화와 이중 시선적 풍경의 묘사

김춘수가 1969년에 발간한 시집 『타령조·기타』에 수록된 「샤갈의 마을에 내리는 눈」에는 시작 기법이나 시적 형상화의 원리가 되는 회화적 특성이 선명하게 나타난다.

샤갈의 마을에는 三月에 눈이 온다.

봄을 바라고 섰는 사나이의 관자놀이에

새로 돋은 靜脈이

바르르 떤다.

바르르 떠는 사나이의 관자놀이에

새로 돋은 靜脈을 어루만지며

눈은 數千數萬의 날개를 달고

하늘에서 내려와 샤갈의 마을의

지붕과 굴뚝을 덮는다.

三月에 눈이 오면

샤갈의 마을의 쥐똥만한 겨울 열매들은

다시 올리브빛으로 물이 들고

밤에 아낙들은

그 해의 제일 아름다운 불을

아궁이에 지핀다.

　　　　　—「샤갈의 마을에 내리는 눈」 전문, 『타령조 · 기타』(1969)[11]

　이 시에 나타나는 주요 매체는 '회화'이다. 이 시는 제목뿐만 아니라 본문 자체가 회화적 모티프로 가득 차 있다. 제목과 본문에 등장하는 "샤갈의 마을"이 실재하는 현실적 공간인지 상상적 공간인지는 그다지 중요하지 않다. 오히려 중요한 것은 시 자체가 샤갈풍의 기법으로 묘사된 회화에 가깝다는 것이다. 주지하듯이, 러시아 태생의 프랑스 화가이자 판화가인 샤갈(1887~1985)은 눈부신 색채로 유쾌하고도 난해한 환상의 세계를 펼쳐 보임으로써 회화에 있어서 초현실주의를 개척한 사람으로 평가된다. 그의 작품은 주로 유태인 거주지역과 서커스의 세계, 성서의 보편적인 메시지를 담아낸다.[12] 샤갈이 내면의 시적 호소력을 이용하여 상징적이고 미학적인 형식 요소들과 개인적 경험에서 나온 이미지를 결합한 작품들을 주로 그렸다면, 김춘수의 이 시는 샤갈의 화풍을 시적 형상화의 방법으로 활용한 작품이라고 할 수 있다. 따라서 우

---

11) 김춘수, 『김춘수 전집 1—시』, 문장, 1986, p.180. 이후 김춘수 시의 인용은 이 책에 근거한다.

12) 샤갈은 폴란드 국경에서 멀지 않은 러시아 서부의 작은 도시 비테브스크에서 태어났다. 다방면에 재능이 있던 몽상가인 샤갈은 가수, 무용가, 음악가, 시인, 그리고 화가가 되기를 동시에 갈망했다. 1905년 러시아의 정치적 봉기 이후 아카데미즘에 반발한 샤갈과 그의 동시대 화가들은 파리로 향했다. 샤갈은 그곳에서 눈부신 색채의 마술사가 되기 시작했고, 야수파의 근대성과 큐비즘의 기하학적 표현 방식을 소화해 내었다. 샤갈의 그림들은 눈에 익은 판테온을 배경으로 몽상의 도시, 꿈속의 인물들을 담고 있다. 그는 20세기 파리파의 중요한 전위미술가 중 한 사람이 되었다. 다니엘 마르슈소, 『샤갈』, 김양미 역, 시공사, 1999 참고.

리는 이 시에 등장하는 시간적·공간적 배경, 인물, 사건 등을 일종의 몽환적 이미지로 간주하고 접근할 필요가 있다. 다시 말하면, 이 시에 제시된 풍경은 현실적 풍경이라기보다는 무의식적 풍경이다.

무의식적 풍경을 분석하는 것은 일종의 꿈의 분석과 흡사하다. 꿈속에서 발생하는 배경 전환·인물 중첩·사건의 비약은 인과 관계에서 벗어나 있지만, 어떤 원리에 의해 진행된다. 프로이트는 꿈—작업의 네 가지 원리로 '시각적 형상화' '이차적 변형' '압축' '전위'를 제시했고, 라캉은 뒤의 둘을 '은유'와 '환유'로 번역했다. 이 원리들 중 '시각적 형상화'와 '이차적 변형'은 꿈이 기본적으로 시각적 이미지의 차원, 즉 풍경의 묘사에 의존함을 알려준다. 결국 김춘수가 매체로서 회화를 바라보는 시적 시선은 형상화 방식의 차원, 즉 시작 기법의 차원에서 작동하며, 그 결과 '무의식적 풍경의 묘사'가 중요한 시적 원리를 이루게 된다. 이를 전제로 이 시의 풍경을 분석해 보자.

인용 시의 공간적 배경은 "샤갈의 마을"이고 시간적 배경은 '삼월'이며, 등장인물은 "사나이"와 "아낙"이고, 주요 사건은 "눈이 오"는 것이다. 장면은 크게 전반부(1행)—중반부(2~9행)—후반부(10~15행)로 나눌 수 있다. 전반부인 1행은 전체적 상황을 압축적으로 제시한다. "샤갈의 마을"(공간적 배경)과 "삼월"(시간적 배경)과 "눈이 온다"(사건)가 그것이다. 중반부와 후반부는 이 기본 구도 속에 각각 "사나이"와 "아낙"(등장인물)을 등장시키고, 좀더 구체적인 사건을 전개시킨다. 중반부의 화면은 "사나이의 관자놀이에/새로 돋는 정맥"을 클로즈업시킨다. "봄"과 "새로 돋는"은 신선하게 약동하는 생명력을 암시하는 듯하지만, "눈"과 대비되는 "정맥"의 색채 감각과 "바르르 떠는" 모습은 오히려 쇠잔해 가는 생명력을 암시하는 듯하다. 이 대비와 조화의 이중적 감각은 미묘한 분위기를 자아내는데, 이것은 바로 "삼월에 눈이" 오는 이중적 상황과 상통하는 것이다. 이런 사나이의 정맥을 "어루만지며" "수천수만의 날개를 달고/하늘에서 내려"오는 "눈"은 생명의 약동과 소멸을 겪을 수밖에 없는 "사나이"를 감싸 안는 몽환적 아우라를 제공한다.

한편 후반부의 화면에 클로즈업되는 것은 "아낙들"이 "아궁이에 지"피는 "아름다운 불"이다. "쥐똥만한 겨울 열매들"이 "올리브빛으로 물이" 드는 것은 봄의 생동감이 겨울 열매를 무르익게 만드는 것이며, 중반부의 흰빛과 푸른빛을 물들이는 작용을 거쳐 "아궁이에 지"피는 "아름다운 불"로 연결된다. 따라서 "아름다운 불"은 "바르르 떠는""정맥"의 소멸해가는 생명력을 소생시키는 에로스의 불로 해석할 수 있다. 이럴 때 대조적 상황을 보이는 중반부의 "사나이"와 후반부의 "아낙들"은 "아궁이에 지"피는 "아름다운 불"을 매개로 연결된다.

여기서 등장인물의 정체와 사건의 의미에 대해 완전히 해명하기는 어렵다. 꿈의 해석이 그러한 것처럼, 시의 무의식적 풍경을 해석하는 것은 이미지가 부여하는 암시의 효과를 예민하게 추적하는 작업이 된다. 김춘수는 1971년 출간된 『시론』에서 이런 이미지를 비유적 이미지와 구분하여 서술적 이미지라고 부른다. 서술적 이미지는 심상 그 자체를 위한 심상으로서 의미론적인 판단 중지를 내포하며, 비유적 이미지는 관념을 말하기 위해 도구로서 사용되는 심상으로서 직유, 암유, 상징, 풍유 등이 있다고 설명한다.[13] 김춘수는 비유적 이미지를 배격하고 서술적 이미지를 지향함으로써 이미지를 순수하게 사용하려는 의도를 가지고 있다. 인간적 의미 부여를 배제하고 사물을 그 자체로 바라보고 묘사하려는 태도는 감각의 순수성을 통해 관념이나 이데올로기로부터의 해방을 추구하는 '무의미시'의 지향과 밀접한 관련을 가진다.

---

13) 김춘수, 『시론』(송원문화사, 1971), 『김춘수 전집 2―시론』, 문장, 1986, pp. 238~251 참고.

그런데 우리는 김춘수가 일러주는 의도나 지침과 무관하게, 그의 시를 한 걸음 더 나아가 해석해 볼 수 있다. 꿈의 해석이 그러한 것처럼, 시의 무의식적 풍경을 해석하는 것은 이미지가 부여하는 암시의 효과를 거슬러 올라가며 그것을 발생시킨 현실적·심리적 동인을 추적하는 작업까지 포함하는 것이다. 이 시에서 "삼월"-"눈", "사나이'-'아낙들", "정맥"-"불" 등이 보여주는 대비와 조화의 이중적 구도는 김춘수가 "샤갈의 마을"이라는 몽환적 공간 속에서 지펴내는 에로스와 타나토스의 향연이라고 말할 수 있지 않을까. 그리고 이 무의식적 풍경의 묘사 속에 김춘수 시의식의 원형질이 내포되어 있지 않을까. 회화라는 매체를 바라보는 시적 시선이 시적 형상화 방식 혹은 구조화 원리로 작용하는 흔적을 다음 시에서도 발견할 수 있다.

어느 봄날
姜畵伯이 물고 있는 파이프에서
姜畵伯의 얼굴만한
커단 落葉이 지는 것을 보았다.
어느 가을날
姜畵伯이 물고 있는 파이프에서
시네라리아의 귀여운 한 송이가
반쯤 피었다 지는 것을 보았다.
파이프를 물고 있을 때의
姜畵伯의 쌍꺼풀진 커단 눈은
언제 보아도 젖어 있다.
　　　　　─「강화백姜畵伯의 파이프」 전문, 『타령조·기타』(1959)

이 시에서 회화적 매체 및 시적 시선을 발견하는 것은 단순히 "강화백"이 등장하기 때문이 아니라, 그의 "파이프"를 일종의 '거울'로 간주하고 사물을 바라보는 화자의 시선 때문이다. 화자는 사물을 직접 바라보지 않고 강화백의 파이프에 비치는 사물을 반사적으로 바라본다. "커단 낙엽이 지는 것"과 "시네라리아의 귀여운 한 송이가/반쯤 피었다 지는 것"은 사물 자체의 풍경을 묘사한 순수한 이미지라고 볼 수도 있지만, 소멸과 탄생의 운명을 겪는 존재 혹은 생명에 대한 상징적 풍경화라고 볼 수도 있다. 왜냐하면 "보았다"라는 서술어가 화자의 시선을 내포하기 때문이다. 이 시의 시선의 구도가 보여주듯, 우리는 항상 어떤 '창(거울이나 스크린)'을 통해서만 사물을 바라볼 수 있다. 인용 시에서 '창'으로 작용하는 것은 "파이프"와 "강화백"의 "눈"인데, "젖어 있"는 "강화백"의 "눈"도 이러한 해석을 유도한다. 전반부에서 "어느 봄날"에 "커단 낙엽이 지는 것"은 통상적 계절 감각에서 벗어나 있다. 이 상황은 「샤갈의 마을에 내리는 눈」에서 "삼월에 눈이" 오는 상황과 흡사하다. 존재는 탄생과 소멸의 순환적 고리 속에서 불가사의한 신비와 슬픔의 내력을 간직하고 있다. 화자는 강화백의 "파이프"뿐만 아니라 "눈"을 통해서도 이런 운명을 지닌 사물을 바라본다. 이와 같은 시선의 이중적 구도를 고려할 때, 우리는 김춘수 시의 핵심적인 구조화 원리 하나를 확인하게 된다.

앞서 언급한 대로, 김춘수는 비유적 이미지를 배격하고 서술적 이미지를 지향하는 소위 '무의미시'를 주창한다. 그러나 실제의 시작詩作에 있어서, 사물을 있는 그대로 묘사하여 순수한 이미지를 형상화하는 것은 지난한 일이다. 김춘수가 시작 경험을 밝힌 바에 의하면, 한 행이나 두 개 세 개의 행이 어울려 하나의 이미지를 만들어 가려는 기세를 보이면, 그것을 사정없이 처단하고 전혀 다른 활로를 제시한다. 이때 시인은 이미지를 상징으로 사용하는 경우가 있는가 하면 순수하게 사용하는 경우도 있다. 이미지를 상징으로 사용함은 피안의식이 작용하는 것이며 사물의 의미를 탐색하는 태도인 반면, 이미지를 순수하게 사용하는 것은 사물을 자체로서 보고 즐기는 태도이다. 이와 관련하여 시인은 「처용」 「봄바다」 「인동忍冬 잎」 등에서 서술적 이미지와 비유적 이미지가 혼합되어 있으며, 그것을 의식하는 자의식이 시작에 있어 자신을 괴롭히고 있다고 고백한다.[14] 이것은 시작 과정에서 서술적 이미지와 비유적 이미지가 충돌하며, 시적 시선 내부에서 이 분열을 바라보는 자의식이 작용하고 있음을 보여준다. 즉 그의 시는 방심放心 상태에서 전의식前意識이 의식의 점검을 거쳐서 생성된다고 할 수 있다. '무의미시'의 완전한 실현이 그의 목표이지만, 실제의 작품은 순수하고 절대적인 사물 자체로 존재하는 것이 아니라 그 목표에 도달하는 과정에 놓여 있는 것이다.

이런 사실은 인용 시의 이중적 시선의 차원과 상통한다. 시인은 사물을 바라보는 자신의 시선을 의식할 뿐만 아니라, 그 시선이 어떤 '창(파이프, 강화백의 눈)' 을 매개로 반사적으로 작용하고 있음을 직감한다. 화자가 '어느 봄날 ~ 커단 낙엽이 진다' 가 아니라 "어느 봄날 ~ 커단 낙엽이 지는 것을 보았다" 라고 표현한 것도 이 때문이다. 이런 관점에서 김춘수의 대표작 중 하나인 「처용」을 살펴보면, 주목할 만한 대목을 발견하게 된다.

人間들 속에서
人間들에 밟히며

---

14) 김춘수, 「한국현대시의 계보」, 『의미와 무의미』(문학과지성사, 1976), 『김춘수 전집 2—시론』, 문장, 1986, pp.365~376 참고.

잠을 깬다.
숲 속에서 바다가 잠을 깨듯이
젊고 튼튼한 상수리나무가
서 있는 것을 본다.
남의 속도 모르는 새들이
금빛 깃을 치고 있다.

— 「처용處容」 전문, 『타령조 · 기타』(1969)

이 시는 단편적으로 제시된 세 가지 이미지 속에 인물과 사건과 배경을 비롯하여 복잡한 의미와 맥락들을 은폐하고 있다. 감정의 노출을 방지하며 대상을 객관적으로 즉물화하여 제시하는 기법에는 '처용'이 겪은 비극적 사건과 인고忍苦의 자세를 보여주려는 의도가 숨어있다. 그런데 흥미로운 사실은 초고에서 "늙고 병病든 상수리나무가 서 있다"라고 썼다가 이후에 "젊고 튼튼한 상수리나무가/서 있는 것을 본다"로 고친 점이다.[15] 우리는 '~을 본다'라는 서술어에 대상에 대한 시인의 시선이 무의식적으로 개입되고 있으며, 더 나아가 이 무의식적 시선을 시인 스스로가 의식하고 있음을 확인할 수 있다. 따라서 김춘수 시에서 '회화'라는 매체의 양식적 특성은 타자의 창을 통해 사물을 바라보는 이중적 시선과, 그것이 가진 무의식성을 스스로 의식하는 왕복운동을 거쳐 김춘수 시의 구조화 원리로 작용하게 된다. 회화의 매체적 속성을 전유하는 시적 시선의 이중 작용과 그것이 지닌 무의식성을 직감하는 의식의 순환 작용은 김춘수 시의 비밀을 해명하는 하나의 열쇠가 될 수 있을지 모른다.

---

15) 김춘수, 「'처용 · 기타'에 대하여」, 『의미와 무의미』(문학과지성사, 1976), 『김춘수 전집 2―시론』, 문장, 1986, p.460 참고.
16) 조지훈, 『조지훈 전집 1―시』, 나남출판, 1996, p.219. 이후 조지훈 시의 인용은 이 책에 근거한다.

4. 조지훈 — 범종梵鐘과 영감적 선율의 체현

조지훈이 1964년에 발간한 제5 시집『여운餘韻』에 수록된「범종梵鐘」
에는 시작 기법이나 시적 형상화의 원리가 되는 음악적 특성이 선명하
게 나타난다.

무르익은 果實이

가지에서 절로 떨어지듯이 종소리는

虛空에서 떨어진다. 떨어진 그 자리에서

종소리는 터져서 빛이 되고 향기가 되고

다시 엉기고 맴돌아

귓가에 가슴 속에 메아리치며 종소리는

웅 웅 웅 웅 웅……

三十三天을 날아오른다 아득한 것.

종소리 우에 꽃방석을

깔고 앉아 웃음짓는 사람아

죽은 者가 깨어서 말하는 時間

산 者는 죽음의 神秘에 젖은

이 텡하니 비인 새벽의

空間을

조용히 흔드는

종소리

너 향기로운

果實이여!

—「범종梵鐘」 전문,『여운餘韻』(1964)[16]

이 시에 나타나는 주요 매체는 '범종梵鐘'[17]이다. 이 시는 초기시의 「승무」와 함께 전통적 상상력 및 불교적·선적 상상력을 보여주는 후기 시의 대표작으로 평가될 수 있다.[18] 이런 평가는 기존 연구가 입증하듯, 이 시가 하강과 상승, 비움과 충만이 상호 교차되는 우주적 생성론의 차원, 혹은 유와 무를 통합하는 불교적 상상력의 차원을 소리와 빛과 향기로 가득 찬 시적 감각의 구도 속에 완벽하게 결합하고 있기 때문에 얻어진 것이다. 여기에 한 가지 덧붙이고 싶은 것은 범종이 매체의 양식적 특성을 드러내고 있으며, 그것을 바라보는 시적 시선 및 태도가 시작 기법의 원리로 구현되는 양상이 이 시에 응축되어 있다는 점이다.

이 시에서 "범종"은 근본적으로 시각적 형태가 아니라 청각적 소리로서 인식되고 있다. 작품의 전체적 구성은 네 개의 문장으로 이루어지는데, 각 문장의 주어가 공통적으로 "종소리"인 점에 유의할 수 있다. 이 시의 기본적 구도는 "종소리"를 "과실"에 비유함으로써, 청각적 이미지("종소리")가 시각적 이미지("빛")와 후각적 이미지("향기")로 전이되는 변용의 과정을 담고 있다. "과실"로 비유된 "종소리"의 하강과 상승, "죽은 자"와 "산 자", "깨어서 말하는 시간"과 "죽음의 신비"가 상호 교차되는 "텡하니 비인 새벽의/공간"은 조지훈 시의식의 원형질을 함축하고 있으며, 최동호의 정확한 지적대로 우주적 생성론이라는 주제의식이 감각과 사유의 조화 가운데 변증법적으로 통일되어 있다.

---

17) 절에 매달아 놓고, 대중을 모이게 하거나 시각을 알리기 위하여 치는 종. 국립국어원, 『표준국어대사전』 참고.

18) 조지훈의 「승무」와 「범종」을 연관시켜 분석한 중요한 성과로서 최동호의 「조지훈의 「승무」와 「범종」」(『평정의 시학을 위하여』, 민음사, 1991, pp.66~84)을 들 수 있다. 이 글은 「승무」와 「범종」을 면밀히 분석하면서 「범종」이 지닌 시적 특성으로 첫째, 하강에서 상승으로, 비움에서 충만으로 변용되는 우주적 생성론, 둘째, 감각과 사유의 조화 및 균형, 셋째, 식물적 상상력 등을 추출하고, 이를 근거로 조지훈 시의 전개 과정에서 추구되었던 서구적 지향과 전통적 지향이 변증법적으로 통일을 이룬 작품으로 높이 평가한다.

여기서 또한 주목하는 것은 조지훈 시작 기법의 중요 특징인 '풍경의 시각적 형상화'가 그 근저에 '청각적 이미지'라는 원천을 잠재적으로 함축하고 있다는 점이다. 이런 가설적 진술을 입증하기 위해서는 초기 시의 대표작인 「승무僧舞」와 「고풍의상古風衣裳」을 재음미하며 비교해 볼 필요가 있다.

얇은 紗 하이얀 고깔은 고이 접어서 나빌네라

파르라니 깎은 머리 薄紗 고깔에 감추오고
두볼에 흐르는 빛이 정작으로 고와서 서러워라

빈 臺에 黃燭불이 말 없이 녹는 밤에
오동잎 잎새마다 달이 지는데

소매는 길어서 하늘은 넓고
돌아설듯 날아가며 사뿐이 접어올린 외씨보선이여

까만 눈동자 살포시 들어
먼 하늘 한개 별빛에 모도오고

복사꽃 고운 뺨에 아롱질듯 두방울이야
세사에 시달려도 煩惱는 별빛이라

휘여져 감기우고 다시 접어 뻗는 손이
깊은 마음 속 거룩한 合掌인양 하고

이밤사 귀또리도 지새우는 三更인데

얇은 紗 하이얀 고깔은 고이 접어서 나빌네라

—「승무僧舞」 전문, 『문장』(1939)

　조지훈의 대표작으로 널리 알려진 이 작품을 전체적으로 해석하는 것은 이 글의 목적이 아니다. 다만 한 가지 해석을 첨가해 보려 한다. '승무(춤)'라는 매체의 양식적 특성을 바라보는 시적 시선은 주로 시각적 이미지에 초점을 맞추고 있으며, 시작 기법도 풍경 혹은 율동의 시각적 묘사에 치중하고 있는 듯하다. 그런데 사실 이런 현상 내부에서 작품의 심층을 지배하는 것은 "빈 대에 황촉불이 말 없이 녹는 밤"의 '고요'와 "이밤사 귀또리도 지새우는 삼경"의 '소리'가 결합되어 만들어내는 청각적 이미지의 유현幽玄한 아우라이다. 시각적 이미지를 중심으로 형상화되는 회화적 기법, 즉 풍경 혹은 율동의 묘사는 주로 "하이얀"과 "파르라니"의 대비적 색채 감각과, '나비'와 "박사薄沙"와 "외씨보선"의 선 및 형태적 이미지와, "두볼에 흐르는 빛"과 "황촉불"이 "까만 눈동자"와 "별빛"의 대칭적 구도로 전개되는 '빛'의 이미지를 중심으로 이루어지면서 시의 전면에 등장한다. 그런데 이 '풍경 혹은 율동의 묘사'가 보여주는 '속세의 번뇌'와 그 극복으로서 '별빛에의 지향'이라는 중심 주제는 '고요'의 시공간 속에 개입하는 유일한 청각적 이미지인 "귀또리" 소리를 통해 그 현묘玄妙한 깊이를 획득한다.

　'고요'와 '귀또리 소리'가 대비와 조화의 이중적 구도를 이루면서 만들어내는 적막과 슬픔의 세계는 현세의 "번뇌"와 "먼하늘 별빛" 사이의 간극을 더 아득하게 하는 동시에, 이 간극을 견디고 극복하게 하는 유현한 아우라를 발생시킨다. 따라서 이 시에서 '귀또리 소리'는 '빛의 심상들'에 비해 부수적 이미지인 듯하지만, 사실은 '빛의 심상들'과 그것이 함축하는 정신적 내면의식을 근저에서 생성시키는 발생적 원천이라고 볼 수 있다. 이 관점은 '승무'라는 매체의 양식적 특성으로서 춤 즉 율동과 음악적 선율이 결코 분리될 수 없다는 사실[19]에서도 뒷받침된다. 여기서 「승무」와 거의 유사한 시적 대상과 체험을 형상화하는 「고풍의상」을 살펴보기로 하자.

하늘로 날을듯이 길게 뽑은 부연끝 풍경이 운다

처마끝 곱게 늘이운 주렴에 半月이 숨어

아른 아른 봄밤이 두견이 소리처럼 깊어가는 밤

곱아라 고아라 진정 아름다운지고

파르란 구슬빛 바탕에 자주빛 호장을 받친 호장저고리

호장저고리 하얀 동정이 환하니 밝도소이다

살살이 퍼져나린 곧은 선이 스스로 돌아 曲線을 이루는 곳

열두폭 기인 치마가 사르르 물결을 친다

초마 끝에 곱게 감춘 雲鞋 唐鞋

발자취 소리도 없이 대청을 건너 살며시 문을 열고

그대는 어느 나라의 古典을 말하는 한마리 蝴蝶

蝴蝶인양 사푸시 춤을 추라 蛾眉를 숙이고……

나는 이밤에 옛날에 살아 눈 감고 거문곳줄 골라보리니

가는 버들인양 가락에 맞추어 흰손을 흔들어지이다

        — 「고풍의상古風衣裳」 전문, 『문장』(1939)

이 시는 1939년에 정지용에 의해 『문장』에 최초로 추천된 작품이다.

---

19) 승무는 장삼과 고깔을 걸치고 북채를 쥐고 추는 민속춤으로서, 끝내 수행을 이루지 못한 고뇌를 겹고를 두드려서 잊으려는 파계승의 심정을 나타낸다. 국립국어원, 『표준국어대사전』 참고.

같은 해 두 번째 추천을 받은 「승무」와는 중심 제재나 표현 방식에 있어서 어떤 연속성을 가지고 있다. 이 연속성은 우선 「고풍의상」의 화자가 중심 제재인 "호장저고리"의 선과 형태 등 외형적 모습을 묘사하고 있지만, 춤 즉 율동을 염원하며 권유하고 있는 점에서 발견된다. 기(1~3행)―승(4~8행)―전(9~12행)―결(13~14행)의 구성 속에서 '승'과 '전'에 해당하는 부분이 '고풍의상'의 외관에 대한 시각적 형상화와 춤에 대한 염원 및 권유를 표현한 부분이다. '승'에서 "파르란" "자주빛" "하얀"이 드러내는 색채 감각과, "살살이 퍼져나린 곧은 선"과 "곡선을 이루는 곳" "물결을 친다"에 드러나는 선과 형태에 대한 시각적 묘사, '전'에서 "호접"에 비유된 "그대"로 하여금 "춤을 추라"고 하는 율동에의 권유 등이, 시작 기법과 표현 방식의 심화 과정을 거쳐 「승무」에 와서 완숙되었음을 짐작할 수 있다.

그런데 여기서 주목할 부분은 '기'와 '결'에 제시된 일련의 청각적 이미지의 위상과 의미이다. '기'의 "풍경이 운다"와 "두견이 소리", '결'의 "거문곳줄"과 "가락에 맞추어" 등의 청각적 이미지, 즉 음악적 선율은 '승'의 의상에 대한 시각적 묘사와 '전'의 춤에 대한 염원을 발생시키는 영감의 원천인 동시에, 이런 시각적 이미지 및 율동과 분리되지 않고 혼융되어 조지훈 시의 미학적 구조를 완성시키는 중요한 요소로 작용한다. 조지훈이 「승무」에 대한 작시 체험을 밝힌 다음 대목은 이 같은 사실을 뒷받침해준다. "지금도 그렇지만 나는 시정詩情을 느낄 땐 뜻모를 선율旋律이 먼저 심금에 부딪침을 깨닫는다. 이리하여 그 밤의 승무의 불가사의한 선율을 안고 서울에 돌아온 나는 이듬해 늦은 봄까지 붓을 들지 못하고 지내 왔었다. (…중략…) 내가 이것을 초극하고 한편 시를 만들기는 또다시 몇 달이 지난 그해 10월 구왕궁舊王宮 아악부雅樂部에서 영산회상靈山會相의 한 가락을 듣고 난 다음날이었다."[20] 회화적 상상력, 즉 시각적 형상화에 의한 풍경 및 율동의 묘사를 원천적으로 뒷받침하면서, 동시에 그것과 혼융되는 음악적 선율. 우리는 여기에 조지훈의 중요한 시작 기법, 혹은 구조화 원리가 존재한다고 생각한다. 결국 「고풍의상」―「승무」―「범종」을 일련의 연속선상에 놓고 볼 때, 조지훈의 중요한 시작 기법 혹은 미학적 원리를 이루는 '영감적 선율'이 「고풍의상」에서는 '기'와 '결'에 표면적으로 드러나고 「승무」에서는 내면에 잠재적으로 숨어서 은밀히 노출된다면, 「범종」에서는 핵심적 상징의 구도로 응축되면서 체현되었다고 볼 수 있을 것이다.

5. 맺음말

이 글은 1960년대 한국 현대시에 나타나는 문화적 체험 혹은 문화 인식을 살피려는 목적을 가지고 진행되었다. 이를 위해 1950년대 한국시의 중요 유형인 참여시 · 순수시 · 전통적 서정시의 대표적 시인으로 김수영 · 김춘수 · 조지훈을 선정하고, 1960년대에 씌어진 「엔카운트지誌」 「샤갈의 마을에 내리는 눈」 「범종梵鐘」을 중심으로 '매체'의 '양식적 특성'에 대한 '시적 시선'과 '시작 기법'의 원리를 살폈다.

외국의 책과 잡지를 통해 서구 모더니즘의 지식과 문예를 수용하며 시를 쓰던 김수영에게 '책(잡지)'는 한국의 후진적 현실과 부딪힐 때 느낄 수밖에 없는 괴리감을 상기시키는 매체였다. 그런데 「엔카운트지」를 쓴 1966년에는 사정이 달라진다. 이전에는 가까이 할 수 없었던 그것을 가까이 할 수 있는 여유와 자신감이 생긴다. 이 여유와 자신감은 "어제"(과거)와 "오늘"(현재) 사이의 연관에 대한 깨달음에서 기인한다. 이것

---

20) 조지훈, 『조지훈 전집 2―시의 원리』, 나남출판, 1996, pp.181~182.

은 말 그대로 '시간時間'에 대한 인식이라고 할 수 있다. '어제와 오늘 사이의 연관'은 순간의 시간관이 아니라 과거와 현재를 연결하고 왕복하는 '연관의 시간관'이다. 김수영은 1966년 이전에 전통에 대한 긍지와 자부심을 얻게 되는데, 전통 즉 과거에 대한 긍정이 현재와의 연관을 통해 '시간의 인식'을 획득할 때 외국 책을 바라보는 시선의 변화를 야기하게 된다. 이것을 가능케 한 '시간의 인식'이 구체적인 표현을 얻은 것은 「현대식 교량」(1964.11)에서부터이다. 젊음과 늙음이 엇갈리는 정지의 순간에 사랑을 배우고 적을 형제로 만드는 실증을 보는 것은, 속력과 정지의 교차를 통해 과거와 현재를 연결시키게 된 화자의 시간 인식, 즉 "새로운 역사" 의식을 의미한다. 이 역사성의 인식이 「엔카운터지」(1966.4)에서 과거와 현재 사이의 '시간의 인식'으로 이어지고, 「사랑의 변주곡」(1967.2)에서 현재와 미래 사이의 '시간의 인식' 즉 미래에 대한 신념으로 전개되는 것이다.

김춘수의 「샤갈의 마을에 내리는 눈」에 나타나는 주요 매체는 '회화'이다. 김춘수는 샤갈의 화풍을 시적 형상화의 방법으로 활용하여 일종의 몽환적 이미지로써 현실적 풍경이 아니라 무의식적 풍경을 그려낸다. 이 시에서 "삼월"—"눈", "사나이"—"아낙들", "정맥"—"불" 등이 보여주는 대비와 조화의 이중적 구도는 김춘수가 "샤갈의 마을"이라는 몽환적 공간 속에서 지펴내는 에로스와 타나토스의 향연이라고 볼 수 있다. 이 무의식적 풍경의 묘사 속에는 회화라는 매체를 바라보는 시적 시선이 개입되어 있다. 「강화백의 파이프」에는 "파이프"를 일종의 '거울'로 간주하고 사물을 바라보는 화자의 시선을 발견할 수 있다. "보았다"라는 서술어에 내포된 화자의 시선은 '비유적 이미지'를 배격하고 '서술적 이미지'를 지향하는 김춘수의 소위 '무의미시'에 균열을 가져온다. 이것은 시작 과정에서 '서술적 이미지'와 '비유적 이미지'가 충돌하며, 시적 시선 내부에서 이 분열을 바라보는 자의식이 작동하고 있음을 보여준다. 이런 사실은 이중적 시선의 차원과 연관된다. 김춘수 시에서 '회화'라는 매체의 양식적 특성은 타자의 창을 통해 사물을 바라보는 이중적 시선과, 그것이 가진 무의식성을 스스로 의식하는 왕복운동을 거쳐 김춘수 시의 구조화 원리로 작용하게 된다. 회화의 매체적 속성을 전유하는 시적 시선의 이중 작용과 그것이 지닌 무의식성을 직감하는 의식의 순환 작용은 김춘수 시의 비밀을 해명하는 하나의 열쇠가 될 수 있을지 모른다.

조지훈의 「범종梵鐘」은 매체의 양식적 특성을 드러내고 있으며 그것을 바라보는 시적 시선 및 태도가 시작 기법의 원리로 구현되는 양상이 응축되어 있다. 이 시에서 '범종'은 근본적으로 시각적 형태가 아니라 청각적 소리로서 인식되고 있다. 이 시는 우주적 생성론이라는 주제의식이 감각과 사유의 조화 가운데 변증법적으로 통일되어 있을 뿐만 아니라, 조지훈 시작 기법의 중요 특징인 '풍경의 시각적 형상화'가 그 근저에 '청각적 이미지'라는 원천을 잠재적으로 함축하고 있음도 보여준다. 이런 가설적 진술을 입증하기 위해서는 초기시의 대표작인 「승무」와 「고풍의상」을 재음미할 필요가 있다. 「승무」에서 '승무(춤)'라는 매체의 양식적 특성을 바라보는 시적 시선은 주로 시각적 이미지에 초점을 맞추고 있으며, 시작 기법도 풍경 혹은 율동의 시각적 묘사에 치중하고 있는 듯하지만, 이런 현상 내부에서 작품의 심층을 지배하는 것은 "밤"의 '고요'와 "귀또리"의 '소리'가 결합되어 만들어내는 청각적 이미지의 유현幽玄한 아우라이다. '고요'와 '귀또리 소리'가 대비와 조화의 이중적 구도를 이루면서 만들어내는 적막과 슬픔의 세계는 흰서의 "번뇌"와 "먼하늘 별빛" 사이의 간극을 더 아득하게 하는 동시에, 이 간극을 건디고 극복하게 하는 유현한 아우라를 발생시킨다. 「고풍의상」에서 청각적 이미지, 즉 음악적 선율은 의상에 대한 시각적 묘사와 춤에 대한 염원을 발생시키는 영감의 원천인 동시에, 이런 시각적 이미지 및 율동과 분리되지 않고 혼융되어 조지훈 시의 미학적 구조를 완성시키는 중요한 요소로 작용한다. 회화적 상상력, 즉 시각적 형상화에 의한 풍경 및 율동의 묘사를 원천적으로 뒷받침하면서, 동시에 그것과 혼융되는 음악적 선율. 여기에 조지훈의 중요한 시작 기법, 혹은 구조화 원리가 존재한다고 볼 수 있다.

제6장 현실 대응의 시적 의사소통 방식[1]
― 1980년대 시의 지형도

1. 머리말

1980년 '서울의 봄'에서 그 해 5월 '광주의 비극'으로 이어진 짧은 수개월의 기간은 이후 10여 년에 걸쳐 지속되는 사회적 격변의 원형질을 배태하고 있었다. 1980년의 희망과 좌절의 경험은 현실적 변화와 그에 대응하는 문화적·인식론적 변모를 가져왔다. 따라서 그것은 1960년의 4월 혁명이 그러했던 것처럼 세대적 변별성의 계기를 마련해 주었다. 이 경험은 1980년대를 통해 정치적·사회적 층위뿐 아니라 문화적·정신사적 측면에서도 막대한 구속력을 발휘하게 된다. 우리 문학사 앞에 펼쳐졌던 풍부한 가능성의 영역도 '광주'의 폭력에 의해 한 순간에 치욕과 죄의식의 그늘이 드리워지게 되는 것이다. '광주민주화항

---

1) 이 글은 졸고, 「현실 대응의 시적 전략」, 『현대시의 지형과 맥락』, 작가, 2004. pp.87~90을 토대로 작성되었음.

쟁'은 한국현대사에서 3·1운동과 4·19혁명의 저항정신을 잇는 시민민주주의 운동으로서, 이후 대사회적 비판의식과 역사인식을 체질화하는 중요한 계기가 된다. 따라서 광주민주화항쟁 이후 우리 시는 반외세, 반체제적 성격에 토대를 둔 강력한 대사회적 비판정신을 시화하는 지사적 목소리를 표출하게 된다. 이로 인해 민주화, 분단 체제의 극복, 노동자와 농민을 중심으로 한 민중의 계급적 해방 등의 사회현실적인 이슈가 그대로 시적 형상화로 전이되었다.

한편 광주민주화항쟁 이후 군사정권은 자신의 권력을 유지하기 위해 억압적인 정치 상황을 형성하면서 문화적 탄압을 시도했다. 그 대표적 사례가 진보적 문학을 지향하던 『창작과 비평』 『문학과 지성』 등의 계간지의 폐간이었다. 이처럼 제도권의 문화적 영향력이 폐쇄된 비좁은 입지에서 문학의 숨통을 열어 준 것은 시 동인지와 비정기 간행물인 무크지의 창간 붐이었다. 『실천문학』 『시운동』 『반시』 『자유시』 『오월시』 『시와 경제』 『한국 문학의 현 단계』 『우리 세대의 문학』 『진단시』 『공동체 문화』 『시인』 『문학의 시대』 『지평』 등의 잇달은 창간은, 공식적 문화의 소통이 단절된 암담한 상황 속에서 그것을 뚫고 일어서려는 문학 운동의 열기를 보여주었다. 동인지와 무크지는 새로운 문학 세대의 등장을 유도했는데, 그들은 주로 시 창작과 비평을 통해 기성 문단의 보수성과 억압적 정치 상황을 동시에 비판하면서 반보수와 반체제의 성향을 뚜렷이 표출했다. 이른바 '시의 시대'라고 불리는 시 쓰기와 시 읽기의 활기는 결국 1980년 광주의 치욕과 그 이후 지속된 군사 독재의 억압적 정치 상황에 맞서는 직접적 응전력을 시 장르가 지니고 있음을 보여주는 것이었다.

치욕과 억압의 현실에 맞서 인간의 진실과 자유를 회복하려는 이 시적 대응은 1980년대 시가 지녀야 했던 현실 규정성을 상기시킨다. 그런데 1980년대적 현실 규정성의 근거로서 직접적으로는 1980년 광주의 비극이 놓여 있지만, 크게 보면 1970년대 초부터 지속된 경제 성장 위주의 산업화와 도시화의 자장이 자리 잡고 있음도 인식해야 할 것이다. 1970년대 이후의 산업화라는 시대적 큰 흐름을 전제해야 우리 시가 서정의 세계에서 현실의 세계로 무게중심을 옮겨오는 전반적인 과정을 조망할 수 있기 때문이다. 또한 이 전제를 통해 우리는 황동규, 정현종, 오규원 등과 김지하, 신경림, 이성부 등의 시인들이 1970년대에 브여 주었던 시적 성과의 연장선에서 1980년대의 시적 특징을 살펴볼 수 있게 된다.

결국 종래의 전통적 서정시가 지녔던 내용과 어법만으로는 현실의 모순을 온전히 드러낼 수 없음을 인지한 1980년대 시인들은, 막힌 현실의 벽을 뚫기 위해 방법적인 의사소통의 방식을 꿈꾸게 된다. 그 방식은 크게 두 가지 방향으로 전개된다. 하나는 현실 비판을 넘어 현실 변혁의 가능성을 신념으로 밀고 나간 농민시 · 민중시 · 노동시의 방향이고, 다른 하나는 현실의 막힘과 왜곡된 실상을 왜곡된 언어 구사법을 통해 역설적으로 드러내는 도시시 · 해체시의 방향이다. 그러나 상이한 두 방향의 시적 전략은 질식할 듯한 억압적 상황에 맞서 자유로운 의사소통의 세계와 해방을 희구하는, 공통된 현실 대응의 저항 의지에서 생겨난 것이다. 한편 이외의 시적 경향을 든다면 전통적 서정시의 흐름을 계승하거나, 존재 탐구를 심화시키거나, 신화적 상상력의 모험을 시도하는 등 서정시의 개성적 심화의 방향이다. 여기에 한 가지 덧붙일 수 있는 것은 '시의 시대'라고 불리는 시 장르의 활기 속에서 생겨난 특이한 현상, 즉 반외세 · 반독재 · 분단 극복 등의 주제를 강렬한 저항의식으로 형상화하는 정치적 저항시와 광범위한 독자층을 형성한 대중시의 공존을 들 수 있을 것이다.

2. 동인지와 무크지의 활성화

1970년대 문학을 주도해온 『창작과 비평』 『문학과 지성』 등의 계간지가 1980년 7월 강제 폐간됨으로써 당시 진보적 시인들이 시를 발표할 수 있는 매체가 현저히 제한되었다. 이런 상황을 돌파하기 위해 등장한 것이 동인지와 무크지였다. 이미 1970년대 후반에 『반시』(1976), 『자유시』(1976), 『목요시』(1979) 등의 동인지 활동이 시작되었지만, 『열린시』(1980), 『시와 경제』(1981), 『오월시』(1981), 『시운동』(1981), 『평민시』(1983) 등으로 이어지는 동인지와 『실천문학』(1980), 『우리 세대의 문학』(1982), 『시인』(1983), 『전환기의 민족문학』(1987), 『노동해방문학』(1989) 등의 무크지가 잇달아 출간되면서 1980년대 내내 대단한 열기로 지속되었다.

1980년대 젊은 시인들은 동인지와 무크지를 통해 등장하고 시를 발표했는데, 이는 기존의 등단 절차 및 보수적인 문단에 반기를 들고 새롭고 다양한 문학적 관점을 제공했다. 예를 들어 시를 사회 현실과 연결하여 경제 활동의 산물로 보거나 사회운동의 도구로 보기도 하고, 시의 장르를 해체하여 현장의 목소리를 담는 마당극·체험 수기·미술·연극 등 인접 예술 분야와 연계하기도 하며, 농민·노동자 등의 민중 공동체와 연계하여 창작하기도 한다. 이런 현상은 시 창작을 소집단운동의 성격으로 인식함으로써 강력한 대사회적 응전력을 발휘하게 된다. 또한 『오월시』 『목요시』 『지평』 『삶의 문학』 『민족과 문학』 등의 동인지 및 무크지는 지방에서 독자적으로 시운동을 전개하여 종래의 중앙집권적인 시의 문화를 일신하는 모습을 보여주기도 한다.

이상의 동인지 및 무크지들은 제각기 1980년대의 시대적 소임을 충실히 이행하며 중요한 의미를 확보했는데, 여기서는 편의상 시사적 맥락에 의거하여 몇몇 동인지 및 무크지를 중심으로 살펴보기로 한다.

1980년 3월에 간행된 무크지 『실천문학』은 "민중의 최전선에서 새 시대의 문학운동을 실천하는 부정기간행물(MOOK) 창간호"라고 밝히며 무크지 시대의 장을 열었다. 1974년 11월 창립한 자유실천문인협의회가 주축이 되어 활동한 이 무크지는 문학이 민족사회와의 구체적인 관련성 속에서 시대와 민중의 삶에 동참해야 한다는 사고를 바탕으로 민중문학론과 실천론을 기치로 내세운다.

1981년 12월에 첫 호를 낸 동인지 『시와 경제』는 삶과 일치된 시를 추구하며 현실과 밀착된 언어를 탐색했다. 김정환, 황지우, 김사인 등이 주축이 된 『시와 경제』는 동인지의 이름대로 시를 '경제'와 관련시켜 사유했는데, 이는 삶의 바탕이 경제라고 생각했기 때문이다. 『시와 경제』 동인들은 이런 사유의 연장선에서 민중과의 연대를 구체적으로 모색하는데, 이것은 다음과 같은 언급에 잘 나타난다.

오염된 언어를 되살리는 데는 한 개인의 양심적인 문화 작업으로는 궁극적인 해결이 어렵다는 자각, 그것이 문화운동에 있어서 여러 방면의 광범위한 연대의 필연성을 낳게 하고 있다. (…중략…) 운동 개념으로서의 문학이 강조되고 일부 예술 분야에서 공동 창작이 시도되는 것은 이와 같은 맥락에서이다. 민주적인 절차에 의한 집단 문화 작업이 가지는 무진장한 저력을 실험해 볼 단계가 되었다. (김도연, 「문학에서의 집단성 문제」, 『시와 경제』 제2집, 육문사, 1983)

문화운동으로서의 시를 집단성의 작업으로 이해한 이들은 다중가요의 현장을 수용하고 공동 창작의 길을 모색하며 박노해, 조성우 등 노동자 시인을 소개하게 된다. 이처럼 『시와 경제』는 노동 현장과 민주화 현장의 시를 통해 집단성에 토대한 운동개념으로서의 문학을 실천해 나간다.

1981년 시작된 『오월시』는 1980년 5월 광주민주화항쟁의 열망이 비극으로 변질된 이후 그 원죄의식 속에서 광주를 중심으로 활동한 시인들에 의해 만들어졌다. 이영진, 나해철, 최두석, 곽재구 등이 주축이 된 이 동인지는 오월의 광주를 시로 증언하는 작업에서 출발하여 그것을 역사적·민족사적 흐름 속에 위치짓는 작업으로 나아간다. 이들은 오월의 광주를 통해 근대화의 이면에 숨겨진 소외 현상을 보았으며 분단 후 왜곡된 현대사가 낳은 사회적 병폐를 폭넓게 인식하기 시작한다.

무크지 『공동체 문화』는 『시와 경제』가 보여준 문화운동의 관점을 더욱 극대화하여 이념성과 사회운동 지향성을 강조했는데, 연극·민요·굿 등을 포함하는 공동체 문화를 종합적으로 다루는 특징을 보여주었다. 1982년 5월에 첫 호를 낸 무크지 『우리 세대의 문학』은 사회적 상상력과 문학적 상상력을 통합하면서 민중문학의 지향과는 차별성을 보였다. 제3집에 실린 다음의 글은 1980년대가 당면한 현실 문제를 드러내는 데 있어서 『공동체 문화』가 보여준 문제의식을 공유하면서도 상이한 입장을 보여준다.

문화는 삶으로부터 솟아오르는 탈기존 논리적 창조와 그에 대응하는 논리의 이성적 재정립 작업이 상호 변증법적 작업을 통해 전개될 때 그 참뜻을 얻어 왔다. 탈기존 논리적 창조란 미래 지향을 가로막는 기존 형태의 억압적 요소와 한계를 감지하고 전망을 제시하는 살아 있는 정신의 생명력이었으며, 논리의 재정립 작업은 그것을 인간사를 바꾸는 새롭고 발전적인 세계 인식과 힘으로 구체화시키려는 살아 있는 정신의 성실성이었다.(『우리 세대의 문학』 제3집, 문학과

지성사, 1983)

　『우리 세대의 문학』은 문화를 기존의 논리와 거기에 대응하는 반대 논리의 상호 변증법적 작업을 통한 이성적 재정립 과정으로 파악한다. 이들은 문화를 민중의 것으로 만들며 나아가 민중의 가장 효과적인 투쟁 무기로 간주하는 『공동체 문화』의 입장과는 달리 문화를 의식 있는 엘리트들의 살아있는 정신에 의해 혁신하겠다는 사유를 전개한다.

　1980년대 후반은 시 동인지에 비해 종합 문예지 성격의 무크지의 중요성이 커진 시기이다. 『문학과 지성』이 폐간된 이후 무크지르의 변신이 『우리 세대의 문학』으로 나타나고, 『창작과 비평』의 무크지로의 변신은 『창비』로 나타나게 된다. 1985년 10월 '부정기간행물 1호'를 낸 『창비』는 1970년대 이후 주창해 왔던 민족·민중문학의 기본 노선을 계승하여 민중문학에 영향력을 발휘하게 된다. 1980년대 후반기의 무크지는 이들과 변별되는 이념 지향성을 지닌 신진 비평가들에 의해 『녹두꽃』 『사상문예운동』 『전환기의 민족문학』 『노동문학』 『노동해방문학』 등의 모습으로 등장한다.

　『녹두꽃』은 "민족해방을 여는 문예운동의 이정표"를 주창하면서 이념 논쟁의 도화선이 되었고, 류해정, 현준만, 김명인, 신승엽 등에 의해 주도된 『전환기의 민족문학』(1987)의 '민중적 민족문학론'으로 전개되었다. 1989년 3월에 창간호를 낸 『노동문학』은 전문 문학인에서 노동자 창작인으로의 전환을 가시화하면서 최초의 노동자 대중 문예잡지를 지향했고, 같은 해 4월에 창간호를 낸 『노동해방문학』은 그 이념적 지향성을 분명히 하면서 노동자 계급의 근원적 해방을 목표로 구체적 현실과 문학 실천 속에서 일관되게 당파성을 견지했다.

3. 민중시, 농민시의 전개와 노동시의 대두

1980년대 현실을 지배했던 억압적 정치 세력에 대한 대항의 논리는 '민중/억압 세력'의 이분법적 구도 속에서 광범위한 민중적 상상력으로 표출되었다. 민중시는 고은, 김지하, 신경림, 조태일, 이성부, 김준태, 정희성 등 1970년대 시인들에 의해서 지속적으로 추구되었고, 이시영, 곽재구, 김정환, 최두석, 고정희, 임동확, 하종오, 고형렬, 이재무 등 1980년대 시인들에 의해 더 강렬한 자기 표현의 방식을 찾았다.

민중문학의 논리는 시의 현실 변혁 가능성에 대한 믿음을 전제로 농촌 현실과 노동 현장에 토대를 둔 새로운 현실인식과 역사의식을 고취한다. 그리하여 민중시는 민중의 생활 현실에 접근하여 함께 호흡할 수 있는 방안으로 소박하고 쉬운 시, 현장성을 갖춘 시, 현실의 실상을 있는 그대로 재현한 리얼리즘시 등을 요구한다. 자연히 민중시는 시의 문학성과 시적 형상화 방식보다는 운동성과 민중의식의 고취라는 내용성에 치중하게 되어 구호주의의 도식성과 상투성을 노출하게 된다. 따라서 1980년대의 억압적 체제에 대항하는 민중시의 지향은 1970년대 참여시의 성과와 김지하, 신경림, 이성부 등의 민중 지향적 시를 계승하면서도 새로운 형식 실험을 시도하지 않을 수 없었다. 민중의식의 내용성을 중시하면서도 그 도식성과 상투성을 극복하기 위해 민중시는 서정성의 도입, 전통양식의 재현, 서사구조의 도입 등의 형식 실험을 시도하게 되는 것이다.

첫째, 민중시의 형식 실험으로서 서정성의 도입을 시도한 대표적인 경우로 곽재구를 들 수 있다. 그는 민중시의 건강한 뼈대에 서정성의 숨결을 불어넣어 일상적 삶 속의 작은 사물들로부터 슬픔과 희망을 불러일으키며 시대적 아픔을 실감나게 형상화한다.

막차는 좀처럼 오지 않았다
대합실 밖에는 밤새 송이눈이 쌓이고
흰보라 수수꽃 눈시린 유리창마다
톱밥난로가 지펴지고 있었다
그믐처럼 몇은 졸고
몇은 감기에 쿨럭이고
그리웠던 순간들을 생각하며 나는
한 줌의 톱밥을 불빛 속에 던져 주었다

— 곽재구, 「사평역에서」 부분

이 시는 간이역에서 막차를 기다리는 화자의 시선을 내면의 기억과 중첩시켜 서정적으로 묘사한다. 기억 속에 쌓여 있는 그리움의 정서를 '눈꽃'과 "톱밥난로"의 이미지로 형상화하며, 침묵과 기다림과 늦걸음과 뼈아픔의 현실을 '눈물'과 "불빛"의 이미지로 승화하는 민중적 정서를 표현한다. 이처럼 민중시에 서정성의 숨결을 불어넣어 민중적 서정시의 영역을 개척하거나 확장해간 시인으로는 고은, 신경림, 김지하, 이시영 등의 중진 시인들과 안도현, 고형렬, 박세현 등의 젊은 시인들을 들 수 있다.

둘째, 서정성의 도입과 전통양식의 재현을 시도한 경우로 하종오, 고정희를 들 수 있다. 하종오는 현실성에 서정성을 결합하면서 민요나 동요의 3음보 율격을 빌려와 민중의 현실적 고통을 표현한다.

우리야 살기는 함께 살았제
오뉴월 하루볕이 무섭게 익어서
처음으로 서로 안고 부끄러워 고개숙였는가라

우리야 우리 마음대로 할 것 같으면

총알받이 땅 지뢰밭에 알알이 씨앗으로 묻혔다가

터지면 흩어져 이쪽 저쪽 움돋아

우리나라 평야 이루며 살고 싶었제

우리야 참말로 참말로 참말로

갈라설 수 없어 이 땅에서 흔들리고 있는기라

— 하종오, 「벼는 벼끼리 피는 피끼리」 부분

이 시의 화자는 "벼"와 "피"로 상징되는 민중들이 오랜 역사를 거쳐 어울려 살아왔으며, 따라서 분단된 국토에서도 곳곳에 씨앗으로 묻혔다가 다시 하나가 된 평야를 이루리라는 희망을 노래한다. 하종오는 민초들의 육성을 활용하여 현장성을 확보하는 어법에서 한 걸음 더 나아가 초혼곡, 장례의식, 굿 등 전통적 의례의 어법을 수용하여 민중의 호흡을 담아내려 한다.

고정희는 기독교적 어법과 판소리 및 탈춤 대사를 활용하는 방법으로 슬픔의 정서를 사회비판의 차원으로 전개한다.

상한 갈대라도 하늘 아래선

한 계절 넉넉히 흔들리거니

뿌리 깊으면야

밑둥 잘리어도 새 순은 돋거니

충분히 흔들리자 상한 영혼이여

충분히 흔들리자 고통에게로 가자

— 고정희, 「상한 영혼을 위하여」 부분

고정희의 시가 보여주는 슬픔의 정서는 역사적 삶의 고통으로부터 생겨난 것인데, 그녀는 상한 영혼들이 지닌 슬픔을 허무나 좌절로 전이시키지 않고 '흔들림'을 통해 뿌리의 깊이로 내려가 고통과 대면한다.

셋째, 서사구조의 도입을 통한 서사시나 이야기시의 형식은 기존의 민중시가 지닌 부분적 현실 인식의 한계를 넘어서기 위한 시도였다. 이동순, 정동주 등은 장시, 혹은 서사시의 형식을 통해 민중적 현실을 형상화한다. 그리고 최두석은 『대꽃』(1984), 『임진강』(1985) 등에서 단단한 현실 인식과 섬세한 감정을 통합하면서 이야기시의 양식을 통해 현실의 어둠을 차분하게 형상화한다. 이 이야기시는 1930년대 획석과 1970년대 신경림의 시도를 창조적으로 계승한 성과로 볼 수 있다.

이루어진지 스무 해쯤 되어보이는 대숲에는 삼십대의 상인도 오십대의 품팔이도 들어가 섰습니다. 철모르는 어린이도 섞였습니다. 대숲이 출렁거리더니 일제히 전진하기 시작했습니다. 임금님 귀는 당나귀 귓속으로 파고드는 이 소리는 종로에서 광화문으로 곧장 달려갔습니다. 소리가 부딪힌 전방 바리케이트에서는 돌연 총포가 난사되었습니다. 이에 대나무는 쓰러지며 대꽃을 피웠어요.

한송이 피면
또 한송이 거품 뿜으며 피고
이꽃 저꽃 저꽃 이꽃 우르르 으르르 무리져 피는
피다가 모두 죽는
대꽃

— 최두석, 「대꽃」 브븐

최두석은 일종의 알레고리적 기법을 통해 비극적인 현실 상황을 이야기시의 형식으로 형상화한다. "대나무"는 바리케이트와 총포의 폭력 앞에서 쓰러지지만, 쓰러지면서 "대꽃"을 피운다. 이 꽃 저 꽃 무리져 피는 대꽃은 민중적 연대와 그 생명력을 보여주지만, "피다가 모두 죽는/대꽃"은 역사의 폭력과 비극적 현실의 냉정함을 객관적으로 드러내고 있다.

지금까지 살핀 '민중시'의 경향과 밀접한 관련을 지니면서 민중 계층의 중요한 한 축인 농민의 삶과 의식을 시화한 '농민시'를 언급할 수 있다. 1980년대 농민시는 농촌의 가난을 사회구조적인 모순과 연관시켜 사고하고 형상화했다. 그리고 농민의 민중적 계급성을 분명히 드러내며 농민의 체험과 농민의 육성을 직접 담아내기도 했다. 그리하여 1970년대 이후 신경림, 고은 등이 이루어 놓은 성과 위에서 김용택, 고재종, 이동순, 이재무, 홍일선, 정동주 등이 1980년대 농민시의 중요한 성과를 보여주게 된다. 신경림의 『달 넘세』(1985)는 농민들의 고통과 애환을 민요의 운율에 담아냄으로써 농민시와 민요를 결합하는 시도를 보여준다.

넘어가세 넘어가세
논둑밭둑 넘어가세
드난살이 모진 설움
조롱박에 주워담고
아픔 깊어지거들랑
어깨춤 더 흥겹게
넘어가세 넘어가세
고개 하나 넘어가세

‘달 넘새’는 경북 영덕 지방 여인네들의 놀이인 ‘월워리청청’ 중의 한 대목 노래이다. ‘달을 넘어가자’ 라는 뜻의 ‘달 넘새’는 어려움을 극복해가는 것을 뜻하는데, 신경림은 이 민요를 차용함으로써 농군들의 궁핍과 고난 속에서도 미래의 희망을 기약한다. 이 시는 고통을 이겨내는 신명과 미래에 대한 기대를 흥겨운 민요조에 담고 있지만, 한편으로 단순한 민요의 운율로 인해 소박한 정서적 감흥의 차원에 국한된다는 한계를 보여주기도 한다.

1980년대 들어 농민시의 영역을 확장하는 시인들 중 하나인 김용택은 『섬진강』(1985), 『맑은 날』(1986) 등에서 서정성과 전통양식의 재현이라는 형태 실험을 동시에 보여주면서 농민시의 새로운 경지를 개척한다.

환장허겄네 환장허겄어
아, 농사는 우리가 쎄빠지게 짓고
쌀금은 저그덜이 편히 앉아 올리고 내리면서
며루 땜시 농사 망치는 줄 모르고
나락도 베기 전에 풍년이라고 입맛 다시며
장구 치고 북 치며
풍년 잔치는 저그덜이 먼저 지랄이니
우리는 글면 뭐여

김용택은 서정시 양식을 통해 농촌 현실의 경험에서 우러난 맑은 정서를 형상화하고, 한편으로는 판소리나 조선후기 가사가 지닌 4·4조 4 음보의 율격을 수용하면서 그 속에 스며 있는 민중적 생동감을 포착한 다. 그리하여 풍자와 해학의 정신을 예각화하고 옛스러움의 현재화와 패러디의 효과 등을 통해 왜곡된 농촌 현실과 소외된 농민 계층의 울분 을 사회 비판의 차원으로 전개한다.

앞에서 살핀 '민중시'와 '농민시'의 전개는 1980년대 중반 이후 활 발한 노동문학 논의를 통해 '노동시'의 대두를 맞이하게 된다. 1960년 대 이후 우리의 인식을 지배해 온 개인의 주체성이라는 개념에서 집단 의 계급성이라는 개념으로 초점을 전이시킨 사회과학의 세대들은, 문 학의 실천적 영역에 대한 강조를 통해 변혁을 위한 운동의 문학이라는 극단적인 지점까지 나아갔다. 참다운 노동문학은 전문 지식인이 아닌 노동자 계급에 의해 창작되어야 하며, 그 창작 주체는 개인이 아니라 집 단이어야 한다고 주장한 노동문학의 논리는, 노동자의 수기·르포·벽 시뿐만 아니라 노동자들의 집단창작을 강조하게 된다.

박노해의 『노동의 새벽』(1984)은 노동시가 전성기를 구가하게 되는 도화선이 된다. 이 노동자 시집은 노동 현실의 구체적 체험에 토대를 두 고 노동자들의 절망과 분노를 직설적으로 형상화한다.

전쟁 같은 밤일을 마치고 난
새벽 쓰린 가슴 위로
차거운 소주를 붓는다
아
이러다간 오래 못가지
이러다간 끝내 못가지

— 박노해, 「노동의 새벽」 부분

박노해의 시는 노동하는 주체로서 노동자의 계급성을 토대로 그 착취와 억압의 체험을 사실적으로 묘사한다. 그래서 노동자의 기층 언어와 생활을 그대로 시적으로 드러내는 동시에 노동자 계급의 연대 의식을 담아낸다. 이후 노동시의 성과를 보여 준 시인으로는 박영근, 백무산, 정인화, 김해와 등을 들 수 있다. 백무산의 『만국의 노동자여』(1988)는 노동 현장의 생생한 리얼리티를 살리는 동시에, 노동의 문제를 우리 사회 전체의 모순으로 확대하는 방향으로 전개된다.

> 피가 도는 밥을 먹으리라
> 펄펄 살아 튀는 밥을 먹으리라
> 먹은 대로 깨끗이 목숨 위해 쓰이고
> 먹은 대로 깨끗이 힘이 되는 밥
> 쓰일 데로 쓰인 힘은 다시 밥이 되리라 살아 있는 노동의 밥이
>
> — 백무산, 「노동의 밥」부분

"피가 도는 밥"은 "살아 있는 노동의 밥"이다. 이 "노동의 밥"은 "밥을 분명히 보지 못하면/목숨도 분명히 보지 못한다"는 점에서 돋움과도 같은 밥이다. 이처럼 백무산은 노동 체험을 바탕으로 노동의 중요성을 부각시킴으로써 노동자 계급의 해방을 지향한다.

한국 현대시의 전개에 있어서 1980년대 시가 지니는 뚜렷한 변별성은 노동시의 대두에 있다고 해도 과언이 아닐 것이다. 이 시기의 노동시는 노동 현실의 체험과 구조적 모순을 담아내는 기층 언어의 발견, 노동자 계급의 창작 주체화, 시적 리얼리즘의 새로운 정립 등의 측면에서 한국 현대시사에 기여했다. 반면에 계급의식에 입각한 선악의 이분법적 구분, 경직된 세계관, 상투적인 표현법 등의 측면에서 한계점을 보여주

면서 이후 새로운 시대 변화에 적응하지 못하고 쇠퇴하게 되는 원인을 내포하고 있었다.

4. 도시시의 전개와 해체시의 대두

지금까지 살핀 민중시, 농민시, 노동시의 흐름과 일정한 거리를 유지하면서 뚜렷한 시세계를 형성한 또 하나의 흐름은 도시시와 해체시의 경향이다. 도시시는 현대 자본주의가 일상화된 도시의 공간에서 그 부정적 양상들을 비판적으로 묘사했고, 해체시는 1980년대의 억압적인 시대 상황을 방법적인 언어 구사법을 통해 역설적으로 드러내는 방식을 보여주었다.

1960년대부터 추진된 근대화는 도시화를 급속히 진전시켰는데, 1980년대에 거대하게 팽창된 도시의 공간은 많은 모순과 비인간적 양상들을 노출시킨다. 자본주의적 생산 양식과 소비 체계가 집결된 도시의 공간에서 시인들은 삶에 대한 구체적인 실감을 토대로 사회 구조에 대한 비판적 인식을 시로 형상화한다. 도시적 일상이 지닌 퇴폐와 비인간적 양상을 묘사하여 그것을 비판하는 '도시시'는 오규원, 김광규, 이하석, 최승호 등에 의해 시도된다.

1970년대부터 현대도시의 풍경을 탈관습적인 언어 방식으로 묘사하던 오규원은, 1980년대 들어 도시적 일상에 깃든 문명의 속성과 그로 인한 인간 소외를 방법적으로 형상화한다.

여자가 간다 비유는 낡아도
낡을 수 없는 生처럼 원피스를 입고

여자가 간다 옷 사이로 간다

밑에도 입고 TV 광고에 나오는

논노가 간다 가고 난 자리는

한 物物이 지워지고 혼자 남은

땅이 온몸으로 부푼다 뱅뱅이

간다 뽕뽕이 간다 동그랗게 부풀어

오르는 땅을 제자리로 내리며

길표양말이 간다 아랫도리가

아랫도리가 같이 간다

— 오규원,「원피스」부분

오규원은 초기시부터 언어의 관념성과 도구성을 부단히 지의나7-견서 언어의 순결성을 추구해 왔는데, 1980년대에 들어 광고의 ㅂ 유적 수사와 감각적 이미지들이 교묘하게 우리의 욕망을 조정하고 있음을 파헤치는 작업을 시도한다.

이하석은 도시 변두리의 풍경을 집요하게 묘사하며 산업화의 이면에 숨겨진 병폐를 사실적으로 형상화한다. 그의 시는 도시적 일상의 풍경을 카메라의 렌즈로 주시한다.

방독면 부서져 활주로변 풀덤불 속에

누워 있다. 쥐들 그 속 들락거리고

개스처럼 이따금 먼지 덮인다. 완강한 철조망에 싸여

풀뿌리가 그것들 더듬고 흙 속으로 당기며.

타임지와 팔말 담배갑과 은종이들 바래어

바람에 날아가기도 하고,

철조망에 걸려

찢어지기도 한다. 구름처럼

우울한 얼굴을 한 채.

— 이하석, 「부서진 활주로」 부분

시인의 시선은 카메라의 렌즈처럼 시적 대상의 미세한 부분까지 냉정하고 객관적으로 인화한다. 이런 묘사의 방법은 그 자체로 도시적 일상의 황폐함을 드러내는 것이지만, 독자의 마음에 섬뜩한 각성을 안겨주는 낯설게 하기의 효과를 자아낸다.

최승호의 시 역시 도시적 일상의 풍경을 묘사하지만 풍경의 묘사에 근거하는 이하석과는 달리 풍경 내부의 도시적 욕망의 생태학을 탐구한다.

바퀴 달린 기계들이 질주하는 아스팔트다

작은 차들이 큰 차에 대해 공포를 느끼는 아스팔트다

인간이 쥐처럼 벌벌 떤다

불어나고 우글쩍거리고

충돌하며 인간의 피를 먹는 기계들

전파상의 로큰롤, 자동차의 경적

귀는 먹먹해지고

소음이 땡비처럼 들끓는 거리가 붕붕거린다

붕붕거리는 소리를 쫓아 뒤질세라 떼지어 붕붕거리며

중고차시장에서 폐차장으로

고철을 향하여 질주하는 욕망의 바퀴들이다.

— 최승호, 「붕붕거리는 풍경」 부분

이 시는 바퀴 달린 기계들이 질주하는 아스팔트의 풍경을 즉물적으로 묘사하는 듯하지만, 일종의 알레고리적 기법으로 자본주의적 욕망 속에서 맹목적으로 살아가는 도시인들의 생리를 드러낸다. 아스팔트 위에서 쥐처럼 벌벌 떠는 인간은 붕붕거리는 도시의 소음 속에서 떼 지어 욕망을 쫓아가며 폐차장을 향해 질주한다. 이처럼 최승호는 도시적 일상을 풍경 속에 내재된 도시인의 욕망과 그것이 자본의 논리에 의해 어떻게 물화되는지를 폭로한다.

'해체시'는 1980년대 초반 양식의 파괴를 넘어 파괴의 양식화를 보여 줌으로써 기성 시단에 충격을 던지며 새로운 세대의 시 쓰기 전략으로 등장한다. 이 경향의 문학적 입장이 지닌 새로움은 시적인 것에 대한 인식 변화로부터 기인한다. 그것은 시적인 것을 고정된 실체 개념이 아니라 역사적 상황과 수용 주체의 관점에 따라 변화될 수 있는 가치 개념으로 간주하는, 시의식의 근본적인 혁신이었다. 이로부터 그들은 시와 비시의 경계를 무너뜨리며 시 형식의 해체를 통해 현실의 모순과 그로부터 생겨난 자신의 가면을 벗겨내는 전위적인 실험을 감행하게 된다. 이런 시적 태도를 보여 준 대표적인 시인으로는 이성복, 최승자, 황지우, 박남철, 장정일, 김영승 등을 들 수 있다.

이성복은 『뒹구는 돌은 언제 잠 깨는가』(1980)에서 왜곡된 가족사의 상처와 내면적 고통을 이미지들의 돌출과 불협화음의 어법을 통해 드러냄으로써 1980년대적 시세계의 징후를 보여준다.

> 牧丹이 시드는 가운데 地下의 잠, 韓半島가
> 소심한 물살에 시달리다가 흘러들었다 伐木
> 당한 女子의 반복되는 臨終, 病을 돌보던

청춘이 그때마다 나를 흔들어 깨워도 가난한
몸은 고결하였고 그래서 죽은 체했다
잠자는 동안 내 祖國의 신체를 지키는 者는 누구인가
日本인가 日蝕인가 나의 헤픈 입에서
욕이 나왔다 누이의 戀愛는 아름다워도 될까
파리가 잉잉거리는 하숙집의 아침에

— 이성복, 「정든 유곽에서」 부분

이 시는 누이의 연애를 의심하는 화자가 잠에 빠져드는 과정에서 의식과 무의식의 교차를 불협화음의 어법으로 드러낸다. 이성복의 파격적 언어 구사는 개인의 상처를 드러냄으로써 일상 속에 감추어진 사회적 부조리와 시대적 아픔을 환기시키는 징후적 질감을 지니고 있다.

최승자도 『이 시대의 사랑』(1981)에서 자신의 누추한 내면을 위악적으로 노출시키는 비극적 정열을 통해 사회에 미만한 체제적 억압이 개인의 삶을 어떻게 변질시키는지 보여준다. 죽음의 이미지를 통해 불모성의 현실을 고발하는 최승자의 시는 현실에 대한 부정과 함께 건강한 생명력에 대한 지향을 내포한다.

황지우는 『새들도 세상을 뜨는구나』(1983)에서 만화·몽타쥬·신문 기사·벽보 등의 비시적 요소를 시 속에 끌어들이고, 시각적인 활자 배치·패러디 등을 구사하며 해체시의 첨예한 양상을 보여준다.

映畵가 시작하기 전에 우리는
일제히 일어나 애국가를 경청한다
삼천리 화려 강산의
을숙도에서 일정한 群을 이루며

갈대 숲을 이륙하는 흰 새떼들이

자기들끼리 끼룩거리면서

자기들끼리 낄낄대면서

일렬 이렬 삼렬 횡대로 자기들의 세상을

이 세상에서 떼어 메고

이 세상 밖 어디론가 날아간다

— 황지우,「새들도 세상을 뜨는구나」브분

　패러디 기법을 통해 기존 가치와 전체주의적 위계질서를 듣자하는 황지우의 시의식에는 의사소통을 억압하는 정치 체계에 대한 비판과 초월의식이 자리 잡고 있다. 이 전위적 실험정신은 진실을 무화시키는 매스컴의 항체로 작용하여 무감각해진 독자들의 의식을 '파괴의 양식화'를 통해 각성시킨다.

　양식 파괴를 통한 충격 효과는 박남철의 『지상地上의 인간人間』(1984)에서 더 극단적으로 시도되는데, 그는 야유와 풍자와 욕설의 언어를 통해 기존 질서의 위선과 막힌 현실에 대한 부정 의식을 드러낸다.

　1980년대 초반에 대두된 해체시는 당대 억압적 정치 상황에 대응하는 저항 의지를 자기 해체와 양식의 파괴를 통해 추구했다는 점게서 신선한 충격을 주며 시사적 의미를 획득했지만, 시대적 상황의 전개 과정에서 그 충격성을 유지하기 어려운 측면도 지니고 있었다. 따라서 1980년대 중반 이후 해체시는 새로운 과제에 봉착하게 되며, 이들은 각각 자기 변모와 갱신을 추구하게 된다. 1960년대의 김수영과 1970년대의 홍동규, 정현종, 오규원의 성과를 계승한 이 경향은 1980년대 중반 이후 김혜순, 이윤택, 장석주, 장정일, 기형도 등의 시적 작업을 통해 심화되는데, 이들은 해체된 형식의 틀과 우상과 권위주의가 쫓겨난 황폐한 졉

신의 자리 위에서 자유분방한 저항의 몸짓을 보여 주게 된다.

장정일은 1980년대 후반 우리 사회에 대두된 후기 산업사회의 면모를 징후적으로 드러내는 작품을 선보인다.

> 0시 삼십분. 사내는 샴푸가 아닌
>
> 다른 이야기가 하고 싶다. 무언가
>
> 시도하고 싶다. 그러나 그녀는 실내화를 끌며
>
> 얼마나 잽싸게 달아나는가. 참 잘 하셨어요
>
> 샴푸는 역시 우리 것이 최고랍니다. 계속
>
> 애용해 주세요. 분홍빛 잠옷을 끌며
>
> 샴푸의 요정은 사라진다. 아아
>
> 좀더 있어 주세요! 좀더!
>
> — 장정일, 「샴푸의 요정」 부분

장정일은 이 시에서 후기 산업사회의 특징을 보여주는 소비 대중문화를 소재로 영상매체가 보여주는 조작된 이미지의 허상을 드러낸다. 소비문화의 마케팅 전략에 포섭되어 가상과 현실을 구별하지 못하고 자기 정체성을 상실하는 현대인의 삶을 형상화하는 것이다. 광고 언어를 패러디하는 이런 시적 기법은 오규원의 방법론을 계승하여 1990년대 유하, 함민복, 함성호 등의 시적 방법론으로 연결되는 고리가 된다는 점에서도 주목할 만하다.

기형도는 개인적 실존의 비극을 통해 시대적 풍경인 폐허와 죽음을 형상화한다. 유고시집인 『입 속의 검은 잎』(1984)에는 1980년대의 일상적 현실 속에 깃들어 있는 부패와 절망이 죽음의 이미지로 형상화되어 있다.

그 일이 터졌을 때 나는 먼 지방에 있었다

먼지의 방에서 책을 읽고 있었다

문을 열면 벌판에는 안개가 자욱했다

그 해 여름 땅바닥은 책과 검은 잎들을 질질 끌고 다녔다

접힌 옷가지를 펼칠 때마다 흰 연기가 튀어나왔다

침묵은 하인에게 어울린다고 그는 썼다

나는 그의 얼굴을 한 번 본 적이 있다

신문에서였는데 고개를 조금 숙이고 있었다

그리고 그 일이 터졌다, 얼마 후 그가 죽었다

— 기형도, 「입 속의 검은 잎」 두분

이 시는 그의 죽음을 알려주는 구체적인 사건의 실상이 감추어진 채 단지 "어두운 창밖"과 "황혼"과 "안개"가 불길한 분위기를 조성한다. "그 해 여름 땅바닥은 책과 검은 잎들을 질질 끌고 다녔다"나 "접힌 옷 가지를 펼칠 때마다 흰 연기가 튀어나왔다"에서 보듯, 그로테스크한 표 현들이 죽음의 아우라를 감싸며 일상적 현실 속에 잠재된 죽음을 형상 화하는 것이다. 기형도의 시적 작업은 1990년대 이후 다수의 젊은 시인 들에 의해 묵시록적 상상력 혹은 세기말적 상상력으로 이어져, 타나토 스에 대한 유혹을 통해 자본이 압도하는 세계에 대한 저항의 양상으로 전개되고 있다.

5. 전통적 서정시의 계승, 존재 탐구, 신화적 상상력

변별성을 부여하며 1980년대의 시적 추동력을 형성한 것은 리얼리즘

계열의 민중시·농민시·노동시와 모더니즘 계열의 도시시·해체시였
지만, 언어의 탐구를 통해 내면 정서를 섬세하게 형상화하는 전통적 서
정시와 존재 탐구의 시도 지속적으로 나타났다. 앞서 정리된 두 방향의
시적 대응이 1980년대에 등단한 젊은 시인들을 중심으로 이루어졌다
면, 전통적 서정시의 심화는 주로 1970년대 등단한 기성 시인들을 중심
으로 이루어졌다. 그 대표적인 경우로 이기철, 송수권, 조정권, 나태주,
이성선, 임영조 등의 시가 있다.

　이기철은 『청산행靑山行』(1982) 이후 작은 것이 지닌 소박한 아름다움
의 세계를 통해 삶의 근원으로서의 자연에 다가서려는 몸짓을 보여준
다.

　　　손들고 떠나갈 미련은 없다
　　　며칠째 靑山에 와 발을 푸니
　　　흐리던 산길이 잘 보인다.
　　　상수리 열매를 주우며 人家를 내려다보고
　　　쓰다 둔 편지 구절과 버린 칫솔을 생각한다.
　　　南方으로 가는 길을 놓치고
　　　두어 번 허우적거리는 여울물
　　　산 아래는 때까치들이 몰려와
　　　모든 野性을 버리고 들 가운데 순결해진다
　　　　　　　　　　　　　　　　― 이기철, 「청산행」 부분

　시인은 쓰다 둔 편지 구절과 버린 칫솔을 생각하듯 현실의 공간에 마
음을 빼앗기기도 하지만, 모든 야성을 버리고 순결해진 까치들처럼 청
산행을 통해 속세의 때를 씻어낸다. 자연 서정시의 전형을 보여주는 이

기철의 시는 조정권에 이르러 자연 추구를 통해 타락한 시대의 비속성을 거부하는 정신적 위엄의 자세로 나아간다.

> 겨울 산을 오르면서 나는 본다.
> 가장 높은 것들은 추운 곳에서
> 얼음처럼 빛나고,
> 얼어붙은 폭포의 단호한 침묵.
> 가장 높은 정신은
> 추운 곳에서 살아 움직이며
> 허옇게 얼어터진 계곡과 계곡 사이
> 바위와 바위의 결빙을 노래한다.
>
> — 조정권, 「산정묘지·1」 부분

가장 높은 곳에서 얼음처럼 빛나는 겨울 산은 단호한 침묵으로 그 정신적 위엄을 보여준다. 이처럼 조정권의 시는 고도로 집약된 정신적 자기 수련의 과정을 통해 견고하고 숭고한 정신의 높이를 회복한다.

송수권은 『산문山門에 기대어』(1980)에서 김소월, 서정주, 박재삼으로 이어지는 전통적 한의 정서에 토대를 두면서도 그것을 승화시킨 정신적 경지를 보여 주고, 나태주는 자기 동일성의 회복을 꿈꾸는 향토적 서정을 보여준다. 이성선은 자연물과 함께 공존하는 순수 서정의 시세계를 지속하며, 임영조는 자연 친화를 통해 생명의 근원을 탐색한다. 이들은 공통적으로 문학의 사회적 책임과 집단적 주체를 요구하는 1980년대의 분위기 속에서 문학의 자율성과 개인성의 자유를 근본적인 명제로 확인하면서 서정시의 본질에 근접했다. 그 접근의 대표적인 방식은 현실의 삶이 상실한 과거와 고향에 대한 그리움을 회상을 통해 그려내는 것이었다.

그러나 시적인 아름다움과 언어에 대한 탐구, 그리고 개인성의 자유를 추구하는 이런 서정시의 세계도 1980년대의 억압적 체제와 산업화의 병폐로 인한 사회적 어둠을 외면할 수가 없었다. 그래서 이전의 서정시와 구별되는 1980년대 서정시의 특징은 개인의 내면세계를 사회적 구조와의 관련 속에서 추구하는 것이었다. 이 특징은 감태준, 김윤배, 박태일, 정일근, 장석주 등의 시인들과 1980년대 등장한 황인숙, 허수경, 구광본 등의 젊은 시인들에게서 더욱 두드러지게 나타난다.

내일은 탈상
오늘은 고추모를 옮긴다.
홀아비 꽃대 우거진 산기슭에서
바람이 내려와 어린모를 흔들 때

막 옮기기 끝낸 고추밭에
편편이 몸을 누인 슬픔이
아랫도리 서로 묶으며
고추모 사이로 쓰러진다.

슬픔만한 거름이 어디 있으랴

— 허수경, 「탈상」 부분

이 시는 탈상을 앞두고 고추모를 옮기는 농사의 고통과 슬픔을 노래하면서, 그것을 거름 삼아 붉은 고추가 익어가듯 새로운 생성이 이루어진다는 사회의식과 역사인식을 담고 있다. 이처럼 허수경의 시는 유장한 슬픔의 가락으로 우리 사회의 구조적 모순 속에서 소외되거나 불우한 인물들의 애환을 위로한다.

　전통적 서정시와 일정한 관련을 가지면서 존재 탐구의 주제를 뚜렷이 보여주는 시인으로 황동규, 정현종, 마종기, 김광규, 김명인 등의 중진 시인들과 송찬호, 김중식 등의 젊은 시인들을 들 수 있다. 이들은 주로 개인적 실존의 문제를 사회 구조적 모순과 결부시키면서 인간 존재적 심층을 탐구했다. 황동규는 「풍장」 연작시에서 비극적 내면의 열정을 급진화시켜 삶과 죽음이 하나로 통하는 존재의 비의秘義를 형상화한다.

　　　내 세상 뜨면 풍장시켜 다오

　　　섭섭하지 않게

　　　옷은 입은 채로 전자시계는 가는 채로

　　　손목에 달아 놓고

　　　아주 춥지는 않게

　　　가죽가방에 넣어 전세 택시에 싣고

　　　群山에 가서

　　　검색이 심하면

　　　곰소쯤에 가서

　　　통통배에 옮겨 실어 다오

　　　　　　　　　　　　　　　　　　― 황동규, 「풍장 1」 부분

　황동규는 풍장을 통해 "전자시계"와 "검색"이 대변하는 세속적 현실에서 이탈하여 자신의 몸을 죽음에 내맡기고자 한다. 죽음에 대한 탐구는 인간 존재의 본질을 허무로 인식하는 태도에서 기인하지만 시인은 여기에 머물지 않고 삶과 죽음의 동일성을 확인함으로써 허무를 껴안는 능동적 허무주의의 의미를 확보한다.

송찬호는 세계를 '폐허'로 간주하는 비극적 세계인식을 가지고 있으면서, 이 '폐허'를 견디거나 극복하는 방식으로 존재와 세계의 본질을 탐구한다.

> 오래 구르던 둥근 바퀴가 사각의 바퀴로 멈추어서듯
> 죽음은 삶의 형식을 완성하는 것이다.
> 미래를 예언하듯 그의 땅에 꽃을 던진다.
> 미래는 죽었다 산자들은 결코 미래에 도달할 수 없다
> 그러나 산다는 것은 얼마나 찬란한 한계인가
> 그 완성을 위하여
> 세계를 죽일 수 없음을 알면서도 날마다 살인을 꿈꿀 수 있다는
> 것은
> 폐허 속에서 살아 있다는 것은
> 망각 속에서 우리가 살인자라는 것을 일깨우는 것이다
> — 송찬호, 「흙은 사각형의 기억을 갖고 있다」 부분

이 시에는 송찬호가 지향하는 초월적 세계가 내재된 채 세계에 대한 저항의 태도가 나타나는데, 그 양상은 '죽음'에 대한 천착, 혹은 '세계 살해'의 욕망으로 구체화된다. '폐허'의 세계를 끝장내는 '죽음'이야말로 미래를 예언하며 그곳에 도달할 수 있는 유일한 길이라는 인식의 연장선에는 세상을 넘어서는 초월의 길이 열려 있지만, 시인은 "폐허 속에서 살아 있"으면서 그 완성을 추구하는 방식으로 나아간다. 그것은 불가능한 것인지 알면서도 날마다 세계를 죽이거나 살인을 꿈꾸는 일, 곧 시를 쓰는 일이 된다.

한편 지금까지 정리한 유형들과 일정한 거리를 두고 있으면서 1980
년대의 중요한 시적 위상을 가지는 경우로 『시운동』 동인들으 신화적
상상력을 들 수 있다. 남진우, 박주택, 이문재, 박덕규, 하재봉, 안재찬
등의 『시운동』 동인들은 자유로운 상상력의 비행을 통해 신화적 공간에
의 비상을 꿈꾸면서 시의 영역을 확대시켰다. 상상력, 살아있는 리듬,
자유로운 심연 등을 시의 지표로 삼은 이들은 삶과 세계를 폭넓게 조망
하려는 순수한 상상력의 세계를 추구했다.
　남진우는 개인의 내면세계를 중시하며 몽상의 시학을 통해 근대 이
후 잃어버린 정령의 나라를 회복하려 한다.

　　　깊은 곳에 그물을 드리우라
　　　진흙과 녹슨 쇠붙이와 물고기의 뼈
　　　그리고 여인의 시신이 그대 그물 속에서 기어나오리라
　　　깊은 곳에 그물을 드리우라
　　　울음 우는 아이는 긴 밤 더욱 어둡게 하느니
　　　앙상한 겨울 나무 굳게 못질한 폐가를 지나
　　　이 밤 죄수들은 사슬에 묶여 변방으로 머나먼
　　　사막으로 끌려가고
　　　깊은 곳에 그물을 드리우라
　　　성호를 그으며 떨어지는 별똥별 하나
　　　　　　　　　　　─ 남진우, 「깊은 곳에 그물을」 부분

　잠과 몽상의 깊은 우물 속으로 침잠해 들어간 남진우의 상상력은 행
복한 정령의 나라를 추구하지만 끝내 복원하지 못하고 진흙과 녹슨 쇠
붙이와 물고기의 뼈와 여인의 시신만을 건져 올린다. 이흑 남진우의 시

세계를 지배하는 깊고 검은 묵시록적 상상력은 이런 꿈의 좌절로부터
생성되는 것으로 보인다.

　박주택의 상징주의 미학이 지닌 본질에 대한 탐색은 상상력의 비상
을 통해 하늘의 빛에 도달하려 한다.

> 僻地를 걸어나와 奔流 속으로 걸어 들어갈 때
>
> 깎는 듯한 결핍, 오! 결핍
>
> 本有의 화살에 司祭는 죽어가면서 숲 위에 떠도는
>
> 사랑을 보았다. 새는 환상으로 울었다.
>
> 환상으로 울 수밖에 없어서 내가 그대 앞에
>
> 빛으로 피어 시간의 팔에 안긴 말(言)들의 뿌리를
>
> 소유할 수 있다면 習俗으로 그 미상의 不死의 빛으로
>
> 우리는 이름도 없는 말들의 땅으로 가면서
>
> 숲을 '숲? 이라 불렀다.
>
> 　　　　　　　　　　　　　— 박주택, 「파행爬行」 부분

　인용 시에서 보듯, 상상력의 고공비행은 현실의 벽에 부딪혀 좌절될
수밖에 없으며, 그 결과 "깎는 듯한 결핍"이 생겨난다. 남진우와 박주택
에게 공통적으로 나타나는 이런 좌절과 결핍은 생득적인 것으로서, 보
들레르가 보여준 '저주받은 시인'의 자화상을 보여준다. "미상의 불사
不死의 빛"(「파행」)과 "성호를 그으며 떨어지는 별똥별 하나"(「깊은 곳
에 그물을」)에서 보듯, 하늘의 별을 지향하던 시인은 땅으로의 추락을
경험하면서 숲과 들과 성을 찾아가는 영혼의 순례를 지속하게 된다.

　『시운동』 동인들은 외부 현실이 아니라 개인의 내면을 들여다보면서
무의식의 심연 속에서 솟아나는 상상력의 자유로운 비상을 추구한다.

1980년대에 이들의 시는 상상력의 비행도 궁극적으로 현실의 토대 위에서 이루어져야 한다는 관점에서 비판의 대상이 되었다. 그러나 이들의 시는 모든 억압과 폭력으로부터 인간의 내면적 상상력을 해방시키고 심층적인 상징주의적 미학을 통해 무의식의 심연을 탐사했다는 점에서 1990년대 이후의 시사적 흐름을 예견하는 중요한 의미를 가진다.

6. 맺음말

1980년대는 '시의 시대' 라고 불릴 만큼 우리 현대시사에서 유례없이 시 창작과 비평이 활성화되었던 시기였다. 민중시·노동시를 중심으로 전개된 사회역사적 상상력과 도시시·해체시를 중심으로 전개된 전위적 상상력이 주류를 이루었지만, 그 외의 여러 경향에 있어서도 시적 열기가 뜨겁게 타올랐다. 그리하여 정치 지향의 시와 미학 지향의 시, 정치적 대중시과 감성적 대중시 등 양극단에서 시가 활발히 창작되면서 다양한 스펙트럼을 형성했다. 박노해의 『노동의 새벽』과 서정윤의 『홀로서기』가 함께 베스트셀러 대열에 진입하는 장면은 1980년대적인 시의 특징을 보여주는 하나의 징후적 현상이다. 이처럼 저항시와 대중시라는 대극적인 시의 경향이 공존하는 현상도 1980년대 시사를 살피는 데 중요한 한가지 요소라고 볼 수 있을 것이다.

정치적 폭력이 절정에 달한 1980년대에 정치적 저항시가 많이 산출된 것은 어쩌면 당연한 일인지 모른다. 앞에서 살핀 민중시, 농민시, 노동시의 경향과 일정한 관련을 가지면서 형성된 정치적 저항시는 반외세, 반독재, 분단 극복 등의 주제를 강렬한 저항 의식과 함께 형상화했다. 김남주, 이광웅, 오봉옥, 배창환, 김진경 등의 시가 여기에 해당하는

데, 이 중 김남주는 옥중에서 쓴 시를 모아 펴낸 『진혼가』(1981), 『나의 칼 나의 피』(1987) 등을 통해 정치적 저항시의 뚜렷한 면모를 보여준다.

— 김남주, 「조국은 하나다」 부분

이 시에 선명히 나타난 대로 김남주의 시는 정치적 저항의 첨예한 양상을 슬로건의 형식으로 표현한다. 그의 시는 외세/민족, 자본가/민중, 분단/통일이라는 이분법적 인식 아래 민족의 자주 통일과 민중의 해방을 부르짖는 열망의 목소리를 들려준다. 외세 배척과 분단 극복과 민주 회복의 주제는 그의 시를 순결하고 뜨거운 도덕적 열정으로 넘쳐나게 하지만, 그만큼 이분법적 사유와 배타적 세계인식은 완고하다. 이처럼 1980년대의 정치적 저항시는 현실의 모순에 맞서는 전투적 정열이 높은 도덕성과 시대적 사명감을 불러일으키지만, 배타적 이분법이 지니는 관념적 급진성의 한계를 동시에 보여준다.

한편 1980년대의 특징적인 시적 현상 중 하나로 대중시의 등장을 들수 있다. 도종환의 『접시꽃 당신』, 서정윤의 『홀로서기』, 김초혜의 『사

랑굿』, 이해인의 『민들레의 영토』 등의 베스트셀러 시집들이 등장한 것
은 현대시사에서 시의 대중적 독자층이 형성되었다는 특별한 의미를
가진다. 이 시집들의 공통점은 대중들의 감성을 자극하는 대중성의 요
소와 내면의 정서를 중시하는 전형적 서정시의 요소를 함께 취하고 있
다는 점이다. 이는 1980년대 시의 독자들이 사회역사적 상상력을 중시
하는 시대정신을 추구하는 한편으로 그 이면에 서정성의 위안을 갈구
하고 있었음을 보여주는 것인지도 모른다.

> 푸른 소나무에 혼을 심는다
>
> 햇살 따스한 눈밭 위에
>
> 집을 지으면
>
> 반짝이는 눈빛에 바람이
>
> 등밀려 가고 있다
>
> 아직도 자라는 키 작은 낭만
>
> 사실주의 노래들이 휘감는 화폭에
>
> 짚단더미 뒤
>
> 숨겨둔 여인 훔쳐보며
>
> 흰색과 검은색 사이에 서 있다
>
> — 서정윤, 「사랑을 그리는 마음으로」 부분

　이 시는 푸른 소나무에 혼을 심는 상황 속에서 햇살과 눈빛과 바람이
지니는 "키 작은 낭만"을 강조한다. "사실주의 노래들"과 대비되는 이
'낭만성'은 바로 대중시들이 지니는 핵심적인 특징이다. 한편 이 유형
의 시들은 "흰색과 검은색 사이에 서 있"듯 이분법적 도식을 거부하며
억압과 저항의 대립 구도가 지배하던 1980년대적 현실 속에서 그 사이

의 영역을 서정적으로 형상화하였다는 점에서 시사적 의미를 찾을 수 있을지도 모른다. 그러나 독자들에게 감성적 위안을 제공하는 이 유형의 시들이 지닌 시적 인식의 안이성을 함께 지적하는 것이 온당할 것이다.

제7장 현대시의 시적 실험과 시적 초월

— 1960~1990년대의 시사적 전개와 평가를 중심으로

1. 머리말

해방 후 한국 현대시에 나타난 '시적 실험'의 문제는 일단 1930년대 개화한 모더니즘시의 심화와 갱신이라는 관점에서 고찰될 수 있다. 그 것은 이미지즘 계열의 김기림과 정지용의 시, 그리고 아방가르드 계열의 이상 시의 계보를 추적하는 작업이 될 것이다. 구체적으로 이 작업에는 1950년대의 '후반기 모더니즘' 시인들과, 1960년대의 김수영·김춘수·황동규·정현종·오규원·현대시 동인들, 1970년대의 감태준·김광규·최승호, 1980년대의 황지우·이성복·박남철·최승자 1990년대의 장정일·유하·함성호·박상순·성기완·서정학 등이 논의될 수 있을 것이다.

그런데 기존의 문학 논의가 '리얼리즘/모더니즘'의 가짜 대립에서 오는 폐해가 크다고 볼 때, 이분법적 사고의 관행을 깨트리는 새토운 문제틀이 요청된다. '리얼리즘/모더니즘'의 이분법은 식민지 시대의 '카프 (KAPF) 문학/민족주의 문학', 해방 공간의 '좌/우익 논쟁' 이후 1960년 대의 '참여/순수 논쟁', 1970년대의 '민족문학 논쟁'을 거치면서 정착 된 것으로서, 우리에게 거시적 안목을 가져다 준 반면 개별 문학의 심층 적이고 정밀한 논의에 이르는 것을 방해하는 경직된 사유를 조장한 것 으로 판단된다. 1990년대 이후 새로운 문제틀이 다각도로 모색되고 있 는데, 그것이 이론적 천착과 함께 작품론과 작가론에 구체적으로 적용 되어 기존의 선입견을 넘어서는 작업으로 이어져야 할 것으로 보인다.

이럴 때 '시적 실험'의 주제에 관해서도 리얼리즘의 경향으로 알려 진 김지하·김용택 등의 시적 특징이 그 한 방향으로 간주될 수 있으며, '시적 실험'의 전개 과정에서 파생되는 '시적 초월'의 문제도 언급될 수 있을 것이다. 따라서 이 글은 '시적 실험'과 '시적 초월'이라는 주제 하에 1960년대에서 1990년대에 이르는 한국 현대시의 한 측면을 조감 하면서, 쟁점이 된 시인들을 중심으로 기존 논의를 점검하고 그 성과에 대한 반성적 성찰을 시도하고자 한다.

2. 김수영과 김춘수 ― 풍자와 해탈

한국 현대시사에서 1960년대는 '참여/순수'라는 이분법적 대립 항이 시인, 비평가의 창조적 상상력과 사유를 구속했던 시기이다. 대표적인 예로서 참여시 계열의 김수영과 순수시 계열의 김춘수를 대립 항으로 설정하는 것은, 지금까지도 일반적인 통념이 되고 있다. 그런데 이런 통 념을 전체적 조망의 차원에서 인정한다는 전제하에서 그 이해와 평가 가 더욱 치밀하고 심층적인 차원으로 전개될 필요가 있다.

김수영 시에 대한 기존 논의의 방향은, 첫째로 일관된 주제어를 중심으로 시세계를 파악하려는 시도, 둘째로 형식적 · 미학적 고찰을 시도하여 시의 특질을 밝히려는 시도, 셋째로 김수영의 시와 산문을 포괄적으로 검토하여 시적 특징과 문학사적 의미를 규명하려는 시도로 나눌 수 있다.

그리고 기존 논의에서 부각된 주요 논점으로는, 첫째로 4 · 19 등의 역사적 사건과 김수영 시의 시기 구분 문제, 둘째로 김수영 시와 모더니즘의 관계를 규명하는 문제[1]가 있다. 첫째 논점은 4 · 19라는 역사적 사건을 기준으로 전기/후기로 양분하는 견해[2]가 일반적으로 받아들여지고 있다. 둘째 논점은 모더니즘에서 출발하여 참여시, 혹은 리얼리즘시로 전개되었다는 일반적인 견해와, 모더니즘의 테두리 내에서 그것을 극복하려 한 점에서 역사적 한계를 규명한 견해[3]로 대별된다. 그런데 이런 쟁점들은 앞서 제시한 논의의 세 방향, 즉 시의식을 중심으로 한 의미론적 고찰과, 시적 형상화 방식을 중심으로 한 형태론적 고찰과, 문학사적 고찰이 상호 연관적으로 시도되어 김수영 시의 전체상이 심층적으로 규명된 이후에야 귀납적으로 규명될 수 있을 것이다. 이런 작업을 과제로 상정하고 여기서는 많은 논란을 불러일으킨 「풀」을 하나의 예로 검토해 보자.

풀이 눕는다

비를 몰아오는 동풍에 나부껴

---

1) 유종호, 「현실 참여의 시」, 『세대』, 1963. 1~2.
　김현, 「자유의 꿈」, 김수영 시선집 『거대한 뿌리』 해설, 민음사, 1974.
　이종대, 「김수영 시의 모더니즘 연구」, 동국대 박사논문, 1993.
　강연호, 「김수영 시 연구」, 고려대 박사논문, 1995.
2) 김현, 위의 글.
　백낙청, 「역사적 인간과 시적 인간」, 『창작과 비평』, 1997 여름.
3) 염무웅, 「김수영론」, 『창작과 비평』, 1976 겨울.

풀은 눕고

드디어 울었다

날이 흐려서 더 울다가

다시 누웠다

풀이 눕는다

바람보다도 더 빨리 눕는다

바람보다도 더 빨리 울고

바람보다 먼저 일어난다

—「풀」 부분⁴⁾

　　논란의 초점은 '풀' 과 '바람' 의 정체에 모아졌다. '풀/바람' 을 '민중/외압' 이라는 대립적 상징으로 파악하는 일반적인 견해 이외에, 삶의 움직임의 과정을 보여 주는 상징 동력,[5] 자신의 본질 속에 운동성을 내포한 존재,[6] 풀밭에 서 있는 사람의 웃음의 체험[7] 등의 견해가 제기되었다. '바람' 의 정체를 자아의 중심으로부터 이탈한 다른 세계의 힘으로 간주하고, '풀' 을 이 탈脫주체의 잠재력으로부터 역동성의 동력을 얻는 모습으로 파악한 견해[8]도 있다. 기존의 논의들은 대부분 "누이야/풍자가 아니면 해탈이다" (「누이야 장하구나!」)라는 발언 이후의 김수영 후기시를, '풍자' 의 측면에서만 고찰하고 '해탈' 의 측면은 간과해 왔다. 그러나 김수영의 후기시는 「서시序詩」에 언급된 '첨단' 과 '정지' 의 변증법이 '풍자' 와 '해탈' 로 전개되고, 이 양극을 두 계기로 삼아 길항하며 전개되어 간다. 이 두 계기가 한 자리에서 만나 다음 단계로의 시적 비약을 이룬 작품이 「풀」이다. 따라서 김수영의 시적 여정은 모더니즘에서 리얼리즘으로의 전이轉移나, 모더니즘의 테두리에서 그것을 극복한 것이라기보다는, 모더니즘과 리얼리즘을 두 계기로 삼아 변증법적 지양을 통해 시의 완성을 추구했다고 보는 것이 더 온당한 견해로 보인다.

한편 당대의 논쟁으로는 김수영과 이어령 사이에서 벌어진 이른바 '불온시不穩詩 논쟁'을 들 수 있다. 이는 당시 참여·순수 논쟁의 자장 속에서 전개된 것인데, 이어령은 「'에비'가 지배하는 문화」「서랍 속에 든 불온시를 분석한다」 등의 글에서, 문학은 권력이나 이데올로기의 시녀일 수 없으며 창작의 자유를 억압하는 시대의 분위기도 문제지만 그보다 작가 자신의 소심증과 빈곤한 상상력이 더 문제라고 피력한다. 이에 대해 김수영은 「지식인의 사회 참여」「불온성에 대한 비과학적 억측」 등의 글에서, "모든 전위문학은 불온하다"라는 경구를 사용하며 오늘날의 문화의 침묵은 문화인의 소심증과 무능에서보다 유상무상有象無象의 정치권력의 탄압에 더 큰 원인이 있다고 반박한 바 있다.

김춘수는 시뿐만 아니라 그것에 조응하는 시론을 적극적으로 펼쳐 소위 무의미시의 차원을 개척했다. 그가 제창한 무의미시는 역사와 이데올로기의 억압을 증오하고 시에서 의미를 배제하려는 시작 의도와 태도에서 생성된다. 따라서 무의미시가 추구하는 것은 발레리(P. Valéry)가 말한 '순수시'와 유사하며, 에즈라 파운드(Ezra Pound)가 말한 멜로포이아(음악시)나 파노포이아(형태시)와도 맥락이 닿는 것이다. 이런 차원을 추구하는 김춘수의 시는 판단 중지의 사물시에서 출발하여 고대 설화적 인물인 처용의 탐구로 전개되고, 실존과 무의식적 유희를 교

---

4) 김수영, 『김수영 전집 1—시』, 민음사, 1981, p.297.
5) 황동규, 「시의 소리」, 김현의 「웃음의 체험」에서 재인용.
6) 최하림, 「문법주의자들의 성채」, 『창작과 비평』, 1979 봄.
7) 김현, 「웃음의 체험」, 김용직·박철희 편, 『한국현대시작품론』, 문장, 1981.
8) 졸고, 「주체와 해탈, 중심과 확산의 변증법」, 『신체와 문제』, 문학과지성사, 2001.

직하면서 현실에 대한 회의와 존재론적 불안을 드러낸다.

우리 현대시사 전체에 대한 전면적 도전에 해당하는 김춘수의 시는 시론의 주장과 어울려 분명한 입장을 갖추고 있다. 따라서 대부분의 논의가 그의 시론을 인정하면서 시적 특징과 의의를 해명하는 방향으로 전개되는 것으로 보인다. 그것은 크게 인식론적 측면에 대한 고찰과 시 형식의 기법적 측면에 대한 고찰로 나누어진다. 전자는 김춘수 시를 언어와 사물의 관계 및 존재론적 의미에 대한 탐구로 보는 견해[9]이며, 후자는 이미지를 통해 상상력의 구조를 살펴 현상학적 방법이나 정신분석학적 방법을 시도하는 경우[10]이다. 다음으로 무의미시와 관련된 연구로서 근대 과학적 인식의 소산으로서 현실을 해체한 시로 보는 견해[11]와, 의미를 배제한 사실적 묘사 또는 이미지즘시로 보는 견해[12] 등이 있다.

한편 김춘수의 시를 그 시론의 주장에 동의하지 않고 반론을 제기한 경우로 김수영, 김종길의 견해가 있다. 김수영은 의미를 배제한 김춘수의 시를 두고 "모든 진정한 시는 무의미한 시이다. (…중략…) 이것은 예술의 본질이며 숙명이다. 그런데 김춘수의 경우는 이런 본질적인 의미의 무의미를 추구하는 것이 아니라, 먼저부터 '의미'를 포기하고 들어간다. 물론 '의미'를 포기하는 것이 무의미의 추구도 되겠지만, '의미'를 껴안고 들어가서 그 '의미'를 구제함으로써 무의미에 도달하는 길도 있다"[13]고 지적한다. 이런 김수영의 주장은 "이미지를 상징으로 사용하는 데가 있는가 하면, 순수하게 사용하는 데도 있다. 이미지를 상징으로 사용하는 것은 피안의식이 작용하고 있는 증거라고 할 것이다. 즉 사물의 의미를 탐색하는 태도다. 이미지를 순수하게 사용하는 것은 사물을 그 자체로서 보고 즐기는 태도다. 이 두 개의 태도가 나에게 있어서는 석연치가 않다. 혼합되어 있다"[14]는 김춘수의 언급과 좋은 대조를 이룬다.

김종길은 김춘수의 시 「인동忍冬 잎」을 인용하면서 그의 시론에 반론을 제기한다. 「인동 잎」을 인용하면 다음과 같다.

> 눈 속에서 초겨울의
> 붉은 열매가 익고 있다.
> 서울 近郊에서는 보지 못한
> 꽁지가 하얀 작은 새가
> 그것을 쪼아먹고 있다.
> 越冬하는 忍冬 잎의 빛깔이
> 이루지 못한 人間의 꿈보다도
> 더욱 슬프다.

— 「인동忍冬 잎」 전문[15]

김춘수는 스스로 이 시의 후반부인 "월동하는 인동 잎의 빛깔이 이루지 못한 인간의 꿈보다도/더욱 슬프다"를 두고 시의 일종의 순수한 상태에 도달하지 못하고 말았다고 아쉬움을 표시한다. 이에 대허 김종길은 오히려 그 인간적인 해석 때문에 이 시가 단순한 이미지스트 시의 차

---

9) 이승훈, 「김춘수론—시적 인식의 문제」, 『현대시학』, 1977.11.
　　이승훈, 「존재의 기호학」, 『문학사상』, 1984.8.
10) 김현, 「김춘수의 시적 변용」, 『문학과 지성』, 1970 여름.
　　최하림, 「원초 경험의 변용」, 『문학과 지성』, 1976 여름.
　　김주연, 「명상적 집중과 추억」, 『김춘수 연구』, 학문사, 1972.
11) 김인환, 「과학과 시」, 『상상력과 원근법』, 문학과지성사, 1993.
12) 황동규, 「감상의 제어와 방임」, 『창작과 비평』, 1977 가을.
　　김영태, 「처용단장에 관한 노우트」, 『현대시학』, 1970.7.
　　김종길, 「시의 곡예사—춘수 시의 이론과 실제」, 『문학사상』, 1985.10.
13) 김수영, 「변한 것과 변하지 않은 것」, 『김수영 전집 2—산문』, 민음사, 1981, p.245.
14) 김춘수, 「처용·기타에 대하여」, 『김춘수 전집 2—시론』, 문장, 1986, p.462.

원에 머물지 않고 거기서 탈출했다고 지적한다.[16] 이런 지적은 시에서
의미를 탈각하려는 무의미시의 추구가 반드시 시의 생명에 이로운 것
이 아니라는 평가가 함축되어 있다.

3. 김지하 － 중심과 확산

「풀」(1968)의 뒷자리에 김수영이 가능성으로 열어 놓은 '풍자' 의 시
와 '해탈' 의 시는 이후 현대시사에 두 가지 큰 물줄기를 형성한다. 김춘
수의 '무의미시' 는 시를 '해탈' 의 한 방향으로 극단적으로 밀고 나간
데서 얻어진 것으로 볼 수 있다. 1970년대 이후 김지하는 판소리, 탈춤,
서사민요 등의 전통 연희양식을 현대적으로 재현하는 구비적 상상력을
통해 '풍자' 의 전통을 이어받으며 민중적 현실의 토대 위에서 김수영의
시를 계승했다. 그의 초기시는 고통과 회한의 현실을 자기 것으로 받아
들이면서 압제와 폭정의 벽을 뚫고 의식의 각성을 확보하려는 몸부림
으로 나타난다. 이 시의식의 핵심에는 자아와 세계, 정의와 불의, 생명
과 죽음, 정신과 육체의 이원적 대립이 중첩되어 있다. 이런 대립과 대
결의 시정신이 구체화된 시론 「풍자냐 자살이냐」에서 김지하는, 김수영
시의 풍자가 지닌 소시민성을 비판하며 민중적 풍자와 해학의 길을 제
시한다. 이로써 김지하는 「오적」 「비어」 등의 정치 풍자시를 통해 유신
의 폭력에 항거하는 시적 저항의 첨예한 모습을 보여준다.

  여기서 우리는 두 가지 문제를 짚고 넘어갈 필요가 있다. 첫째, 전통
연희양식의 현재적 변용이 중요한 '형식 실험' 의 한 양상이라는 점이
다. 전통 연희양식이 현대적 상황에서 재구성될 때 낯설게 하기의 효과
와 패러디의 효과가 동시에 생겨날 수 있다. 이후 이런 시도는 1980년대

이후 김용택, 하종오 등의 형태 실험으로 계승되면서 중요한 시적 실험의 한 흐름을 이룬다. 둘째, 시론의 제목 「풍자냐 자살이냐」가 김수영의 시 구절 "누나야 풍자가 아니면 해탈이다"(「누이야 장하구나!」)를 오독한 것이라는 기존 견해에 대해 재고할 필요가 있다. 김지하는 김수영 시의 본질이 '풍자'와 '해탈'이라는 두 계기, 혹은 양극의 긴장과 극복에 있음을 간파했는데, 자신은 이 두 계기 중 '풍자'의 길을 정당한 것으로 계승하고 '해탈'은 곧 '자살'로 통하는 길이라는 비판적 인식을 가졌던 것으로 보는 것이 온당하다. 즉 김지하는 김수영이 말한 '해탈'을 '자살'로 간주하는 패러디를 통해 김수영의 시를 비판적으로 계승하는 모습을 보여주었던 것이다.

평자들은 서정시집 『황토』와 담시 「오적」 「비어」에 이르는 초기 시에 대해 대체로 긍정적인 평가를 보여 주었는데, 1980년대 이후 대설 『남』과 서정시 「애린」 「별밭을 우러르며」를 통해 김지하가 보여 준 변모된 내용과 형식에 대해서는 다양한 논의가 제출되었다.[17] 오랜 감옥 생활 후의 상황 변화와 함께 진행된 1980년대 이후의 시적 변모는 그의 사상과 문학에 대한 강렬한 비난을 동반한다. 한편으로는 김지하 시의 변모 과정을 하나의 연속성 속에서 파악하려는 시도도 이루어진다.[18] 이런 변모는 초기 시의식의 근간을 이루었던 이원적 대립의 세계 인식이 하나의 일원적 통일의 세계로 전이된 양상과 관련된다. 이는 김지하가 의지했던 동학과 민중 종교 및 불교·노장 등의 동양사상으로부터 걸어진 드넓은 일원론적 통합의 세계가 화해와 순응의 세계로 시화된 것으로 볼 수 있다.

한편 이런 시적 변모의 연장선에서 1990년대 들어 발간된 『중심의 괴

---

15) 김춘수, 『김춘수 전집 1—시』, 문장, 1986, p.191.
16) 김종길, 앞의 글.

로움』에는 우주 공동체로서의 생명의 체험과 함께, '윤회'를 통한 일종
의 '해탈'의 징후를 드러내고 있어 주목된다.

　　봄에
　　가만 보니
　　꽃대가 흔들린다

　　흙밑으로부터
　　밀고 올라오던 치열한
　　중심의 힘

　　꽃피어
　　퍼지려
　　사방으로 흩어지려

　　괴롭다
　　흔들린다

―「중심의 괴로움」 부분[19]

　이 시의 1연에 등장하는 "봄"은 겨울이 지닌 절망과 죽음의 끝자리까
지 도달한 연후에 얻어지는 신생과 부활의 의미를 지닌다.[20] 따라서 봄
은 단순히 외부의 계절적 배경이 아니라, 시인 자신의 내면과 긴밀히 결
부되어 상호 교류하는 유기체적 운명 속에 놓여 있는 것이다. 그런데 이
와 같은 "봄"에 생명을 상징하는 "꽃대"가 흔들리고 있다. 꽃대의 흔들
림은 "흙밑으로부터/밀고 올라오는" 치열한 '중심의 힘'과 "꽃 피어/퍼

지려/사방으로 흩어지려"는 '확산의 힘' 사이의 길항으로 인해 생겨난다. 중심의 힘이란 주체가 지닌 자기 중심적 힘을 의미하는데, 이때 피어난 꽃은 고정된 자리에 머물지 않고 왜 사방으로 흩어지려 하는 것일까? 생명은 독자적 개체의 속성을 지니면서도, 그 자연스런 발현 과정에서 인간과 자연과 우주에까지 확산되며 하나로 연결되는 유기체의 본성을 지닌다. 그러므로 이 '확산'은 주체가 자기 중심적 테두리의 한계를 벗어나 우주 공동체로서 생명의 본질을 회복하려는 움직임으로 간주된다. 그러나 김지하는 이 확산의 힘에 자신을 완전히 내맡기지 않고 인간 주체로서의 치열한 중심의 힘을 맞세움으로써 '흔들림'이라는 긴장의 자세를 보여주게 된다. 결국 김지하에게 중심의 확산은 중심의 단순한 해체가 아니라 무수히 많은 중심들을 새롭게 생성시키는 일이다. 이 시집의 자서自序에서 밝힌 대로 그것은 "틈을 열어 중심을 벗어난다는 것, 수없이 많은 중심으로 분산된 그물 같은 큰 삶이 울려나도록"하는 작업인 것이다. 따라서 생명은 응집과 확산, 중심의 힘과 확산의 힘 사이의 길항을 통해 흔들리면서 생성되고 신장되며 퍼져나간다. 흔들림은 "괴롭다/흔들린다"에서처럼 고통을 동반하지만, 중심과 확산의

---

17) 최동호, 「풍자문학의 변형」, 『문예중앙』, 1984 여름.
　임헌영 외, 『김지하─그의 문학과 사상』, 세계, 1984.
　김병익, 「김지하 현상」, 『기독교 사상』, 1984.12.
　김주연, 「시, 현실, 그리고 초월」, 『외국문학』, 1986 여름.
　김현, 「속곳 핀 열매의 꿈」, 『문예중앙』, 1986 여름.
　채광석, 「'황토'에서 '애린'까지」, 『애린·1』, 실천문학사, 1986.
　김재홍, 「반역의 정신과 인간 해방의 사상」, 『작가세계』, 1989 가을.
　오세영, 「장르 실험과 전통 창조」, 『작가세계』, 1989 가을.
　이승훈, 「흰빛과 붉은빛의 이미지」, 『작가세계』, 1989 가을.
　홍정선, 「연꽃을 드는 싸움─김지하의 최근 시」, 『밀알과 사회』, 1989 겨울.
18) 성민엽, 「김지하의 문학과 사상」, 『작가세계』, 1989 가을.
　김인환, 「정치와 시」, 『상상력과 원근법』, 문학과지성사, 1993.
19) 김지하, 『중심의 괴로움』, 솔, 1994, pp. 50~51.
20) 이 시에 대한 해석은 졸고, 「주체와 해탈, 중심과 확산의 변증법」, 앞의 글을 토대로 하였음.

변증법을 통해서만 생명은 지속되어 지상의 모든 것들과 유대 관계를 맺고, 새 생명의 잉태를 통해 영원성을 얻게 되는 것이다.

이처럼 「중심의 괴로움」은 치열한 ‘중심’ 의 힘과 흔들리고 비워서 사방으로 흩어지려는 ‘확산’ 의 힘 사이에서 팽팽한 긴장을 형성한다. 이는 김수영의 「풀」이 보여 준 ‘풀’ 과 ‘바람’ 의 긴장, 즉 ‘풍자와 해탈의 변증법’ 과 비교될 수 있을 만한 ‘중심과 확산의 변증법’ 이라고 볼 수 있다. 이후 김지하의 시는 생명의 유기체적 본성을 인식하고 지향하는 방향으로 나아가는 것으로 보인다.

4. 황지우와 김용택 — 형태 실험의 두 양상

‘시의 시대’ 라고 불리는 1980년대의 시적 활기는 1980년 광주의 치욕과 그 이후 이어진 정치적 억압의 상황에 맞서는 직접적 응집력을 보여준다. 종래의 시가 지녔던 내용과 어법만으로는 현실의 모순을 온전히 드러낼 수 없다고 판단한 1980년대 젊은 시인들은, 막힌 현실의 벽을 뚫기 위해 방법적인 의사소통 방식을 꿈꾸게 된다. 그 방식은 크게 두 가지 방향으로 전개된다. 하나는 현실의 막힘과 왜곡된 실상을 왜곡된 언어 구사법을 통해 역설적으로 드러내는 형태 파괴시의 방향이며, 다른 하나는 현실 비판을 넘어 현실 변혁의 가능성을 신념으로 밀고 나간 민중시의 방향이었다. 상이한 두 방향의 시적 전략은 그러나 억압적 상황에 맞서 자유로운 의사소통의 세계와 해방을 희구하는 공통된 현실 대응의 저항 의지에서 생겨난 것이다. 전자의 방향으로는 이성복 · 최승자 · 황지우 · 박남철 등을 들 수 있고, 후자의 방향으로는 김정환 · 김준태 · 곽재구 · 김용택 · 최두석 · 박노해 · 백무산 등을 들 수 있다.

이 글에서는 '시적 실험과 초월'의 주제에 맞추어 두 방향의 대표 시인
이라 할 수 있는 황지우와 김용택의 경우를 살펴보기로 하자.

황지우의 제1 시집 『새들도 세상을 뜨는구나』의 시들은 크게 두 가지
양식으로 분류될 수 있다. 먼저 서정시 양식은 풀·나무 등의 식물과 새
로 대표되는 동물의 심상이 서정적 자아를 투영하여 시의식의 원형질
을 보여준다. 두 번째는 실험적 양식인 해체시 계열인데, 광고시·벽
시·몽타주 기법 등의 아방가르드적 형태를 보여 준다.[21] 서정시 양식
에 나타난 시의식의 원형질은 세상에 대한 부정의식과 세상을 벗어나
고 싶다는 초월의식인데, 그 근저에는 폭력과 억압에 의한 의사소통의
단절이 원인으로 작용하고 있다. 이런 시의식이 세상의 모순과 억압적
체계를 까발리고 폭로함으로써 대항하는 양식 해체의 원동력이 되는
것이다.

　　하늘 높이, 아니 하늘 높은 줄 모르게, 교회 첨탑이 솟아 있다. 빨
　간 네온싸인 十字架가 빨간 네온싸인의 '영동 카바레' 위에 켜져 있
　다. 무슨 通信社 안테나塔 같은 게 ……, 늦은 밤까지 어떤 썩을 놈의
　영혼들과 交信中인지.
　　못 믿겠어. 그들의 '약속의 땅'으로는 들어가지 않겠어. 침략자들!
　　노래야 나오너라 궁자작 짝짝/안 나오면 쳐들어간다 궁자작 쯔짝/

---

21) 황지우 시에 관한 중요한 비평적 성과를 정리하면 다음과 같다.
　　성민엽, 「시적 지성의 두 모습」, 『지성과 실천』, 문학과지성사, 1985.
　　성민엽, 「황지우의 길―벗어남과 돌아옴의 변증법」, 『문학과 사회』, 1991 봄.
　　이남호, 「시적 실천의 세 가지 위상」, 『문예중앙』, 1985 겨울.
　　정과리, 「꽃·나무를 제재로 한 네 개의 삶」, 『세계의 문학』, 1985 겨울.
　　김인환, 「구조와 실천―황지우의 정치적 무의식」, 『외국문학』, 1986 봄.
　　이경호, 「새·나무·낯설은 시 형식의 관계」, 『문학과 비평』, 1988 가을.
　　임우기, 「식물성의 품에 안기기, 한 몸 되기」, 『한길문학』, 1991 봄.

엽저언 여얼 다앗냐앙

　나의, 文學, 行爲는 답이 아니라, 물음이, 다. 속, 없는 질문이, 며 덧 없는, 의, 문이, 다. 끝, 없는 의혹이, 며 회의, 이며 …… 끝없는의 혹이며회의일까?

—「버라이어티 쇼, 1984」 부분[22]

　그런데 인용 시에서 보듯, 제2 시집 『나는 너다』와 제3 시집 『겨울— 나무로부터 봄—나무에로』에 오면, 양식상의 분리는 해체되고 한 편의 시 속에 서정 양식과 실험 양식이 뒤섞이는 양식적 혼합이 나타난다. 이 때 시적 진술에서 두드러지는 것은 독백과 대화이다. 이는 의사소통이 단절된 고통스런 세상 속에서 개인이 자신의 몸을 매개로 진정한 대화 를 성취하려는 노력의 과정으로 이해될 수 있다.

　김용택의 제1 시집 『섬진강』에는 기존의 서정시 양식과 판소리 양식 에 기댄 전통 양식의 재현이 공존한다. 서정시 양식은 농촌 현실의 체험 에서 우러난 맑은 서정을 형상화하고, 전통 양식의 재현은 옛스러움의 현재화가 일으키는 낯설음의 효과와 패러디의 효과를 통해 형태 실험 의 의미를 부여받는다. 또한 그것은 판소리 등의 전통 양식이 내포하는 풍자의 기능을 예각화하여 산업화 과정에서 일그러진 농촌 현실과 소 외된 농민 계층의 울분을 사회 비판의 차원으로 전개시킨다.[23]

---

22) 황지우, 『겨울—나무로부터 봄—나무에로』, 민음사, 1985, p.46.
23) 김용택 시에 관한 중요한 비평적 성과를 정리하면 다음과 같다.
　　최원식, 「노동자와 농민—박노해와 김용택」, 『실천문학』, 1985 봄.
　　김성수, 「농민의 노래와 공동체적 삶」, 『문학의 시대』 제4집, 1988.
　　이경호, 「서정시의 아나크로니즘과 현실성」, 『문학사상』, 1989.11.
　　정효구, 「김용택론—농촌시의 성과와 한계」, 『현대시학』, 1991.3.
24) 김용택, 『맑은 날』, 창작과비평사, 1986, pp.53~54.

사람들은 죽어

산으로 가고

마을은 텅텅

비어가고.

큰누이와 작은누이와 뒤떨어져서 나는 돌아왔습니다. 할머님이
강 굽이굽이 논밭 구석구석 숨을 거두어 모아 풀어버린 숨결 같은 진
달래가, 핏빛 진달래가 숨결이 돌아오듯 피어나고 있었습니다.

— 「섬진강 24―맑은 날」 부분[24]

그런데 인용 시에서 보듯, 제2 시집 『맑은 날』에서는 서사시의 양식
을 도입하여 장시화되는 경향을 보이고, 그 속에 서정시 양식과 서사 양
식이 섞이는 양식적 혼합이 시도된다. 또한 4 · 4조 판소리의 운율을 일
부 자유롭게 변형시켜 호흡과 양식상의 새로운 변화를 시도한다. 그런
변화는 판소리 등의 전형적 전통 양식이 지닌 틀만으로는 현대 사회의
다양하고 복잡한 실상과 모순을 온전히 포착하기 어렵기 때문에, 그것
이 지닌 사고의 단순화를 극복하려는 노력의 일환으로 보인다.

이처럼 황지우와 김용택의 시가 보여준 형태 실험의 두 방향은 1980
년대 해체시와 전통 재현시의 대표적인 모습을 보여 주면서, 공통적으
로 양식의 분리가 양식의 혼합으로 전개되는 양상을 드러낸다. 황지우
는 서정 양식과 실험 양식을 혼합하는 양식 속에 독백과 대화라는 시적
진술을 삽입하여 소통이 단절된 사회 속에서 진정한 대화를 희구하고,
김용택은 서정 양식과 서사 양식을 혼합하고 판소리의 운율을 변형시
켜 모순적 현실에 대항하는 개인 정서를 더 생생히 묘사하는 것이다.

5. 유하, 성기완, 박상순―대중문화, 테크놀러지, 무의식적 타자성

1990년대 시의 기본 유형을 추출한다면, '도시적 일상성의 시' '삶의 원형 탐구' '여성성의 시 쓰기'가 될 것이다. 이 중 '시적 실험'과 '시적 초월'의 주제에 근접하는 유형은 '도시적 일상성의 시'인데, 그것은 다시 도시적 삭막함을 직접 드러내어 비판을 시도하는 경향과, 대중문화를 패러디함으로써 자본주의적 소비문화에 대한 매혹과 반성을 동시에 보여주는 경향으로 나눌 수 있다. 전자의 특징은 기형도·이문재·김기택 등이, 후자의 특징은 장정일·유하·함민복·함성호·박정대 등이 잘 보여준다. 한편 대중문화의 패러디라는 두 번째 전략은 젊은 시인들의 작업에 의해 급진화되어 '테크놀러지적 상상력'으로 나타나는데, 이런 특징은 성기완·이철성·김태형·이원·서정학 등이 잘 보여준다. 이들의 시는 대중문화에 대한 매혹과 반성을 통과하면서, 더 나아가 자본과 권력과 욕망에 오염된 주체로부터의 이탈을 추구한다.

한편 1990년대 실험시의 한 유형으로 무의식적 타자성을 표현하는 경향이 있는데, 자동기술법이나 초현실주의적 기법, 혹은 정신분열적 언어를 통해 기존의 시적 문법이나 통사구조를 해체하는 특징을 보여준다. 이런 특징은 박상순·박서원·이수명·함기석·김점용·이장욱·김중 등에서 발견된다. 또한 최동호 시인이 이승훈 시인의 시를 비판하면서 전개된 논쟁은 주체의 분열과 통합이라는 중심 테마를 놓고 벌어진 것으로서 포스트모더니즘시와 정신주의시의 논쟁으로 그 의미가 확산되면서 1990년대 시적 지형도의 한 단면을 보여준 바 있다.[25]

여기서는 1990년대 실험시의 특징적 양상과 기존 논의들을 유하·성기완·박상순 등의 젊은 시인들을 중심으로 정리하기로 한다.

유하는 제2 시집 『바람부는 날이면 압구정동에 가야 한다』에서 자본

주의적 욕망의 분출구인 압구정동과 순수 자연의 원형적 공간인 하나
대를 넘나들면서 대중문화의 패러디를 통해 그 매혹과 반성을 동시에
보여준다.

> 1) 오, 정글어가는 한 마을이
> 저 모든 것들을 오래 오래 길러온 어머니였습니다
> 그 어머니 이제, 가실비 젖은 짚벼눌처럼
> 온 삭신 흙 속으로 꺼져가려 합니다
>   ―「정글어가는 하나대를 바라보며」 부분[26]

> 2) 삐라다 캐롤이 섹슈얼하게 파고드는 이, 색 쓰는 거리
> 대량 학살당한 배나무를 위한 진혼곡이다 나는 듣는다
> 영하의 보도블록 밑 우우우 무수한 배나무 뿌리들의 신음소리를
> 쩝쩝대는 파리크라상, 흥청대는 현대백화점, 느끼한 면발 만드린
>   ―「바람부는 날이면 압구정동에 가야한다 3」 부분[27]

　　자연과의 속 깊은 교류를 통해 따뜻한 정서를 보여 주는 전통적 서정
시의 양식과, 소비 대중문화에의 이끌림과 그 비판을 보여 주는 패러디
의 양식은 병행하는 것이되 완전히 둘로 구분되는 것은 아니다. 1)는
‘하나대’로 상징되는 문명의 대척점을 서정시의 기법을 통해 보여준다.

25) 최동호,「시의 부정, 해체 그리고 시적 생성」,『문학사상』, 1997.10.
　　이승훈,「시적인 것도 없고 시도 없다」,『문학사상』, 1997.11.
　　이성선,「정신주의 서정성과 우주적 생명과 확보」,『문학사상』 1997.12.
　　박상배,「‘시대의 문학’이란 유령과의 투쟁 선언」,『문학사상』 1997.12.
　　김준오,「새로운 시의 지평을 열기 위한 논쟁」,『문학사상』, 1998.1.
26) 유하,『바람부는 날이면 압구정동에 가야 한다』, 문학과지성사, 1991, pp.110~111.
27) 유하,『바람부는 날이면 압구정동에 가야 한다』, 문학과지성사, 1991, p.62.

'하나대' 시편들은 훼손되지 않은 자연의 이미지를 과거의 추억에 두고, 그것의 상실을 안타까워하는 현재의 시선을 교차시킨다. 2)의 '압구정동' 시편에서도 과거 배나무 숲의 기억이 "체제가 만들어낸 욕망의 통조림"인 압구정동의 화려한 유혹의 거리 밑에 압살되고 있음을 보여준다.

유하 시에 대한 논의[28] 중에서 중요한 쟁점의 하나는 '하나대' 계열의 시와 '압구정동' 계열의 시의 관계 및 그 평가이다. 그것은 본래적 순결성의 세계에 대한 그리움과 고도 산업사회의 소비문화에 대한 풍자의 관계이며, '서정시' 양식과 '패러디' 양식의 관계와도 연결된다. 남진우는 "유하의 시는 첫 시집에서 보여 주었던 두 가지 경향에서 크게 벗어나지 않는 세계를 더듬어 가고 있다"고 말하고, 이광호는 "유하는 뿌리 없는 문화에 대한 비판과 그 뿌리에 대한 복원이라는 과제를 동시에 ―그러나 병렬적으로―밀고 나간다"라고 말하며, 박철화는 "병렬적으로 보이는 두 갈래의 구분을 가로질러 전체를 관통하는 하나의 시적 태도가 있다"고 언급한다. 한편 필자는 두 계열의 시적 관계를 제1시집에서 제4 시집에 이르는 전체적 전개 과정 속에서 조망하여, 서정과 패러디 양식의 통합과 분화라는 양상을 통해 그 괴리와 딜레마를 해결해 나갔다는 견해를 제기한 바 있다.

---

28) 김현, 「키치 비판의 의미―유하 시가 연 새 지평」, 『무림일기』 시집 해설, 1989, 세계사, 1994.
   남진우, 「유하론―도시 속의 풀무치 한 마리」, 『문예중앙』, 1990 겨울.
   이광호, 「서정 연습 시대의 시적 징후」, 『작가세계』, 1991 봄.
   박철화, 「하나대와 압구정동 사이의 긴장」, 『바람 부는 날이면 압구정동에 가야 한다』 시집 해설, 문학과지성사, 1991.
   정과리, 「적막과 바로크」, 『세운상가 키드의 사랑』 시집 해설, 문학과지성사, 1995.
   졸고, 「서정과 패러디, 양식의 통합과 분화―유하론」, 『문학사상』, 1996.10.
29) 성기완, 『쇼핑 갔다 오십니까?』, 문학과지성사, 1998, p.58.
30) 김진하, 「푸른 쓰레기통 속의 시」, 『쇼핑 갔다 오십니까?』 시집 해설, 문학과지성사, 1998.
   졸고, 「전복적 상상력, 탈주체의 시적 전략」, 『문학과 사회』, 1998 가을.
   김양헌, 「세기말의 난해함」, 『현대시』, 1998.12.

성기완의 시는 록음악을 통한 환각과 물리학적 사유를 통한 각성을 동시에 밀고 나가면서, 자의식과 이중 자아의 감옥으로부터 탈출하려는 시도를 보여준다. 이로써 기존 시에서 중핵을 이루었던 서정적 자아와 그것이 지닌 내면성을 탈각시키는 탈주체의 시적 전략을 시도한다.

목숨을 싣고 다니는 파장이 하늘에 亂舞한 거미줄을 쳐놓고 목숨들의 승천을 가로막고 있으니 모든 生은 죽음을 눈앞에 둔 단 한 권의 기회가 아니라 複製를 눈앞에 둔 주형틀이라 다들 의미를 찾지 못하고 뜻없는 거울에 되비친 자기 자신의 해골바가지에다 대고 웃고 울고 지랄하다가 나중에는 서로 얼싸안고 울고불고 마치 가본 것처럼 좋드만 싫드만 쌌고 기가 막혀 가슴을 치고들 그짓들을 하던 중 알고 보니 소문이 아닌 것이 없고 또 그 소문 중에 실제인 것은 없고 고두들 구름을 타고 휘적휘적 헛것들 속에서 난리를 피우다가 꿈에서 깨어보면 안방이니 虛頭야 虛頭거늘 목숨은 간데없고 판박이 종이에 각인된 말없는 풍경 혹은 인물뿐이더라 다들 존재의 강시인 자들아 타락하라 그것은 네가 아니라 너의 그림자이니
　　　　　　　　　　　—「환생幻生, 혹은 죽음에 이르는 병」 부분[29]

성기완의 시에 대한 논의[30]는 아직 뚜렷한 논쟁의 형태를 갖추지는 않았지만, 근본적으로 탈주체의 시적 양상이나 테크놀러지적 상상력에 대한 호응과 거부감 사이에서 양분되는 모습을 보여준다. 필자는 성기완의 시가 기계와 사물의 언어를 통해 후기산업사회의 메커니즘과 타락한 대중문화에 젖어듦으로써, 그 저항과 정화의 빛을 건져 올리는 전복적 상상력으로 평가한 반면, 김양헌은 이전의 문명비판 시에서 얼마나 진전되었으며 시적 감동을 주고 있는가라는 물음을 던지면서, 성기

완의 시를 이해할 수는 있어도 쉽사리 포용할 수는 없다고 부정적인 견해를 피력한다. 성기완을 포함한 젊은 시인들의 낯선 상상력은 이후의 분석과 평가 작업을 기다리고 있다고 볼 수 있다.

박상순의 시는 시니피에로부터 이탈한 시니피앙의 유희를 통해 기존 시의 관념을 전복시킴으로써 주체의 자기 동일성을 해체하고 억압된 타자성을 복원한다. 그의 시는 1980년대의 이성복·황지우·박남철 등이 보여준 형태파괴시의 요소와 김혜순·김승희·박서원 등이 보여준 여성적 비규정성의 언어를 밀고 나간 지점에서 생성되며, 포스트모더니즘적 사유를 극단화시킨 측면도 있다.

> 첫번째 기차가 아버지의 머리를 깨고 지나갔다
>
> 두번째 기차가 어머니의 배를 가르고 지나갔다
>
> 세번째 기차가 내 눈동자 속에서 덜컹거렸고
>
> 할머니의 피묻은 손가락들이 내 반바지 위에
>
> 둑둑 떨어지고 있었다
>
> 기차가 지나갔다
>
> 나는 뒤집힌 벌레처럼 발버둥쳤다
>
> 기차가 지나갔다
>
> 달리는 기차에 앉아
>
> 흰 구름 한 점 웃고 있었다
>
> 기차가 지나갔다

---

31) 박상순, 『6은 나무 7은 돌고래』, 민음사, 1993, p.15.
32) 이승훈, 「결핍의 공간에서 태어나는 자아」, 『6은 나무 7은 돌고래』 시집 해설, 민음사, 1993.
　　허혜정, 「세계와의 피가름」, 『작가세계』, 1996 가을.
　　문선영, 「환상으로 지워 나가는 환상」, 『현대시』, 1999.7.
　　이재복, 「놀이와의 놀이, 슬픈 상처의 시」, 『시현실』, 2003 봄.
　　졸고, 「반복, 변주, 변신, 생성―박상순론」, 『시작』, 2003 봄.

박상순의 시에 대한 논의[32]는 일종의 정신분석적 비평의 방식으로 진행되어 왔는데, 박상순을 포함한 이 경향의 시인들이 보여 주는 무의식적 타자성의 시세계를 심층적으로 분석할 수 있는 새로운 감식안과 비평 방식이 요청된다고 할 수 있다.

6. 맺음말

이 글은 해방 후 한국 현대시의 전개 양상을 '시적 실험'과 '시적 초월'이라는 주제하에 시사적으로 점검하면서 대표적 시인들의 시적 특징을 고찰하는 방식으로 전개되었다. 이것은 1960년대에서 1990년대에 이르는 한국 현대시의 한 측면을 조감하면서 쟁점이 된 시인들을 중심으로 기존 논의를 점검하고 그 성과에 대한 반성적 성찰을 시도한 것이다. 이를 통해 이 글은 그동안 한국 현대시 연구의 관행이 되어온 '리얼리즘/모더니즘'의 이분법적 문제틀에서 벗어나 새로운 문제틀을 수립하고자 했다.

1960년대 한국시가 보여준 시적 실험과 초월의 양상은 김수영과 김춘수의 경우로 대표된다. 김수영의 후기시는 「서시序詩」에 언급된 '첨단'과 '정지'의 변증법이 '풍자'와 '해탈'로 전개되고, 이 양극을 두 계기로 삼아 길항하며 전개되어 간다. 이 두 계기가 한 자리에서 만나 다음 단계로의 시적 비약을 이룬 작품이 「풀」이다. 따라서 김수영의 시적 여정은 모더니즘에서 리얼리즘으로의 전이轉移나, 모더니즘의 테두리에서 그것을 극복한 것이라기보다는, 모더니즘과 리얼리즘을 두 계기

로 삼아 변증법적 지양을 통해 시의 완성을 추구했다고 보는 것이 더 온
당하다. 김춘수가 제창한 무의미시는 역사와 이데올로기의 억압을 증
오하고 시에서 의미를 배제하려는 시작 의도와 태도에서 생성된다. 이
차원을 추구하는 김춘수의 시는 판단 중지의 사물시에서 출발하여 고
대 설화적 인물인 처용의 탐구로 전개되고, 실존과 무의식적 유희를 교
직하면서 현실에 대한 회의와 존재론적 불안을 드러낸다. 이런 고찰을
통해 우리는 김수영의 시가 '풍자'와 '해탈'을 두 계기로 삼아 변증법
적 지양을 추구한 반면, 김춘수의 시는 '해탈'의 방향을 극단화시켜 나
갔다고 평가할 수 있다.

　1970년대 한국시가 보여준 시적 실험과 초월의 양상은 김지하의 경
우로 대표된다. 김지하는 판소리, 탈춤, 서사민요 등의 전통 연희양식을
현대적으로 재현하는 구비적 상상력을 통해 '풍자'의 전통을 이어받으
며 민중적 현실의 토대 위에서 김수영 시를 계승했다. 후기시의 변모는
초기 시의식의 근간을 이루었던 이원적 대립의 세계인식이 하나의 일
원적 통일의 세계로 전이된 양상과 관련된다. 이런 시적 변모의 연장선
에서 1990년대 들어 발간된 『중심의 괴로움』에는 우주 공동체로서의
생명의 체험과 함께, '윤회'를 통한 일종의 '해탈'의 징후를 드러내고
있어 주목된다. 「중심의 괴로움」은 치열한 '중심'의 힘과 흔들리고 비
워서 사방으로 흩어지려는 '확산'의 힘 사이에서 팽팽한 긴장을 형성한
다. 이는 김수영의 「풀」이 보여 준 '풀'과 '바람'의 긴장, 즉 '풍자와 해
탈의 변증법'과 비교될 수 있을 만한 '중심과 확산의 변증법'이라고 볼
수 있다.

　1980년대 한국시가 보여준 시적 실험과 초월의 양상은 황지우와 김
용택의 경우로 대표된다. 황지우의 제1 시집 『새들도 세상을 뜨는구나』
의 시들은 크게 두 가지 양식으로 분류될 수 있다. 먼저 기존 서정시 양

식은 풀·나무 등의 식물과 새로 대표되는 동물의 심상이 서경조 자아를 투영하여 시의식의 원형질을 보여준다. 두 번째는 이른바 실험 양식인 해체시 계열인데, 광고시·벽시·몽타주 기법 등의 아방가르드적 형태를 보여준다. 그런데 제2 시집 『나는 너다』와 제3 시집 『겨울―나무로부터 봄―나무에로』에 오면, 양식상의 분리는 해체되고 한 편의 시 속에 서정 양식과 실험 양식이 뒤섞이는 양식적 혼합이 나타난다. 이때 시적 진술에서 두드러지는 것은 독백과 대화이다. 김용택의 제1 시집 『섬진강』에는 기존의 서정시 양식과 판소리 양식에 기댄 전통 양식의 재현이 공존한다. 서정시 양식은 농촌 현실의 체험에서 우러난 맑은 서정을 형상화하고, 전통 양식의 재현은 옛스러움의 현재화가 일으키는 낯설음의 효과와 패러디의 효과를 동시에 보여줌으로써 형태 실험의 의미를 부여받는다. 또한 그것은 판소리 등의 전통 양식이 내포하는 풍자의 기능을 예각화하여 산업화 과정에서 일그러진 농촌 현실과 소외된 농민 계층의 울분을 사회 비판의 차원으로 전개시킨다. 그런데 제2 시집 『맑은 날』에서는 서사시의 양식을 도입하여 장시화되는 경향을 보이고, 그 속에 서정시의 양식과 서사 양식이 섞여 있는 양식적 혼합이 시도된다. 또한 판소리의 4·4조 운율을 일부 자유롭게 변형시켜 호흡과 양식상의 새로운 변화를 시도한다. 이처럼 황지우와 김용택의 시가 보여준 형태 실험의 두 방향은 1980년대 해체시와 전통 재현시의 대표적인 모습을 보여 주면서, 공통적으로 양식의 분리가 양식의 혼합으로 전개되는 양상을 드러낸다.

1990년대 한국시가 보여준 시적 실험과 초월의 양상은 유하, 성기완, 박상순의 경우로 대표된다. 유하는 제2 시집 『바람부는 날이면 압구정동에 가야 한다』에서 자본주의적 욕망의 분출구인 압구정동과 순수 자연의 원형적 공간인 하나대를 넘나들면서 대중문화의 패러디를 통해 그 매혹과 반성을 동시에 보여준다. 자연과의 속 깊은 교류를 통해 따뜻한 정서를 보여 주는 전통적 서정시의 양식과, 소비 대중문화에의 이끌림과 그 비판을 보여 주는 패러디의 양식은 병행하는 것이되 완전히 둘로 구분되는 것은 아니다. 유하는 두 계열 사이의 모순을 시적 긴장으로 유지하면서 제1 시집에서 제4 시집에 이르는 전체적 전개 과정 속에서 서정과 패러디 양식의 통합과 분화라는 양상을 통해 그 괴리와 딜레마를 해결해 나간다. 성기완의 시는 록음악을 통한 환각과 물리학적 사유를 통한 각성을 동시에 밀고 나가면서, 자의식과 이중 자아의 감옥으로부터 탈출하려는 시도를 보여준다. 이로써 기존 시에서 중핵을 이루었던 서정적 자아와 그것이 지닌 내면성을 탈각시키는 탈주체의 시적 전략을 시도한다. 성기완의 시는 기계와 사물의 언어를 통해 후기 산업사회의 메커니즘과 타락한 대중문화에 젖어듦으로써, 그 저항과 정화의 빛을 건져 올리는 전복적 상상력을 보여준다. 박상순의 시는 시니피에로부터 이탈한 시니피앙의 유희를 통해 기존 시의 관념을 전복시킴으로써 주체의 자기 동일성을 해체하고 억압된 타자성을 복원한다. 그의 시는 1980년대의 이성복·황지우·박남철 등이 보여준 형태파괴시의 요소와 김혜순·김승희·박서원 등이 보여준 여성적 비규정성의 언어를 밀고 나간 지점에서 생성되며, 포스트모더니즘적 사유를 극단화시킨 측면도 있다. 유하, 성기완, 박상순 등이 보여주는 대중문화, 테크놀러지, 무의식적 타자성에 대한 시적 형상화는 아직도 진행 중에 있는 현재적 사건이며, 따라서 이런 낯선 경향의 시세계를 심층적으로 분석할 수 있는 새로운 감식안과 비평 방식이 요청된다고 할 수 있다.

제3부

현대소설의 구조와 계보

나혜석(1896~1948)은 한국 근대미술에서 최초의 서양화가로 먼저 알려졌으며, 여성해방론자로서 연애와 이혼 등에 얽힌 풍문으로 인해 세뇌적 파문을 일으켰으나, 근대문학에서 여성작가로서의 면도는 크게 주목 받지 못했다. 그러나 1988년에 발굴된 소설 「경희」1)는 그녀가 1910년대 한국 근대문학에서 매우 중요한 위상을 차지하고 있음을 확인케 하였다. 이후 그녀의 소설이 잇달아 발굴되고, 2000년대 들어 『나혜석 전집』2과 『정월 라혜석 전집』3이 출간되면서 서양화가이자 여성해방론자이며 근대작가로서의 나혜석의 전모가 드러나게 된다. 이 두 전집은 나혜석의 그림과 시·소설·희곡·콩트·수필·평론 등의 문학뿐만 아니라 페미니즘 비평과 산문 및 미술 관련 인터뷰와 좌담까지 망라하고 있어 나혜석 연구의 선도적 역할을 하고 있다.

제1장 나혜석 소설 고찰
― 근대적 주체로서의 여성 찾기

1. 머리말

나혜석(1896~1948)은 한국 근대미술에서 최초의 서양화가로 먼저 알려졌으며, 여성해방론자로서 연애와 이혼 등에 얽힌 풍문으로 인해 사회적 파문을 일으켰으나, 근대문학에서 여성작가로서의 면모는 크게 주목 받지 못했다. 그러나 1988년에 발굴된 소설 「경희」[1]는 그녀가 1910년대 한국 근대문학에서 매우 중요한 위상을 차지하고 있음을 확인케 하였다. 이후 그녀의 소설이 잇달아 발굴되고, 2000년대 들어 『나혜석 전집』[2]과 『정월 라혜석 전집』[3]이 출간되면서 서양화가이자 여성해방론자이며 근대작가로서의 나혜석의 전모가 드러나게 된다. 이 두

---

1) 서정자, 「나혜석 연구―1910년대 단편소설을 중심으로」, 『문학과 의식』, 1988.
2) 나혜석, 『나혜석 전집』, 이상경 편집 교열, 태학사, 2000.
3) 나혜석, 『정월 라혜석 전집』, 나혜석 기념사업회 간행, 서정자 편, 국학자료원, 2001.

전집은 나혜석의 그림과 시·소설·희곡·콩트·수필·평론 등의 문학뿐만 아니라 페미니즘 비평과 산문 및 미술 관련 인터뷰와 좌담까지 망라하고 있어 나혜석 연구의 선도적 역할을 하고 있다.

2. 작품 세계

근대문학 최초의 여성작가로서 나혜석의 활동은 1918년 '동경여자친목회'가 낸 『여자계』 제2호에 단편소설 「경희」(1918.3)를 발표하면서 시작된다. 「경희」는 일본 유학 중에 귀국한 주인공 '경희'가 조선적 현실에서 신여성의 이상을 실현하는 가운데 겪는 갈등과 고뇌를 실감 있게 그린 작품이다. 1910년대 한국 초창기 근대소설에서 근대적 교육을 받은 신여성을 등장시킨 작품은 많았으나, 이처럼 체험에 토대를 두고 여성 주인공의 내면 깊이 들어가 그 이상과 갈등을 묘사한 작품은 드물다. 소설의 구성에 있어서 「경희」에서 가장 큰 비중을 가진 것은 주인공의 성격이지만, 주인공을 둘러싸고 펼쳐지는 주변 인물들과의 관계 및 사건의 전개가 긴밀하고 균형감이 있으며, 문제 설정이나 갈등 해결의 과정도 생생한 현실성을 획득하고 있다. 다시 말해, 「경희」는 인물의 성격화, 구성의 긴밀성, 사건의 현실성 등을 두루 갖춘 작품으로서 본격적인 근대소설의 수준에 부응하는 작품으로 높이 평가될 수 있다. 특히 이 작품의 장점은 생생한 대화체의 구사에서도 찾을 수 있는데, 구여성으로 하여금 신여성의 각성된 삶의 방식에 동의하게 만드는 설득의 수사학을 자연스럽게 구사하고 있다. 또한 주인공의 이상을 주창하는데 그치지 않고, 현실의 관습에 부딪혀 안주하고자 하는 갈등과 고민까지 적나라하게 묘사하여, 계몽주의적이지만 이상주의에 빠지지 않는 균형감각을 보여준다.

「경희」의 주제의식은 "게집이라는 거슨 시집가서 아들딸 낫코 시부모媤父母 섬기고 남편을 공경恭敬ㅎ면 그만이니라" 하는 아버지의 말에 "그거슨 넷날 말이야요. 지금只今은 게집이도 사롬이라 ㅎ요. 사롬인 이상以上에는 못할 거시 업다고 ㅎ요. 사니와 굿히 돈도 버를 수 잇고 사니와 굿히 벼슬도 할 수 잇서요. 사니 ㅎ는 거슨 무어시든지 ㅎ는 세상世上이야요"라고 대답하는 주인공의 말에 압축적으로 나타난다. 봉건사회封建社會의 가부장적 구습을 타파하고 여자에 대한 편견에 맞서 인간의 평등과 자율성을 확인하고 실천하는 근대적 주체의 확립이 그것이다. '경희'는 이런 이상에 미치지 못하는 자신의 미약한 도습을 반성하기도 하고, 주어진 관습의 편안함에 안주하려는 타협의 심리에 유혹당하기도 한다. 이처럼 주인공은 이상과 현실 사이의 모순과 괴리로 인해 번민을 겪지만, "그러면 내 명칭名稱은 무어신가? 사롬이지! 꼭 사롬일다"라는 재확인을 거쳐 자신의 이상을 실현하는 좁은 길을 선택하는 것으로 마두리된다. 결말 부분의 "하느님! 내게 무한無限호 광영光榮과 힘을 느려 쥬십소./내게 잇는 힘을 다ㅎ야 일ㅎ오리다"라는 기도는 나혜석의 근대적 사유가 기독교적 사상과도 관련되어 있음을 짐작케 한다. 나혜석을 비롯한 근대 초창기 작가들의 근대적 주체 형성에 끼친 기독교 및 여타 사상의 영향 관계도 중요한 고찰의 대상이 될 수 있을 것이다.

한편 이와 함께 주목할 수 있는 것은 주체이 대한 재확인과 함께 결말 부분에 제시되는 "쌘쌘호 희빗이 스르르 누구러진다. 남치마 빗 갓흔 하날빗히 유연油然히 쩌오른 검은 구름에 가리군다. 남풍南風이 돕게 살살 부러 드러온다. 그 바람에는 화분花粉과 향기香氣가 싸혀 드러온다. 눈압혜 번기가 번쩍번쩍ㅎ고 억게 우으로 우뢰소리가 우루우루ㅎ다. 조곰 잇스면 여름 소나기가 쏘다질 터이다"와 같은 섬세한 묘사이다. 주

체에 대한 확신에서 오는 환희에도 불구하고, 이상과 현실 사이의 괴리
와 갈등은 종결되지 않으며, 그것을 극복하는 노력이 지속적으로 필요
하다는 주제의식을 "하날빗" "검은 구름" "남풍南風" "**번기**" "우뢰소
리" "여름 소낙기" 등의 이미지들을 통해 암시적으로 제시하는 이 대목
에서, 우리는 근대소설 작가로서 나혜석의 높은 문체적 수준을 알 수 있
다.

이어서 나혜석은 『여자계』 제3호에 「회생回生흔 손녀孫女에게」
(1918.9)를 발표한다. 이 작품은 화자가 중병에서 회복한 손녀에 대한
사랑과 감사를 애절하게 표현하면서, 폐병으로 투병하던 과거 애인에
대한 자책감에서 벗어나는 과정을 그린다. 이 부분은 작가 자신이 공부
때문에 간호하지 못해 폐병으로 사망했다고 생각하는, 첫사랑의 상대
인 최승구(素月 崔承九)와의 실제 체험을 승화시키고 있다. 1인칭 주인
공의 독백으로 일관하고 있어 소설적 구성이 허약하다는 단점이 있으
나, 나이팅게일처럼 수많은 사람들을 치료해 주는 천사의 상像을 제시
하여, 작가가 내면에 품은 민족에 대한 헌신적 열정을 확인할 수 있다.

『신가정』 창간호에 발표한 「규원閨怨」(1921.7)은 부잣집 양반의 딸인
한 여성이 남편 사망 이후 '장주사' 라는 남자의 농간과 시가 및 친가의
구습적인 편견에 내몰려 몰락해 가는 과정을 그린 작품이다. 역시 인물
의 형상화나 사건의 전개보다는 주인공의 회고담을 통해 이야기가 전
개되고 있는 점에서 구성상의 한계를 가지고 있으나, 구여성의 불행한
생애를 통해 봉건적 관습과 편견에 대한 부정의식을 강하게 드러내고
있다. 작품의 후반부가 『신가정』 제2호에 게재될 것으로 예고되어 있으
나, 아쉽게도 제2호가 나온 것 같지 않으며, 따라서 미완성으로 남아있
다.

『조선문단』에 발표한 「원한怨恨」(1926.4)은 아버지가 친구와 술자리

에서 맺은 혼약으로 철없고 어린 남편과 결혼한 한 여성의 수난사를 그린 작품이다. 주인공은 과부가 되고 시아버지의 친구에게 봉변을 당한 뒤 그의 첩이 되어 온갖 수모를 겪다가 급기야 가출하여 광주리장수로 전락하고 만다. 가부장제의 남성 중심주의적 윤리 구조에 의해 일방적인 희생과 수탈을 강요받는 구여성의 전형적인 생애를 보여줌으로써 전통적 관습과 도덕의 횡포를 고발한다는 점에서, 「규원閨怨」과 맥락을 같이 하는 작품으로 평가될 수 있을 것이다.

1936년에 『삼천리』에 발표한 「현숙玄淑」은 신여성 '현숙'이 카페 여급으로 있으면서 '끽다점(다방)'을 운영할 계획을 세우고 투자할 남성을 구하는 과정을 그린다. "여자의 푸랑(plan, 계획—필자 주)이라는 것은 지금 끽다점喫茶店 양점讓店이었다. 장소場所는 종로鍾路 일정목一丁目, 그것을 인계引繼하야 경영經營하고 싶으니 사백 환四百圓이라는 돈이 있어야 한다. 그리하야 일구一口 십환十圓 유지有志는 십구十口 이상以上을 신청申淸할 사事, 피녀彼女가 상의相議하라고 두 사람뿐의 적당適當한 밤을 기다린 것이다"에서 보듯, 돈을 중심으로 이루어지는 경영과 투자의 개념을 내세우는 주인공 '현숙'의 성격은 독특하며 복합적이다. 즉 '현숙'은 사업의 주체로서 경영과 투자라는 자본의 개념을 체득하고 있는 점에서 신여성적이지만, 사회적 성공을 위해 일정한 서비스를 해주며 투자할 남자들을 만나는 처세술을 가진 점에서는 세속적인 인물이다. 또한 같은 여관에 투숙하는 가난한 노시인 및 젊은 화가와 진실된 마음을 주고받는 인물로도 형상화된다.

서구식 교육을 받은 신여성의 순수한 이상을 보여준 「경희」나 가부장적 윤리 구조에 희생되는 구여성의 비애를 보여주는 「규원閨怨」「원한怨恨」과 비교하면, 이 작품에 등장하는 주인공 '현숙'은 신여성의 이상을 현실과 대면시켜 만들어낸 복잡한 성격의 인물이라고 간주할 수 있을 것이다. 즉 「경희」의 주인공이 상류 계층의 유학생 신분으로서 신여성의 이상을 자각한 인물이라면, 「현숙玄淑」의 주인공은 세파에 시달리는 여급 출신의 하층민으로서 이상과 현실이 부딪혀 빚어지는 신여성 상像을 보여준다. 이런 양상은 나혜석이 김우영과 결혼하고 유럽 여행 중에 만난 최린과의 연애로 인해 이혼한 이후 겪게 되는 파란만장하고 굴곡진 삶의 체험과도 관련된다고 볼 수 있을지 모른다. 이 작품의 희망적인 결말 부분의 "우리 둘은 반년간半年間 비밀秘密 관계關係를 가져요. 반년 후半年 後 신계약新契約에 대對해서는 다시 생각生覺할 필요必要가 있어요"에 드러나는 계약 결혼적인 요소는, 나혜석이 「이혼 고백장」(『삼천리』, 1934.8~9)에서도 밝힌 바 있는, 가부장적 가족제도의 인습과 정조 관념에 대한 비판과 맥락을 같이한다. 이 작품은 비록 구성상의 긴밀함이 부족하지만, 이런 주제의식을 서술자의 진술이나 화자의 독백적 회고담이 아닌 인물 간의 생생한 대화체로 전개하면서 인물들의 복합적인 성격을 드러내고 있다는 점에서 주목할 만하다.

1937년에 『삼천리』에 발표한 「어머니와 딸」(1937.10)은 여관을 운영하는 '주인마누라'가 마음에 두고 있는 사윗감 '한운'과 결혼하지 않고 공부를 계속하겠다고 버티는 딸 '영애'의 모습을 보여준다. '주인마누라'는 딸의 행동이 하숙하며 글을 쓰는 독신 여성 소설가 '김선생'의 탓으로 여긴다. 이 작품은 에피소드적인 사건을 다루고 있어 구성이 단순한 편이지만, 연극 대사의 활용이라고 간주할 수 있을 만큼 등장인물들 간의 대화체로만 사건과 인물의 성격을 드러내는 점에서 기법적으로 주목할 만하다. 한편 공부를 위해 결혼을 미루겠다는 주장, '한운'의 성품이 마음에 들지 않아 그와 결혼하지 않겠다는 말, 밤낮 책을 보며 어머니가 해 주는 밥을 먹고 한나절까지 자는 생활 습관, 결말 부분에서 이혼하고 무직으로 놀고 있는 '이기봉'의 방에서 '영애'의 가냘픈 웃음소리가 새어 들어오는 대목 등으로 미루어 볼 때, 나혜석의 의도는 '영애'를 자기 모순적이고 이중적인 성격의 인물로 그려내는 데 있는 듯하다. 비록 생생하게 인물의 성격을 형상화하지는 못했어도, 이런 이중적 성격의 인물을 등장시켜 냉소적이고 풍자적인 시선을 통해 신여성의 이상과 그 내면적 위선의 양상까지 탐색하려 한 점에서, 작품의 의의를 찾을 수 있을 것이다.

3. 맺음말

나혜석은 「경희」「회생回生혼 손녀孫女에게」「규원閨怨」「원한怨恨」「현숙玄淑」「어머니와 딸」등 일련의 여성소설을 통해 한국 근대 초창기의 파란만장한 삶의 체험에서 얻어진 주제의식, 즉 가부장제의 구습에 대한 비판과 여성해방에 대한 이상을 드러내었다. 그리고 그 이상이 현실에 부딪혀 좌절되거나 굴절되는 양상을 그려내면서, 신여성의 생활적·심리적 위선의 양상까지 세밀하게 포착하려 노력했다. 이런 점에서 우리는 나혜석을 한국 최초의 근대적 서양화가이자 여성해방론자인 동시에 근대문학 최초의 여성작가로서 평가하는 데 주저할 필요가 없을 것이다.

제2장 정한숙 소설 고찰
— 인간에 대한 관심과 예술적 승화

1. 머리말

일오一悟 정한숙(1922~1997)은 전후 대표적인 신세대 작가 중의 한 사람으로서, 그리고 학문 및 후학 양성에 기여한 국문학 교수로서 큰 족적을 남겼다. 소설가로서의 정한숙은 대학 재학시절인 1948년 『예술조선』에 단편 「흉가凶家」가 당선되고, 1955년 〈한국일보〉 신춘문예에 단편 「전황당인보기田黃堂印譜記」가 당선된 이후 근 50년 동안 17권의 장편소설, 6편의 중편소설, 160여 편의 단편소설을 발표하는 등 소설 창작에 매진했다. 학문 및 후학 양성에 공들인 시간 이외에는 거의 모든 자신의 생애를 소설과 합치하려 한 점에서 우리는 그를 진정한 작가라고 부를 수 있을 것이다.

따라서 정한숙의 소설 세계에 대해 그동안 많은 비평과 연구가 진행되어 중요한 성과들이 축적되었다.[1] 오탁번은 정한숙을 부단한 실험 의식과 탐구 정신으로 한국소설의 새로운 지평을 개척한 작가로 평가하며, 그의 소설적 유형을 '전통의 현대적 파악, 혹은 사라져가는 전통미에 대한 향수(「전황당인보기」, 「백자도공 초술白磁陶工 崔述」)' '현대인의 방황과 좌절, 혹은 애정 심리(「묘안묘심猫眼猫心」, 「닭장관리」)', '민족사의 비극적 갈등과 좌절(「고가古家」, 「끊어진 다리」)', '근원적 이상을 추구하는 부재의 미학(「IYEU도」)', '고전 내지 역사를 현대화시킨 우의적인 것(「쌍화점雙花店」, 「누항곡陋巷曲)」)', '장편 역사물(「황진이」, 「처용랑」)' 등으로 분류하고 그 특징을 서술한다. 그리도 어느 부류의 작품이나 그 근저에 깔려 있는 것은 '인간 옹호의 정신'과 '좌절을 극복하려는 의지' 라고 지적한다.[2]

김인환에 의하면, 정한숙의 소설은 생활 속의 소설이어서 삶과 소설이 하나로 움직이며, 자기를 세계에 개방하여 일상생활에서 모은 자료를 소설로 변형한 것이기 때문에 소재와 문체가 다양하다. '안목眼目의 조화' 와 '배치配置의 균형' 에 유의하는 정한숙의 작가 정신은, 현실의 모순과 혼란을 투시하면서도 좀더 근원적인 수준에서 공동의 터전을 긍정한다. 그의 소설을 특징짓는 기초는 '인간에 대한 관심' 인데, 세밀한 자연 묘사로 황폐해진 사회상을 보완하고, '시대의 의미' 와 더불어 '가족의 의미' 를 중시하며, '역사소설' 과 '예인藝人소설' 의 경역까지

---

1) 정한숙 소설에 대한 중요한 비평적 성과는 다음과 같다.

　김인환, 「긍정의 미학」, 『거문고 산조』, 예성사, 1981.

　김인환, 「정한숙론 서설」, 『PEN 문학』 제84호, 2007 가을.

　송하춘, 「결 고운 삼베, 혹은 무명 가닥」, 『금당벽화』, 고려대학교 출판부, 1998.

　오탁번, 「끈질긴 탐구정신의 소산」, 『한국현대문학전집 25』, 삼성출판사, 1978.

　윤석달, 「역사와 인간에 대한 폭넓은 탐구」, 『한국소설문학대계 33』, 동아출판사, 1995.

　정현기, 「역사적 진술 의미와 소설적 진실」, 『한국문학의 사회사적 의미』, 문예출판사, 1986.

　최동호, 「예술가 소설과 인간상의 탐구」, 『삶의 깊이와 시적 상상』, 민음사, 1995.

　정한숙 소설을 연구한 학위논문으로는 김재두, 「정한숙 소설 연구」(건국대 박사논문, 2002)와 정영아, 「정한숙 소설 연구」(고려대 석사논문, 1998) 등이 있다.

2) 오탁번, 위의 글.

아우른다. 이 부류들 중 가장 오래 읽힐 수 있는 작품은 아마도 예도藝道
의 고된 수련 과정과 예인의 드높은 자긍심을 다룬 '예인소설'일 것이
다.3)

　최동호는 정한숙의 소설을 '혼란된 시대에 가능한 윤리의 추구', '현
대인이 지닌 분열된 의식의 묘사', '예술인의 수련 과정을 통한 전통적
예인의 창조적 가치 조명', '지나간 시대의 인물에 대한 현대적인 의미
부여' 등으로 분류하고, 「전황당인보기」「금당벽화金堂壁畵」「백자도공
최술」「거문고 산조散調」「금어金魚」 등의 작품을 일종의 '예술가 소설'
로 간주하며 면밀히 분석한다. 정한숙은 이 부류의 작품들을 통해 일차
적으로 인간적인 삶과 예술의 창조 사이에 놓여 있는 예술가적 고뇌와,
한 걸음 더 나아가 개인과 국가의 문제까지 포괄하는 시대 인식을 드러
내려 했다. 주인공인 예술가들은 세속적 물질이나 권력은 물론 자기 개
인의 번민을 극복하려는 창조적 인물이었으며, 작가는 이를 통해 개인
과 국가, 신앙과 예술을 상호 보완적이며 발전적인 의미망으로 포착해
혼란의 시대를 사는 독자들에게 분명한 가치관을 제시했다.4)

　송하춘은 정한숙의 문학적 관심이 남북 분단의 비극적 현실과 산업
화 시대의 인간성 상실 혹은 소외라는 문제에 닿아 있는데, 그것들이 전
통적 삶과 깊은 관계를 맺고 있는 점에서 역사적 현재에 초점을 맞춘다
고 지적한다. 따라서 그의 소설은 '역사와 현실을 맞물려 엮어낸 전쟁
체험 및 분단 시대의 비극', '옛것과 오늘의 것을 대조시켜 엮어낸 산업
화 시대의 열망', '전통적 예인의 예술적 고뇌를 통한 현대의 비극' 등
을 형상화하며, 역사의 부침 속에서 굴절되고 불구화될 수밖에 없는

---

3) 김인환, 앞의 글.
4) 최동호, 앞의 글.
5) 송하춘, 앞의 글.

'담수어淡水魚' 같은 사람들을 주목한다. 결국 정한숙은 '역사와 현실의 간극'이라는 시간의 문제를 '인간에 대한 믿음'에 근거한 중층적 발상법으로 형상화하는 것이다.[5]

이처럼 선행 연구들의 중요한 성과로 인해 정한숙의 소설적 특성이 심층적으로 규명된 상황에서, 이 글은 선행 연구들을 토대로 이 선집에 수록된 작품들에 대한 소략한 해설을 시도할 수밖에 없을 듯하다. 필자는 이 작품집을 엮으면서 정한숙의 단편소설에 국한해 대표작들을 수록하는 것으로 기획했는데, 160여 편에 이르는 그의 단편소설 중에서 어떤 작품을 대표작으로 선정할지 심사숙고하지 않을 수 없었다. 작품성에 주안점을 두어 소설적 완성도가 높은 작품을 선정하는 방식과, 다양한 유형들을 포괄하면서 각 유형별로 작품을 안배하는 방식을 두고 고심을 거듭하다가, 결국 이 두 방식을 함께 고려하면서 작품을 선정하기로 했다. 그리하여 이 작품집에는 「전황당인보기」 「금당벽화」 「백자 도공 최술」 「거문고 산조」 등의 '예인소설' 유형, 「고가」로 대표되는 '민족사의 비극과 세대 간 갈등' 유형, 「묘안묘심」으로 대표되는 '현대인의 방황과 분열된 의식' 유형, 「예성강곡禮成江曲」 「쌍희점」 등의 '고전의 현대적 변용, 혹은 우의적 소설' 유형이 수록되었다. 물론 이 작품들은 필자의 개인적 판단에 의해 선정된 것이며, 이 밖에도 정한숙 단편소설의 대표작이 될 만한 작품들이 많이 존재할 수 있을 것이다.

2. 예인소설

「전황당인보기田黃堂印譜記」는 '예인소설'의 주요 모티프가 원형질로 배태되어 있는 작품이다. 주인공 수하인水河人 강명진姜明振은 친구 석운石雲 이경수李慶秀가 관직에 진출하자 전황석 인장을 새겨 정표情表로 전달한다. 야인 시절 수하인과 더불어 문방사우文房四友를 가까이하던 석운은 세속적 명리에 눈이 어두워 그 가치를 하찮게 여기고 만다. 수하인이 예술의 고유한 가치를 소중히 여기고 그것을 보존하려 한다면, 석운은 세속적 가치 체계에 물들어 버린 일상적 인물이다. 석운의 편에 서서 세속적 가치를 부추기는 오준은, 수하인과 우정을 나누던 석운의 과거의 인격과 현재의 인격을 대비시키는 역할을 담당하며 수하인과 상호 대칭적 관계망을 형성한다. 도장포에 팔려나간 전황석 인장은 산업사회의 물신주의적 흐름 속에서 소외되는 순수한 인간관계를 상징하는 동시에 뒷전으로 밀려나는 전통 예술의 가치를 상징하기도 한다. 이 작품의 중심 갈등인 세속적 가치와 예술적 가치, 혹은 산업화 시대의 삶과 전통적 삶 사이의 갈등은 작품의 후반부에서 예인의 정신적 승리로 마무리된다. "끝으로 전황석 한 방만은 수하인으로서도 나무랄 점이 없었다. 아雅하고 담淡한 것이 산홍의 숨길이라면 뭉친 획은 수하인의 절정에 이른 품品이요 지志였다./산홍이를 옆에 앉히고 그와 더불어 살아온 일생을 그린 인보印譜를 바라보는 순간, 그는 처음 자기가 살아온 보람을 느꼈다"라는 구절은, 세속적 현실에 부딪쳐 상처 받고 좌절하면서도 끝까지 예술적 품격과 자긍심을 지키는 주인공의 모습을 부각시킨다. 주인공의 정신적 승리가 현실적 좌절과 누추함에도 불구하고 격조를 지킬 수 있는 것은 작가가 발휘하는 고도의 문체 미학 때문이다. 즉 현대적 문체가 아니라 국한문을 혼용하는 고졸古拙한 문체를 활용해 수하인의 정신세계를 묘사함으로써, 소멸되어 가는 전통적 가치 및 예술 정신에 쓸쓸하지만 품위 있는 아우라를 부여하는 것이다.

「금당벽화金堂壁畵」는 「전황당인보기」와 유사하게 세속적 가치와 예술적 승화 사이의 갈등을 형상화하지만, 세속적 가치가 인간적 애정과 민족적 현실의 문제로 세분화되고 종교적 가치까지 개입되면서 한층 복합적인 갈등 구조를 형성한다. 화공이면서 수도승인 주인공 담징은 일본 법륭사의 초대를 받아 금당에 벽화를 그려야 하는 일장이지만, 수나라가 조국 고구려를 침범하는 위태로운 국난으로 인해 마음을 잡지 못한다. 번뇌하던 중 법륭사 주지로부터 조국의 승전보를 전해 들은 담징은 마음을 정화하고 화필을 잡는다. 열정과 기량을 다하여 관음보살을 그렸지만, 보살의 얼굴이 조국에 두고 온 이름 모를 여인의 얼굴과 중첩되어 완성에 이르지 못한다. 그러나 담징은 혼신의 힘을 다해 관음보살의 이마 가운데 화룡점정畵龍點睛을 함으로써 예술적 완성에 이르게 된다. "그리운 사람의 환상幻想마저 잊으려는 담징의 각고刻苦의 노력에 의하여, 열반의 상징, 보살이 이루어졌도다"와 "조국의 근난이 없었던들… 조국의 승전의 쾌보를 받지 못했던들…/금당 벽화는 한낱 승담징의 관념의 표백에 끝났을런지도 모른다"라는 두 문장은, 인간적 애정과 조국애라는 두 가지 현실적 차원이 다만 거부와 저항의 대상이 아니라 예술적 승화의 원천으로 제시된다는 사실을 알려준다. 담징의 예술 정신은 조국애와 인간적 애정이라는 현실적 가치를 원천으로 삼아 그것을 정화시키고 종교적 경지로까지 승화시킬 때 숭고한 작품으로 결실을 맺는 것이다. 여기서 주목할 점은 정한숙이 기본적으로 타락한 세속적 가치에 맞서는 예술적 가치를 추구하지만, 민족이나 국가라는 역사적이고 공동체적인 현실의 가치까지 부정하고 오로지 예술만을 초월적 가치로 추구하지 않는다는 점이다.

「백자도공 최술白磁陶工 崔述」은 예인의 이상과 고뇌의 편력을 통해 전통적 예술의 숭고한 가치를 부각시킨 작품이다. 액자소설의 형식으로 이루어진 이 소설은 도자기 연구가 곽성식이 이조 도자기에 대한 연구를 위해 답사를 하던 중 광주의 사기장이에 대한 이야기를 듣게 되면서 시작된다. 이야기 속 주인공인 최술은 도공의 아들로 태어나 어릴 때부터 태토를 주무르며 자라났다. 최술은 열두 살 때 고려청자의 비색秘色과는 다른 색채를 띤 사기 조각들을 발견하는데, 그것은 푸른 하늘에 흐르는 흰 구름의 색채를 띠고 있었다. 이 형상은 최술에게 예술적 열정을 자극하는 원형적 심상이자 지향점으로 자리 잡는다. 열일곱 살이 된 최술은 바뀐 시대의 흐름에 뒤지지 않으면서도 변함없는 하늘의 구름 색깔을 빚어내고자 한다. 조선 초기에 고려 상감청자의 빛깔은 분청자의 빛깔로 퇴색했고, 도공들은 사옹원의 지시에 따라 관습적으로 도기를 만드는 데 급급했다. 관官이 요구하는 대로 도기를 만들어낸 당시 도공들과 달리, 최술은 관요의 도공이면서도 예인의 창조적 열정을 발휘해 독창적인 도기를 만들어 내려고 고심한다. "인간은 하늘의 섭리에 그 목숨을 걸고 살아가는 것이다. 하늘의 섭리를 지배하는 것은 푸른 하늘이 아니라 흰 구름이다. 구름이 개이면 해가 비쳤고 구름이 몰려들면 비를 뿌린다. 풍운風雲의 조화造化야말로 전의 조화요 조물 옹의 의지인 것이다. 이 속에 나서 이 속에 살아 이 속에 죽는 것이 인생이다. 그렇듯 조화 무쌍한 흰 구름, 그렇듯 아름다운 흰 구름…, 최술은 그런 빛의 자기를 구워내고 싶었던 것이다"에서, 우리는 최술의 예술혼이 순수한 아름다움에 대한 추구뿐만 아니라 하늘의 섭리를 따르는 인생관에 의해서도 뒷받침된다는 사실을 확인할 수 있다. 하늘의 섭리를 지배하는 풍운의 조화 속에서 살아가는 인생관은 우주 혹은 자연과의 조화를 숭상하는 전통적 사유 체계와도 상통한다. 최술은 고려청자의 기법을 연마했지만, 그 전통을 뛰어넘어 새로운 전통을 창조하는 데까지 나아가 이조백자를 만들어내게 되는 것이다.

「거문고 산조散調」는 세속적 가치와 예술적 가치의 갈등에 현대적 삶의 태도와 전통적 삶의 태도에서 빚어지는 세대 간 갈등까지 중첩시킨 작품이다. 강월의 아버지는 경술국치 후 전통 수공업이 공장 공업으로 전환되는 과정에서 사업에 실패해 공원이 되었다가 공장에서 순직한다. 이 바람에 주인공인 강월은 권번에 들어가 기생이 되었지만, 강경 사람 홍씨에게 거문고와 가곡을 사사받아 명창의 자부심을 가지고 살아간다. 부민관 공연 때 만난 단소 부는 청년에게 마음을 준 강월은 사라져가는 전통 예술을 지키겠다는 신념을 가지지만, 진중한 예도藝道를 아는 제자는 한 사람도 없다. 제자들은 거문고의 희소가치 때문이 오히려 상업적 이득이 있으리라는 계산적 속셈으로 강월의 문하생으로 남아 있는 것이다. "물결치듯 우람한 소리다. 아니 격랑激浪이 바위를 때려 부수는 소리다. 그것은 거문고의 소리가 아니라 세상이 자기를 외면하는 데 대한 참을 수 없는 노여움의 격정激情이 저렇듯 뇌성벽력 같은 소리를 내게 하는지도 모른다"라는 대목은, 강월의 외로움과 공허감 속에 세속적 가치가 넘쳐나는 현대적 삶과 젊은 세대의 태도에 대한 강한 분노가 깃들어 있음을 느끼게 한다. 정한숙은 주인공 강월의 입장에서 산업화 시대의 물질적 가치관과 창조적 예술을 타산적으로 접근하는 현대인의 경박성을 질책하는 듯이 보인다.

3. 민족사의 비극과 세대 간 갈등

「고가古家」는 가부장제로 대표되는 전통적 가족 체계와 그것이 가진 종손제 및 적서 차별 등의 문제를 해방 후 전쟁과 분단에 이르는 격심한 이데올로기 대립의 상황과 결부시켜, 민족사의 비극과 세대 간 갈등의 문제 등을 복합적으로 형상화한 문제작이다. 가족사 소설의 유형에 포함시킬 수 있는 이 작품은, 장동 김씨 집안의 세대 간 갈등의 근저를 이데올로기 대립과 전쟁으로 얼룩진 민족사의 문제로까지 확대시킨다. 필재의 할아버지는 쇠락해 가는 전통적 삶의 형태를 고수하려는 종가의 어른으로서 가부장제를 대표하는 인물이고, 필재의 숙부는 개화사상에 눈을 뜬 지식인을 대표하는 인물이다. 주인공 필재는 양자 사이의 중도적 인물로서 설정되어 있는 듯하다. 숙부는 필재의 땋은 머리를 잘라주고 보통학교에 입학시킨다. 필재는 배다른 동생 태식을 포용해 영락한 집안을 일으켜보려 하지만 뜻대로 되지 않고, 결국 종가의 집과 땅을 내놓고 가부장제의 사슬에서 해방되려 한다. 종손 집안의 복잡한 알력 다툼을 목격하면서 전통적 가치와 근대적 가치를 동시에 경험하는 그는 격변기의 혼란을 몸소 체험하는 과도기적 인물인 것이다. 작가는 종의 자식으로 태어나 천대받는 태식, 종의 딸인 길녀, 종손이지만 길녀를 사랑하는 필재 사이의 관계망을 통해 이 젊은 세대에 가부장제의 갈등뿐만 아니라 이데올로기의 갈등까지 삼투시킨다. 태식과 함께 공산당 활동에 가담한 길녀는 현실의 벽에 막혀 자살하고, 집안사람들의 연이은 죽음에 좌절한 필재는 가부장제의 상징인 종가를 팔아치울 결심을 하게 된다. "밖은 그대로 어둡기만 했다. 이 어둠이 가시면 새 아침이 오듯이 종가도 종손도 허물어짐으로 하여 진정 길녀나 태식이나 자기 같은 사람들이 행복하게 살 수 있는 날이 올 것만 같았다"라는 결말 부분은, 이 작품의 중심선이 종손제와 적서 차별로 이루어진 가부장제의 구습을 타파하는 것이 인간적 해방을 가져오리라는 기대에 놓여 있음을 알게 한다. 정한숙은 '예인소설'에서 주로 예술적 창조성과 결부된 전통적 가치를 소중히 생각하고 보존하려 하지만, 이 작품을 통해 가부장제로 대표되는 구습이 이데올로기의 대립에 의한 전쟁과 분단을 낳은 원인이라고 간주하고, 그것을 극복하는 것이 가족적 비극 및 민족적 비극을 해소하는 방법이라고 생각하는 것이다. 이런 차원에서 전통 및

역사와 현대를 바라보는 정한숙의 시선은 단순하지 않고 복합적이며
입체적이라고 볼 수 있다.

4. 현대인의 방황과 분열된 의식

「묘안묘심猫眼猫心」은 의처증이 있는 주인공의 도착적인 애증 심리를
묘파해 현대인의 불안한 내면 의식을 파헤친 작품이다. 술고래인 황옥
찬은 의처증으로 인해 아내가 세 번이나 바뀐 후 네 번째 아내를 맞이한
다. 새 출발의 다짐으로 술을 끊은 그는 친구인 김중식과 으세들의 강권
에 못 이겨 술을 마시고, 집에 들어가 고양이 울음소리를 낸다. 방에 아
내가 없는 것을 보고 의심한 그는 마당을 배회하며 고양이 소리를 내고,
고양이가 무서운 아내는 화장실에 갇혀 있다가 남편이 잠든 후에야 잠
자리에 든다. 이튿날 깨어난 황옥찬은 아무것도 모른 채 자고 있는 아내
를 온갖 의심으로 추궁하며 내쫓는다. "양─오"하는 고양이 울음소리는
아내의 행실을 의심하는 주인공의 불안 심리의 소산이지만, 그것을 가
장 두려워하는 아내의 불안 심리와 상극을 이루어 현대인의 도착적 애
정 심리와 불신 풍조를 풍자하고 있다. 이런 상징성은 "지금 뚫어진 창
구멍으로 노리고 있는 황옥찬의 눈알은 분명 사람의 눈이 아니었다./아
내를 찾으려고 노리는 그것이 쥐를 덮치려는 도둑괭이의 가음 그것이
라면 창구멍을 드려다보는 두 눈알도 또한 그것과 같아 뵈었다'에서 보
듯, 고양이 울음소리뿐만 아니라 고양이의 눈을 닮은 주인공의 눈을 통
해서도 극적으로 형상화된다.

5. 고전의 현대적 변용, 혹은 우의적 소설

「예성강곡禮成江曲」과 「쌍화점雙花店」은 표면적인 소재 선택 및 변형의 관점에서 「누항곡」과 함께 '고전의 현대적 변용' 유형에 해당하는 작품이지만, 이야기의 중심선은 인간의 부조리한 애정 심리나 맹목적 욕망의 비극을 묘파한 점에서 「묘안묘심」과 함께 '현대인와 방황과 분열된 의식' 유형에도 포함시킬 수 있다. 「예성강곡」은 외화外話 속에 내화內話가 자리 잡고 있는 액자소설의 구성을 보여준다. 외화의 주인공인 국문학도 오식은 영문학도인 정의 유학행에 맞추어 교환교수로 함께 갈 것을 결심하지만, 정은 영어회화를 배우던 미국인 케일대위를 따라 미국으로 떠나버린다. 오식은 고전작품 「가시리」가 「예성강곡」의 전곡前曲이라는 가설을 학회에서 발표한다. 그 발표 내용인 내화는 송나라 거상巨商 하두강의 속임수에 놀아난 왕호가 내기 바둑에 져서 아름다운 부인을 빼앗긴다는 이야기이다. 예성강에서 호곡하며 부르는 '가시리'는 왕호의 비극을 오식의 현재적 비극으로 연결시킨다. 이 작품의 묘미는 고전과 현대의 조화나 전통의 현대적 복원에 있기보다는, 외화의 주인공 오식이 겪는 부조리한 비극과 내화의 주인공 왕호가 겪는 어처구니없는 비극을 상호 침투시켜, 인간의 맹목적 욕망과 인생의 비극적 부조리를 극적으로 노출시키는 데 있다고 볼 수 있다. "밑도 끝도 없는 소리다. 예성강곡의 전곡이면 어떻고 아니면 어떻단 말이냐. 그야말로 데데한 소리였다"라는 문장과, "그러면서도 오식은 정이가 진정 가시는 듯 돌아와 주었으면 하는 터무니없는 생각만이 앞섰고 자기가 왕호와 같은 잘못을 저질렀다면 그놈의 부질없는 교환교수의 스칼라쉽이 원망스러울 뿐이었다./오늘따라 내려쪼이는 볕이 양 어깨에 무거운 것 같았다"라는 문장이 이 점을 암시한다.

「쌍화점」은 '장님'과 '벙어리'라는 불구자(不具)의 두 주인공을 등장시켜 인간의 맹점을 우의적으로 풍자하는 작품이다. 어질고 착한 주인을 찾아 대낮에 초롱불을 들고 길을 걷는 '사나이'는 일종의 구도자를 상징한다. 그는 맹종의 미덕만을 요구하며 가려듣고 가려 보며 가려 말하라고 구속하는 주인을 떠나서 길을 가던 중 같은 방향으로 향하는 장님과 벙어리를 만난다. 서로 부딪힌 장님과 벙어리가 시비하다가 싸우는 것을 사나이는 말리고, 이들은 함께 길을 가다 '경춘옥'에 들른다. 벙어리는 주모에게 수작을 거는 장님이 못마땅해 실랑이를 하다가 술값을 따지겠다고 우기고, 장님은 밤의 외나무다리에서 길을 안내하겠다고 앞장을 선다. 결국 세 사람은 다시 '쌍화점'이라는 술집에서 석시의 노래를 들으며 술을 마시게 된다. 못 보는 것을 자랑하는 '장님'과 말 못하는 것을 자랑하는 '벙어리'가 서로 고집을 부리는 것은 맹목적인 고집과 자기 중심적인 주장을 일삼는 인간의 내면적 약점을 우의적으로 풍자한다. 결국 구도의 길을 가던 '사나이'는 자신의 내면을 포상하는 두 분신인 '장님'과 '벙어리'를 만나 인간의 본질적 얼굴을 목격하는 것이다. "관용이 없는 고집은 벙어리와 장님의 주장과 같다. 장님은 눈을 자랑하고 벙어리는 입을 자랑한다"라는 서두의 문장은 이 소설의 여정을 안내하는 이정표가 된다.

6. 맺음말

정한숙은 「전황당인보기」, 「금당벽화」, 「백자도공 최술」, 「거문고 산조」 등의 '예인소설'을 통해 인간적 애정, 민족적 현실, 종교적 가치까지 중첩시키며 세속적 가치와 예술적 승화 사이의 갈등을 형상화하고,

전통을 뛰어넘어 새로운 전통을 창조하는 예술적 열정을 숭상하며, 산업화 시대의 경박한 물질적 가치관을 질책한다. 그리고 「고가」로 대표되는 '민족사의 비극과 세대 간 갈등' 유형을 통해 가부장제로 대표되는 전통적 가족 체계의 문제를 해방 후 이데올로기 대립과 결부시켜 민족사의 비극과 세대 간 갈등의 문제를 복합적으로 형상화한다. 또한 「묘안묘심」으로 대표되는 '현대인의 방황과 분열된 의식' 유형을 통해 도착적인 애정 심리를 묘파해 현대인의 불안한 내면 의식을 파헤치고, 「예성강곡」「쌍화점」 등의 '고전의 현대적 변용, 혹은 우의적 소설' 유형을 통해 인간의 맹목적 욕망과 인생의 비극적 부조리를 극적으로 노출시키며 풍자한다. 이처럼 다양한 소재와 문체와 유형을 넘나들며 인간과 역사와 사회의 겉과 속을 입체적으로 묘파하는 정한숙 소설의 근저에 놓인 공통분모를 '인간에 대한 관심'과 '예술적 승화'라고 요약할 수 있을지도 모른다.

제3장 김승옥 초기 소설 고찰

— 입사入社적 성격과 그 이율배반성을 중심으로

1. 머리말

김승옥(1941~)은 1962년 단편 「생명연습」으로 〈한국일보〉 신춘문예에 당선하여 작품 활동을 시작한다. 이후 「건乾」(1962), 「환상수첩」(1962), 「역사力士」(1964), 「무진기행」(1964) 등을 발표하여 중요한 비평적 조명을 받았으며, 1965년에 발표한 「서울 1964년 겨울」로 동인문학상을 수상하면서 작가로서의 확고한 명성을 얻게 된다. 1962년부터 1965년까지 4년간의 짧은 시기에 발표한 일련의 작품들로 인하여 그는 4·19 세대를 대변하는 작가로, 1960년대의 대표적인 작가로 문학사적 위상을 획득하게 된다. 한편 1966년 이후 「내가 훔친 여름」(1965), 「60년대식」(1968), 「야행夜行」(1969), 「서울의 달빛 0장」(1977) 등으로 전개되는 작품들에서 속악한 세계에 맞서는 자아의 내면세계와 더불어 산업화 시대의 자본에 물들어가는 도시적 삶의 양상을 드러내는 세태소설적 경향을 보여준다. 「서울 1964년 겨울」을 발표한 1965년을 고비로 작가 정신의 변모를 보여준다고 간주할 수 있는데,[1] 이런 변모의 근거를 규명하는 것은 1960년대라는 시대적 상황과 한 실존적 내면의식이 빚어내는 역학 관계를 고찰하는 작업을 요구한다.

이 작업을 위해 김승옥 소설에 대한 선행 연구를 살펴보면, 그것은 (1) 문학사적 평가, (2) 작가론 및 작품론, (3) 작품 세계의 특징에 관한 연구의 영역에서 광범위하게 진행되어 왔다. (1) 문학사적 평가의 경우, 대부분의 연구는 1950년대 전후소설과 구분되는 김승옥 소설의 특징을 1960년대적 문학의 의미와 관련하여 고찰한다.[2] 이 중 특히 유종호의 글은 '감수성의 혁명'이라는 유명한 표현으로 김승옥의 감각적 문체와 환상적 구성 능력을 높이 평가하면서, 동시에 그것이 윤리의식이나 종합력과 제휴되지 못하는 한계를 지적함으로써, 이후 김승옥 소설 연구의 방향을 정해주는 중요한 역할을 담당한다. (2) 작가론 및 작품론의 경우, 김승옥의 작품 세계를 전반적으로 고찰하면서 그 의미와 위상을

---

1) 이런 이유로 이 글은 등단작 「생명연습」에서 「서울 1964년 겨울」까지를 초기 소설로, 그 이후의 작품들을 후기 소설로 간주하고 논의를 진행한다.
2) 유종호, 「감수성의 혁명」(1966), 『유종호 전집 1 ― 비순수의 선언』, 민음사, 1995, pp.424~430.
  김병익, 「60년대 문학의 가능성」, 『현대한국문학의 이론』, 민음사, 1978, pp.260~270.
  오생근, 「작가 의식의 변천」, 『삶을 위한 비평』, 문학과지성사, 1978, pp.44~55.
  백낙청, 「시민문학론」, 『민족문학과 세계문학 1』, 창작과비평사, 1985, pp.62~70.
  김현, 「60년대 문학의 배경과 성과」, 『분석과 해석』, 문학과지성사, 1988, pp.250~259.
  한형구, 「김승옥 소설의 문학사적 성격」, 『한국현대작가연구』, 민음사, 1989, pp.221~235.
  김윤식, 「60년대 문학의 특징 ― 김승옥론」, 『김윤식 평론문학선』, 문학사상, 1991, pp.99~114.
  서경석, 「60년대 소설 개관」, 『1960년대 문학연구』, 예하, 1993, pp.31~47.
  하정일, 「주체성의 복원과 성찰의 서사」, 『1960년대 문학연구』, 깊은샘, 1998, pp.13~44.
3) 김현, 「구원의 문학과 개인주의」, 『사회와 윤리』, 일지사, 1974, pp.239~258.
  류보선, 「개인과 사회의 대립적 인식과 그 의미」, 『문학사상』, 1990.5, pp.151~166.
  한상규, 「환멸의 낭만주의」, 『1960년대 문학연구』, 예하, 1993, pp.51~68.
  정현기, 「김승옥과 1960년대적 불안」, 『한국문학의 해석과 평가』, 문학과지성사, 1994, pp.273~284.
  진정석, 「글쓰기의 영도 ― 김승옥론」, 『문학동네』, 1996 여름, pp.412~428.
  류양선, 「김승옥의 소설세계, 또는 '서울 1964년 겨울'에 유폐된 자아」, 『작가연구』, 1998 하반기, pp.14~32.

평가하는 작가론[3])과, 「무진기행」과 「서울 1964년 겨울」을 중심으르 한 형식 비평, 정신분석적 비평 등을 시도한 작품론[4])과, 작가 및 작품의 비교 연구[5]) 등을 들 수 있다. 그리고 (3) 작품 세계의 특징에 관한 연구는 4·19 세대와 한글세대의 문체적 특징을 규명하거나,[6]) 서사구조 및 기법의 측면을 고찰하거나,[7]) 주체·욕망·일상성·소외 등의 관점을 중심으로 한 주제 비평의 측면에서 고찰한 경우[8])로 세분화될 수 있다

이와 같은 선행 연구의 축적된 성과는 김승옥 소설의 거시적·미시적 분석 및 평가가 상당 부분 진전되었음을 알려 준다. 이 글은 선행 연구의 중요한 성과를 토대로 성장소설적 특징이 김승옥 소설의 비밀을 밝히는 중요한 실마리라는 판단하에 연구를 진행하고자 한다 그리하여 1960년대적 시대 상황과 자아의 내면의식이 형성하는 역학 관계를

---

4) 이남호, 「삶의 위기와 내면으로의 여행」, 『문학의 위족』, 민음사, 1990, pp.252~263.
  정장진, 「'무진기행' 을 위하여, 혹은 무의식의 여행을 위하여」, 『작가세계』, 1996 겨울, pp.383~399.
  김만수, 「편지와 전보의 대결―김승옥의 무진기행」, 『한국문학』, 1997 여름, pp.310~322.
  신승엽, 「도시, 익명성, 권태, 무책임성」, 『한국대표 중단편소설 50』, 중앙일보사, 1997 pp.72~74.
  신형철, 「여성을 여행하(지 않)는 문학―「무진기행」의 정신분석적 읽기」, 『한국근대문학연구』 제5권 2호, 2004, pp.199~238.
5) 김현, 「미지인의 초상―승옥과 성원의 경우」, 『세대』, 1966.8.
  천이두, 「피해의식으로서의 불안―장용학, 손창섭, 김승옥의 경우」, 『한국현대소설론』, 형설출판사, 1969, pp.208~229.
  이상우, 「1960년대 소설에 나타난 축제적 세계 인식―김승옥의 '다산성' 과 홍성원의 '주말여행' 을 중심으로」, 『영남대 국어국문학연구』 제24집, 1996, pp.81~88.
  서종택, 「해방 이후의 소설과 개인의 의식―서기원, 김승옥, 최인호를 중심으로」, 『한국학연구』 제1집, 고려대 한국학연구소, 1988, pp.91~113.
6) 홍정선, 「작가와 언어의식」, 『역사적 삶과 비평』, 문학과지성사, 1986, pp.155~174.
  김병익, 「4·19 세대와 한글세대의 문화」, 『열림과 일굼』, 문학과지성사, 1991, pp.80~95.
  임우기, 「매개의 문법에서 교감의 문법으로」, 『그늘에 대하여』, 강, 1996, pp.155~210.
  장영우, 「4·19 세대의 문체의식」, 『작가연구』, 1998 하반기, pp.33~58.
7) 이정란, 「김승옥 소설의 서사구조 연구」, 이화여대 석사논문, 1986.
  이동재, 「김승옥 소설의 시간구조 연구」, 고려대 석사논문, 1990.
8) 김주연, 「소외와 현대문학」, 『문학사상』, 1976.4, pp.310~321.
  조진기, 「불안한 감수성과 퇴폐적 일상」, 『작가연구』, 1998 하반기, pp.59~82.
  정영훈, 「김승옥 소설에 나타난 욕망의 발현 양상 연구」, 서울대 석사논문, 1998.
  박진영, 「김승옥 소설의 주체구성 연구」, 고려대 석사논문, 2000.

고찰하면서 그 입사入社적 성격이 지닌 특징을 규명하여 김승옥 초기 소설의 중심 테마에 접근하고자 한다.

2. 1960년대적 의미와 입사적 성격

"60년대를 고려하지 않는다면 내가 써낸 소설들은 한낱 지독한 염세주의자의 기괴한 독백일 수밖에 없을 것"[9]이라는 작가의 고백에서 보듯, 김승옥 소설은 1960년대의 시대적 상황 속에서 그것과 대면하는 개인적 자아의 내면 양상을 배제하고 이해되기 어렵다. 1960년대는 전쟁을 치른 폐허 위에서 자기 정체성도 목표도 잃은 민족적인 삶의 방향이 산업 자본주의가 지향하는 물질 축적으로 눈을 돌리기 시작한 시기였다. 우리는 김승옥 소설의 세밀한 정독을 통해서도 1960년대적 현실과 삶의 양상을 진단할 수 있다. 그런데 문학을 통한 시대 상황의 인식은 객관적이고 물리적인 현실의 궁핍과 폐허보다도 심각한 정신적 폐허에 더욱 초점을 맞출 필요가 있다. 왜냐하면 문학은 그것을 낳은 사회의 정신적 풍경을 가장 예리하게 보여주며, 또한 그것이 한 개인의 내면 회로를 경유하여 작품으로 재구성되기 때문이다. 특히 김승옥 소설의 경우, 개인의 내면적 체험의 요소가 작품의 중요한 형성 근거로 작용하고 있으므로, 단지 반영론적 관점으로 1960년대적 현실을 파악하기보다 개인적 체험 속에 용해되어 있는 시대 상황이 어떤 방식으로 형상화되고 있는지에 주목하는 것이 바람직할 것이다.

김승옥 소설에 중요한 근거로 작용하는 개인적 체험의 요소는 일반

---

9) 김승옥, 「나와 소설 쓰기」, 『김승옥 소설전집 1』, 문학동네, 1995, p.7.

적인 문학적 특성의 차원을 넘어서 성장소설적 특성을 부여한다. 즉 김
승옥이 발표한 작품들의 전개 과정은 유년 시절로부터 성인으로 성장
해 가는 작가 자신의 삶의 과정과 순차적으로 일치하고 있다. 작가의 연
보를 살펴보면, 1941년 일본 오사카(大阪)에서 출생하고 1945년 귀국
하여 이후 전남 순천에 정착했는데, 1948년에 여순반란 사건이 발생했
다. 같은 해에 아버지를 잃고 6·25 전쟁이 발발하자 경남 남해로 피난
했다가 수복 후 다시 순천으로 돌아왔다. 1957년 순천 고등학교에 입학
하는데, 여기서 『사상계』와 프랑스 실존주의 작품들의 영향을 받았다.
1960년 서울대학 문리과에 입학한 직후 4·19가 발생했다. 1962년 〈한
국일보〉 신춘문예에 「생명연습」이 당선되면서 작품을 발표하기 시작하
여 같은 해 동인지 『산문시대』에 「건乾」「환상수첩」을 발표한다.

　김승옥 소설의 전개 과정은 이런 현실적 삶의 과정을 수용하면서 성
장소설적 특징을 함축한다. 즉 시골에서 가난하게 살던 한 소년이 6·
25 전쟁을 겪으면서 어떤 체험을 하는가가 「건」에서 형상화되고, 대학
생이 소년기를 회상하면서 홀어머니가 끌어들인 외간 남자들의 이야기
와 동생들과 합세하여 어머니를 죽일 음모를 꾸미던 형이 동생들의 배
반을 겪고 결국 자살하게 되는 이야기가 「생명연습」에서 형상화된다.
이 두 작품에 개입된 유년의 시점은 성장기를 거쳐 「환상수첩」에서 대
학 재학 시기의 암울한 상처를 보여주고, 1964년에 발표한 「역사力士」에
서 시골 출신의 청년이 가풍家風 없는 생활에서 벗어나 부유한 중산층
집으로 하숙을 옮기면서 겪는 두 세계 사이의 갈등과 세계 인식을 형상
화한다. 그리고 1965년에 발표한 「서울 1964년 겨울」에서 서른 살의 청
년이 서울의 추운 겨울밤을 배회하면서 타인과 관계를 맺지 못하고 뿌
리 없이 겉돌고 있는 모습을 보여주고, 「무진기행」에서 중년이 된 주인
공이 서울에서 세속적 출세를 한 후 휴가를 얻어 고향 무진을 찾게 되는

여로를 형상화한다.

성장소설의 개념과도 관련되는 '입사入社(initiation)' 라는 용어는 원래 인류학의 개념으로서, 일반적으로 유년이나 사춘기에서 성인 또는 성인 사회의 한 구성원으로 참여하는 통과 제의를 의미한다. 이런 의식儀式에는 흔히 주인공에게 시련, 신체적인 고통, 금기, 고립화, 집단적인 신념에 대한 교화 등이 수반되는 것이 보통이다. 따라서 입사소설은 유년기의 주인공이 무지나 미성숙 상태로부터 일련의 괴로운 시련을 겪으며 사회적 혹은 정신적인 성년으로 통과해 가는 과정을 그리는 소설이다. 이런 성격의 소설은 필연적으로 두 개의 세계가 전제된다. 신화적인 낙원과 현실의 세계, 또는 순진과 성숙의 세계가 그것이며, 그것은 대립의 세계라기보다는 생의 과정에서 잇달아 있는 징검다리와도 같은 것이다.[10] 모르데차이 마르커스(Mordecai Marcus)는 입사적 성격을 그 힘과 효과에 의해 세 가지로 유형화하는데, 잠정적인 것, 미완적인 것, 결정적인 것이 그것이다. 이에 의하면 첫 번째 유형인 잠정적 입사는 주인공이 성숙과 이해의 문지방까지는 도달하지만, 명확히 이를 넘어서지 못하는 유형이다. 이런 이야기는 충격적인 효과를 강조하고, 주인공을 성숙으로 완전히 이끌지 못하며 환멸과 불확실성, 난폭함과 정서적인 손상을 나타낸다. 두 번째 유형인 미완적 입사는 주인공이 성숙과 이해의 문턱을 넘어서기는 하지만 주인공을 확실성을 찾는 고투 속에 내버려두며 때로 자아 발견을 포함시킨다. 그리고 세 번째 유형인 결정적 입사는 문자 그대로 주인공이 확고하게 성숙과 이해에 도달하거나, 결정적으로 성숙하게 되는 것으로서 보통 자아 발견이 중심을 이루는 것

---

10) 이재선, 『한국현대소설사』, 홍성사, 1979, p.471.

11) Mordecai Marcus, "What is an Initiation Story?", *Critical Approaches to Fiction*, ed, by Shiv K. Kumar, New York: Keith McKean McGrau—Hill Company, 1968, p.205. 이재선, 위의 책, p.471에서 재인용.

이다.[11]

이와 같은 입사소설의 의미를 전제할 때, 김승옥 소설의 전기 과정은 순수하고 아름다운 동심을 지닌 유년의 영혼이 현실에 부딪혀 상실과 상처와 환멸을 겪으며 어른으로 성장해 가는 과정을 내포하고 있다는 점에서 성장소설, 혹은 입사소설적 특징을 지닌다고 판단된다. 여기서 주인공이 대면하는 현실은 「건」 「생명연습」에서 6·25로 대변되는 전쟁 체험이, 「역사」 「서울 1965년 겨울」 「무진기행」에서는 산업화된 도시적 삶의 일상이 주된 비중을 차지하는데, 이는 바로 김승옥이 바라본 1960년대의 시대적 현실이라고 말할 수 있을 것이다. 따라서 김승옥 초기 소설에 나타난 성장소설의 특징을 포착하여 그 입사적 성격을 고찰하는 것은, 전쟁이 남긴 폐허로 기존의 가치 체계가 붕괴된 혼란 속에서 군사 정권에 의해 급속한 산업화가 이루어지던 1960년대의 시대적 현실과, 그 현실 속에서 입사의 통과 제의를 겪는 한 존재의 내면 풍경이 빚어내는 상호 관련성을 규명하는 작업이 되는 것이다. 이 글은 이런 관점을 전제로 구체적인 작품의 구조와 문체 분석을 통해 김승옥 초기 소설의 특징을 규명하고자 한다.

3. 「건乾」 「생명연습」 ─ 유년 세계와 자기 세계 사이의 갈등

김승옥 소설의 중요한 특징 중의 하나는 작품 구조의 완결성이다. 여기서 구조라는 것은 '발단─전개─위기─절정─결말'로 이어지는 전통적 구성(plot)의 개념이 아니라, 소설적 공간의 유기적 관계망을 의미한다. 대부분의 김승옥 소설에서 전통적 개념의 구성은 와해되고 해체되어 있는데, 이 대신에 독특하고 새로운 문체와 구조적 완결성이라는 소설적 장치를 마련한다.

「건」에서는 '방위대 본부'로 사용되고 있는 저택이 소설의 처음과 끝에 배치되어 나타난다. 그것은 빨치산의 습격으로 불타는 모습에서 시작하여 새카맣게 다 타버리는 데서 끝나게 된다. 이 저택은 건물이라는 하나의 현실적 공간일 뿐만 아니라 주인공의 내면적 체험이 중첩되어 있는 공간이다. 즉 저택이 불타는 과정과 결과는 빨치산의 습격이라는 6·25의 경험이 어떤 시간과 공간 속에서 유년 세계의 완전한 붕괴를 가져왔음을 보여주는 것이다. 간밤에 죽은 빨치산의 시체를 보고 난 뒤 주인공의 내면 의식은 복잡하고 미묘한 파문을 일으킨다.

> 담 고치는 일을 하는 동안 내처 애들의 화제는 주로 아침에 본 빨치산의 시체에 대한 것이었다. 그러나 나는 거기에 대해서 아무 말도 하지 않았다. 무엇을 얘기할 것인가? 내가 보았던 그 어설프고도 허망한 주황색 구도를 얘기할 것인가? 하지만 애들은 그걸 이해해줄 것인가? 그 빨치산의 옷차림이 마치 거지 같았다고? 그러나 빨치산이란 다 그런 거라고 애들은 툭 쏘아버릴 것이다. 그러면, 나는 그 시체가 갖고 싶었다는 얘기를 할 것인가? 그러나 그건 안 된다. 내가 그런 얘기를 입 밖에 내면 그런 생각은 눈곱만큼도 해보지 않은 애들까지 덩달아서, 나도 갖고 싶었다. 나도 나도, 할 터이니까. 그러면 무엇을 얘기할 것인가. 그렇다. 할 얘기란 없었다. 나는 그저 어지러움만을 느끼고 있었다.[12]

이 대목은 다른 아이들에게 자신의 존재 가치를 인정받고 싶은 치기 어린 욕망을 보여주는 동시에, 빨치산 시체를 보고 나서 느낀 어지러움

---

12) 김승옥, 「건」, 『김승옥 소설전집 1』, 문학동네, 1995, p.55.

에 대해 언급하고 있다. 화자는 자신과 세계에 대해 객관적 인식을 하기에는 아직 어린 나이이기 때문에, 뚜렷하게 규정지울 수 없는 감각적이고 심리적인 느낌으로 외부의 충격을 받아들이고 있다. 이때 "어지러움"은 유년의 내성적 심리 공간 속에 유지되어 왔던 하나의 세계가 외부 세계와 충돌하면서 균열을 일으키는 현상이다. 이제 막 자아와 세계에 눈을 떠갈 시기에 전쟁과 인간의 죽음이라는 충격은 유년 세계의 붕괴와 더불어 주체 정립을 방해하게 되고, 그리하여 이후 존재와 세계를 근원적으로 이해하고 인식하려는 욕구로 김승옥의 의식을 몰고 갔는지도 모른다. 그런데 이 유년 세계의 붕괴가 단순히 전쟁과 죽음이라는 외부 현실의 힘에 의해서만 이루어지지 않는다는 점에 김승옥 소설의 중요한 비밀이 있다.

'방위대 본부'의 불탐이 시대적 현실(6 · 25 전쟁과 여순반란 사건)의 비극적 체험을 통한 유년 세계의 붕괴라면, 성인으로의 입사 의식入社儀式, 혹은 실존적 개인의 도덕적 가치 체계의 동요를 통해 겪는 유년 세계의 붕괴는 '미영이네'라는 공간에서 벌어진다. 어릴 대 방의대 본부 지하실에서 순수한 동심으로 함께 놀던 미영이는 이사를 가고, 지금 미영이네는 빈집으로 남아있다. 이곳에서 주인공은 '윤희 누나'를 윤간하려는 형과 그 친구들의 음모에 충실히 심부름을 수행하게 된다. 이 위악적인 행위의 심리적 근거를 규명하는 것은 김승옥 초기 소설의 입사적 특징을 파악하는 중요한 요소가 된다.

주인공 '나'는 죽어있는 빨치산의 시체를 보러 가겠느냐는 윤희 누나의 질문에 "그거…… 재미있어?" 하고 일부러 야비한 맛을 감뿍 섞은 말투로 되묻는다. 빨치산의 시체를 구경하면서 어른들을 따라 땅바닥에 침을 뱉고, 구덩이 속에 놓인 빨치산의 관을 향해 돌멩이를 세차게 던진다. 또한 시체를 처치하고 약간의 보수를 받으라는 반장의 요청에

태평스러운 태도로 성큼성큼 나가는 아버지의 눈에서 그림자처럼 살짝 스치던 미소를 보고 한숨이 나오도록 유쾌했다고 말한다. 이와 같은 화자의 심리에는 유년의 세계에서 벗어나 어른의 세계로 진입하고 싶은 욕구가 내재되어 있다. 주인공의 심리 속에서 어른이 된다는 것은 남자답게 된다는 것을 의미하고, 남자답게 된다는 것은 추하고 악한 현실의 문제까지도 능동적으로 행동하며 해결하는 것을 의미한다. 따라서 주인공에게 있어 성인이 된다는 것은 소중하게 간직해 왔던 순수하고 아름다운 동심의 세계를 스스로 깨뜨리는 것을 의미하는 것이다.

'미영이네'에서 '윤희 누나'를 윤간하려는 형과 그 친구들의 음모에 갈등을 일으키면서도 충실히 심부름을 수행하는 행위에서 이런 위악이 선명히 드러난다. '미영이'는 주인공 '나'가 방위대 본부의 지하실에서 크레용으로 벽에 그림을 그리며 놀다가 둘만 남게 되었을 때 꽉 껴안았던 잊을 수 없는 존재이며, '윤희 누나'는 "어딘가 조용한 곳으로 날 데리고 가서 나의 뜨거운 이마에 손을 얹어 주었으면" 하고 바라는 모성적 안식의 대상이다. 이런 '윤희 누나'를 '미영이네'에서 범하려는 음모에 가담하는 주인공의 심리적 동기는 다음과 같은 대목에서 살펴볼 수 있다.

너의 빈집이 내게는 용궁처럼 신비스러운 곳이었다. 나는 온갖 화려한 공상을 그곳에서 끄집어낼 수 있었다. 그런데 자, 미영아, 나는 이제 몇 분 안으로 이러한 모든 것 위에 먹칠을 해버리려고 하는 것이다.

아아, 모든 것이 항상 그렇지 않았더냐. 하나를 따르기 위해서 다른 여러 개 위에 먹칠을 해버리려 할 때, 그것이 옳고 그르고를 따지기보다 훨씬 앞서 맛보는 섭섭함. 하기야 그것이 '자라난다'는 것인지도 모른다. 미영아, 내게 응원을 보내라. 형들의 음모에 가담한다는 건 아주 간단한 일이

다. 미영아, 내게 응원을 보내라. 그건 뭐 간단한 일이다. 마치 시체를 파묻
듯이 그건 아주 간단한 일이다. 뭐 난 잘 해낼 것이다.[13]

주인공은 '미영이'와 '윤희 누나'로 대변되는 유년의 순수 세계에 심
리적 위안과 친밀감을 느끼며 그것을 간직하고 싶은 욕구를 지니는 동
시에, 그 세계를 더럽히고 파괴해야만 들어갈 수 있다고 믿는 성인의 세
계에 대해 도덕적 죄의식을 느끼면서도 어떤 내부의 힘에 의해 이끌리
고 있다. 성인의 세계에 진입하기 위해 소중히 간직해 왔던 유년의 순수
공간을 자발적으로 더럽히는 것, 이것이 바로 주인공이 보여주는 위악
적 행위의 심리적 근거이며, 김승옥 초기 소설의 입사적 성격이 지닌 이
율배반성의 근거가 된다. 이런 이율배반성은 유년의 순수한 본래적 자
아와 성인 세계의 폭력적 현실 사이에서 갈등하면서도, 영혼의 상처를
무릅쓰고 현실의 죄악과 손을 잡음으로써 세상에서 낙오되지 않으려는
입사 의식을 의미한다. 본래적 자아를 파괴하지 않고는 현실적 자아를
정립할 수 없다는 이율배반성은 순수 유년 세계를 더럽히는 데서 오는
죄의식과, 어른이 되어야한다는 외적 억압 및 내적 요구 사이에서 주인
공의 무의식에 깊은 상처를 남기게 되는 것이다. 이 주인공의 상처는 바
로 작가 김승옥의 상처이며, 그것은 주체의식의 균열을 동반하게 되는
것으로 보인다.

「건」에서 암시적이고 상징적인 문제의 기법으로 형상화된 입사의 이
율배반성은, 「생명연습」에서 좀더 분명한 진술적 표현으로 나타난다.
「생명연습」은 어떻게 '자기 세계'를 확립하는가라는 문제를 중심으로
전개되는데, 여기서 '자기 세계'라는 것은 「건」에서 분석한 바 있는

---

13) 김승옥, 위의 글, pp.63~64.

'어른의 세계'가 좀더 구체화된 것을 의미한다.

> '자기 세계'라면 그것을 가지고 있는 사람을 몇 명 나는 알고 있는 셈이다. '자기 세계'라면 분명히 남의 세계와는 다른 것으로서 마치 함락시킬 수 없는 성곽과도 같은 것이 아닌가 생각한다. 그 성곽에서 대기는 연초록빛에 함뿍 물들어 아른대고 그 사이로 장미꽃이 만발한 정원이 있으리라고 나는 상상을 불러일으켜보는 것이지만 웬일인지 내가 알고 있는 사람들 중에서 '자기 세계'를 가졌다고 하는 이들은 모두가 그 성곽에서도 특히 지하실을 차지하고 사는 모양이었다. 그 지하실에는 곰팡이와 거미줄이 쉴새없이 자라나고 있었는데 그것이 내게는 모두 그들이 가진 귀한 재산처럼 생각된다.[14]

'자기 세계'란 남의 세계와 구별되는 견고한 "성곽"과 같은 것인데, 이 성곽 내부의 세계는 '나'의 상상과 상반되는 양상을 보여준다. 즉 화자인 '나'가 상상하기에 그 공간은 연초록빛의 대기와 "장미꽃이 만발한 정원"의 밝고 건강한 세계이지만, 실제 자기 세계를 갖고 있다는 인물들은 곰팡이와 거미줄이 쉴새없이 자라나는 "지하실"을 차지하고 있는 것이다. 소설 속에서 이런 자기 세계를 가진 인물들은 머리카락과 눈썹을 밀어 버린 대학생, 자신의 생식기를 잘라 버린 전도사, 사랑하는 여인을 잊기 위해 그녀의 육체를 범해 버리고 유학을 떠나는 한교수, 자를 대고 그린 직선 때문에 윤리의 위기를 느끼는 만화가 오선생, 밤마다 몰래 수음을 하는 선교사 등으로 나타난다. 이들의 공통점은 '자기 세계'를 갖기 위하여 '극기'를 실천하고 있다는 점이다. '극기'는 자기만

---

14) 김승옥, 「생명연습」, 『김승옥 소설전집 1』, 문학동네, 1995, p.26.
15) 김승옥, 위의 글, p.30.

의 견고한 성곽을 유지하기 위해서 욕망을 절제하고 극복하는 것을 의미하기도 하지만, 순수한 본래적 자아를 침탈하여 상처를 주는 행위이며, 자기 목적을 달성하기 위해 타인에게 해를 입히거나 심지어는 타인을 죽이고 그 죄의식을 견디는 것을 의미하기도 한다. 김승옥이 파악하는 세계의 현실적 원리는 인간과 인간 사이의 평화로운 공존이 아니라, 운명적인 경쟁에 의해 성립되는 주인과 노예의 관계인 듯하다. 현실에서 생존하고 살아가기 위해서는 이 원리를 받아들이고 유년의 순수 동심의 세계를 깨뜨리고 더럽히는 위악적 행위를 수행하야 한다. 결국 '극기'는 곧 죄를 범하는 것이며, 그 죄의식을 합리화하면서 현실의 원리를 수락하는 것을 의미하는 것이다. 따라서 '자기 세계'를 갖는다는 것은 "장미꽃이 만발한 정원"을 갖는 것이기도 하지만, "곰팡이와 거미줄이 쉴새없이 자라나"는 "지하실"을 갖는 것이기도 하다.

하나의 세계가 형성되는 과정이 한마디로 얼마나 기막히다는 것을 나는 잘 알고 있다. 그 과정 속에는 번득이는 철편鐵片이 있고 눈뜰 수 없는 현기증이 있고 끈덕진 살의가 있고 그리고 마음을 쥐어짜는 회오悔悟와 사랑도 있는 것이다. 이렇게 말하면 봄바람처럼 모호한 표현이 아니냐고 할 것이나 나로서는 그 이상 자세히 모르겠다.[15]

여기서 우리는 다시 김승옥 소설이 지닌 입사의 이들배반성을 확인하게 된다. 이런 '극기'를 실천하려고 노력하는 자가 바로 십 년 전 남편을 잃고 세 명의 외간 남자를 끌어들이는 어머니이며, 어머니와 형의 대결을 보다 못해 어머니의 외간 남자들이 모두 죽은 아버지와 닮은 얼굴이라는 거짓 작문을 짓는 누나이며, 등대가 있는 낭떠러지에서 밤 파도가 으르릉대는 해변으로 형을 떠밀어 넣은 누나와 '나'이다. '극기'

는 '자기 세계'를 확립하기 위해 순수한 본래적 세계를 깨뜨리면서도 그 죄책감을 합리화하거나 견뎌내는 태도를 말하기 때문이다.

그렇지만 '나'의 행위는 누나의 행위에 동조하는 수준이며, 소설 전반을 통해 '극기'를 통해 '자기 세계'를 지니게 된 인물들을 관찰하는 차원에 머물고 있다. 이것은 주인공 '나'의 입장이 다른 등장인물들을 관찰하고 보여주는 객관적 화자의 위치에 있기 때문이기도 하지만, 작가 김승옥이 '자기 세계'에 대해 이율배반적 태도를 취하고 있기 때문이기도 하다. 즉 '나'는 현실에서의 생존을 위해 '극기'를 통해 '자기 세계'를 가지려고 의도하지만, 다른 한편으로 순수한 본래적 자아 혹은 경쟁의 원리가 개입되지 않는 모성과 동심의 세계를 동경하는 것이다. 그러므로 극기를 수행하고 자기 세계를 갖는 한교수, 전도사, 오선생, 선교사 등도 그러하지만, '나'와 누나가 낭떠러지에서 떠밀어 넣은, 그러나 살아와서는 다시 자살하고 마는 '형'은 바로 '나'의 분신인 것이다. 여기서 '자살'의 의미는 '극기'를 통한 '자기 세계' 확립의 의지를 포기하는 것이며, 따라서 본래적 순수의 세계로 회귀하려는 몸짓으로 이해할 수도 있다. 그러나 '자살'은 본래적 '유년 세계'와 현실적 '자기 세계' 사이의 운명적인 이율배반성과 그것이 지닌 딜레마가 낳은 절망감의 표현으로 이해하는 것이 더 타당할 것이다. '극기'를 통한 '자기 세계' 확립은 자아에게 죄의식과 환멸을 가져다줌으로써 본래적 자아로의 회귀를 시도하게 되지만, 순수한 '유년 세계'로의 회귀가 현실적으로 불가능하다는 사실을 김승옥과 그의 소설 속 인물들은 잘 알고 있는 것이다.

4. 「서울 1964년 겨울」 「무진기행」
— 세속적 일상에 대한 저항과 타협

「건」이 유년기의 체험에 의존하고 「생명연습」이 대학생의 입장에서 소년기의 체험을 회상하고 있다면, 「환상수첩」 「역사力士」는 대학생이 된 작가의 감수성이 포착한 서울에서의 삶을 형상화한다. 여기서 서울에서의 삶이란 4·19를 미완의 혁명으로 만든 5·16 이후 군사 정권에 의해 진행된 근대화와 산업화의 거센 파도 속에서, 삶의 조건이 자본주의와 물질주의로 물들어가는 세속적 일상이다. 「환상수첩」은 즉된 일상 속을 좌충우돌하던 서울을 떠나 고향으로 돌아오는 주인공이, '두위'의 나날 속에서 '생활'을 찾기 위해 여행길에 나서는 줄거리를 뼈대로 삼는다. 이 중심 이야기 속에 서울 친구들과 고향 친구들 및 여행길에서 만난 사람들의 삶의 방식과, 화자가 이들과 맺는 관계를 그려낸다. 이 소설의 중심을 이루는 테마는 역시 서울과 고향, 사랑과 성욕, 위악과 순정, 환상과 생활 사이에서 방황하는 존재의 이율배반성이다. 「역자」에서 내화의 화자인 '나'는 창신동 빈민가에서 이층 양옥으로 하숙집을 옮기면서 두 공간 사이에서 혼란을 느낀다. 무질서하고 퇴폐적인 창신동에서의 생활과 새로운 가풍을 주장하며 질서가 잡히고 규칙적인 양옥의 생활을 둘 다 경험하면서, 어느 쪽인가 한편이 틀려 있다는 생각으로 인해 고민을 거듭한다. 이층 양옥의 생활이 상징하는 것은 현대성이라는 이름으로 새롭게 자리 잡은 서구적 삶의 질서이다. 그것은 규칙적인 생활을 제일로 여기며 모든 것이 정해진 시간 속에서 진행되는 모범적인 도시적 일상의 세계이다. '나'는 빈민가에 살고 있는 '서씨'의 숨겨진 힘의 비밀을 목격하면서 합리성과 예외 없는 동일성의 원리가 지배하는 이 질서가 하나의 이데올로기라는 사실을 알게 된다. 그러나

'나'는 이층 양옥의 생활을 부정적으로 파악하면서도 결국 창신동 빈민 가의 생활로 돌아가지는 않는다.

이처럼 서울과 고향, 세속적 일상과 무정형의 혼돈 사이에서 방황하는 소설 속 작가의 분신은, 대학생의 신분을 벗어난 사회인으로서 서울에서의 세속적 일상에 더 깊이 발을 들여놓게 된다. 구청 병사계兵事係에 근무하는 '나'를 화자로 등장시키는 「서울 1964년 겨울」이 이런 양상을 보여주며, 「무진기행」에서는 더 깊이 세속적 현실에 적응하여 제약회사의 전무 자리를 앞두고 고향을 방문하는 '윤희중'을 등장시킨다. 「서울 1964년 겨울」은 세 명의 다른 성격의 인물들이 만나 상호 소통되지 않는 대화를 나누며 진행된다. 구청 병사계에 근무하는 '나', 도수 높은 안경을 쓴 '안'이라는 대학원생, 서른 대여섯 살의 가난뱅이 월부 책장수가 그들이다. 그들은 우연히 선술집에서 만나 소통 불능의 엇갈리는 대화를 나누고, 월부 책장수의 제안으로 아내의 시체를 병원에 판 돈을 다 쓰기 위해 밤거리를 전전하다가 여관에 들지만, 다음날 아침 책장수의 죽음을 확인하면서 남은 두 사람은 헤어진다.

여기서 화자인 '나'는 '안'과의 대화에서 "모르겠습니다. 관계 같은 것은 난 모릅니다", "의미요? 그게 무슨 의미가 있습니까?", "난 좀 어리둥절한데요. 갑자기 의미라는 말이 나오니까"에서 보듯, 뚜렷한 '자기 세계'가 없으며 자신의 삶과 현실이 어떤 의미를 갖고 있는지에 대한 자각과 인식이 없다. 그러나 화자 '나'의 무지를 작가 김승옥의 무지로 간주하고 사회의식의 미숙성을 지적하는 것은 오류를 범하기 쉽다. 「생명연습」의 화자 '나'가 그렇듯이, 「서울 1964년 겨울」의 화자 '나'는 '안'과 '월부 책장수'를 관찰하고 보여주는 역할을 하는 동시에, '나'의 분리된 자아, 즉 분신이 '안'과 '월부 책장수'로 형상화되는 것이기도 하다. 결국 작가 김승옥은 자신의 내면 양상을 '나' 뿐만 아니라 '안'

과 '월부 책장수' 로 분리하여 형상화하고 있는 것이다. 그 구체적인 예로서, 화자 '나' 의 시점에서 관찰되고 묘사되는 서울 거리의 풍경에는 작가 김승옥이 보는 세속적 일상에 대한 부정의 시선이 스며들어 있다.

전봇대에 붙은 약 광고판 속에서는 이쁜 여자가 '춥지만 할 수 있느냐'는 듯한 쓸쓸한 미소를 띠고 우리를 내려다보고 있었고, 어떤 빌딩의 옥상에서는 소주 광고와 네온사인이 열심히 명멸하고 있었고, 소주 광고 곁에서는 약 광고의 네온사인이 하마터면 잊어버릴 뻔했다는 듯이 흥급히 꺼졌다간 다시 켜져서 오랫동안 빛나고 있었고, 이젠 완전히 덜어붙은 길 위에는 거지가 돌덩이처럼 여기저기 엎드려 있었고, 그 돌덩이 앞을 사람들은 힘껏 웅크리고 빠르게 지나가고 있었다.[16]

거리는 영화광고에서 본 식민지의 거리처럼 춥고 한산했고, 그러나 여전히 소주 광고는 부지런히, 약 광고는 게으름을 피우며 반짝이고 있었고, 전봇대의 아가씨는 '그저 그래요' 라고 웃고 있었다.[17]

서울의 거리는 "약 광고" 와 "소주 광고" 로 뒤덮인 상업주의와 물질주의의 공간인데, 그 욕망의 구조는 "네온사인" 처럼 명멸하며 꺼졌다가 다시 켜져서 오랫동안 지속되고 있다. "거지가 돌덩이처럼 여기저기 엎드려 있" 다는 표현에서 작가 김승옥의 서울에 대한 부정 의식은 여실히 드러난다. 그 돌덩이 앞을 힘껏 웅크리고 빠르게 지나가고 있는 사람들은 타인에 대한 무관심과 개인주의로 인해 파편처럼 흩어지는 세속 도

---

16) 김승옥, 「서울 1964년 겨울」, 『김승옥 소설전집 1』, 문학동네, 1995, p.214.
17) 김승옥, 위의 글, p.215.

시인의 폐쇄된 존재방식을 드러낸다. 이런 서울의 거리는 "영화광고에
서 본 식민지의 거리처럼 춥고 한산"한 것이다. 그렇다면 '안'이 보는
서울은 어떤 곳인가? 단편적인 대화의 나열 속에서 그 인식의 편린을 찾
아보기로 하자.

"김형, 꿈틀거리는 것을 사랑하십니까?" [18]

"어떤 꿈틀거림이 아닙니다. 그냥 꿈틀거리는 거죠, 그냥 말입니다. 예
를 들면… 데모도…" [19]

"서울은 모든 욕망의 집결지입니다. 아시겠습니까?" [20]

"그렇죠? 무의미한 겁니다. 아니 사실은 의미가 있는지도 모르지만 난
아직 그걸 모릅니다. 김형도 아직 모르는 모양인데 우리 한번 함께 그거나
찾아볼까요. 일부러 만들어 붙이지는 말고요." [21]

'안'이 보는 서울은 욕망의 집결지이다. "꿈틀거림"은 생명의 원리이
지만, 버스 안에 앉아 있는 여자의 아랫배의 꿈틀거림에서 대학생들의
데모에 이르기까지 모든 꿈틀거림이 지닌 또 다른 측면은 욕망의 표현
이라는 점이다. '안'의 시선은 서울의 꿈틀거림을 '생명'과 '욕망'이라
는 상반된 양가감정으로 바라본다는 점에서, 작가 김승옥이 지닌 저항

18) 김승옥, 위의 글, p.204.
19) 김승옥, 위의 글, p.206.
20) 김승옥, 위의 글, p.206.
21) 김승옥, 위의 글, p.210.
22) 김승옥, 위의 글, p.224.

과 수락의 이중적 태도를 내포하고 있다. '나'에 비해 인식 주체로서의 사유를 발휘하고 있는 '안'은, 그럼에도 불구하고 타인의 아픔에 동참하지 못하고 고립되고 폐쇄된 내면의 벽에 갇혀 있다는 점에서 '나'와 동일한 모습을 띤다. 불구경을 하면서 "화재 같은 건 아무것도 아닙니다. 내일 아침 신문에서 볼 것을 오늘 밤에 미리 봤다는 차이밖에 없습니다. 저 화재는 김형의 것도 아니고 내 것도 아니고 이 아저씨 것도 아닙니다. (…중략…) 그러기 때문에 난 화재엔 흥미가 없습니다"라는 '안'의 말에 '나'는 "동감입니다"라고 아무렇게나 대답하는 것이다. 그리고 여관에 투숙하면서 월부 책장수가 같은 방을 쓰고 싶다고 간곡히 요청했음에도 불구하고, 피곤하다는 이유로 각자의 방으로 들어감으로써 사내의 자살을 방조하게 된다.

서울로 대표되는 산업화 시대의 물화된 공간 속에서 파편화된 자아들은 소통이 단절된 폐쇄된 내면에 고립되고 만다. 결국 「건」 「생명연습」에서 유년의 본래적 자아를 스스로 파괴함으로써 진입했던 '자기 세계'는 완강한 삶의 질서로 자리 잡은 세속적 일상에 저항하는 듯하지만, 결국은 그 무게에 눌려 관계성이 상실된 폐쇄된 내면 속에 갇히고 마는 것이다. 이 소설의 마지막 대목은 이런 존재 방식에 대한 위기감을 드러내고 있다.

"김형, 우리는 분명히 스물다섯 살짜리죠?"
"난 분명히 그렇습니다."
"두려워집니다."
"뭐가요?" 내가 물었다.
"그 뭔가가, 그러니까 …" 그가 한숨 같은 음성으로 말했다. "우리가 너무 늙어버린 것 같지 않습니까?"

“우린 이제 겨우 스물다섯 살입니다” 나는 말했다.[22]

　이 두려움은 ‘극기’를 통해 ‘자기 세계’를 가짐으로써 입사의 통과 제의를 거친 자아가, 물질주의가 팽배한 세속 도시의 일상 속에서 무관심과 소통 부재로 인해 폐쇄된 내면 속에 고립되고 있다는 암울한 위기 의식이다.

　「무진기행」은 서울에서 세속적 성공을 거둔 주인공이 고향 무진을 다녀가는 이야기로서, 현실적·이성적·세속적 ‘자기 세계’인 ‘서울’과 혼돈·불합리·근원적 무의식의 세계인 ‘무진’ 사이의 갈등을 그려 낸다. 현실과 타협하여 성공을 지향하던 주인공 ‘윤희중’은 승진을 앞두고 휴가차 고향 무진을 방문하면서 무의식 속에 묻어 두었던 과거의 자아와 만나게 된다. “밤 사이에 진주해온 적군들처럼” “무진을 빙 둘러싸고 있는” 안개, “마치 이승에 한恨이 있어서 매일 밤 찾아오는 여귀 女鬼가 뿜어내놓은 입김과 같”은 안개는, 바로 물질주의와 출세주의가 지배하는 서울의 세속적 일상 속에서 숨죽이고 있던 주인공 ‘윤희중’의 잠재의식 자체인 것이다. 깨어 있는 것도 잠든 것도 아닌 “반수면半睡眠 상태”는 무의식의 영역이며, 주인공 ‘윤희중’의 내면에서 본래적 자아가 현실적 자아와 격렬한 싸움을 벌이는 공간이다. 이 안개의 무진에서 만나게 되는 고등고시에 패스해서 지금 무진의 세무서장으로 있는 ‘조’, 성악을 전공하고 무진으로 발령 받아 음악선생으로 있는 ‘하인숙’, 순수하지만 소심한 내성적 성격의 후배 ‘박’ 등은 바로 주인공 ‘윤희중’의 내면에 깃들어 있는 또 다른 자아들이다. ‘박’은 과거의 자아를, ‘조’는 현재의 자아를, 무진을 떠나 서울로 올라가고 싶어 하는 ‘하인숙’은 무위의 삶을 벗어나 현실적 성공을 동경하던 대학 졸업 직후의 자아를 대변하는 것이다. 더 나아가 ‘윤희중’이 무진으로 내려가는 중

광주에서 기차를 내려서 역구내를 빠져나올 때 마주친 '미친 여자'는, 그의 무의식 저편에 숨어 있던 청년 시절, 즉 징병을 피해 골방에서 은신하던 어두운 젊은 날의 기억을 되살려 준다. 그리고 이슬비가 내리는 아침에 방죽 밑 물가의 풀밭에서 보게 되는 자살한 여자의 시체는, '나는 그 여자를 향하여 이상스레 정욕이 끓어오름을 느꼈다', "갑자기 나는 이 여자가 나의 일부처럼 느껴졌다"에서 보듯, 무위의 생을 종결하고 싶어 하던 '윤희중'의 또 다른 분신인 것이다.

서울로 올라가게 해 달라고 부탁하는 '하인숙'과 그녀에게서 자신의 내면 풍경을 보는 '윤희중'의 다음 대화에는 '서울'과 '무진'의 속성이 드러나고 있다.

"그렇지만 이젠 어딜 가도 대학시절과는 다를걸요. 인숙은 여자니까 아마 가정으로나 숨어버리기 전에는 어느 곳에 가든지 미칠 것 같을걸요." "그런 생각도 해봤어요. 그렇지만 지금 같아선 가정을 갖는다고 해도 미칠 것 같을 생각이 들어요. 정말 맘에 드는 남자가 있다고 해도 여기서는 살기가 싫어요. 전 그 남자에게 여기서 도망하자고 조를 거예요" "그렇지만 내 경험으로는 서울에서의 생활이 반드시 좋지도 않더군요. 책임, 책임뿐입니다" "그렇지만 여긴 책임도 무책임도 없는 곳인걸요. 하여튼 서울에 가고 싶어요. 절 데려가주시겠어요?"[23]

대학 졸업 후 무진에서 음악선생을 하는 '하인숙'에게는 대학 시절의 삶이 동경의 대상이고, 그 꿈을 실현시켜 주는 공간이 서울이다. '윤희중'은 서울에서의 생활을 책임뿐인 삶이라고 말하고 있지만 무진에

---

23) 김승옥, 「무진기행」, 『김승옥 소설전집 1』, 문학동네, 1995, p 141.

서의 생활은 책임도 무책임도 없는 무위의 삶이다. 이 두 공간 사이에서 갈등하고 방황하는 '윤희중'은 급히 상경하라는 아내의 전보를 받는다. "아내의 전보가 무진에 와서 내가 한 모든 행동과 사고를 점점 명료하게 드러내 보여주었다"와 "나는 아니라고 고개를 저었다"에서 보듯, 무진의 안개가 가져다준 반수면 상태는 세속적 현실의 부름과 부딪혀 치열한 싸움을 벌이는 듯하다.

> 모든 것이 세월에 의하여 내 마음속에서 잊혀질 수 있다고 전보는 말하고 있었다. 그러나 상처가 남는다고, 나는 고개를 저었다. 오랫동안 우리는 다투었다. 그래서 전보와 나는 타협안을 만들었다. 한 번만, 마지막으로 한 번만 이 무진을, 안개를, 외롭게 미쳐가는 것을, 유행가를, 술집 여자의 자살을, 배반을, 무책임을 긍정하기로 하자. 마지막으로 한 번만이다. 꼭 한 번만, 그리고 나는 내게 주어진 한정된 책임 속에서만 살기로 약속한다. 전보여, 새끼손가락을 내밀어라. 나는 거기에 내 새끼손가락을 걸어서 약속한다. 우리는 약속했다.[24]

서울과 무진, 현실적 자아와 본래적 자아 사이의 내면적 싸움은 결국 타협안을 만드는 것으로 귀결된다. 그것은 마지막으로 한 번만 무진을, 그것이 품고 있는 안개와 미쳐가는 것과 유행가와 자살과 배반과 무책임을 긍정하는 것이다. 그리고 이후로 "내게 주어진 한정된 책임 속에서만 살기로 약속"하는 윤희중의 결론은 타협을 통한 세속적 일상으로의 복귀를 예고하고 있다. 전보의 눈길을 피해 '하인숙'에게 "저는 옛날의 저를 오늘의 저로 끌어다놓기 위하여 갖은 노력을 다하였듯이 당

---

24) 김승옥, 위의 글, p.152.

신을 햇볕 속으로 끌어놓기 위하여 있는 힘을 다할 작정입니다'라는 편지를 쓰고 다시 그것을 찢어 버리는 '윤희중'의 행동과, 버스를 타고 무진을 떠나면서 심한 부끄러움을 느끼는 '윤희중'의 감정은 서르 엇갈리고 있지만, 타협을 통해 한정된 책임 속에서 살게 될 이후의 행토를 암시하고 있는 것이다. 따라서 이 무진으로의 여행은 어쩌면 끈질기게 자신의 내면 속에서 웅성거리던 과거와의 작별을 위한 고별 여행이었는지도 모른다.

5. 맺음말

이 글은 김승옥 초기 소설의 전개 과정 전체를 성장소설적 흐름으로 파악하고, 「건」 「생명연습」 「서울 1964년 겨울」 「무진기행」을 중심으로 그 입사적 성격이 지닌 이율배반성을 고찰했다. 성장소설은 유년의 순수한 본래적 자아가 어른으로 성장하는 과정에서 존재와 세계의 현실적 의미를 깨달아가는 특징을 지닌다. 그것은 대부분 개인적 자아가 강대의 시대적·사회적 현실로 진입하는 입사入社(initiation)적 성격을 동반하면서 자아와 세계의 비의秘義를 파악해 가는 과정을 보여준다. 김승옥의 초기 소설은 「건」—「생명연습」—「서울 1964년 겨울」—「무진기행」의 순으로 화자이며 주인공인 '나'의 성장을 따라 유년—소년—청년—성인으로 진행해 가는 과정을 내포한다는 점에서 성장소설적 특징을 보여준다. 김승옥 초기 소설의 또 하나의 중요한 특징은 화자인 '나' 뿐만 아니라 다른 등장인물들에까지 작가의 분리된 자아를 투사하여 배치하는 독특한 심리적 기법이다. 이를 통해 김승옥은 현재와 과거, 의식과 무의식, 성인 세계와 유년 세계, 서울과 무진 사이에서 쫓겨진 주

체의 균열을 분리된 자아의 분신들을 통해 형상화하는 방식을 보여주
는 것이다.

　유년의 시점에서 서술되는 「건」과 대학생의 입장에서 소년기의 체험
을 회상하는 「생명연습」은, '유년 세계'를 스스로 파괴해야만 진입할
수 있는 '자기 세계'의 확립 과정을 형상화한다. 영혼의 상처를 무릅쓰
고 현실의 죄악 및 남성적 힘의 논리와 손을 잡음으로써 세상에서 낙오
되지 않으려는 입사의 통과 제의는, 그 이율배반성으로 인해 의식과 무
의식 사이에 깊은 상처와 균열을 낳게 된다. '자기 세계'의 견고한 '성
곽'은 '장미꽃의 정원'이기도 하지만 곰팡이와 거미줄이 자라는 '지하
실'이기도 한 것이다. 김승옥은 이 두 소설에서 6·25라는 전쟁 체험을
배경으로 유년의 본래적 자아를 스스로 더럽힘으로써 '자기 세계'를 확
보하고 성인의 세계로 들어가려는 인물들의 위악적인 행위를 보여주는
데, 이것은 죄의식을 망각하고 현실의 원리를 수락하는 '극기'를 통해
가능해진다. 작가는 한편으로 본래적 '유년 세계'와 현실적 '자기 세
계' 사이의 운명적인 이율배반성과 그것이 지닌 딜레마가 낳은 절망감
의 표현으로서 '자살' 충동을 형상화한다.

　대학생의 신분을 벗어나 사회인의 시점에서 서술되는 「서울 1964년
겨울」은, 욕망의 집결지이며 상업주의와 물신주의가 지배하는 서울의
세속적 일상 속에서 파편화되고 폐쇄된 자아로 살아가는 익명의 군상
들을 형상화한다. 이를 통해 작가는 '극기'를 통해 '자기 세계'를 가짐
으로써 입사의 통과 제의를 거친 자아가, 세속 도시의 일상 속에서 무관
심과 소통 부재로 인해 폐쇄된 내면 속에 고립되고 있다는 위기의식을
표출한다. 이런 풍속화가 지닌 시대적 현실에 대한 징후적 형상화는 김
승옥 초기 소설이 높은 문체적 수준을 여실히 보여준다. 성인의 시점에
서 서술되는 「무진 기행」은 서울에서 세속적 성공을 거둔 주인공의 고

향 방문 여정을 통해 현실적·이성적·세속적 공간인 '서울'과 혼돈·
불합리·근원적 무의식의 세계인 '무진' 사이의 갈등을 형상화한다. 책
임만 있는 서울의 세속적 일상과, 책임도 무책임도 없는 무진의 무위의
삶 사이에서 방황하는 주인공은 결국 타협을 통해 마지막 한 번단 무진
을 사랑하기로 하고 서울로 복귀한다.

「건」과 「생명연습」에서 보여준, '유년 세계'의 본래적 순수 자아를
자발적으로 파괴해야만 들어갈 수 있는 '자기 세계'라는, '입사의 이율
배반성'은 의식과 무의식 사이의 균열을 낳음으로써 이후 김승옥 소설
전반에 그 여파를 남기게 되는 것으로 보인다. 극기와 자살, 사랑과 성
욕, 순정과 위악, 책임과 무위, 서울과 무진 등으로 나타나는 대립 항은
쉽게 양자택일을 허용하지 않으며 모순이 동거하는 이율배반성을 지닌
다. 「서울 1964년 겨울」과 「무진기행」에서 보여준, 물신주의와 출세주
의가 지배하는 산업화 시대의 세속적 현실에 대한 저항이 결과적으로
일종의 타협으로 전개되는 것은 이런 이율배반성이 가져온 내적 필연
성의 결과로 볼 수 있을지도 모른다.

〈참고문헌〉

제1부/제1장

강웅식, 「허무와 초월―조지훈의 생명시론」, 『텍스트에서 경험으로』, 새미, 2003.
고형진, 「순수시론의 본질과 전개과정―박용철과 조지훈의 순수시론을 중심으로」,
　　　『현대시』, 1996.4.
권영민, 「조지훈과 민족시로서의 순수시론」, 『한국민족문학론 연구』, 민음사, 1988.
김윤식, 「유기체 시론 비판―한국근대시론 검토」, 『한국학보』 제4집 4호, 일지사,
　　　1978.
김인환, 「전통과 창조」, 『어문논집』 제26집 1호, 안암어문학회, 1986.
김인환, 「조지훈론」, 『다른 미래를 위하여』, 문학과지성사, 2003.
김인환, 「동아시아 문학교육의 전통」, 『의미의 위기』, 문학동네, 2007.
김흥규, 「민족문학과 순수문학」, 『한국문학의 현단계 IV』, 백낙청 · 염무웅 편, 창작과
　　　비평사, 1985.
박호영, 「조지훈 시론 연구―유기체 시론을 중심으로」, 『한국현대시론사』, 한국현대
　　　문학연구회 편, 모음사, 1992.
이미순, 「조지훈의 유기체론」, 『조지훈』, 최승호 편, 새미, 2003.
이찬, 「20세기 후반 한국현대시론 연구」, 고려대 박사논문, 2004.
이상섭, 『문학의 이해』, 서문당, 1972.
이상섭, 『문학이론의 역사적 전개』, 연세대 출판부, 1975.
정효구, 「유기체 시론의 의미」, 『시와 젊음』, 문학과비평사, 1989.
조지훈, 『시의 원리―조지훈 전집 2』, 나남출판, 1996.
최승호, 「조지훈의 시학에 있어서 형이상학적 관점」, 『관악어문연구』 제16집, 서울대
　　　국어국문학과, 1991.
최승호, 「조지훈 순수시론의 몇 가지 이론적 근거」, 『한국현대시론사』, 한국현대문학
　　　연구회 편. 모음사, 1992.
최승호, 「전통서정시학의 현대적 의미」, 『20세기 한국시론 1』, 글누림, 2006.
Abrams. M. H., *The Mirror and the Lamp*, London : Oxford University Press, 1953.
Adams, Hazard, *The Interests of Criticism*. New York : Harcourt, 1969.
Hernadi, Paul, *Beyond Genre*, Ithaca and London : Cornell University Press, 1972.

제1부/제2장

고형진, 「회화적 상상력의 확산과 동양 시학의 계승」, 『문학과 의식』, 2000 가을.

김우창, 「감성과 비평」, 『궁핍한 시대의 시인』, 민음사, 1977.

김우창, 「염결성의 시학」, 『궁핍한 시대의 시인』, 민음사, 1977.

김우창, 「감각과 그 기율」, 『지상의 척도』, 민음사, 1981.

김인환, 「20세기 한국 비평의 비판적 검토」, 『문학과 사회』, 1999 겨울.

김선학, 「엄숙함과 경건함과 품격 그리고 어조」, 『문학과 의식』, 1993 가을

김종길, 『시론』, 탐구당, 1965.

김종길, 『진실과 언어』, 일지사, 1974.

김종길, 『시에 대하여』, 민음사, 1986.

김종길, 『시와 시인들』, 민음사, 1997.

김형수, 「김종길 시론 연구」, 『한국현대시론사』, 모음사, 1992.

김흥규, 「세계 내적 초월의 비전과 절제」, 『하회에서』, 민음사, 1977.

오형엽, 「김종길 시의 시간의식 연구」, 『한국문학평론』 제16호, 한국문학평론가협회,
        2000 겨울.

유종호, 「영미 현대비평이 한국비평에 끼친 영향」(1971 초고), 『영미비평연구』, 민음
        사, 1979.

유종호, 「점잖음의 미학」, 『동시대의 시와 진실』, 민음사, 1982.

이남호, 「명징성과 염결성」, 『천지현황』, 미래사, 1991.

이희중, 「역사의 부침과 시의 행로」, 『1950년대 시인들』, 나남, 1994.

최동호, 「심미적 이성의 견고성과 비평의식」, 『현대비평과 이론』, 1995 가을 · 겨울.

최동호, 「유가적 인본주의와 현대적 고고」, 『삶의 깊이와 시적 상상』, 민음사, 1995.

하희정, 「영미 신비평의 기본 관점과 한국적 수용의 두 양상」, 『한국현대시론사 연
        구』, 문학과지성사, 1998.

Eliot, T. S., 「전통과 개인의 재능」, 『엘리어트 선집』, 이창배 역, 을유문화사, 1959.

제1부/제3장

김유중, 「사상의 창조와 실험정신」(『현대문학』, 1991.7), 『한국현대시론사』, 모음사,
        1992.

김종길, 「아카데미즘과 나르씨시즘」(『사상계』, 1963.9), 『시에 대하여』, 민음사, 1986.

박종석,『송욱 문학 연구』, 좋은날, 2000.
박철희,「전통과 외래 사조」(1967),『서정과 인식』, 이우, 1982.
서지영,「특수 속에서 보편의 추구」, 김학동 외,『송욱 연구』, 역락, 2000.
송욱,『시학평전』, 일조각, 1963.
송욱,「'시학평전' 원서문」(미발표, 1965, 5),『문물의 타작』, 문학과지성사, 1978.
이기철,「송욱의 비판적 시론」,『시학』, 일지사, 1985.
이상섭,「부끄러운 한국문학과 경이로운 동양사상」,『문학과 지성』, 1978 겨울.
이숭원,「송욱론—비평 정신의 고양과 방법의 모색」,『한국현대비평가연구』, 강,
1996.
황현산,「역사의식과 비평의식」,『현대비평과 이론』, 1995 가을 · 겨울.

제1부/제4장

강웅식,「김수영의 시의식 연구」, 고려대 박사논문, 1997.
강웅식,「김수영 문학 연구사 30년, 그 흐름의 향방과 의미」,『작가연구』, 1998 상반기.
김명인,「급진적 자유주의자의 산문적 실천」,『작가연구』, 1998 상반기.
김수영,『김수영 전집 2—산문』, 민음사, 1981.
김수이,「김춘수와 감수영의 비교 연구」, 경희대 석사논문, 1992.
김유중,『김수영과 하이데거』, 민음사, 2007.
김윤식,「시에 나타난 질문방식의 발견」,『시인』, 1970. 8.
김윤식,「모더니티의 파문과 초월」,『심상』, 1974. 2.
김윤식,「김수영 변증법의 표정」,『세계의 문학』, 1982 겨울.
김창원,「한국 현대시에 나타난 아이러니에 관한 연구—이상과 김수영」, 서울대 석사
        논문, 1987.
김현,「자유와 꿈」,『거대한 뿌리』해설, 민음사, 1974. 9.
김현승,「김수영의 시사적 업적과 위치」,『창작과 비평』, 1968 가을.
김혜순,「김춘수와 김수영의 시에 나타난 시간의식의 대비적 고찰」, 건국대 석사논문,
        1983.
송재영,「시인의 시론」,『문학과 지성』, 1976 봄.
오형엽,『한국 근대시와 시론의 구조적 연구』, 태학사, 1999.
이상옥,「자유를 위한 영원한 여정」,『세계의 문학』, 1982 겨울.
이승훈,「김수영의 시론」,『한국현대시론사』, 고려원, 1993.

이은정, 「김수영과 김춘수 시학의 대비적 연구」, 이화여대 박사논문, 1993.

정남영, 「김수영의 시와 시론」, 『창작과 비평』, 1993 가을.

조병춘, 「김수영과 신동엽의 참여시 연구」, 『세명논총』, 1996. 6.

조시현, 「혁명과 시, 그리고 아나키즘」, 『시와 반시』, 1993 가을.

최두석, 「현대성론과 참여시론」, 『한국현대시론사연구』, 문학과지성사, 1993.

최미숙, 「한국 모더니즘의 글쓰기 방식에 대한 연구—이상과 김수영을 중심으로」, 서울대 박사논문, 1997.

황정산, 「김수영 시론의 두 지향」, 『작가연구』, 1998 상반기.

제1부/제5장

김동환, 「김춘수 시론의 논리와 그 정체성」, 『한국현대시론사연구』, 문학과지성사, 1998.

김인환, 「과학과 시」, 『상상력과 원근법』, 문학과지성사, 1993.

김준오, 「처용시학—김춘수의 무의미시론고」(『김춘수 연구』, 학문사 1982 , 『현대시와 장르비평』, 문학과지성사, 2009.

김춘수, 『한국현대시형태론』(해동문화사, 1958), 『김춘수 시론전집 I』, 현대문학, 2004.

김행숙, 「김춘수의 『한국현대시형태론』 고찰」, 『어문논집』 제55호, 민족어문학회, 2007.

남기혁, 「김춘수의 무의미시론 연구」, 『20세기 한국시론 2』, 글누림, 2006.

문혜원, 「김춘수의 시와 시론에 나타나는 이미지 연구」, 『한국현대문학연구』 제3집, 한국현대문학회, 1994.

박윤우, 「김춘수의 시론과 현대적 서정시학의 형성」, 『한국현대시론사』, 한국현대문학회 편, 모음사, 1992.

오형엽, 「김춘수와 김수영 시론 비교 연구」, 『한국문학이론과 비평』 제16집, 2002.

이광호, 「자유의 시학과 미적 현대성」, 『한국시학연구』 제12호, 2005.

이승훈, 「김춘수의 시론」, 『한국현대시론사』, 고려원, 1993.

이찬, 「20세기 후반 한국현대시론 연구」, 고려대 박사논문, 2004.

주영중, 「조지훈과 김춘수의 시론 연구」, 고려대 박사논문, 2009.

최동호, 「시와 시론의 문학적·사회적 가치」, 『한국시학연구』 제22호, 2008.

하재연, 「순수언어의 추구와 현대시의 방향」, 『한국근대문학연구』 제2권 2호, 한국근대문학회, 2001.

제1부/제6장

권혁웅, 「한국 현대시의 시작 방법 연구」, 고려대 박사논문, 2000.

김동환, 「김춘수 시론의 논리와 그 정체성」, 『한국현대시론사연구』, 문학과지성사,
　　　1998.

김명인, 「급진적 자유주의자의 산문적 실천」, 『작가연구』, 1998 상반기.

김수영, 『김수영 전집 2―산문』, 민음사, 1981.

김수이, 「김춘수와 김수영의 비교 연구」, 경희대 석사논문, 1992.

김윤식, 「김수영 변증법의 표정」, 『세계의 문학』, 1982 겨울.

김인환, 「과학과 시」, 『상상력과 원근법』, 문학과지성사, 1993.

김춘수, 『김춘수 전집 2―시론』, 문장사, 1986.

김춘수, 『비에 젖은 달』, 근역서제, 1980.

노철, 「김수영과 김춘수의 시작 방법 연구」, 고려대 박사논문, 1998.

박윤우, 「김춘수의 시론과 현대적 서정시학의 형성」, 『한국현대시론사』, 모음사,
　　　1992.

오형엽, 「김수영 시론 연구―박용철 시론과의 관련성을 중심으로」, 『어문연구』, 제39
　　　집, 2002.

이승훈, 「김춘수의 시론」, 『한국현대시론사』, 고려원, 1993.

이승훈, 「김수영의 시론」, 『한국현대시론사』, 고려원, 1993.

이은정, 「김춘수와 김수영 시학의 대비적 연구」, 이화여대 박사논문, 1993.

정남영, 「김수영의 시와 시론」, 『창작과 비평』, 1993 가을.

최두석, 「현대성론과 참여시론」, 『한국현대시론사연구』, 문학과지성사, 1998.

황정산, 「김수영 시론의 두 지향」, 『작가연구』, 1998 상반기.

제2부/제1장

김기중, 「청록파 시의 대비 연구」, 고려대 박사논문, 1990.

김동리, 「자연의 발견」, 『문학과 인간』, 1952.

김문주, 「조지훈의 ‘서경시’에 함축된 시적 전통의 성격」, 『한국문학이론과 비평』 제
　　　35집, 2007.

김명인, 「지훈시의 초기시고考」, 『경기어문학』 제7집, 1986.

김윤식, 「심정의 폐쇄와 확산의 파탄」(『한국현대작가논고』, 일지사, 1974), 『조지훈연

구』, 고대출판부, 1978.

김인환, 「조지훈론」, 『다른 미래를 위하여』, 문학과지성사, 2003.

김재홍, 「지훈 조동탁」, 『한국현대시인연구』, 일지사, 1986.

김종길, 「지훈시의 계보」, 『조지훈연구』, 고대출판부, 1978.

김흥규, 「조지훈의 초기작 「지옥기」 시편에 대하여」, 『한국현대시사연구』, 일지사,
　　　　 1983.

박남희, 「조지훈 시의 유기체적 상상력 연구」, 『한국문예비평연구』 제24집, 2007.

박호영, 「조지훈 문학 연구」, 서울대 박사논문, 1988.

서익환, 「조지훈 시 연구」, 한양대 박사논문, 1989.

서준섭, 「불교적 소재의 시적 변용과 그 의미」, 『한국대표시평설』, 정한모·김재홍
　　　　 편, 문학세계사, 1983.

송기한, 「유랑의식에 나타난 근대에의 사유」, 『한중인문학연구』 제23집, 2003.

송재영, 「조지훈론」, 『조지훈연구』, 고대출판부, 1978.

오세영, 「지훈시의 문학사적 위치」, 『민족문화연구』 제22호, 고대 민족문화연구소,
　　　　 1989.

오탁번, 「지훈 시의 의미와 이해」, 『현대문학산고』, 고대출판부, 1976.

오형엽, 「매체와 시적 시선―1960년대 시의 문화 인식」, 『서정시학』, 2009 봄.

이숭원, 「조지훈 시의 내면구조」, 『20세기 한국시인론』, 국학자료원, 1997.

정한모, 「초기작품의 시세계」, 『조지훈연구』, 고대출판부, 1978.

조지훈, 『조지훈 전집 1―시』, 나남출판, 1996.

조창환, 「조지훈 초기시의 운율과 구조」, 『한국문예비평연구』 제25집, 2008.

최동호, 「조지훈의 「승무」와 「범종」」, 『평정의 시학을 위하여』, 민음사, 1991.

최승호, 「1930년대 후반기 시의 전통지향적 미의식 연구」, 서울대 박사논문, 1994.

제2부/제2장

고형진, 「회화적 상상력의 확산과 동양 시학의 계승」, 『문학과 의식』, 2000 가을.

김선학, 「엄숙함과 경건함과 품격 그리고 어조」, 『문학과 의식』, 1998 가을.

김우창, 「감각과 그 기율」, 『지상의 척도』, 민음사, 1981.

김종길, 『천지현황天地玄黃』, 미래사, 1991.

김형효, 『베르그송 연구』, 민음사, 1991.

김흥규, 「세계 내적 초월의 비전과 절제」, 『하회에서』, 민음사, 1977.

유종호,「점잖음의 미학」,『동시대의 시와 진실』, 민음사, 1982.
이남호,「명징성과 염결성」,『천지현황』, 미래사, 1991.
이희중,「역사의 부침과 시의 행로」,『1950년대 시인들』, 송하춘·이남호 편, 나남, 1994.
최동호,「유가적 인본주의와 현대적 고고」,『삶의 깊이와 시적 상상』, 민음사, 1995.
Husserl, Edmund,『시간의식』, 이종훈 역, 한길사, 1996
Meyerhoff, Hans, *Time in Literature*, Berkeley, Los Angelles, London: University of California Press, 1974.

제2부/제3장

김선학,「시혜적 지성의 한계―시인 한용운론」,『현대문학』, 1983.11.
김열규,「슬픔과 찬미사의 이로니」,『문학사상』, 1971.1.
김용직,「Rabindranath Tagore의 수용」,『한국현대시연구』, 일지사, 1974.
김용직,「비극적 구조의 초비극성」,『한국문학의 비평적 성찰』, 민음사, 1974.
김우창,「궁핍한 시대의 시인」(『문학사상』, 1973.1),『궁핍한 시대의 시인』, 민음사, 1977.
김운학,「한국 현대시에 나타난 불교사상」,『현대문학』, 1964.10.
김인환,「문학과 사상」,『비평의 원리』, 나남, 1994.
김재홍,『한용운 문학 연구』, 일지사, 1982.
김학동,「만해 한용운론」,『한국근대시인 연구 1』, 일조각, 1974.
김현자,『시와 상상력의 구조』, 문학과 지성사, 1982.
김흥규,「님의 소재所在와 진정한 역사」,『창작과 비평』, 1979 여름.
박노준·인권환,『만해 한용운 연구』, 통문관, 1960.
박철희,「한국 근대시와 자기 인식」,『현대문학』, 1977.7.
백낙청,「시민문학론」,『창작과 비평』, 1969 여름.
서경보,「한용운과 불교사상」,『문학사상』, 1973.1.
송욱 ,『전편 해설 님의 침묵』, 과학사, 1974.
송욱 ,「유미적 초월과 혁명적 아공」,『시학평전』, 일조각, 1963.
송재갑,「만해의 불교사상과 시세계」,『동악어문논집』 제9집, 1976.
염무웅,「만해 한용운론」,『창작과 비평』, 1972 겨울.
오세영,「침묵하는 님의 역설」,『국어국문학』, 1965·1966 합본호.

오탁번, 「만해시의 어조와 의미」, 『사대논집』 제13집, 1988.

오형엽, 「불교적 역설의 시적 구현—한용운론」, 『한국 근대시와 시론의 구조적 연구』, 태학사, 1999.

윤재근, 『님의 침묵 연구』, 민족문학사, 1985.

인권환, 『고려 시대 불교시의 연구』, 고대 민족문화 연구소, 1983.

정태용, 「한용운론」, 『한국현대시인 연구』, 성문각, 1976.

조동일, 「김소월·이상화·한용운의 님」, 『우리 문학과의 만남』, 홍성사, 1979.

조연현, 『한국 현대문학사』, 성문각, 1969.

조지훈, 「한국의 민족시인 한용운」, 『사상계』, 1966.1.

최동호, 「한용운 시와 기다림의 역사성」, 『현대시의 정신사』, 열음사, 1985.

최원규, 「만해시의 불교적 영향」, 『현대시학』, 1977.8~11.

제2부/제4장

권영민, 『한국현대문학사』, 민음사, 1993.

김광림, 「주지적 서정시를 생각한다」, 『한국전후문제시집』, 신구문화사, 1961.

김재홍, 「6·25와 한국문학」, 『시와 진실』, 이우출판사, 1981.

김종삼·김광림·전봉건, 『전쟁과 음악과 희망과』, 자유세계사, 1957.5.

김현, 「김종삼을 찾아서」, 『시인을 찾아서』, 민음사, 1975.

김현, 「전봉건에 대한 두 개의 글」, 『책읽기의 괴로움』, 민음사, 1984.

김현자, 「전쟁기와 전후의 시」, 『한국현대시사』, 민음사, 2007.

김훈, 「전후시의 한 모델」, 『한국현대시 연구』, 민음사, 1989.

남기혁, 「웃음의 시학과 탈근대성」, 『한국현대문학연구』 제17집, 2005.

남진우, 『미적 근대성과 순간의 시학』, 소명출판, 2001.

남진우, 「에로스의 시학」, 『전봉건시전집』, 문학동네, 2008.

문혜원, 「전후시의 실존의식 연구」, 『한국 현대시와 모더니즘』, 신구문화사, 1996.

박윤우, 「전후 한국시에 나타난 현실인식의 정신사적 연구」, 『문학 한글』 제7집, 1993.

송기한, 『한국 전후시와 시간의식』, 태학사, 1996.

오세영, 「6·25와 한국 전쟁시」, 『한국 근대문학론과 근대사』, 민음사, 1996.

오세영, 「장시의 개념과 가능성」, 『20세기 한국시인론』, 월인, 2005.

오형엽, 「풍경의 배음과 존재의 감춤」, 『1950년대의 시인들』, 나남, 1994.

윤여탁, 「한국전쟁후 남북한 시단의 형성과 시세계」, 『한국현대시사의 쟁점』, 시와 시학사, 1991.

윤정룡, 「1950년대 한국 모더니즘시 연구」, 서울대 박사논문, 1992.

이광수, 「190년대 모더니즘시 연구」, 고려대 박사논문, 1995.

이광호, 「폐허의 세계와 관능의 형식」, 『1950년대의 시인들』, 나남, 1994.

이건청, 「김광림의 시 연구」, 『한국언어문화』 제24집, 한국언어문화학회, 2003.

이남호, 「1950년대와 전후세대 시인들의 성격」, 『1950년대의 시인들』, 나남, 1994.

이숭원, 「한국 전후시 연구」, 『인문논총』 제1집, 서울여대 인문과학연구소, 1995.

이승훈, 「평화의 시학」, 『평화롭게』 시선집 해설, 고려원, 1984.

이지엽, 『한국전후시연구』, 태학사, 1997.

장석주, 「한 미학주의자의 상상세계」, 『김종삼전집』 해설, 청하, 1988.

최동호, 「1950년대의 시적 흐름과 정신사적 의의」, 『한국현대문학사』, 현대문학사, 1989.

최동호, 「실존하는 삶의 역사성」, 『평정의 시학을 위하여』, 민음사, 1991.

최동호, 「한국현대시사」, 『한국 현대문학 50년』, 민음사, 1995.

한계전, 「전후시의 모더니즘적 특성과 그 가능성」, 『시와 시학』, 1991 봄·여름.

한형구, 「1950년대의 한국시」, 『1950년대 문학연구』, 예하, 1991.

황동규, 「잔상의 미학」, 『북치는 소년』 시집 해설, 민음사, 1979.

제2부/제5장

김상환, 「시인의 책과 죽음」, 『풍자와 해탈, 혹은 사랑과 죽음』, 민음사, 2000.

김수영, 『김수영 전집 1―시』, 민음사, 1981.

김인환, 「스투디움과 풍크툼」, 『의미의 위기』, 문학동네, 2007.

김춘수, 『김춘수 전집 1―시』, 문장, 1986.

김춘수, 『김춘수 전집 2―시론』, 문장, 1986.

오형엽, 「김수영 시의 미적 근대성 연구」, 『국어국문학』 제125집, 1999.

조지훈, 『조지훈 전집 1―시』, 나남출판, 1996.

조지훈, 『조지훈 전집 2―시의 원리』, 나남출판, 1996.

최동호, 「조지훈의 「승무」와 「범종」」, 『평정의 시학을 위하여』, 민음사, 1991.

Marchesseau, Daniel, 『샤갈』, 김양미 역, 시공사, 1999.

Mcluhan, Marshall H., 『미디어의 이해』, 김성기·이한우 역, 민음사, 2002.

Williams, R., *Sociology of Culture*, Schocken Press, 1982.

김도연, 「문학에서의 집단성 문제」, 『시와 경제』 제2집, 육문사, 1983.

김병익, 「1980년대—인식 변화의 가능성을 향하여」, 『문학과 사회』, 1989 겨울.

김성수, 「문학운동과 논픽션문학」, 『작가연구』, 2003 상반기.

김영민, 『한국 현대문학 비평사』, 소명출판, 2000.

김재홍, 「80년대 한국시의 비평적 성찰」, 『한국현대문학사』, 현대문학, 2002

김태현, 「80년대 민중문학의 성과」, 『80년대 젊은 비평가들』, 문학과비평사, 1989.

백낙청, 「민족문학론의 새로운 과제」, 『실천문학』, 1980 봄.

백낙청, 「민중·민족문학의 새 단계」, 『창작과 비평』 제57호, 1985.10.

백낙청, 「오늘의 민족문학과 민족운동」, 『창작과 비평』, 1988 봄.

성민엽, 「민중문학의 논리」, 『예술과 비평』, 1984 가을.

성민엽, 「80년대는 시의 시대인가」, 『80년대 젊은 비평가들』, 문학과비평사, 1989.

오형엽, 「현실 대응의 시적 전략」, 『현대시의 지형과 맥락』, 작가, 2004.

이미순, 「80년대 한국시문학사」, 『현대시』, 2002.1~2003.8.

이상갑, 「예술성과 운동성의 길항관계, 그리고 민족문학의 역사성」, 『작가연구』, 2003
　　　상반기.

이재현, 「소집단 운동에서 조직창작 운동으로」, 『사상군예운동』, 1990 봄.

임헌영, 「1980년대 무크지를 통한 문학운동」, 『작가연구』, 2003 상반기.

유성호, 「민중적 서정과 존재 탐색의 공존과 통합」, 『작가연구』, 2003 상반기.

정과리, 「소집단 운동의 양상과 의미」, 『우리 세대의 문학』 제2집, 문학과지성사,
　　　1983.

정과리, 「민중문학론의 인식구조」, 『문학과 사회』, 1988 봄.

정과리, 「80년대의 시 생산」, 『80년대 젊은 비평가들』, 문학과비평사, 1989.

채광석, 「민족문학과 민중문학」, 『문학의 시대』 제2집, 풀빛, 1984.

최동호 편, 『80년대 젊은 시인들』, 시민문화사, 1990.

최동호, 「한국현대시사」, 『한국 현대문학 50년』, 민음사, 1995.

하정일, 「80년대 민족문학—탈식민의 가능성과 좌절」, 『작가연구』, 2003 상반기.

허윤회, 「박애의 사상—1980년대 노동시에 대하여」, 『작가연구』, 2003 상반기.

홍정선, 「현 단계 민중문학의 반성」, 『실천문학』 제8호, 1987.1.

홍정선, 「노동문학과 생산 주체」, 『노동문학 1988』, 실천문학사, 1988.

홍정선, 「80년대 문학과 무크지 운동」, 『80년대 젊은 비평가들』, 문학과비평사, 1989.

제2부/제7장

강연호, 「김수영 시 연구」, 고려대 박사논문, 1995.

김병익, 「김지하 현상」, 『기독교 사상』, 1984.12.

김성수, 「농민의 노래와 공동체적 삶」, 『문학의 시대』 제4집, 1988.

김수영, 『김수영 전집 1―시』, 민음사, 1981.

김수영, 「변한 것과 변하지 않은 것」, 『김수영 전집 2―산문』, 민음사, 1981.

김영태, 「처용단장에 관한 노우트」, 『현대시학』, 1970.7.

김양헌, 「세기말의 난해함」, 『현대시』, 1998.12.

김용택, 『맑은 날』, 창작과비평사, 1986.

김인환, 「구조와 실천―황지우의 정치적 무의식」, 『외국문학』, 1986 봄.

김인환, 「정치와 시」, 『상상력과 원근법』, 문학과지성사, 1993.

김인환, 「과학과 시」, 『상상력과 원근법』, 문학과지성사, 1993.

김재홍, 「반역의 정신과 인간 해방의 사상」, 『작가세계』, 1989 가을.

김종길, 「시의 곡예사―춘수 시의 이론과 실제」, 『문학사상』, 1985.10.

김주연, 「명상적 집중과 추억」, 『김춘수 연구』, 학문사, 1972.

김주연, 「시, 현실, 그리고 초월」, 『외국문학』, 1986 여름.

김준오, 「새로운 시의 지평을 열기 위한 논쟁」, 『문학사상』, 1998.1.

김지하, 『중심의 괴로움』, 솔, 1994.

김진하, 「푸른 쓰레기통 속의 시」, 『쇼핑 갔다 오십니까?』 시집 해설, 문학과지성사,
    1998.

김춘수, 『김춘수 전집 1―시』, 문장, 1986.

김춘수, 「처용·기타에 대하여」, 『김춘수 전집 2―시론』, 문장, 1986.

김현, 「김춘수의 시적 변용」, 『문학과 지성』, 1970 여름.

김현, 「자유의 꿈」, 김수영 시선집 『거대한 뿌리』 해설, 민음사, 1974.

김현, 「웃음의 체험」, 김용직·박철희 편, 『한국현대시작품론』, 문장, 1981.

김현, 「속곳 핀 열매의 꿈」, 『문예중앙』, 1986 여름호.

김현, 「키치 비판의 의미―유하 시가 연 새 지평」, 『무림일기』 시집 해설, 1989, 세계
    사, 1995.

남진우, 「유하론―도시 속의 풀무치 한 마리」, 『문예중앙』, 1990 겨울.

문선영, 「환상으로 지워나가는 환상」, 『현대시』, 1999.7.

박상배, 「'시대의 문학' 이란 유령과의 투쟁 선언」, 『문학사상』, 1997.12.

박상순, 『6은 나무 7은 돌고래』, 민음사, 1993.

박철화, 「하나대와 압구정동 사이의 긴장」, 『바람 부는 날이면 압구정동에 가야 한다』

　　　시집 해설, 문학과지성사, 1991.
백낙청, 「역사적 인간과 시적 인간」, 『창작과비평』, 1997 여름.
성기완, 『쇼핑 갔다 오십니까?』, 문학과지성사, 1998.
성민엽, 「김지하의 문학과 사상」, 『작가세계』, 1989 가을.
성민엽, 「시적 지성의 두 모습」, 『지성과 실천』, 문학과지성사, 1985
성민엽, 「황지우의 길―벗어남과 돌아옴의 변증법」, 『문학과 사회』, 1991 봄
염무웅, 「김수영론」, 『창작과비평』, 1976 겨울.
오세영, 「장르 실험과 전통 창조」, 『작가세계』, 1989 가을.
오형엽, 「주체와 해탈, 중심과 확산의 변증법」, 『신체와 문체』, 문학과지성사 2001.
오형엽, 「서정과 패러디, 양식의 통합과 분화―유하론」, 『문학사상』, 1996.10.
오형엽, 「전복적 상상력, 탈주체의 시적 전략」, 『문학과 사회』, 1998 가을.
오형엽, 「반복, 변주, 변신, 생성―박상순론」, 『시작』, 2003 봄.
유종호, 「현실 참여의 시」, 『세대』, 1963.1~2.
유하, 『바람부는 날이면 압구정동에 가야 한다』, 문학과지성사, 1991.
이경호, 「새와 나무, 낯설은 시 형식의 관계」, 『문학과 비평』, 1988 가을.
이경호, 「서정시의 아나크로니즘과 현실성」, 『문학사상』, 1989.11.
이광호, 「서정 연습 시대의 시적 징후」, 『작가세계』, 1991 봄.
이남호, 「시적 실천의 세 가지 위상」, 『문예중앙』, 1985 겨울.
이성선, 「정신주의 서정성과 우주적 생명과 확보」, 『문학사상』, 1997.12.
이승훈, 「김춘수론―시적 인식의 문제」, 『현대시학』, 1977.11.
이승훈, 「존재의 기호학」, 『문학사상』, 1984. 8.
이승훈, 「흰빛과 붉은빛의 이미지」, 『작가세계』, 1989 가을.
이승훈, 「결핍의 공간에서 태어나는 자아」, 『6은 나무 7은 돌고래』 시집 해설. 민음사,
　　　1993.
이승훈, 「시적인 것도 없고 시도 없다」, 『문학사상』, 1997.11.
이재복, 「놀이와의 놀이, 슬픈 상처의 시」, 『시현실』, 2003 봄.
이종대, 「김수영 시의 모더니즘 연구」, 동국대 박사논문, 1993.
임우기, 「식물성의 품에 안기기, 한 몸 되기」, 『한길문학』, 1991 봄.
임헌영 외, 『김지하―그의 문학과 사상』, 세계, 1984.
정과리, 「꽃·나무를 제재로 한 네 개의 삶」, 『세계의 문학』, 1985 겨울.
정과리, 「적막과 바로크」, 『세운상가 키드의 사랑』 시집 해설, 문학과지성사 1995.
채광석, 「'황토'에서 '애린'까지」, 『애린·1』, 실천문학사, 1986.
최동호, 「풍자문학의 변형」, 『문예중앙』, 1984 여름.
최동호, 「시의 부정, 해체 그리고 시적 생성」, 『문학사상』, 1997.10.

최원식, 「노동자와 농민―박노해와 김용택」, 『실천문학』, 1985 봄.
최하림, 「원초 경험의 변용」, 『문학과 지성』, 1976 여름.
최하림, 「문법주의자들의 성채」, 『창작과비평』, 1979 봄.
황동규, 「시의 소리」, 김현의 「울음의 체험」에서 재인용.
황동규, 「감상의 제어와 방임」, 『창작과 비평』, 1977 가을.
황지우, 『겨울―나무로부터 봄―나무에로』, 민음사, 1985.
허혜정, 「세계와의 피가름」, 『작가세계』, 1996 가을.
홍정선, 「연꽃을 드는 싸움―김지하의 최근 시」, 『밀알과 사회』, 1989 겨울.

제3부/제1장

나혜석, 『나혜석 전집』, 이상경 편집 교열, 태학사, 2000.
나혜석, 『정월 라혜석 전집』, 서정자 편, 나혜석 기념사업회 간행, 국학자료원, 2001.
서정자, 「나혜석 연구―1910년대 단편소설을 중심으로」, 『문학과 의식』, 1988.

제3부/제2장

김인환, 「긍정의 미학」, 『거문고 산조』, 예성사, 1981.
김인환, 「정한숙론 서설」, 『PEN 문학』 제84호, 2007 가을.
김재두, 「정한숙 소설 연구」, 건국대 박사논문, 2002.
송하춘, 「결 고운 삼베, 혹은 무명 가닥」, 『금당벽화』, 고려대학교 출판부, 1998.
오탁번, 「끈질긴 탐구정신의 소산」, 『한국현대문학전집 25』, 삼성출판사, 1978.
윤석달, 「역사와 인간에 대한 폭넓은 탐구」, 『한국소설문학대계 33』, 동아출판사, 1995.
정영아, 「정한숙 소설 연구」, 고려대 석사논문, 1998.
정현기, 「역사적 진술 의미와 소설적 진실」, 『한국문학의 사회사적 의미』, 문예출판사, 1986.
최동호, 「예술가 소설과 인간상의 탐구」, 『삶의 깊이와 시적 상상』, 민음사, 1995.

김만수, 「편지와 전보의 대결—김승옥의 무진기행」, 『한국문학』, 1997 여름.

김병익, 「60년대 문학의 가능성」, 『현대한국문학의 이론』, 민음사, 1978.

김병익, 「4·19와 한글세대의 문화」, 『열림과 일굼』, 문학과지성사, 1991.

김승옥, 『김승옥 소설전집 1~5』, 문학동네, 1995.

김윤식, 「60년대 문학의 특징—김승옥론」, 『김윤식 평론문학선』, 문학사상, 1991.

김주연, 「소외와 현대문학」, 『문학사상』, 1976.4.

김현, 「미지인의 초상—승옥과 성원의 경우」, 『세대』, 1966.8.

김현, 「구원의 문학과 개인주의」, 『사회와 윤리』, 일지사, 1974.

김현, 「60년대 문학의 배경과 성과」, 『분석과 해석』, 문학과지성사, 1988.

류보선, 「개인과 사회의 대립적 인식과 그 의미」, 『문학사상』, 1990.5.

류양선, 「김승옥의 소설세계, 또는 '서울 1964년 겨울'에 유폐된 자아」, 『국가연구』,
　　　1998 하반기.

박진영, 「김승옥 소설의 주체구성 연구」, 고려대 석사논문, 2000.

백낙청, 「시민문학론」, 『민족문학과 세계문학 1』, 창작과비평사, 1985.

서경석, 「60년대 소설 개관」, 『1960년대 문학연구』, 예하, 1993.

서종택, 「해방 이후의 소설과 개인의 인식—서기원, 김승옥, 최인호를 중심으로」, 『한
　　　국학 연구』 제1집, 고려대 한국학연구소, 1988.

신승엽, 「도시, 익명성, 권태, 무책임성」, 『한국대표 중단편소설 50』, 중앙일보사,
　　　1997.

신형철, 「여성을 여행하(지 않)는 문학—「무진기행」의 정신분석적 읽기」, 『한국근대
　　　문학연구』 제5권 2호, 2004.

오생근, 「작가 의식의 변천」, 『삶을 위한 비평』, 문학과지성사, 1978.

유종호, 「감수성의 혁명」(1966), 『유종호 전집 1—비순수의 선언』, 민음사, 1995.

이남호, 「삶의 위기와 내면으로의 여행」, 『문학의 위족』, 민음사, 1990.

이동재, 「김승옥 소설의 시간구조 연구」, 고려대 석사논문, 1990.

이상우, 「1960년대 소설에 나타난 축제적 세계 인식—김승옥의 '다산성'과 홍성원의
　　　'주말여행'을 중심으로」, 『영남대 국어국문학연구』, 제24집, 1996.

이재선, 『한국현대소설사』, 홍성사, 1979.

이정란, 「김승옥 소설의 서사구조 연구」, 이화여대 석사논문, 1986.

임우기, 「매개의 문법에서 교감의 문법으로」, 『그늘에 대하여』, 강, 1996.

장영우, 「4·19 세대의 문체 의식」, 『작가연구』, 1998 하반기.

정영훈, 「김승옥 소설에 나타난 욕망의 발현 양상 연구」, 서울대 석사논문, 1998.

정장진, 「'무진기행'을 위하여, 혹은 무의식의 여행을 위하여」, 『작가세계』, 1996 겨울.
정현기, 「김승옥과 1960년대적 불안」, 『한국문학의 해석과 평가』, 문학과지성사, 1994.
조진기, 「불안한 감수성과 퇴폐적 일상」, 『작가연구』, 1998 하반기.
진정석, 「글쓰기의 영도—김승옥론」, 『문학동네』, 1996 여름.
천이두, 「피해의식으로서의 불안—장용학, 손창섭, 김승옥의 경우」, 『한국현대소설론』, 형설출판사, 1969.
하정일, 「주체성의 복원과 성찰의 서사」, 『1960년대 문학연구』, 깊은샘, 1998.
한상규, 「환멸의 낭만주의」, 『1960년대 문학연구』, 예하, 1993.
한형구, 「김승옥 소설의 문학사적 성격」, 『한국현대작가연구』, 민음사, 1989.
홍정선, 「작가와 언어의식」, 『역사적 삶과 비평』, 문학과지성사, 1986.